마지막 여행이 끝나면

2

마지막 여행이 끝나면 2

초판 1쇄 인쇄 2021년 9월 17일
초판 1쇄 발행 2021년 10월 29일

지은이 하늘가리기
발행인 오영배
편집 편집부
표지·내지디자인 Another
내지편집 오정인
제작 조하늬

펴낸곳 (주)삼양출판사 · 피오렛
주소 서울시 강북구 도봉로 173
대표 전화 02-980-2112 / 팩스 02-983-0660
편집부 전화 02-987-9393 / 팩스 02-980-2115
블로그 blog.naver.com/dan_gul
출판등록 1999년 3월 11일 제9-00046호.

ISBN 979-11-283-7098-4 (04810) / 979-11-283-7096-0 (세트)

fioret 은 (주)삼양출판사의 로맨스 판타지 문학 브랜드입니다.

하늘가리기 장편 소설

마지막 여행이 끝나면

2

When the journey ends,

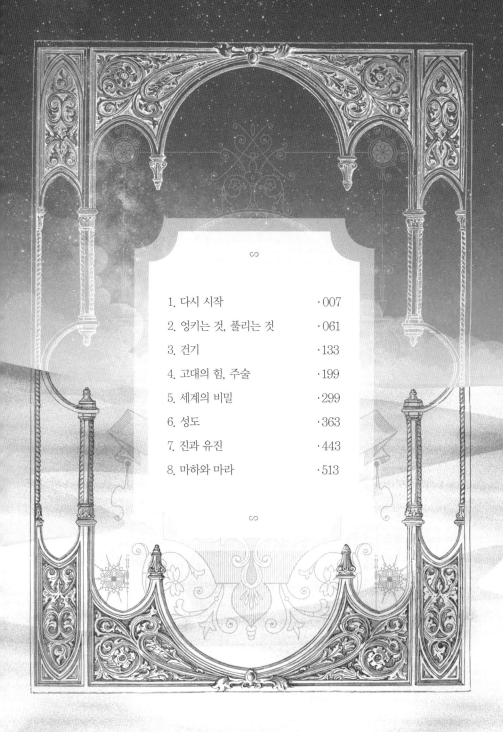

1. 다시 시작 · 007

2. 엉키는 것, 풀리는 것 · 061

3. 걷기 · 133

4. 고대의 힘, 주술 · 199

5. 세계의 비밀 · 299

6. 성도 · 363

7. 진과 유진 · 443

8. 마하와 마라 · 513

1. 다시 시작

　유진은 가벼운 마음으로 질문을 던졌다가 마리안의 눈빛이 급격히 흔들리는 것을 보고 당황했다.

　마리안은 난처한 표정으로 체념의 한숨을 내쉬었다. 동요하는 모습을 보였으니 뒤늦게 시치미를 떼 봤자 왕비님을 기만하는 짓이었다.

　"어디서 들으셨습니까?"

　"들은 게 아니라 기억이 났어요."

　"……기억이 나셨다고요?"

　마리안의 표정이 딱딱하게 굳었다. 지금 마리안의 반응은 지난번 유진이 호드리고를 만난 후와 비슷했다. 감정을 드러내지 않는 마리안답지 않게 초조해 보였다.

　그때 유진은 마리안도 사왕처럼 과거의 진을 껄끄러워한다고만 생각했다. 그런데 지금은 마리안이 무엇을 두려워하는지 알 것 같았다.

진의 기억을 더 엿보게 되면서 마리안이 얼마나 부당한 대우를 받았는지 알게 됐다. 그동안 내색하지 않아서 그렇지 은근히 마음고생을 했을 마리안이 안쓰러웠다.

사람이 바뀐 사실을 알 리가 없는 마리안은 언제든 왕비의 기억이 돌아오면 과거로 돌아갈 가능성을 늘 염두에 두어야 했을 테니까.

"완전하지는 않지만, 기억을 일부 찾았어요. 그래서 마리안. 음······ 내가 마리안에게 많은 잘못을 했더군요."

마리안의 눈이 커졌다가 평소처럼 미소 지었다. 유진이 이어서 말하기 전에 마리안이 얼른 '왕비님' 하고 부르며 끼어들었다. 늘 유진의 말이 끝난 후 잠시 기다렸다가 말하는 마리안답지 않게 조급했다.

"왕비님께서는 절대 잘못하시는 일이 없습니다. 그저 지나간 일일 뿐입니다."

유진은 의아한 표정으로 마리안을 보다가 '아······.' 하고 중얼거렸다.

"그것도 사교계의 규칙 같은 건가요?"

유진이 마리안한테 사교 활동에 관해 배우는 방식은 형식이 따로 없었다. 정해진 시간 동안 강의를 듣는 게 아니라 대화를 나누다가 혹은 일상에서 그때그때 대입해서 알려 주는 식이었다.

"비슷합니다만, 사교 활동에서뿐만 아니라 모든 경우에 적용됩니다."

"내가 내 잘못을 인정하거나 사과를 하면 안 된다는 거군요."

"공식적인 자리나 듣는 자들이 많은 자리에서는 조심하셔야 합니다. 왕비님께서는 국왕 전하와 더불어 이 나라에서 가장 위에 계신 분입니다. 무결하셔야 하지요."

"정말 큰 잘못을 저질러도요? 그건 국가의 미래를 위해서도 좋지 않을 텐데요."

"스스로 돌아보시어 과오를 깨닫는 것으로 족합니다. 공개적으로 인정하실 필요는 없다는 뜻입니다."

유진은 떨떠름한 표정으로 고개를 끄덕였다. 지구에서 '왕은 무치'라는 개념을 들어 본 적이 있었다. 그것과 일맥상통한다고 생각하면 이해가 갔다.

"그렇다면 사람과 사람의 관계, 예를 들어서 사교 모임 중에 내가 누군가에게 실수했다면 어떻게 사과를 전해야 하나요?"

"왕비님께서 그 사람을 불러 독대하시며 차 한 잔을 내려 주시는 것으로 충분합니다."

유진은 잠시 생각에 잠겼다가 말했다.

"그래도 난 마리안에게 사과하고 싶어요. 지금 우리 외에는 듣는 사람도 없잖아요. 마리안. 내가 마리안에게 못 할 짓을 많이 했더군요. 미안해요. 그리고 고마워요. 앞으로도 날, 곁에서 도와줘요."

유진을 바라보던 마리안이 천천히, 그리고 정중히 허리를 굽혔다. 아무 말 없이 고개를 숙이는 마리안의 모습에서 그녀가 느끼는 복잡한 감정이 느껴졌다.

다시 고개를 든 마리안은 평소의 차분한 모습으로 돌아왔다. 아까의 초조함이 더는 보이지 않았다.

"왕비님. 보물고에 관해서는 제가 말씀을 올릴 수가 없습니다."

"전하께 여쭈면 되나요?"

"예, 왕비님."

"알았어요."

유진은 더 묻지 않았다. 그동안 보물고에 관해서는 들은 적이 없었다. 진의 기억에 등장할 정도면 마리안이 실수로 잊을 만큼 사소한 장소는 아닐 것이다.

마리안이 사심으로 숨겼을 리는 없으니 지시를 받았을 테고 그런 지시를 내릴 사람은 왕뿐이었다.

*　　*　　*

저녁에 왕이 보낸 시종이 다녀갔다.

허락의 답을 보낸 후 유진은 계속 안절부절못했다. 화장대 앞에 앉아 거울 속 자신의 얼굴을 응시했다.

두 볼이 오늘따라 유난히 붉은 것 같아 그녀는 두 손으로 제 얼굴을 감쌌다. 손에 닿은 얼굴이 따끈따끈했다. 그녀는 화들짝 놀라 두 손으로 얼굴에 부채질했다.

'왜 이러지?'

처음도 아닌데.

잠자리를 거부한 이튿날 바로 왕이 저장소로 떠나고 연달아서 붉은 신호탄이 터지는 사건까지 일어나는 바람에 뜸하긴 했다. 그런데 그래 봤자 마지막 동침 이후 일주일이 지났을 뿐이었다.

「*다시 시작하고 싶어.*」

자신과 눈을 마주치며 그 말을 할 때 그 남자의 표정, 목소리.

그 장면을 회상하던 유진의 얼굴에 다시 훅 열기가 올라왔다. 그가 '진'과 다른 '유진'이라는 사람을 정확히 인식한다는 사실을 알게 되어서 그런지 기분이 전과 같지 않았다. 왠지 오늘 정말 그와 첫 밤을 보내는 것 같았다.

빠르게 뛰는 심장이 좀처럼 진정이 되지 않았다. 평소 그가 오던 시각이 가까워질수록 그녀의 심장 박동은 최고 속도에 이르렀다.

그러나 바깥에서 아무 소리도 들려오지 않는 시간이 길어지면서 그녀의 흥분도 서서히 가라앉았다.

'왜 안 오지?'

유진은 부루퉁한 표정으로 굳게 닫힌 문을 노려보았다.

'설마 나와 밀당을 하자는 건 아니겠지?'

왕이 오지 못하는 사정이 생겼으면 시종이 다녀갈 테고 시녀가 문을 두드려 알릴 것이다.

시간은 계속 흘러갔다. 여전히 아무도 오지 않았다.

유진은 시녀를 불러서 물어볼까 하다가 그만두었다. 자신이 왕을 기다리는 모습으로 비춰 보이는 게 어쩐지 부끄러웠다. 순수하게 그저 궁금해서라면 물어봤겠지만, 솔직히 그를 기다리고 있으니까 더 물어볼 수가 없었다.

밤이 꽤 이슥해졌다. 유진은 이제 아까의 두근거림은 다 사라졌다.

'못 오면 못 온다고 일찍 일찍 말을 해 줘야지.'

그녀는 툴툴거리며 침대에 누워 이리저리 뒹굴뒹굴했다. 눈을 감고 내일 할 일들을 생각하다가 자신도 모르는 사이에 잠이 들었다.

유진이 잠든 후, 조용히 문이 열렸다. 카세르는 시각이 늦었으니 시녀에게 안쪽에 고하지 말라고 이르며 침실로 들어갔다.

침실 안이 환해서 그의 표정도 덩달아 환해졌다. 그런데 침대에 누워 있는 유진을 발견한 순간 그의 표정이 급격히 어두워졌다.

그는 혹시나 하는 심정으로 그녀의 이름을 불렀다.

"유진."

미동 없는 그녀를 보며 그는 낙담했다. 아까 그녀에게 시종을 보낸 후 시종이 답을 가져올 때까지 속으로 얼마나 안달했는지 모른다. 저녁 내내 시간은 또 어찌나 더디 가던지.

애매한 시간에 보고서를 들고 찾아온 관리를 집무실로 들이지 말고 돌려보냈어야 했다. 금방 처리할 수 있을 줄 알았는데 복잡하게 관련된 문제가 발견되어 도중에 끝낼 수가 없었다.

오늘 일은 내일로 미루지 않는 것은 왕의 방식이었다. 그래서 관리들은 늦은 시각이라도 왕께 보고할 사안이 발생하면 지체하지 않았다. 특별한 이유 없이 내일로 미루었다가는 호된 질책을 받기 때문이다.

그러니까 오늘 관리에게 늦게까지 붙들린 것은 카세르가 자초한 결과였다. 그런데 그는 자신의 과오를 깨우치지 못하고 애먼 관리에게 앙심을 품었다.

카세르는 한숨을 푹푹 내쉬며 침대로 다가갔다. 침대가 흔들릴 정도로 다소 거칠게 걸터앉았다. 속이 빤히 보이는 짓을 했는데도 잠든 그녀는 반응이 없었다.

그는 한쪽 다리만 완전히 침대 위로 올려서 위로 세운 무릎 위에 팔꿈치를 대고 턱을 괴었다. 새근새근 자는 그녀의 모습을 눈으로 느릿하게 훑었다. 부드러운 시선 속에 억눌린 욕망이 가득했다.

유진이 잠버릇으로 몸을 뒤척였다. 그 바람에 그녀의 원피스형 잠옷이 슬쩍 위로 올라갔다. 종아리 아래, 가늘게 쭉 뻗은 다리에 그의 시선이 꽂혔다. 그의 푸른색 눈동자에 불길이 일어나는 것처럼 일렁거렸다.

그는 자신의 이성이 형편없다는 사실을 알게 되었다. 피부가 따끔거릴 정도로 몸이 달아올랐다. 아랫배가 당기면서 피가 몰리는 성기는 빠르게 부풀어 오르고 바지 앞섶이 팽팽해졌다. 저 여자의 온몸을 맛보고 싶어서 견딜 수가 없었다.

카세르는 침대 위로 올라갔다. 그녀의 발목을 쥐었다가 드러난 종아리를 손으로 감싸 부드럽게 쓸어 올렸다. 매끈한 피부의 감촉이 손에 감겼다.

그는 눈을 꾹 감았다가 떴다. 그의 눈빛은 조금 전보다 더 이글거렸다. 정확히 표현하자면 희미한 광기마저 엿보였다.

그가 유진의 몸으로 타고 올라갔다. 그녀를 완전히 내리누르지 않도록 자신의 몸을 지탱하면서 상체를 숙였다. 그녀의 이마와 눈, 콧잔등과 입술, 가리지 않고 얼굴에 짧은 입맞춤을 쏟아부었다.

유진은 자꾸 얼굴에 닿는 축축한 느낌 때문에 잠에서 깼다. 느릿하게 눈을 뜨는 그녀의 눈두덩이에 그가 입을 맞췄다.

"으응……."

유진은 잠기운이 묻어나는 목소리로 반응했다. 숙면에 들지는 않았지만, 그 직전까지 갔던 달콤한 잠기운을 떨치기 힘들었다.

"유진."

그녀의 얼굴에 내려앉는 입맞춤이 좀 더 길고 집요해졌다. 유진은 잠이 오니까 약간 귀찮다가도 귓가에 들리는 그의 목소리가 기분 좋았다. 이 끈질긴 키스가 아무래도 끝날 것 같지 않아서 웃음이 나왔다.

작은 웃음을 터뜨리는 그녀의 입술을 그가 단번에 삼켰다. 그녀의 입술 사이를 가르며 그의 혀가 깊이 안으로 파고들었다. 그녀의 혀를 감아올리며 강하게 빨아들였다.

"흣."

유진이 짧게 비음을 흘렸다. 짜릿한 감각이 손끝을 타고 올라갔다. 위에서 누르는 그의 몸과 완전히 밀착하면서 자신의 복부 아래쪽, 은밀한 곳을 누르는 단단한 것을 느꼈다.

그것의 정체를 깨닫자마자 잠기운이 완전히 날아갔다. 후끈한 열기가 그녀의 아랫배에 모였다. 늘어져 있던 두 팔을 들어 그의 목을 감았다.

그는 그녀의 입 안을 핥고 혀끝으로 문지르면서 한쪽 손으로 그녀의 허벅지 아래를 더듬었다. 그녀의 다리를 쥐어 자신의 허리에 올렸다. 원피스 잠옷이 그녀의 허리께까지 밀려 올라갔다.

키스에 몰두하느라 유진의 온몸에 힘이 들어갔다. 의식하지 못하는 사이에 한쪽 다리로 그의 허리를 완전히 감아 매달렸다.

그녀의 다리 사이로 몸을 밀착한 그는 그녀의 안쪽에 자신을 깊이 묻어 박아 넣듯이 움직였다. 벌어진 그녀의 두 다리 사이를 단단히 기립한 사내의 물건이 치받았다.

그들을 가로막는 속옷 때문에 절대 완전한 결합은 할 수 없는데도 서로의 몸이 완전히 엉켜 움직이는 형태가 적나라했다.

두 사람의 입술이 틈 없이 맞물렸다가 떨어졌다. 격하게 엉키는 혀로 서로의 타액을 삼켰다. 그녀의 혀를 쪽쪽 빨아들이면서 그의 복부는 그녀의 복부에 딱 붙었다. 그는 허리를 움직이며 그녀의 음핵을 자극했다.

"아…… 으응."

유진은 그가 입술을 뗄 때마다 간헐적인 신음을 흘렸다. 그의 단단해진 앞섶이 음부를 누를 때마다 압박되는 자극이 아찔했다. 마치 그의 성기를 이용해서 자위하는 기분이라 수치심이 들면서도 좀 더 강하고 깊은 자극을 원했다.

그녀는 자신이 원하는 것을 정확히 알 수 없었다. 약간은 부족한 야릇한 감각이 계속되기는 바라는 동시에 어서 끝에 도달해 해소하고 싶기도 했다.

정사의 쾌락을 배운 몸이 저절로 반응했다. 그녀는 그의 허리를 감은 다리에 힘을 주고 살짝 엉덩이를 들었다. 사내를 더 깊이 받아들일 수 있는 자세를 잡고 그를 유혹했다.

그가 순간적으로 움찔했다. 긴장한 등에 팽팽히 땅겨진 근육이 불거졌다. 당장 그녀의 안으로 진입하고 싶은 욕구를 간신히 눌렀다. 얼마나 기다렸던 밤인데 벌써 서두르고 싶지 않았다.

그는 맞물린 입술을 더 깊이 겹쳤다. 그녀의 입 안을 샅샅이 뒤질 것처럼 구석구석 핥고 빨아들이는 키스가 길게 이어졌다.

유진의 꼭 감은 눈꺼풀이 가늘게 떨렸다. 깊이 파고드는 혀가 그녀의 혀를 문지르면 타액이 마찰을 줄여 부드럽게 미끄러졌다. 이어서 강한 흡입력에 혀끝이 빨려 들어가고 아찔한 감각이 말초신경을 자극했다.

그녀는 자신을 통째로 삼키는 듯한 그의 키스에 적극적으로 호흡을 맞췄다. 그래야 더 쾌감이 크다는 사실을 그동안의 경험으로 알게 되었다.

"흐읏……."

목 안에서 신음이 흘러나왔다. 자꾸 호흡을 놓치게 되는 건 그녀 탓이 아니었다. 다른 자극이 키스에 온전히 집중하지 못하도록 방해하기 때문이었다. 그녀의 가슴을 움켜잡고 주무르는 손이라든가, 그녀의 음부를 지그시 누른 채 문지르는 불룩한 그의 하복부라든가.

그녀는 때때로 그와의 정사가 버겁다고 생각했다. 그는 열정적이고 집요한 데다가 체력이 넘쳤다. 하지만 싫지는 않았다. 참을 수 없다는 듯이 덤벼드는 남자의 애무는 뜨거운 구애 같았다.

그런데 오늘은 유독 더 조급하게 그녀를 밀어붙였다. 선잠에서 깨자마자 밀려오는 자극에 유진은 정신이 없었다.

혀뿌리가 얼얼하도록 당겨지던 혀가 겨우 자유를 찾았다. 그녀는 숨을 할딱이며 몽롱하게 반쯤 뜬 눈을 깜빡였다. 그녀의 턱 아래에 디밀고 들어오는 입술이 목에 붙어 살갗을 빨았다.

간지러우면서도 따끔해서 그녀는 콧소리를 흘렸다. 웃음소리와 신음이 섞인 칭얼거림이었다. 그녀의 귓가에 입 맞춘 그의 입술이 속삭였다.

"팔, 위로."

사내의 저음은 지독히 가라앉아 있었다. 잔뜩 억누른 욕망이 아슬아슬한 한계까지 차오른 느낌이었다. 유진은 밭은 숨을 내쉬며 순순히 두 팔을 위로 들었다.

그는 군더더기 없는 동작으로 순식간에 잠옷을 위로 벗겨 냈다. 신속하되 거칠지는 않았다. 벗겨지는 잠옷이 피부를 쓸지 않고 부드럽게 스칠 뿐이었다.

아랫배가 욱신 당기는 쾌감에 그녀는 입술을 깨물었다. 그녀는 그에게서 이런 식의 간극을 느낄 때 흥분됐다. 잡아먹을 것 같은 눈빛으로 부드럽게 애무한다거나, 손길은 조급한데 순서를 지킨다거나.

몸에 밴 예의를 차마 놓지 못하면서도 본능에 충실하고 싶은 갈망, 그 경계에서 갈등하는 그를 보는 것 같았다. 그러면 유진은 짜릿한 전율을 느꼈다.

누구도 모를 것이다. 그를 어릴 때부터 훈육한 유모조차도 상상하지 못하리라. 냉철하고 금욕적인 그들의 왕이 잠자리에서는 얼마나 저속하고 방탕해지는지.

유진은 자신만 아는 그의 일면이 만족스러웠다. 남들이 모르는 부부만의 사정이란 이런 것이겠구나, 생각이 들면 누구보다도 그와 가까워진 기분이었다.

가슴에 선선한 공기가 직접 닿는 순간은 짧았다. 뜨겁고 축축한 점막이 그녀의 가슴을 감쌌다.

"훗……."

짧은 신음을 흘리며 그녀의 턱이 반사적으로 위로 들렸다. 그녀의 젖가슴을 한입에 머금은 그가 삼킬 것처럼 빨아들였다. 압력을 받은 가슴살이 홀쭉하게 뭉개졌다.

카세르는 그녀의 살에 코를 묻고 크게 숨을 들이켰다. 달큰한 듯하면서 상큼하고 꽃향기 같다가도 청량한 풀 내음 같기도 했다. 푸딩처럼 말랑말랑한 가슴을 혀로 맛보면서 숨이 들이쉬면 그녀의 살냄새가 코와 입 안으로 와락 밀려 들어왔다.

향기인가 싶어서 코를 박아 들이마시면 단맛이 나는 듯했다. 그녀의 몸에서 단물을 맛보려고 혀로 핥으면 짙어지는 그녀의 냄새로 후각이 마비될 것 같았다.

그는 자신이 느끼는 감각이 진짜인지, 흥분이 지나쳐서 머릿속이 만드는 가상의 감각인지도 헷갈렸다. 분명한 것은 자신의 오감이 모두 그녀에게 반응한다는 사실이었다.

왕의 체면 따위 집어치우고 누구에게든 묻고 싶었다. 남녀의 정사란 이런 것인지, 왜 그녀를 안으면 안을수록 더 목이 타는지, 다들 이런 황홀함을 느끼는 것인지.

어떤 자극이든 반복되면 무뎌지기 마련이다. 그가 처음으로 라크 사냥에 성공했던 날은 흥분이 가라앉지 않아 한숨도 자지 못했지만, 지금은 하루에 수십 마리를 쓸어 버려도 감흥이 없었다.

그런데 어째서인지 그녀를 향한 욕망은 사그라지지 않았다. 오히려 갈수록 더해져서 이러다가 언젠가는 때와 장소도 가리지 못할까 봐 위기감마저 들었다.

그리고 갈망하는 대상이 자신의 아내라는 사실을 새삼 깨닫게 되면 짜릿한 만족감을 느꼈다. 마음껏 탐하고 욕심내어도 되는 자신의 여자니까.

그는 그녀의 유륜 주변을 둥글게 핥고 곤두선 가슴 끝을 입술로 물었다. 힘주어 비비며 혀끝을 세워 파고들자 곧바로 반응이 왔다. 신음을 흘리며 파드득 경련하는 이 여자의 몸이 얼마나 달콤한지 아는 사람은 자신뿐이었다.

'내 여자.'

그는 확인하듯 되뇌었다. 앞으로도 영원히, 자신 외에는 그 누구도 절대 이 여자의 향긋한 피부에 입 맞출 수 없을 것이다.

그는 강렬한 소유욕에 사로잡혔다. 그의 푸른 눈동자가 짙은 색으로 일렁거렸다.

그의 손이 그녀의 갈비뼈가 도드라진 부분을 지나 허리로 내려가며 어루만졌다. 살짝 땀이 배어 나온 피부가 손바닥에 촉촉하게 감겼다. 사내의 몸과 전혀 다른 부드러운 여체의 곡선이 그의 손끝을 따라 그려졌다.

머릿속이 자글자글 들끓었다. 온몸에 불이 붙은 것 같았다. 이미 아까부터 발기한 성기는 돌처럼 단단했다.

뜨겁고 좁은 그녀의 속살에 감싸이는 쾌감이 얼마나 환상적인지 기억했다. 쾌락의 극점에 도달하고 싶은 욕망이 해방시켜 달라며 아우성이었다.

하지만 그는 조금 더, 조금 더, 중얼거리며 자신을 한계로 내몰았다. 그녀의 체취에 흠뻑 취하는 이 기분을 좀 더 즐기고 싶었다.

그녀의 양쪽 가슴을 타액으로 흠뻑 적시도록 희롱하던 그의 입술이 가슴골을 따라 내려왔다. 그녀의 복부에 가볍게 닿았다가 떨어지는 키스가 이어졌다.

그의 입술이 소담하게 솟아오른 둔덕에 이르렀다. 둔덕을 덮은 속옷 위로 그가 이를 세워 살짝 깨물었다.

"훗!"

몸을 이완한 채 그의 부드러운 애무에 집중하던 유진이 허리를 들썩였다. 그녀는 반사 작용처럼 허벅지를 오므렸으나 파고드는 그의 손이 더 빨랐다.

허벅지 안쪽을 진득하게 어루만지던 손이 그녀의 엉덩이를 움켜잡았다. 곧바로 골반에 걸린 속옷을 아래로 끌어 내렸다. 벗겨지는 속옷에 점성 있는 투명한 액이 길게 늘어졌다.

유진은 눈을 질끈 감고 고개를 옆으로 돌렸다. 노출되는 젖은 속살에 선뜩한 찬 기운이 스쳤다. 아까부터 새어 나오는 물이 속옷을 적시며 밀부에 찰싹 달라붙는 느낌이 났다.

그의 두 손에 잡힌 다리가 벌어졌다. 자신의 모든 것을 모조리 그에게 보이는 수치심에 얼굴이 화끈거렸다.

하지만 그녀는 버둥거리지 않고 그의 손에 얌전히 잡힌 채 입술만 깨물었다. 너무 창피한 한편으로 기대감에 허리가 떨렸다.

"흐윽!"

눈앞에 불꽃이 튀었다. 뜨거운 입술이 그녀의 밀부를 감싸며 축축한 혀가 음부를 핥아 올렸다.

그런 곳에 입을 대다니. 전에는 상상도 해 본 적이 없었다. 이런 민망한 애무는 앞으로도 익숙해질 것 같지 않았다.

하지만 몇 번 경험한 후에는 도무지 거부할 수가 없었다.

"아…… 흑……."

그녀의 온몸이 흠칫흠칫 떨렸다. 강렬한 쾌감은 희열에 가까웠다. 그의 콧대가 균열을 파헤치며 음핵을 짓누를 때마다 온몸에 전기가 오르는 느낌이었다.

도드라진 돌기를 그가 혀끝으로 간질이다가 입술을 모아 쪽 빨아들이면 헐떡이는 신음이 터졌다.

"아! 아아!"

쏟아지는 물을 그가 빨아들이는 젖은 소리가 적나라했다. 음부에 밀착한 입술이 그녀의 젖가슴을 희롱할 때처럼 거침없이 움직였다. 여린 안쪽의 살을 입술 사이로 물어 문지르고 혀끝을 세워 질구 안쪽으로 파고들었다.

"으응!"

그녀의 턱이 위로 꺾였다. 허리가 경련처럼 펄떡 뛰어올랐다. 꽉 감은 눈앞으로 쾌감이 희게 번졌다. 등허리를 따라 쭉 따고 올라가는 절정이 감각을 고조시켰다.

'아아……'

그녀는 숨을 몰아쉬었다. 잘게 경련하는 질구에 아직 쾌감의 잔상이 남았다. 절정을 느낀 후의 만족감과 탈력감으로 몸에서 힘이 빠졌다.

카세르는 늘어지는 그녀의 다리를 잡아 벌리며 애액으로 번들거리는 붉은 속살을 응시했다.

저 야들한 속살을 핥으면 그녀 맛이 날 것이다. 새큼하면서도 농익은 여자 냄새를 상상하자 군침이 돌았다.

그녀의 온몸을 물고 핥으며 밤을 새울 자신이 있었다. 하지만 욕심을 누르고 상상만으로 끝냈다.

애무만으로 그녀를 몇 번 보내 버리면 나중에는 힘겨워서 오히려 본편을 제대로 즐길 수가 없었다.

그는 그녀의 질구 안쪽에 손가락을 밀어 넣었다. 안쪽이 부들부들하게 풀려서 그의 손가락을 부드럽게 삼켰다. 그녀가 허벅지를 오므리자 그는 시선을 들었다.

달뜬 표정의 그녀가 슬쩍 눈을 피했다. 그의 입술 끝이 올라갔다.

그녀는 쾌감에 적극적이다가도 부끄러워서 어쩔 줄 몰라 하곤 했다. 처음 음부에 입을 댔을 때는 기겁하더니 이제는 그의 눈앞에서 다리를 벌렸다. 갈팡질팡하며 점점 변화하는 그녀가 귀여웠다.

그는 상체를 세우고 셔츠를 위로 벗어 던졌다. 속옷째 바지를 내리자마자 잔뜩 성이 난 물건이 튕겨 나왔다. 고개를 뻣뻣이 세운 성기 끝은 미끈한 액으로 번들거렸다.

유진은 그의 중심부에 매달린 그것을 보고 눈이 휘둥그레졌다. 어쩌다 보니 침실에 불을 환하게 밝힌 상태에서 진한 애무를 받았고 불을 끄자고 말할 타이밍도 놓쳤다.

그녀는 어둠 속에서 그림자 형태가 아닌, 적나라하게 그의 성기를 본 것이 처음이었다. 클 거라고 짐작은 했지만, 상상 이상이었다.

저런 게 어떻게 바지 속에서 티 나지 않고 숨어 있을 수 있을지 진심으로 불가사의했다. 거대하고 두꺼우며 특히 버섯 모양의 귀두는 더 어마어마했다.

그녀는 히익, 숨을 들이켜며 팔꿈치로 상체를 세웠다.

그가 다가오자 그녀는 다급히 외쳤다.

"잠깐만요!"

"왜?"

그는 조금도 망설이지 않고 재빠르게 움직였다. 되묻는 그의 얼굴은 어느새 그녀의 코앞에 바짝 다가왔다. 그가 다리를 잡아 확 당기는 바람에 그녀의 등은 다시 침대에 털썩 떨어졌다.

유진은 순식간에 자신의 위에 타고 오른 그에게 필사적으로 소리쳤다.

"안 들어가요!"

카세르가 픽 웃으며 대꾸했다.

"잘 들어가."

"너무 크다고요."

"일부러 이래? 이 이상으로 내가 정신이 나가면 곤란할 텐데."

유진의 표정이 파리하게 질렸다. 느른하게 웃는 그의 눈빛 안쪽에 일렁거리는 푸른 빛이 보였다. 혀로 제 입술을 핥으며 짓는 표정은 그의 말 그대로 반쯤은 정신이 나가 보였다.

그의 손이 유진의 허벅지를 잡았다. 벌어지는 그녀의 두 다리 사이로 허리를 밀어붙이면서 두 손을 그녀의 얼굴 옆으로 디뎠다.

"흑……."

유진은 질구에 닿는 단단한 끝을 느끼며 숨을 삼켰다. 그의 어깨에 얹은 손이 그를 밀어내지도 끌어안지도 못하고 가늘게 떨렸다. 단단한 살기둥이 질구를 감싼 음순을 젖히며 안으로 쑥 미끄러져 들어갔다.

유진의 벌어진 입술 사이로 학학대는 숨소리만 흘러나왔다. 아래에서 밀려드는 압박감이 턱 밑까지 차올랐다.

방금 봤던 그의 성기가 눈앞에 아른거려서, 그 엄청난 것이 자신의 아래를 꿰뚫고 들어온다는 사실이 믿기지 않았다.

그런데 질벽을 벌리고 파고드는 빠듯한 느낌과는 별개로 그녀의 내벽은 비교적 순조롭게 그를 받아들였다. 그의 애무를 받으며 그녀의 몸이 잔뜩 흥분했고 한차례 지나간 절정으로 속살이 부들부들하게 풀려 있는 덕분이었다.

며칠 만이라서 약간의 둔통은 있었지만, 무시해도 괜찮을 정도로 희미했다. 충분히 젖은 입구가 그의 흉기 같은 성기를 저항 없이 삼켰다.

첫날의 고통을 떠올리며 잔뜩 긴장했으나 각오가 무색했다. 유진은 자신이 유난스레 반응한 것 같아서 겸연쩍은 기분이 들었다. 스치듯 그의 얼굴을 지나가던 그녀의 시선이 홀린 듯 멈추었다.

성기가 결합하는 순간에 환한 불빛 아래에서 그의 표정을 처음 보았다. 미간에 살짝 잡힌 주름과 악물리듯 다물린 입술, 푸른 눈동자에 선명하게 번지는 쾌감이 선명하게 보였다. 그의 얼굴에서 눈을 뗄 수가 없었다.

그 순간 그녀의 몸에 갑자기 뜨거운 열이 올랐다. 그가 느끼는 쾌감에 전염되듯 저릿하게 아랫배가 당겼다. 그의 성기를 감싼 질벽이 확 조여들며 쾌감이 등을 타고 달렸다.

"흐윽!"

"윽."

그의 눈동자가 급격히 흔들렸다. 견딜 수 없다는 듯이 내뱉는 그의 낮은 신음이 유진을 더욱 자극했다.

그녀의 내벽이 또다시 좁아지며 그의 성기를 사방에서 압박했다. 가뜩이나 큰 그가 더 크게 느껴져 배 속을 꽉 채운 듯 버거웠다. 그녀는 가쁘게 숨을 쉬었다.

"유진…… 윽!"

"으응!"

그녀의 허리가 떠올랐다. 반응하는 그의 모습이 유진을 시각적, 청각적으로 자극할 때마다 그녀의 다리 안쪽이 욱신욱신 경련했다.

성기를 잡아 비트는 내벽의 움직임에 그가 숨을 헐떡이면 그녀의 내벽도 덩달아 헐떡였다. 마치 오르가슴 같은 황홀한 쾌감이었다.

서로가 상대를 쾌락점을 건드리는 연쇄 반응이 이어졌다. 카세르는 눈을 감았다가 뜨며 아찔해지는 기분을 몰아냈다. 등 뒤가 오싹한 감각이 아무래도 위험했다. 그는 허리를 탁 치받아 완전히 삽입했다.

"홋!"

그의 어깨에 얹은 그녀의 손이 움찔했다. 손끝에 힘이 들어가면서 그의 피부를 살짝 파고들었다. 그녀의 손톱에 긁히는 느낌이 팽팽하게 당겨지던 그의 머릿속 끈을 탁 잘라 냈다.

곧바로 쑥 빠져나간 그가 강하게 다시 밀어붙였다. 그녀의 몸이 크게 흔들렸다. 물러난 그가 다시 깊이 박아 넣었다. 그녀가 교성을 질렀다.

"아아!"

그는 숨을 몰아쉬며 그녀의 좁고 뜨거운 안쪽으로 돌진했다. 쫀득한 내벽을 가르고 뿌리 끝까지 밀어 넣으면 빈틈없이 달라붙는 그녀의 속살에 전율했다. 지독히 만족스러우면서도 절대 채워지지 않을 결핍을 동시에 느꼈다.

더 깊이, 그녀의 안쪽을 낱낱이 파헤치고 싶었다. 사타구니가 맞닿을 정도로 쑤셔 박아도 부족했다. 귓가에 울리는 그녀의 교성이 어떤 음악보다도 감미로웠다.

그가 힘을 실어 묵직하게 치밀어 올릴 때마다 그녀의 몸은 무력하게 흔들렸다. 그가 떠미는 힘을 이기지 못하고 자꾸 그녀의 몸이 침대의 헤드 방향으로 올라갔다.

"흐읏! 아!"

유진은 비명 같은 신음을 질렀다. 그의 성기에 내벽이 쓸릴 때마다 조금 전 봤던 충격적인 장면이 자꾸 떠올랐다. 오히려 그녀의 상상력은 본 적 없는 광경을 사실처럼 만들어 냈다.

애액으로 번들거리는 그의 거대한 성기가 자신의 다리 안쪽 은밀한 구멍 안으로 추삽질하는 잔상이 보였다. 막대기처럼 길고 단단한 사내의 중심에 꿰뚫린다는 공포감은 기대감으로 변해 그녀를 충동질했다.

그녀의 두 다리가 그의 허리를 완전히 감았다. 본능적으로 사내를 더 깊이 받아 들기 쉽도록 엉덩이를 들었다. 그의 눈이 휙 돌아갔다.

단번에 파고드는 성기가 그녀의 내벽을 잔뜩 벌려 채웠다. 그의 몸에 눌리는 몸이 침대 아래로 내리꽂혔다. 침대의 탄성으로 흔들리는 몸이 그가 무자비하게 쑤셔 박을 때마다 깊이 묻혔다.

"아! 흑!"

두 사람의 체온이 뿜어내는 열기가 침실 안을 가득 채웠다. 출렁이는 침대의 시트는 엉망으로 구겨지고 그녀의 등에 맞닿은 부분이 땀으로 축축하게 젖었다.

유진은 눈을 깜박였다. 어지럽게 흔들리는 눈앞이 열기로 흐려졌다. 그가 깊은 안쪽을 건드릴 때마다 저릿한 쾌감이 머릿속을 녹이는 것 같았다.

퍽 퍽 치대던 그가 둥글게 허리를 돌렸다. 안쪽을 쿡 누르며 문지르는 순간에 극점까지 올라갔던 그녀의 쾌락이 단번에 터졌다.

"흐응!"

그녀의 몸이 휘어지며 길게 신음을 내질렀다. 경련하는 그녀의 내벽이 부풀어 오르는 그의 성기를 쥐어짰다. 그는 숨을 멈추고 정액을 쏟았다. 눈앞이 아찔하여 헛숨을 들이켰다. 극한의 쾌락이었다.

유진은 후끈해지는 눈을 감았다. 입을 꽉 깨물었는데도 목 안쪽부터 흐느낌이 새어 나왔다. 사내의 뜨거운 정이 절정으로 몸부림치는 그녀의 내벽을 흠뻑 적셨다.

그의 몸이 쓰러지듯 그녀의 몸을 내리눌렀다. 묵직하게 누르는 그의 무게는 유진이 딱 감당할 수 있는 만큼이었다.

그녀는 자신의 얼굴 옆에 고개를 묻은 그의 호흡 소리에 귀를 기울였다. 잠깐 가쁘게 들리던 그의 숨소리는 금방 고르게 가라앉았지만, 유진의 가슴은 여전히 오르락내리락했다.

카세르가 갑자기 웃음을 터뜨렸다. 그는 고개를 들어 유진을 보며 싱글싱글 웃었다.

"안 들어가요?"

색색 숨을 쉬며 그를 멀뚱히 보던 유진의 얼굴이 확 붉어졌다. 아까는 엉겁결에 튀어나오는 대로 말을 던졌지만, 안 들어갈 리가 없지 않은가. 이미 수없이 그와 몸을 섞었는데.

더구나 그렇게 반응한 장본인은 아주 적극적으로 그의 허리에 다리를 감아 신음했다. 낯뜨거운 내숭이라고 해도 반박할 수 없었다.

굳이 그 말을 다시 꺼내 놀리는 그를 흘겨보았다.

"무거워요."

무겁지 않은데 괜히 그의 어깨를 밀치며 타박했다. 뾰로통한 표정의 그녀를 보며 그는 즐겁게 웃었다. 순진하면서 과감하고 엉뚱한 면도 있는, 예측할 수 없는 모습이 그녀의 매력이었다.

그는 상체를 일으키며 느릿하게 허리를 뒤로 물렸다. 딸려 나오는 정액과 애액이 뒤섞여 질구로 흘러내렸다. 그녀의 몸이 흠칫 놀라며 다리를 오므렸다.

그가 옆으로 몸을 비켜서 모로 누운 채 한쪽 팔꿈치로 머리를 기댔다. 부드러운 시선으로 그녀를 응시했다. 잔잔한 눈빛 안쪽은 당장이라도 터질 것처럼 뜨거웠다.

대체 이 여자는 뭘까. 그는 진심으로 궁금했다. 이 여자의 무엇이 자신을 뒤흔드는지 모르겠다.

유진은 그가 곧바로 다시 덤벼들지 않자 의아했으나 이 짧은 휴식이 반가웠다. 그녀는 느슨하게 몸을 이완하며 조금이라도 체력을 회복하려고 노력했다.

그런데 유진은 계속 쳐다보는 그의 시선이 신경 쓰였다.

"하실 말 있으세요?"

"아니."

"그럼 왜 그렇게 보시는데요?"

"그냥……."

카세르는 그녀를 성도로 보내겠다는 결정을 보류해서 진심으로 다행이라고 생각했다. 어떻게 그녀만 보낼 생각을 했을까. 지금 기분으로는 그녀가 하루라도 눈앞에서 보이지 않으면 일이 손에 잡히지 않을 것 같았다.

"그냥요?"

"그냥 보고만 있어도 좋아서."

유진의 눈동자가 흔들렸다. 듣기에 따라서는 감동적인 대사였으나 유진의 표정은 미묘하게 일그러졌다. 그녀는 떨떠름하게 대꾸했다.

"당신의 그 생각에…… 당신의 몸은 동의하지 않는 것 같네요."

차라리 침실이 어두웠으면 그의 말이 훨씬 로맨틱하게 들렸을 것이다. 안 보려고 해도 어느새 힘을 받아 기립한 그의 중심이 시선 끝에 잡혔다.

카세르는 웃음을 터뜨렸다. 그는 키득거리면서 재빠르게 몸을 굴려 그녀 위로 올라갔다. 버둥거리는 그녀의 두 손에 깍지를 껴 눌렀다.

여유 부릴 때가 아니다. 밤은 너무 짧으니까.

그는 유진이 알았다가는 기겁할 생각을 중얼거리며 고개를 기울였다. 그녀의 입술에 자신의 입술을 포갰다. 그녀의 말캉한 입술은 순식간에 그를 흥분시켰다.

*   *   *

'난 쾌락에 약한 걸까.'

유진은 뜨거웠던 간밤의 정사를 떠올리며 자신을 스스로 되돌아보았다. 불과 일주일 전에 입맛을 잃을 정도로 심각하게 고민했던 일들이 지금 와서는 아무것도 아닌 게 되었다.

물론 일주일 동안 많은 사건이 벌어졌다. 유진은 강력한 라미타를 지닌 아니카라는 정체성을 확보했고 그녀의 형식적인 남편은 형식적인 관계 이상으로 가고 싶다는 마음을 내비쳤다.

그런데 따지고 들면 해결된 건 아무것도 없었다. 여전히 유진은 자신이 누구인지, 왜 여기에 왔는지 알아내지 못했다. 사왕에게 모든 것을 고백하고 '유진'으로서의 자신을 솔직히 드러내지도 못했다.

하지만 그녀의 마음은 일주일 전과 완전히 달라졌다. 막연한 두려움이 거의 사라졌다. 왠지 모든 일이 순조롭게 잘 될 것 같았다.

'라미타 때문일까?'

그녀는 근거 없는 자신감이 자각몽의 영향 때문일지도 모른다고 생각했다. 끝이 보이지 않는 물속을 헤엄치면서 느꼈던 해방감은 꿈에서 깨어난 후에도 여전히 그녀의 기분을 북돋웠다.

'세상일은 참 알 수가 없어. 눈꼴시다고 생각했던 아니카의 오만한 자존심을 이해할 날이 올 줄이야.'

유진은 자신이 지닌 라미타를 생각하면 아주 든든했다. 아마 마하에 오기 전, 거액의 복권에 당첨되어 평생 물 쓰듯 써도 남을 거액이 갑자기 생긴다면 느낄 기분과 비슷할 것이다.

라미타로 못 할 일이 없을 것 같았다. 그 힘이 직접 사람에게 영향력을 행사하는 것이 아닌데도.

실체 없는 두려움에 사로잡혀 끙끙대 봤자 아무것도 해결되지 않는다고 생각이 바뀌었다. 그러니까 자격이 없다는 자격지심 때문에 그 남자를 굳이 밀어낼 이유도 없었다.

그리고 그가 '새로 시작하자'라고 했다고 새삼스레 손만 잡고 자는 풋풋한 관계부터 시작한다는 것도 웃겼다. 그에게 흔들려서 갈등하는 마음은 마음이고, 그가 주는 육체적 쾌락이 정말 좋았다. 다리 사이를 그가 혀로 핥아 주는 애무까지 받은 마당에 새삼 내숭 떨고 싶지도 않았다.

이런저런 생각을 하는 사이에 그녀는 서재 앞에 도착했다. 요 며칠 다른 신경 쓸 일이 많아서 서재에 꽤 오랜만에 들렀다.

'새로운 기억을 볼 수 있겠지.'

그녀는 문고리에 손을 잡은 채 크게 숨을 들이켰다. 기대되는 한편으로 두려웠다.

그녀는 서재로 들어와 문을 닫았다. 책으로 벽을 가득 채운 서재 내부를 천천히 둘러보았다. 마지막으로 다녀갔을 때와 아무것도 달라지지 않았다. 테이블에 올려 둔 책 역시 그대로였다.

테이블로 다가가던 유진이 멈칫했다. 불현듯 떠오른 진의 기억이 영상처럼 펼쳐졌다. 유진은 숨을 멈추고 보이는 기억에 집중했다.

진이 고서를 테이블에 내려놓고 표지를 열었다. 시선을 돌리자 날카로운 단검과 타오르는 등잔이 보였다.

진은 단검을 들어 등잔불에 검날을 올렸다. 어느 정도 날이 달구어진 후 펼쳐진 페이지 안쪽에 대고 단번에 그었다. 쭉 갈라지는 양피지 내지가 책에서 떨어져 나왔다.

「술식, 그릇, 매개. 아직 갈 길이 멀군.」

진이 중얼거리며 책을 덮었다. 덮이는 책 표지를 마지막으로 기억이 끝났다.

유진은 기억에서 봤던 표지와 같은 책을 찾아보았다. 마침 테이블에 올려 둔 몇 권의 책 중에 있었다. 책장을 넘겨서 잘린 페이지를 찾아냈다. 검날에 약간 휘어지게 잘려 나간 부분이 기억과 일치했다.

기억에서 진이 잘라 낸 페이지 내용을 떠올렸다. 진이 그 페이지를 차근차근 읽는 기억을 봤으면 좋겠지만, 페이지를 자르는 순간은 짧았고 스치듯 본 것만으로는 내용을 자세히 기억할 수 없었다.

다만, 그 페이지에 가득한 것은 기하학적인 도형과 그림이었다. 글자는 그것들의 의미를 설명하듯 부분부분 짧게 쓰어 있었다.

'술식, 그릇, 매개……'

진이 중얼거린 말은 의미심장했다. 분명히 중요한 의미가 있을 것이다.

'진이 잘라 낸 페이지와 관련이 있을 거야.'

기억을 새로 본 덕분에 유진의 가설은 사실이 되었다. 진은 순수한 취미 활동으로 고서를 수집한 것이 아니었다. 고서를 통해 뭔가를 찾기 위해서였고 찾아낸 것은 잘라 내어 따로 모았다.

'잘라 낸 페이지는 어디에 뒀을까.'

유진은 테이블에 있던 고서를 더 뒤졌으나 추가로 보이는 기억은 없었다. 그녀는 고서의 방을 더 뒤져 볼까 하다가 작은 방으로 들어가는 입구에서 멈추어 섰다.

'오늘은 여기까지 하자.'

온종일 여기에 매달려 봤자 들이는 시간에 비해 얻는 것은 많지 않을 것이다. 기억은 불완전했고 단서는 될 수 있을지언정 친절한 설명은 해 주지 않았다.

차라리 작은 단서를 바탕으로 다른 수단을 동원하여 조사하는 게 나았다.

이제 유진은 아무것도 모른 채 마하에 뚝 떨어진 그때의 유진이 아니었다. 그녀는 그동안 많은 것을 얻었다.

그녀에게는 돈과 권력이라는 훌륭한 수단이 있었다. 마리안에 대한 믿음도 전보다 두터워졌다. 왕국에 해가 되는 일만 아니면 마리안은 충실한 조력자로서 성심껏 도와줄 것이다.

그녀는 서재를 나왔다. 오늘도 굳건히 서재 앞을 지키고 있는 근위 병사가 앞을 지나쳐 가는 그녀에게 고개를 숙이며 예의를 표했다.

'일이 다 해결된 후에는 저 서재는 정리해 버려야지.'

유진은 진의 흔적을 모조리 없애 버리고 싶었다. 그런 자신이 완전범죄를 계획하는 악인 같았다. 하지만 양심의 가책조차 느껴지지 않아 쓴웃음이 나왔다.

'사실 진이 내게 무슨 짓은 한 건 아니잖아.'

오히려 진의 몸을 무단으로 차지한 자신이 진에게 미안해해야 할 것이다. 그런데 문득문득 자신도 모르게 진에게 반감을 느낄 때마다 기분이 이상했다.

'술식……'

잘라 낸 페이지에 그려진 의미 모를 도형은 진이 중얼거린 단어 중 '술식'과 관련이 있을 것 같았다.

유진이 살던 지구에도 비슷한 것이 있었다. 흑마술이라든가, 악마 소환술이라든가.

비록 대부분 사람이 허무맹랑한 이야기로 취급하지만, 종교가 세상을 지배했던 중세에는 진심으로 믿고 매달린 사람이 훨씬 많았을 것이다.

그리고 과학이 지배하는 지구와 다르게 마하는 비현실적인 현상이 실제로 발생하는 세상이었다.

'마라 소환과 관련이 있을까?'

그렇다면 앞뒤가 맞지 않았다. 호드리고는 중요한 의식을 앞둔 상태에서 진이 연락을 끊었다고 말했다. 진이 왜 사막에 갔는지 모르는 눈치였다. 마라를 소환한다고 하면 제사장이 제 영혼을 바쳐서라도 도와줄 텐데 비밀로 할 이유가 없다.

진이 고서 수집 등으로 애쓸 필요 없이 사교도의 도움을 받는 편이 훨씬 나았다. 모르는 사이도 아니고 이미 성녀라는 거창한 이름도 얻었으니까.

생각에 잠겨 걷다 보니까 자주 가던 길로 몸이 움직였다. 서재에 갈 때 시간이 얼마나 걸릴지 알 수 없어서 시녀를 데려오지 않았다.

홀가분한 혼자 몸으로 회랑 가까이에 이르자 홀로 산책한다는 핑계로 아부와 놀던 기억이 났다.

'그날 이후로 아부를 못 봤네.'

제대로 고맙다는 인사도 못 했다. 그날 아부가 아니었으면 낙마해서 아주 크게 다쳤을 것이다.

유진은 늘 아부와 만나던 곳으로 나갔다. 마침 시각도 늘 보던 때와 비슷했다. 그녀는 항상 아부가 달려오던 방향을 보며 아부를 불렀다. 잠시 기다렸으나 작은 흑표범은 나타나지 않았다.

"아부."

유진은 한 번 더 불렀다. 그래도 여전히 아부는 보이지 않았다. 하지만 유진은 돌아서지 않고 기다렸다. 근처에 분명히 아부가 와 있는데 왜 숨어서 나타나지 않는지 의아했다.

환수는 라크의 일종이고 그녀는 라크 특유의 느낌을 감지할 수 있었다. 예전에도 느끼긴 했지만, 긴가민가할 정도로 희미했다.

그런데 자각몽 각성과 라미타의 사용 이후 그녀의 감각이 예민하게 변한 것 같았다. 라크가 풍기는 이질감이 더 강하게 느껴졌다.

"아부. 안 나오면 그냥 간다?"

잠시 후 정원수 덤불 아래에서 작은 흑표범이 낮은 포복 자세로 기어 나왔다. 당당하고 경쾌하게 달려오던 이전의 모습과 전혀 달랐다.

흑표범의 귀가 뒤로 바짝 내려와 붙고 어깨도 축 늘어뜨렸다. 잔뜩 주눅이 든 모습이 애처로웠다.

집채만 한 덩치의 괴수가 못지않은 거대 쥐와 맞붙어 싸우던 모습이 지금도 눈에 선했다. 그때의 위엄 있는 기세를 전혀 찾아볼 수 없었다.

너무 귀여워서 당장 끌어안고 보드라운 털에 얼굴을 비비고 싶었다. 그래도 유진은 터져 나오는 웃음을 꾹 참았다.

왜 저러는지 이유는 모르겠지만, 지금 아부는 진지했다. 웃으면 상처받을 것 같았다.

"아부. 왜 그래? 나한테 화났니?"

아부가 바닥에 납작 엎드려 꼬리만 흔들었다. 아니라고 말하는 듯했다.

"그날 고마웠어. 내 인사가 너무 늦었지? 그래서 서운했어?"

여전히 아부는 꼬리만 흔들었다.

"흐음. 뭐가 문제일까. 이유를 모르겠네."

유진은 아부에게 다가갔다. 혹시 아부가 도망갈까 봐 천천히 접근했다. 아부는 유진이 바로 앞에 다가와도 꼼짝하지 않았다. 유진이 두 손을 내려 흑표범을 안아 들었다.

"아부. 괜찮아."

유진은 어린아이를 달래듯 아부를 품에 안아 토닥토닥 두드렸다. 갸르릉거리며 그녀의 품 안에 파고드는 작은 짐승은 그녀의 위로에 금방 기운을 되찾았다. 머리에 납작 붙었던 귀가 다시 당당하게 위로 바짝 올라갔다.

아부는 그날 자신이 내던진 쥐가 유진의 곁으로 날아갔을 때 유진이 사색이 되어 비명을 지르는 모습에 충격받았다.

그 일로 유진이 자신을 싫어할까 봐 겁먹었다. 낙마한 유진을 도운 일로 주인한테 칭찬을 들었어도 전혀 기쁘지 않았다.

아부는 인간 여자가 예전과 다름없이 안아 주고 친근하게 대해 주자 한껏 기분이 고양됐다. 기꺼이 그녀의 발치에 발라당 몸을 뒤집고 애교를 부렸다. 비록 말은 할 수 없지만, 다시는 쥐를 던지지 않겠다는 다짐을 눈빛으로 표현했다.

'귀여운 녀석.'

유진은 웃으며 쪼그려 앉았다. 아부의 턱밑을 손끝으로 쓸었다.

'아부가 내게 호의적인 이유는 라미타 때문일까?'

아부는 진에게 관심을 보이지 않았다고 했다. 진은 아니카다. 타고난 능력이 미약했다고 가정해도 라미타를 지녔을 것이다.

아부가 라미타에 무조건 반응하는 게 아니라 강력한 라미타에만 이끌리는 것일 수 있다. 소설 속 플로라의 주변으로 라크 군단이 몰려든 것처럼.

'라미타는 대체 무슨 능력일까?'

라크를 나무로 만드는 것에 어떤 의미가 있는지 모르겠다.

'그건 그냥 나무였어.'

어제 봤던 나무는 평범했다. 라크가 전혀 다른 종의 나무로 변화했다는 것은 라크는 소멸하고 나무가 탄생했다고 해석할 수 있었다.

소멸은 곧 죽음이다. 나무로 변하는 것이 라크의 죽음이라면 라크는 아니카를 적대시하거나 피하는 것이 이치에 맞았다. 그런데 라크는 왜 아니카를 해치기는커녕 모여드는 걸까.

펑!

신호탄 터지는 소리에 유진은 곧바로 시선을 들었다. 하늘에 노란색 연기가 번졌다. 그녀는 안도의 숨을 내쉬었다. 워낙 많은 일을 겪었더니 이제 노란 신호탄 정도는 대수롭지 않았다.

누운 채 앞발로 그녀의 손을 툭툭 치며 장난을 걸던 아부가 벌떡 몸을 일으켰다. 고개를 돌려 귀를 움찔거리더니 곧바로 달려갔다. 달려가던 중에 작은 흑표범의 몸이 점점 크게 변화했다.

'주인님이 호출했구나.'

유진은 대견하다는 눈빛으로 멀어지는 아부의 뒷모습을 바라보았다. '어린 짐승이 기특하다'라고 생각했다가 그녀는 웃음을 터뜨렸다.

'어리긴. 아마 나보다도 나이가 많을 텐데.'

아부의 나이가 최소한 수십 살은 되었을 것이다.

보통 경험이 짧은 환수는 어수룩했다. 그런데 아부는 단지 머리가 좋은 정도를 넘어서 영악스러운 구석이 있었다.

그뿐만 아니라 인간의 질서를 능숙하게 습득했다. 아부는 사왕에게는 절대복종하면서 다른 인간들은 낮잡아 본다고 들었다. 권력의 상하 관계를 이해한다는 뜻이었다.

유진은 작은 표범의 모습을 자꾸 봐서 그런지 아부가 어리다고 착각하게 되었다. 자신도 모르게 보이는 대로 판단하는 것은 어쩔 수 없었다.

그녀는 다시 성안으로 들어갔다. 시녀가 다가와 고했다.

"왕비님. 보좌관들이 인사드리러 왔습니다. 집무실의 응접실에서 기다리고 있습니다."

"그래."

유진은 오늘 아침에 왕이 추천한 보좌관 세 명에 관한 추가 정보를 마리안한테 들었다. 깊이 파고드는 뒷조사는 아니라서 시간이 오래 걸리지 않았다.

세 명 모두 평판이 무난했고 딱히 거슬리는 점이 없었다. 그래서 즉시 그들을 보좌관으로 채용하겠다고 총관에게 전달했다.

그녀는 집무실로 갔다. 집무실로 통하는 응접실에서 여자 셋이 잔뜩 굳은 표정으로 기다리고 있었다. 인사 서류 내용을 꽉 채울 정도의 경력자답지 않게 잔뜩 긴장한 신입 사원 같았다. 그들이 입을 모아 인사했다.

"왕비님께 인사 올립니다."

"반갑네. 각자 이름을 알려 주겠나?"

샌디, 레지나, 산드라.

유진은 자신을 소개하는 세 사람의 얼굴을 이름과 연결하여 확실히 기억해 두었다. 세 명 모두 자신만의 개성이 있는 생김새라서 헷갈리지 않을 듯했다.

"미리 말해 두지만, 자네들에게 업무를 인계해 줄 선임자가 없네. 자네들이 시작이야. 아직 체계도 없고 무슨 일을 하게 될지 확실하게 말해 줄 수 없네. 예상보다 일이 쉬울 수도 있겠지만, 반대로 생각지 못한 곤란한 일들이 잔뜩 있을 수도 있지. 자네들 셋이 서로를 믿고 도와주면서 나를 보좌했으면 하네. 선의의 경쟁은 좋지만, 악의를 품은 시기심으로 문제를 일으킨다면 엄히 책임을 물을 것이니 명심하게."

유진은 일부러 딱딱 자르는 말투로 차가운 분위기를 조성하며 말했다. 보좌관들을 겁주려거나 그들을 위압력으로 누르려는 의도는 아니었다.

착하고 만만한 윗사람으로 보이기보다는 차라리 까다롭고 호감이 가지 않는 사람 행세가 낫다고 생각했다. 실무관 눈에 자신은 어린 데다가 곱게 자라서 세상 물정 모르는 귀부인으로 보일 테니까.

"명심하여 따르겠습니다. 왕비님."

"심려하시는 일이 없도록 모든 노력을 다하겠습니다."

"왕비님을 곁에서 모실 수 있어서 영광입니다."

결연한 의지를 다지듯 말하는 보좌관들의 반응이 유진의 예상과 전혀 달랐다. 초롱초롱한 그들의 눈빛에는 유진을 향한 경외심이 가득했다.

앞으로 함께 일할 아랫사람들이 첫 만남에서 호감이 가득한 눈빛으로 바라보는데 싫을 리가 없었다. 유진은 멋쩍은 기분으로 괜히 헛기침했다.

"오늘은 인사를 나눈 것으로 되었으니 내일부터 나오게."

"내일 다시 인사 올리겠습니다. 왕비님."

보좌관들이 정중히 인사하며 물러갔다.

유진은 집무실로 들어가서 내일 보좌관들과 우선순위로 의논하고 처리할 일들을 골랐다. 아무래도 예산 문제가 가장 급했다.

그동안 왕성 예산은 총관이 계획을 잡고 왕의 승인을 받는 형식으로 처리했다. 그런데 총관은 자신의 본분에 충실한 사람이었다. 그 점은 장점이자 단점으로 작용했다.

횡령의 문제가 없는 대신, 예산 사용에 아주 소극적이었다. 전혀 변화를 시도하지 않았다.

해가 지날수록 물가는 조금씩 오르기 마련인데 쓰는 돈은 고정된 금액에서 변동이 없으니 왕성 전체의 살림이 그야말로 허리띠를 졸라매는 형국이었다.

오죽했으면 시종장이 다 찾아왔겠는가.

유진은 시종장이 찾아왔던 날을 떠올리자 웃음이 나왔다. 시종장은 구구절절한 사연을 앞세우며 예산 증액을 읍소했다. 물론 대놓고 말하지는 않고 돌리고 돌려서 말하는 바람에 유진은 처음에 알아듣지 못했다.

나중에 알고 보니까 궁인들에게 배정되는 물품의 여유분이 한 자릿수 이하였다고 한다. 왕성 내의 궁인 숫자를 고려하면 참 지독한 알뜰함이었다.

왕국이 가난하다면 모를까, 왕비가 개인 취미 생활로 엄청난 왕실 예산을 써대던 상황이었다.

시녀가 바깥에서 문을 두드렸다. 잠시 후 들어와 고했다.

"왕비님. 총관이 뵙기를 청합니다."

"들여라."

사라가 들어와 인사를 올렸다. 유진은 부드러운 시선으로 사라를 응시했다.

본격적으로 총관한테서 업무를 인계받고 특히 재정 현황을 파악한 후에는 총관을 더욱 신뢰하게 되었다. 모든 지출 내력은 증빙이 확실했고 소액이라도 남용한 흔적이 없었다.

왕이 최종 승인권자이기는 하지만, 총관을 믿고 맡기는 상황이라 총관은 거액을 좌지우지할 권한을 오롯이 쥐고 있었다.

이런 경우 대부분 사람은 자신의 이득을 챙기며 착복했을 것이다. 왕의 신뢰를 정직한 충성심으로 되돌린 총관이 대단했다.

"무슨 일인가?"

"임시 인력을 들이게 되어 보고드립니다. 내일부터 스물두 명이 들어와서 건기가 시작되기 전까지만 잡무를 담당할 예정입니다. 그들의 명단을 가져왔습니다."

"수고했네."

사라가 들고 있던 서류를 책상에 올렸다.

"내가 이들을 따로 볼 일이 있을까? 예전에 임시 인력을 들이면 내게 인사를 시켰나?"

"왕비님께서 그들의 인사를 받으신 적은 없었습니다. 왕비님께서 기억해 두실 만큼 중요한 일을 담당하지 않습니다."

유진은 내일 들어올 임시 인력 중에 호드리고의 연락책이 포함되어 있을 거라고 확신했다. 어떤 방식으로 접근했는지 알아내기 위해서는 변화를 주지 않는 편이 나을 것이다.

총관이 나간 후 유진은 명단을 펼쳤다. 서류상으로는 딱히 눈에 띄는 것이 없었다.

펑!

신호탄 터지는 소리를 듣고 유진은 곧바로 책상에서 나와 창가로 갔다. 푸른 연기가 하늘에 번지는 광경을 보며 미소 지었다.

그녀는 연기가 사라진 후에도 한참을 계속 하늘을 바라보며 서 있었다. 아까 달려가던 아부가 왕을 등에 태우고 귀환하겠구나, 생각이 들자 문득 그 남자가 보고 싶었다.

'보물고.'

때마침 그에게 물어볼 게 기억났다. 좋은 핑곗거리가 있으니 망설일 이유가 없었다. 그녀는 곧바로 몸을 돌려 집무실에서 나왔다.

왕의 집무실 바깥 복도에 관리들이 쭉 줄을 늘어섰다. 흔한 풍경은 아니지만, 종종 벌어지는 일이었다.

두 달의 활동기 중에서 반 이상이 지나갔다. 대략 이십 여일만 지나면 활동기가 끝난다.

사막에서 가까운 수도가 아닌 다른 지역은 라크의 출몰로 인한 피해가 활동기 초반에 대부분 몰렸다. 활동기 시작 후 한 달이 지나가면 긴장을 조금 늦추는 시기였다. 이때쯤 되면 슬슬 전국 각지에서 왕께 올리는 장계가 도착하기 시작했다.

자신의 차례를 조용히 기다리던 관리들이 술렁거렸다. 주변이 시끄러워지자 무슨 일인가 싶어서 고개를 돌린 관리의 눈도 휘둥그레졌다.

시녀들을 이끌고 왕비가 나타났다. 관리 중 대다수는 왕비의 실물을 처음 보았지만, 왕비의 외모적 특징이 워낙 유명하니 단번에 알았다.

흑발에 흑안이라는 신비한 외모는 그녀가 지닌 본래의 아름다움을 더욱 돋보이게 했다. 왕비께서 라크를 나무로 변하게 했다는 소문이 경외심을 추가하여 관리들의 눈에는 왕비의 주변에 후광이 비치는 듯 보였다.

처신이 능숙한 자는 재빠르게 고개를 숙였고 멍하게 넋 놓고 왕비를 보던 일부는 동료가 옆구리를 찌르자 뒤늦게 화들짝 놀라며 시선을 내렸다.

시종장이 헐레벌떡 달려왔다. 유진의 곁으로 다가가 고개를 숙였다.

"인사 올립니다. 왕비님."

유진은 예상과 다른 분위기에 당황했다. 왕의 집무실 앞이 이렇게 번잡할 줄은 몰랐다.

"무슨 일이 있소?"

"전하께 보고를 올리고자 대기하는 자들입니다."

"언제나 이렇소?"

"그렇지는 않습니다. 하지만 심려하실 만한 특별한 일은 아닙니다."

"오늘 특히 전하께서 일이 많으시다는 거로군."

"예, 왕비님. 어인 일이시옵니까?"

"전하를 뵈러 왔는데…… 중요한 일은 아니라오. 바쁘시다니 나중에 뵈어야겠소."

"아닙니다. 왕비님."

시종장이 곧바로 유진을 붙들었다. 처음으로 왕비께서 왕의 집무실에 찾아오셨다. 두 분 윗전께서 전과 다르게 부쩍 가까워지셨다는 사실을 알 만한 사람은 다 알았다. 시종장의 감이 이대로 왕비를 돌려보내서는 안 될 것 같다고 말했다.

"시급을 다투는 일은 없습니다. 전하께 바로 말씀 올리겠습니다. 안으로 드시지요."

시종장은 왕비를 응접실로 모신 후 곧바로 왕의 집무실로 들어갔다. 문밖에 대기한 자들이 전부가 아니라 왕의 책상 앞에도 서넛이 줄을 서 있었다.

카세르의 눈동자는 계속 좌우와 아래위로 움직이며 문서를 읽었다. 그는 오늘 이른 아침부터 밀려오는 일을 처리하느라 숨 고를 틈도 없었다.

가뜩이나 바쁜데 하필 신호탄이 터지는 바람에 일어나야 했다. 오늘 나타난 라크는 별것 아니었다. 얼른 사냥하고 돌아오자마자 바로 책상에 앉아 다시 일을 시작했다.

이맘때는 원래 바빴다. 주기적으로 반복되는 연례행사였다. 늘 하던 일인데도 사실 그는 지금 일하기 싫어서 죽을 맛이었다.

한 손으로 관자놀이를 누르며 심각한 표정을 짓는 이유는 읽고 있는 서류 내용이 복잡해서가 아니었다. 그의 복잡한 심경을 나타냈다.

항상 그날이 그날이었던 예전에는 왕으로서 국정을 살피는 일이 그의 삶 자체였다. 그런데 그는 최근에 맛본 또 다른 삶의 즐거움에 푹 빠졌다.

오늘 아침 일찍 왕비의 침실에서 나오는 발걸음이 어찌나 무겁던지. 경박하게 표현하자면 당분간 모든 일을 미룬 채 그녀를 끌어안고 침대에서 뒹굴고 싶었다.

그동안 성실한 군주의 역할을 다 했으니 잠깐은 무능한 왕이 되어도 괜찮지 않을까. 그는 이상한 논리를 만들었다. 누구도 짐작 못 할 왕의 속내는 그러했다.

"전하."

"음."

카세르는 언짢은 기분으로 퉁명스레 반응했다. 시종장이 또 할 일을 잔뜩 가져왔을 것이다.

"왕비님께서 납시었습니다."

카세르가 흠칫 놀라며 고개를 들었다.

"왕비님께서 전하께 말씀드릴 일이 있으신 듯합니다. 응접실로 모셨는데 어찌 하올까요?"

"안으로 모셔라."

시종장은 왕께서 즉시 서류를 내려놓으며 망설임 없이 지시하는 모습을 보며 자신의 선택이 틀리지 않았다고 확신했다. 그는 집무실 안에 있던 관리들도 모조리 데리고 나갔다. 잠시 후에 유진이 안으로 들어왔다.

그녀는 그와 눈이 마주치자 어색하게 웃었다. 충동적인 기분으로 왔는데 바깥에 잔뜩 있는 사람들을 보니까 공연히 쑥스러웠다.

"전하. 바쁘신데 갑자기 찾아와서 방해드렸네요."

"아니야. 쉬려던 참이었어."

카세르가 책상에서 일어나며 유진에게 자리를 권했다. 그녀는 소파에 앉은 후 집무실 내부를 전체적으로 둘러보았다.

도마뱀 환수 구경을 위해 지난번에 처음 구경했던 왕의 집무실 풍경은 여전했다. 넓은데 꼭 필요한 가구 외에는 장식품이 없었다. 군더더기를 싫어하는 왕의 성격이 보였다.

"혹시 제가 여기 오면 전하께서 곤란하시나요?"

"과거에 당신에게 오지 말라고 한 적 없고 앞으로도 얼마든지 와도 괜찮아."

유진은 쉬려고 했다는 그의 말이 자신을 배려한 거라고 생각했다. 줄 서서 기다리는 관리들이 바깥에 잔뜩 있고 얼핏 본 책상 위에는 서류가 가득했다. 시간이 아까울 텐데 즉시 반갑게 맞아 주고 무슨 일로 왔냐고 묻지 않아서 고마웠다.

"꼬마가 보이지 않네요."

"꼬마?"

"아……. 제가 멋대로 부를 이름을 붙였어요. 저장소에서 데려오신 환수요."

"내 침실의 응접실에 뒀어. 가져오라고 할까?"

"아니에요. 환수를 보러 온 게 아니라요. 전하께 여쭐 일이 있어요. 그런데 미리 말씀드리면 급한 건 아니에요. 당장 대답하시기 곤란하면 기다릴 수 있어요."

카세르가 고개를 끄덕였다.

"보물고가 뭔가요? 왜 제가 보물고에 관해 알 수 없도록 단속하셨어요?"

카세르는 살짝 미간을 찌푸렸으나 크게 표정 변화는 없었다. 그녀가 기억을 일부 찾았다고 했을 때부터 어차피 보물고에 관해서도 기억할 거라고 예상했다.

"보물고는 과거의 당신이 자주 가던 곳이야."

카세르는 솔직히 털어놓았다. 유진이 기억을 되찾기를 바라지 않았으며 기억 회복의 중요한 매개가 될 보물고에 관해 숨겼다고.

"제가 얼마나 자주 갔어요?"

"수시로 갔다고 들었어. 원래 보물고는 여닫을 때마다 내 허락이 필요하지만, 당신은 그런 절차 없이 드나들었지."

"제가 거길 자주 가서 뭘 했어요?"

카세르는 '나야말로 묻고 싶다.'라고 속으로만 생각하며 말했다.

"왕국의 귀한 보물들을 구경하고 싶다고 했지. 당신이 보물고에 들어가고 싶다는 이유는 그거였어."

"구경이요? 정말 단지 구경만요?"

"그동안은 그랬지. 당신이 사막으로 나갔던 날만 제외하고."

유진은 앞뒤 상황을 유추했다.

"제가 가져갔다는 목걸이가 보물고에 보관 중인 보물이었군요."

그가 왜 없어진 물건에 관해 추궁하지 않았는지 이해했다. 그는 보물고를 언급하느니 차라리 도난 사실을 덮으려 했던 모양이었다. 그 정도로 과거의 진이 싫었구나. 묘한 기분이 들었다.

"음……. 사실."

카세르는 머뭇거리다가 슬쩍 유진의 눈치를 살피며 말했다.

"없어진 물건이 목걸이가 아니야."

"네?"

"목걸이가 아니라……."

"잠깐만요."

카세르는 생각에 잠긴 유진을 조마조마한 심정으로 지켜보았다. 그녀를 목걸이 도둑 취급했다고 오해하지 않기를 바랐다.

"없어진 물건이 무엇이었는지는 말씀하지 마세요. 제가 기억할 수 있을지도 몰라요."

카세르가 걱정할 오해는 애초에 유진은 하지 않았다. 필요하다면 천연덕스러운 거짓말을 능하게 할 수 있는 철저한 남자라는 사실만 재확인했다.

"보물고에 가 보고 싶어요."

카세르는 흔쾌히 보물고 개방을 허락했다. 어차피 이제는 기를 쓰고 그녀에게 비밀로 할 이유가 없었다.

"지금은 내가 당장 할 일이 있어서 오후는 어때?"

"네. 좋아요."

유진은 보물고가 외부 어딘가에 있는 줄 알고 외출 준비를 했다. 그런데 약속 시각이 다 되어갈 때쯤 방으로 시종장이 데리러 왔을 뿐이었다.

그날 오후, 카세르가 유진을 보물고로 안내했다.

유진은 카세르와 낯선 복도로 들어왔다. 그녀는 주변을 두리번거렸다.

'이런 데가 있었네.'

그동안 왕성 내부 구조를 익힌다며 구석구석 전부 돌아보았다고 생각했기에 모르는 장소가 있다는 것이 뜻밖이었다. 그런데 생각해 보면 처음에 유진의 길 안내는 시녀가 해 주었다. 왕성이 워낙 넓고 구조가 비슷하므로 교묘하게 방향을 돌리면 길을 모르는 사람은 이상한 점을 알아차릴 수 없었다.

유진이 호기심이 넘쳐서 왕성을 탐험하겠다며 돌아다녔다면 모를까, 구조를 대충 습득한 후에는 기억하는 길만 다녔다. 간혹 혼자 다닐 때는 늘 가던 곳만 왔다 갔다 했다.

복도는 물론이고 이어지는 계단에 근위 병사들이 지키고 있었다.

'삼엄하네. 아마 이 복도가 보물고로 직접 이어지는 유일한 길이겠지.'

회전형 구조의 계단을 내려가니 아치 형태의 거대한 문이 보였다. 문 앞에도 병사들이 있었다.

"문을 열어라."

"예, 전하."

병사가 커다란 자물쇠를 풀고 꽁꽁 싸맨 굵은 사슬을 풀었다. 병사 둘이 양쪽에서 문 하나씩을 잡고 당겼다. 묵직한 돌문이 느릿하게 열렸다. '여자 혼자의 힘으로는 못 열겠다'라고 유진이 생각하는 순간, 돌문이 열리는 모습 위로 기억이 겹쳐졌다.

무엇이 지금 눈에 보는 장면이고 무엇이 진의 기억인지 분별할 수 없을 정도로 똑같은 장면이었다.

이 돌문이 열릴 때 진은 어떤 기분이었을까, 무슨 생각을 했을까.

유진은 기억을 통해 진의 감정과 생각을 알 수 없는 편이 차라리 낫다고 생각하면서도 조금은 아쉬웠다.

"혼자 들어가겠소?"

"아닙니다. 함께 가시지요. 전하께 여쭐 일이 있을 것 같아요."

만약 들어가서 기억이 떠오르지 않으면 왕의 도움이 필요했다.

두 사람은 안으로 들어갔다. 널찍한 복도가 눈앞에 직선으로 쭉 뻗어 있었다. 복도를 중심으로 양쪽으로 문이 달려 또 다른 방으로 들어가는 구조였다.

유진은 정면만 바라보며 계속 걸었다. 기억의 장면이 떠오르지는 않았지만, 직진하는 길에 익숙함을 느꼈다. 잡아당기는 힘에 이끌리듯 빠른 속도로 걷는 그녀의 곁에서 그 역시 보조를 맞추어 걸었다.

복도의 거의 끝에 있는 문 앞에서 유진이 걸음을 멈추었다. 유진은 닫힌 문에 손을 대자마자 보이는 장면을 재현하듯 그대로 문을 열었다.

문을 열고 들어가는 짧은 영상 기억은 유진이 완전히 안으로 들어가면서 끝났다. 넓은 방은 약간 어두웠으며 천장이 높았다.

그녀는 천천히 둘러보며 걸어 들어갔다. 조각상이 보이고, 글이 새겨진 돌판이 있고, 짐승의 것으로 짐작되는 거대한 뿔도 있었다.

사람 두 명이 지나갈 만한 너비의 통로를 비우고 좌우에 보물들이 진열되어 있었다. 통로와 보물 사이에 울타리가 없고 보관함이 씌워 있지도 않아서 손만 뻗으면 만질 수 있었다.

보관 물품에 통일성이 없는 골동품 창고 같았다. 값비싸 보이지는 않지만, 역사적인 유물일 거라고 짐작했다.

흥미롭게 구경하던 유진의 걸음이 멈칫했다.

「어디 있지?」

진의 목소리가 들리면서 다시 기억이 보였다.

「틀림없이 있을 텐데. 있어야 해.」

유진은 기억으로 보이는 진의 시선에 따라 움직였다. 곁에 있는 카세르의 눈에는 그녀가 유물들을 감상하는 것처럼 보였겠지만, 기억을 응시하는 그녀의 시선은 먼 곳을 향해 있었다.

진의 걸음이 멈춘 곳에서 유진의 걸음도 멈췄다. 새카맣고 둥근 달걀 같은 것을 쥐고 있는 손 모양의 조각에 진의 시선이 고정됐다.

「여기 있구나. 있었어. 역시.」

진의 목소리가 가늘게 떨렸다. 유진은 극도로 흥분한 진의 기분을 느꼈다. 그동안 단발적으로 떠오른 기억을 통해 진의 목소리를 여러 번 들었지만, 이렇게 격한 감정을 솔직하게 드러내는 목소리는 처음이었다.

「찾았어. 찾았어!」

진이 깔깔대며 웃음을 터뜨렸다. 벅찬 희열이 고대로 담긴 광소였다.

기억이 끝나고 유진이 보는 풍경이 조금 달라졌다. 조각은 빈손이었다. 기억에서 봤던, 타원형의 정체 모를 그것이 없었다.

'이거구나.'

진이 훔쳐서 사막으로 가져간 것.

유진은 고개를 돌려 카세르에게 물었다.

"이게 없어진 물건이군요."

"기억이 나?"

"전에도 말씀드렸지만, 돌아온 기억은 일부분이에요. 제가 여기 있던 물건에 관심이 많았던 것 같기는 한데 제가 언제 가져갔는지, 왜 가져갔는지는 모르겠어요. 여기 있던 물건이 뭔가요?"

"씨앗이야."

"라크 씨앗이요? 그렇게 큰 것이요?"

"나도 정확히 그게 씨앗인지 아닌지는 몰라."

카세르는 국보에 전해져 오는 사연을 말했다.

아득히 오래전, 엄청나게 거대한 크기의 라크가 왕성을 침공한 적이 있었다. 기록에 따르면 그때는 종종 그런 일이 있었다. 사막과 접한 성벽을 건축하기 전이라서 왕성이 바로 사막과 맞닿은 것이나 다름없었기 때문이다.

당시에 침범한 라크의 크기는 왕성을 압도할 정도라고 전해지는데 카세르는 그 전설이 과장되었거나 혹은 당대의 사왕이 몹시 운이 좋았다고 생각했다. 그만한 크기의 라크를 인간이 상대할 수 있을 리가 없었다.

"그 당시 승전의 전리품이지."

"라크를 사냥한 후에 전리품이 남아요? 제가 알기로는……."

"소멸하지. 흔적도 없이. 그래서 그게 정말 씨앗인지는 나도 모른다고 한 거야."

유진은 손 모양 조각상을 집중해서 노려보았다. 추가적인 기억이 더 떠오르기를 바랐지만, 아무것도 느낄 수 없었다.

"만약 정말 씨앗이라면."

유진은 그에게 시선을 돌렸다.

"가능성 있는 가설은 있어. 라크의 핵을 파괴하는 순간에 활동기가 끝난 것이 아닐까."

"소멸하기 전에 씨앗이 되어 버린 거군요."

"그리고 검은색인 이유는 피가 묻어서 변색 된 거라고 해. 빈 씨앗이라는 뜻이지. 핵이 파괴되었다면 빈 씨앗이라는 점도 앞뒤가 맞고."

"빈 씨앗……."

조금 전, 유진이 본 기억을 통해 얻은 단서가 제법 많았다. 진이 보물고에 들어온 이유는 그 씨앗을 찾기 위해서였다. 진이 고서를 수집한 목적과도 연결된 것이 틀림없었다.

"그 씨앗이 널리 알려진 보물인가요?"

진은 그 씨앗을 찾으려 보물고에 들어왔으면서 그것이 정말 이곳에서 보관 중인지는 확신하지 못한 듯했다. 어디선가 신뢰할 만한 정보를 얻은 모양이었다.

"공개한 적이 없으니 아는 자가 거의 없어."

"거의 없다는 말씀은 누군가 있기는 하다는 뜻이네요. 누가 또 알고 있어요?"

"정기적으로 관리를 위해 사람이 드나들지. 그때 본 사람이 있을 테니까."

"왕국인이 아니라 다른 나라, 특히 성도에 있는 사람 중에는요?"

카세르는 생각에 잠겼다. 제일 먼저 떠오르는 사람은 '그 여자'였다. 그를 낳은 생모. 그 여자가 왕성에 머물 때 당연히 보물고에 들어가 보았을 것이다.

그는 불편한 마음으로 다른 사람이 누가 또 있을까 찾아보았다. 마침 생각나는 사람이 있었다.

"상제라면……?"

유진은 가슴이 덜컹했다. 진이 상제한테 들은 정보라면 신뢰할 수 있다고 생각했을 것이다.

"상제께서 각 왕국의 보물을 모두 알고 있나요?"

"그건 아니지만, 그 씨앗은 역사적인 사건으로 생긴 물건이니까. 아마 그 당시에 상제께 보고했을 테고 그 당시 기록에 남겼다면 성도궁에 그 기록이 지금까지 남아 전해질 확률이 높아."

유진은 고개를 끄덕였다. 하시 왕국 보물고에 있는 씨앗의 정보를 상제가 진에게 직접 주었다고 단정할 수는 없었다. 비밀 서고에 기록이 있어서 진이 우연히 봤을 가능성도 있다. 하지만 정보 출처의 의문은 해결한다 해도 여전히 다른 의문은 남았다.

'설마…… 이 씨앗 때문에 진이 사왕과 결혼한 걸까?'

터무니없지만, 지나친 비약이라고 단정할 수도 없었다. 왕의 허락이 있어야만 열리는 보물고 깊은 곳에 보관한 물건을 빼돌리려면 접근할 수 있는 자격을 가져야 한다.

'그리고 진은 반드시 있을 거라고 확신한 것도 아니야. 만약 없었으면 어쩌려고?'

유진은 진의 무모한 시도가 도무지 이해가 가지 않았다.

'도대체 이 씨앗이 뭐길래?'

"전하. 이 씨앗의 가치는 어느 정도인가요?"

"실용적인 쓰임을 묻는다면 나도 모르겠고 어쨌든 국보니까 귀하긴 하지."

"국보요?"

유진은 화들짝 놀랐다. 그저 유물 정도로만 생각했다가 눈앞이 아득해졌다.

"지금 국보가 사라졌다는 말씀이에요? 저한테는 없던 일로 하겠다고 하셨잖아요."

"유명한 국보가 아니고 상징적인 가치만 지닌 국보니까 수습할 수 있어."

"정말 죄송해요, 전하."

진이 이것을 훔친 순간의 기억은 없지만, 정황상 도둑은 진이 틀림없었다. 기억을 보게 되어도 그 국보를 되찾을 가능성은 아주 낮을 것 같았다. 빈말로라도 반드시 기억을 찾아 국보를 되돌려 놓겠다는 말을 할 수 없었다.

카세르는 잔뜩 울상을 지은 그녀를 보며 가볍게 웃었다. 그녀가 아니라 전혀 다른 사람이 한 짓인 것 같아서 그는 한편으론 기분이 이상했다.

국보의 방에서 나와 복도를 걷는 중에 유진이 물었다.

"그럼 전에 말씀하셨던 목걸이는 가상의 보물이에요?"

"아니야. 실제로 있어."

"보물고에 있어요?"

유진의 목소리가 높아졌다. 그녀의 격한 반응을 의아해하며 그가 말했다.

"있지. 내가 그때 당신에게 한 말은 전부 사실이야. 당신이 가져갔다는 것만 빼고."

"구경할 수 있을까요?"

카세르는 그녀를 목걸이를 보관 중인 방으로 안내했다. 그 방은 목걸이뿐만이 아니라 다양한 장신구 보물들을 모아 두는 곳이었다.

방으로 들어서는 순간부터 유진은 영롱한 보석의 자태에 정신이 혼미해졌다. 반지, 귀걸이, 목걸이, 팔찌, 티아라 등등. 사람을 장식하는 데에 쓰이는 모든 형태의 장신구들이 방을 가득 채우고 있었다.

문외한인 유진의 눈에도 물건의 수준이 범상치 않았다. 세공은 예술품에 가까웠고 색색으로 빛나는 보석은 캐럿을 논하는 게 무의미할 정도로 큼지막했다.

카세르의 이야기 속에 등장했던, 목을 거의 다 덮는 다이아몬드 목걸이를 보면서는 감탄사조차 잃었다.

유진은 반짝이는 것을 좋아했다. 마하에 오기 전에는 삶에 여유가 없으니 가판대에서 싸구려 귀걸이를 사는 정도로 만족해야 했다.

처한 현실 때문에 외면했던 취미가 마하에 와서 충족되었다. 품위 유지를 위해 마련한 장신구들이 화장대 서랍 속 보석함에 가득했다. 그 안의 목걸이를 하루에 하나씩 바꿔서 착용하는 것이 그녀의 소소한 즐거움이었다.

그러나 값비싸 보이던 보석함 속 물건들은 이 방에 있는 물건과 비교하면 장난감이었다.

"결혼식이나 즉위식 때 착용한다고 하셨지요. 그럼 이제 저는 이 목걸이를 목에 걸어 볼 기회가 없나요?"

"당분간은 큰 행사가 없어."

"……그렇군요. 정말 아름다워요."

황홀한 눈빛으로 목걸이를 바라보는 유진의 표정에는 경탄이 가득했다. 카세르는 전에 본 적 없는 그녀의 모습이 새로웠다.

예전의 왕비는 보석에 큰 관심을 보이지 않았다. 보석을 좋아했다면 고서 대신에 보석을 샀을 테니까. 보물고에 그토록 드나들면서도 값비싼 보석은 건드리지 않고 유물 국보만 가져갔다.

그는 '유진은 보석을 좋아한다.'라고 머릿속에 기억해 두었다.

며칠이 지나갔다. 큰 사건 없이 평온한 나날이면서 카세르도 유진도 각자 일에 바빴다. 왕의 집무실 앞에는 관리들이 줄지어 서 있고 왕비의 집무실로는 보좌관의 비서들이 예산 관련 서류를 한 아름씩 들고 수시로 드나들었다.

유진은 점심 식사 후 왕성 내 정원이 한눈에 보이는 발코니에 앉아 차를 마시며 느긋한 휴식 시간을 즐겼다. 선선한 바람이 기분 좋았다. 이 청량한 날씨를 활동기 동안에만 누릴 수 있다니, 아쉬웠다.

'아직 접근이 없네.'

임시 인력이 들어온다는 말을 들은 후 며칠 되었는데 호드리고의 연락책이 접근하는 낌새가 없었다. 아직 기회를 엿보고 있는 것일까.

"왕비님. 찾으셨습니까?"

유진은 고개를 돌렸다. 눈이 마주친 마리안이 고개를 숙였다. 좀 전에 마리안을 부르라고 시녀를 심부름 보낸 터라 유진은 반갑게 맞이했다.

"어서 와요."

유진이 집무실에서 보좌관들과 본격적으로 일하기 시작하자 마리안은 슬쩍 뒤로 물러났다. 전에는 거의 온종일 유진의 곁에 붙어 있었으나 이제는 아침저녁으로 인사만 꼬박꼬박할 뿐, 부르지 않으면 모습을 보이지 않았다.

처음엔 당황스러웠고 마리안의 의중을 알 수 없었다. 그렇다고 대놓고 '왜 그러냐'라고 묻기에는 마리안의 태도에 변화는 없었다. 그래서 총관을 불러 의견을 구했다.

총관은 마리안의 수제자답게 스승의 마음을 읽을 수 있다는 듯 자신감 가득한 어조로 말했다.

「웨이즈 남작은 왕비님께 도움을 다 드렸다고 판단했을 겁니다.」

「하지만 나는 아직 남작의 도움이 필요하네.」

「달라지는 것은 없습니다. 왕비님께서 남작의 도움이 필요하시다면 편하게 부르시면 됩니다. 남작은 왕비님께 큰 영향을 미치는 사람이 곁에 있다는 모습으로 비추어질까 봐 조심스러워할 뿐입니다.」

그날의 대화에서 유진은 마리안이 정말 신중한 사람이라는 사실을 새삼 깨달았다. 마리안이 귀족이 아닌데도 수십 년 동안 왕의 유모이자 총관으로 지내는 동안 왜 잡음이 없었는지 알 것 같았다.

"앉아요."

"황공하옵니다."

마리안이 테이블 앞에 앉았다. 곧 잔느가 다가와 마리안의 앞에 차를 놓고 물러갔다.

유진은 바깥 하늘을 바라보며 말했다.

"날씨가 참 좋아서요. 마리안에게 차를 대접하고 싶었어요."

그리고 마리안을 바라보며 싱긋 웃었다.

"부탁할 일도 있고요."

일을 시키기 위해 차 대접이라는 핑계를 갖다 붙인 모양새 같았지만, 마리안은 푸근하게 미소 지었다.

찻잔이 다 비워질 때쯤 유진이 부탁을 꺼냈다.

"정보가 필요한데…… 이걸 어떻게 설명해야 할지 정리가 안 되는군요."

유진은 기억에서 본 단서, '술식, 그릇, 매개'에 관해 조사할 방법을 고민했다. 마라의 교단을 이용할까 생각도 해 보았지만, 그쪽과 더 얽히는 건 내키지 않았다.

"일반적인 정보는 아니에요. 비밀은 아니지만, 평범한 사람들은 잘 모르는 정보일 것이고…… 미신? 주술? 이런 것과 관련된 듯도 해요."

마리안이 곰곰이 생각한 후 말했다.

"잡다한 전설이나 풍문 따위를 꿰고 있는 이야기꾼을 알아볼까요?"

유진은 감탄하는 표정으로 고개를 끄덕였다.

"그리고 하나 더. 사교도는 아니지만, 사교에 관해 학문적으로 접근해서 연구하는 자들이 있나요?"

"잘 모르겠습니다."

"서재의 고서들을 보니까 오래전에 제작된 책의 수준이 아주 높아요.

예술적인 가치가 상당할 뿐만 아니라 들어간 정성이 대단해요. 분명히 흥미를 갖고 연구하는 자들이 있을 거예요."

"예, 알아보겠습니다."

마리안이 돌아간 후 유진은 테라스 난간에 기대어 정원을 내려다보았다. 하지만 정원 감상에 집중하지 못하고 머릿속은 딴생각으로 가득했다.

'기억으로 알려 주지 않겠다면 내가 알아내겠어.'

서재에 몇 번 더 갔는데 떠오르는 추가 기억이 없었다. 보물고에도 한 번 더 갔으나 수확이 없었다. 언제 보일지 모를 불확실한 기억에 의존하여 손 놓고 있어서는 안 될 것 같았다.

탁, 테이블에서 울리는 소리를 들으며 유진은 고개를 돌렸다. 테이블에 놓인 새장과 그 새장에 손을 얹고 있는 남자. 갑작스러운 왕의 등장에 유진의 눈이 커졌다.

"전하?"

카세르가 성큼 유진의 앞으로 다가갔다. 그가 두 손으로 유진의 얼굴을 감싸 쥐면서 그대로 입술을 겹쳤다. 입술만 맞물리는 짧은 키스 후에 그가 입술을 뗐다. 유진이 얼떨떨한 표정으로 물었다.

"회의 끝나셨어요?"

오늘 아침부터 왕은 장시간 회의 중이라는 말을 들었다. 어제는 바쁜 와중에도 함께 점심을 먹었지만, 오늘은 그마저도 못했다.

"잠시 휴식이야. 곧 가 봐야 해."

"환수는 왜요?"

유진은 새장을 흘끔 보며 말했다. 새장 안에서 다람쥐 환수가 유진을 보며 새장 안에서 아래위로 부지런히 뛰어다녔다.

"당신이 꼬마를 궁금해하는 것 같아서 데려왔어."

어제 점심을 먹을 때 유진이 도마뱀 환수 이야기를 잠깐 했다. 환수의 어린 시절은 중요하니까 바쁘더라도 정서적 교감을 나누라고 조언했다.

"꼬마? 환수 이름이에요?"

짧게 고개를 끄덕이는 그를 유진이 어이없다는 듯 보며 말했다.

"성의 있는 이름으로 지어야지요."

"당신이 지은 이름인데 그만하면 성의 있지."

"그건 이름이……."

그가 또다시 고개를 내려 입을 맞추는 바람에 유진은 말이 막혔다.

"곧 가야 한다니까. 나한테 집중해."

유진은 작게 웃음을 터뜨렸다. 푸른 눈동자에 가득 담긴 유치한 억지가 생소하면서도 신기했다. 이 남자가 이런 모습이 있었나? 환수 핑계로 시간을 빼내어 자신을 보러 온 남자의 마음을 짐작하자 어쩐지 즐거웠다.

두 팔을 뻗어 그의 목을 감았다. 그의 팔이 허리를 둘러 강하게 끌어당기자 가슴이 뛰었다. 눈을 감는 그녀의 입술을 가르며 그의 혀가 깊이 파고들었다.

농밀한 키스가 길게 이어졌다. 숨이 가빠지도록 밀어붙이는 키스가 좀처럼 끝날 기미가 없었다. 유진이 자꾸 덤벼드는 그의 입술을 피해 고개를 돌리며 그를 밀어냈다.

"금방 가셔야 한다면서요."

카세르가 미련 가득한 표정으로 한숨을 내쉬었다.

"가세요. 다들 기다리겠어요."

그가 내키지 않는 발걸음으로 돌아간 후 홀로 남은 유진은 손가락으로 입술을 문질렀다. 그가 입술로 문지르고 빨아들인 잔상이 남아 약간 얼얼했다. 조급하게 달려들던 남자를 떠올리며 그녀는 상기된 표정으로 혼자 웃었다.

유진은 새장으로 다가가 고개를 숙였다.

"안녕. 꼬마. 잘 지냈니?"

새장 문을 열자마자 튀어나온 다람쥐가 그녀의 팔을 타고 어깨로 올라갔다.

"요즘 네 주인님이 바빠서. 그래서 널 신경 쓰지 못할 거야. 대신에 내가 종종 널 보러 갈게. 괜찮지?"

유진은 꼬마와 잠시 놀아 준 후 다시 새장 안으로 들여보냈다. 환수가 주인이 아닌 사람을 따르는 현상은 일반적이지 않았다. 더구나 꼬마는 갓 태어난 환수라서 머리를 쓰기보다는 본능에 따르므로 유진에게 본능적인 친밀함을 느낀다는 뜻이었다.

'꼬마와 아부 둘 다 사왕의 환수라는 공통점이 있지. 그 사람이 내게 품는 호감도가 환수에게 영향을 미칠지도 몰라.'

다른 왕의 환수를 만나면 어떤 반응을 보일지 궁금했다.

유진은 새장을 자신의 응접실에 가져다 둔 후 아부를 만나러 갔다. 순수한 꼬마를 봤더니 영특한 아부가 보고 싶었다.

늘 그렇듯 아부를 보러 갈 때 유진은 시녀를 동반하지 않았다. 그녀가 오후에 잠깐 하는 홀로 산책은 일상이 되었다.

회랑으로 나가는 복도에 들어섰을 때 유진은 시녀를 발견하고 멈추어 섰다. 왕성 안에 시녀들이 오가는 길은 정해져 있었다. 이곳은 그들의 길이 아니라서 지금껏 유진이 지나가는 시녀와 마주친 적이 없었다.

유진은 다가오는 시녀를 바라보며 표정이 굳었다. 시녀의 정체가 짐작되었다. 그리고 짐작한 대로 시녀는 두어 걸음 떨어진 정도에 멈추어서 바닥에 넙죽 엎드렸다.

"타니야 몰리가 인사 올립니다."

시녀의 모습 위로 진의 기억이 겹쳐서 보였다.

> 「타니야 포피가 인사 올립니다.」

기억 속에서 진이 말했다.

> 「내가 너의 주인이다. 타니야.」
> 「예, 주인님.」

지금 유진 앞에 있는 여자는 여전히 엎드린 채였지만, 재생되는 기억 속에서 고개를 드는 시녀는 처음 보는 얼굴이었다.

'포피?'

이름도 낯설었다. 사막으로 함께 나갔다가 실종된 다섯 시녀 중 그런 이름은 없었다.

'내가 의심한 사람은 엘리였는데. 포피는 또 누구지? 그리고 이 여자도 타니야라고?'

유진의 의문에 답해주듯 남자의 목소리가 들렸다.

> 「타니야는 신실한 종이라는 이름입니다. 성녀님의 신실한 종이 될 아이입니다. 성녀님께서는 그저 주인이라는 선언만 해 주시면 됩니다. 알에서 깨어난 오리처럼 주인께 절대복종할 것입니다.」

호드리고의 목소리 같았다. 호드리고가 교도를 왕성에 들여보내기 전에 진에게 했던 말일 것이다.

유진은 여전히 엎드려 있는 여자를 내려다보았다. 타니야라는 이름이

암구호였다.

　서로를 확인하는 방식은 평범했지만, 저 여자가 이 자리에 나타난 방식은 범상치 않았다. 왕성에 들어온 며칠 만에 왕비가 언제 어디에 혼자 있는지 알아냈다는 뜻이다.

　"……내가 너의 주인이다. 타니야."

　"예, 주인님."

　고개를 드는 낯선 시녀의 생김새는 평범했다. 하지만 눈빛이 보통 사람과 달랐다. 사이비 종교에 빠진 맹목적인 신도의 눈빛이 바로 저럴 것이라는 생각이 들었다.

＊　　＊　　＊

　"아니카 플로라."

　플로라는 흠칫 놀라며 고개를 들었다. 플로라와 똑같은 흑발의 여자가 웃었다.

　"무슨 생각에 빠져서 몇 번을 불러도 못 들어요?"

　곁에 있는 또 다른 흑발 여자가 맞장구쳤다.

　"그러게요. 무슨 일이라도 있어요?"

　플로라는 겸연쩍게 웃었다.

　"미안해요. 성하를 뵈었던 일을 잠깐 생각하느라."

　플로라의 말을 들은 다른 아니카들의 표정에 부러움과 시기심이 섞인 미묘한 감정이 드러났다.

　여러 사람이 둘러앉을 수 있는 긴 소파에 플로라를 중심으로 십여 명의 아니카들이 모여 있었다. 어디를 둘러봐도 전부 검은 머리카락이었다. 이곳에선 이 세상에 수십 명만 존재하는 존귀한 아니카들이 눈만 돌려도 보였다.

오늘은 아니카들이 정기적으로 모이는 날이었다. 이 모임에는 아니카만이 참석할 자격이 있으며 아니카 전원이 참석자 명부에 이름을 올린 유일하고 역사가 깊은 모임이었다. 참석에 강제는 없으나 대부분 이 모임에는 빠지지 않으려 했다.

"성하께서는 아니카 플로라를 특별히 아끼시지요."

"세속적인 일에 관심을 두지 않는 성하께서 아니카 플로라만큼 관심을 쏟는 대상은 없을 거예요."

여기저기 삼삼오오 모인 무리가 군데군데 있었으나 플로라 주변에 가장 많은 사람이 모여 있었다. 플로라는 특별한 아니카 중에서 더욱 특별했다.

"정확히는 아니카 플로라와 아니카 진이지요."

누군가 딴지를 걸었다. 상제가 관심 두는 대상이 너 혼자는 아니라고 굳이 지적하는 의도가 다분했다.

분위기가 순간적으로 경직되었으나 플로라는 순하게 미소 지었다.

"저와 아니카 진은 같은 해, 같은 날에 태어났으니까요. 상제께서 지금껏 없던 일이라고 하셨죠. 그래서 조금 더 관심을 두고 살펴 주실 뿐이에요."

2. 엉키는 것, 풀리는 것

"비밀 서고에서 봤는데요."

머리를 올려 묶은 아니카가 말했다. 이십 대 초반 정도 나이의 아가씨였다.

"한 해에 두 명의 아니카가 태어난 일은 유례가 없더라고요."

"맞아요. 나도 봤어요. 십 년 동안 아니카가 태어나지 않은 일도 유례가 없었어요."

말을 받는 풍성한 곱슬머리 아니카의 나이는 최소한 삼십 대 중후반으로 보였다.

"아니카가 태어나지 않은 해가 가끔은 있지 않았나요?"

"드문 일이기는 해도 수십 년에 한 번 정도는 있는 듯해요. 그런데 두 해 이상 연속으로 태어나지 않는 사례는 손에 꼽혀요."

"오 년 만에 태어난 아니카가 딱 한 번 있었죠."

"아니카 록시!"

세 명이 동시에 대답했다. 목소리가 겹친 셋이 서로를 보며 까르르 웃었다.

공통 화제로 대화를 이어 나가는 플로라 주변의 아니카들은 나이가 제각각이었다. 가장 어린 아니카는 소녀라는 수식어가 어울렸고 가장 연장자는 삼십 대 중반 이상의 나이로 보였다.

그래도 이곳에 모여 앉은 아니카들은 가장 젊은 축이었다. 둘 혹은 셋씩 짝지어 앉아 담소를 나누는 다른 아니카들은 모두 중년 이상이었다.

진과 플로라는 10년 만에 태어났다. 즉, 현재 대략 이십 대 중반에서 삼십 대 중반 사이 나이대 아니카가 없었다. 원래 아니카는 동갑내기가 없다지만, 10년의 나이 격차는 세대 차이에 가까웠다.

진과 플로라가 어릴 때는 괜찮았다. 그런데 두 사람이 성년이 될 무렵에는 아니카는 점점 두 무리로 나뉘어 어울렸다. 진과 플로라를 기준 삼아 어린 아니카들과 그들보다 10살 이상 연상의 아니카들로.

아직은 어린 아니카들의 숫자가 훨씬 적지만, 세월이 지나면 언젠가는 역전이 될 것이다.

모여 앉은 이 무리 속에서 두 명만이 플로라보다 연상이었다. 그 두 명은 진과 플로라가 태어나기 전까지 오랫동안 막내였으며 그들만 모든 아니카들과 친밀한 관계를 유지했다.

출입구 쪽에서 부산스러운 움직임이 보이자 대화가 끊겼다. 모두의 시선이 일제히 출입구로 향했다.

"성하께서 보내신 선물이 도착한 걸까요? 우리가 가서 보고 올게요."

연상의 아니카 둘이 일어났다. 두 사람은 친자매처럼 사이좋기로 유명했다. 그들이 자리를 뜬 후 남은 아니카들이 다시 떠들었다.

"저 두 분은 언제나 함께 계시더라고요."

"함께 사제의 길을 걷기로 하셨으니 더욱 가깝게 느껴지겠죠."

아니카 중 일부는 결혼하지 않고 사제가 되었다. 교육 과정을 마친 후 성도궁으로 거처를 옮겨서 절제된 삶을 살았다.

아니카의 삶은 극단적이라고 할 정도로 두 부류로 나뉘었다. 주어지는 특권과 부를 누리며 평생 화려하게 살거나 속세를 떠나 사제가 되어 조용히 살거나.

"평생의 친구를 얻은 두 분이 부러워요. 존경스럽기도 하고요. 그런데 저는 솔직히…… 지금이 좋아요."

세상에 즐거운 일이 얼마나 많은데 지루한 사제의 삶이라니. 그렇게는 못 산다는 표현을 내포했다.

다른 아니카가 키득 웃으며 말을 받았다.

"저도요."

누군가 플로라에게 말했다.

"아니카 플로라. 아니카 진이 없어서 쓸쓸하지는 않으세요? 저 두 분 못지않게 항상 함께 어울려 다니셨잖아요."

속 보이는 질문이었다. 이 자리에 있는 누구도 플로라가 진을 그리워한다고 생각하지 않았다.

진의 곁에서 있는 듯 없는 듯 조용했던 플로라가 진이 성도를 떠난 후 적극적으로 자신을 드러내기 시작했다. 플로라의 뚜렷한 변화를 일부 사람은 아니꼽게 생각했다.

"나이가 들면 삶의 방향이 달라지는 것은 어쩔 수 없는 것 같아요. 아니카 진이 그렇게 떠날 줄 누가 예상했겠어요."

플로라는 미소 지으며 무난하게 대답했다. 그동안 진을 따라다니며 보고 배운 경험이 헛되지 않았다. 혀에 칼을 품은 상류층 사교계 사람들에 비하면 아니카들은 발톱 세운 새끼 고양이었다.

아니카는 존재만으로 존귀하다지만, 타고난 환경 차이는 좁힐 수 없었다. 진과 플로라는 같은 날 태어났으나 부유한 명문가에서 태어난 진과 다르게 플로라의 집안은 평범했다.

진은 상류층 인맥이 많았고 그런 모임에 종종 플로라를 데려갔다. 순수한 호의는 아니었을 것이다. 플로라는 자신이 진을 돋보이게 하는 장신구로써 이용당했다고 짐작했다.

본래 아니카는 타고난 외모가 아름다운 편이고 플로라는 그중에서도 손꼽혔다. 그런데 플로라의 장점은 진의 곁에 있으면 완전히 묻혔다.

진은 화려한 장미, 플로라는 은은한 백합이었다. 두 사람이 함께 있으면 대비가 뚜렷하여 진이 더욱 눈에 띄었다.

두 사람은 성격마저도 대조적이었다. 자신의 의견을 내세우지 않는 플로라와 다르게 진은 세상에 두려울 게 없는 사람 같았다. 오만하고 안하무인이었다. 심기에 거슬리는 자를 깔아뭉개는 일을 서슴지 않고 남들의 비난도 두려워하지 않았다.

진의 유별난 성격이 그녀의 유명세를 더욱 부풀렸다. 장미의 가시 혹은 독나비의 무늬 같다고나 할까. 누군가는 아니카 진의 향기를 독향이라고 표현했다.

사람들은 뒤에서 진을 헐뜯을망정 눈앞에서는 웃었다. 진의 뒷배는 든든했다. 각별한 관심을 기울이는 상제와 딸이라면 껌뻑 죽는 부모와 명망 높고 부유한 가문이 있었다.

플로라는 어릴 때부터 성격 강한 진에게 끌려다녔다. 진과 친한 듯 친하지 않은 듯 미묘한 관계를 유지했다. 진이 자신을 이용한다면 자신도 진을 이용하겠다고 생각했다. 진을 따라다니며 상류층 사교계 인맥을 쌓았다.

두 사람의 관계는 진이 사왕과 결혼하여 성도를 떠난 이후 완전히 끊어졌다.

플로라는 진이 떠난 후 숨이 탁 트이는 해방감을 느끼면서 비로소 깨달았다. 자신의 인생에서 진이 사라지기를 고대했던 자신의 진심을.

"이미 몇 년 된 이야기이긴 하지만, 지금도 충격이에요. 아니카 진이 왕과 결혼할 줄은 누가 생각이나 했겠어요."

"맞아요. 더구나 사왕이라니요. 완전 끝에 있는 사막 왕국이잖아요."

진을 화제 삼아 대화가 한참 이어졌다. 플로라는 내색하지 않았으나 속이 불편했다.

'삼 년이나 지났는데.'

사람들은 여전히 진을 잊지 않았다. 더구나 진에 관해 이야기할 때 호기심이나 그리움을 드러냈다.

'다들 진이 얼마나 교활한지 몰라.'

진은 다른 곳에서는 패악을 부려도 아니카들의 모임에서는 얌전했다. 밟아도 되는 사람, 건드리면 피곤한 사람을 철저히 구분했다.

그래서 직접 현장을 보지 못하고 진의 성격이 보통이 아니라는 소문만 들은 사람은 대수롭지 않게 생각했다.

특히 어린 아니카들이 진의 막돼먹은 성격을 당당함으로 포장하여 우러러볼 때마다 플로라는 왠지 억울했다.

"여러분."

아까 일어났던 아니카들이 돌아왔다. 두 사람은 열 살 남짓한 소녀를 데리고 왔다.

"소개할게요. 오늘부터 모임에 참석하는 아니카 마가릿이랍니다."

잠시 정적이었다가 모두 탄성을 질렀다.

"어머나!"

"아니카 마가릿. 환영해요."

"반가워요. 아니카 마가릿."

소녀는 잔뜩 긴장한 표정으로 수줍게 웃었다. 이렇게 많은 아니카들을 한꺼번에 처음 보아서 신기했다.

아니카들은 막내 아니카를 소파에 앉히고 주변에 모여 질문을 쏟아부었다. 나이는 몇인지, 자각몽은 언제 꾸었는지 등등.

"새로운 아니카가 왔으니 오랜만에 이거 해 볼까요?"

잠시 사라졌던 아니카가 작은 바구니를 들고 나타났다. 순간적으로 모두의 표정에 미묘한 감정이 스쳤다.

바구니 안에는 얇은 종이로 싸서 양 끝을 묶은 사탕이 한 움큼 들었다. 다들 바구니에서 사탕을 하나씩 꺼냈다. 마가릿도 영문 모르는 표정으로 덩달아 사탕을 꺼냈다.

"누구부터 할까요?"

"나부터 시작해서 왼쪽으로 돌아가죠."

그녀는 마가릿의 왼쪽에 앉았으므로 자연스레 가장 마지막 순서는 마가릿이 되었다.

시작을 선언한 아니카가 매듭을 풀고 종이 포장을 펼쳤다. 안에는 강낭콩처럼 길쭉하고 반투명한 사탕이 들어 있었다.

아니카는 두 손에 사탕을 올린 후 감싸 쥐고 눈을 감았다. 잠시 후 손바닥을 펼치자 사탕이 은은하게 빛을 뿜었다. 반으로 갈라진 사탕 틈새에서 푸른 이파리 두 장이 솟아올라 활짝 벌어졌다.

그 상태로 줄기가 쑥쑥 올라왔다. 약 한 뼘 높이만큼 자란 줄기는 성장을 멈추었다. 벌어진 이파리 끝이 시들더니 부스러져 사라졌다. 곧 그녀의 손바닥에는 아무것도 남지 않았다.

그다음 순서는 그 옆에 앉은 아니카였다. 그녀 역시 포장을 풀고 사탕

을 꺼냈다. 그녀의 손바닥 위 사탕에서 올라온 줄기의 높이는 한 뼘에 약
간 미치지 못했다.

멀찍이 앉아 담소를 나누던 노부인들이 피식 웃었다.

"어리군요, 어려요."

"그러게 말입니다."

"괜한 호승심이지요."

아니카를 라미타 등급으로 차별해서는 안 된다고 상제는 엄중히 말했
지만, 서열을 매겨 남보다 우위에 서고 싶어 하는 인간의 경쟁심리는 막
지 못했다. 언제, 누가 시작했는지는 모른다. 기름에 담가 투명화된 씨앗
으로 라미타 등급을 측정하는 방법을 찾아냈다.

자각몽은 비밀로 간직하라는 상제의 명을 어기지는 않았다. 아니카는
누구도 자신의 자각몽 내용을 말하지 않았다. 그저 투명 씨앗에 라미타
를 주입할 뿐이었다.

쯧쯧, 혀를 차는 노부인들도 저들처럼 어릴 때는 같은 짓을 했다. 지
긋한 나이가 된 후에 생각해 보니 수십 명에 불과한 아니카끼리 줄 세워
봤자 쓸데없었다. 하지만 연륜의 깨달음을 말해도 젊은이들은 귀담아듣
지 않았다.

순서는 왼쪽으로 계속 돌아갔다. 줄기의 높이는 사람마다 조금씩 다
르지만, 큰 격차는 없었다. 한 뼘에서 세 뼘 사이였다.

플로라의 차례가 되었다. 플로라가 포장을 풀려고 하자 다른 사람이
제지했다.

"아니카 플로라는 가장 마지막에 해요."

"맞아요. 아니카 플로라가 멋지게 마지막을 장식하는 거죠."

플로라가 웃으며 씨앗을 내려놓았다. 그다음 순서로 넘어갔다. 드디
어 마가릿의 차례가 되었다. 관심 없는 척하던 중년 이상의 아니카들이

슬그머니 다가왔다.

마가릿은 수많은 아니카의 시선이 자신에게 모이자 긴장했다. 지금까지 본 대로 사탕의 포장을 풀고 손에 쥐었다.

마가릿은 지금 하려는 일이 뭘 의미하는지 몰랐다. 거부해도 된다는 사실조차 몰랐다. 이제 열 살에 불과한 소녀는 깊은 생각을 하지 못했다.

언젠가 이날을 떠올리며 '당했다'라는 생각을 하게 되리라. 아무것도 모르는 어린 아니카에게 무언의 압박을 가하여 자신의 라미타 등급이 무엇인지 고백하도록 유도하는 비열한 짓이었다.

그리고 마가릿은 훗날 어린 아니카가 들어오면 가해자가 되어 같은 짓을 할 것이다. 지금까지 모든 아니카들이 그러했듯이.

눈을 감고 집중한 마가릿이 손바닥을 펼쳤다. 투명한 씨앗에서 솟아오른 줄기는 한 뼘 반 정도까지 자랐다가 부스러졌다.

지켜보던 아니카들이 생각했다.

'연못인가?'

'연못이군.'

'연못?'

'허벅지 깊이 정도 되려나.'

"그럼 이제 내 차례군요."

플로라가 투명 씨앗을 두 손에 쥐었다. 여전히 관심을 보이지 않았던 노부인들까지 이번에는 가까이 보러 왔다. 플로라의 라미타 등급이 궁금해서가 아니라 흔히 볼 수 없는 구경거리이기 때문이었다.

플로라가 두 손을 펼쳤다. 그녀의 손바닥 위에서 빠른 속도로 솟아오른 줄기는 순식간에 사람의 키를 넘어 거의 천장까지 올라갔다.

이파리가 천장에 닿기 전에 부스러지기 시작했다. 다들 높이 올라간 줄기를 보며 감탄하느라 플로라의 손바닥 위에서 벌어지는 변화를 알지 못했다.

플로라가 만진 투명 씨앗은 다른 아니카들이 만졌을 때와 두 가지가 달랐다.

첫째는 압도적인 높이로 자란 줄기.

둘째는 이파리가 부서지기 전에 이미 투명 씨앗이 터지는 현상.

투명 씨앗이 플로라의 라미타를 감당하지 못한다는 의미였다.

자신의 손바닥을 바라보는 플로라의 눈동자가 자잘하게 동요했다. 씨앗이 갈라지면서 터지는 속도가 예전보다 느렸다. 아주 미세한 차이였지만, 본인만은 알 수 있었다.

기사 피데스가 집무실 문을 열고 안으로 들어갔다. 그는 곧장 책상에 앉아 있는 상제에게 다가갔다.

상제의 앞에는 펼쳐진 문서가 있었다. 눈이 보이지 않는 상제가 글을 읽다니, 퍽 기이한 장면이었다.

그런데 좀 더 가까이에서 보면 더 기이했다. 눈을 감은 상제는 정면을 바라보는 각도로 고개를 든 채 손만 문서 위에 올려 두었다. 그리고 손을 올린 문서에는 아무것도 쓰여 있지 않았다.

앞을 보지 못하는 상제는 특수 제작된 점자를 통해 글을 읽었다. 사제들이 서신이나 보고서를 점자로 제작해서 올리면 상제가 손끝으로 더듬어 읽었다.

기밀 유지를 위해 특수 점자는 상제 외에는 특별히 교육받은 사제만 익힐 수 있었다. 집무실 안에는 상제의 책상 외에 점자 문서를 제작하는 사제들의 책상도 있었다.

지금도 세 명의 사제가 부지런히 제작 중이었다. 문을 벌컥 열고 들어

온 피데스는 쳐다보지도 않았다.

"성하. 분부하신 일을 마치고 왔습니다."

─수고했습니다.

오늘은 아니카들이 정기적으로 모이는 날이었다. 상제는 항상 정기 모임의 날에 귀한 술이나 신경 써서 만든 디저트 등을 선물로 보냈다.

─모임이 끝난 후 아니카 마가릿을 만나 인사를 전해 주십시오.

상제는 닷새 전에 마가릿의 알현 신청을 받았다. 소녀는 첫 자각몽의 흥분이 가라앉지 않은 표정으로 말했다.

「연못을 보았습니다. 연못으로 들어갔더니 제 허리만큼 물이 차올랐어
요.」

소녀의 키에서 허리 정도면 평균적인 어른 키의 허벅지 깊이였다.

오늘 마가릿은 모임에 참석하여 아니카들과 처음 인사를 나눌 것이다.

열 살은 아직 어린 나이지만, 자각몽을 꾼 아니카는 성인으로 대우했다. 상징적인 의미가 아니라 법적인 성인이었다. 누구도 어리다는 이유만으로 소녀를 배려해 주지 않을 것이다. 노회한 어른들 사이에서 어수룩한 소녀의 마음이 다칠 수도 있었다.

마가릿에게 기사를 보내는 의미는 '힘들 때 도움을 줄 존재가 항상 너를 지켜보고 있다.'라는 위로였다.

마가릿뿐만이 아니라 상제는 모든 아니카를 세심하게 챙겼다. 상제의 다정한 보살핌은 아니카의 마음에 서서히, 아주 깊이 스며들었다.

대부분 아니카는 절대적이고 유일한 자신의 아군은 부모도, 배우자도, 자식도 아닌 상제라고 생각했다.

"예, 성하. 다녀와서 보고드리겠습니다."

피데스가 물러간 후 상제는 도중에 멈추었던 점자 문서를 이어서 읽었다. 연달아 몇 장의 문서를 더 읽은 후 상제는 사제들이 앉아 있는 방향으로 고개를 돌렸다.

─ 오늘은 그만 되었습니다. 돌아가 쉬세요.

"예, 성하."

사제들이 하던 일을 즉시 멈추고 일어났다. 상제께 정중히 인사를 올린 후 집무실에서 나갔다.

집무실에 홀로 남은 상제는 책상 앞에 앉아 생각에 잠겼다.

'활동기가 시작되기 전이었지.'

약 한 달 반 전, 세상을 구성하는 견고한 질서가 흔들렸다. 상제는 그 찰나의 순간을 감지했다. 하지만 순식간에 지나가서 그것이 무엇인지 파악하지 못했다. 그저 어렴풋이 발생지 방향만 감지했다.

그런데 그 방향을 따라가면 하시 왕국이며 그곳에는 진 아니카가 있었다.

의례적인 서신을 전하러 하시 왕국에 다녀온 기사는 별다른 일이 없었다고 보고했다.

상제는 다시 사왕에게 서신을 보냈다. 안부 인사인 척 일반 우편으로 발송했다. 활동기에는 인편보다 더 빠른 속도로 서신이 도달할 것이며 사왕의 속을 떠보려는 의도를 드러내지 않을 수 있었다.

사왕이 감당하기 어려운 변고가 발생했거나 아니카 진에게 무슨 일이 있다면 조언을 구하는 급보로 답할 거라고 생각했다.

그러나 기다리는 편지는 여전히 소식이 없었다.

'사왕의 서신은 활동기가 끝난 후에야 받아 보겠군.'

성도에서 하시 왕국까지의 거리와 활동기라는 시기적 조건까지 고려하면 예측 범위 안이었다.

다만, 사왕이 인편으로 답장을 보냈을 경우만.

그건 서신 내용이 중요하거나 다급한 용건은 아닐 확률이 높다는 뜻이었다.

'분명히 느꼈거늘.'

상제는 자신의 느낌을 기분 탓으로 넘기지 않았다. 그건 인간이나 느끼는 착각이다.

틀림없이 무슨 일이 일어났다. 물론 아니카 진과 무관할 가능성도 있었다.

그곳은 언제 터질지 모르는 휴화산이기 때문이다. 하시 왕국을 지나 끝없이 펼쳐지는 그 사막 어딘가에 '마라'가 몸을 웅크리고 있을 테니까.

'조사해 봐야겠지.'

건기가 시작되면 늘 하던 대로 모든 왕국에 기사를 통해 서신을 보낼 예정이다. 그때 하시 왕국으로 떠나는 기사는 추가 임무를 받을 것이다.

상제의 눈썹이 움찔했다. 그리고 곧 옅게 미소를 지었다.

'아니카 헤디.'

상제가 이름을 중얼거린 아니카 헤디는 그때 손바닥 위에서 투명 씨앗을 싹 틔우고 있었다.

아니카들이 연회장에서 자신의 순서가 될 때 투명 씨앗을 손에 쥐는 동시에 상제는 정확히 그들의 이름을 중얼거렸다. 상제의 미소는 점점 짙어졌다.

'아니카 데니스. 아니카 캐시. 아니카 에밀리…….'

상제가 미간을 찌푸렸다가 펴면서 고개를 끄덕였다.

'아니카 마가릿. 이 느낌이 마가릿의 라미타군.'

평소에 표정 변화가 거의 없는 상제가 양쪽 입술 끝이 바짝 올라가서 주름을 만들 정도로 활짝 웃었다. 오랜만에 맡은 라미타의 향기가 다디달았다.

그리고 순간적으로 숨을 멈추었다.

'……아니카 플로라.'

과연 플로라의 라미타는 다른 아니카들과 비교 자체를 할 수 없었다. 부드러운 바람이 살랑살랑 코끝을 간질이다가 느닷없는 돌풍이 덮쳐 호흡마저 빼앗는 느낌이었다.

'흐음.'

상제가 고개를 갸웃했다.

'이상하군.'

돌풍의 기세가 전보다 약간 누그러진 듯했다.

'이상해…….'

라미타는 절대 변화하지 않는다. 하지만 상제는 판단을 보류했다. 투명 씨앗은 절대적인 기준이 될 수 없었다.

투명 씨앗을 도구와 비교하면 자와 비슷했다. 자의 길이만큼만 수심 측정이 가능하다. 플로라의 라미타는 투명 씨앗이 수심을 잴 수 없을 만큼 깊으므로 정확도가 떨어졌다.

상제는 이 도구를 이용하여 모든 아니카의 라미타를 파악해 왔다. 아니카들은 투명 씨앗을 이용해 라미타 등급을 견주어 우위를 다투면서도 그 투명 씨앗의 출처에는 관심을 기울이지 않았다.

상제가 라미타를 파악하지 못한 아니카는 단 한 명이었다.

아니카 진.

진은 모임 참석의 첫날, 투명 씨앗 신고식을 거부한 유일한 아니카였다.

* * *

유진은 '포피'라는 이름의 시녀가 있는지 알아보았다. 현재 왕성에 그런 이름의 시녀는 없었다. 잔느에게 물어보니 과거에도 들어 본 이름이 아니라고 말했다.

유진은 총관에게 3년 동안 왕성에서 일했던 모든 궁인의 이름을 확인해서 포피라는 이름을 찾아보라고 지시했다.

"왕비님. 포피라는 이름의 시녀가 일한 적은 없었습니다."

총관이 대충 찾아봤을 리가 없었다. 고민하던 유진의 머릿속에 언뜻 생각이 떠올랐다.

"총관. 임시 인력으로 잠시 들어와 일한 자들의 명단도 보관하는가?"

"오래된 자료는 폐기합니다."

"최근 삼 년 정도는?"

"명단이 있을 겁니다. 확인해 보겠습니다."

총관이 드디어 유진이 원하던 대답을 가져왔다.

"왕비님. 포피라는 이름의 여자가 왕성에 들어왔던 기록을 찾았습니다."

총관의 보고에 따르면 약 2년 반 전에 포피가 임시 인력으로 왕성에 들어왔다. 그런데 총관은 번거로운 수고 끝에 결실을 거둔 사람치고 보고하는 내내 표정이 미묘하게 경직되어 있었다.

"혹시 기억하는 사람인가?"

"예, 왕비님."

"특별한 사건이라도 있었나?"

"그 사람은 고용 기간을 다 채우지 못하고 죽었습니다. 스스로…… 목숨을 끊었습니다."

"자살했다고?"

"예. 그런데 정황이 이상했습니다."

사라는 갑작스러웠던 포피의 죽음에 관해 설명했다. 총 열흘 동안 일하러 입궁한 포피는 닷새가 되던 날 무단으로 왕성을 나갔다. 아침에 사라진 포피는 늦은 오후가 되어도 돌아오지 않았다.

한 방을 같이 쓴 동료는 포피의 무단 외출을 덮어 주려 했다. 포피의 몫까지 일하다가 계속 돌아오지 않으니까 어쩔 수 없이 조장에게 보고했다.

사라는 그 당시에 보고를 받고 포피가 다급한 일이 생겨서 나간 거라고 생각했다. 왕궁에서 일하면 보수가 높았다. 이미 닷새를 일했는데 도중에 그만둘 이유가 없었다.

명단에 기재된 주소지로 사람을 보냈더니 자신의 집 욕조에서 익사한 채 발견되었다.

"자살로 위장한 범죄로 의심되어 조사했으나 결국은 자살로 사건은 종료되었습니다."

"자살……."

「내가 너의 주인이지, 타니야.」

키워드에 작동하는 장치처럼 진의 기억이 재생되기 시작했다. 진의 앞에 포피가 고개를 숙이고 있었다.

「예, 주인님.」
「너는 주인을 위해 무슨 일을 할 수 있느냐?」
「주인님을 위해서라면 무슨 일이든 할 수 있습니다.」

코웃음이 섞인 목소리로 '그래?'라고 되묻는 진의 목소리를 듣는 순간 유진은 불길한 예감으로 소름이 쭉 돋았다. 이미 벌어진 일이고 흘러간 기억이건만 '하지 마'라고 중얼거렸다. 진이 끔찍한 짓을 저지를 거라는 확신이 들었다.

「내가 너를 믿을 수 있도록 너의 충심을 보여라.」
「예, 주인님.」
「내가 시키는 일은 뭐든지 하겠다고?」
「예, 주인님. 분부만 내리셔요.」
「그렇다면 너는 이 길로 성을 나가서 네 집으로 가. 욕조에 물을 채우고 그 안에 들어가서 네 머리까지 물에 담가라. 내가 됐다고 할 때까지 숨을 참고 기다려.」

기억은 거기서 끝났다. 유진은 온몸의 힘이 빠져나가는 듯한 멍한 기분을 떨쳐버릴 수가 없었다.

한참 아무 말이 없는 유진의 표정이 아무래도 이상했는지 총관이 조심스레 안색을 살피며 말했다.

"왕비님. 그 이후 어찌 되었는지 알아볼까요?"

"……되었네. 수고했네. 가 보게."

"예, 왕비님."

다른 시녀들도 내보내고 응접실에 혼자 남은 유진은 소파에 주저앉았다.

"진…… 뭐…… 이런 악마 같은 인간이 다 있어?"

포피는 첫 번째 타니야였다. 포피가 죽은 후 두 번째로 들어온 타니야가 엘리였을 것이다.

유진은 진이 왜 그랬는지는 알 것 같았다. 호드리고가 보낸 연락책이 정말 믿을 만한지, 곁에 두고 써도 되는지, 어떤 명령까지 수행하는지 확인할 심산이었을 것이다.

유진도 아까 몰리를 보면서 비슷한 궁금증이 들었기 때문이다. 보고 들은 모든 것을 호드리고에게 고해바치는 것은 아닐까. 노예처럼 복종하는 척하며 간자 노릇을 하는 건 아닐까.

하지만 그렇다고 진이 했던 방식으로 확인할 생각은 상상조차 못 했다.

'호드리고에 대한 경고도 담긴 거겠지.'

유진은 두 손으로 자신의 팔을 감싸 안았다. 아직도 소름이 돋았다.

'몰리…… 그 여자를 어떻게 해야 하지?'

결론을 내리지 못하고 고민이 길어졌다. 바깥에서 시녀가 문을 두드렸다. 허락을 받은 시녀가 안으로 들어와 고했다.

"왕비님. 재상이 알현을 청합니다. 왕비님께서 허락하신다면 오늘 오후에 찾아뵙겠다고 합니다."

오후에 약속한 시각보다 약간 이르게 베루스가 왕비의 집무실에 도착했다. 시녀가 다시 나올 때까지 잠시 기다리는 동안 베루스는 복잡한 기분으로 닫힌 문을 바라보았다.

지난번 방문 이후 대략 열흘 만이었다. 그사이에 참 많은 일이 벌어졌다. 현재 왕비님은 사람들의 가장 큰 관심 대상이었다. 활동기에 국왕이 아닌 다른 사람이 이 정도로 관심을 독차지한 적이 없었다.

요즘은 어딜 가나 그 유명한 라크 나무 이야기였다. 한 번도 보지 않은 사람은 뒤처진 사람 취급을 받았다. 그래서 베루스도 호기심에 구경하러 다녀왔다.

그는 자신이 직접 보고 들은 일이 아니면 섣부르게 믿지 않았다. 특히 소문은 과장이 섞일 수밖에 없었다. 목격자가 다수 존재한다고 해도 베루스는 사람의 증언은 믿을 게 못 된다고 생각했다.

물론 이번 사건은 거짓으로 꾸미거나 착각으로 빚어진 일이라기에는 지나치게 규모가 컸다.

베루스는 그 당시 현장에 있었다는 스벤을 불러서 물어보았다. 담백한 성품의 스벤이 하는 말이라면 믿을 만했다.

「자네가 그 자리에 있었다지? 라크가 나무로 변하는 모습을 자네가 직접 보았나?」

스벤은 몹시 언짢아하는 기색을 드러내며 말했다.

「저를 불러 그 일을 물으시는 뜻을 모르겠습니다. 제 대답에 따라 결과가 달라지는 일이 아닙니다.」

'감히 왕비님이 일으킨 기적을 의심하나?'라고 힐난하는 말투와 표정이었다.

『무슨 다른 뜻이 있어서 자네를 불렀겠나. 생생한 목격담을 듣고 싶을 뿐이지.』

그 자리에서 베루스는 자연스럽게 말을 돌렸지만, 적잖이 놀랐다. 스벤이 대놓고 반발심을 드러내는 모습을 처음 보았다.

스벤은 마치 온전하게 왕의 사람이 된 듯한 느낌을 풍겼다. 스벤이 권력이나 재물에 흔들릴 사람이 아니라고 생각했기에 꽤 당황스러웠다.

오늘 왕비께 알현을 청하기 전에 베루스는 고민이 많았다. 그가 알아낸 내용이 일전에 왕비께서 조사를 일임한 사안과 왕께 즉시 보고드릴 만한 내용 사이의 모호한 경계에 걸쳐 있었다.

아마 열흘 전이었다면 망설이지 않고 왕을 뵈러 갔을 것이다. 그런데 라크 나무가 은연중에 베루스의 생각에 영향을 미쳤다. 그런 기적을 일으키는 왕비께서 사교도 따위와 접촉할 이유가 뭐가 있을까, 생각이 들었다.

왕비의 지시는 구체적이었고 왕은 '알아서 조사해라'라고 맡겼으니 그렇다면 왕비께서 기다리는 답을 먼저 고하는 편이 순서에 맞았다.

문이 열리고 시녀가 나와 고개를 숙였다.

"안으로 드십시오."

베루스는 시녀와 함께 안으로 들어갔다. 소파에 앉아 있는 왕비께 인사를 올린 후 허락을 받아 맞은편 자리에 앉았다.

"일전에 왕비님께서 조사를 지시한 내용에 진전이 있어서 보고드리러 왔습니다."

유진은 내심 감탄했다. 갑자기 재상이 만나러 온다기에 조사에 필요한 추가적인 질문을 들을 줄 알았다. 고작 열흘 안으로 벌써 결과를 가져오다니, 놀라운 속도였다.

유진은 이 세상의 느릿한 속도에 점점 적응하고 있었다. 시녀에게 간단한 지시를 내려도 상당한 시간이 걸렸다. 이 세상에서 열흘은 그다지 긴 시간이 아니었다. 재상이 유능하다는 평판이 나돌 만하다고 생각했다.

"왕비님께서는 케이지라는 정보 중개인이 중개료를 엉뚱한 목적으로 쓰고 있는 듯하다고 말씀하셨습니다. 그래서 그자가 소유한 재산 내력을 중심으로 조사했습니다."

은밀하게 조사하라는 주의를 받았기에 더 신경 써서 조심했다. 그래도 처음에는 심각하게 생각하지 않았다. 그자가 다른 세력에 연루되어 봤자 거상이나 귀족이 뒷배일 줄 알았다.

불가침한 왕권이 견고한 체제에서 파벌을 나누어 죽고 죽이는 살벌한 권력 투쟁은 거의 벌어지지 않았다. 왕국마다 사정이 조금씩 다르겠지만, 기본적인 바탕은 비슷했다.

대신 이권을 둘러싼 싸움은 치열했다. 상인들이 결탁하는 담합은 워낙 흔했고 상인이 귀족과 손잡고 사기를 치거나 상단끼리 경쟁자를 없애려고 암살도 사주하는 일도 종종 벌어졌다.

그런 쪽으로 방향을 잡았다가 베루스는 이상한 점을 발견했다.

"정보 중개인 케이지의 재산은 눈여겨볼 만한 것은 없었습니다. 그런데 그자가 가명으로 작은 상단을 운영한다는 사실을 알게 되었습니다."

유진은 잔뜩 긴장하여 베루스의 말에 귀를 기울였다. 호드리고가 여러 개 신분을 만들어 상황에 따라 다양한 모습으로 대처하는 모양이었다.

"매출이 거의 없는 작은 상단입니다. 그런데 그 상단 소유로 창고가 하나 있습니다."

베루스는 편집증적인 구석이 있었다. 파고들기 시작하면 집요하게 파헤쳤다. 밤새도록 매달려서라도 뭔가를 발견하면 피곤함이 다 날아갈 정도의 희열을 느꼈다.

그는 케이지의 상단 자체에 매출이 별로 없는데 그 창고를 이용한 수익도 없다는 점을 의아하게 생각했다.

상단주가 자신의 상단 물건으로 창고를 채우지 못한다면 창고를 비워서 놀릴 것이 아니라 대여하고 돈을 버는 쪽이 이치에 맞았다. 상인이라면 자고로 이득을 우선순위에 두고 따져야 하지 않는가.

베루스는 그 창고가 비교적 최근에 지어져 신고된 사실을 확인했다. 창고가 지어질 무렵에 건축 자재가 매매된 현황을 조사해 보다가 또 이상한 점을 발견했다.

"아무래도 그 창고는 암실 창고인 듯합니다."

"암실 창고면 문제가 있나요?"

"암실 창고는 대여 비용이 고가입니다. 그런데도 공급이 없어서 부르는 비용이 값일 정도입니다."

매출이 형편없는 상단 따위는 정리해 버리고 그냥 창고 대여업만 하는 편이 더 이득이었다.

"그런데 암실 창고라고 등록조차 하지 않았습니다. 그 창고의 용도가 의심스럽습니다."

"암실 창고라는 사실은 확인했나요?"

"아직입니다. 하지만 그 창고를 지을 때 소요된 자재를 파악해 보니까 확실합니다."

'호드리고가 그 창고에서 무슨 일을 한 걸까?'

유진은 호드리고가 말한 중요한 의식 장소가 그 창고와 관련이 있을지도 모른다고 생각했다.

"왕비님. 암실 창고를 짓기 위해서는 아주 높은 비용이 들어갑니다.

그 상단의 자금 사정으로는 불가능하며 빚을 지지도 않았습니다. 그자에게 정보 삯으로 얼마나 비용을 지급하셨습니까?"

유진은 말문이 막혔다. 등 뒤에서는 식은땀이 났다.

거짓말하고 싶은 유혹을 느꼈지만, 은행을 통해 돈이 지출된 기록이 남아 있으니까 조사하면 어차피 낱낱이 드러난다.

왕비의 계좌이니 유진의 동의 없이는 함부로 조사할 수 없을 것이다. 그런데 거짓말로 재상을 속여 봤자 이득이 없다는 결론을 내렸다.

유진은 작은 한숨을 내쉬고 3년 동안 지출된 비용을 솔직히 말했다.

"……."

베루스의 눈이 살짝 커지면서 몇 번 눈을 끔벅거렸다.

"왕비님."

불러 놓고 잠시 말이 없었다. 유진은 재상의 얼굴을 보기가 무안하여 괜한 헛기침을 했다.

"그자가 왕비님께서 주신 비용을 사적으로 유용한 듯합니다."

베루스는 왕비의 대범한 지출에 몹시 놀랐다. 하지만 개인적인 감정으로 판단을 내리지는 않았다. 왕비께서 국고를 유용했다면 큰 문제지만, 사재를 어떤 식으로 소비하든 그건 온전히 사적인 문제였다.

그저 왕비께서 세상 물정에 어두워 그자가 부르는 대로 터무니없는 비용을 지불했다고만 생각했다.

"그런데 말씀하신 금액이 창고 건축 비용으로 차고 넘칩니다. 그자가 창고 외에 다른 명목으로 유용한 정황을 추가 조사해 보겠습니다. 일단 지금까지 드러난 상황만으로도 그자를 추포할 명분이 충분합니다. 어찌하시겠습니까?"

유진은 당장 호드리고를 건드릴 생각이 없었다. 그자를 통해 알아볼 일이 많았다.

"생각을…… 해 봐야겠어요. 그자에게 정보 삯으로 건넨 비용을 그자가 어떤 용도로 썼든 관여하기가 애매해요. 그자가 내게 거짓 정보를 주었거나 비용만 받아 챙긴 것은 아니니까요."

"당장 그자를 잡아 추궁하실 의향이 없으시다면 이대로 조사를 계속해도 되겠습니까?"

유진이 긴장된 숨을 삼키자 목이 따가웠다. 그녀는 태연한 척 물었다.

"그자가 무슨 짓을 저질렀나요?"

"아직은 모르겠습니다."

베루스는 따로 조사하던 사교 단체 인물과 케이지 사이에 금전이 오간 정황을 발견했다. 케이지가 사교도일지 모른다는 의심으로 더 파 볼 생각이었다. 하지만 아직은 말을 조심했다.

"특이한 사항이 발견되면 내게도 알려 줘요."

유진은 조마조마한 심정으로 가볍게 말했다.

"예, 왕비님."

"공이 처리해야 하는 국정만으로도 쉴 틈이 없을 텐데 이렇게 신속하게 내가 부탁한 일을 진행해 주어서 고마워요. 수고가 많았습니다. 릭센 공."

"과찬이십니다. 마땅히 해야 할 일을 했을 뿐입니다."

베루스가 돌아간 후 유진은 두 손으로 자신의 머리를 움켜쥐고 응접실 안을 불안하게 서성거렸다.

'어떡하지? 어떻게 해.'

진이 준 돈을 쏟아부어 창고를 지었다니. 그 암실 창고가 몹시 수상했다.

유진이 호드리고의 조사를 재상에게 부탁할 때는 대외적인 신분, 케이지라는 자를 파악하려는 의도였다. 그런데 재상이 단번에 월척을 건져 올 줄이야.

'하아…… 호드리고. 고작 이것밖에 안 돼? 재상이 며칠 조사했다고 벌써 꼬리가 잡혀?'

아직 재상은 호드리고의 진정한 신분은 알아내지 못한 것 같지만, 시간문제일 것이다. 그럼 그자와 자신이 엮인 일이 줄줄이 같이 나올 텐데 왕비가 오랫동안 사교도를 후원하면서 성녀님이라고 불린 사실을 대체 어떤 식으로 변명해야 좋단 말인가.

가장 큰 문제는 진이 마라의 교단을 통해 무슨 짓을 했는지 전혀 알지 못한다는 점이었다. 아는 게 없으니까 호드리고가 무슨 억지 주장을 해도 반박할 수 없다.

그리고 타니야 몰리의 처리 문제도 있었다. 어디서부터 손대야 하는지 암담했다.

팔짱을 끼고 한참을 고심하던 유진이 고개를 들었다.

'그 수밖에 없어.'

그날 밤, 언제나처럼 왕이 보낸 시종이 다녀간 후 왕이 왕비의 침실에 들었다.

유진은 침대에 앉아서 그를 기다렸던 다른 날과 다르게 소파에 앉아 있다가 그가 들어오자 일어났다. 습관적으로 침대부터 시선이 갔던 카세르는 그녀가 보이지 않자 고개를 돌렸다. 소파 앞에 서 있는 유진을 발견하고 그쪽으로 걸어갔다.

"전하. 드릴 말씀이 있어요."

"지금?"

"네, 지금요."

카세르는 되물었다.

"꼭 지금?"

"반드시 지금요."

유진이 그에게 앉으라는 듯 두 손으로 소파를 가리켰다. 카세르는 살짝 불만이 드러나는 표정으로 소파에 앉았다.

오늘 점심을 같이 먹으면서 얼굴을 본 후에 이 시간이 되어서야 겨우 다시 마주 보았다. 아내 얼굴을 보기가 왜 이렇게 힘들단 말인가. 그는 몹시 불합리하다고 생각했다. 당장 그녀를 안아 들어 침대에 눕히고 입 맞추고 싶었다. 잠시 지체하는 시간이 아까웠다.

"전하."

유진은 금방 말을 꺼내지 못하고 머뭇거렸다. 그녀가 말하기 어려워하는 기색을 보이자 카세르의 눈에 호기심이 어렸다.

"음…… 제가요. 사고를 쳤어요, 아니, 친 것 같아요."

이어서 나온 그녀의 말은 더 흥미로웠다. 카세르는 소파에 등을 기대고 그녀를 응시했다. 그녀의 말을 잠자코 듣겠다는 자세를 취했다.

"최근이 아니고 예전에요. 기억을 잃기 전에 한 일이에요."

유진은 재상에게 정보상 케이지에 대한 조사를 부탁한 일과 오늘 재상이 와서 보고한 내용을 모두 말했다.

"그래서 그자가 당신이 준 돈으로 창고를 지은 게 무슨 문제야? 그자가 당신을 기만했다면 그자에게 죄를 물으면 그만이지."

유진이 카세르의 눈치를 살피면서 말했다.

"그자가…… 평범한 정보 중개인이 아니라는 사실을 제가 기억해냈거든요."

카세르는 아무 말 없이 그녀를 응시했다. 유진은 무슨 생각을 하는지 도통 읽을 수 없는 그의 표정을 살피며 말했다.

"그자의 이름은 여러 개일 거라고 추측해요. 제가 아는 케이지라는 이름은 정보 중개인으로 활동할 때 쓰는 이름이고요."

유진은 단어 하나하나 집중하면서 말했다. 실수하지 않기 위해 아까 몇 번이나 연습했다. 그에게 모든 진실을 말할 수 없으니 일부는 숨겨야 하고 그걸 그가 눈치채지 못하도록 위화감이 없어야 했다.

"그자의 또 다른 이름은 호드리고. 그는 사교도이며 교단 내에서 제사장이라는 높은 지위를 차지하고 있어요."

유진은 어제 재상이 다녀간 후 한참 고민한 결과 기억이 완벽하지 않은 지금 자신의 능력으로는 제대로 대처할 수 없을 것 같았다.

차라리 왕에게 털어놓을 수 있는 내용은 전부 자백하고 그에게 도움을 청하자고 결심했다. 그가 도와주면 모든 게 해결되는 셈이었다. 진이 예전에 무슨 짓을 저질렀건 완벽하게 덮을 수 있는 사람은 이 나라의 지배자, 사왕뿐이니까.

긴장한 유진과 다르게 카세르의 표정은 여전히 변화가 없었다.

"그자의 또 다른 신분이 당신과 무슨 상관이지?"

표정만큼이나 그의 목소리도 평이했다. 사교도라는 단어가 그에게 그다지 충격을 주지 못한 듯 보였다.

유진은 얼떨떨하면서도 안도의 숨을 내쉬었다. 예전에 마리안이 말한 것처럼 사교도를 배척하긴 해도 그들이 증오, 혐오, 공포 등의 극단적인 감정의 대상은 아닌 모양이었다.

"제가 그자가 사교도라는 사실을 알면서도 주기적으로 만나서 거금도 주었으니까요."

"하지만 당신은 정보 중개인에게 정보를 사고 돈을 준 거잖아."

"정보 샀으로는 터무니없이 많이 줬어요."

"사는 사람과 파는 사람이 합의했다면 물건값은 제삼자가 왈가왈부할 일이 아니지."

그가 대수롭지 않게 말해서 오히려 유진은 더 위기감이 들었다. 애초에 그의 착각을 유도하고 그런 상황을 이용해 은근슬쩍 넘어갈 의도가 아니었다. 그에게 가감 없이 진의 잘못을 자백하고 그가 심각하게 판단해 주기를 바랐다.

"단순한 거래가 아니에요. 제가 기억해낸 사실이 아무 문제 없다면 굳이 왜 전하께 말씀드리겠어요. 제가 사교 단체에 자금을 후원한 거예요. 그 증거로……."

유진은 숨을 한 번 삼킨 후 말했다.

"그자는 저를 성녀님이라고 불렀어요."

지금껏 반응이 없었던 그가 눈살을 찌푸리자 유진이 흠칫했다.

"악독한 놈이로군. 그런 수법으로 당신을 이용하다니."

"……네?"

"그런 허울로 당신을 꾄 거야."

카세르가 심각한 표정으로 중얼거렸다.

"당신이 거금을 소지한 정보를 어디선가 입수한 건가?"

그의 노여움은 사교도의 성녀 노릇을 한 유진이 아니라 호드리고에게만 집중되었다. 유진은 그가 자신을 사기꾼에게 당해 돈을 빼앗긴 피해자 취급한다는 걸 깨닫고 어이가 없었다.

그를 이해가 빠른 사람이라고 생각했었다. 이번처럼 말뜻이 엇갈린 적이 없었다.

"전하. 그게 아니라고요."

유진은 왜 자신이 변명이 아니라 자꾸 죄를 증명해야 하는지 기분이 이상했다.

"당신이 무슨 말을 하는지는 알겠어."

뭔가 더 말하려던 유진이 입을 다물었다.

"그자가 당신을 성녀로 부른 게 마음에 걸린다는 거지?"

"……네."

"성녀를 사칭하여 그 이름에 혹하는 백성들을 기만하여 착취했다면 죄질이 악독해. 당신이 그런 짓을 했어?"

"……모르겠어요. 그건 기억이 안 나요."

"당신은 그런 적이 없으니 기억이 안 날 수밖에. 그런 일이 있었다면 내가 알았겠지."

유진은 고개를 끄덕였다. 진은 가끔 몰래 외출해서 호드리고를 만났지만, 횟수는 많지 않았을 것이다. 가끔이라서 모두의 눈을 속일 수 있었으리라. 그동안 왕비로 지내보니까 얼마나 주변에 보는 눈이 많은지 알게 되었다.

"당신이 성녀라는 이름으로 얻을 이득이 없어. 당신은 왕비야. 한 줌의 사교도 위에서 성녀로 군림하는 것보다 왕비라는 신분으로 이 나라에 미치는 영향력이 훨씬 막강해."

유진은 말문이 막혔다. 그의 말은 논리적이었다. 그러나 진이 한 짓은 논리적으로 설명할 수 없다.

"그럼 그런 쓸데없는 성녀 이름을 얻으려고 사교 단체를 후원한 이유가 뭔데요?"

"그건 내가 할 질문이군."

유진은 아차 했다. 자신도 모르게 한 걸음 떨어진 곳에서 진을 바라보는 관찰자가 되었다.

"그러니까 저는…… 나쁜 짓을 할 목적으로 사교 단체와 긴밀한 관계를 유지한 거예요. 죄질에 따라서는 실행하지 않았어도 계획한 것만으로 유죄일 수 있잖아요."

"무슨 나쁜 짓?"

"마라…… 소환이라든가……."

물끄러미 유진을 보던 카세르가 픽 웃었다. 그리고 웃음을 터뜨렸다.

"소환해서 어디에 쓰게?"

"전하."

유진이 미간을 굳혔다. 진지한 이야기를 농담으로 취급하는 그에게 화가 났다.

카세르는 싸늘한 눈빛으로 웃음기가 전혀 없는 그녀의 표정을 보며 입가를 억지로 끌어내려 웃음을 가라앉히고 헛기침했다.

"자꾸 이러시면 다음에는 무슨 일이 생겨도 말씀드리지 않을 거예요."

씩씩대는 그녀의 표정이 카세르의 눈에는 그저 예뻤다. 그는 유진의 입술에 키스하고 싶은 욕심을 꾹 눌렀다. 지금 손을 뻗었다가는 그녀가 단단히 화를 낼 것 같았다.

가뜩이나 요 며칠 그녀와 보내는 시간이 적었다. 서로 감정이 상한 상태로 이 귀중한 시간을 헛되이 보내고 싶지 않았다.

"진정해. 당신 말을 우스갯거리로 취급하려는 뜻은 아니었어. 당신 말에는 아주 커다란 맹점이 있어."

"어떤 점이요?"

"마라. 사교도들이 주장하는 그들의 신이지. 신을 소환하다니. 그게 가능해?"

"……"

유진의 소설 속에서는 가능했다. 하지만 그건 소설이다.

"상제께서는 신의 뜻을 받은 성자로서 아득히 오래전부터 성도궁을 지키고 계시지. 하지만 지금껏 그 누구도 마하를 뵌 적은 없어. 나는 신이 이 세상에 강림한다면 그건 곧 세상의 멸망이라고 생각해."

유진은 커진 눈으로 그를 바라보았다.

"신. 상상조차 할 수 없는 존재야. 그 모습을 접한 생명체가 살아 있을 수 있을까?"

유진은 말없이 그의 말을 경청했다.

"그래도 만에 하나 신의 소환이 가능하고 당신이 그 일에 관련했다고 가정해 보자고. 당신이 마라를 소환하려는 목적이 뭔데?"

"마라의 힘을 탐해서……."

유진은 무심코 소설 속에서 진이 마라를 소환했던 동기를 중얼거렸다.

"당신이 왜? 당신은 강대한 라미타를 지난 아니카야. 이미 신의 축복을 받은 힘을 지녔는데 악신의 힘은 왜 탐한다는 거지?"

진은 타고난 라미타가 거의 없었기에 다른 힘을 갈구했으니까. 그런데 이것 역시 소설 속 사실일 뿐이었다.

그와 대화하다 보니까 유진은 더 혼란스러웠다. 그토록 속 끓이며 안절부절못했던 일들이 전부 아무것도 아닌 것 같았다.

"어쨌든 저는 사교 단체를 후원했고 사교도들과 친교를 유지했어요. 그들에게 돈을 주고 성녀라는 이름을 얻는 것은 틀림없는 사실이에요."

유진은 그가 또 가볍게 넘길까 봐 못 박듯이 말했다. 카세르가 고개를 끄덕였다.

"그런 일이 알려져서 좋은 건 없지. 당신을 공격할 빌미가 될 수도 있고."

그의 표정은 여전히 심각하지 않았지만, 그래도 조금은 진지했다.

"그럼 이제 당신이 원하는 걸 말해."

유진은 허를 찔린 표정으로 그를 쳐다보았다. 갑자기 부끄러움이 밀려왔다. 그는 아주 정확하게 핵심을 꿰뚫어 보고 있었다.

자신이 구구절절하게 설명을 늘어놓고 일부러 자신의 잘못을 부풀리듯이 말한 이유는 참회하는 심정이라서가 아니었다. '누구나 실수는 할 수 있어.' 같은 감정적인 공감을 얻고 싶거나 상의하고 싶어서도 아니었다.

그가 해결해 주기를 바랐다. 언제까지 진이 저지른 짓에 발목 잡히기는 싫으니까.

"저는……."

막상 말하려니까 입이 떨어지지 않았다. 찜찜한 과거를 싹 밀어 버리고 싶은 자신이 몹시 뻔뻔하게 느껴졌다.

카세르는 유진의 대답을 조금 더 기다렸다가 굳은 표정으로 입을 다문 그녀를 보며 말했다.

"대대적인 사교도 단속령을 내려서 왕국 어디에서도 발붙이지 못하도록 조치하지."

"아니요!"

유진은 다급히 말했다.

"지금까지 철저한 핍박은 하지 않으셨다고 들었어요. 사교도를 대하는 정책은 변하지 않았으면 해요."

"그럼 그자만 잡아들일까?"

유진은 빠르게 고개를 내저었다.

"당분간은 모른 척해 주세요. 그자를 제가 만나 보려고 해요."

카세르가 눈살을 찌푸렸다.

"그자를 만나다니, 왜?"

"그자를 만나면 기억나는 게 있을 것 같아서요. 그자에게 많은 돈을 준 이유가 궁금해요. 그런데…… 재상이 어쩌면 그자에 대해 알아내서 보고를 드릴지도 몰라요. 재상의 수사를 늦추어 주실 수 있을까요?"

그는 얼마 전에 사교도 단체의 수상한 움직임을 감지한 베루스의 보고를 받았고 조사 지시를 내린 일을 기억했다. 그녀의 말을 듣고 짐작 가는 데가 있었다. 사교도에 그렇게 많은 돈이 흘러 들어갔으니 조직화될 만했다.

그는 유진이 그자를 또 만나서 과거의 기억을 되살리겠다는 계획이 못마땅했다.

'왜 굳이?'

그녀는 때때로 과거의 기억에 집착하는 모습을 보였다. 그는 현재에 충분히 만족하지만, 과거를 기억 못 하는 당사자의 불안감은 그로서는 알 수 없었다.

"알았어."

허무할 정도로 간단한 그의 대답을 듣고 유진이 순간적으로 멍한 표정을 지었다.

"하지만 그자를 이대로 내버려 둘 수는 없어. 당신에게 한 짓을 봐서는 다른 범죄를 저질렀을 가능성이 충분해. 기간에 제한을 두지. 건기가 시작된 후 한 달. 그 후에 그자의 처리는 내가 알아서 할 거야."

"네……."

잠시 대화가 끊어졌다. 유진은 작은 한숨을 내쉬었다. 잔뜩 각오한 것 치고는 쉽게 끝났다.

그가 자신의 부탁을 외면하지 않을 거라고는 믿었다. 그래도 몇 마디 비난의 말 정도는 들을 줄 알았다. 마음이 후련한 한편으로 미약한 불안 감이 들었다. 정말 이대로 괜찮은가.

"유진."

심란한 표정으로 생각에 잠겨 있던 유진이 시선을 들었다.

"능력 있는 정보 중개인은 내가 알아봐 줄게."

유진은 그의 말뜻을 해석한 후 그를 쏘아보았다.

"제가 고서 수집에 도움이 되는 정보 제공자를 잃어서 속상해한다고 생각하시는 거예요?"

"당신에게 중요한 취미 생활이잖아."

"이제 아니거든요. 최근에 제가 책을 산 적이 없잖아요."

"그야 활동기니까."

'아, 맞다. 진이 책을 사는 시기는 전부 건기였지.'

활동기에는 상단의 활동이 크게 위축되었다. 거래 물품은 대부분 생필품이고 고서 같은 귀물은 건기에만 유통했다.

"앞으로도 안 살 거예요. 더는 관심 없어요."

"왜 갑자기?"

"원래 취미란 그런 거예요. 갑자기 흥미가 생기기도 하고 식어 버리기도……."

말을 쏟아 내던 유진은 미소 지으며 자신을 바라보는 그와 눈이 마주치자 자신도 모르게 허탈한 웃음이 나왔다.

"심각한 이야기를 심각하지 않게 만드는 재주가 있으시네요."

입술을 삐죽이며 투덜거리는 그녀를 보면서 카세르는 작게 웃음을 흘렸다. 그는 소파에서 일어나 그녀에게 몸을 숙였다. 반사적으로 흠칫하는 그녀를 안아 들고 침대로 걸어갔다.

카세르는 그녀를 침대에 앉히자마자 눈높이가 맞도록 자세를 낮추었다. 그녀의 양쪽 어깨를 쥐고 고개를 기울여 곧바로 입술을 삼켰다.

"흡……."

입술이 맞닿기 직전에 유진은 다급히 '잠깐'을 외치려 했다. 그러나 오히려 벌어진 입술 사이로 그가 파고들 틈만 만들어 주었다.

카세르는 저지하려는 유진의 눈빛을 읽었지만 멈추지 않았다. 아니, 멈출 수가 없었다.

그는 요즘 자신을 통제할 수 없는 순간을 종종 느끼곤 했다. 특히 그녀와 함께 있을 때 그의 인내심은 바닥을 드러냈다. 그녀를 보면 만지고 싶고 만지면 키스하고 싶고 키스하면 그보다 더 욕심이 생겼다.

모든 일과가 끝난 후, 밤부터 이튿날 아침까지는 오롯이 부부만의 시간이었다. 온종일 이 시간을 기다렸다. 어떤 것에도 양보하고 싶지 않았다.

그는 살짝 벌어진 작은 입술 사이를 비집고 깊이 혀를 밀어 넣었다. 촉촉한 입술, 따끈한 열기를 품은 점막, 타액으로 미끄러지는 말캉한 혀. 수없이 맛보아서 이미 아는 느낌인데도 매번 아찔하게 달았다.

유진의 몸이 서서히 뒤로 눕혀져 침대에 머리가 닿았다. 위에서 누르는 그의 무게 때문인지 입술이 깊이 맞물려 그에게 통째로 삼켜지는 것 같았다.

"홋······."

그의 혀가 그녀의 혀를 휘감아 올리며 강한 입으로 빨아들였다. 찌릿한 감각이 등을 타고 달리면서 저절로 목 안쪽에서 신음이 흘렀다.

반쯤 내리뜬 눈 틈으로 그의 기울어진 콧대가 보였다. 몇 번 눈을 깜빡이던 그녀는 완전히 눈을 감았다. 그저 혀만 뒤얽히는 이 행위만으로 아랫배가 저릿하게 당겼다. 몸이 달뜨는 기분이 들면서 키스가 섹스보다 야하다는 생각이 들었다.

정신을 쏙 빼놓는 긴 키스를 마무리하며 그가 입술을 뗐다. 할딱이는 유진의 입술에 그가 다시 가볍게 입을 맞추고 볼과 눈가에도 키스했다. 살짝 입술만 닿았다가 떨어지는 가벼운 키스와 그보다는 더 진득하게 입술을 누르는 집요한 키스가 번갈아 이어졌다.

"잠······ 으응. 잠깐만요."

유진은 몽롱하게 흩어지는 정신을 필사적으로 그러모았다. 꼭 해야만 하는 이야기가 남았다.

유진이 그의 입술을 피해 고개를 돌리는데도 오히려 그는 그녀의 턱 아래 깊은 곳으로 고개를 들이밀었다. 목덜미의 여린 살에 연달아 입을 맞추었다. 살짝 이를 세워 깨물었다가 혀로 문지르듯 핥기도 했다. 자극이 크지 않지만, 그래서 더 아슬아슬하게 건드리는 느낌에 애가 탔다.

"아……."

그의 손이 갈비뼈 아래부터 훑듯이 올라가면서 가슴을 움켜쥐었다. 기분 좋은 압박감을 느끼자 나른한 한숨을 흘러나왔다.

"전하…… 중요한 얘기가 남았어요."

"해."

그러나 그의 입술은 쉬지 않고 계속 유진의 얼굴에 부드럽게 내려앉았다. 유진은 자꾸 집중력을 흩트리는 그에게 눈을 흘기며 '아이, 참.' 하고 중얼거렸다.

이대로 흐지부지 넘어가도 괜찮을 것 같았다. 호드리고와 만날 거라고 얘기했고 그도 동의했으니 그자를 만나는 방식은 알아서 해도 되지 않을까.

목덜미에 촉촉 붙었다가 떨어지는 입술이 간지러워 웃음이 나왔다. 그와 자신 사이에 감도는 이 부드럽고 온화한 분위기가 좋았다. 앞으로도 계속되기를 바랐다. 그러니까 괜히 오해할 만한 상황을 만들지 말자는 생각이 들었다.

"그자…… 밖에서 만날 거예요. 성 밖에서."

"왜?"

카세르가 유진의 귓불을 입술로 깨물며 속삭이듯 말했다.

"그자의 경계를 사지 않아야 하니까요. 저 혼자 나가서 만나야 하니까 그렇게 알고 계시라고요."

목덜미를 지분거리던 입술이 떨어졌다.

"지금 무슨 소리를 하는 거야. 호위는?"

유진은 자신을 내려다보는 그와 눈이 마주쳤다.

"저 혼자 나간다니까요. 호위는 없…….'

"말도 안 되는 소리 하지 마."

유진이 하던 말까지 자르며 카세르가 단호히 말했다. 유진은 갑자기 열기가 식어 버린 듯한 그의 푸른 눈동자를 보며 눈을 깜빡거렸다.

"성안으로 불러서 보면 되잖아."

"성안에서는 그자와 긴 이야기를 나눌 수가 없어요."

카세르는 잠시 생각한 후 크게 양보한다는 듯 말했다.

"독대해."

"그자를 만날 때 독대한 적이 없어요. 갑자기 독대하면 오히려 의심할 거예요. 제가 그자에게 유도하는 질문을 해서 대답을 들으려면 그자가 저를 믿어야 해요."

"그자와 독대한 적이 없으면 전에 특별히 중요한 이야기를 나눈 적도 없겠군."

"아…… 그게…….'

유진은 눈동자를 데구루루 굴렸다.

"전에…… 이번 활동기 전에요. 밖에서 만난 기억이 있더라고요."

"그자와 따로 만났다? 혼자서?"

나직이 중얼거리는 그의 목소리가 낮게 가라앉았다. 호드리고의 정체를 털어놓은 아까보다 지금 그의 반응이 훨씬 무거웠다. 유진은 어쩐지 입 안이 바싹 말랐다.

"혼자는 아니고 시녀를 데려갔을 거예요. 동행한 시녀는 그자가 들여보낸 심부름꾼이었을 거라고 짐작해요. 저와 사막으로 나갔다가 실종된 시녀 중 한 명이에요."

유진은 팔꿈치로 몸을 지탱하며 상체를 일으켰다. 그녀의 몸을 위에서 덮고 있던 카세르가 뒤로 물러나 앉으면서 두 사람은 마주 보며 앉게 되었다. 달콤하게 풀어지던 분위기가 단번에 식었다.

그녀는 임시 인력으로 들어왔다가 시녀가 된 엘리에 관해 설명했다.

"……그리고 얼마 전에 들어온 임시 일꾼 중 몰리라는 여자도 엘리처럼 그자가 들여보낸 연락책이에요."

유진은 말하는 동안 점점 싸늘하게 식는 그의 표정 때문에 식은땀이 났다. 자신이 무단으로 외출하여 호드리고를 만났던 과거가 그의 화를 돋웠다고 추측했다.

지금 그의 표정은 누가 봐도 사나웠다. 그런데 그가 표정 관리를 못할 정도로 화가 치미는 이유는 유진의 추측과 달랐다.

'사교도 따위가.'

그가 평소에 왕의 권위를 내세워 고압적으로 굴지 않는 것은 유연한 사고방식의 소유자라서가 아니었다. 자신의 공고한 권력을 아랫사람을 억압하는 방식으로 드러내지 않을 뿐이었다.

유진은 아직 신분제 사회 속에 뿌리박은 질서를 체득하지 못했다. 자신이 얼마나 예민한 부분을 건드렸는지 몰랐다.

절대 권력을 누리는 우두머리는 절대 도전자를 용서하지 않는다. 왕성은 왕권의 상징이자 왕의 안식처였다. 그런데 감히 허락받지 않은 자가 왕의 영역에 빈틈을 만들어 제멋대로 드나들었다.

카세르는 지그시 이를 사리물었다. 마음 같아서는 당장 쥐새끼들을 대대적으로 소탕하고 싶었다.

그러나 이미 그녀에게 유예 기간을 약속했다.

'어쩔 수 없지.'

한 달. 약속한 동안은 내버려 두겠다. 그러나 그 후, 앞으로는 수도 안에 사교도가 절대 발붙이지 못하도록 모조리 색출하겠다고 결심했다.

"몰리, 그 여자를 시녀로 들여서 당분간만 곁에 둘게요. 그리고 그 여자와 함께 외출하려고요. 그러니까 정말 혼자서만 나가겠다는 건 아니에요."

"그자의 심부름꾼이 왕성에 들어올 거라는 사실을 알고 있었어?"

유진은 움찔 놀라며 입을 다물었다. 어쩐지 일이 참 쉽게 넘어간다 했다. 그녀는 속으로 으아아, 비명을 지르며 말했다.

"……네. 그자한테 들었어요."

"언제?"

"저번에…… 그자가 절 만나러 왔을 때요."

"그자와 독대한 적은 없다면서."

그 자리에 다른 시녀들이 있었을 텐데 호드리고가 그런 중요한 이야기를 언제 전달했냐는 뜻이었다.

"……."

유진은 긴장하여 바짝 좁아지는 목 안으로 침을 삼켰다. 외출 계획에 지금도 비협조적인데 호드리고의 최면 능력에 관해 말했을 때 그가 어떤 반응을 보일지 두려웠다.

'대충 둘러댈까? 근데 이미 대부분 말했잖아. 그냥 솔직하게 말하고 그를 설득하는 편이 낫지 않을까?'

그녀는 갈등 끝에 입을 열었다.

"그자는…… 특이한 능력이 있어요."

유진은 호드리고의 최면 능력에 관해 설명했다. 자세한 능력은 알지 못하므로 그날 봤던 장면을 묘사했다.

그녀는 크게 변화가 없는 그의 표정을 보면서 조금은 희망을 얻었다.

"별일 없을 거예요. 그자가 저를 성녀라고 생각하는 이상 저를 해칠 리가 없어요."

"말이 되는 소리를 해."

그는 약간의 여지도 남겨 두지 않고 딱 잘랐다.

"사람의 정신력을 흔드는 괴이한 능력을 지닌 자를 만나기 위해 그자가 들여보낸 시녀 한 명만 동반해서 성 밖으로 나가겠다고?"

그의 목소리는 평이했고 말하는 중 어이없다는 듯 헛웃음을 흘렸다. 하지만 유진은 지금껏 봤던 그의 표정 중에서 가장 차갑다고 생각했다.

"성안으로 불러. 이 정도도 내가 아까 약속한 게 있으니까 양보하는 거야."

"그래서는 그자한테서 제가 원하는 내용을 들을 수가 없어요."

"뭘 듣고 싶어서 그래?"

"제가 그자에게 돈을 준 이유요. 그자에게 성녀 소리를 들었던 이유요."

"그걸 왜 알아야 하는데?"

"제가 했던 일을 제가 아무것도 모르는 채 그냥 덮을 수는 없잖아요."

"그냥 덮어!"

말이 오가면서 두 사람의 목소리가 점점 커지더니 결국, 카세르가 언성을 높였다. 유진이 놀란 눈으로 그를 바라보았다.

'덮으라니, 뭘? 사교도와 얽혔던 사건을? ……아니면 진으로 살던 과거 전부를?'

그가 '진'을 거북해한다고 해서 유진이 서운할 이유는 없었다. 그녀는 진작부터 진의 과거를 새로 만드는 미래로 완전히 지워 버리겠다고 마음먹었다.

그런데 불과 얼마 전에 그는 '다시 시작하자'라면서 과거의 모습도 전부 포용하겠다는 식으로 말했다. 그새 바뀔 변덕이었나. 그에 대한 신뢰가 흔들렸다.

"제가 마라의 교단에 돈을 준 것도, 성녀라고 불린 것도 대수롭지 않다는 듯 말씀하셨어요. 그런데 왜 그자는 만나지 못하게 하세요?"

혹시 이 남자는 자신이 호드리고를 만나서 무슨 일을 꾸밀까 봐 의심하는 걸까.

카세르는 질문 자체가 뜬금없다는 표정으로 말했다.

"그야 당연히 그자가 당신에게 무슨 짓을 할까 봐 그러지. 그런 위험한 놈을 안전하지 않은 장소에서 호위도 없이 만나겠다는데 걱정이 될 수밖에."

"······걱정."

유진은 삐딱하게 생각했다가 뜻밖의 말을 들어 당황했다.

"기억이 안 나서 불안하다면 나중에라도 걸리는 게 없도록 내가 알아서 정리할 테니까 신경 쓰지 마. 굳이 위험을 감수하면서 그자와 다시 접촉할 필요 없어."

'걱정······ 그냥 나를 걱정하는 거구나.'

살짝 앵돌아졌던 유진의 마음이 부드럽게 풀어졌다. 그녀는 그를 보면서 활짝 웃었다. 카세르의 눈동자가 흔들리더니 다짜고짜 말했다.

"안 돼."

"전하."

유진은 생글생글 웃으며 그에게 무릎걸음으로 다가갔다.

"안 된다니까."

카세르는 고개를 돌려 외면하면서도 바짝 다가온 그녀의 손이 자신의 허벅지에 닿자 움찔했다. 자신의 품으로 폭 안겨 드는 부드러운 몸을 차마 밀어내지 못하고 그대로 굳었다.

"전하. 그자를 꼭 만나서 알아내야만 해요. 제가 아무리 금전 감각이 어두워도 단지 정보 샀슨로만 그 많은 돈을 그자에게 주었을 리가 없어요. 분명히 중요한 이유가 있을 거예요."

유진은 오늘이 아니면 그를 설득할 기회가 다시는 없으리라고 예감했다. 진이 계획한 수많은 일이 거미줄처럼 얽혀 있었다. 단서를 놓치면 다음 단계로 나갈 수 없을 것이다.

"제가 왜 사교 교단과 깊이 연관되었는지 반드시 알아야겠어요. 알아내지 못하면 언제 뭐가 터질지 모르는 불안감으로 잠도 못 잘 거예요. 전하. 네? 제발요."

'제발'이라는 단어에서 카세르의 손이 움찔했다. 그는 얼마간 침묵하다가 무겁게 한숨을 내쉬었다. 그녀의 몸에 닿을 듯 말 듯 허공에서 배회하던 손이 유진의 등과 어깨를 감싸며 꽉 끌어안았다.

"딱 한 번. 더는 안 돼."

"네. 한 번만 만날게요."

유진은 얼른 대답했다. 더 욕심냈다가는 이마저도 얻지 못할 것 같으니까 이 정도로 타협했다.

'좋았어. 이제 아무것도 걸릴 게 없네.'

호드리고를 만날 때 마음을 졸일 필요가 없고 진이 마라의 교단을 통해 무슨 짓을 꾸몄든 혼자서 수습하려고 허둥지둥하지 않아도 되었다. 가슴에 얹은 묵직한 돌을 내려놓은 것처럼 홀가분했다.

사실, 그가 끝까지 강경한 태도로 대응하지 않은 것이 가장 기뻤다. 그가 자신을 불신했다면 절대 허락하지 않았을 것이다.

아주 개운한 표정으로 흐뭇하게 웃는 유진과 다르게 그녀의 어깨에 턱을 올린 카세르의 표정은 심란했다.

'아무리 생각해도 위험해.'

그런 위험인물을 호위도 없이 성 밖에서 만나겠다니. 그는 허락한 자신의 결정을 벌써 후회했다.

'억지 부린다고 안 되는 일이 되지는 않는다'라고 고작 며칠 전에 그녀에게 말해 놓고서 정작 그녀가 매달리자 너무 쉽게 흔들렸다. 그는 자신의 박약한 의지력을 한탄했다.

그는 그녀의 어깨를 잡아 살짝 품에서 떨어뜨렸다. 다른 방법을 찾아보자는 말이 턱 밑까지 올라왔다가 그녀와 눈이 마주치자 쏙 들어갔다. 헤실헤실 웃는 그녀의 표정이 딱 굳어질 텐데 차마 입이 떨어지지 않았다.

최종 결정은 항상 그의 몫이었다. 자신의 행동과 말이 상대의 감정에 어떤 영향을 미치는지 고민해 본 적이 없었다. 그에게 타인의 눈치를 살핀다는 감정은 몹시 생소했다.

유진은 몽글몽글하게 부풀어 오르는 감정을 가누지 못하고 무작정 얼굴을 디밀어 그에게 키스했다. 입술을 겨냥했으나 그의 아랫입술과 턱의 경계 언저리로 빗겼다.

그녀는 웃음을 터뜨린 후 다시 한 번 시도해서 이번에는 제대로 입술에 쪽 입을 맞추었다.

카세르의 눈동자가 흔들렸다가 한숨처럼 웃으며 말했다.

"이런 건 좋지 않아."

"이런 게 뭔데요?"

"의도가 다분한 신체 접촉."

유진이 눈을 크게 뜨고 대꾸했다.

"아닌데요? 의도 없는데요?"

그리고 눈매가 반으로 접히도록 웃으며 두 손으로 그의 목을 감았다. 그가 항상 자신에게 했던 것처럼 그의 입술을 머금어 살짝 빨아들인 후 혀로 살짝 핥으며 말했다.

"의도 없어요. 그냥 하고 싶었어요."

마주친 그의 눈이 살짝 가늘어지더니 갑자기 눈앞에 보이는 풍경이 뒤집혔다. 침대에 뒤통수가 닿았다고 느끼자마자 덮쳐 누르는 그의 입술에 호흡을 빼앗겼다. 유진은 입을 벌리고 그의 키스에 적극적으로 응했다.

손바닥으로 만지는 그의 어깨가 돌처럼 단단했다. 이 단단한 몸의 남자가 주는 쾌락을 기대하며 그녀는 옅은 신음을 흘렸다. 부부의 밤을 기다리는 사람은 카세르뿐만이 아니었다.

카세르는 몸속에서 부글거리는 뜨거운 기운을 느끼며 잠에서 깼다. 그가 눈을 뜨자마자 본 광경은 반투명한 푸른 뱀이 자신의 몸에서 빠져나가는 광경이었다.

순식간에 잠기운이 달아났다. 딱딱하게 굳은 그의 표정은 프라즈가 움직이는 방향에 따라 뽀그르르 올라가는 물방울을 보자 풀어졌다.

그는 눈동자만 돌려서 주변을 둘러보았다. 막 떠오르는 해가 어둠을 몰아내는 시각이었다. 어스름한 침실 내부는 새벽안개가 낀 것처럼 흐릿했다. 그래도 침실 안을 가득 채운 물의 환상은 뚜렷하게 보였다.

그는 손을 뻗었다. 살짝 손을 흔들자 물의 덩어리가 흔들리듯 공간이 뭉개졌다. 아무런 촉감을 느낄 수 없으나 눈으로 보이는 광경은 진짜처럼 생생했다.

두 번째 보는 광경이어도 여전히 신비로웠다. 그는 고개를 옆으로 돌렸다. 반쯤 그를 등지고 돌아누워 자는 그녀가 보였다.

유진이 베고 누운 베개 아래쪽으로 그의 팔이 들어가 베개 역할의 일부를 맡고 있었다. 팔에 그녀의 무게가 느껴졌다.

언제부턴가 아침에 눈을 떴을 때 그녀는 안고 있거나 그녀의 팔베개가 된 상태이곤 했다. 정확히 언제부터였는지 기억나지 않았다. 단기간에 이루어진 급격하면서도 자연스러운 변화였다.

불과 몇 개월 전의 일이 무척 아득하게 느껴졌다. 매월 첫날, 단 하루 동침한 이튿날에 눈을 뜨면 그녀와 멀찍이 떨어져 누워 있었다. 혼자 잘 때와 다름없이 뚝 떨어져 자면서도 불편해서 밤잠을 설쳤다.

그런데 서로의 체온이 맞닿을 정도로 옆에 누군가가 누워 자는데도 그는 근래 아주 푹 잘 잤다. 오히려 이제는 당연하게 생각되어 카세르는 문득 기분이 묘했다.

그는 조심스럽게 팔을 빼내고 일어나 앉았다. 시선을 들어 침실 안을 유영하는 프라즈를 보며 눈살을 찌푸렸다.

한 뼘의 뱀이 된 프라즈가 침실 안 물속에서 노닐고 있었다. 짧은 꼬리가 물살을 헤집으며 방정맞게 흔들리는 모습이 미꾸라지 같았다.

그는 한심하다는 눈빛으로 푸른 뱀을 보며 짧게 혀를 찬 후 다시 그녀에게 시선을 돌렸다. 때마침 유진이 뒤척이면서 돌아누웠다. 그가 바라보는 방향에서 그녀의 얼굴이 정면으로 보였다.

색색 숨을 쉬며 아주 깊이 잠든 듯한 그녀 모습에 그는 웃음이 나왔다.

"잠도 못 자기는 무슨."

그는 한참을 그대로 앉아 시간 가는 줄 모르고 그녀를 바라보았다. 전혀 지루하지 않았다.

시간이 흘러 날이 밝아오면서 침실 안이 점점 밝아졌다. 마치 햇살에 녹는 것처럼 물의 환상이 조금씩 흐려지기 시작했다.

물이 완전히 사라지기 전에 프라즈는 그의 몸으로 돌아왔다. 지난번처럼 그녀의 몸으로 물이 빨려 들어가지 않고 그저 공기 중으로 흩어지듯 서서히 사라졌다.

'라미타를 제어하는 데에 점점 숙달하는 건가?'

카세르는 방금 본 장면을 그녀에게 이따 말해 줘야겠다고 생각하며 침대에서 내려왔다. 슬슬 그의 기상 시각이었다. 평소보다 이른 시각에 깼지만, 머릿속은 상쾌했다.

카세르는 보좌관에게 특정한 서류를 찾아오라고 지시했다. 보좌관은 시간이 제법 지난 후에 두툼한 서류 더미를 가져왔다.

서류가 쌓인 측면의 색이 다양했다. 마치 세월을 보여 주듯 가장 아래는 누렇고 중간은 약간 변색했고 맨 위는 백색이었다.

맨 위의 서류만 카세르가 예전에 받아서 읽은 적이 있었다. 변색한 서류는 그가 왕위에 오르기 전에 정리된 것들이었다. 선왕 때 작성된 것과 더 이전의 것도 있었다.

그는 오전 일정을 뒤로 미루고 서류를 펼쳤다. 최근 서류는 처음부터 끝까지 정독하고 나머지는 필요한 부분만 발췌해 읽었다.

다 읽은 후 생각에 잠긴 그가 손가락으로 책상을 두드렸다. 그가 읽은 서류 전부가 마라의 교단에 관한 정보를 다루었다.

'제사장……'

카세르는 유진이 어제 '제사장'이라는 말을 했을 때 내심 놀랐다. 그는 마라의 교단 내 계급을 어느 정도는 파악하고 있었다.

'제사장이면 최상급 계층이지.'

그가 사교도들을 철저히 색출해 단속하지 않는 이유는 단순했다. 그런 일에 인력과 시간을 들이면 낭비라고 생각하기 때문이었다.

그렇다고 아예 방치하지는 않았다. 적당히 내버려 두되 정보 획득에 소홀히 하지 않는 것이 왕국의 일관된 정책이었다.

그들은 폐쇄적인 조직이지만, 어디든 빈틈은 있다. 마라의 교단에 '대충 눈감아 줄 테니까 너희들이 해롭지 않다는 사실을 증명해라.'라고 압박해서 정보를 얻기도 했다.

유진에게 대수롭지 않다는 식으로 말했지만, 사실 카세르는 이번 일을 제법 심각하게 생각했다. 그녀가 사교도를 후원하고 성녀라고 불린 사실이 공론화되면 골치 아팠다.

더구나 그녀가 사교도를 후원한 목적이 마라의 소환이라면 반드시 이번 일은 철저히 입막음해야 했다. 악신의 소환이 가능한가, 불가능한가를 떠나서 시도 자체가 문제가 될 것이다.

물론 그는 왕비가 악신의 소환을 원했다고 믿지 않았다. 그녀가 그럴 이유가 없었다. 그가 염려하는 건 그녀가 하지 않은 짓을 사교도들이 주장해도 정황상 의심받을 수밖에 없다는 점이었다.

카세르는 베루스를 불렀다. 왕의 부름을 받은 베루스가 즉시 입궁했다.

"사교도 조사는 얼마나 진행되었지?"

"파악 중입니다. 곧 정리해서 보고 올리겠습니다."

"아니. 지금 진행하는 일이 있다면 모두 정지하도록."

"전하. 몇 가지 의혹이 있어서 그들을 주의 깊게 주시할 필요가 있습니다. 재고해 주시옵소서."

베루스가 즉시 반박했다. 그는 왕의 앞에서 납작 엎드릴 줄 아는 한편으로 자신이 옳다고 생각하면 꺾이지 않는 결기를 보이기도 했다.

그가 젊은 나이에 재상의 자리에 올라 막강한 권력을 휘두르는데도 주변에서 함부로 입을 못 대는 이유는 그가 대다수 관리의 지지를 받기 때문이었다. 그가 왕에게 순종만 하는 간신이었다면 호시탐탐 기회를 엿보는 자들이 빌미를 만들어 재상 자리에서 끌어내렸을 것이다.

"그만두라는 게 아니다. 방향을 바꾸라는 거지."

"생각하시는 바를 여쭈옵니다."

베루스가 공손한 태도로 돌아가 대답했다.

"저들이 눈치채지 못하도록 은밀한 방식으로 전환해."

"전하. 어느 정도의 은밀함을 말씀하시옵니까? 정보를 수집하는 단계라서 조심해서 접근하고 있습니다."

"정보 수집에 중점을 둘 필요가 없다. 저들의 행동반경을 파악하고 동선을 추적하라. 수도에서 활약하는 사교 무리의 핵심 인물은 물론이고 일반 신도의 명단을 최대한 확보해."

왕의 지시를 듣는 동안 베루스의 표정이 미묘해졌다. 전체적인 방향이 사교도를 파악하는 데에만 중점을 두고 있었다. 큰 사고만 치지 않으면 내버려 두고 수뇌부만 관리하던 지금까지의 왕국 정책과 달랐다.

"저들이 무슨 짓을 하든 명단 확보에만 주력하라는 말씀이십니까?"

"당분간은."

베루스의 머릿속에 대강의 계획이 떠올랐다. 하시 왕국에서 사교도 단체를 인정해 줄지도 모른다는 뜬소문을 퍼트려 방심을 유도하는 방식이 괜찮을 듯했다.

"분부대로 진행하겠습니다. 다만, 소신이 다른 목적으로 조사하는 자가 있사온데 이자의 조사는 계속하도록 허락해 주시옵소서."

"정보상 케이지?"

고개를 숙이고 있는 베루스의 눈동자가 흔들렸다.

"예, 전하. 그자를 조사하고 있습니다."

"왕비한테 들었다. 그자를 조사하는 게 이번 일과 무슨 상관이지?"

베루스는 왕비님께서 은밀하게 사람 조사를 지시하셨고 그자가 아무래도 범상한 자가 아닌 듯해서 약간은 꺼림칙했다. 그런데 이미 왕께서 알고 계신다니 마음이 편해졌다.

"그자가 사교도와 관련된 듯합니다. 그자가 사교 무리에 자금을 댄 핵심 인물이 아닌가 의심하고 있습니다."

"그자가 사교도이건 아니건 죄인이다. 요망한 수작으로 왕비를 속여 재물을 갈취했지. 그자는 반드시 잡아들여 죗값을 치르게 할 것이다. 내가 따로 지시할 때까지 그자에게 접근하지 말고 감시의 눈만 늦추지 말라. 아주 교활한 자이니 몇 겹의 감시망을 촘촘히 쳐 두어라. 그리고 절대 감시 인원에 전사는 투입하지 마."

카세르는 어젯밤 '호위 없이 나가겠다면 내가 근처에서 따라가겠다.'라고 했다가 그녀한테 중요한 정보를 얻었다. 사교도 제사장급이 왕과 전사의 기운을 감지한다는 사실은 아주 놀랍고 새로운 정보였다.

"분부 받잡습니다."

베루스가 돌아간 후 카세르는 몇 사람을 더 불러 임무를 맡겼다. 그는 사교도 축출을 위한 밑 작업을 본격적으로 시작했다.

*   *   *

왕비의 집무실 한 편에는 네댓 명이 둘러앉을 수 있는 원탁이 있다. 이른 오후에 왕비를 비롯한 세 명의 보좌관이 함께 앉아 곧 시작될 건기 동안 왕비의 일정 초안을 점검 중이었다.

활동기의 끝이 얼마 남지 않았다. 대략 일주일 이후부터 시작될 건기의 일정이 지금 확정되어도 빠듯하게 일을 끝냈다는 핀잔을 들을 것이다. 그런데 겨우 초안이었다. 그마저도 대략 한 달 정도의 일정만 대충 가닥을 잡았다.

하지만 이게 최선이었다. 아무 일도 하지 않은 지난 3년의 일정표에서 참고할 내용이 없었다. 더구나 3년 전 국혼을 치르기 전부터 아주 오랫동안 왕국의 왕비 자리는 비어 있었다. 그야말로 백지에 새로 그리는 수준이었다.

보좌관들은 법률, 아득히 오래된 옛 서류, 타국의 사례 등 참고할 수 있는 자료는 모두 뒤지며 왕비의 권한으로 처리할 국정 사안을 정리했다.

며칠 쪽잠을 자며 일에 매달린 보좌관들의 눈 밑이 거무죽죽했다. 그러나 눈빛만은 반짝반짝한 생기가 흘러넘쳤다.

왕비께서 초안을 살피는 동안 성취감이 가득한 표정으로 세 명 모두 속으로 비슷한 생각을 했다.

'오기를 잘했어.'

'내 인생에 가장 잘한 선택인 것 같아.'

그들이 왕비의 보좌관 후보로 자원할 때 주변에서 은근히 만류하는 사람들이 있었다. 가 봤자 할 일이 없을 테니 경력에 도움이 안 되고 회의감만 들 거라고 했다.

왕비께서 폐쇄적인 생활을 한다는 사실은 알음알음 소문이 나 있었다. 사람들은 왕비에게 정신적인 문제가 있든, 몸이 아프든, 뭔가 문제가 있다고 생각했다.

하지만 샌디, 레지나, 산드라는 각자 개인적인 사정 때문에 보좌관 후보 지원을 철회할 수 없었다. 하는 일 없이 온종일 책상만 지키는 상황도 각오했다.

그런데 갑자기 분위기가 반전됐다. 라크 나무 사건 때문이었다. 그 사건 직후 왕비님을 처음 뵈러 갈 때는 주변에서 모두 그들을 부러워했다.

그뿐만 아니라 그들은 곧바로 예산안 작성이라는 막중한 임무를 맡게 되었다. 내성의 예산을 모두 검토할 수 있었던 것은 값진 경험이었다. 돈의 흐름이야말로 대상을 파악하는 가장 중요한 정보이기 때문이다.

그리고 왕비의 일정을 짜면서는 일이 많아 몸은 고되어도 새로운 기틀을 만든다는 생각에 일하면서도 흥이 났다.

초안을 살피던 유진이 말했다.

"상단주 접견? 이 일도 내가 하는 건가?"

"예, 왕비님."

거의 동시에 세 명이 입을 벌렸으나 산드라가 대답이 가장 빨랐다. 나머지 둘은 입을 다물었다.

"모든 상단은 아니더라도 왕성에 물품을 공급하는 상인들을 만나 이견을 조율하는 일은 왕비님께서 하셔야 한다고 생각합니다."

유진은 산드라의 대답 중 '하셔야 한다'라는 표현이 의아했다.

'내 일이 늘어나면 본인 일도 늘어날 텐데. 왜 일이 많아지는 것을 반기지?'

약간 의문이 들었으나 왕성 내 예산의 계획과 집행은 왕비의 권한이었다. 물품 공급자와 긴밀하게 연결해도 억지스럽지 않았다.

'의욕이 넘치나 보네. 뭐, 의욕적이면 좋지.'

유진은 산드라의 의견이 타당하다고 생각하며 넘어갔다.

유진과 보좌관들 사이에는 평행선 같은 인식 차이가 존재했다. 의사소통이 잘 안 되어서가 아니라 타고난 생각의 차이였다.

유진은 권력에 예민하지 않았다. 권력의 속성을 아직 잘 모른다는 표현이 더 정확했다.

그녀는 내성 예산의 편성과 집행을 포함하여 왕비로서 하는 다양한 일을 자신의 권력이라고 여기지 않았다. 왕이 할 일은 나누어 맡을 뿐이므로 가뜩이나 바쁜 그를 도와준다고만 생각했다.

하지만 보좌관들은 가능한 한 폭넓은 권한으로 많은 일을 맡아 처리해야 권력도 강해진다고 생각했다. 모시는 윗전의 권한을 넓히기 위한 부단한 노력은 보좌하는 아랫사람으로서 당연한 자세였다.

보좌관들이 왕비의 일정을 짜면서 가장 많이 곤란을 겪은 문제는 왕과 왕비의 권한 조율이었다.

그동안 왕비가 할 일을 모두 왕이 했다. 그런데 되찾아 오는 과정은 절대 간단하지 않았다.

아무리 원래 왕비의 권한이었다고 해도 왕의 입장에서는 돌려줄수록 권한이 줄어들게 된다. 권력 감소를 기꺼이 용인할 권력자는 없었다.

두 분이 힘겨루기하면 가장 고생하는 사람이 중간에 낀 관리들이었다. 그래서 보좌관들은 공문을 작성해서 왕께 올리면서도 잔뜩 긴장했다.

그러나 결과는 예상 밖이었다. '이러저러한 일을 왕비님 권한으로 처리하려 합니다'라고 공문을 보내면 이견 없이 '허락한다'라는 답이 내려왔다. 몇 번 그런 과정을 거쳤더니 보좌관들의 어깨가 으쓱했다.

왕께서 왕비님께 힘을 실어 주신다면 왕비의 권력을 넘볼 사람은 없었다.

"왜 이날은 오후 일정이 아예 없지?"

유진이 손가락으로 가리킨 부분을 확인한 레지나가 대답했다.

"그날 전후로 전하께서 귀환하실 터라 시간을 비워 두었습니다."

"귀환이라니? 전하께서 어디 가시는가?"

보좌관들의 눈빛이 순간적으로 당혹스럽게 흔들렸다. 유진은 그들의 반응에 아차 싶었지만, 내색하지 않았다. 자신 앞뒤가 안 맞는 소리를 해도 보좌관들이 어디 가서 떠들지는 않을 것이다.

"상세히 말해 보게."

레지나가 답했다.

"건기가 시작되는 첫날, 전하께서는 제를 올리러 사막으로 나가십니다."

레지나는 건기에 항상 반복되는 제례에 관해 설명했다. 성혼한 첫해에 왕비도 동행했었다는 말을 듣고 유진의 눈에 이채가 스쳤다. 안 그래도 진의 기억을 보기 위해서 사막으로 나갈 방법을 찾던 중이었다. 당당히 나갈 수 있는 훌륭한 명분이 여기 있었다.

"이날 이전까지 일정은 모두 비우고 뒤로 미루게. 이번 건기에 나도 전하와 동행하여 제를 올리러 다녀올 것이니."

보좌관들이 놀란 표정을 재빠르게 가라앉히고 대답했다.

"예, 왕비님. 분부대로 수정하겠습니다."

"나머지는 손댈 곳이 없군. 수고가 많았네. 일부 수정 후에 이대로 확정하도록 하지. 오늘은 그만 돌아가서 푹 쉬도록 하게. 다들 밤새 한숨도 자지 못한 얼굴이야."

유진이 살짝 미소 지으며 말하자 세 사람이 황홀하다는 표정으로 보다가 흠칫 놀라 시선을 내렸다. 그들은 아직도 왕비를 뵐 때 종종 넋 놓고 보곤 했다.

"황공하옵니다. 왕비님."

보좌관들이 모두 나간 후 유진은 집무실에 홀로 남아 소파에 기대앉았다. 오전부터 붙들고 있던 일이 겨우 끝났다. 그녀는 두 팔을 힘껏 위로 올려 쭉 기지개를 켰다.

'아아. 찌뿌둥해라. 생리 중이라서 그런가.'

유진은 이틀 전부터 월경을 시작했다. 이번 달에도 임신하지 않았다. 생리혈을 보자마자 느낀 감정은 지난번과 비슷한 깊은 안도감이었다.

그녀는 자신이 아이를 낳고 어머니가 될 준비가 전혀 되지 않았다는 사실을 새삼 깨달았다. 해결하지 못한 문제가 많았다. 지금 상황에서 아이를 낳으면 제대로 엄마 노릇조차 하지 못할 것 같았다.

그런데 참 이상하게도 그녀가 불안 요소로 꼽는 것 중에 아이의 아버지가 될, 그 남자는 없었다. 아이가 태어나면 그가 좋은 아버지이며 좋은 남편이 될 거라는 점에 의심이 가지 않았다.

유진은 자신의 배에 손을 얹었다. 이 안에서 아이가 자라는 건 아직 상상할 수 없었다.

'하지만 언젠가는…….'

바깥에서 문을 두드리며 마리안의 목소리가 들렸다. 유진은 화들짝 놀라 얼른 배에서 손을 떼고 방만하게 기댔던 자세를 당겨 앉았다.

"들어와요."

잠시 후 들어온 마리안이 책상 먼저 본 후 소파에 앉아 있는 유진을 발견했다. 마리안은 소파로 다가가 걱정스러운 표정으로 말했다.

"왕비님. 어디 편찮으십니까?"

"약간 피곤해서요. 걱정할 정도는 아니에요. 무슨 일이에요?"

"왕비님께서 찾아보라고 하셨던 자를 데려왔습니다. 잡소문에 능한 이야기꾼입니다. 언제든 만나겠다고 하셔서 데려왔습니다만, 지금 괜찮으시겠습니까? 곤하시다면 나중으로 미루겠습니다."

"지금 만나겠어요."

유진이 반색하자 마리안이 미소 지으며 '데려오겠습니다'라고 말하며 물러갔다. 잠시 후 마리안이 중년 남자를 데리고 들어왔다. 남자는 잔뜩 주눅이 들어 있었고 죄인처럼 푹 숙인 고개를 들지 못했다.

"여기까지 오느라 수고했다. 몇 가지 물을 것이 있어서 너를 불렀다."

"예, 예. 뭐든 이놈이 아는 게 있으면 모조리 말씀 올리겠습니다."

"네가 신기한 이야기들을 많이 안다지?"

"그저 이것저것 잡다하게 주워들은 얘기들이 많습니다요."

유진이 마리안을 보며 고개를 끄덕였다. 마리안이 작은 주머니를 사내의 앞에 내려놓았다.

"열어 보아라."

사내가 주머니를 쥐고 몇 번의 헛손질 끝에 주머니를 열었다. 내용물을 확인한 사내의 몸이 순간 경직됐다. 헉, 숨을 들이켜는 소리가 흘러나왔다.

"여기까지 온 수고 삯이다. 내가 원하는 이야기를 네가 알고 있다면 지금 받은 주머니의 두 배를 더 주겠다."

사내가 주머니를 두 손으로 꼭 쥐고 힘차게 고개를 아래위로 흔들었다.

"술식. 그릇. 이 단어들을 듣고 떠오르는 것이 있느냐? 무엇이든 좋다. 사소한 것이라도 괜찮아. 하지만 거짓말은 용서하지 않겠다. 모르면 모른다고 솔직히 말해라."

유진은 일부러 세 단어 중에서 한 개는 말하지 않았다.

사내가 제 머릿속을 쥐어짜는 것처럼 끙끙거리다가 한숨을 푹 내쉬었다.

"모르겠습니다. 들은 적이 없습니다."

사내의 목소리에 아쉬움이 담겼다. 유진 역시 아쉽기는 마찬가지였다. 그런데 어차피 금방 단서를 얻을 거라고는 기대하지 않은 터라 실망은 크지 않았다.

"여기서 들은 말은 무겁게 간직해야 할 것이다. 그만 가 보거라."

남자가 마리안과 함께 다시 나가려다가 문 앞에서 멈추어 섰다. 돌아서는 남자의 표정에 절박함이 가득했다.

"있습니다! 기억나는 게 있습니다."

소리치는 남자에게 마리안이 '어허' 하고 짧게 경고했다. 남자는 움찔하며 유진의 어깨까지 보일 정도로 들었던 고개를 발치만 보이도록 다시 푹 숙였다.

유진이 남자를 노려보며 차갑게 말했다.

"거짓말은 용서하지 않겠다고 했다. 재물을 얻으려고 네 목숨을 걸 생각이냐."

"정말입니다. 거짓말이 아닙니다. 제 외조모가 주술사의 피를 타고났습지요. 그래서 술식이라고, 분명히 술식이라고 했었습니다."

"주술사?"

유진은 마리안을 쳐다봤다.

"주술의 힘으로 사람의 운을 점치는 자들이 있습니다. 남다른 능력 있는 자들이 드물게 있는 듯하지만, 대부분은 사기꾼입니다."

유진은 마리안의 설명을 듣고 무속인과 비슷한 개념이라고 이해했다.

"그래서 뭘 들어서 기억한다는 말이냐?"

"그, 그러니까…… 분명히 술식이라는 단어를 들은 적이 있습니다. 이놈이 외조모를 만나고 오면 다시 기회를 주시면 안 됩니까?"

유진은 잠시 생각했다가 말했다.

"네 외조모를 내가 만날 수 있겠느냐?"

남자는 곧바로 대답하지 못했다. 우물쭈물하면서 외조모가 괴팍한 성품에 사람 만나기를 싫어하니 말을 섞으면 기분이 상할 거라고 둘러댔다.

유진은 남자가 재물에 대한 탐욕을 드러내면서도 당장 외조모를 데려오겠다고 대답하지 않는 점이 오히려 더 신뢰가 갔다.

"네 외조모를 데려오기만 해도 아까 말한 두 배의 재물을 주겠다."

남자는 결국 재물의 유혹을 떨쳐내지 못했다. 반드시 외조모를 데려오겠다며 물러갔다.

남자와 함께 나간 마리안이 잠시 후 돌아왔다. 마리안은 문을 등진 방향으로 서 있는 유진에게 다가갔다. 유진은 창가의 작은 선반장 위에 올려 둔 새장 앞에 서 있었다. 그녀가 새장 문을 열자마자 입구에서 대기하고 있던 다람쥐가 쏜살같이 빠져나와 유진의 손등에서 팔을 타고 어깨로 올라갔다.

"왕비님. 다른 이야기꾼도 찾아보는 중입니다. 정해진 거처 없이 떠돌아다니는 자들이라 행방을 알아내는 데에 시간이 걸립니다."

유진이 마리안 쪽으로 돌아섰다.

"방금 그자는 마리안이 고심해서 찾아냈겠지요. 그 분야에서 가장 유명한 자일 테고요."

"기상천외한 옛이야기나 기이한 풍문을 많이 아는 자라고 했습니다."

"그자의 외조모를 만나 본 후 내가 만나려는 사람 유형이 달라질지도 몰라요. 그러니까 이야기꾼을 수소문하되 그 일에 매달리지 마세요."

"예, 왕비님."

유진이 손등이 위로 보이도록 왼손을 가슴 높이 위로 들어 올렸다. 어깨 위의 꼬마가 즉시 팔을 타고 내려와 유진의 왼쪽 손등 위로 올라갔다. 유진을 바라보는 방향으로 뒷다리로 서서 탐스러운 꼬리를 좌우로 흔들었다.

유진이 왼손을 아래로 내리니까 다람쥐는 다시 팔을 타고 어깨로 올라갔다. 이번에는 오른손을 들어 올렸다. 꼬마가 오른쪽 팔을 타고 손등 위로 올라갔다.

손의 움직임은 꼬마의 움직임을 유도하는 신호였다. 영리한 환수는 한두 번의 설명과 손짓만으로 완벽하게 습득했다.

유진은 작게 웃음을 터뜨리며 상을 주듯 다람쥐 머리를 손가락 끝으로 쓰다듬었다. 꼬마는 제 머리와 턱 밑을 쓰다듬는 손가락이 움직이는 방향으로 작은 머리를 요리조리 돌려 더 만져 달라는 의사를 표시했다.

마리안은 다람쥐가 움직이는 모습에서 눈을 떼지 못했다. 왕의 환수가 왕비님을 이렇게 잘 따르다니, 매번 볼 때마다 신기했다.

"보좌관들은 여전히 꼬마를 내가 기르는 애완동물로 생각해요."

왕이 새장을 갖다준 이후, 언젠가부터 꼬마의 새장은 유진 차지가 되었다.

아부조차도 라크 사냥할 때만 부르는 사왕이 일부러 시간을 내어 꼬마와 놀아 주는 모습은 도무지 상상이 되지 않았다.

그에게 돌려보내면 아무래도 꼬마는 온종일 혼자 새장 속에 갇혀 있을 것 같았다. 그래서 유진이 그에게 당분간 꼬마는 자신이 데리고 있겠다고 했다.

원래 응접실에 두었다가 집무실에서 머무는 시간이 길어지면서 집무실로 옮겼다. 꼬마의 정체를 말하지 않았더니 보좌관들은 전혀 눈치채지 못했다.

"짐작도 못 하는 것이겠지요."

"붉은 눈에 붉은 뿔. 이렇게 확실한 특징이 있는데 왜 모를까요?"

"환수를 특별하다고 생각하기 때문일 겁니다."

"이런 귀여운 다람쥐가 환수일 리가 없다…… 라는 건가요?"

마리안이 미소 지었다.

"저도 왕비님께서 말씀해 주지 않으셨으면 특이한 동물이라고만 생각했을 것 같습니다. 그리고 환수는 주인 외에는 따르지 않는다고 알려져 있으니까요."

유진은 아부를 떠올렸다. 사왕이 거둔 두 번째 환수에 관해 아는 사람이 거의 없는 것과 달리 흑표범은 워낙 유명한 사왕의 환수였다.

그런데 그녀는 거의 매일, 어제 오후에도 사람들이 생각하는 강하고 무시무시한 환수를 데리고 놀았다. 새끼처럼 작아진 아부가 자신의 발치에 누워서 갸르릉거리는 모습을 마리안이 보면 어떤 표정을 지을지 궁금했다.

"이대로 꼬마가 나를 주인으로 바꾸면 어쩌죠?"

유진은 농담으로 던진 말이었다. 그런데 웃음으로 반응할 줄 알았던 마리안의 표정이 미묘했다.

"그런 일이 가능합니까?"

그런 일이 벌어지면 곤란하다는 기색이었다.

'내가 왕의 환수를 빼앗아갈까 봐 그런가?'

유진은 순간 기분이 이상했지만, 내색하지 않고 가볍게 웃었다.

"웃자고 한 말이었어요. 환수의 첫 주인은 영원한 주인이에요."

사왕을 어려서부터 보살핀 유모가 심정적으로 왕에게 더 마음이 기우는 것은 당연한 일이다. 유진은 이해하면서도 조금은 서운했다.

"그 여자, 몰리는 어떤가요?"

유진은 새장 안으로 꼬마를 들여보내며 화제를 돌렸다.

"특별히 눈에 띄는 짓은 하지 않습니다. 따로 누군가와 연락을 주고받는 낌새도 없고 맡은 일은 성실하게 잘합니다."

유진은 호드리고의 연락책 몰리를 시녀로 들였다. 원래 유진의 곁에 상주하는 시녀는 잔느뿐이었는데 이제는 잔느와 몰리, 두 명이 왕비의 측근 시녀가 되었다.

두 사람을 제외한 다른 시녀들은 자주 교체했다. 기억을 잃은 왕비를 배려하고자 마리안이 조치한 일이 그대로 규칙처럼 굳어졌다.

유진은 몰리의 정체를 '왕비에게 줄을 대기 위한 목적으로 누가 들여보낸 자'라고 적당히 꾸며서 마리안과 총관에게 설명했다. 그들의 협조가 있어야 몰리를 감시할 수 있기 때문이었다.

그런데 몰리를 시녀로 들이면서 곤란한 문제가 발생했다. 몰리 스스로 자신이 왕비의 신임을 받고 있다고 믿게 만들어야 할 텐데 유진은 몰리를 가까이 두면서 쓰기가 꺼림칙했다.

그저 몰리는 적당히 잔심부름만 맡게 하고 핵심 측근 역할을 할 다른 사람이 필요했다. 몰리가 경쟁심을 감히 품지 못할 신분의 사람으로.

그래서 물러나 있던 마리안이 다시 유진의 시중을 맡아 하게 되었다.

"총관이 어련히 알아서 잘하겠지만, 갑자기 변화를 주지는 말라고 전해 줘요. 마리안의 의견인 것처럼요."

왕비에게 접근할 목적을 품은 자가 왕성에 들어왔다는 사실을 듣고 총관은 몹시 충격받았다. 의도한 일은 아닐지라도 총관은 임시 인력을 최종 선발해 왕성 출입을 허락한 장본이었다.

책임을 지고 총관 자리에서 물러나겠다는 사라를 겨우 설득했다.

사라는 침통한 표정으로 비장하게 말했다.

「모두 제 잘못입니다. 드릴 말씀이 없습니다. 다시는 이런 일이 없도록 철저하게 점검 또 점검하겠습니다.」

유진은 총관이 갑자기 빡빡하게 절차를 바꾸어서 호드리고의 의심을 살까 봐 걱정됐다.

"염려하시는 일 없도록 제가 눈여겨보겠습니다."

유진은 고개를 끄덕였다. 마리안이 자신 있게 말하면 믿음이 갔다.

펑!

신호탄이 터졌다. 두 사람은 순간적으로 흠칫했으나 아주 놀란 표정은 아니었다. 며칠 내내 노란 신호탄이 터지고 왕이 현장으로 달려가면 곧 푸른 신호탄이 터지는 일이 반복되었다. 경상자만 몇 명 발생했을 뿐이므로 이만하면 아주 평화로운 활동기의 일상이었다.

유진은 몸을 돌려 하늘을 올려다보았다가 표정이 굳었다.

"붉은 신호탄이에요!"

유진은 하늘에 번지는 붉은 연기를 보면서 대형 쥐 라크와 마주쳤던 그 날을 떠올렸다. 병사들이 창을 들고 거대한 라크를 힘겹게 상대하다가 라크의 공격을 받고 바닥에 나동그라지던 모습이 눈앞에 그려졌다.

다행히 그날 유진의 눈앞에서 죽은 사람은 없었지만, 다른 곳에서 사상자가 나왔다고 들었다. 오늘도 또 죽거나 다치는 사람이 있을 거라고 생각하니까 이대로 가만히 있을 수가 없었다.

"가 봐야겠어요."

"왕비님. 어디로 가신다는 말씀입니까?"

다급히 마리안을 지나쳐 걸어가던 유진이 멈칫했다. 마리안의 질문에 대답할 수 없었다. 지금 왕의 집무실로 가 봤자 그는 이미 아부를 타고 성벽을 뛰어넘은 이후일 것이다.

마리안이 멈추어 서 있는 유진에게 다가갔다.

"왕비님."

"지난번처럼 라크가 여기저기서 나타나면 어떡하지요?"

"지난번 같은 경우는 극히 드뭅니다."

"여러 마리일 경우에는 내가 전하를 도와드릴 수 있어요."

지금 왕비의 표정은 금방이라도 달려 나갈 것 같았다. 그러나 마리안은 절대 왕비께서 성 밖으로 나가시도록 두고 볼 수 없었다.

"아직 한 번의 신호탄만 터졌습니다. 전하를 믿고 기다려 보시지요."

유진은 초조한 표정으로 하늘만 바라보며 꼼짝하지 않았다. 사실은 그다지 시간이 오래 걸리지 않았지만, 체감상으로는 무척 오랜 기다림 끝에 드디어 푸른 신호탄이 터졌다. 마치 내내 숨을 참았던 사람처럼 유진은 크게 숨을 몰아쉬었다.

그녀는 연기가 점차 흩어지는 하늘을 보며 중얼거렸다.

"좋은 생각이 났어요."

왜 신호탄이 터질 때 왕성 안에서 속만 끓이며 지켜봐야 하는가. 자신에게는 왕과 다른 방식으로 라크를 사냥하는 능력이 있었다.

"신호탄이 터지고 전하께서 현장으로 가신 후에 나도 곧 뒤따라가는 거예요. 만약에 연달아서 신호탄이 또 터지는 상황이 발생하면 내가 그쪽으로 가서 피해를 줄일 수 있어요. 신호탄이 터질 때마다 매번 그러기는 번거로울 테니까 붉은 신호탄만……."

유진은 동조를 바라며 마리안을 바라보았다. 그런데 몹시 곤혹스러운 마리안의 표정을 보고 말끝을 흐렸다. 마리안은 어려운 부탁을 받은 후 잘 거절하는 방법을 떠올리는 사람 같았다.

"왕비님. 전하께서 안 계시는 동안 왕비님께서는 왕성을 지키셔야 합니다."

"……아. 그렇지요."

왕이 없는 동안 왕비가 왕성의 책임자가 된다. 유진은 아직도 가끔은 자신의 신분과 권한이 잘 실감 나지 않았다.

"붉은 신호탄은 활동기 중 많아 봤자 두세 번이라지요?"

"예, 지금까지의 기록이 그러합니다."

"그럼 두세 번 정도는……."

유진은 말을 하다가 멈추었다. 마리안과 의논해서 결론을 내릴 수 있는 사안이 아니었다.

"전하께 말씀드리고 전하께서는 어떻게 생각하시는지 들어 봐야겠어요."

"왕비님."

마리안이 몹시 조심스럽게 유진을 불렀다. 쉽게 입을 열지 못하는 마리안을 보며 유진은 의아했다.

"괜찮아요. 말해요."

마리안이 심호흡을 하더니 후폭풍을 각오한 표정으로 말했다.

"충심으로 드리는 말씀이니 부디 귀담아들어 주시옵소서, 저는 왕비님의 진심을 이해합니다. 하지만 왕비님의 순수한 뜻이 오해를 살까 염려됩니다."

"무슨 오해요?"

"사왕 전하께서는 무고한 백성이 다치지 않도록 라크 사냥에 힘쓰십니다. 그리고 라크 사냥은 사왕 전하의 권한이기도 합니다. 왕권은 절대 침범되어서는 안 됩니다."

유진은 인상을 찌푸리며 마리안의 말을 해석했다. 핵심을 딱 짚어서 노골적으로 말해 주면 좋겠지만, 이곳 사람들이 말하는 방식을 유진이 바꿀 수는 없었다. 그래도 그동안의 공부가 헛되지는 않았는지 마리안의 말뜻을 대충 이해했다.

"내가 라크 사냥에 나서면 사왕 전하의 권한을 침범한다는 건가요? 누가 그런 오해를 해요?"

"……."

마리안을 바라보는 유진의 눈이 점점 커졌다.

"설마…… 전하께서요?"

유진이 헛웃음을 흘렸다.

"마리안. 전하께서 그런 오해를 하실 리가 없어요. 그분이 그런……."

마리안의 표정은 진지했다.

"왕비님. 제가 감히 이런 말씀을 올리기가 조심스럽습니다. 그런데 왕비님께서 기억을 잃으신 후 부쩍 전과 달라지셨습니다. 매사 선한 의도로 생각하시며 의심하지 않으십니다. 왕비님께서 여염집 안주인이셨으면 그 집안은 평화로웠겠지요. 하지만 왕비님께서는 이 나라의 한복판에 서 계십니다. 왕비님의 선한 의도가 반드시 선한 결과로 이어지지 않습니다. 오해는 아주 사소한 것에서 비롯됩니다."

말을 마친 마리안이 고개를 숙였다.

"좁은 소견으로 왕비님께 심려를 끼쳐 드렸다면 송구합니다."

유진은 마리안을 바라보며 입술만 달싹이다가 끝내 아무 말도 하지 못했다. 마리안이야말로 오해의 여지가 있는 민감한 발언을 했다. 자칫 왕과 왕비 사이에 틈을 벌리려는 꿍꿍이로 비칠 여지가 있었다.

경험 많고 신중한 마리안이 그걸 모를 리가 없었다. 따라서 마리안이 위험을 감수하며 굳이 꺼낸 불편한 이야기는 진심 어린 조언일 것이다. 마리안을 믿으면서도 유진은 가슴이 답답했다.

"……무슨 말인지 이해했어요."

그 남자가 그렇게 치졸한 사람이 아니라고, 반박하고 싶었다. 하지만 마음속 어디에선가 '그를 안 지 고작 두 달도 안 된 네가 그 사람을 알아 봤자 얼마나 알아?'라는 냉소적인 중얼거림이 들려왔다.

마리안은 어릴 때부터 왕을 보살핀 그의 유모였다. 자신보다 훨씬 더 그 남자의 다양한 모습을 봤을 것이다.

"최근에 마리안이 보기에 걱정스러운 부분이 있었나요?"

"왕비님께서는 많은 일을 시작하셨습니다. 전과 다르게 다양한 자들을 만나시겠지요. 그중 일부 교활한 자는 왕비님의 선한 의도를 이용하려 할 것입니다."

"내가 속도를 늦추는 게 낫다고 생각해요?"

마리안이 황송하다는 표정으로 고개를 저었다.

"아닙니다. 제가 어찌 왕비님의 행보에 관여할 수 있겠습니까. 하잘 것없는 노파심을 들어 주시는 것만으로 과분하며 더는 바라지 않습니다."

유진은 갑자기 찬물을 뒤집어쓴 기분이었다. 정신이 확 들었다. 마리안의 충고가 새겨들을 만한지 여부를 떠나서 요즘 들떠 있던 자신 상태를 되돌아보는 데에는 도움이 됐다.

"마리안 말을 듣고 보니까 내가 몇 가지 짚어서 생각할 일이 떠올랐어요."

"방해가 되지 않도록 물러가겠습니다."

마리안이 나간 후 혼자가 된 유진은 작은 한숨을 내쉬었다. 그녀는 푸념처럼 중얼거렸다.

"내가 그렇게 순진한 사람은 아닌데……."

이 세상에서 살아남기 위해 얼마나 머리를 굴렸던가. 불과 얼마 전에도 자신이 약삭빠르다고 생각한 사건이 있었다.

사왕에게 호드리고의 연락책인 엘리와 몰리에 관해 이야기하면서 포피는 언급하지 않았다. 포피를 죽음으로 몰아넣은 진의 끔찍한 명령을 그에게 얘기하면 그가 자신을 섬뜩하게 생각할 것 같았다.

유진은 자신이 아주 이기적으로 매사 대처했다고 생각했다. 기억이 안 난다는 이유로 진이 저지른 짓을 하나씩 하나씩 덮고 있지 않은가.

그런데 마리안이 어떤 의미에서 자신을 순진한 아이 보듯 하는지 알 것 같기도 했다.

'권력이라…….'

유진이 예전에 봤던 역사 드라마와 영화 등에서 왕과 왕비는 항상 서로를 견제하고 때로는 이용했다. 잠깐 서로 좋아서 푹 빠졌다가도 돌변하여 서로의 등에 비수를 꽂는 일이 빈번했다.

그들은 부부이면서 동시에 권력을 서로 탐하려는 경쟁자였기 때문이다. 가진 것이 너무 많은 사람 사이에 진정한 신의는 없었다.

자신과 사왕을 그런 관계에 대입하자 숨이 막혔다.

유진은 순진한 처녀가 왕의 총애를 얻어 권력이라는 괴물에 잡아먹히지 않으려 스스로 괴물이 되어 가는, 흔한 이야기를 떠올리며 쓴웃음을 지었다.

'나도 언젠가 변하게 될까?'

괴물이 되고 싶지 않았다. 하지만 누구도 원해서 괴물이 되는 자는 없을 것이다.

해가 저문 후, 몰리가 왕성을 나왔다. 출입을 관리하는 근위 병사는 몰리가 제시한 허가증을 확인한 후 말했다.

"내일 오전 중으로 돌아와야 하오. 정오가 지난 후에는 이 허가증으로 입궁이 불가하오."

"예, 잘 알고 있습니다."

근위 병사는 허가증을 몰리에게 되돌려 주며 몰리의 뒤쪽에 말했다.

"다음."

몰리 외에도 나가는 자들이 꽤 있었다. 궁인들은 정기적으로 허가증을 받아 외출할 수 있었다.

몰리는 어깨에 걸친 망토의 모자를 머리에 뒤집어쓰고 부지런히 걸었다. 광장을 지나서 고만고만한 규모의 주택들이 모여 있는 거리로 들어섰다. 그녀는 그중 단층의 집으로 다가갔다. 주변과 비교해서 크게 눈에 띄지 않는 평범한 집이었다.

나무 문을 여러 번 두드리고 기다리자 나이가 지긋한 노부인이 문을 열었다.

"몰리!"

환한 미소로 반기는 노부인과 몰리가 서로 가볍게 끌어안았다. 누가 봐도 오랜만에 귀가하는 가족을 반기는 모습이었다. 몰리가 안으로 들어간 후 문이 닫혔다.

이 집은 오래전에 포피의 집이었고 포피가 죽은 후 새로운 가족이 이사 왔다. 그 가족 중 장녀의 이름이 엘리였다. 엘리가 사고로 죽은 후에 남은 가족들이 떠난 뒤 조모와 손녀 둘이 사는 가족이 이 집으로 왔다.

"저녁 먹어야지?"

"어르신 먼저 뵙고 올게요."

조손은 함께 창고로 쓰는 작은 방에 들어갔다. 몰리가 다양한 종류의 향신료 틈에 숨겨 놓은 물병을 꺼내는 동안 조모는 긴 수건을 꺼내 왔다.

몰리는 병 속의 액체로 조모가 건네준 수건을 충분히 적신 후 코와 입을 완전히 감싸도록 얼굴에 둘둘 감쌌다.

그 후 그녀는 바닥 전체에 깔아 둔 양탄자를 둘둘 말았다. 양탄자가 걷히며 드러난 나무 바닥에 정사각형의 비밀 문이 있었다.

몰리가 뚜껑을 열듯 문을 위로 당겨 열었다. 연결된 사다리 아래로는 아무것도 보이지 않는 어둠이었다.

"발 디딜 때 조심하고."

"걱정 마세요. 한두 번 간 것도 아닌데요."

몰리는 사다리를 타고 어둠 속으로 내려갔다. 조모는 손녀가 완전히 어둠 속으로 사라지는 모습을 걱정스레 바라보다가 문을 닫았다. 그 위에 양탄자를 다시 덮으니 감쪽같았다.

몰리는 꽤 오래 내려갔다. 실제로 깊이가 사람 키의 세 배 정도 되므로 발을 헛디뎌 떨어지면 크게 다칠 것이다.

정신을 잃고 쓰러졌다가는 죽을 수도 있었다. 혹시 모를 침입자를 막기 위해 깊은 지하의 바닥에 독을 뿜어내는 마른 약초를 깔아 두었기 때문이다.

이 지하에서 이어지는 통로를 지나기 위해서는 중화제가 필요했다. 그래서 미리 독을 중화하는 약을 수건에 적셔 코와 입을 막았다. 숨 쉴 때마다 새콤한 냄새가 코를 찔렀다.

드디어 바닥에 발이 닿았다. 몰리는 긴장이 풀리며 한숨을 내쉬었다. 새카만 어둠 속에서 두 손을 앞으로 뻗어 조심스럽게 움직였다.

벽에 손이 닿자 몸을 벽에 붙인 채로 계속 걸었다. 그리고 손으로 더듬으며 벽과 연결되는 통로를 찾았다.

통로는 사람이 엎드려 기어가기도 어려울 만큼 비좁았다. 몰리는 통로 안쪽에 있는 바퀴가 달린 긴 나무판을 끄집어냈다.

그녀는 나무판 위에 누운 후 발로 바닥을 차서 안으로 들어갔다. 공중에 매달린 긴 줄이 손에 잡힌 후부터는 더 속도가 붙었다. 줄을 잡아당기는 힘에 추진력을 얻은 나무판이 안으로 쭉쭉 미끄러져 들어갔다.

줄을 잡아당기는 팔에 힘이 점점 빠져서 부들부들 떨릴 때쯤에 좁은 통로가 끝나고 넓은 공간이 나왔다. 허리를 구부정하게 숙이면 일어날 수 있을 정도였다.

몰리가 나무판에서 일어나 손으로 바닥을 더듬어 기어갔다. 그리고 손에 잡히는 돌벽을 힘껏 온몸으로 기대어 밀었다. 천천히 돌벽이 돌아가면서 희미한 빛이 새어 나왔다.

몰리는 그 빛을 따라 움직였다. 그녀는 낡은 벽난로에서 기어 나와 응접실로 나왔다. 아무도 없는 조용한 응접실을 둘러본 후 소파에 앉아 테이블에 놓인 종을 흔들었다.

잠시 후, 문이 조용히 열렸다가 닫히는 소리가 들렸지만, 몰리는 돌아보지 않았다. 자신이 여기 온 사실을 누군가 어르신께 알릴 것이다. 자신은 기다리기만 하면 되었다.

　　　　＊　　　＊　　　＊

　오랜만에 다리 위에 테이블을 펼치고 차를 마시며 유진은 멀리 보이는 풍경을 응시했다. 이 기분 좋은 날씨를 즐길 수 있는 날이 며칠 남지 않았다.

　'벌써 두 달이라니.'

　유진이 이 세계에서 눈을 뜬 후 두 달이 되었다. 아마 이 두 달과 겹친 이번 활동기를 평생 잊지 못할 것이다. 다시 태어났다는 표현이 어울릴 만큼 인생이 완전히 바뀌었다.

　지금처럼 느긋하게 차 한 잔 마실 여유조차 없는 나날이었다. 그런데 단지 바빠서만은 아니라는 사실을 여기 온 후에 알았다.

　최근에는 일이 많았고 정말 정신없이 바쁜 날도 있었다. 그래도 차 마시기는 언제든 가능했다. 마음이 여유롭기 때문이다. 그전에는 항상 쫓기는 심정이었다.

　두 달 전 그날, 갑자기 나타난 미지의 시커먼 구멍 속으로 뛰어들기를 정말 잘했다. 악마인지, 신인지, 그 구멍을 열고 자신을 부른 사람에게 감사 인사의 절이라도 올리고 싶었다.

　찻잔을 입에 댄 유진의 손이 움찔했다. 그녀는 순간적으로 떠오르는 어떤 생각에 집중하며 미간을 찌푸렸다.

　"주인님."

　곁에서 부르는 목소리가 그녀의 집중력을 깨뜨렸다. 아직 구체적으로 형태를 잡지 못한 그녀의 생각은 금방 흩어졌다. 유진이 고개를 돌려 옆에 다가와 서 있는 몰리를 바라보았다.

　"전했느냐?"

　"예, 주인님."

유진은 몰리를 통해 호드리고에게 만나러 가겠다는 말을 전했다. 어제저녁에 외출한 몰리는 오늘 아침 일찍 돌아왔고 몰리와 단둘이 이야기할 장소로 유진은 이곳을 택했다.

"따로 내게 전하는 말은 없고?"

"주인님께서 가능하시다면 정하신 날보다는 서둘러 뵙기를 청했습니다."

유진은 건기가 시작되고 일주일 후에 보자고 시간을 정해 통보했다. 제를 올리러 사막에 다녀오려면 건기 시작 후 그 이전에는 시간을 내기가 어려웠다.

"긴히 드릴 말씀이 있으니 사흘 뒤에 뵙기를 기다린다고 하였습니다."

"건방지구나."

유진이 싸늘하게 대꾸했다. 유진의 상식으로는 만날 사람과 약속 시각 조율은 얼마든지 가능하지만, 호드리고가 떠받드는 성녀 진은 절대 순순히 수긍하지 않을 것이다.

유진은 몰리가 자신이 보고 들은 모든 것을 호드리고에게 전한다는 전제를 두고 언제나 그 앞에서는 말과 행동을 꾸몄다.

"내가 친히 시간을 내겠다고 하였거늘 제깟 것이 뭔데 나를 오라 가라 한단 말이냐."

몰리가 그대로 바닥에 엎드렸다.

"부디 노여움을 거두어 주시옵소서. 어르신은 주인님께서 오시건 오시지 않건 사흘 뒤 성소에서 기다리겠다고만 하였습니다. 그저 주인님께 간절히 청할 따름입니다. 사흘 뒤가 아닌, 주인님께서 이르신 날짜에도 틀림없이 어르신은 주인님을 뵐 준비를 마치고 기다릴 것입니다."

유진은 차갑게 몰리를 내려다보는 척, 머릿속으로는 다른 생각을 했다.

'흠. 호드리고가 왜 서두르는 거지? 돈줄을 끊어서 발등에 불이 떨어졌나?'

호드리고가 날을 앞당긴 것은 좋은 징조였다. 다급한 사람일수록 빈틈을 보이기 쉬울 테니까.

"썩 물러가라."

사흘 뒤면 건기 시작의 전날이었다. 유진의 마음은 사흘 뒤에 만나는 쪽으로 기울었지만, 몰리에게는 확답을 주지 않고 강경한 어조로 쫓아 버렸다.

다리에서 내려와 집무실로 가다가 유진은 걸음을 멈추었다. 호드리고를 만날 날이 코앞으로 닥쳐왔다고 생각하자 마음이 싱숭생숭했다. 마치 최종 결전의 날을 앞둔 용사가 된 심정이었다.

그녀는 뒤따라오던 시녀들에게 말했다.

"잠시 산책하고 올 것이니 따라오지 마라."

"예, 왕비님."

유진은 회랑으로 갔다. 귀여운 아부의 털을 쓰다듬으면 마음이 좀 진정이 될 것 같았다. 그녀가 늘 만나던 장소로 나가서 이름을 부르자마자 아부가 달려 나왔다. 유진은 자신의 발치에 와서 발라당 누워 배부터 드러내는 흑표범을 보며 웃었다.

"아부."

아부가 대답처럼 '캬오옹' 하고 울었다.

유진은 쪼그리고 앉아 아부의 부드러운 뱃속 털을 손바닥으로 문지르고 손가락으로 간질였다.

"아부."

"캬오옹."

"아부."

"캬오옹."

이름을 부르면 대답이 들렸다. 유진은 키득키득 웃다가 문득 '그 사람이 이 모습을 보면 그다지 유쾌하지 않을지도 모르겠다.'라는 생각이 들었다.

3. 걷기

몸집이 작다고 해도 환수를 귀엽다고 생각하는 사람은 유진뿐일 것이다. 이곳 사람들에게 라크는 절대 귀여움의 대상이 될 수 없었다.

아부는 사왕을 상징하는 유명한 환수다. 사람들은 크고 강한 환수의 모습을 기대할 텐데 지금의 아부를 보고 왕의 위엄을 느낄 자는 아무도 없을 것이다.

'왕에게 환수는 특별한 존재니까 자신의 환수가 우습게 보이면 기분이 상하겠지.'

유진은 카세르가 작아진 아부를 처음 본 날 지었던 표정을 떠올렸다. 어이없다는 눈빛으로 아부를 바라보던 그의 표정이 썩 좋아 보이지는 않았었다.

'나한테 별말은 안 했는데…… 사실은 내심 불쾌했을까?'

그때는 아부의 외형과 그의 기분을 전혀 연결 지을 생각을 하지 못했다. 그저 아부와 친하게 지내도 괜찮다는 허락을 받은 것으로 다 되었다고 생각했다.

'내가 무신경했네.'

그리고 문득 깨달음을 얻으며 탄식했다.

'아…… 혹시 그래서 그랬나?'

며칠 전에 '꼬마가 주인을 바꾸면 어쩌나'라는 농담을 던졌을 때 마리안의 떨떠름한 반응을 다른 의미로 해석해 봤다.

'마리안은 만약 환수의 주인이 바뀌게 된다면 이후 벌어질 일들에 관해 걱정한 거야.'

그날 마리안이 왕의 입장에 동조하여 '환수를 빼앗기면 어쩌지'라는 감정을 드러낸 줄 알았다. 하지만 그런 개인적인 조바심보다는 훨씬 먼 곳을 보고 있었다는 해석이 평소 마리안의 성격에 비추어 보면 더 정확할 것 같았다.

환수 때문에 왕과 왕비 사이에 미묘한 감정의 충돌이 생길까 봐 염려한 것이다. 그날 유진에게 했던 충고와 결국은 같은 의미였다.

유진은 그날 마리안의 말을 듣고 며칠 동안 생각이 많았다. 마음 안쪽이 답답하면서 조금 서운하기도 하고 마리안이 너무 예민하다고 투덜거렸다가 마리안의 충고를 허투루 흘려듣지 말라고 스스로 타이르기도 했다.

'내가 조심하는 게 맞아.'

유진은 결론을 내렸다.

'그 남자가 내 의도를 멋대로 곡해해서 엉뚱한 오해를 할 사람 같지는 않지만…… 나중에 걷잡을 수 없는 일이 발생한 후에 뒤늦게 수습하는 거보다는 미리 조심하는 편이 낫지.'

유진은 '나는 그럴 의도가 아니었다고!'라면서 괜한 오기 부리지 말자고 생각했다. 자신과 사왕은 오해가 생기면 풀면 되는 단순한 관계가 아니었다. 왕과 왕비 주변에는 사람이 많다. 주변에서 부추기거나 왜곡된 말을 옮길 가능성도 고려해야 한다.

"아부."

유진은 아부를 만지던 손을 뗐다.

"중요한 이야기 할 거니까, 앉아 봐."

바닥에 널브러져 있던 아부가 귀를 쫑긋하더니 몸을 일으켜 궁둥이만 붙이고 앉았다. 동그란 붉은 눈으로 자신을 올려다보는 모습이 깜찍해서 유진은 와락 끌어안고 싶은 충동을 꾹 참았다.

"우리, 한 가지만 약속하자. 지금 네가 이렇게 작아져서 나와 친하게 지내는 모습은 나하고만…… 아니, 네 주인님이 있을 때도 괜찮아. 아무튼, 나와 네 주인 외에 다른 누가 볼 때는 이러지 말자."

아부가 유진을 빤히 쳐다보았다. '왜?'라고 묻는 것 같기도 하고 '무슨 소리야?'라고 이해하지 못하는 것 같기도 했다. 그래서 유진은 좀 더 자세하고 설득력 있는 이유를 생각해냈다.

"아부. 나는 다른 사람들이 널 크고 강한 환수라고 생각했으면 좋겠어. 그런데 내가 작아진 너를 안고 있으면 누구도 널 무서워하지 않을 거야. 사람은 보통 작은 동물을 얕잡아 보거든. 내 말 알아들었지?"

아부가 울음소리로 대답했다. 덩치로 우위를 가리는 개념은 라크 세계의 기본 원칙이므로 아부는 작은 동물이 인간에게 우습게 보인다는 말을 곧바로 이해했다.

아부는 똘망똘망한 눈빛으로 유진을 보면서 고개를 갸웃했다. 마치 '끝났어?'라거나 '더 있어?'라고 묻는 듯했다. 유진은 참지 못하고 두 손을 뻗어 아부를 들고 꽉 끌어안았다.

"아유, 이 귀여운 녀석. 아부, 왜 이렇게 예뻐. 응? 누가 이렇게 귀여우래."

유진은 혀짧은 소리로 유치한 대사를 읊으며 아부의 털에 마구 뺨을 비볐다. 아부가 불편하다는 듯한 울음소리를 내며 몸을 버둥거렸다. 여자 인간이 만져 주는 것 정도는 기분 좋지만, 가끔 지나치게 들러붙으면 성가셨다.

작지만 두툼한 앞발이 유진의 얼굴을 밀어냈다. 유진은 키득거리며 아부를 다시 바닥에 내려 주었다.

그녀는 허리를 펴고 일어나 부드럽게 얼굴을 스치는 바람을 음미했다. 이대로 성안에 들어가기는 아쉬웠다. 아부를 내려다보며 미소 지었다.

"아부. 같이 산책할까?"

아부의 긴 꼬리가 위로 올라와 살랑살랑 흔들렸다. 유진이 걷기 시작하자 흑표범이 곁에서 나란히 함께 걸었다.

*　　*　　*

슬란 왕국에서 협조를 구하는 공문이 왔다. 활동기에는 국경을 접한 나라끼리 라크 사냥과 백성 보호 문제에 관하여 미리 협정을 맺었다. 하시 왕국과 국경을 접한 나라는 슬란 왕국뿐이었다.

정기적이고 형식적인 절차라서 주의 깊게 살필 내용은 없었다. 왕은 확인 인장만 찍으면 되었다. 그런데 카세르는 인장을 찍은 후 계속 서류를 붙들고 생각에 잠겼다. 왕비와 약속한 일이 생각났기 때문이다.

'슬란의 왕자비를 초대하자고 했지. 슬슬 사절을 보내도 될 시기인데.'

카세르가 미간을 찡그리며 시선을 들었다.

'아부?'

그의 신경을 미묘하게 건드리는 이 느낌은 아무래도 아부가 부르는 소리 같았다. 왕과 환수는 서로 감응할 수 있으므로 아주 먼 거리만 아니면 상대를 부를 수 있었다. 하지만 지금까지 아부가 그를 부른 적은 없었다.

'무슨 일이지?'

왕성 안에서 별일이 있겠는가마는 안 하던 짓을 하니까 걱정이 됐다. 그는 서류를 내려놓고 책상에서 일어났다. 왕이 움직이는 모습을 보고 재빠르게 다가오려던 시중이 왕이 살짝 손짓하자 다시 물러섰다.

카세르는 발코니로 나가는 창을 열었다. 발코니 난간 아래쪽을 내려다본 그는 아래에서 위를 올려다보는 유진과 눈이 마주쳤다.

유진은 아부와 걷다가 성의 외벽 군데군데에 돌출된 발코니를 보면서 문득 왕의 집무실은 어디쯤일까 궁금했다.

성안의 구조를 대강 익혔으나 성 바깥에서 안쪽의 구조를 투시해서 떠올릴 만큼 완벽하지는 못했다.

아부에게 '네 주인님이 어디 있는지 알아?'라고 물었더니 아부는 자신 있게 방향을 잡아 유진을 집무실 테라스 아래로 데려다주었다.

테라스는 꽤 높았다. 그에게 자신의 목소리가 들리지 않을 것 같았다. 가능하다 해도 한창 일하고 있을 왕을 동네 친구 부르듯 하면 안 될 것 같았다. 그런데 여기까지 와서 그냥 돌아가기는 서운했다.

유진은 아부에게 네 주인을 불러 보라고 시킨 후 기다렸다. 아부는 포효하거나 특별한 행동을 하지 않고 그저 가만히 집무실 테라스를 올려다볼 뿐이었다. 그러나 얼마 후 카세르가 고개를 내밀었을 때 놀랍고 반가웠다.

"아부. 정말 부를 수 있구나. 대단한데?"

유진은 아부를 칭찬하며 그를 향해 두 손을 흔들었다. 잠시 유진을 놀란 눈으로 보던 그는 아무 반응 없이 곧 안쪽으로 사라졌다.

"네 주인님이 아주 많이 바쁜가 봐."

유진은 겸연쩍게 웃으며 아부에게 말했다. 아쉬운 마음에 그가 있던 테라스를 올려다보았다가 눈이 휘둥그레졌다. 어느새 그가 테라스 난간 위에 올라 서 있었다.

훌쩍 몸을 날려 아래로 떨어지는 그의 몸 주변을 푸른 뱀의 형상이 휘감았다. 그는 중력의 영향을 전혀 받지 않는 것 같았다. 그가 바닥에 가볍게 착지하는 순간, 소리가 거의 들리지 않았다.

유진은 처음 보는 장면이 아닌데도 감탄했다. 그때 그의 몸을 둘둘 감고 있던 푸른 뱀이 느닷없이 그녀 쪽으로 몸을 빼고 확 달려드는 바람에 유진이 화들짝 놀라며 뒤로 물러섰다.

푸른 뱀은 유진에게 닿기 전에 흐려지면서 사라졌다. 카세르가 갑자기 멋대로 움직인 프라즈를 꽉 움켜쥐어 몸 안으로 갈무리한 뒤 그녀에게 물었다.

"괜찮아?"

"네…… 괜찮아요. 갑자기 왜 그런 거예요? 제게 화가 난 것처럼요."

"아니야. 가끔 그러니까 신경 쓰지 마."

'화? 오히려 그 반대겠지.'

카세르는 그녀가 만든 물의 환영 속에서 헤엄치고 놀던 프라즈를 떠올렸다.

그가 왕이 된 후 요즘처럼 프라즈를 제어하지 못한 적이 없었다. 요새 들어 빈번하게 그의 통제를 벗어나는데 이상하게도 그다지 위기감이 들지 않았다.

그리고 지금 자신은 프라즈를 탓할 주제가 못 되었다. 어제 시간을 잡아 둔 회의까지 미루고 집무실 바깥으로 뛰어내리다니. 이런 일탈을 저지르면서도 자책은커녕 예상치 못한 시간에 갑자기 그녀를 봐서 기분이 들떴다.

"무슨 일 있는 건 아니지?"

유진은 고개를 저었다.

"아부가 부르는 소리를 들었어."

유진이 찔끔하는 표정으로 말했다.

"제가 아부한테 전하를 부르라고 시켰어요."

카세르가 아부를 내려다보았다. 딴청을 피우는 짐승을 할 말이 가득한 표정으로 응시했다.

그는 평소 아부가 자신을 부를 때는 죽을 지경의 위기에 처할 때뿐일 거라고 생각했다. 그만큼 아부는 독립적인 짐승이었다.

카세르는 어릴 때 다른 왕의 환수를 본 적이 있었다. 그 왕의 환수는 잠시도 왕의 곁에서 떨어지려 하지 않았다. 주인에게 순종적이었고 주인을 무척 따랐다.

그래서 그는 자신도 환수를 얻으면 긴밀한 유대감을 나눌 수 있을 줄 알았다. 막상 그가 얻은 환수는 부르지 않을 때는 가까이 오지도 않는 녀석이었지만, 불만은 없었다. 오히려 옆에서 치대면 성가실 것 같았다. 이 거리감이 딱 좋았다.

"죄송해요."

카세르는 유진에게 시선을 돌렸다.

"아부에게 그런 일을 시켜서요. 특별한 경우에만 환수가 주인을 부르는 거지요?"

"상관없어. 저 녀석은 원래 멋대로야."

"음…… 그런데 이번 일뿐만이 아니라요."

유진은 그의 표정을 살피면서 열심히 머리를 굴려 돌려서 말했다.

"아부는 전하의 특별한 환수니까요. 제가 좀 더 걸맞은 대우를 해 줘야 하는 건 아닐까, 생각이 들었어요. 좀 거리를 둔다거나."

카세르는 우물쭈물하는 그녀를 보다가 가볍게 웃었다. 빠르게 다가간 그의 입술이 유진의 입술에 짧은 키스를 한 후 떨어졌다. 갑작스러운 입맞춤에 당황한 유진의 얼굴이 발그레해졌다.

"나는 당신이 아부와 잘 지내서 좋아. 복잡하게 생각할 필요 없어. 그냥 당신이 하던 대로 해."

전혀 개의치 않는다고 말하는 그의 표정을 보며 유진은 편안한 마음으로 미소 지었다. 이 남자가 내심 껄끄러운데도 아닌 척 연기하는 것 같지는 않았다.

그녀는 또 하나의 결론을 내렸다.

매사 신중하게 생각하며 조심하되 지나치게 예민해지지는 말자. 이 남자의 올곧은 모습을 믿어 보자.

"몰리가 호드리고를 만나고 왔어요."

유진은 호드리고와의 만남을 계획하는 단계를 모두 카세르와 의논하고 처리했다. 호드리고와 만날 날짜도 그와 의논해서 정했다.

"그자가 서둘러 만나기를 원해요."

"언제?"

"사흘 뒤요. 그런데 전 그날 만났으면 해요."

"사흘 뒤는 너무 이른데……."

카세르는 유진이 호위 없이 호드리고를 만날 일이 걱정되어 유진에게는 말하지 않고 은밀하게 호위할 방법을 알아보는 중이었다.

그러나 전사를 아예 선택지에서 제외하면 쓸 만한 호위가 없었다. 몸이 날래고 은신에 능한 자들은 있는데 그자들의 주특기는 정보의 탈취였다.

그는 유진이 호드리고와 무슨 이야기를 나누는지는 관심 없었다. 그가 원하는 건 그녀의 안전이었다.

무심코 시선을 내렸다가 두 앞발로 턱을 괴고 누워 있는 작은 흑표범이 그의 눈에 들어왔다. 좋은 생각이 떠올랐다.

*　　*　　*

정보상 케이지는 잡화를 파는 작은 점포를 운영했다. 겉모습은 잡화 상점이지만, 사실은 케이지가 정보를 사고파는 곳이었다. 가끔 정말 잡화를 사러 오는 손님이 있었는데 그들은 상점을 지키는 직원이 상대했다.

케이지는 오늘 아침부터 간간이 잦은 기침을 하며 몸 상태가 좋지 않은 모습을 보였다. 늦은 오후에는 직원에게 알아서 마무리하라고 맡긴 후 일찍 귀가했다. 얼마 후에는 그의 집에서 일꾼이 나와서 의사를 데려왔다.

집으로 들어간 의사는 잠시 후 나왔다. 누가 봐도 왕진을 마친 의사가 돌아가는 모양새였다.

조금 전에 집 안으로 들어갔던 의사와 차림새가 똑같았으나 의사의 정체는 변장한 호드리고였다.

호드리고는 평소에 조심성이 많은 편이지만, 요즘은 특히 더 많은 주의를 기울였다. 이상한 소문이 돌기 때문이었다. 그 소문 때문에 신경이 잔뜩 곤두서 있었다.

'교단 인정이라니. 그게 말이 되는 소리인가?'

하시 왕국에서 마라의 교단을 인정해 줄지도 모른다는, 출처 모를 괴이한 소문이 교도들을 술렁이게 했다. 교도들은 미심쩍어하면서도 믿고 싶어 했다.

아무리 왕국에서 마라의 교단을 살벌하게 핍박하지는 않는다고 해도 사교도임을 절대 당당히 드러내지는 못했다. 혹시 주변의 누가 신고하면 즉시 병사가 들이닥쳤다. 사교도인 것을 들키면 집요한 감시의 대상이 되었다.

마라를 추앙하는 자들은 항상 남의 눈을 피해 숨어 지내야 했다. 마라의 신도 대부분은 밝은 태양이 비치는 낮에 당당히 모여 기도를 드릴 수 있기를 소원했다.

그러나 호드리고의 생각은 달랐다.

'왕국에서 우리를 인정해 줄 리가 없지.'

하시 왕국이 마라 교단을 인정해서 무슨 이득이 있다고 상제에게 등 돌리며 다른 왕국과도 척질 일을 왜 하겠는가.

만약 가능하다고 해도 호드리고는 바라지 않았다.

'고난은 믿음을 신실하게 해 주는 법이지. 심신의 고통 없이 어찌 신을 받들겠는가.'

적당히 억압받는 이 상태가 이상적이었다. 그래야 교도들을 통제하는 자신의 권력이 더 강해지고 신의 뜻을 내세워 이런저런 일을 도모하기가 수월했다.

'헛된 꿈에 들떠서는. 쯧쯧. 아둔한 것들. 그런 소문이 돈다는 자체가 심상치 않은 일이 벌어진다는 징조인데.'

부지런히 걷던 호드리고가 목적지에 도착했다. 그곳은 작은 상가들이 길가에 나열해 서 있는 거리였다. 활동기에는 오후에 개장하여 밤늦게 폐장하므로 상점들은 환하게 불을 밝히고 장사에 한창이었다.

호드리고는 상점과 상점 사이에 좁게 난 샛길을 따라 들어가서 뒤편 출입구를 통해 2층으로 올라갔다. 교단에서 마련한 성소 중 한 곳이었다.

교단 사람들은 비밀 회동을 하거나 잠시 몸을 숨기기 위해 준비한 장소를 성소라고 불렀다. 외딴곳이 아닌 도심지에 마련한 교단의 성소는 몇 군데뿐이었다. 그나마도 요 몇 년 사이에 마련했다.

건물의 구매나 임대에는 많은 돈이 들었다. 그런데 신분이 낮고 가난한 자들이 교도의 대부분인 마라의 교단은 가난했다. 하루 벌어 하루 살기도 버거운 자들한테 성금을 걷어 봤자 푼돈이었다.

그런데 최근 호드리고 덕분에 이런 성소의 숫자가 부쩍 늘었다. 교도들 사이에서 제사장 호드리고는 수완이 대단한 거상으로 통했다. 돈의 힘으로 호드리고가 교단 내에서 발휘하는 영향력은 급상승했다.

호드리고는 집에서 나올 때부터 둘러멨던 가방을 내려놓으며 심란한 표정으로 작은 방을 둘러보았다.

이곳은 가장 최근에 마련한 성소였다. 1년 치 임대료를 한 번에 주어서 당분간은 문제가 없으나 그 이후에는 유지할 수 있을지 불확실했다.

돈줄이 마르는 바람에 호드리고는 곤란을 겪는 중이었다. 돈이 나올 구석을 믿고 벌여 놓은 일이 많았다. 쓰던 가락이 있으니 갑자기 허리띠를 졸라매기가 고통스러웠다.

호드리고가 여러 가지 불만이 많아도 왕비를 성녀로 떠받든 이유는 딱 한 가지였다. 왕비가 내는 성금은 교단을 위해 아낌없이 쓰고도 남아서 호드리고가 뒷돈을 챙겨도 탈이 없을 만큼 넉넉했다.

물론 돈을 받은 만큼 대가를 치렀다.

'타니야를 셋씩이나 들여보냈고 성소 두 군데를 내놓았지. 교단에서 수십 년 세월에 걸쳐 마련한 성소이거늘.'

몰리와 조모가 머무는 그 집과 그 집 지하에서 연결된 집. 그 두 곳은 교단에서 심혈을 기울여 마련한 비밀기지였다.

몰리의 집은 교단에서 마련한 최초의 성소였다. 그곳에 비밀 집회실을 만들기 위해 창고의 지하를 파다가 폐쇄된 하수관을 발견했고 그것을 활용하여 비밀 통로를 만들었다. 지하 통로를 통해 두 성소의 연결을 완성할 때까지 십 년이 넘게 걸렸다.

하지만 교단의 역사가 담긴 그곳들은 왕비와 연락을 주고받는 장소로 이용한 순간, 쓸모를 다했다.

왕성에 타니야를 들여보낸 시도는 몹시 위험했다. 호드리고는 왕비를 믿을 수 없었기에 성소와 교단의 접점을 모두 정리했다. 언제 발각이 되어도 꼬리를 자를 수 있도록.

호드리고는 그 두 군데 성소의 가치는 왕비가 준 성금 이상이라고 생각했다.

'타니야 몰리가 반드시 왕비를 데려와야 할 텐데.'

그는 왕비가 통보한 날까지 기다릴 수 없었다. 몇 가지 이유로 그의 마음이 조급했다.

가장 급한 것은 돈이었다. 그는 성금을 받아내기 위해서라면 얼마든지 비굴하게 고개를 조아릴 수 있었다.

'이거면 성의 표시가 되겠지.'

그는 가방을 열어 가죽으로 감싼 것을 꺼내 테이블 위에 올렸다.

'대제사장님은 도통 답변을 주지 않으시니……'

호드리고의 마음이 불안한 또 다른 이유는 대제사장의 부재였다.

왕비를 성녀로 모신 이후 대제사장은 수시로 신비한 전령새를 호드리고에게 보냈다. 호드리고가 최근 1−2년 동안 대제사장의 목소리를 들은 횟수가 지난 수십 년보다 많았다.

그런데 최근 갑자기 아무리 간절히 불러도 대제사장은 대답을 주지 않았다.

'그날 이후야.'

모처럼 대제사장께서 직접 왕림하시어 모습을 접한 날이자 세 마리의 라크가 수도 한복판에 나타나 한바탕 난리가 났던 그 날을 기준으로 대제사장이 사라졌다.

'라크 나무……'

호드리고는 미간을 찌푸렸다.

처음에 호드리고는 두려워서 라크 나무가 있다는 근처는 얼씬도 못 했다. 마하의 축복을 받은 영험한 나무가 마라의 성력을 지닌 자신에게 어떤 영향을 미칠지도 모른다고 생각했다.

그러나 돈 문제와 대제사장의 부재 등의 고민거리에 떠밀리는 심정으로 용기를 냈다. 멀찍이 봤을 때 아무 느낌이 없길래 나무 주변에 쳐 둔 울타리 앞까지 갔는데도 아무렇지 않았다.

'그게 정말 라크 나무가 맞나?'

미심쩍지만 왕비가 라크를 나무로 만들었다는 소문은 모두가 사실로 믿는 분위기였다. 그 소문이 사실이라면 이해가 가지 않았다.

'왜 왕비가 성녀지?'

아니카인 왕비를 성녀로 받들라는 대제사장의 명을 받았을 때부터 의아했다. 왕비가 주는 성금을 받아 챙기는 동안 묻어 두었던 의문이 다시 떠올랐다.

'왕비가 성녀라면 왜 라크 나무를 만들어서 마하의 위세에 보탬을 준단 말인가.'

라미타는 마하의 힘일진대 어찌 마하의 축복을 듬뿍 받은 자가 마라의 성녀가 될 수 있단 말인가.

호드리고는 대제사장과 연락이 닿으면 꼭 그 의문을 풀고 싶었다.

탁탁, 문을 두드리는 소리를 듣고 호드리고가 고개를 돌렸다. 그의 눈에 불그스름한 빛이 감돌았다. 만약 낯선 자가 들이닥치면 최면술을 발휘할 준비를 마쳤다.

"어르신, 귀인을 모시고 왔습니다."

호드리고의 눈빛이 다시 제 색을 찾았다. 테이블 앞에 앉아 있던 그는 벌떡 일어나 문을 열었다. 문 앞에는 두 사람이 서 있었다.

호드리고는 몰리 옆에 서 있는 작은 바구니를 든 여인에게 깊이 고개를 숙였다.

"귀한 발걸음을 주셨나이다."

정수리가 보이는 호드리고를 내려다보며 유진은 눈앞에서 펼쳐지는 진의 기억을 읽었다.

주변 배경은 상점 내부 같았다. 좁은 가게 안에 잡다한 물건들이 어지럽게 널려 있었다. 호드리고는 오늘처럼 허리를 반 접도록 고개를 숙이며 말했다.

「귀한 발걸음을 주셨습니다. 귀인을 영접하여 일생의 영광입니다. 호드리고입니다. 성녀님께 인사 올립니다. 마라의 축복이 영원하시기를.」

「성녀?」

「성녀로 모시라고 명 받았습니다.」

두 사람이 처음 대면하는 기억 같았다.

「내가 성녀라면 너는 나를 위해 무슨 일을 할 수 있느냐?」

「소인은 모든 노력을 다하여 성녀님의 뜻을 받을 것입니다.」

「특이한 분야의 정보 상인이라지? 그 방면에서는 네가 최고라고 들었다.」

「과분하게 평가해 주시니 감읍할 따름입니다.」

「너는 앞으로 그 능력을 나를 위해서 온전히 사용하라.」

기억이 끝난 후 유진은 호드리고의 앞을 지나쳐 안으로 들어갔다. 그녀는 좁고 허름한 방을 천천히 한 번 둘러보았다. 몰리가 재빠르게 테이블의 의자를 빼낸 후 공손한 자세로 기다렸다.

유진이 들고 있던 바구니를 테이블 위에 올려 두고 의자에 앉았다. 그녀의 시선이 바구니를 스치듯 지나갔다. 저 바구니 안에 전사 몇 명의 몫을 하는 든든한 호위가 웅크리고 있었다.

'기특하네. 돌아가면 상을 줘야지.'

엊그제 미리 연습해 본답시고 아부를 바구니에 담아 걸어 다녔을 때는 바구니 안에서 불만 가득한 소리로 시끄럽게 울었다.

내심 미덥지 않게 생각했던 유진의 걱정과 달리 여기까지 오는 내내 아부는 소리를 내기는커녕 자신을 덮은 천조차 들썩이는 기색 없이 얌전히 있었다.

호드리고가 문을 닫은 후 유진의 앞에 넙죽 엎드렸다.

"마라의 종이 성녀님께 인사 올립니다. 다시 뵐 날을 고대하고 있었습니다. 소인의 청해 올린 대로 이곳까지 납시어 주시어 황공합니다."

"일어나라."

"성녀님의 관대함에 감사드립니다. 성녀님께 신의 축복이 영원하시기를."

호드리고가 자리에서 일어났다. 몸 둘 바를 모르겠다는 듯 두 손을 모으고 구부정하게 상체를 숙였다.

"왜 이곳에서 기다린 것이냐?"

유진은 최초로 호드리고가 등장하는 기억을 봤던, 창고 건물들이 즐비한 그 거리의 건물에서 만날 줄 알았다.

그런데 길을 안내하는 몰리가 엉뚱한 곳으로 방향을 잡아 당황했다. 바구니 속의 아부가 아니었으면 무척 긴장했을 것이다.

"전사들이 근방에서 기웃거려 장소를 바꾸었습니다. 조심하기 위해 미리 장소를 말씀드리지 못한 점은 용서해 주시옵소서."

'이런 곳이 여러 군데인가?'

"타니야를 들여보낸 후 소식이 오기만을 기다렸습니다. 타니야가 성녀님의 쓸 만한 일꾼이 되기에 부족하지는 않은지요?"

"아직 모르지. 더 지켜볼 생각이다."

"성녀님. 타니야는 성녀님의 충복입니다."

유진은 손으로 테이블을 내리치며 사납게 말했다.

"충복? 네가 들여보낸 네 사람 때문에 내가 어떤 고초를 겪었는지 아느냐?"

"예? 저 아이가 무슨 잘못을 하였습니까?"

"저 아이 전에!"

유진은 실종된 시녀, 타니야 엘리를 끌어들였다. 진과 함께 사막으로 나갔다가 실종된 엘리의 사정을 호드리고 역시 모를 것이다. 거짓 트집을 잡아 호드리고를 비난하는 핑곗거리로 유용했다.

"내 입지가 무척 곤란해졌다. 네게 자중하며 기다리라고 한 것도 어음 지급을 중단한 것도 그 이유 때문이다."

호드리고는 며칠 전 만난 몰리한테서 왕비의 근황을 들었다. 유진의 예상대로 몰리는 유진에게 복종하는 만큼 호드리고에게도 복종했다.

호드리고는 왕비가 전과 다르게 활동적으로 여러 가지 일을 시작한다는 말을 듣고 왕비의 꿍꿍이가 뭘까 고심했다. 혹시 마라의 교단이 더는 이용 가치가 없어서 배신하려는 건가, 의심했다가 예상하지 못한 말을 들어 당황했다.

"성녀님. 그 아이가 대관절 무슨 짓을 저질렀습니까?"

유진은 냉랭하게 대꾸했다.

"무슨 일인지 알면, 네가 수습할 수 있다더냐?"

"하, 하오나 성녀님. 그 아이가 무슨 짓을 했든 전부 성녀님을 위한 충성으로……."

"닥쳐라. 너는 나를 실망시켰다."

호드리고는 입 안을 꽉 깨물어 분을 삼킨 후 깊이 고개를 숙였다. 그동안의 경험에 비추어 영문 모를 비난을 받더라도 왕비에게는 그저 무조건 잘못했다고 비는 방법이 제일 나았다.

"용서하여 주시옵소서. 소인의 노력이 성녀님의 기대에 미치지 못하였습니다."

유진의 눈앞에 새로운 기억이 보였다. 지금처럼 호드리고가 코가 땅에 닿을 것처럼 비굴한 태도로 비는 장면이었다.

『쓸모없는 것!』

진이 날카로운 목소리로 소리치자 호드리고가 굽실거렸다.

『성녀님. 조금만 더 기다려 주시옵소서. 소인이 모든 노력을 다해 알아보고 있습니다.』

『조금만 더, 조금만 더! 그따위 소리를 듣자고 내가 여기까지 온 줄 아느냐! 네가 큰소리치며 물건을 가져오겠다고 한 날이 두 달 전이다!』

『성녀님. 워낙 출처를 알아내기 어려운 물건이라…….』

『변명은 필요 없다. 열흘! 그 이상 더는 기다리지 않을 것이다!』

기억으로 들은 진의 목소리는 몹시 격앙되어 있었다. 유진은 진이 진심으로 호드리고에게 화를 내는 중이었을 거라고 짐작했다.

'그 물건이 뭐지? 혹시 고서인가?'

진은 호드리고와 첫인사를 나누는 자리에서도 정보상 케이지로서의 능력을 언급했다. 뭔가 유진이 생각했던 방향과 달랐다. 엉뚱한 가설이 떠올라서 당황스러웠다. 진이 호드리고를 만난 진짜 용건이 고서 수집 때문인 것처럼 보였다.

'설마. 그깟 책 때문에 마라 교단과 접촉하고 돈을 주고 성녀 소리를 들을 위험까지 감수했다고?'

유진은 호드리고를 만나기 전에 끙끙대며 고민했다. 어떤 질문으로 유도를 해야 듣고 싶은 답을 들을 수 있을지 좋은 생각이 떠오르지 않았다. 신분을 여러 개 파 놓을 정도로 조심성 많은 호드리고는 조금만 이상한 낌새를 알아차려도 입을 꾹 다물 것이 분명했다.

"네게 길게 내어 줄 시간이 없다. 다급히 나를 보자고 한 이유를 말해라."

유진은 호드리고의 마음이 조급해지도록 금방 자리를 뜰 것처럼 말했다. 그녀가 호드리고를 만나기 전에 세운 작전 중 하나였다.

"성녀님. 소인이 성녀님께 올릴 선물을 준비했습니다. 충심으로 마련한 흡족하실 만한 물건이니 부디 거두어 주시옵소서."

유진의 눈빛에 흥미가 감돌았다.

'화를 내는 사람에게 제공하는 뇌물이라······.'

호드리고가 이 상황에서 모험을 할 리가 없었다. 분명히 과거에 진에게 주었다가 효과를 본 적 있는 선물일 것이다.

호드리고는 유진의 눈치를 살피며 고개를 들었다. 유진이 별다른 말 없이 쳐다보자 자신의 선물이 먹혔다고 생각했는지 몸을 돌려 테이블로 갔다. 그는 유진이 잘 보이는 방향으로 테이블 위의 물건을 감싼 가죽을 펼쳤다.

안에서 나온 것은 낡은 가죽 표지에 화려한 색상의 작은 보석으로 장식한 책이었다.

'혹시나 했는데 정말 고서잖아.'

유진은 고서를 물끄러미 응시했다. 호드리고는 고서를 구할 수 있는 정보뿐만이 아니라 때로는 직접 책을 제공했던 모양이었다. 복잡한 생각에 잠긴 유진의 반응을 호드리고는 선물을 받은 왕비가 누그러진 거라고 생각했다.

"성녀님께서 그토록 찾으시던 물건입니다. 상당히 많은 술식이 정리되어 있습니다."

'뭐?'

유진의 손끝이 움찔했다. 자신도 모르게 놀란 반응을 보이지 않으려고 표정을 더 딱딱하게 굳혔다.

'술식이라고? 진이 고서를 모은 이유가 술식 때문이었던 건가?'

"수고했다."

유진은 쌀쌀맞은 목소리로 칭찬한 후 몰리에게 챙기라고 지시했다.

'좋은 단서를 얻었네.'

이 고서만으로도 여기까지 온 보람이 있었다.

몰리가 고서를 다시 가죽으로 꼼꼼히 감싸 끈으로 묶는 중에 호드리고가 두 손을 모아 잡고 조심스레 말했다.

"성녀님. 또 다른 귀한 물건이 있다는 정보를 접했습니다만……. 여러 사람을 거쳐서 정보를 모아야 하는지라……."

돈이 필요하다는 뉘앙스를 충분히 알아들었다. 유진은 내심 코웃음
쳤다.

'역시 돈이 떨어져서 다급했군.'

호드리고가 날짜를 앞당겨 만나자고 한 이유 중에 분명히 금전 문제
가 있을 거라고, 카세르와 유진은 생각했다. 유진이 '참 뻔뻔한 자'라고
호드리고를 비난했더니 카세르가 말했다.

「재물을 원하는 자에겐 재물만큼 효과적으로 눈을 가리는 게 없지.」

그는 만약 호드리고가 돈을 달라고 하면 건네주라면서 유진에게 보석
을 주었다.

유진은 테이블에 올렸던 바구니의 덮개 천 틈새로 손을 넣었다. 손에
보들보들한 아부의 털이 스치자 저절로 새어 나오는 웃음을 꾹 참았다.
그녀는 구석에 있는 보석 주머니를 꺼내 테이블 위로 툭 던졌다.

주머니 안에는 꽤 많은 양의 보석이 들었지만, 이것이 호드리고를 옭
아맬 미끼가 될 거라는 사실을 알기에 아깝지 않았다.

"당분간 어음은 쓰지 않을 것이다."

"성녀님께서 교단에 베푸신 은혜에 감사 올립니다."

과장된 어조로 고개를 조아리는 호드리고의 태도는 진심으로 보였다.

'그 세상이나 이 세상이나 돈이 최고네.'

유진은 우습다는 생각이 들었다. 그녀가 자리에서 일어나자 호드리고
가 당황했다.

"성녀님. 조금만 더 시간을 주시옵소서."

"오래 있을 수 없다."

유진은 호드리고의 앞을 지나쳐 걸어갔다.

'본론만 말해. 시간이 없으니까 중요한 것만 말하라고.'

그녀는 가능한 한 호드리고와 길게 말을 섞지 않으려 했다. 대화가 길어질수록 호드리고처럼 의심 많은 자는 금방 위화감을 느낄 것이다.

"다음 의식의 날이 정해졌습니다. 성녀님."

유진의 걸음이 멈추었다. 한 번 심호흡한 후 호드리고를 돌아보았다. 시선을 내리고 있는 호드리고가 그녀의 표정을 낱낱이 살필 가능성은 적었다. 그래도 유진은 이를 사리물고 딱딱한 표정을 유지했다.

"다음 건기와 그 이후 활동기의 경계 기간 중 의식의 날에 성녀님을 모시고 교단 내에서 성녀님의 신성한 지위를 공표할 것입니다. 그리고 언제든 성녀님께서 바라신다면 대제사장께서 성녀님을 뵙겠다고 하셨습니다."

＊　　＊　　＊

유진이 몰리와 함께 완전히 광장을 벗어나 거리 안쪽으로 깊이 들어갈 무렵, 광장으로 병사들이 몰려들어 사람들을 몰아내기 시작했다.

"기름통 점검 작업 때문에 광장을 통제하오."

"광장을 비워야 하니 다들 자리를 비키시오."

담당자의 지휘 아래 병사들이 광장 여기저기로 흩어져 산책을 즐기는 사람들을 광장 밖으로 내보냈다. 활동기에 광장은 해가 진 후부터 거의 자정까지 붐볐다. 단란한 휴식을 즐기던 사람들이 느닷없이 쫓겨나면서 투덜거렸다.

"왜 나가래?"

"기름통을 점검한대."

"기름통 점검은 건기가 시작된 후에 하는 거 아닌가?"

"뭐, 어차피 낼모레면 걷기니까 이번엔 좀 당겨서 하려나 보지."

광장의 가장자리를 빙 둘러서 라크 사냥을 위한 기름통을 묻어 두었다. 활동기를 대비하기 위한 기름통 점검은 절대 소홀히 해서는 안 되는 절차였다. 기름통 점검은 활동기가 시작되기 전과 활동기가 끝난 직후에 시행했다.

갑작스럽기는 해도 점검이 중요하다는 사실을 아는 사람들은 순순히 병사의 통제에 따랐다. 일부는 걸어서 광장을 빠져나갔고 일부는 광장 가장자리에 세워 둔 마차에 올라탔다. 장터처럼 붐비던 넓은 광장은 얼마 지나지 않아 텅 비었다.

대부분 마차는 광장을 떠났으나 마지막까지 떠나지 못하고 남은 마차가 있었다. 그 마차는 유진과 몰리가 왕성 근처에서 이곳까지 타고 온 마차였다.

'어쩐다.'

마부는 고민에 빠졌다. 아까 태우고 온 승객들을 출발했던 장소로 태워다 주기로 했다. 볼일을 마치고 돌아올 때까지 이 자리에서 꼼짝하지 않기로 약속하며 상당히 후한 마차 삯을 받았고 이따가 데려다준 후에는 그만큼 또 받기로 했다.

마부는 버텨 보다가 병사가 뭐라고 하면 적당히 근처로 옮기려고 미적거렸다. 그런데 광장 곳곳에 흩어져 사람과 마차를 치우는 병사들이 마부에게는 다가오지 않았다.

'여기가 구석이라서 그냥 있어도 괜찮은 건가?'

근처를 지나가는 병사도 마부와 마부가 앉아 있는 마차는 못 본 척했다. 마부는 기분이 묘했지만, 깊이 생각하지 않았다. 움직이지 않아도 된다면 여기서 승객을 기다리고 싶었다.

'꼼짝하지 말고 기다릴 것.'이라는 조건이 신경 쓰였기 때문이다. 가끔

고약한 손님은 사소한 것에 시비를 걸어 제대로 된 삯을 지급하지 않으려 했다.

마부는 그대로 마부석에 앉아서 일꾼들이 작업에 착수하는 모습을 구경했다.

일꾼들은 광장 가장자리를 따라 크게 원을 그리는 형태로 담당 구역에 자리 잡았다. 세 명씩 조를 짠 일꾼들이 땅에 파묻은 나무 상자의 뚜껑을 열어 안에 담긴 원통형 유리병을 끄집어냈다.

'기름통이 저렇게 생겼구면.'

처음 보는 구경에 정신이 팔려서 마부는 어느새 마차의 주변을 포위하는 은밀한 움직임을 알아차리지 못했다.

탁, 탁.

두드리는 소리를 듣고 마부는 고개를 돌렸다. 그 순간 빠르게 마부의 뒤에서 접근한 사내가 긴 천으로 마부의 입을 틀어막았다.

"무⋯⋯. 컥."

비명조차 막힌 마부의 눈이 공포로 물들었다. 눈앞에 쑥 튀어나온 사내는 마부의 손을 묶었다.

마부는 순식간에 제압당해 마부석에서 바닥으로 끌려 내려왔다. 무력하게 사로잡힌 마부를 바라보는 전사들의 눈빛이 누그러졌다. 제대로 반항조차 하지 못한 마부의 움직임에서 훈련받은 흔적을 전혀 발견하지 못했다.

'살려 줘! 도와줘!'

마부는 가까운 거리에서 한창 작업 중인 일꾼들에게 눈빛으로 애원했다. 멀지 않은 곳에는 병사도 있었다. 하지만 누구도 마부에게는 눈길도 주지 않았다.

갑작스러운 날벼락에 마부는 정신이 하나도 없었다. 어느새 온몸은 꽁꽁 묶였고 땅바닥에 강제로 무릎 꿇려졌다.

'뭐지? 왜 이래? 나한테 왜 이러냐고?'

고개를 번쩍 들어 올리려 했으나 뒷덜미를 붙든 손이 힘주어 내리눌렀다. 고개를 비틀어 돌리던 마부가 사내의 손을 보고 동공이 확장됐다.

'전사……?'

구슬을 꿴 가죽 팔찌가 남자의 소매 틈 사이로 보였다. 전사의 신분증이었다.

'전사가 왜?'

안도함과 동시에 두려웠다. 마부는 자신이 기억하지 못하는 자신의 죄가 뭔지 필사적으로 생각해 내려고 애썼다. 바닥에 시선을 내리고 있는 마부의 눈앞으로 다가오는 발이 보였다.

뒤에 선 전사가 마부의 목덜미를 더 누르며 말했다.

"전하."

마부는 심장이 몸 밖으로 굴러떨어질 것 같았다. 지금 눈앞에 서 있는 사람의 정체를 감히 속으로도 칭할 수 없었다. 온몸이 뻣뻣하게 굳으며 식은땀이 흘렀다.

"데려가라."

마부의 인생에서 최초이자 마지막으로 듣게 될 가능성이 큰 왕의 음성이었다.

"예, 전하."

전사가 마부를 강제로 일으킨 후 온몸을 덜덜 떨며 휘청거리는 마부를 끌고 갔다. 간단한 취조 후 마부가 마라 교단과 무관한 평범한 마부라면 아무 일 없이 풀려날 것이다.

카세르는 전사가 데려가는 마부의 뒷모습을 잠깐 곁눈질한 후 마차 안으로 들어갔다. 잠시 후 마차 문이 닫혔다. 전사들은 마차를 주시할 수 있는 적당한 장소를 찾아서 몸을 숨기고 마부로 변장한 자가 마부석에 올라앉았다.

그는 어두컴컴한 마차 안에 앉아서 돌아올 유진을 기다렸다. 시간이 흐를수록 그의 미간에 잡힌 주름이 점점 깊어지고 눈에서 흘러나오는 푸르스름한 안광이 점점 강해졌다. 그의 인내심이 거의 바닥이 났다고 느꼈을 때 바깥에서 마차 벽을 세 번 두드렸다. 그녀가 오고 있다는 신호였다.

망토를 걸치고 후드를 쓴 여자 둘이 밤거리를 걸어갔다. 두 사람의 곁으로 순찰하는 병사 두 명이 지나갔다.

"그래서 한스는 어떻게 됐대?"

"몰라. 내일 되어 봐야 알겠지."

생각에 잠겨 있던 유진은 일상의 대화를 나누는 병사들 목소리를 듣고 살짝 고개를 돌려 그들을 흘끔 보았다. 그녀는 시선을 들어 새삼스레 거리의 풍경을 관찰했다.

거리에는 일정 거리마다 등을 밝혀 이슥한 느낌이 없었다. 유진과 같은 방향으로 걷고 있거나 혹은 반대 방향에서 다가와 스쳐 지나가는 사람들이 꽤 많았다.

행인들의 성별과 나이가 다양해서 여자 둘이 걸어가는 모습이 두드러지게 눈에 띄지 않는 듯했다.

아까 호드리고를 만나러 갈 때는 긴장하느라 느끼지 못했던 밤거리의 활기와 평화로움이 뒤늦게 보였다.

'진은 예전에 이런 식으로 왕성을 나와서 호드리고를 만났겠지.'

늦은 시각, 호위 없이 시녀 한 명만 데리고 외출할 수 있다는 건 이곳의 밤거리가 안전하다는 뜻이다.

'밤거리가 안전한 나라는 저쪽 세상에서도 많지 않은데……. 다른 왕국도 이런가?'

유진의 첫 외출 때는 호위로 전사가 다섯씩이나 붙었고 오늘 나오기 전에는 카세르가 몹시 걱정하는 기색이라 밤에는 성 밖이 꽤 위험한 줄 알았다. 유난스럽게 굴던 그를 떠올리자 설핏 웃음이 나왔다.

원래 수도의 치안이 좋은 편이지만 오늘 유독 사람이 많다는 사실을 유진은 알지 못했다.

코앞으로 다가온 건기를 맞이하는 기념으로 상점들이 일제히 가격 할인 등 다양한 행사를 시작했다. 밤 외출 나온 사람 수가 늘었고 덩달아서 순찰병들이 평소보다 훨씬 많이 투입되었다.

아직 활동기가 끝나지 않은 시기에 열리는 이런 대대적인 행사는 오늘이 처음이라는 것, 왕의 지시로 갑자기 잡힌 행사라는 사실 또한 유진은 몰랐다.

그녀는 들고 있는 바구니로 시선을 내렸다.

'고마워. 아부. 조금만 더 참아.'

다행히 오늘 아부가 활약할 일은 없었다. 하지만 존재만으로도 듬직했다. 아부 덕분에 호드리고와 만나는 동안 전혀 긴장하지 않았다.

광장으로 들어서는 길목에서 두 사람이 멈칫했다. 아까까지만 해도 사람들로 북적이던 광장이 텅 비었다. 눈 앞을 가리는 사람이 없어서 광장 중앙의 나무가 아주 잘 보였다.

몰리가 광장 곳곳에 두세 명씩 짝지어 일하는 일꾼들을 보며 말했다.

"기름통 점검을 하는 중인 듯합니다. 주인님."

"그렇군."

몰리는 초조한 표정으로 광장 가장자리를 눈으로 빠르게 훑었다.

'왜 하필 오늘 점검 작업을 시작한 거야.'

마차가 가 버렸으면 큰일이었다. 몰리는 왕성에 들어오기 전에 주인이 될 왕비께서 실수를 용서하지 않는 가혹한 분이라고 들었다. 그래서 왕비 앞에서는 항상 몸을 사리며 조심했다.

딱 한 대의 마차만 서 있다면 퍽 수상해 보이므로 왕의 지시에 따라 위장용 마차가 광장 군데군데 서 있었다. 몰리는 기억하던 그 장소에 아까 타고 온 마차가 그대로 서 있는 모습을 발견하고 안도의 숨을 내쉬었다.

"주인님. 마차가 저쪽에 있습니다."

"그래. 가자."

몰리는 유진보다 한발 앞선 종종걸음으로 마차에 다가가서 두드렸다. 신호를 보냈는데도 얼른 내려와서 문을 열어 줘야 하는 마부의 반응이 없었다.

몰리는 짜증스레 마부석을 흘끔 본 후 들고 있던 고서를 한쪽 팔로 끼워 들고 차 문을 열었다.

"주인님. 안으로, 헉."

무심코 마차 안을 본 몰리가 그대로 굳었다. 힘이 빠진 몰리의 손에서 물건이 스르륵 흘러내렸다. 고서는 묵직한 소리를 내며 바닥에 떨어졌다.

카세르는 괘씸한 쥐새끼를 차갑게 쏘아보았다. 오늘 이후 사교도의 간자는 다시는 밝은 해를 보지 못할 것이다.

사나운 기세가 담긴 왕의 시선을 받으며 몰리의 아래턱이 따닥따닥 소리를 내며 떨렸다. 맹수 앞에 놓인 먹잇감처럼 꼼짝할 수가 없었다.

가까이 다가온 유진이 몰리의 반응에 의아해하며 마차 안을 봤다. 그녀와 눈이 마주칠 때 이미 몰리를 향한 카세르의 살기는 완전히 사라진 후였다. 그는 입술 끝을 살짝 끌어올려 웃으며 유진에게 손을 내밀었다.

유진은 '당신이 왜 여기 있어요?'라는 어리둥절한 표정을 지었다가 픽 웃고는 마차 안으로 들어갔다. 카세르가 내민 손에 유진이 살짝 손을 얹자마자 그가 꽉 잡고는 힘주어 당겼다.

"앗!"

유진이 그의 품으로 넘어지면서 작은 웃음을 터뜨렸다. 뒤에서 마차 문이 닫히고 내부가 완전히 깜깜해졌다.

카세르가 차창의 커튼을 걷어 바깥의 빛이 새어 들어오자 음영이 진 서로의 얼굴이 보였다. 숨결이 상대를 간질일 만큼 두 사람 얼굴이 가까웠다.

"미리 말도 안 해 주고. 왕성에서 기다릴 거라고 했잖아요. 처음부터 이럴 생각이었어요?"

"당신이 마차를 탔다는 말을 들었을 때 생각이 바뀌었어."

도저히 성에서 기다릴 수 없었다. 성안이나 이 마차 안이나 그녀가 돌아오기만 기다린다는 처지는 똑같아도 조금이라도 더 가까운 곳에서 기다리고 싶었다. 무슨 일이 생기면 한걸음에 달려갈 수 있는 곳에서.

"당신은 걱정이 너무 많아요. 내가 그렇게 못 미더워요? 길에 사람 많고 환하고, 여자가 혼자 돌아다녀도 괜찮아 보이던걸요."

"그래?"

"몰랐어요? 당신이 직접 밤거리를 걸어 보지 않아도 사건 사고 등을 기록한 보고서는 받을 텐데요. 수도의 치안이 좋다는 건 당신도 알고 있죠? 마리안한테 들은 기억도 나요. 그때는 그냥 그렇구나, 하면서 넘겼는데. 그런데 전에 외출한다고 했을 때는 당신이 전사를 잔뜩 데려가게 했잖아요."

유진은 높은 억양의 목소리로 두서없이 떠들었다. 혈색이 보일 정도로 주변이 환했다면 상기된 그녀의 표정이 더 생생했을 듯했다. 카세르는 벗겨질 듯 말듯 그녀의 정수리에 불안정하게 걸린 망토의 후드를 뒤로 넘기며 말했다.

"흥분했군."

"네?"

"당신 목소리와 말투가 달라."

"아……."

유진은 두 손으로 달아오르는 자신의 얼굴을 감쌌다. 심장이 두근두근 뛰었다. 꾹꾹 눌렀던 감정이 그의 얼굴을 보자마자 확 터져 버렸다.

호드리고와 헤어지고 여기까지 걸어오는 동안 곰곰이 생각할수록 진은 고서를 얻기 위해 호드리고를 이용했을 뿐이라는 결론이 나왔다.

진이 마라의 교단을 이용하려는 다른 꿍꿍이가 있었던 게 아니었다. 성녀라는 이름으로 사특한 음모를 꾸미고자 한 것도 아니었다.

그놈의 취미 생활. 엄청난 왕실 예산을 탕진하고 본인의 은행 잔고까지 아낌없이 소진하게 만든 그 취미 생활 때문이었다.

유진은 그동안 진이 고서 수집을 핑계 삼아 사교도와 연락했다고 생각했기에 서재에 들어가서 고서들을 보면 항상 속이 부글거렸다. 그런데 그 반대였다니! 지금 마음 같아서는 아주 잘했다고 진을 격려해 주고 싶었다.

진이 고서를 수집해서 뭘 얻고자 했는지는 아직 답을 얻지 못했지만, 마라의 교단과 깊이 연관되지 않은 것만으로도 무거운 마음의 짐을 덜어 낸 기분이었다.

"그자를 만나서 중요한 사실을 기억해냈거든요."

유진은 히죽히죽 웃는 자신의 표정이 조금 흉할지도 모른다고 생각하면서도 자꾸 나오는 웃음을 참을 수가 없었다.

"어떤 사실?"

분명히 좋은 소식일 것이다. 카세르는 빛이 반사되어 반짝거리는 그녀의 눈동자를 홀린 듯 바라보았다. 그녀의 기분이 가라앉은 것보다 당연히 이쪽이 좋지만, 그의 마음은 복잡했다.

그녀가 방금 만나고 돌아온 호드리고, 그자에 대한 부정적인 감정을 더 표출해 줬으면 좋겠고 아부만 바구니에 넣고 들려 보내서 서운해했으면 좋겠다. 좀 더 자신에게 의지하고 자신의 도움이 없이 혼자 하는 일을 어려워했으면 좋겠다. 스스로 놀랄 만큼 옹졸한 질투심이었다.

"제가 그자에게 고서 수집 정보를 얻으려고 돈을 준 거였어요. 그자한테 직접 책도 사곤 했더라고요."

카세르가 의아해하는 어조로 말했다.

"이미 알고 있던 사실 아니었나? 그자가 직접 고서를 공급한 줄은 몰랐지만."

"아……. 저는……."

유진은 뒤엉키는 생각을 정리한 후 입을 열었다.

"……제가 돌이킬 수 없는 나쁜 짓을 했을지도 모른다고 생각했어요."

유진의 목소리가 희미하게 떨렸다. 카세르는 그녀가 지난번에 했던 말을 떠올리며 웃음 섞인 목소리로 말했다.

"마라 소환?"

유진은 그를 쏘아보았다.

"전 심각했어요. 당신이 그렇게……."

유진은 목이 막혀서 말을 멈추었다. 그녀의 목소리가 잠기자 당황한 카세르의 눈동자가 흔들렸다.

"당신 말을 웃겨 넘긴 게 아니야. 당신이 잘못된 일을 했을 리가 없다고 생각한 거지."

"……왜요? 왜 저를 믿으시는데요?"

"당신은 그러지 않을 거라고 믿으니까. 과거의 당신도 당신이지."

"왜 믿으시냐고요."

"말했잖아. 당신이니까."

"사람 속은 모르는 거잖아요. 제가 당신의 믿음을 저버릴 가능성은 생각 안 하세요?"

카세르가 피식 웃었다.

"일어나지 않을 일을 두려워하면 할 수 있는 일이 뭐가 있지?"

유진은 그에게 뜻밖의 순진한 모습이 있다는 사실을 발견했다. 그리고 왜 그의 주변에 좋은 사람이 많은지도 깨달았다. 그는 한 번 믿음을 주면 흔들리는 사람이 아니었다. 그리고 아마 그는 자신이 진심을 주고 믿었던 사람한테 아직 배신당한 경험이 없을 것이다.

마음이 단단한 사람, 그리고 돌아서면 돌이킬 수 없는 사람. 유진은 자신의 소설 속 사왕을 오랜만에 떠올렸다.

'이 사람이 크게 상처받으면…… 소설 속 사왕처럼 변할지도 몰라.'

건조한 사막처럼 버석버석하던 소설 속 사왕을 생각하자 가슴 안쪽이 따끔거렸다.

'아아. 다행이다.'

유진은 그동안 자신이 무엇을 두려워했는지, 호드리고를 만난 후 날아갈 것처럼 가벼운 기분의 정체가 무엇인지 알았다.

'이 사람을 실망시키고 싶지 않았어.'

진이 무슨 짓을 저지르기 전에 여기 와서 그를 만나 다행이다.

"그자를 용서하는 건 안 돼."

갑자기 화제가 바뀌어서 유진은 카세르가 일컫는 자가 호드리고라는 사실을 조금 늦게 알아차렸다. 그녀의 대답이 늦자 카세르가 다시 말했다.

"절대 안 돼."

"용서할 생각 없어요."

이 문제만큼은 타협의 여지가 없다고 생각했던 카세르의 눈빛이 누그러졌다.

"……당신이 그자에게 정보의 대가로 돈을 준 거라고 생각이 바뀐 것 같아서."

"그자에게 정보를 산 건 맞지만, 제게 덮어씌운 것도 맞아요."

'근데 진이 그걸 몰랐을까?'

호드리고가 과한 비용을 부른 사실을 모를 만큼 진이 어리석지 않을 것이다. 진은 아마 알면서도 눈감아 줬을 것이다. 고서를 구하기 위해서.

"전하. 저는……."

어디선가 흘러나오는 크르릉 소리가 그녀의 말을 막았다. 유진이 웃음을 터뜨리며 팔에 걸려 있는 바구니의 덮개 천을 걷었다.

"미안, 미안, 아부. 널 잊고 있었구나."

아부가 불만을 토로하듯 길게 울었다. 아부의 새카만 털은 그림자에 묻히고 붉은 눈동자의 안광만 선명하게 보였다.

바구니 안으로 카세르의 손이 들어가더니 그가 한 손에 잡힐 만큼 작아진 아부를 끄집어냈다. 그가 아부의 등가죽을 잡고 눈앞으로 들어 올렸다.

손바닥 크기의 아부가 크아앙 울며 앞발을 버둥거렸다. 아부의 심기가 몹시 불편해 보였으나 새끼 고양이만 한 짐승은 전혀 위협적이지 않았다.

"아부. 왕성에 가 있어."

그는 곧바로 마차 창을 열더니 바깥으로 아부를 휙 던져 버렸다. 유진이 놀라서 짧은 비명을 질렀을 때는 이미 그가 창문을 닫고 있었다.

"전하! 아부한테 고맙다는 인사도 제대로 못 했단 말이에요."

"나중에 해."

"너무하세요."

"아부만 데려가면 충분하다며 난 배웅하지도 못하게 한 당신은 너무한 게 아니고?"

생각지도 못한 말을 듣고 유진은 그를 빤히 쳐다보았다. 카세르가 어지간한 일로는 남을 탓하는 사람이 아니라는 선입견이 그녀의 무의식중에 자리 잡은 터라 유진은 자신이 무슨 잘못을 했는지부터 되돌아보았다.

"배웅하셨잖아요. 아까 점심 식사 때……."

오늘 낮의 일이니 오래되지도 않았다. 유진은 점심을 함께 먹으며 그와 나눴던 대화를 똑똑히 기억했다.

「혼자서 정말 괜찮겠어?」

「혼자가 아니에요. 아부가 같이 가는걸요. 시녀도 같이 가고요.」

「그 시녀가 가장 문제라고.」

「그 아이가 절 해코지할 일은 절대 없어요. 본인이 곤란해질 테니까요.」

식사 시간 동안 분위기는 딱히 걸리는 것이 없었다. 평소와 같았고 유진의 외출에 관해 길게 이야기하지도 않았다. 굳이 꼽자면 저녁도 같이 먹자는 그의 제안을 거절한 정도?

이곳의 식사 관습은 혼자일 때보다는 함께 먹을 때, 점심보다는 저녁 식사에 더 격식을 차렸다. 정찬이 길어지면 두 시간이 넘기도 하므로 그와 저녁을 같이 먹으면 외출 준비할 시간이 빠듯할 것 같아서 거절했다.

거절했을 때 그는 민감하게 반응하지 않았다. 고개를 끄덕이며 대수롭지 않게 지나갔다. 유진이 알고 있는 사왕 카세르는 고작 그 일로 심기가 상해서 뒤늦게 따질 사람이 아니었다.

"조심히 잘 다녀오라고 하셨으면서. 기억 안 나세요?"

"그거 말고."

유진은 다시 자신의 기억을 뒤졌다. 좀 더 시간을 거슬러 올라가서 어젯밤에 그와 나눈 대화를 떠올렸다.

> 「내일, 외출하기 직전에 알려 줘. 당신 나가는 모습은 봐야겠어.」
>
> 「안 돼요.」
>
> 「왜?」
>
> 「내일 외출은 비밀이니까요. 몰리가 이상하다고 생각하면 어떡해요. 해진 후에는 이 근처에 오지 마세요. 아부가 호위 몫을 충분히 할 테니까 걱정하지 마시고요.」

뜨거운 정사를 나눈 후 그의 몸 위에 엎드린 자세로 늘어진 채 나눈 대화였다. 그 당시 피부로 느껴지던 뜨겁고 나른한 침실 공기가 덩달아 기억이 나자 유진은 얼굴이 화끈거렸다.

어쨌든, 어젯밤 나눈 대화 내용이 '배웅을 거절했다'라는 그의 말과 더 일치했다. 그런데 생각할수록 유진은 어처구니가 없었다.

오늘 낮도 아니고 어젯밤 일이라니. 더구나 그가 따지는 내용 자체가 전혀 타당성이 없었다. 비밀 작전을 수행하는 것이나 다름없는데 배웅이 말이 되는가.

"지금 억지 부리신다는 거, 아시죠?"

"……."

카세르가 슬쩍 시선을 옆으로 돌리며 말했다.

"좀 전에 하려던 말이 뭐였어?"

"아, 그건요."

유진은 대답하려다가 입을 다물었다. 카세르를 물끄러미 바라보는 유진의 입술이 조금씩 실룩거렸다.

결국, 참지 못한 웃음이 입술 사이로 빠져나왔고 그것이 기폭제가 된 것처럼 유진은 크게 웃음을 터뜨렸다. 겸연쩍은 표정으로 한숨 짓는 그의 반응 때문에 그녀는 더 깔깔대며 웃었다.

국보를 훔쳐서 잃어버린 것도, 마라 교단에 돈을 준 것도, 사교도한테 성녀라고 불린 것도 괜찮다고 넘어간 남자가 고작, 배웅 나오지 말라는 어젯밤의 그 한마디에 심기가 상해서 기어이 광장까지 나와서 기다렸다니.

합리적이고 냉철하면서 나라와 백성을 사랑하는 하시 왕국의 주인. 사왕을 묘사하는 한 줄 표현으로 이보다 적절한 설명은 없을 것이다.

유진은 그가 백성의 존경을 받는 왕이라는 사실을 종종 느끼곤 했다. 대놓고 찬사를 늘어놓지 않아도 사람들의 눈빛, 태도 등에서 왕을 향한 경외심이 물씬 풍겼다.

그런데 그는 왕으로서 완벽할 뿐만 아니라 한 사람의 인간으로서도 나무랄 데가 없었다. 그를 보면 가끔은 감탄스러웠다.

그래서 심술 같은 투정을 부리는 그의 인간적인 모습이 뜻밖이었다. 그리고 기뻤다. 그의 이런 모습을 아는 사람은 거의 없을 테니까.

유진은 두 팔을 뻗어 그의 목을 끌어안았다. 자꾸 웃음이 나왔다. 조금 빠르게 뛰는 심장의 두근거림이 굉장히 기분 좋았다. 적당하게 취기가 오른 것처럼 마음이 붕 떠올랐다.

"전하. 제가 얼마나 기쁜지 모르실 거예요. 그자를 만나서 기억을 찾았기 때문이 아니에요. 당신에게 사과할 짓을 저지르지 않았다는 걸 알게 되어서 기뻐요. 조금 전에 이 말을 하려고 했어요."

유진은 그를 꽉 안았던 팔에 힘을 풀어 그를 살짝 밀어내며 카세르와 마주 보았다.

"그동안 드러난 일만으로도 이미 당신 앞에서 고개 들기도 미안한 처지지만, 조금이라도 떳떳해지고 싶었어요. 그러려면 제가 한 잘못들을 모두 파악하고 수습해야 한다고 생각했어요. 그래서 그자를 꼭 만나야 한다고 고집부렸어요."

"사람은 누구나 실수를 해."

카세르는 손등으로 그녀의 볼을 부드럽게 쓸었다. 그는 지금 자신의 가슴 속에서 몽글몽글하게 차오르는 감정 때문에 온몸이 근질거렸다. 자신의 감정을 진술하고 담담하게 표현하는 그녀가 사랑스러웠다.

왜 자신을 믿느냐는 그녀의 질문이 떠올랐다. 이런 모습을 보면 믿을 수밖에 없었다. 그녀는 언제나 모호하지 않은 정확한 화법으로 자신의 감정과 생각을 표현했다.

카세르가 속한 세계의 교양 있는 자들은 항상 빠져나갈 구석을 만들어 두고 말했다. 그래서 그들과 전혀 다른 그녀와 나누는 대화가 즐거웠다. 그리고 어느새 늘 그녀를 눈으로 좇게 되었다.

"당신은 바로잡으려고 노력하고 있지. 떳떳하지 못할 이유가 없어."

유진이 북받치는 듯한 표정으로 눈을 깜빡거렸다.

"계속 실수하면요?"

"괜찮아."

"평생 당신은 제가 저지른 일을 뒷수습해야 할지도 몰라요."

"평생이라……."

그녀의 볼을 쓸어내린 그의 손이 유진의 턱을 쥐고 살짝 들어 올렸다.

"시도해 볼 만하군."

고개를 기울인 그의 얼굴이 다가오는 것을 보며 유진은 눈을 감았다. 그의 입술이 그녀의 입술을 뜨겁게 감쌌다. 느릿하게 그녀의 입술을 빨아들이며 더 깊이 입술을 포갰다.

그녀의 입술을 간질이듯 훑던 혀끝이 입술 사이를 가르고 깊이 진입했다. 그가 유진의 혀를 휘감아 마찰하자 그녀의 목 안에서 짧은 신음을 흘러나왔다.

그는 그녀의 여린 안쪽 살을 문지르고 치열을 훑으며 혀를 강하게 빨아들였다. 서두르지 않으면서도 집요한 키스가 길게 이어졌다.

끈질기게 그녀의 입술을 탐하던 그가 그녀의 볼과 눈가에 입을 맞추고 그녀의 목덜미에 입술을 붙였다. 그의 얼굴이 턱 아래로 파고드는 바람에 유진의 고개가 뒤로 젖혀졌다. 그녀의 몸도 마차 벽으로 기울어지면서 상대적으로 그가 유진을 누르는 자세가 되었다.

그의 손이 가슴을 움켜쥐자 유진이 흠칫했다.

"잠깐……. 전하. 으응……."

유진은 계속 목덜미에 입을 맞추는 그를 밀어냈다.

"그만……. 여기서는 안 돼요."

"아무도 없어."

유진의 머릿속에 아까 봤던 텅 빈 광장의 풍경이 떠오르면서 갑자기 정신이 확 들었다. 그녀는 힘주어서 그를 밀어냈다. 그녀가 진심으로 밀어내자 그가 순순히 물러났다.

"왜 마차가 출발 안 해요? 아까부터 계속 서 있잖아요."

"내가 출발하라고 해야 가지."

"세상에! 그럼 당신 지시만 기다리며 이 마차를 주시하고 있다는 말씀이에요? 다들 우리가 뭘 한다고 생각하겠냐고요."

유진을 바라보던 카세르가 씨익 웃었다.

"뭘 한다고 생각하는데?"

"……."

"우리가 뭘 하길래?"

유진은 능글거리는 그를 쏘아보았다.

"설마 기름통 점검 작업도 당신이 계획한 거예요? 광장을 비우려고?"

"원래 이 시기에 하는 작업이야. 공교롭게 겹쳤을 뿐."

카세르는 태연하게 거짓말을 했다. 유진은 미심쩍은 눈으로 그를 보며 말했다.

"제 뒤에 호위 붙이거나 한 건 아니죠? 그자가 눈치챌 수 있으니까 절대 그러지 말라고 분명히 말씀드렸어요."

"안 붙였어."

호위를 붙이지는 않았지만, 순찰병들은 대거 투입했다. 상점들의 대대적인 행사 때문에 방범을 강화한다는 명분을 만들었으니 아무 문제 없다고 그는 생각했다.

"그만 가요. 아, 그리고 돌아가면 아부에게 꼭 사과하세요."

"사과?"

"아부가 오늘 얼마나 수고를 했는데요. 그런데 그런 식으로 내던져 버리셨잖아요."

카세르는 딱 잘라서 말했다.

"난 그 녀석 주인이야. 친구가 아니라."

그의 논조를 비난하려던 유진은 입을 다물고 생각에 잠겼다. 환수와 주인의 관계를 사람과 사람의 관계처럼 생각해서는 안 될지도 모른다. 짐승에게는 힘의 우위에 따른 서열이 중요하니까.

"그럼 수고했다고 칭찬이라도 해 주세요. 잘한 일은 잘했다고 해 줘야지요. 네?"

"……알았어."

카세르가 마차 벽을 두 번 두드렸다. 잠시 후 마차가 출발했다.

유진은 마부석에 사람이 계속 앉아 있었다는 사실을 깨닫고 두 손으로 화끈거리는 얼굴을 감쌌다. 그를 흘겨보자 뭐가 문제냐는 표정이었다. 아랫사람의 눈과 귀를 의식하지 않는 이곳 사람들의 생활 관습은 아무래도 익숙해질 것 같지 않았다.

한바탕 격한 정사를 치르며 달구어진 침실의 공기가 아직 식지 않았다. 큼직한 쿠션을 등 뒤에 대고 눕듯이 기대서 앉은 그의 위에 유진의 몸이 완전히 늘어졌다. 그녀는 노곤한 기분에 젖어 눈을 감고 있었다.

그녀의 몸을 어루만지던 그의 손이 조금씩 노골적인 애무로 변해 갔다. 그녀의 허벅지 안쪽을 느릿하게 문지르고 엉덩이를 움켜쥐었다가 허리의 곡선을 음미하듯 손바닥으로 쓸어올렸다.

절정을 느낀 후에는 탈력감이 들어 그대로 잠들어 버리고 싶었다. 하지만 그가 부드러우면서 진득한 손길로 온몸을 만지면 이완되는 기분이 들면서도 서서히 다시 몸이 달아올랐다.

그녀의 어깨까지 올라온 그의 손이 목덜미를 감싸 살짝 눌렀다. 고개를 숙인 그가 유진의 머리카락 위로 입을 맞추었다.

유진은 다정하고 담백한 이런 키스가 노골적인 성애의 입맞춤보다 더 자극적으로 다가왔다. '사랑을 나눈다'라는 상투적인 표현이 묘사하고자 하는 느낌을 알 것 같았다.

그의 맨가슴에 기댔던 머리를 들어 그를 올려다보았다. 곧바로 내려온 입술이 그녀의 입술을 삼켰다. 가볍게 닿았다가 떨어지는 입술이 점점 깊게 맞물리고 두 사람의 혀가 뒤얽혔다.

"훗……."

그가 혀를 빨아들이자 짜릿한 감각이 등을 타고 올라왔다. 그녀는 본능적인 신음을 흘리며 흠칫했다.

그녀의 피부에 맞닿은 그의 탄탄한 몸에 더 힘이 들어갔다. 유진은 이때의 느낌을 휴식을 취하던 맹수가 기지개를 켜는 순간 같다고 생각했다. 그가 몸을 일으키면서 유진의 몸을 가뿐히 들어 자세를 바꿨다.

유진의 등이 침대에 닿았다. 그녀의 위로 올라온 그의 몸이 곧바로 그녀의 두 다리 사이에 밀착했다. 그녀의 복부 아래로 미끄러져 내려간 그의 손이 음부를 문질렀다. 그는 충분히 젖어 미끈거리는 입구를 확인한 후 단번에 끝까지 밀고 들어갔다.

"흑!"

유진이 눈을 질끈 감았다. 굵고 단단한 사내의 물건이 질벽을 벌리며 파고드는 느낌이 생생했다. 조금 전의 정사에서 그녀의 안쪽에 그가 쏟은 정액이 충분한 윤활액 역할을 해 주는데도 그를 받아들이는 순간은 언제나 벅찼다.

그녀의 안쪽에 깊이 박아 넣은 채 그의 입술이 그녀의 입술을 덮치듯 내리눌렀다. 벌어지는 입술 사이로 깊이 파고든 혀가 그녀의 혀를 얽어맸다. 그녀의 입술과 입술 안쪽의 여린 속살을 물고 핥으며 그녀의 혀를 빨아들였다.

"훗…… 응……."

유진은 그가 잠깐씩 입술을 뗄 때마다 숨을 할딱이며 간간이 비음을 흘렸다. 원래 자리인 것처럼 다리 안쪽을 꽉 채우고 자리를 차지한 육중한 존재감에 익숙해질 즈음, 뽑아내듯 빠져나가는 성기가 내벽을 긁었다.

"아!"

가장 두툼한 부분만 남기고 빠져나간 그가 다시 깊숙이 밀고 들어왔다. 소스라치듯 펄떡이는 그녀의 몸을 누르고 두 손을 깍지를 껴 침대에 고정시키며 허리를 움직여 치대기 시작했다.

밀착하여 맞물린 두 사람의 사타구니를 단단히 기립한 사내의 중심이 연결했다. 깊이 꿰뚫으면 연약하게 떨리는 허벅지가 그의 허리를 감고 그가 뒤로 물러나면 아쉬워하듯 작은 입구가 따라왔다.

의식하는 움직임이 아닌, 본능적인 그녀의 반응이 그를 더욱 흥분하도록 몰아붙였다. 그는 살 부딪치는 소리가 요란하도록 강하게 짓쳐 들어갔다.

"흐읏. 아아……."

유진은 눈앞에서 터지는 불꽃 때문에 눈을 깜빡였다. 안쪽이 벌어지는 뻐근함마저 쾌감이 되어 온몸이 오싹오싹했다. 자신의 몸이 갈수록 예민해진다는 생각이 들었다. 그리고 그와 교합할 때 느끼는 쾌락에 점점 중독되는 것 같았다.

자신이 쾌락에 약한, 어쩔 수 없는 인간이라는 사실을 인정하는데도 그다지 불쾌하지 않았다. 오히려 쾌락을 좇는 사람의 심정을 조금 이해하게 되었다.

그녀는 꽉 조여진 사내의 가슴 근육을 타고 흐르는 땀을 홀린 듯 바라보았다. 여자보다 남자가 시각적 자극에 약하다던데 꼭 그렇지만은 않은 것 같았다. 음부에 후끈한 열이 오르면서 진입하는 그의 성기를 꽉 조였다.

낮고 짤막한 신음을 흘린 그가 다시 유진의 입술을 삼켰다. 유진은 입을 열어 그의 키스를 받아들이면서 그에게 잡힌 손을 풀어내 두 팔을 뻗어 그의 목을 감았다. 눈을 감으니 끝이 보이지 않는 이 아득한 느낌이 좋아서, 유진은 버겁도록 몰아붙이는 그를 밀어내지 않았다.

　　　　＊　　　＊　　　＊

"제례에 누가 동행할지는 결정했는가?"

유진의 물음에 세 명의 보좌관이 서로와 눈을 마주쳤다. 아무도 선뜻 대답하지 못했다.

유진은 며칠 전, 제례에 보좌관은 한 명만 동반할 생각이니 누가 함께 가겠느냐고 물었다. 보좌관들이 서로 가겠다고 나서길래 그럼 셋이 의논해서 결정하라고 맡겼다.

"아직도 결정하지 못했단 말인가? 내일이 출발인데."

"……."

유진은 서로만 흘끔거리는 보좌관들을 보며 어쩔 수 없다는 듯 말했다.

"제비뽑기로 정하지."

보좌관들이 곧바로 반론을 제기했다.

"왕비님. 제비뽑기로 정하기에는 중대한 일입니다."

"순간의 운으로 결정하는 건 부당하다고 생각합니다."

"그럼 누가 양보하겠나?"

"……."

유진은 잠시 생각한 후 말했다.

"내가 자네들의 선택과 운이 모두 작용하는 방법을 제안하지."

유진이 종이를 펼쳐서 긴 세로 선을 세 개 그었다. 세 명의 보좌관에게 세로 선 사이를 가로 선으로 채우도록 지시하여 사다리를 완성했다.

맨 위와 아래만 보이도록 두고 중간은 종이로 가린 후 세 사람에게 맨 위 선 중 하나를 선택하도록 했다. 그리고 세 사람에게 방식을 설명한 후 사다리 타기를 진행했다.

세 사람은 처음 보는 제비뽑기를 신기해하면서 몹시 신중한 표정으로 사다리를 타고 내려갔다. 당첨된 샌디는 속으로 환호성을 지르는 표정을 지었고 나머지 두 명은 시무룩해졌다.

"결과에 이견이 있나?"

꽝을 뽑은 두 명의 표정이 어두웠으나 반발은 없었다.

'조삼모사가 이런 건가?'

유진은 근엄한 표정인 척 속으로는 웃음을 참았다. 막대기 세 개 내밀어서 하나 뽑으나 사다리 타기나 어차피 똑같았다.

"제례는 건기가 시작될 때마다 반복하는 행사이니 기회는 많지 않은가?"

유진은 보좌관들이 이번 제례 참석에 집착하는 모습이 이해가 가지 않아서 물었다.

"아무나 자원할 수 없습니다. 전하께서, 그리고 선왕께서도 항상 전사들만 대동하여 다녀오셨습니다."

레지나가 대답했다.

"나는 왕비도 원칙적으로 참석하는 행사라고 들었는데?"

유진이 의아하다는 듯 말했다. 마리안한테 들은 말이니까 틀릴 리가 없었다.

"예, 원칙은 그렇습니다만, 대부분은 전하께서만 홀로 다녀오셨습니다."

'아…… 진은 첫해에만 갔었다고 했지.'

그리고 선왕의 왕비, 즉 카세르의 어머니가 왕국을 떠나 성도에서 지낸 지 한참 된 것 같았다. 그간 왕비 자리가 오래 비어 있었고 그래서 마리안이 오랫동안 실질적으로 왕성 살림을 맡았다고 들었다.

"전하께서 홀로 가시면 함께 갈 자의 자격을 엄격히 제한하시는가?"

"그렇지는 않습니다. 그런데 현실적으로 전하께서 다녀오시는 일정을 견뎌 낼 사람이 거의 없습니다. 이번에 왕비님께서 함께 다녀오시는 일정은 총 닷새입니다만, 전하께서는 보통 이틀 내에 다녀오십니다."

"……그렇군."

온종일 말을 타고 사막을 달려서 오가는 강행군이라는 말을 알아들었다. 보통 사람이 왕과 전사의 남다른 체력을 따라잡을 수 없을 것이다.

"그래도 사막을 오가는 여정은 고되지 않은가? 왜 같이 가고 싶지?"

"제례를 올리는 성지를 제 눈으로 보고 싶습니다."

"평생에 한 번이라도 좋으니 꼭 가 보고 싶었습니다."

세 명의 보좌관이 열정을 드러내며 앞다투어 대답했다. 유진은 그 성지가 왕국이 나라의 기틀을 닦은 곳이라는 설명은 들었지만, 그냥 유적지 정도로만 생각했다. 이 나라의 백성들에게는 그 이상의 특별한 장소라는 사실을 비로소 알았다.

"이번에 함께 못 가는 두 명은 너무 서운해하지 말게. 다음 건기에도 기회는 또 있으니."

보좌관들의 표정이 묘하게 흔들렸다가 곧바로 대답했다.

"예, 왕비님."

보좌관들이 나간 후 유진은 그들의 이상했던 반응이 무슨 뜻인지 뒤늦게 알았다.

'아…… 다음엔 기회가 없다고 생각하는 건가? 다음 건기에는 내가 전하와 갈지, 안 갈지, 모르니까?'

원칙적으로 국왕 부부가 모두 참석하는 행사라면서 유진의 이번 제례 참석을 일회성 변덕 정도로 생각하는 보좌관들이 은근히 괘씸했지만, 유진은 한숨을 내쉬며 불편한 마음을 풀었다.

보좌관들뿐이겠는가. 아마 대부분이 그렇게 생각할 것이다.

'두고 봐. 다음, 다다음. 난 계속 갈 거니까.'

말로 생각을 바꿀 수 있는 문제가 아니었다. 오랜 시간에 걸쳐 꾸준히 행동으로 보여 주는 방법밖에 없다.

'다음, 다다음……..'

유진은 자신이 막연하면서도 구체적인 먼 미래를 그리고 있음을 깨달았다. 이곳에 막 왔을 때는 그저 하루를 견디는 데에만 급급했는데.

'그래도 될까……?'

계속 이대로, 이 왕국에서, 그 남자의 아내로서.

언젠가 태어날 아이와 함께 가족을 이루고 살아도 될까.

그녀는 흠칫 놀라 고개를 들었다. 사방에서 온몸을 누르던 압력이 갑자기 사라졌다. 온몸이 가뿐해지는 이상한 해방감이었다. 깊은 물 속에 가라앉아 있다가 수면 밖으로 나온 느낌이랄까.

'활동기가 끝났구나.'

유진은 크게 숨을 몰아쉬며 미소 지었다. 이 거대한 흐름을 온몸으로 느낀다는 자체가 어쩐지 감격스러웠다.

카세르는 골똘히 생각에 잠겼다.

'대제사장……..'

책상에는 보고서가 잔뜩 펼쳐져 있었다. 그는 얼마 전에 봤던 마라 교단에 관한 조사서를 다시 한 번 살폈다. 특히 교단 내부의 조직 구성에 관한 내용을 발췌하여 따로 모아 읽었다.

마라의 교단은 여섯 왕국에 고루 퍼져 있었다. 비교적 탄압이 덜한 하시 왕국에서 더 활발히 활동할 뿐 모든 사교도가 하시 왕국으로 몰려오는 것은 아니었다. 그 나라 출신의 백성이 자신이 나고 자란 나라를 떠나는 일은 거의 없었다.

장소의 제약을 받지 않고 왕국을 오가는 교도는 교단 내에서 높은 서열을 차지하는, 즉 지도자급이었다.

하시 왕국에서 꾸준히 오랜 시간을 들여 파악한 마라의 교단 내 서열은 제사장이 가장 최상 계층이었다. 그들의 숫자를 정확히 파악하지는 못했지만, 다섯에서 열 정도 된다고 추측했다.

그는 유진과 나눈 대화를 떠올렸다.

「호드리고가 제게 의식을 통해 성녀의 지위를 공표하겠다고 했어요. 그 의식의 목적이 그 발표 외에 또 뭐가 있는지는 모르겠어요. 그자가 먼저 말하지 않길래 캐묻지는 못했어요. 그런데 성녀라고 공표하겠다는 건 아마……」

「아직 공표가 안 되었다는 뜻이군.」

「네. 그래서 제가 그자에게 성녀라고 불린 사실을 아는 자가 많지 않을 것 같아요.」

카세르도 유진과 비슷한 결론을 내렸다. 호드리고만 잡아 입막음하는 것으로 해결된다면 한결 수습이 수월할 테니까 잘 되었다.

그런데 그녀가 이어서 말한 내용이 지금 그를 고민하게 하는 문제였다.

「호드리고, 그자 말로는 대제사장이 저를 만나기를 원한대요. 대제사장이 누군지, 제가 전에 만난 적이 있는지, 그런 건 전혀 기억이 나지 않아요.」

'대제사장이라고?'

카세르는 제사장 위에 군림하는 상위 계급이 있다는 보고는 받은 기억이 없었다. 다시 보고서를 전부 뒤져 봤는데 역시 없었다.

그는 이 문제를 심각하게 받아들였다. 사교도를 파악하며 언제든지 통제 가능하도록 주시했다고 생각해 왔건만 빈틈이 있었다. 조무래기 수천 명을 놓치더라도 지도자 한 명을 잡아야 한다.

'조사를 해 봐야겠어.'

카세르는 간략한 명령서를 작성했다.

　—사교 교단 내 계급을 재조사해서 파악할 것. 그들 내부에 '대제사장', '성녀'라고 불리는 신분이 있는지 확인하라.

그는 시종장을 불러 봉인한 서신을 건넸다.

"재상에게 보내라."

"예, 전하."

카세르는 마라 교단에 관한 조사서를 대충 옆으로 밀어내고 왕의 결재를 기다리는 서류를 펼쳤다. 집중하여 읽어 내려가면서 페이지를 넘기던 그의 손이 멈칫했다. 그의 미간에 살짝 주름이 잡혔다가 펴졌다.

'끝났군.'

활동기가 끝나며 바뀌는 공기의 흐름을 느꼈다. 그는 문득 묘한 기분이 들어 자신의 가슴을 내려다보았다. 프라즈는 여전히 얌전했다.

활동기에는 그의 몸 안에서 프라즈가 난폭하게 움직였다. 사람과 비교하면 잔뜩 흥분한 상태와 비슷했다.

각성 상태의 프라즈는 라크를 사냥할 때 강력한 힘을 끌어낼 수 있다는 장점으로 작용했다. 한편으로는 카세르가 온종일 내부의 기운을 억제하느라 신경을 날카롭게 곤두세워야 한다는 부작용도 있었다.

그런데 이번 활동기만큼 프라즈를 제어하기 쉬우면서도 수월하게 힘을 끌어낼 수 있었던 적이 없었다.

그리고 원래 활동기에서 건기로 접어들면 갑자기 프라즈의 기운이 수그러들면서 긴장이 탁 풀리는 느낌을 받았다. 그러나 이번에는 그다지 차이를 느낄 수 없었다.

'유진.'

그는 고개를 들었다.

'괜찮을까?'

활동기가 시작되던 그날 밤, 고통스러워했던 그녀의 모습이 떠올랐다. 건기에서 활동기로의 변화가 오르막길이라면 활동기에서 건기로 바뀌는 순간은 내리막길이라서 몸이 느끼는 부담은 전혀 다르지만, 그래도 걱정이 됐다. 그는 읽던 서류를 내려놓고 일어났다.

카세르는 복도의 모퉁이를 돌아서자마자 멈칫했다. 저 멀리에서 다가오는 유진을 발견한 그의 입술이 살짝 올라갔다. 그는 다시 걷기 시작했다.

두 사람은 서로의 얼굴이 마주 보이는 거리까지 다가가 멈추어 섰다. 그는 재빠르게 유진의 안색을 살폈다. 다행히 그녀의 표정이 밝았다.

"어디 가시는 길이오? 왕비."

"다리로 가는 길입니다. 전하."

"쉬려던 참이었나 보군."

다리 위는 유진이 즐겨 찾는 티타임 장소였다. 높은 곳이라서 때때로 돌풍이 불기 때문에 혹시 모를 사태를 방지하고자 항상 테이블을 펴 두지는 않았다. 다리와 이어지는 성의 안쪽 구석에 접이식 간이 테이블을 보관했다가 유진이 지시하면 준비하는 식이었다.

'혹시 나한테 볼일이 있어서 오던 길이었나?'

유진은 '함께 가실래요?'라고 가볍게 튀어나올 뻔한 말을 꾹 삼켰다. 그녀는 주변의 궁인들을 의식하고 할 말을 가다듬었다.

예전에는 별생각이 없었다. 고풍스러운 말투를 사용하면 연극하는 기분이 들어 현대적인 말투를 고집한 측면도 있었다. 왕이 딱히 지적하지 않는데 왕비인 자신에게 누가 뭐라고 하겠나, 편한 대로 생각했다.

그런데 보좌관을 들인 이후, 윗사람의 위엄을 나타내는 방식으로써 경직된 형식이 아주 요긴하다는 사실을 알게 되었다.

그녀는 카세르와 단둘이 있을 때가 아닌, 주변에 누가 있을 때는 격식과 예법을 신경 써야겠다고 생각했다.

"전하. 국정을 살피느라 곤하실 터인데 잠시 괜찮으시다면 시간을 내어 바깥바람을 쐬시지 않겠습니까?"

카세르는 잠시 유진을 바라보다가 말했다.

"초대해 주는 거요?"

"예, 전하. 좋은 차가 있습니다."

카세르가 가볍게 웃은 후 그녀와 마주 보며 서 있던 자세에서 그녀의 옆으로 걸음을 옮겼다. 그는 손등이 보이도록 팔을 들어 올리며 말했다.

"귀부인의 초대를 받았으니 마땅히 내가 모셔야 하지 않겠소?"

유진은 웃으며 그의 손등 위에 손을 얹었다.

걸어가는 두 사람의 뒤에 궁인들의 행렬이 길게 늘어졌다. 오늘도 변함없이 금실 좋은 윗전의 뒤를 따라가는 궁인들이 고개를 숙인 채 히죽히죽 웃었다.

궁인들에게 더 가까이 오지 말라고 명한 후 국왕 부부만 다리 중앙에 마련된 테이블로 걸어갔다. 발 빠르게 앞서 달려온 시종이 의자 하나를 더 가져와서 원래부터 두 개였던 것처럼 준비해 두었다.

두 사람이 앉자마자 시녀가 차와 간식을 테이블에 올리고 물러갔다. 궁인들은 두 사람의 대화가 들리지 않을 만큼 멀찍이 서 있었다.

유진은 찻잔을 든 채 허공으로 시선을 올려 두리번거렸다.

"바람이 그쳤어요."

어제까지만 해도 제법 선선한 바람이 불었다. 그런데 마치 공기의 흐름이 멈춘 것처럼 바람 한 점 불지 않았다.

그나마 습하지는 않아서 가만히 있는데도 땀에 젖는 눅눅한 무더위는 아니었다. 그래도 오늘 아침보다 확연히 공기 온도가 올라갔다.

"점점 더 더워질 거야."

"신기해요. 갑자기 하루아침에 바뀌다니요. 아까 건기가 시작되는 느낌은…… 정말 이상했어요."

"힘들지는 않았어?"

유진은 고개를 저었다.

"정말 활동기가 끝난 건 맞지요?"

"끝났어."

유진은 감개무량한 표정으로 작은 한숨을 내쉬었다. 큰 산을 넘은 기분이었다. 아마 그녀의 평생, 잊을 수 없는 활동기일 것이다. 지난 두 달 동안 무척 많은 일이 벌어졌다.

"근데 다들 일상이라서 담담한가 봐요. 궁인들이 딱히 표정 변화가 없어요."

"그야 아직 활동기가 끝난 지 모르니까."

"네?"

"일부 사람만 느낄 수 있지. 우리 같은."

"아……"

유진은 그가 예전에 했던 말이 기억났다.

"그럼 다른 사람은 활동기가 끝난 걸 어떻게 알게 되나요?"

"내가 공표해야지."

"공표하지 않으면 몰라요?"

"시간이 지나면 알게 되지 않을까? 아마 지금도 날씨 변화 때문에 눈치챈 자들이 꽤 있을 거야."

"오늘부터 시작, 이라고 전하께서 명확하게 해 준다는 거군요. 하긴, 이제 한동안 라크가 나타나지 않는다고 분명히 알게 되면 기분이 남다르겠어요. 낮 외출도 안심하고 할 수 있을 테고."

"활동기만 혹은 건기에만 적용되는 법률이 있어. 내가 공표하면 기준점이 되지."

"그럼 지금은 건기의 법을 위반해도 아직 전하께서 공표하기 전이니까 위법이 아니겠네요?"

카세르는 고개를 끄덕이며 말했다.

"특히 상업 활동에 명확한 시기가 중요해. 활동기에는 멀리 이동하는 거래는 거의 못 해. 활동기냐, 건기냐에 따라 시세 차이가 큰 물건이 많고, 하는 일의 유형에 따른 고용 비용의 차이도 크지."

카세르는 골똘히 생각에 잠긴 그녀를 바라보다가 그녀의 손등을 손끝으로 두드렸다. 시선을 드는 유진과 눈이 마주쳤다.

"무슨 생각해?"

그는 진심으로 궁금했다. 상대의 수를 읽어 내기 위해서가 아니라, 아무런 이해득실을 고려하지 않으며 그저 순수하게 상대방의 생각이 궁금한 건 처음이었다.

그는 자신의 욕심이 점점 커진다는 생각이 들었다. 왕성 안에 함께 있고 밤마다 그녀의 침실에 찾아가는 정도로는 만족할 수 없었다.

항상 눈에 보이는 곳에 그녀가 있었으면 좋겠고 그녀의 머릿속에 무슨 생각이 들어 있는지도 모조리 알고 싶었다.

외면하고 싶지만, 가끔 떠오르는 생각이 그를 괴롭혔다. 그녀는 아니카고 자신은 왕이었다. 그녀는 언젠가 이 왕국을, 자신의 곁을 떠날지도 모른다. 역사적인 사례에 비추어 보면 가정이 아니라 확신에 가까웠다.

왕비가 된 아니카가 왕국에서 말년을 보낸 예가 거의 없었다. 대부분 성도로 돌아갔다. 그중에서도 하시 왕국은 가장 극단적이었다. 왕국 역사상 왕국에서 십 년 이상을 머문 왕비가 없었다.

그녀가 떠나겠다고 하면 보내 줄 수 있을까.

"건기에 해야 할 일들을 생각했어요. 할 일이 꽤 많거든요."

카세르는 밝은 표정의 그녀를 보며 자신의 어두운 마음을 깊이 묻었다.

"당장 내일부터 시작이니까요, 제례 의식에 참석하기 위해 출발하잖아요."

그는 복잡한 기분으로 한숨을 내쉬었다. 그녀가 함께 가겠다고 말했을 때는 기쁜 마음으로 승낙했는데 시간이 지날수록 걱정됐다.

"쉽지 않은 여정일 거야."

"전하께서는 이틀 만에 다녀오셨다면서요. 이번에는 닷새로 늘어났는걸요."

카세르가 헛웃음을 지었다.

"그거와 비교하면 안 되지."

제례에 왕비의 동행이 갑작스럽게 결정되면서 왕의 지시가 내려오자 비상이 걸렸다. 왕 혼자 훌쩍 다녀올 때와 전혀 다른 형태의 준비가 필요했다. 전에는 약식이었다면 이번에는 정식이었다.

국왕 부부를 비롯하여 수행원들과 짐꾼까지 백여 명에 가까운 대규모 행렬이 구성되었다. 잠자리와 휴식처가 되어 줄 천막과 수십 명분의 식량과 생필품 등, 짊어지고 가는 짐의 규모도 엄청났다.

유진은 혹시 자신이 가겠다고 하는 바람에 번거로워지는 건가 싶어서 마리안에게 물었다. 마리안은 '원칙적인 규모'라고 자신 있게 대답했다.

「성지에서 제를 올리는 신성한 의식입니다. 비로소 올바른 절차로 진행되어 저는 감격스럽습니다. 왕비님.」

"밤에는 천막을 치고 잔다면서요?"

"음."

"한낮에 태양이 가장 뜨거울 때도 쉬고요."

카세르는 고개를 끄덕였다.

"때 되면 밥 나올 테고 세수하고 몸을 씻을 수 있는 물도 가져간다는데 어려울 게 뭐가 있어요."

씩씩하게 자신감을 드러내는 그녀를 바라보는 카세르의 시선이 미묘했다.

그는 결혼한 첫해에 딱 한 번 동행했던 제례에서 왕비가 어땠는지 기억했다. 그때 행렬의 규모가 이번과 비교해서 엇비슷했다. 차이점이라면 그때는 준비하라고 지시만 내린 후 맡겼고 이번에는 그가 좀 더 꼼꼼히 챙겼다.

그때의 왕비는 천막 안에 들어가면 절대 나오지 않았다. 이동하는 중에는 낙타 등에 얹은 특수한 가마 아래로 내려오지 않았으며 어쩔 수 없이 땅을 밟아야 할 때는 모래 위에 양탄자를 깔아야 했다.

그는 왕비가 기억을 잃은 후 그녀를 보면 가끔 느꼈던 기묘한 위화감을 오랜만에 다시 느꼈다. 같은 사람인데 같은 사람이 아닌 것 같은 이상한 기분.

카세르는 다가오는 시종장에게 고개를 돌렸다. 시종장이 고개를 숙였다.

"전하."

"무슨 일이냐."

"상제 성하의 서신이 도착했습니다. 기사가 전하께 알현을 청합니다."

카세르는 미간을 찌푸렸다. 건기가 시작되면 받는 상제의 서신이 예전보다 일렀다. 전에는 그가 제를 올리러 다녀온 후 하루 혹은 이틀 뒤에 받았다.

그는 유진을 돌아보며 말했다.

"가 봐야겠소. 그대는 더 쉬었다가 내려오시오."

"예, 전하."

유진은 일어나서 왕을 배웅한 후 그의 모습이 보이지 않자 다시 앉았다.

'기사⋯⋯.'

진과 안면이 있는 기사인지 궁금했다.

화려한 갑주를 입은 사내가 카세르를 향해 고개를 숙였다.

"기사 피데스. 사왕 전하께 인사 올립니다."

"오랜만이오, 피데스 경."

"예, 전하. 오랜만에 뵙습니다."

"경이 어쩐 일이오?"

상제를 보위하는 99명의 기사는 대외적으로는 계급이 없었지만, 내부적으로는 서열이 있었다. 서열의 기준은 단순했다. 기사 서임을 받은 순서에 따랐다.

99명의 기사는 항상 그 숫자를 유지했다. 가장 위 기수의 기사가 나이가 들어 기사직은 사임하면 빈자리를 새로 서임 받는 기사가 채웠다.

오랜 세월 변함없는 젊음을 간직하는 상제 곁에서 기사들은 나이가 들고 천천히 교체되었다.

그리고 비교적 뒤에 들어온 기사라도 상제의 신임이 두터우면 서열이 올라갔다. 기사 피데스는 상제의 신임을 받는 젊은 기사로 항상 상제를 가까이에서 보필했다.

따라서 피데스가 고작 상제의 편지 심부름을 하러 이 먼 곳까지 올 사람이 아니었다.

"사왕 전하께 올릴 상제 성하의 서신을 가져왔습니다."

시종장이 피데스한테 금색 봉투에 담긴 서신을 받아 카세르에게 전달했다. 카세르는 미심쩍은 표정으로 피데스를 흘끔 본 후 봉투의 봉인을 뜯어 서신을 꺼냈다. 눈으로 빠르게 내용을 훑어 내려갔다. 그동안 정기적으로 받았던 의례적인 서신이었다.

─교단청은 언제나 열린 문으로 그대의 고난을 외면하지 않을 것입니다. 아니카 진에게도 안부를 전합니다.

그리고 마무리하는 마지막 문장도 그대로였다. 카세르는 왠지 신경에 거슬리는 문장을 물끄러미 바라보다가 고개를 들었다.

"성하께서 내게 전하는 서신은 이것뿐인가?"

"예, 전하."

"따로 이르는 말씀은 없으셨고?"

"전하께 따로 올리라는 말씀은 없으셨지만, 제게는 지시하신 일이 있습니다."

카세르의 눈썹이 움찔했다. 피데스가 무슨 말을 할지 알 것 같았다.

"아니카 진을 뵙고 전해드릴 상제 성하의 말씀이 있습니다. 아니카 진과의 독대를 허락하여 주시옵소서."

역시. 서신을 쥔 카세르의 손에 힘이 들어갔다.

그의 가슴 깊은 곳에서 불쾌한 감정이 울컥 치밀었다. 다짜고짜 유진과 독대하겠다는 피데스의 당당한 태도가, 그녀를 왕비가 아닌 아니카로 부르는 호칭도 못마땅했다. 허락 못 한다는 말이 턱 밑까지 올라왔지만, 카세르는 구겨진 서신을 봉투에 담으며 태연히 말했다.

"경이 성하의 말씀을 전하러 왕비를 만나겠다는데 내가 허락하고 말고, 할 일은 아니지. 시종장."

"예, 전하."

"피데스 경을 알현실로 안내하라. 그리고 왕비께 가서 기사 피데스가 알현을 청한다고 말씀 올려라."

"예, 전하."

피데스가 한 손을 가슴에 올리며 고개를 숙였다.

"마하의 영광이 함께하실 것입니다. 기사 피데스, 물러가겠습니다."

＊　　＊　　＊

유진은 다리에서 내려와 집무실로 가는 복도에서 시종장과 마주쳤다. 시종장은 왕의 말씀을 조사 하나 빠뜨리지 않고 왕비께 전했다.

그녀는 그가 자신에게 힌트를 주었음을 알아차렸다. '기사 피데스'라고 이름을 드러냈고 기사를 유진의 집무실이 아닌, 알현실로 보내어 시간을 벌어 주었다.

"전에 기사가 나를 만나고자 한 적이 있었나?"

"성혼하신 해에 기사가 왕비님께 올릴 상제 성하의 안부 서신을 가져온 적은 있으나 시녀를 통해 서신만 전했습니다. 독대를 청한 것은 처음입니다.”

“자네 생각에 오늘 기사의 방문이 예전과 달랐던 점이 있다면?”

유진이 정황을 캐묻자 시종장의 표정이 덩달아 진지해졌다. 그는 아까의 상황을 떠올리며 신중하게 대답했다.

“몇 년 동안 항상 오던 기사가 아닙니다.”

“자네는 기사 피데스를 오늘 처음 본 건가?”

“예, 왕비님.”

유진은 시종장이 ‘기사 피데스’라고 말하는 순간에 진의 기억을 봤다. 정확히는 목소리였다.

「아니카. 기사 피데스가 뵙기를 청합니다.」

「아니카. 조금 전에 기사 피데스가 상제께서 내리는 선물을 놓고 가셨습니다.」

「아니카. 기사 피데스가 기다리고 있습니다.」

누군가가 진에게 기사 피데스가 찾아왔다고 알리는 음성이었다. 진이 성도에서 지낼 때 자주 찾아온 듯했다.

“피데스 경에게 가서 내가 지금 당장 하던 일이 있으니 기다려야 한다고 전하게.”

“분부대로 하겠습니다.”

유진은 집무실로 들어가서 집무실 안을 천천히 거닐며 생각을 정리했다.

‘상제가 왜 평소와 다른 기사를 보냈을까. 혹시 진의 영혼이 뒤바뀐 걸 알아차렸나?’

이 세상의 상제가 유진의 소설 속 상제처럼 초월적인 능력을 지녔다면 먼 곳에서 발생한 일을 감지할 수 있다고 해도 놀랍지 않았다.

갑작스럽기는 하지만, 기사가 상제의 말씀을 전하겠다며 만나자는데 거절할 명분이 없었다.

'진을 아는 사람과의 첫 만남이구나.'

이 왕국에는 진이 어떤 사람인지 아는 사람이 거의 없었다. 그래서 진이 이 나라에 온 지 3년이나 되었는데도 유진이 쉽게 이 몸을 차지하고 진짜인 척 자연스레 적응할 수 있었다.

'언제까지나 피할 수는 없어.'

유진은 단단히 마음을 먹고 집무실을 나왔다. 만약 기사가 이상한 점을 알아차린다면 기억 상실 핑계를 대면 된다.

'내가 진이 아니라는 사실은 당분간 숨기자. 아직은 상제를 만날 생각이 없으니까.'

알현실은 방 안에 두 개의 책상이 마주 보도록 놓인 형태였다. 왕 혹은 왕비는 알현을 청한 자와 각각 책상 앞에 앉아서 대화를 나누었다. 책상은 필요한 서류 등을 올려 둘 수 있는 용도이면서 신분의 격차가 있는 양측의 좁힐 수 없는 차이를 나타내는 의미이기도 했다.

유진이 알현실로 들어가자 서서 기다리고 있던 피데스가 고개를 돌렸다. 유진과 눈이 마주친 피데스가 고개를 숙였다.

피데스의 모습 위로 진의 기억이 겹쳐서 보이기 시작했다.

「피데스 경. 어쩐 일이에요? 상제 성하의 심부름으로 저를 만나러 온 건 아닌 것 같은데요.」

유진은 속으로 '오.' 하고 흥미로운 감탄사를 중얼거렸다. 진이 사왕에게 말할 때의 비음 섞어 꾸미는 목소리가 아닌, 궁인들에게 말할 때의 고압적인 어조도 아닌, 기분 좋게 들뜬 진의 목소리가 새롭게 느껴졌다.

진의 기억 속에서 보이는 피데스는 오늘처럼 갑주 차림이 아니라 셔츠와 바지를 입은, 편안한 차림새였다. 꽤 오래전의 기억인지 피데스의 나이는 지금보다 어려 보였다.

피데스는 진지한 표정으로 말했다.

> 「예. 성하께서는 제가 여기 온 사실을 모르십니다. 아니카. 어제저녁 늦게 외출을 하셨지요.」
> 「그런데요?」

피데스를 반가워했던 진이 날카롭게 되받아쳤다.

> 「어제 지나가다가 우연히 보았습니다. 그런 잔악한 짓을 하면 그대 자신에게도 이롭지 않습니다.」
> 「잔악이요? 잔악이라고 했어요? 그 미친 늙은이가 내게 무슨 짓을 했는지 알아요? 날 저주했단 말이에요! 나는 아니카예요! 누구도 내게 그런 짓은 할 수 없어요!」

진은 마구 소리를 질렀다. 진의 나이가 어릴 때라는 점을 고려해도 과도하게 흥분한 것 같았다.

> 「아니카. 주술사는 점을 칠 뿐입니다. 항상 좋은 운을 점쳐 주지는 않지만, 재미로 듣고 넘기면 그만입니다.」
> 「날 가르치려 들지 말아요. 경은 내게 그럴 자격이 없어요. 나는 아니카

라고요!

「*그대가 아니카라는 사실을 모르는 사람이 없습니다.*」

「*그 미친 늙은이는 그 사실을 모르더군요. 죄를 저질렀으면 대가를 치*
러야지요.」

코웃음 치며 말하는 진의 말투는 독살 맞았다.

장면이 바뀌었다. 연회장 같았다. 화려한 의상을 입은 사람들이 여기
저기에 보였다. 사람들이 술렁거리면서 우르르 몰려갔다.

진 역시 그들의 뒤를 따라갔다. 은색으로 빛나는 갑주를 입은 기사들
이 입장하자 사람들이 탄성을 질렀다. 진의 시선이 그 기사 중 한 명에게
고정되었다. 진이 오랫동안 바라보는 대상은 기사 피데스였다.

'어, 뭐야.'

유진은 갑작스럽게 튀어나온 로맨스에 당황했다.

'진이 이 남자를 짝사랑했나?'

남의 일기장을 엿본 것처럼 기분이 이상했다. 진에게도 그런 순수한
감정이 있었다는 게 신기했다.

'근데 남자 보는 취향이 나와 영 다르네.'

피데스는 우직하고 성실해 보이는 인상이었다. 약간 내려간 눈꼬리
때문인지 순해 보였다. 미남이긴 하지만, 유진이 좋아하는 타입은 아니
었다.

유진은 그를 지나쳐 걸어갔다. 책상 앞에 앉은 후 그에게 말했다.

"앉으시오. 피데스 경."

피데스가 꾸벅 고개를 숙인 후 유진의 맞은편 책상 앞에 앉았다.

"오랜만에 인사드립니다. 그간 평안하셨습니까, 아니카."

"오랜만이오. 몇 년 만에 옛 지인을 만나니 반갑소. 한데 피데스 경."

"예, 아니카."

"나는 이 나라의 왕비요. 이곳에서 나를 칭할 때는 왕비라고 부르시오."

"……예, 왕비님."

"나를 따로 보자고 한 이유가 무엇이오?"

피데스는 묘한 시선으로 유진을 응시하다가 망토 안쪽에 덧댄 주머니에서 봉투를 꺼냈다. 앉은 자리에서 일어나 봉투를 유진의 손이 닿을 위치에 내려놓았다.

"성하께서 안부 서신을 전하라고 하셨습니다. 그리고 왕비님께서 서신을 읽으신 후 대답도 들으라고 하셨습니다."

유진은 즉시 봉투를 열어 서신을 펼쳤다.

—아니카 진.

격조하였습니다. 비록 먼 곳에 있으나 언제나 그대의 평안을 기도하고 있습니다…….

눈여겨볼 내용이 없는 안부 편지였다. 그런데 인사말이 끝난 후 덧붙인 추신 한 줄을 보고 유진은 심장이 덜컥 내려앉았다.

—원하는 것은 찾았습니까?

'뭐지? 상제가 뭘 아는 거야? 진이 뭘 찾고 있었는데? 혹시…… 보물고에서 사라진 그 씨앗을 말하는 건가? 진에게 그 씨앗의 정보를 준 사람이 상제였던 거야? 왜?'

등 뒤로 소름이 쭉 돋았다. 유진은 동요하는 표정을 드러내지 않으려고 겉으로는 태연한 척 입을 다물고 입 안쪽은 꽉 어금니를 사리물었다.

"찾지 못했다고, 성하께 말씀 전해 주세요."

"예, 왕비님."

의혹이 들기 시작하자 유진은 상제가 군이 기사 피데스를 보낸 의도도 의심스러웠다. 진이 피데스를 짝사랑했다는 사실을 상제가 알고 있었다면 결혼으로 성도를 떠나 3년이나 낯선 곳에서 지내던 진이 피데스를 보면 마음이 흔들릴 거라고 예측할 수 있지 않을까.

"그 외에 하신 말씀은 없소?"

"왕비님께서 성도의 가족 소식을 궁금해하시면 알려 드리라고 하셨습니다."

'진짜 미묘하네⋯⋯.'

상제가 대놓고 말하지는 않았다. 그런데 마치 '오랜만에 네 첫사랑을 보니까 고향이 그립지 않아? 가족 소식이 궁금하지 않아? 성도에 올래?'라고 부추기는 것 같았다.

너무 넘겨짚어 생각하는 건가, 싶다가도 싸한 기분이 들었다.

"상제 성하께서 이토록 배려해 주시니 감사한 일이오. 가족들이 어찌 지내고 있는지 알려 주시오."

정보를 주겠다는데 사양할 이유가 없었다.

피데스는 유진과 독대를 마친 후 곧바로 왕성에서 나왔다. 상제의 명을 받아 왕국을 방문하는 기사는 단 하룻밤도 왕성에서 보내지 않았다. 잠시도 지체하고 싶지 않다는 듯 곧바로 성도로 출발했다.

그런데 피데스는 성도로 가는 길이 아닌, 다른 방향으로 길을 잡았다. 그는 아직 임무를 끝내지 못했다.

피데스는 아니카 진을 만나 서신을 전하는 것 외에 두 가지 비공식적인 지시를 받았다.

첫 번째는 만약 아니카 진이 성도로 오겠다고 하면 주변 상황에 개의치 말고 무슨 수를 써서라도 아니카 진을 무사히 성도까지 호위할 것.

두 번째는 아니카 진에 관해 하시 왕국 내에 도는 특이한 소문이 있다면 아무리 사소한 것이라도 알아 올 것.

상제는 지시를 내리면서 이유를 설명하지 않았지만, 피데스는 개의치 않았다. 그에게 상제의 말씀은 곧 신의 말씀이었다.

그는 왕성으로 들어가기 전에 미리 마련해 둔 허름한 집으로 들어갔다. 얼마 후 집에서 나오는 피데스는 흔한 떠돌이 상인으로 변장했다.

그런데 피데스의 비밀 위장은 그가 짐작하지도 못한 지점에서 들통났다. 기사의 기운을 감지하는 마라의 성력을 지닌 자, 즉 호드리고는 기사가 되돌아온 사실을 알아차렸다.

마라 교단의 제사장에게 가장 껄끄러운 대상은 상제의 기사였다. 제사장이 기사를 감지하듯 기사도 제사장을 감지할 수 있었다. 그건 왕이나 전사에게는 없는 능력이었다.

다만, 서로의 감지 거리가 달랐다. 기사는 가까운 거리에 제사장이 있어야 알아차리고 제사장은 그보다 훨씬 먼 거리에서도 느꼈다. 그래서 재빠르게 도망칠 수 있었다.

'아무래도 당분간은 피해 있어야겠군.'

호드리고는 교도들에게 마하의 개가 기웃거리니까 조심하라고 주의시키며 수도를 빠져나갔다.

'목표물이 이동한다.'

재상의 지시를 받고 은밀하게 호드리고를 주시하고 있던 자들도 덩달아 바쁘게 움직였다. 일부는 호드리고의 뒤를 추적하고 일부는 호드리고가 갑자기 다급히 움직이는 이유를 파헤쳤다.

—마하의 개가 수도를 헤집고 다니니까 조심하라는 주의가 내려
왔다고 합니다.

정보원이 교도한테 알아낸 내용을 재상에게 보냈다. 베루스는 보고서
를 읽고 의아해했다.

'마하의 개?'

마라의 교단에서 기사를 부르는 경멸적 칭호라는 사실을 알고 있었
다.

'기사가 방문했다가 떠났다는 말을 들었는데. 왜 기사가 왕국의 수도
를 뒤지고 다닌다는 거지? 이유가 있겠지만, 전하께 보고드리는 편이 낫
겠지.'

기사는 오직 상제의 뜻만 따르는 충복이었다. 상제께서 왕국에 해가
될 일을 할 리가 없었다. 베루스가 순진해서가 아니라 아침에는 해가 뜨
고 저녁에는 해가 저무는 것처럼 당연하고 보편적인 믿음이었다.

베루스는 당연히 왕께서 허락한 일이라고 생각하며 중요 등급이 낮은
보고서로 분류하여 왕성으로 보냈다.

＊　　　＊　　　＊

이른 아침부터 병사들이 길을 통제했다. 건기가 막 시작된 터라 일찍
부터 바쁘게 움직이던 사람들이 병사를 붙들고 물었다.

"무슨 일이오?"

"사왕 전하께서 제를 올리러 성지로 행차하신다오."

얼마 지나지 않아 이번 제례에 왕비께서도 함께 가신다는 소문이 쫙

돌았다. 라크 나무의 기적을 일으킨 왕비를 먼발치에서라도 보고 싶어 하는 백성들이 거리에 잔뜩 몰려나왔다.

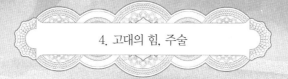

4. 고대의 힘, 주술

왕성에서 외성의 돌문까지 넓은 마차길이 직선으로 뻗어 있었다. 한 대의 마차만 이동할 수 있는 갓길을 제외하고 모든 이동 수단이 금지됐다.

왕성에서 출발한 수십 대의 마차가 행렬을 이루어 길을 달렸다. 말을 탄 왕과 전사들이 앞장서고 그 뒤에 왕비를 태운 마차와 마차의 앞뒤와 옆에서 전사들이 마차를 에워싸고 달렸다.

이번 제례에 참석하는 관리와 수행원을 태운 마차, 닷새 동안 필요한 물품을 실은 마차들이 차례로 뒤를 따랐다.

유진은 요란한 함성을 듣고 마차의 커튼을 살짝 들추었다. 빠르게 지나가는 길가 풍경을 가득 채운 인파를 보고 다시 커튼을 닫았다.

'사람이 많이 나왔네.'

그녀는 '이곳 사람들에게 왕의 행차는 볼만한 구경거리겠지'라고 단순하게 생각했다.

하지만 수도 백성들은 사왕이 표범 환수를 타고 달려가는 모습을 종종 목격했다. 따라서 마차 행렬이 딱히 구경나올 만큼 인상적인 광경은 아니었다. 백성들이 보고 싶어 하는 대상은 왕비였다.

유진은 자신 때문에 저 많은 사람이 몰려나왔다는 사실을 짐작하지 못했다. 그녀는 지금쯤 라크 나무의 화제성이 거의 사라져서 그 주변이 한산할 거라고 생각했다.

마차는 오래 달리지 않아 곧 멈추었다. 바깥에서 전사가 문을 두드린 후 말했다.

"왕비님. 돌문에 도착했습니다."

유진은 사막으로 나가는 절차에 관해 미리 설명을 들었다. 마차를 타고 성에서 나와 사막으로 나가는 외성벽의 돌문 앞에 멈춘 후 준비된 가마로 갈아타야 한다.

마차 문이 열렸다. 유진은 카세르와 눈이 마주치자 미소 지으며 그가 내민 손을 잡았다. 유진의 상체가 마차 밖으로 드러나는 순간 함성이 터져 나왔다.

"와아아아아아!"

병사들이 만든 통제선 바깥으로 인파가 끝이 보이지 않았다. 사람들이 왕과 왕비를 연호하며 괴성에 가까운 고함을 질렀다.

유진은 마차 문을 열기 전, 생각보다 조용하길래 이 주변에 이토록 사람이 많은 줄은 몰랐다. 깜짝 놀란 유진이 마차에서 내려오는 계단을 헛디뎠다. 휘청이는 몸이 카세르의 품으로 넘어져 그의 가슴에 얼굴이 푹 묻혔다.

유진은 갑자기 두 옥타브는 더 올라간 듯한 사람들의 함성과 카세르의 나직한 웃음소리를 들으며 얼굴이 뜨거워졌다. 수많은 사람이 자신을 주시하는 이 상황이 당황스럽고 부끄러웠다.

그녀가 좀처럼 고개를 들지 못하자 카세르가 그녀의 귓가에 입술을 가까이 대고 말했다.

"안아서 데려다줘?"

'안 돼!'

농담으로 들리지 않았다. 유진은 기겁해서 번쩍 고개를 들었다. 짓궂게 웃는 그를 새침하게 흘겨보며 제대로 허리를 펴고 섰다.

왕비에게 속삭이듯 말을 건네는 왕과 반응하는 왕비의 표정이 아주 친근해 보였다. 짧게 지나갔지만, 그래서 더 자연스러웠다. 그 모습이 백성들의 눈에는 아주 인상 깊었다.

'두 분 사이가 좋기만 한데.'

'대체 누가 그런 헛소리를 퍼뜨린 거야?'

아무리 궁인들이 말을 조심해도 외부 활동을 하지 않는 왕비에 대해 이런저런 말이 나돌았다. 선대 왕비의 경우도 있고 하니 이번 대에도 국왕 부부 사이가 좋지 않다는 소문이 퍼졌다.

백성들은 자신들의 지배자가 우월하고 완벽하기를 바랐다. 그림처럼 아름다운 국왕 부부의 다정한 모습은 모두가 바라는 이상적인 형태에 꼭 들어맞았다.

유진은 좀처럼 잦아들지 않는 함성을 들으며 그의 손을 잡고 가마에 올라탔다. 낙타의 등에 얹은 가마 내부는 한 사람이 다리를 쭉 펴고 앉을 수 있는 좌식 구조로 꾸며져 있었다.

'제법 괜찮은데?'

바닥은 적당한 탄성이 있었고 등을 기댈 수 있는 쿠션은 큼직했다. 바람이 통하도록 벽은 없이 기둥만 세운 후 야트막한 난간을 올렸으며 좌우 측면과 등 뒤쪽에는 반투명한 가림막을 쳤다. 지붕을 가마보다 크게 덮어서 햇살이 내부를 비추지 않도록 했다.

다른 일행들도 부지런히 움직였다. 마차에서 내린 사람들이 말 혹은 낙타에 올라타고 일꾼들은 특수 제작된 짐마차를 조작하여 썰매 형태로 바꾸었다.

카세르가 아부의 위에 올라탄 후 한 손을 들어 올렸다. 소음이 점점 가라앉기 시작했다. 곧 작은 속삭임도 들릴 정도로 조용해졌다.

"문을 열어라."

왕의 명령이 떨어진 즉시 지휘관이 줄을 잡고 대기한 병사들에게 소리쳤다.

"문을 열어라!"

"하나! 둘! 당겨!"

병사들이 구호를 맞추며 도르래와 연결한 줄을 당겼다. 흥이 오른 사람들이 병사의 구호를 따라 외쳤다.

건기가 시작된 후 처음 열리는 돌문이었다. 사왕이 어제 건기가 시작되었다고 공표했지만, 공표한 시각이 오후라서 문은 열지 않았다. 돌문은 아침 해가 뜬 후 열고 해가 저물면 닫는 것이 원칙이었다.

유진은 거대한 돌문이 천천히 올라가는 모습을 응시했다. 그녀는 약 두어 달 전에 저 광경을 봤다. 방향은 오늘과 정반대였다. 그때는 안으로 들어오기 위해 문을 열었다.

'그날은 저 문이 열리고 안으로 들어가면 어떻게 될지 몰라서 눈앞이 깜깜했지.'

기분이 이상했다. 아주 많은 일이 일어났고 많은 것이 바뀌었다.

돌문이 완전히 위로 올라갔다. 사람들이 다시 함성을 질렀다. 건기가 시작된 직후에는 항상 이곳에 많은 사람이 몰렸다. 건기 시작 후 처음 돌문이 열리는 순간을 구경하기 위해서였다. 예상치 못한 국왕 부부의 행차 장면까지 봐서 다들 흥겨운 낯으로 웃고 떠들었다.

왕의 말이 가장 앞에 서서 출발했다. 무릎 꿇고 앉아 있던 훈련된 낙타들은 사람이 보내는 신호에 응하여 몸을 일으켰다.

낙타의 움직임에 따라서 유진을 태운 가마가 흔들거리며 위로 쑥 올라갔다. 유진은 휘둥그레진 눈으로 갑자기 높아진 주변을 둘러보았다.

'특별한 종자의 낙타라서 덩치가 크다더니. 키도 크네.'

낙타의 등 위는 말 위에 올라탄 사람의 정수리가 보일 정도로 높았다.

끊어지지 않는 함성을 뒤로하고 행차단은 뜨거운 햇살이 내리쬐는 사막으로 나아갔다. 소음은 점점 작아져서 곧 들리지 않게 되었다.

* * *

모래 언덕만 보이는 사막에서 행차단은 몇 시간 동안 쉼 없이 이동했다.

낙타가 느릴 거라는 짐작은 유진의 편견이었다. 가림막 너머로 지나치는 풍경을 계속 보고 있으니 은근히 빨랐다. 느릿하게 움직이는 듯해도 한 발의 보폭이 커서 그런지 사람이 걷는 속도는 비교가 안 되었다.

갑자기 낙타가 멈추어 섰다. 주변의 다른 말과 낙타도 멈추었다. 잠시후 말을 탄 전사들이 그녀가 탄 낙타 주변을 에워쌌다.

'무슨 일이지?'

의아해하는 유진에게 낙타 곁으로 말을 가까이 몰고 온 스벤이 말했다.

"왕비님. 전하께서 길을 잠시 보러 가셨습니다. 금방 돌아오실 겁니다."

스벤의 말대로 그다지 오래 서 있지 않았다. 곧 다시 출발했다. 다시 지루한 이동이 시작됐다. 거의 정오에 다다라 휴식과 식사를 위해 멈추어 섰다. 유진을 태운 낙타가 무릎을 굽혀 앉으면서 높이 보이던 풍경도 확 낮아졌다.

"왕비님."

잔느의 목소리였다.

"천막을 치고 있습니다. 준비를 마치는 대로 말씀드리겠습니다."

유진은 계속 앉아 있었더니 일어나서 걷고 싶었다. 가림막을 들추고 바닥에서 가마까지의 높이를 가늠해 보았다. 마차를 타거나 내릴 때 설치하는 간이 계단 정도만큼은 되었다.

"지금 내리고 싶구나."

"예, 왕비님."

설치 계단을 가지러 간 잔느를 기다리는 동안 유진은 혼자 피식 웃었다. 이깟 높이는 뛰어내리면 그만인데, 어느새 이곳 사람이 다 되었나 보다.

잠시 후 유진은 계단을 밟고 가마에서 내려왔다. 사방을 둘러봐도 모래만 보이는 사막의 한복판이었다. 그녀는 후드를 머리 위로 덮어 뜨거운 햇살을 가렸다.

유진은 멀지 않은 곳에 보이는 언덕으로 걸어갔다. 경사가 높지 않아서 조금만 올라가도 꼭대기에 다다를 수 있을 것 같았다. 그녀의 뒤를 잔느와 스벤이 따라갔다.

유진은 언덕을 올라가는 동안 진의 기억을 보았다. 진은 걸을 때마다 모래 속으로 푹푹 빠지는 자신의 발을 내려다보고 있었다.

「아!」

진이 짧은 비명을 지르며 눈을 꽉 감았다. 바람에 섞인 모래가 눈에 들어간 듯했다.

「괜찮으십니까?」

다시 눈을 뜬 진의 앞에 진을 걱정스레 바라보는 여자가 있었다. 그 여자의 옆에 다른 여자들도 있었다. 숫자는 전부 다섯, 모두 처음 보는 여자들이었다.

유진은 그들이 누구인지 눈치챘다.

'실종된 시녀들.'

유진의 심장이 두근두근 뛰었다. 그날, 진이 사막으로 나간 날의 기억이 틀림없었다.

「조금만 더 가면 된다. 전하께서 기다리실 것이다. 너희의 노고를 크게 치하하시리라.」

유진이 언덕의 정상에 다다르면서 기억은 끝났다. 행차단이 휴식을 위해 자리 잡은 장소가 언덕의 정상 부근이었던 모양이다. 고작 수십 걸음을 걸어 도달한 정상 위에서 탁 트인 사막의 드넓은 풍경이 내려다보였다.

그런데 유진은 눈앞에 펼쳐진 장관에 집중하지 못했다.

'기다린다니. 누가?'

진이 사왕이라고 정확히 칭하지는 않았지만, 사왕이 맞을 것이다. 활동기가 코앞에 닥친 그 시기에 다른 왕국의 왕이 자신의 왕국을 떠날 리가 없었다.

'거짓말…… 거짓말로 시녀들을 속여서 사막으로 데리고 나갔구나.'

맹목적으로 복종하는 타니야가 아닌 다른 시녀들이 왜 진과 함께 사막으로 나갔을까, 이상하다고 생각했었다.

'그럼 시녀들은 누구도 진이 사막으로 나온 이유를 모르겠네.'

호드리고가 모르길래 마라의 교단과 관련한 일은 아닐 거라고 짐작했는데 측근 시녀조차도 몰랐다니.

유진은 마리안과의 대화를 떠올렸다.

「누군가의 비밀을 캐내고 싶다면 그 사람 곁에서 온종일 시중드는 사람을 포섭하면 됩니다. 주인의 생활 습관뿐만 아니라 훨씬 무거운 비밀도 알고 있습니다.」

「가족보다도 시중인에게 더 마음을 준다는 건가요?」

마리안은 유진의 질문을 이해하지 못하는 표정을 지었다가 웃으며 고개를 저었다.

「비밀을 털어놓고 공유한다는 뜻이 아닙니다. 그들은 주인의 수족입니다. 자신의 손발에게 거짓말하고 숨기는 사람은 없지요. 주인은 시중인 앞에서 조심하지 않고 모든 것을 드러냅니다. 시중인은 자연스레 보고 들은 것들이 많습니다.」

「결국은 약점이잖아요. 적이 그걸 모를 리가 없을 텐데요? 측근이 배신하면요?」

「배신하면 살아남지 못합니다. 주인의 적에게 주인의 비밀을 알려 주면 도움을 받은 주인의 적이 시종을 죽일 겁니다. 머리를 배신하는 손발은 내 사람이건 남의 사람이건 괜찮으니까요. 자신의 시종에게 보여 주는 본보기도 되겠지요. 자 보아라, 배신해 봤자 결국은 죽음뿐이다. 그래서 측근의 포섭은 누구나 아는 방법이되 가장 어려운 방법이기도 합니다.」

마리안의 설명대로라면 진의 거짓말은 귀족의 방식이 아니었다. 감히 내 측근이 날 배신할 리 없다고 생각하는 오만한 귀족들은 거짓말로 속이기보다는 강압적으로 명령할 것이다.

하지만 진은 혼자만 알고 혼자서 준비한 것 같다. 자신 외에는 아무도 모르도록.

'비밀……. 술식, 매개, 그릇. 국보 씨앗. 다섯 명의 시녀. 이것들을 전부 관통하는 키워드가 뭘까.'

"유진."

그녀는 부르는 소리를 듣고 고개를 돌렸다. 어느새 옆에 다가온 카세르와 눈이 마주쳤다. 뒤를 돌아보니 잔느와 스벤은 멀찍이 떨어져 서 있었다.

"뭘 보느라 옆에 사람이 와도 몰라."

카세르가 그녀가 보던 방향으로 시선을 돌렸다. 유진은 그의 옆얼굴을 빤히 바라보았다. 어제 다리 위에서 함께 차를 마신 잠깐의 데이트 이후 거의 하루 만이었다.

그녀는 출발하기 직전에 잠깐 서로 얼굴을 본 것과 돌문 앞에서 그의 에스코트를 받아 가마에 오른 것은 제외했다. 그런 건 그냥 스쳐 지나간 것이지 제대로 된 둘만의 시간이 아니니까.

어젯밤에 유진은 혼자 잠들었다. 그가 시종을 보내어 먼저 자라는 말을 전했다. 닷새 동안 왕성을 비우느라 급히 처리할 일이 많은 모양이었다. 아침에 일어나서 알아보니까 그는 집무실에서 거의 밤을 새운 것 같앉다.

고작 하룻밤인데.

유진은 무척 오랜만에 그를 보는 것 같은 기분이 들었다. 어젯밤은 유난히 쓸쓸했고 침대는 지나치게 넓었다. 그녀는 늦게까지 잠을 이루지 못하고 뒤척였다. 마치 왕성에 들어온 첫날 밤처럼 심장이 불안하게 뛰었다.

다시 그녀 쪽으로 고개를 돌린 카세르는 자신을 뚫어지게 처다보는 유진과 눈이 마주치자 의아한 표정을 지었다. 유진은 그대로 그를 꽉 끌어안았다. 그의 가슴에 얼굴이 푹 묻혀서 눌릴 정도로 그의 허리 뒤로 감은 손에 힘을 주었다.

"왜?"

"그냥요."

유진은 그의 손이 자신의 등을 덮어 누르는 압력을 느끼며 눈을 감았다.

어제 피데스를 만난 이후, 마치 물에 물감이 퍼지듯 커지는 불안감이 가라앉지 않았다. 조금 전에 모래 언덕을 오르며 보았던 진의 기억은 그녀의 불안을 더 부채질했다.

진이 따로 목적하는 바가 있어서 사왕과 결혼했다는 사실은 그도 잘 알고 있다. 결혼의 성립 조건이 계약이었으니까.

그런데 애초에 진이 사왕의 후계를 낳을 생각 자체가 아예 없었고 씨앗만 빼돌릴 생각이었다면, 그리고 그 사실을 상제가 단순히 아는 정도를 넘어서 둘이 공모한 것이라면 아예 다른 상황이 된다. 진과 사왕의 결혼은 철저하게 사왕을 농락하는 사기극인 셈이었다.

후계를 낳는 대신에 국보를 가져가겠다, 정도는 사왕이 이해할 것이다. 이미 그는 국보 도난 사실을 알아서 처리하겠다고 말했다. 그러나 처음부터 속인 거라면 그는 배신감을 느낄 것이다.

'용서하지 않을지도 몰라.'

날카롭고 차갑던 첫인상이 무색하게 요즘의 그는 유진이 확연하게 느낄 정도로 그녀 앞에서 흐물흐물했다. 뭐든 해 줄 것처럼 굴었고 바라보는 시선은 부드러웠다.

하지만 유진은 그가 쉬운 사람이라고 생각한 적 없었다. 그가 '다시 시작하자'라고 말했을 때 그의 성품 일면을 보았다고 생각했다. 그는 혼자 삭히지 않고 정면으로 부딪치는 사람이었다. 그래서 그가 방향을 틀면 그대로 앞만 보며 갈 뿐 옆이나 뒤를 보지 않을 것 같았다.

자신에게 흠뻑 빠진 남자가 하루아침에 돌아서는 상황을 상상만 해도 명치가 틀어막힌 것처럼 숨이 막혔다. 그래서 지난 밤 내내 불안해하며 깊이 잠들지 못하고 수시로 깼다.

'말 못 하겠어.'

피데스가 준 상제의 편지에 적힌 추신 내용을 그에게 도저히 말할 수 없었다. 이미 편지조차도 간밤에 태워 버렸다.

'내가 정말로 이 사람을 많이 좋아하나 봐.'

가장 가까운 가족이 남보다 못하다고 생각했기에 유진은 사람과의 관계에 거리를 두는 편이었다. 적도 아군도 만들지 않고 선을 지키며 살아왔다.

이곳에 와서 진의 몸을 얻어 진의 신분으로 살자고 생각했을 때도 그녀의 기본적인 성향은 바뀌지 않았다. 하루아침에 남편이 된 사왕과 기왕이면 부딪치지 말고 적당히 잘 지내자고 마음먹었다.

그런데 어느새 그녀의 마음은 완전히 기울어졌다. 이 남자를 잃을까 봐 두려웠다. 좋아하는 만큼 겁쟁이가 되었다.

카세르는 계속 품으로 파고드는 그녀의 등을 부드럽게 쓸었다.

"유진. 무슨 일 있어?"

그녀의 어리광이 기분 좋으면서도 낯설어서 걱정됐다.

"아뇨. 왕성에서 멀리 나오니까 기분이 이상해서요."

"힘들지?"

"각오한 것보다는 괜찮았어요. 힘들지는 않았는데 좀 지루했어요."

"좋은 소식과 나쁜 소식이 있어. 뭐부터 말할까?"

유진이 고개를 들었다.

"좋은 소식만 들을래요. 나쁜 소식은 제가 몰라도 당신이 알아서 할 테니까요."

카세르의 눈이 커졌다가 작게 웃음을 흘렸다.

"모래 폭풍이 크게 불었는지 전에 오가던 길이 사라졌어. 그런데 다행히 새로운 길을 찾았지. 언덕 경사가 전보다 편평해져서 가마의 흔들림이 많지 않을 거야."

'아까 길을 보러 갔다는 게 그거였구나.'

"나쁜 소식은요?"

"듣지 않겠다며."

"마음이 바뀌었어요."

"당신이 변덕스러운 줄은 몰랐는데."

"그래서…… 싫어요?"

카세르는 뾰로통해 보이는 그녀의 입술에 키스하고 싶은 충동을 겨우 참았다. 일단 시작하면 가벼운 입맞춤 정도로 끝낼 자신이 없었다.

그는 웃으며 대답했다.

"싫지 않아."

아주 약간의 부정적인 감정이라도 지금 그의 마음에 파고들지 못했다. 조금 전에 모래 언덕을 오르는 그녀의 뒷모습을 보면서 그는 벅차오르는 기쁨을 느꼈다. 그건 말로는 설명할 수 없는 예감이었다. 그녀가 자신의 옆에서 이 사막을 함께 걸어가 줄 거라는 희망이자 믿음이었다.

"나쁜 소식은 새로운 길이 돌아가는 길이라서 예상보다 시간이 더 걸릴 것 같아."

"얼마나요?"

"일정에서 하루 정도는 더."

"흐음. 그렇군요."

유진은 고개를 끄덕였다. 닷새에서 하루 더 걸리는 정도라면 이해했다.

두 사람은 잠시 더 끌어안고 있었다. 카세르는 이대로 언제까지나 그녀를 두 팔 안에 가두어 두고 싶었지만, 아쉽게도 시간에 쫓기는 일정이었다.

"유진."

"네?"

"예정된 시간에 출발하려면 식사하고 쉴 시간이 빠듯해."

그를 올려다보는 유진의 눈이 점점 커졌다. 그녀의 고개가 뻣뻣하게 옆으로 돌아갔다.

등을 돌리고 서 있는 스벤과 잔느를 발견했을 때 유진의 눈동자가 잘게 흔들렸다. 그다지 멀지 않은 곳에 완성된 천막과 움직이는 일꾼들을 보며 더 크게 눈빛이 흔들렸다. 그녀와 눈이 마주치자마자 후다닥 고개를 돌리는 몇 사람을 봤을 때는 그녀의 표정이 굳었다.

국왕 부부의 다정한 모습을 자주 봐서 익숙한 궁인들과 달리 관리들은 국왕 부부가 서로 끌어안고 애정을 과시하는 모습을 입을 떡 벌리며 보고 있었다.

'아악!'

유진은 속으로 비명을 내지르며 후다닥 그를 안은 팔을 풀고 뒤로 한 걸음 물러났다.

'이게 무슨 꼴사나운 짓이야.'

여기가 어딘지, 얼마나 많은 눈이 있는지 완전히 잊고 있었다. 유진은 뜨거워지는 얼굴을 두 손으로 감쌌다. 민망해서 어쩔 줄 몰라 하는 그녀를 보며 카세르는 웃음을 터뜨렸다.

점심 식사와 휴식 후 다시 출발한 행차단은 날이 저물 무렵에 일행이 밤을 보낼 자리를 잡고 멈추었다. 일꾼들이 부지런히 움직여 천막 치는 작업을 끝냈을 때는 완전히 날이 어두워졌다.

유진은 자신의 천막 안으로 들어갔다. 아까 낮에도 이 안에서 쉬었지만, 새삼스레 놀라웠다. 천막은 유진이 생각했던 것보다 훨씬 견고했다.

유진이 오래전에 사진으로 본 적 있는 초원 부족의 주택, 게르라고 했던가, 그것과 유사했다. 내부는 원형이고 돔 형태로 지붕을 세웠다. 다만, 넓지는 않았다. 침대가 공간의 반을 차지했으며 나머지 반은 두 사람이 마주 앉을 수 있는 테이블과 의자가 차지했다.

유진의 천막에서 유진과 카세르는 저녁을 먹었다. 식사가 끝난 직후에 그는 해야 할 일이 있어서 자신의 천막으로 갔다. 길이 바뀌었기에 오늘 움직인 길을 잘 기록해 두어야 했다.

"왕비님. 목욕물을 지금 준비해서 올릴까요?"

잔느의 말에 유진이 반색했다.

"그래. 온몸이 버석버석하구나."

"예, 왕비님. 즉시 준비하겠습니다."

얼마 후 시녀들이 따끈한 목욕물이 담긴 물통을 끌고 들어왔다. 한 사람이 겨우 쪼그려 앉을 수 있을 정도로 작은 욕조였지만, 여기가 사막 한복판이라는 점을 고려하면 호화스러운 사치였다.

유진은 세수부터 한 후에 욕조에 몸을 담가 온종일 뒤집어쓴 모래를 씻어 냈다. 한결 가뿐한 기분으로 시녀가 가져온 보송보송한 새 옷으로 갈아입었다.

목욕물을 내간 시녀들이 화로를 갖고 들어왔다. 유진이 서늘함을 느낄 때였으므로 아주 시기적절했다. 화로가 뿜어내는 열기는 곧 천막 안을 훈훈하게 덥혀 주었다.

"수고했다. 너도 오늘 피곤할 테니까 그만 가서 쉬어라."

"예, 왕비님."

잔느가 물러간 후 유진은 의자를 끌어다가 화로 근처에 두고 앉았다. 그녀는 벌겋게 타오르는 화로 안쪽을 응시했다. 조약돌 같은 것이 시뻘겋게 달아오른 상태로 열을 뿜어내는데 연기는 나오지 않았다.

'그냥 돌을 데운 거라면 오래 못 갈 텐데. 특수한 연료 같아.'

체온이 오르자 이제는 심심했다. 잠깐 나가 볼까 해서 천막의 문을 들추자마자 서늘한 공기가 확 밀려들어 왔다. 한낮의 그 뜨거운 날씨는 해가 저물자마자 계절이 바뀐 것처럼 달라졌다.

"무슨 일이십니까?"

천막을 지키고 있던 스벤이 즉시 반응했다.

"잠깐 주변을 산책해도 되나요?"

스벤이 즉시 대답하지 못하고 머뭇거렸다.

"안 되면 그렇다고 말해도 괜찮아요."

"사막의 밤은 위험합니다. 앞이 잘 보이지 않으니 모래 균열에 빠지거나 야생 동물과 마주칠 수 있습니다."

"알았어요."

유진은 순순히 고개를 끄덕이며 돌아섰다. 위험하다는데 굳이 고집부려서 사고를 칠 생각은 없었다. 그녀는 안으로 들어가 침대 위에 걸터앉았다. 심란해서 그런지 피곤해도 잠은 오지 않았다.

'꼬마를 데려와서 놀아 줄까?'

꼬마의 새장은 왕의 천막 안에 있을 것이다. 아까 낮에 보좌관이 조심스러운 표정으로 유진에게 물었다.

「왕비님. 집무실에 두셨던 새장 속 다람쥐가……. 사왕 전하의 환수였습니까?」

샌디는 시종이 새장을 들고 왕의 천막으로 가길래 '그 새장을 둘 곳은 왕비님의 천막이다'라고 지적했다가 다람쥐의 정체를 듣고 유진에게 확인하러 왔다.

유진은 아까 얼이 빠진 샌디의 표정을 떠올리며 피식 웃었다.

"크르릉."

유진은 짐승이 내는 작은 소리를 듣고 놀라서 시선을 돌렸다가 아부를 발견했다.

"아부."

유진이 웃으며 손을 내밀자 아부가 쪼르르 달려왔다. 그녀는 발치에서 몸을 뒤집어 눕는 아부의 털을 쓰다듬으며 말했다.

"아부. 어떻게 들어왔어? 바깥에 전사들이 있는데."

그녀는 두 손으로 아부의 머리통을 잡고 눈을 마주쳤다.

"혹시 더 작아져서 들어온 거야? 안 들키려고?"

짐승의 붉은 눈동자가 슬쩍 옆으로 돌아갔다. 유진은 웃음을 터뜨렸다.

아부가 바구니에 들어가기 위해서 새끼고양이처럼 작아져야 했던 날,

아부는 몹시 기분 나빠했다. 그런데 천막 안에 몰래 들려오려고 자발적으로 작아지다니. 그녀는 아부의 털을 마구 헤집으며 키득키득 웃었다.

시종이 다급히 왕의 천막으로 들어와서 말했다.

"전하. 환수가 사라졌습니다."

카세르가 시종을 바라보자 시종이 설명과 변명을 덧붙였다.

"근처에서 번을 서던 자들은 아무 소리도 듣지 못했다고 했습니다. 환수가 어디론가 가는 모습을 목격한 자도 없습니다. 감쪽같이 사라졌습니다. 전하."

카세르의 시선이 새장을 짧게 훑고 지나갔다. 새장 안에서 꼬마는 열심히 쳇바퀴를 돌리고 있으므로 시종이 말하는 환수는 아부일 것이다.

"날이 밝기 전에는 돌아올 테니 개의치 말라."

사막으로 나오면 밤에 아부가 사라지는 일은 종종 있었다. 하지만 카세르가 제를 올리기 위해서 혹은 시찰하러 사막으로 나올 때는 전사들만 동행하므로 그러한 사정을 일부 전사들 외에는 모를 것이다.

왕이 심드렁하게 반응하자 시종이 면구스러운 낯으로 고개를 숙였다.

"공연한 일로 소란을 피워 송구하옵니다. 전하."

시종은 탈것들을 관리하는 업무를 담당했다. 주변에 알아보지 않고 놀라서 허겁지겁 달려온 자신의 경솔한 실수를 깨달았다.

"미리 일러두지 못했구나. 환수의 행방은 관심 두지 않아도 된다."

"예, 전하."

시종이 물러간 후 카세르는 잠시 손에서 놓았던 문서를 다시 들었다. 그는 어디선가 신나게 뛰어다니고 있을 아부를 떠올리며 픽 웃었다. 오랜만에 탁 트인 곳으로 나왔으니 한창 자유를 만끽하고 있을 것이다.

그는 모두 읽은 서류를 내려놓고 새로운 서류를 집었다. 이번 제례는 일정이 길어서 일거리를 싸 들고 왔다. 시간이 날 때마다 틈틈이 처리하는데도 일이 자꾸 밀렸다.

예년보다 일이 늘어난 것이 아니라 그가 쓸 수 있는 시간이 줄어들었기 때문이었다. 활동기 동안 낮이건 밤이건 일할 시간을 거의 확보하지 못했다.

하지만 그는 지난 활동기 내내 허투루 보낸 시간이 전혀 없다고 생각했다. 그녀와 함께한 시간은 조금도 아깝지 않았다.

'음?'

문서를 읽던 카세르가 미간을 찌푸렸다. 베루스가 올린 보고서였다. 그가 새벽에 왕성으로 보낸 보고서는 제례 행차단이 왕성을 떠나기 직전에 아슬아슬하게 도착했다. 중요 등급은 낮지만, 재상이 직접 보낸 보고서라서 수행원들이 챙긴 서류 속에 포함되었다.

'피데스가 다시 돌아왔다고?'

베루스는 왕이 아는 일이라고 생각했지만, 카세르는 피데스한테 들은 바가 없었다.

기사는 절대 단독 행동을 하지 않는다. 따라서 기사의 언행은 상제의 의지를 상징했다. 다른 때라면 혹시 상제가 왕국의 내정에 간섭할 의도가 있는지 의심했을 것이다. 그러나 이번에는 짐작 갈 만한 명분이 있었다.

'라크 나무 소문을 들었나?'

피데스가 왕국으로 오는 도중에 소문을 들었고 그 소문의 진위를 확인하기 위해서 움직였다면 문제 삼을 수 없다. 아니카가 일으킨 신의 기적은 상제의 관할이기 때문이다.

'답장에 쓰기를 잘했군.'

상제에게 보낼 답장을 쓰면서 얼마나 고민했는지 모른다. 라크 나무에 관해 써서 보내면 틀림없이 상제는 유진을 부를 것이다.

모르는 척하고 싶었지만, 소문이 성도까지 퍼지는 것은 시간문제였다. 시기의 문제일 뿐이니 괜히 트집잡힐 빌미는 만들지 말자고 생각했다. 그래서 피데스 편으로 돌려보내는 답장에 라크 나무에 관해 최대한 절제된 표현으로 적어서 보냈다.

'피데스가 성도에 도착하기까지 열흘에서 보름. 그쯤이면 상제께서 내 답장을 읽고 피데스의 보고까지 듣겠지.'

대략 앞으로 한 달 전후로 상제가 보낸 기사들이 도착할 것이다.

팔짱을 끼고 테이블을 내려다보며 한참을 고심하던 그가 고개를 들었다.

'같이 가야겠다.'

자신이 왕성을 비우고 성도에 가면 곤란한 이유 몇 가지가 떠올랐으나 즉시 다 머릿속에서 지웠다. 그녀만 보내지 못하겠다.

성도에 간 그녀가 돌아오지 않을 거라는 의심은 거의 사라졌다. 다만, 유진이 아니라 자신이 문제였다. 최소한 한 달 이상은 못 볼 텐데 하루 이틀도 아니고 그렇게 오랫동안 차분히 기다릴 자신이 없었다.

그는 결론을 내리고 다시 서류를 펼쳤다. 오늘 밤에는 쌓인 일을 다 처리하리라 마음먹었다.

새장에서 나는 작은 소음을 듣고 그는 고개를 돌렸다. 그는 헛웃음을 흘렸다. 꼬마가 요란하게 쳇바퀴를 돌린다 했더니만 고리가 빠졌는지 바닥에 나동그라졌다.

저 쳇바퀴는 유진이 넣어 두었다. 카세르는 내심 '꼬마는 진짜 다람쥐가 아닌데.'라고 생각했지만, 쳇바퀴를 열심히 돌리는 꼬마를 보니까 할 말이 없었다.

그는 일어나서 새장으로 다가갔다. 새장 문을 열려던 손이 멈칫했다.

'아부, 이 녀석이 혹시?'

그는 곧바로 유진의 천막으로 갔다. 늘어진 문을 들추고 안으로 들어가자마자 그는 침대에 올라가 있는 새카만 작은 짐승을 발견했다. 침대에 누운 유진의 팔에 안긴 채 아부가 주인을 쳐다봤다.

"아부."

카세르가 이를 악물고 음산하게 환수를 불렀다. 그는 진심으로 짜증이 났다.

아부가 그녀를 잘 따르고 그녀가 아부를 귀여워하는 정도는 봐줄 수 있다. 하지만 침대라니. 짐승이라고 해도 침범해서는 안 될 영역이었다.

심상치 않은 기세를 느낀 아부가 얼른 유진의 팔 안에서 빠져나왔다. 아부가 바닥에 몸을 붙이고 슬금슬금 기어서 카세르의 앞으로 다가왔다.

아부를 내려다보는 카세르의 눈에서 차가운 푸른 안광이 흘러나왔다. 아부는 자신을 누르는 위압적인 힘을 느끼고 작은 소리로 낑낑거렸다.

카세르는 말없이 손을 들어 출입구를 가리켰다. 순간적으로 압력이 사라지자 아부는 쏜살같이 밖으로 뛰어나갔다.

그는 심호흡으로 분기를 가라앉힌 후 침대로 다가갔다. 곤히 잠든 그녀를 보면서 그의 눈빛이 부드럽게 풀어졌다. 이부자리를 잘 정돈한 후 그녀를 만질 듯 말듯 망설이던 손이 흐트러진 그녀의 머리카락을 쓸어 넘겼다.

"으응."

유진이 눈을 깜빡거리며 천천히 눈을 떴다. 카세르는 내심 '이런' 하고 중얼거렸다. 조심했는데도 그녀를 깨우고 말았다.

"아부는……."

"내보냈어."

"안고 있다가 잠들었어요. 따끈따끈해서……."

"추워? 화로에 돌을 더 넣으라고 해야겠군."

"아뇨…… 당신이 왔잖아요."

유진이 손으로 자신의 옆을 탁탁 두드렸다. 그리고 그를 보면서 잠기운이 담긴 눈으로 배시시 웃었다. 작은 한숨 소리가 들리는가 싶더니 곧바로 위에서 덮쳐 누르는 입술이 그녀의 입술을 삼켰다.

그녀의 입 안으로 파고든 혀가 깊이 안쪽을 더듬었다. 그녀의 혀를 감아올려 문지른 후 그가 입술을 뗐다. 평소의 집요하고 탐욕스러운 키스와 비교하면 짧았다.

"잘 자는 사람을 깨운 죄가 있으니 잠들 때까지 옆에 있을게."

카세르가 이불을 걷고 그녀의 옆으로 누웠다. 유진은 그의 어깨를 베고 그의 품에 바짝 안겨서 밀착했다. 왕성의 침대보다 작아도 이만하면 한 사람이 자기에 넉넉하게 넓다고 생각했는데 덩치 큰 남자와 함께 누우니까 꽉 찼다.

유진은 눈을 감고 잠을 청했다. 역시 직접 맞닿은 사람의 체온은 작은 짐승보다, 화로에서 타오르는 돌보다 뜨거웠다.

그녀는 노곤한 잠기운에 빠져들려고 노력했으나 오히려 시간이 지날수록 머릿속이 더 맑아졌다. 틈만 나면 덤벼들던 남자가 왜 이럴까. 조금 전의 짧은 키스가, 자신을 끌어안기만 하는 그의 행동이 신경 쓰였다.

유진은 눈을 떴다. 그녀를 바라보던 카세르와 바로 눈이 마주쳤다. 그녀가 빤히 바라보자 카세르가 그녀의 눈두덩이에 살짝 입을 맞췄다.

"자, 어서."

"주무시러 오신 거 아니에요?"

"못 끝낸 일이 있어. 마저 해야 해."

"길을 기록하는 거요?"

"그건 아까 끝냈어. 다른 일."

거짓말은 아니지만, 진실도 아니었다. 당장 처리해야 하는 급하고 중요한 일은 없었다. 그녀의 천막에서 나가려는 핑계였다. '아부가 혹시 여기에?'라는 의혹만 아니었으면 들어오지 않았을 것이다. 그녀를 보면 만지고 싶고 만지면 안고 싶을 테니까.

나름대로 유진을 배려하려는 그의 인내심이었다. 오늘 온종일 이동하느라 피곤할 것이다. 내일은 오늘보다 더 먼 거리를 가야 한다. 푹 자게 해 주고 싶었다.

그의 마음을 모르는 유진은 왕성을 나와서도 격무에 시달리는 그가 그저 안타까웠다. 그녀는 손으로 그의 볼을 어루만지며 속삭이듯 말했다.

"어젯밤에도 거의 못 주무셨잖아요. 제대로 잠을 못 자면 건강이 상해요."

"며칠 밤새우는 정도는 괜찮아."

"당신 체력이 좋은 건 알지만, 당신도 사람이라고요. 계속 무리하다가는 탈 나요."

"……나도 사람?"

카세르가 생소한 소리를 들은 사람처럼 되뇌었다.

"사람이고 말고요. 사람 아니었어요?"

카세르는 웃으며 그녀의 등 뒤로 감싼 팔에 힘을 주었다. 그녀를 끌어안고 중얼거렸다.

"사람 맞아."

그는 왕의 후계자로 태어났고 자라서 왕이 되었다. 오직 그것만이 그의 정체성이었다. 막강한 초능력을 지닌 왕과 왕자는 특별할 수밖에 없었다. 그리고 특별한 만큼 고독했다.

카세르는 어릴 때부터 자신을 바라보는 사람들의 시선 깊은 곳에 자리한 두려움을 읽었다. 심지어 그를 낳은 어머니의 눈빛에서도.

하지만 그는 자신의 특별함을 받아들였다. 왕이 아닌 자신을 상상해 본 적도 없었다.

그런데 그는 최근 또 다른 자신의 모습을 발견했다. 그녀 앞에서는 왕이 아니라 그저 한 사람의 남자가 되고 싶었다. 그리고 그녀도 자신의 앞에서 한 사람의 여자가 되어 주기를 바랐다.

그는 그녀의 숨소리를 들으며 눈을 감았다. 유진이 잠든 후 나가려던 그의 계획은 무산되었다. 그녀를 안은 채 자신도 모르는 사이에 깊은 잠에 빠져들었다. 아침에 시녀가 조심스럽게 들어와서 깨울 때까지.

*　　*　　*

호드리고는 기사를 피해 잠시 수도를 떠났으나 멀리는 가지 않았다. 가뜩이나 할 일이 많은데 걸림돌이 된 마하의 개에게 저주를 퍼부었다.

'얼른 이걸 현금화해서 급한 불을 꺼야 하거늘.'

그는 주머니 속의 보석을 들여다보며 초조하게 중얼거렸다.

"어르신."

밖에서 목소리가 들리자 그는 얼른 주머니를 품 안에 넣었다.

"들어오너라."

왜소한 체격의 청년이 들어와서 고개를 숙였다.

"건진 게 있느냐?"

호드리고는 왕비를 만난 직후 타니야 엘리가 왕비에게 무슨 잘못을 저질렀는지, 사망 원인이 뭔지, 조사를 지시했다. 엘리가 죽었다는 소식을 그 오라비를 통해 들었을 때는 또 새로운 타니야를 들여보내야 한다는 생각으로 짜증만 났을 뿐 왜 죽었는지는 알아볼 생각을 하지 않았었다.

"가족은 아는 게 없었습니다."

호드리고는 쯧, 혀를 찼다. 그는 품속 주머니에서 작은 보석 하나를 꺼내 테이블 위로 툭 던졌다.

"더 뒤져 봐라. 비용은 아끼지 말고."

"예, 어르신."

청년이 허리가 반이 접히도록 고개를 숙인 후 보석을 갖고 나갔다.

— 호드리고.

보석을 탈 없이 처분할 방법을 골몰하던 호드리고는 머릿속에서 울리는 청아한 음성을 듣고 고개를 번쩍 들었다. 그는 안도와 기쁨이 가득한 표정으로 두 손을 모아쥐고 사방을 두리번거렸다.

"대제사장님. 어디 계십니까?"

— 네가 시선을 낮추면 내가 보낸 전령을 볼 수 있으리라.

호드리고는 즉시 바닥에 주저앉아 구석구석을 살폈다. 그리고 벽 틈새의 작은 구멍에서 나오는 붉은 눈의 작은 쥐를 발견하고 무릎걸음으로 기어갔다. 쥐는 인간이 다가오는데도 피하지 않았다. 호드리고가 주저 없이 쥐 앞에 납작 엎드렸다.

지난번처럼 대제사장이 직접 모습을 드러내는 일은 거의 없었다. 대부분은 쥐, 도마뱀 등의 작고 다양한 동물을 전령으로 보냈다.

─신실한 종, 호드리고.

"대제사장님. 마라의 종 호드리고, 위대한 분의 말씀을 경청할 준비가
되었나이다."

호드리고는 바닥에 코를 박고 절절한 음성으로 대답했다. 미물을 이
용하여 의지를 전달하다니, 이것이야말로 위대한 신의 기적이었다. 그의
가슴속에서 마라를 향한 신앙심이 흘러넘쳤다. 지금이라면 대제사장이
타오르는 불길 속으로 뛰어들라고 해도 주저하지 않을 것이다.

어려서 고아가 된 호드리고는 자신이 보고 들은 일이 아니면 믿지 않
는 철저한 현실주의자로 성장했다. 강퍅한 성품의 젊은 상인은 눈앞에
서 펼쳐지는 신의 기적을 본 후부터 광신도로 변했다.

의심과 욕심이 많은 천성은 바뀌지 않았지만, 위대한 신의 권능을 목
격할 때마다 호드리고의 믿음은 더욱 굳건해졌다.

─호드리고. 그분께서 나를 부르셨다. 그분의 말씀에 삿된 소음이
끼어들지 못하도록 나는 눈을 감고 귀를 닫고 있었느니라.

얼마 전에 대제사장을 직접 만났을 때 들었던 거칠게 긁히는 목소리
가 아니었다. 머릿속으로 전달되는 음성은 맑고 깨끗했다.

"아아, 대제사장님. 그런 줄도 모르고 소인은 대제사장님을 찾으며 불
안해했습니다. 소인의 경망스러움이 그분의 노여움을 사지는 않았는지
요."

─마라께서는 자비로우시다.

“신의 은총에 소인은 엎드려 감사를 올립니다.”

─그분께서 내게 말씀하시길, 상서로운 일이 벌어졌다고 하셨으니 너는 그간의 일을 상세히 말하라.

호드리고가 대답하지 못하고 슬그머니 고개를 들었다.
“상서로운 일이라니…… 무슨 말씀이신지 모르겠습니다.”
상서롭기는커녕 이것저것 눈에 거슬리는 일들만 잔뜩이었다. 호드리고는 대제사장에게 몇 시간은 하소연을 늘어놓을 자신이 있었다.

─그럼 그분께서 허언하셨단 말이냐. 너를 믿고 그동안 중임을 맡겼거늘, 주변 파악조차 하지 못하다니!

머릿속에서 울리는 음성에 노여움이 담기자 호드리고가 몸을 부르르 떨었다. 그는 다시 고개를 박고 필사적으로 기억을 더듬었다. 상서롭다는 수식어에는 적절하지 않지만, 근래 벌어진 가장 큰 사건이라면 딱 떠오르는 것이 있었다.
“소인이 감히 위대하신 분의 뜻을 헤아릴 수 없나이다. 근래 성녀님과 관련한 변고가 발생했습니다만…….”

─변고? 어서 말하라.

“대제사장님께서 다녀가신 그날, 수도 한복판에 라크가 나타나 난동을 부렸습니다. 그리고 성녀님께서 그 라크를 나무로 만들었다고 합니다.”

호드리고를 바라보는 쥐의 붉은 눈이 한층 더 요사하게 빛났다.

─아아. 역시. 나의 잠을 깨운 그 찬연한 기운이 그것이었구나.

대제사장이 무심코 흘린 정보가 얼마나 중요한 내용인지 호드리고는 알아듣지 못했다. 그는 들은 말뜻 그대로 해석하지 않고 비유적인 표현이려니, 생각하고 넘어갔다.

─호드리고. 성녀님을 뵐 자리를 마련하라고 하였는데 어찌 되어 가느냐?

"이미 성녀님을 뵈었습니다. 대제사장님께 소인의 목소리가 닿지 않아 미처 전달 드리지 못했습니다."

─으음. 안타까운 일이로다.

호드리고는 대제사장이 성녀 이야기만 하자 속이 비틀렸다. 대제사장의 행방이 묘연할 때 발을 동동 구르며 걱정으로 밤잠을 설친 사람은 자신이었다. 성녀라는 그 왕비는 예전이나 지금이나 교단의 일에 전혀 관심이 없었다.

"대제사장님. 소인이 감히 여쭈옵니다. 성녀님이 라미타를 발현한 일이 왜 상서로운지 모르겠습니다. 그건 악신의 힘이 아니옵니까."

엎드린 호드리고는 보지 못했지만, 쥐의 눈동자가 붉은 기운을 뿜어냈다. 그 기세가 자못 사나워서 마치 호드리고를 노려보는 것 같았다.

'하여튼, 인간이란.'

대제사장은 쥐의 눈을 통해 호드리고를 보며 혀를 찼다. 인간은 참 다루기가 까다로웠다. 맹목적이면 어리석어져서 스스로 생각을 못 하니 문제, 쓸만하게 일을 한다 싶으면 의심이 많아서 문제다.

대제사장은 아득한 세월에 걸쳐 셀 수 없는 시행착오를 겪으며 인간에 대해 배웠다. 인간은 라크와 달랐다. 압도적인 힘을 보여 준다고 해서 절대적으로 복종하지 않았다.

그동안 경험에 따르면 힘을 보여 주되 어느 정도의 설득과 거짓으로 인간 스스로 자신의 믿음에 빠지도록 유도하는 방식이 가장 효과적이었다.

─호드리고. 신실한 종이여. 너의 믿음이 깊으니 감추어진 세상의 비밀을 알려 주겠노라.

"영광이옵니다. 경건하게 마음을 열고 듣겠습니다."

─라미타는 악신의 힘이 아니다.

"예?"

─아니카는 마하의 개와 본질적으로 다른 존재다. 마하의 개는 철저하게 길들여진 마하의 주구. 그러나 아니카는 신의 힘을 담는 성스러운 그릇이다.

"그릇……?"

─그릇은 무엇이든 담을 수 있지. 그리하여 아니카 왕비를 성녀님으로 모시라고 지시한 것이다.

엎드린 자세로 고개를 든 호드리고의 눈빛이 흔들렸다. 그는 지금까지 알던 사실과 배척되는 충격적인 진실에 몹시 놀랐다.

"대제사장님의 말씀은 그럼……… 성녀님의 몸을 빌려 마라께서 이 땅에 강림하실 수도 있다는 것입니까?"

─그렇다.

대제사장은 또다시 속으로 '인간이란.' 하고 중얼거렸다. 왜 인간은 현실에 만족하지 못하고 절대적인 대상을 추종하는가. 왜 이토록 어리석은 생명체가 이 세상에 소속되어 순환하는 구성 요소란 말인가. 도통 풀지 못하는 수수께끼였다.

'신?'

대제사장은 내심 조소했다.

그런 것이 정말 존재한다면 마하 같은 '방문자'가 이 땅에서 신 노릇을 하지 못할 것이다.

"아아……."

호드리고는 말을 잇지 못하고 길게 탄식했다. 자신의 살아생전에 진정 신을 직접 뵐 수도 있다는 건가. 신의 작은 은총만으로도 자신은 이 세상에서 가장 전능한 인간이 될 수 있을 것이다. 황홀한 상상만으로 온몸에 전율이 올랐다.

"하오나 대제사장님. 어리석은 소인은 도통 이해가 가지 않습니다. 이 사실을 비밀로 할 게 아니라 교도들에게 널리 알려서 신의 제단에 가까워지는 길을 모색해야 하지 않습니까?"

─비밀로 하는 이유가 있다. 일부 성급한 종들이 어리석은 짓을 저지른 전적이 있기 때문이다. 불과 얼마 전에도 그랬지. 그러니 호드리고. 너는 내 말을 명심하고 비밀을 누설하지 말라. 성녀님에 관한 일은 반드시 내게 의견을 묻고 내 지시만 따르라. 내가 안심하고 중요한 일을 맡길 사람은 오직 너뿐이다.

"절대 실망을 드리지 않겠습니다. 대제사장님."

호드리고는 감격에 가득 찬 표정으로 고개를 숙였다. 자그마한 쥐 앞에 절을 올리는 그의 모습은 누가 봐도 미친 사람 같았다. 광신도이니 엄밀한 의미로 미친 자가 맞기는 했다.

─성녀님은 스스로 그릇이 되기를 선택해야 한다. 그래서 내가 성녀님의 뜻에 거스르지 말라고 지시한 것이다. 성녀님께서 온전히 위대하신 그분의 품에 안길 때까지 너는 성심을 다하여 성녀님을 정성껏 모셔라.

"대제사장님께서 내리는 지시에는 깊은 뜻이 담겨 있으니 언제나 명심하여 따르고 있습니다."

매끄럽게 대답하면서 호드리고의 눈빛이 흔들렸다.

'큰일이다.'

대제사장 말대로면 왕비가 마라의 교단에 호감을 느끼도록 적극적인 작업이 필요했다. 그런데 호드리고는 그런 노력을 한 적이 없었다.

왕비 앞에서는 떠받드는 척 굽실대면서 사실은 손이 큰 고객 정도로 여겼다. 왕비를 성녀로 받들라는 대제사장의 지시 범위에는 정보상 케이지로서 능력을 발휘하는 건 제외된다고 생각했다.

그는 비싼 가격을 매겨서 자신의 정보와 발품을 팔아 구한 고서를 왕비에게 팔았다. 왕비가 대금을 지급하면서 인색하게 군 적은 없지만, 자신이 높은 비용을 부른 것을 왕비도 모르지 않을 것이다.

'진작 말씀을 해 주셨으면 좋았을 것을.'

불과 얼마 전에도 왕비를 만나서 대놓고 돈을 요구하지 않았나.

호드리고는 그날, 보석 주머니를 던지던 왕비의 눈빛에서 경멸을 읽었다. 자신을 '돈만 아는 장사꾼 같으니'라고 비웃는 듯했다. 절대 호감이 아니었다.

더구나 왕비는 그가 들여보낸 타니야 때문에 문제가 생겼다며 버럭거렸다. 도대체 얼마나 점수를 잃은 것인지 모르겠다. 등에서 식은땀이 흘렀다.

"대제사장님. 얼마 전에 성녀님을 뵈었을 때 의식에 관해 말씀드리고 대제사장님께서 뵙자고 하신다는 말씀도 전해 올렸습니다."

호드리고는 자신의 실수를 감추기 위해 자신의 공을 주절주절 늘어놓았다.

"대제사장님께서 언제 성녀님을 뵐지 날을 정해 주시면 타니야를 통해 성녀님께⋯⋯ 아, 참. 타니야는 지금 성녀님과 사막으로 나갔습니다. 타니야가 돌아오는 대로⋯⋯."

호드리고는 몰리가 현재 지하 감옥에 감금되어 철저한 감시를 받고 있다는 사실을 몰랐다. 제례 행차단에 섞여 성지로 떠났다고 흘린 정보를 믿었다.

호드리고의 말을 끊고 그의 머릿속에서 음성이 울렸다.

―사막? 성녀님께서 사막으로 나가셨다고?

"예. 건기의 제례에 참석한다고 가셨습니다."

　―호드리고. 당분간은 내가 움직일 수가 없다. 너는 지금까지 하던 대로 빈틈없이 의식을 준비하고 성녀님을 성심껏 경애하라.

"분부대로 틀림없이 이행하겠습니다."
　두 발로 딛고 꼿꼿하게 서 있던 쥐의 눈에서 붉은 기운이 사라졌다. 까만 눈동자의 평범한 쥐는 경련처럼 코끝을 몇 번 움찔거리더니 후다닥 벽의 틈새로 들어갔다.
　엎드려 있던 호드리고는 한참을 대제사장의 음성이 들리지 않자 고개를 들었다. 어느새 대제사장의 전령은 사라지고 없었다.

＊　　＊　　＊

　꼬박 이틀, 그리고 출발한 지 사흘째 되는 날 오후에 행차단은 성지에 다다랐다.
　낙타에서 내린 유진이 발아래를 내려다보았다. 푸르른 녹음이 바닥에 깔려 있었다.
　'오아시스라니.'
　성지의 모습은 유진의 상상과 달랐다. 모래에 반쯤 묻힌 오래된 성터 같은 유적지가 아니라 선명한 색채를 지닌 사막 속의 푸르른 섬이었다.
　그녀는 고개를 돌려 사막 쪽을 돌아보았다. 누런 모래로 가득한 언덕이 끝없이 펼쳐졌다. 다시 반대로 시선을 돌렸다. 우거진 풀숲과 그 너머에 호수가 보였다. 전혀 다른 두 개의 세계에 양쪽 발을 디딘 기분이 들었다.

일꾼들이 부지런히 움직이며 천막을 쳤다. 움직이는 사람들의 표정에 활기가 있었다. 내내 사막을 가로지르느라 지쳤는데도 녹음은 기운을 돋워 주는 특별한 힘이 있었다.

유진은 보좌관과 대화를 나누는 카세르를 바라보았다. 그의 대화가 끝나기를 기다렸다. 그런데 보좌관이 꾸벅 고개를 숙인 후 물러가자마자 기다렸다는 듯이 다른 관리가 왕의 곁으로 다가갔다. 아무래도 그는 바빠 보였다.

그녀는 아침 해가 떠오를 때 제례를 시작한다고 들었다. 오늘은 이미 늦었으니 내일 아침 제를 올린 후 귀환길에 오를 것이다.

"스벤 경."

근처에서 대기하고 있던 스벤이 즉시 대답했다.

"전에 여기 와 본 적이 있다고 했지요?"

"예, 왕비님."

"이곳 전체를 성지라고 부르는 건가요?"

"정확히는 왕국의 시작점이 된 성터입니다. 호수를 끼고 돌아가면 보입니다."

"여기서 멀어요?"

"좀 걸어가셔야 합니다."

"다녀오면 해가 질까요?"

"그 정도는 아닙니다."

"길 안내를 해 줘요."

"예, 왕비님."

스벤은 왕비께서도 성지에 초행길은 아니라고 알고 있었지만, 딱 한 번뿐이었고 몇 년 만에 오신 터라 잊으신 거라고 생각했다.

스벤이 뒤를 돌아보며 주변의 다른 전사들에게 눈짓했다. 걸어가는 스벤과 왕비의 뒤로 네 명의 전사가 더 따라붙었다.

유진은 스벤을 따라 한참을 걸어갔다. 처음 가 보는 길이라 그런지, 흔적만 남은 길에 무성하게 우거진 수풀을 전사들이 걷어 내느라 중간중간 멈추어 서서 그런지, 유진이 이만하면 상당히 오래 걸었다고 생각할 때쯤 옛 성터가 장엄한 모습을 드러냈다.

'와아…….'

유진은 높이 솟은 성의 첨탑을 올려다보았다. 현재의 왕성만큼은 아니어도 상당한 규모의 성이었다.

'아주 튼튼하게 지었나 봐.'

출발하기 전에 성지에 관해 마리안한테 간단한 설명을 들었다. 수백 년 전의 도읍지였다는데 돌벽 일부분이 군데군데 떨어져 나간 것 외에 옛 왕성은 거의 온전한 형태를 갖추고 있었다. 싹 재단장을 하면 당장이라도 들어가 살아도 문제가 없을 것 같았다.

다만, 왕성을 칭칭 감듯이 벽을 타고 올라간 두꺼운 넝쿨들이 창문을 거의 가려서 사람이 살지 않는다는 느낌을 물씬 풍겼다. 주변에 제멋대로 자란 잡풀들이 폐허의 느낌을 더했다.

유진은 간신히 구조적 형태만 남은 정원을 따라 왕성의 주변을 돌았다. 성지라고 하니까 조심스러웠다. 굳이 건드리지 말자는 생각으로 멀찍이 손이 닿지 않을 거리에서 눈으로만 봤다.

대략 이십여 분 정도 걸었을까. 딱히 볼거리는 없었다.

만약 자신이 지구에 있을 때 이런 곳으로 관광을 왔다면 구석구석 돌아보며 기억에 남기려 애썼을 것이다. 그런데 지금 그녀는 이것보다 더 웅장하고 아름다운 성에서 살고 있다. 고풍스러운 옛 성의 자태가 그다지 감격스럽지 않았다.

"그만 돌아가요."

"예, 왕비님."

"여기까지 왔던 길 말고 호수 쪽으로 돌아가는 길이 있나요?"

"호수 주변에 만들어 둔 길은 없습니다. 호숫가에 접근하려면 천막을 쳐 둔 곳으로 가서야 합니다. 행차단은 언제나 그 길을 통해 호수에서 물을 긷습니다."

유진은 아쉬움이 가득 담긴 시선으로 호수가 있는 방향을 바라보았다. 호수 둔치에는 이 근처보다 훨씬 더 무성하게 수풀이 자라고 있을 것이다. 길이 없다면 호수 주변 산책은 불가능했다.

유진이 전사들과 출발지로 되돌아왔을 때 설치를 마친 크고 작은 천막들이 가지런하게 자리를 잡았다. 그녀는 가장 크고 튼실한 천막 두 개가 나란히 함께 있는 모습을 보고 묘한 표정을 지었다.

하나는 그녀의 것, 하나는 왕의 것이었다. 분명히 사막으로 나온 첫날에는 저 두 개의 천막이 거리를 두고 있었다. 오는 내내 천막을 칠 때마다 두 천막이 가까워지는 느낌이 들어 고개를 갸웃했더니만 역시 기분 탓이 아니었다.

날은 금방 어두워졌다.

그녀의 천막 안에서 저녁 식사를 마무리하며 유진이 말했다.

"오늘도 일이 많으신가요?"

"처리할 일이 있소."

"시급을 다투는 일인가요?"

"그렇지는 않소. 무슨 일이 있소?"

유진은 카세르를 잠시 바라보다가 천막에 있는 시녀들을 내보냈다. 대체 무슨 중요한 이야기일까, 궁금해하는 그의 표정을 흘끗 보고 유진은 시선을 살짝 내리며 말했다.

"사막의 밤은 춥더라고요. 어젯밤에 좀 추웠어요."

"난방에 더 신경 쓰라고 해야겠군."

"그저께 밤은 괜찮았거든요. 아주 따뜻했어요."

유진은 다시 시선을 들어 그를 지그시 바라보다가 다시 시선을 비스듬히 내리며 말했다.

"오늘 밤에도…… 일이 많으세요?"

어젯밤에 왕은 그녀의 천막에 들어오지 않았다. 그저께 밤에 해야 할 일이 있다더니 그녀의 천막에서 잠드는 바람에 어제는 일이 밀려서 그랬구나, 라고 유진은 이해했다.

그런데 혼자 잠든 어젯밤은 왕성의 침실에서 혼자 잠들 때와 기분이 달랐다. 낯선 사막 한복판이라 그런지 근처에 사람들이 잔뜩 있고 천막을 지키는 전사들이 있는데도 괜히 무서웠다.

혼자 자기 싫으니까 오늘 같이 자자는 말을 대놓고 하기는 부끄러워서 유진은 적당히 돌려서 표현했다. 마리안이 들었다면 화술을 가르친 사람으로서 보람을 느꼈을 것이다.

카세르가 눈을 끔벅거렸다. 그녀를 바라보는 그의 눈동자가 짙게 가라앉았다. 그녀의 수줍은 초대는 순수한 느낌을 풍겼지만, 그의 목울대는 꿀꺽 넘어갔다.

"……급한 일은 없어."

카세르는 어젯밤처럼 오늘도 자신의 천막에서 일하다가 자려고 했다. 그런데 아무래도 오늘, 고난의 밤이 될 것 같은 기분이 들었다.

왕이 천막을 나간 후 다시 들어온 시녀들이 식사를 마친 테이블을 정돈했다. 유진은 곧 시녀들이 들여오는 욕조 안에서 목욕을 마치고 기분 좋게 보송보송해진 몸으로 침대에 걸터앉았다.

오래 기다리지 않아서 잠들 준비를 마친 차림으로 카세르가 천막에 들어왔다. 유진은 신난다는 표정으로 침대에 눕는 그의 품으로 파고들었다. 그녀는 그가 스킨십을 자제하는 이유가 제례 때문에 몸을 정결히 해야 하는 등의 이유가 있어서라고 생각했다.

따끈하고 편안한 베개를 끌어안으며 유진은 만족스러운 기분으로 곧 잠들었다.

카세르가 감았던 눈을 떴다. 품 안에서 느껴지는 말랑말랑한 몸과 달콤한 그녀의 체향이 그의 정신력을 뒤흔들었다. 귓가에 들리는 그녀의 고른 숨소리조차 미치도록 유혹적이었다.

그는 자신의 의지와 다르게 저절로 반응하기 시작하는 몸을 억누르며 애써 다른 생각을 했다. 유진의 짐작과 다르게 제례 전의 금기는 없었다. 그는 그저 적당히 할 자신이 없어서 아예 시작하고 싶지 않았다.

어두운 허공을 바라보며 그는 작은 한숨을 내쉬고 다시 눈을 감았다. 잠이 올 것 같지 않지만, 잠드는 게 이 위기를 극복하는 가장 좋은 방법이었다.

새벽녘, 아직 해가 뜨기 전에 카세르는 잠에서 깼다. 좀 더 잤으면 좋았을 걸, 애매한 시각에 눈을 떴다고 한탄했다.

모로 돌아누워 잠든 유진을 카세르가 뒤에서 끌어안은 자세였다. 옆으로 뻗은 그의 팔과 어깨로 이어지는 부근을 유진이 베고 누웠다. 그녀의 등은 그의 가슴에 밀착해 있었다.

카세르는 자신의 또 다른 손이 어디에 있는지 깨닫자마자 남아 있던 잠기운이 날아갔다. 그의 손이 그녀의 허리에 걸쳐져 가슴 아래의 윗배를 살짝 누르고 있었다. 조금만 움직여도 그녀의 가슴에 닿을 듯했다.

그의 손가락이 움찔거렸다. 만지고 싶다. 미치도록 만지고 싶었다.

새벽은 참 몹쓸 시간대다. 간밤에 간신히 억눌러 놓은 욕구가 한여름에 발효된 술통처럼 폭발했다. 피가 몰린 그의 성기가 부피를 늘리며 단단히 일어났다. 아랫배가 저릿해질 정도로 조이는 감각은 쾌감이자 고통이었다.

그는 머리카락 사이로 드러나는 그녀의 목덜미를 보는 순간 충동을 이기지 못하고 입을 맞췄다.

그는 그녀의 여린 목덜미에 몇 번이고 입술을 붙였다. 살짝 키스만 했다가 좀 더 진득하게 입술을 붙여 빨아들였다.

그녀의 허리에 걸쳤던 손은 아래로 내려가서 그녀의 허벅지를 부드럽게 더듬었다.

감고 있는 유진의 속눈썹이 파르르 떨렸다. 그가 목덜미에 입을 맞추었을 때 그녀는 잠에서 깼다. 그의 조심스러우면서도 욕심이 가득한 손길이, 노골적인 애무만큼 자극적으로 느껴졌다.

유진은 계속 잠든 척 그가 자신을 어루만지는 느낌을 즐겼다. 기분이 좋으면서도 더 노골적으로 만져 주었으면 좋겠다는 기분이 들어 그의 손길이 애가 탔다.

"하아……."

힘겨워하는 듯한 그의 나직한 한숨 소리에 유진은 아랫배가 욱신 당겼다. 순식간에 다리 안쪽이 젖어 드는 감각을 느꼈다. 그녀는 며칠의 금욕이 불만족스러웠던 자신의 솔직한 욕망을 깨달았다.

'하고 싶어.'

유진은 목덜미에 키스한 그가 입술을 떼면서 다시 숨을 내뱉은 소리를 들었다. 그녀의 허벅지에 손바닥을 붙여 쓸어올리는 손도 딱 그 정도에서 멈추었다. 그는 이 이상의 단계로 가지 않을 것 같았다.

그가 주저할수록 유진은 오히려 안달이 났다. 평소답지 않게 절제하는 남자를 건드려 곤란하게 만들고 싶은 사악한 충동이 치밀었다.

곧 해가 뜨면 정갈한 마음으로 제를 올려야 한다. 머리로는 알면서도 그를 뒤흔들고 싶었다. 사내를 타락으로 이끄는 악녀가 된 기분이, 미묘하게 짜릿했다.

그녀는 자신의 허벅지에 올라와 있는 그의 손등을 잡았다. 긴장한 그의 손이 순간적으로 움찔했다. 그녀는 고개를 뒤로 돌려서 그와 눈이 마주쳤다. 잘게 흔들리는 그의 눈동자를 보자 웃음이 나왔다.

"더요."

유진이 아슬아슬하게 서로의 입술이 닿을 만한 거리에서 탁음으로 속삭였다.

"멈추지 말고 계속, 흡."

그녀의 말은 채 끝마치지 못했다. 곧바로 다가온 그의 입술이 그녀의 입술을 삼켰다. 키스는 도화선이 되어 서로를 원하는 남녀의 욕망을 끌어냈다. 그들은 혀가 얽히고 타액이 섞이는 격렬한 키스에 무아지경으로 빠져들었다.

유진은 입술을 열고 적극적으로 그의 키스를 받아들였다. 입 안으로 파고드는 그의 혀가 안쪽을 훑고 지나가면 그녀도 질세라 그의 혀를 삼켜 빨아들였다. 쉴 새 없이 맞물렸다가 문지르는 두 사람의 입술 사이에서 거친 호흡이 흘러나왔다.

천장을 바라보도록 바로 누운 그녀의 몸 위로 그가 올라왔다. 위에서 온몸으로 누르며 그녀의 입술을 물고 핥던 그가 입술을 떼고 아래로 내려갔다.

허벅지 아래로 걸쳐져 있던 잠옷 치마가 위로 올라가면서 그녀가 느낀 한기는 잠깐이었다. 음부를 감싸는 뜨거운 느낌에 그녀는 흠칫했다.

"홋……."

유진은 손등으로 입을 막으며 흘러나오는 신음을 막았다. 이 조용한 새벽 시각, 천막의 벽이 제대로 방음 기능을 할 리가 없었다.

바깥에서 누가 들으면 어쩌지, 걱정되면서도 다리 사이에 고개를 묻은 그를 밀어낼 생각이 전혀 없었다. 음부를 파고드는 그의 혀끝이 그녀의 모든 세포를 깨우는 것처럼 자극적이었다. 해서는 안 될 짓을 저지르는 것 같은 배덕감이 그녀를 더욱 흥분시켰다.

그의 콧대에 눌려 문질러지는 음핵이 그녀의 뇌에 저릿한 쾌감을 전달했다. 그가 작은 돌기에 입술을 붙여 강하게 흡입하는 순간, 그녀의 눈앞에 새하얀 빛이 번졌다.

"흑!"

저절로 허리가 펄떡 튀어 올랐다. 입술을 막은 손등이 새어 나오는 비음까지 차단하지는 못했다. 짧은 쾌감은 지나치게 달콤해서 그녀는 딱 한 모금의 물을 마신 목마른 자의 심정이 되었다.

그녀는 자신의 허벅지 안쪽을 잡아 벌리는 힘을 느끼고 기대감으로 허리가 떨렸다. 움찔거리는 질구에 단단한 끝이 닿았다. 두툼한 선단이 작은 입구 틈을 비집고 느릿하게 진입했다.

'아…….'

그녀는 숨을 할딱이며 눈을 깜빡였다. 머리카락 끝에 신경이 존재하여 바짝 곤두서는 것 같았다. 버겁도록 안을 꽉 채우는 감각이 만족스러워서 온몸에 소름이 돋았다. 안이 벌어지는 뻐근한 느낌마저 쾌감이 되었다.

천천히 빠져나간 성기가 좁아지는 내벽을 밀어내며 다시 진입했다. 느릿한 속도를 유지하며 조금씩 리듬을 탔다. 그의 허리에 얹어진 그녀의 두 다리는 깊이 박아 넣을 때는 느슨해졌다가 뒤로 물러날 때는 힘주어 감았다.

카세르는 오늘따라 적극적으로 호응하는 그녀의 반응에, 성기에 달라붙듯이 움직이는 내벽의 움직임에 전율했다. 그는 이 열기에 휘말려 폭주하지 않으려고 필사적이었다. 곧 날이 밝을 것이다. 길게 할 시간이 없었다.

묵직하게 파고드는 추삽질은 잔뜩 흥분한 그녀를 빠르게 절정으로 이끌었다.

"으읏……."

유진은 여전히 손등으로 입을 막고 있었다. 훅 밀려오는 쾌감이 순식간에 온몸으로 번졌다. 경련하는 질벽이 잔뜩 좁아져 여전히 그녀의 안쪽에 묻고 있는 사내를 쫙 조였다.

그의 목 안에서 낮은 신음이 흘러나오며 몸을 부르르 떨었다. 그녀의 안쪽에 사내의 체액이 쏟아져 들어왔다. 소스라치는 유진의 몸이 덜덜 떨렸다. 누구의 것인지 모를 거친 호흡이 조용한 천막 안에 울렸다.

빠르게 뛰던 심장이 조금씩 진정되면서 유진의 몸도 천천히 이완되어 늘어졌다. 그녀는 손을 뻗어 그의 볼을 어루만졌다. 그가 유진의 손등을 자신의 손으로 덮으며 고개를 돌려 그녀의 손바닥에 입을 맞추었다.

유진은 뜨거워지는 눈을 깜빡였다. 더없이 본능에 충실한 짧고 격렬한 정사가 풋풋한 입맞춤보다 서정적으로 느껴지는 자신이 이상했다.

'모르겠어……'

이 남자가 언제부터 이렇게 좋아진 건지 모르겠다. 조금 심장이 아팠다.

해가 막 떠오른 이른 아침에 시작한 제례가 마지막 절차에 이르렀다. 사람 키를 넘어가는 거대한 황동 향로에 마른 풀잎을 넣어 태운 후 그 재를 호수에서 새로 길어 온 물이 가득한 단지에 뿌렸다. 제례에 참석한 자들이 그 물을 떠서 나누어 마시는 것으로 모든 절차가 끝났다.

유진은 그릇에 담긴 물을 전부 마실 필요는 없다고 들었기에 한 모금만 마신 후 시녀에게 건넸다.

'드디어 끝났구나.'

그녀는 슬쩍 자신의 얼굴을 만졌다. 표정 관리는 잘했을까. 새벽녘에 벌어진 일이 자꾸 생각나서 곤혹스러웠다. 무슨 정신으로 제를 올렸는지 모르겠다. 그나마 제례의 형식이 비교적 간단해서 다행이었다.

그녀는 오늘 아침, 시녀가 들어오기 전에 서둘러 차림새를 정돈한 후 뒤늦게 걱정이 되어 카세르에게 물었다.

「불경하다고 조상님께서 노하시면 어쩌죠?」

그는 몹시 재미있는 이야기를 들은 사람처럼 웃음을 터뜨렸다.

「가문의 번성을 위해 애쓰는 후손을 기특하게 생각하시겠지.」

유진은 보좌관에게 지시를 내리고 있는 카세르를 바라보았다. 한 사람을 파악하기란 참 어렵다. 저 남자를 알면 알수록 알쏭달쏭했다. 자신의 조상을 농담 소재로 사용하는 왕이라니. 후손을 얻기 위해 계약 결혼을 서슴지 않았던 사람이라 왕실 관련해서는 아주 보수적일 거라고 생각했다.

고개를 꾸벅 숙인 보좌관이 돌아선 후, 고개를 돌린 카세르와 유진의 눈이 마주쳤다. 그는 유진에게 다가왔다.

"다 끝났으니 이제 갑시다. 왕비."

"곧바로 출발하나요?"

"서두를수록 좋소. 식사할 시간은 없으니 가볍게 뭐든 드시오."

아직 정리를 마무리하지 못한 사람들을 뒤로하고 두 사람은 천막으로 갔다. 천막을 처둔 현장도 거의 정돈되었다. 간이 천막 몇 개만 남겨 두고 모든 천막을 해체했다.

전사가 다가와 고개를 숙였다.

"전하. 주변을 염탐하던 자를 발견하여 추포하였습니다. 방랑족입니다."

"무슨 목적으로?"

"추궁하였으나 대답을 듣지 못했습니다."

카세르의 표정에 언짢은 기색이 어렸다.

"방랑족이 감히 성지를 침범하다니. 원칙대로 처분하라."

"예, 전하."

잠자코 대화를 들으며 유진은 내심 의문이 솟았다. 이 사막 한복판에 수상한 자가 있다니.

'방랑족? 왕국 백성이 아닌가?'

유진은 보고를 마친 전사가 돌아서서 향하는 곳을 바라보았다. 멀찍이 전사들이 누군가를 에워싸고 있는 모습이 보였다. 손이 뒤로 묶이고 무릎이 꿇린 사람은 차림새가 남자 같았다. 꽤 험한 대우를 받았는지 지친 듯이 고개를 푹 숙이고 있었다.

유진은 간이 천막에 앉아 시녀가 가져오는 간식을 먹다가 스벤을 불렀다.

"스벤 경. 방랑족이 누구인지 알아요?"

"예, 왕비님. 그들은 세상 바깥을 떠도는 자들입니다."

스벤의 설명에 따르면 방랑족은 국적이 없었다. 그들은 정착하지 않고 끊임없이 세상을 떠돌았다. 왕국의 실질적인 통치권이 미치지 않는 위험한 지역을 다니므로 그들과 마주치는 일은 거의 없었다. 그래서 방랑족의 존재 자체를 아예 모르는 백성들이 많았다.

　방랑족의 기원에 관해서는 알려진 것이 없었다. 그들은 몹시 폐쇄적이라서 자기들끼리 혼인하여 자손을 낳고 방랑족이 아닌 사람과는 교류하지 않았다.

　"그럼 방랑족은 사막에서 산다는 말이에요?"

　"사막뿐 아니라 험한 산지나 숲에서도 숨어 산다고 들었습니다."

　"건기에는 그렇다 쳐도 활동기에는요? 활동기에는 국경을 넘어서 사람들 틈에 숨어드나요?"

　"아닙니다. 활동기에도 그들이 왕국의 경계 안으로 들어오는 일은 없습니다."

　"어떻게 그게 가능하지요? 라크가 그들을 공격하지 않는다는 거예요?"

　"그건 저도……… 송구합니다. 왕비님. 잘 모르겠습니다."

　"스벤 경만 모르는 건가요, 아니면 다른 사람도 몰라요?"

　"답을 아는 자가 있는지 모르겠습니다."

　"알아내려고 시도한 적이 없어요? 개인적인 호기심 해소를 위해서가 아니라 국가 정책적으로요."

　"어렵다고 생각합니다. 거주지조차 불분명한 자들입니다."

　'이상하네.'

　유진은 이해가 가지 않았다. 만약 방랑족이 라크를 피할 수 있는 방법을 알고 있다면 그건 엄청난 비책이었다. 사람 목숨이 걸린 문제가 아닌가. 왕국의 돈깨나 있는 귀족들은 활동기에는 모조리 성도에 피난 가는 것이 현실이었다.

　방랑족의 폐쇄적인 특징이 핑계가 되지 못했다. 협상이 안 된다면 협박이라는 수단이 있다. 귀족은 제 안위를 위해서라면 국적도 없는 힘없는 자들의 희생을 주저하지 않을 것이다.

「원칙대로 처분하라.」

유진은 조금 전, 카세르가 전사에게 했던 말이 떠올랐다.

"아까 그자는 어떤 처벌을 받아요?"

"처형될 겁니다."

유진이 놀라서 되물었다.

"처형이요? 어떤 처형이요? 죽인다는 거예요?"

"예, 왕비님."

"너무 과한 처벌 아닌가요? 그자가 딱히 피해를 준 것은 아니잖아요."

"방랑족은 발견 즉시 추포하여 성도로 압송합니다. 그러나 성도까지의 거리가 지나치게 멀다는 등의 사정이 있다면 참형합니다."

유진은 잠시 할 말을 잊었다. 그자가 수상한 염탐꾼이라서 처벌하는 줄 알았다. 그런데 방랑족이라는 사실 자체가 죄였다니.

"성도로 압송한다는 건…… 방랑족의 처우를 결정한 분이 상제 성하인가요?"

"예. 성하께서는 방랑족을 세상의 질서를 어지럽히는 해악이라고 하셨습니다. 그들의 존재가 언젠가는 이 세상에 암울한 미래를 가져오므로 반드시 교화가 필요하다고 하셨습니다."

'교화?'

유진은 과연 성도로 압송된 방랑족 중에 살아남은 자가 있을지 의문이었다. 데려오지 못하면 죽이라고 명한 상제가 과연 그들을 살려 뒀을까.

이것은 마치 유진이 살던 세상의 암울한 역사 속에 존재했던 마녀사냥을 연상시켰다.

'이해가 안 돼.'

마라의 교도들은 그저 추방만으로 그치며 너그러움을 보여 준 상제가 왜 방랑족에게는 그렇게 가혹할까. 교세 확장을 위해 백성을 현혹하는 마라 교단에 비하면 방랑족은 그저 조용히 도망자로 살 뿐이었다.

"방랑족이라는 사실은 어떻게 구별하지요?"

"그들은 특이한 신체적 특징이 있습니다. 기이한 문양이나 그림을 온몸에 문신으로 새깁니다."

'문양이나 그림?'

문득 유진은 사막으로 나오기 바로 전에 호드리고를 만나서 받았던 고서가 생각났다.

제례 준비를 하느라 호드리고가 술식이 잔뜩 담겼다고 장담했던 고서를 자세히 읽어 볼 시간이 부족했다. 다녀와서 꼼꼼히 볼 생각으로 대강 훑어보기만 했다. 안에는 여러 페이지에 걸쳐 의미 모를 특이한 문양이 그려져 있었다.

'방랑족과 술식…… 관련이 있을까?'

그녀는 벌떡 일어났다. 그자를 만나 봐야겠다. 그러려면 일단 그자가 처형되기 전에 서둘러야 했다.

전사가 천막 안으로 방랑족을 끌고 들어왔다. 방랑족을 혐오하는 전사의 속내가 거칠게 다루는 손길로 드러났다. 그는 내동댕이치듯 방랑족을 바닥에 무릎 꿇린 후 왕께 고했다.

"전하. 데려왔습니다."

카세르는 마땅치 않은 시선으로 방랑족을 보다가 옆에 앉은 그녀에게 시선을 돌렸다. 방랑족을 만나서 확인하고 싶은 게 있으니 꼭 보게 해 달라는 그녀의 청이 워낙 간곡해서 허락했지만, 그는 저 불길한 자가 그녀의 근처에 있다는 사실이 꺼림칙했다.

끌려온 자는 양손이 등 뒤로 묶여 있고 입에는 재갈도 물렸다. 겁에 질린 듯 몸을 잔뜩 웅크려서 작은 체구가 더 작아 보였다. 유진이 말했다.

"저 상태로는 묻는 말에 대답을 못 하겠군요."

카세르가 전사에게 지시했다.

"재갈을 풀어라."

전사가 즉시 왕명에 따르지 않고 머뭇거렸다. 왕은 전사의 주저함을 이해한다는 듯 재차 말했다.

"괜찮으니 풀어라."

전사가 방랑족의 머리채를 움켜잡아 거칠게 뒤로 당겼다. 처음 제대로 드러난 방랑족을 얼굴을 보고 유진의 눈빛이 흔들렸다.

'어리잖아.'

소년이라기에는 더 나이가 들었지만, 성년이 되려면 사오 년은 더 지나야 할 것 같았다. 꽤 얻어맞았는지 얼굴이 엉망이었다. 눈두덩이는 부어오르고 입술은 터져서 붉은 피가 비쳤다.

표정이 인상적이었다. 억울함이나 독기 같은 감정은 없이 체념한 눈빛이 흐리멍덩했다. 이미 삶을 포기한 듯 보이는 그 모습이 안쓰러웠다.

전사가 단검을 꺼내 방랑족의 입에 물려서 뒤통수까지 묶은 끈을 잘라 냈다. 재갈이 끊어지면서 날카로운 검날이 스친 볼에 붉은 줄이 그어졌다.

유진은 눈살을 찌푸리며 방랑족의 볼에서 흘러내리는 피를 응시했다. 전사가 방랑족을 다루는 방식에서 악의가 느껴졌다.

'개인적인 원한이 있어서가 아니면 혐오겠네.'

방랑족은 보는 즉시 잡아 죽여도 되는 해악이라고 상제가 천명했다. 저들이 혐오의 대상이 되도록 상제가 유도한 셈이다.

'상제…… 신의 뜻을 대리하는 존재가 왜 이런 짓을?'

"몸에 특이한 문신이 있다고 들었어요. 봤으면 해요."

카세르가 방랑족의 윗옷을 벗기라고 지시했다. 전사가 옷을 벗기려 하자 인형처럼 맥 놓고 있던 방랑족이 몸을 비틀어 전사의 손을 피했다. 무표정하던 얼굴에 강한 거부감이 드러났다.

두어 번 헛손질한 전사의 표정이 싸늘해졌다. 아마 왕과 왕비의 앞만 아니었어도 주먹질을 했을 것이다.

지켜보고 있던 전사 한 명이 더 가세하여 방랑족이 움직이지 못하도록 제압하여 옷을 벗겼다. 제대로 된 의복이 아니라 가죽 따위를 덧대서 몸을 가리는 형태만 겨우 갖춘 넝마였다.

깡마른 몸에 문신이 가득했다.

"좀 더 가까이."

전사 두 명이 양쪽에서 방랑족을 단단히 붙들어 왕비의 앞으로 끌고 갔다. 혹시 놈이 허튼짓이라도 할까 봐 전사들의 한쪽 손은 허리춤의 검을 만졌다.

유진이 시키는 대로 전사들은 방랑족의 몸의 앞뒤가 잘 보이도록 돌렸다. 가슴, 등, 팔뚝까지 문신이 빼곡했다. 독특한 형태의 기하학적인 문양은 유진이 고서에서 본 것과 상당히 유사했다.

"이름이 뭐지?"

"……."

방랑족은 고개를 바닥으로 숙인 채 반응하지 않았다.

"소용없소."

카세르가 말했다.

"저들은 절대 입을 열지 않지. 죽음 앞에서도."

"모든 방랑족이요?"

"그렇소."

유진은 그렇다면 굳이 재갈을 물린 이유가 궁금했다. 아까 재갈을 벗기라고 할 때 머뭇거리던 전사의 반응이 떠올랐다.

"저들은 말을 못 하나요?"

"아닐 거요. 비명은 지르더군."

유진은 방랑족의 몸에 그려진 문신을 쏘아보았다. 왜 방랑족은 저런 요란한 문신을 몸에 새겨서 위험을 자초하는 것일까. 남자의 겉모습은 마하의 사람과 다르지 않았다. 문신만 없으면 사람들 틈에 섞였을 때 아무도 구별하지 못할 것이다.

죽음의 위협을 무릅쓰고서라도 문신을 새겨야 하는 이유가 있을 것이다.

'전통? 그런데 아무리 전통이 중요해도 목숨보다 귀할까.'

그때 번뜩 떠오르는 생각이 있었다. 살기 위해서 새긴 문신이라면?

"그 문신은 술식인가?"

그녀의 질문에도 고개를 숙인 방랑족은 반응이 없었다.

"그 술식이 너희가 라크를 피해 도망치는 방법이냐?"

미세하지만, 방랑족의 어깨가 움찔했다. 그런데 더 놀라는 사람은 방랑족을 붙든 전사들이었다. 그들은 휘둥그레진 눈으로 방랑족을 아래위로 훑어보았다.

"스벤."

왕의 목소리가 미묘한 기류가 흐르는 분위기를 깨뜨렸다. 혹시 모를 사태에 대비하여 방랑족에게서 잠시도 눈을 떼지 않던 스벤이 왕에게 시선을 돌린 후 고개를 숙였다.

"예, 전하."

"책임하에 입단속 하라."

왕의 지시는 이 자리에 있는 모두에게 전하는 경고였다.

"분부 받잡습니다."

다들 굳은 표정으로 시선을 아래로 내렸다. 갑자기 심각한 상황이 되자 유진은 당황하여 그에게 시선을 돌렸다. 그리고 그녀는 갑자기 천막 안으로 불쑥 들어오는 흑마의 머리 때문에 화들짝 놀랐다.

카세르는 뜬금없이 등장한 아부를 보고 놀란 기색 없이 손짓했다. 흑마의 키가 스르르 줄어들더니 아부는 대형견 크기의 표범으로 변했다. 아부는 고양잇과 짐승 특유의 우아한 걸음걸이로 들어오더니 왕의 옆에 자리를 잡고 엎드렸다.

카세르가 사람들을 보며 말했다.

"이 자는 두고 다들 물러가라."

방랑족만 남기고 전사와 궁인들이 천막에서 나갔다. 아무리 왕명이라지만, 수상한 자가 왕의 지척에 있는 상황에서 호위를 담당한 전사들이 두말없이 나가는 태도는 일반적이지 않았다. 유진은 곧 이유를 깨달았다.

'아…… 환수가 있으니까.'

모든 환수가 다 강하지는 않겠지만, 아부는 전사 몇 명의 몫을 하는 든든한 호위였다. 전사들도 그걸 알고 있으니 왕의 호위를 환수에게 인계한다고 생각했을 것이다.

"사람들을 내보내려고 아부를 부르신 거군요?"

"그냥 나가라고 하면 군말이 많거든."

'전하를 지키다가 죽겠습니다!'라는 의지를 온몸으로 표현하는 완고한 전사들 모습이 카세르의 눈앞에 그려졌다. 그는 솔직히 누가 누구를 지킨다고 하는지, 말이 안 된다고 생각했다. 이 세상에 카세르보다 강한 전사는 없었다.

"제가 말실수했어요? 방랑족의 문신에 관해서는 말하면 안 되는 금기인가요?"

"음……."

카세르는 복잡한 표정으로 생각에 잠겼다가 말했다.

"우선 당신에게 보여 줄 게 있어. 아부."

표범이 주인의 부름에 답하듯 고개를 들었다.

"나와 유진 이외에 이 천막 안에 있는 사람은 제압해라."

아부가 대답처럼 긴 꼬리를 흔들었다. 그리고 다시 두 앞발에 턱을 괴고 엎드렸다.

유진은 아부와 방랑족을 번갈아 보면서 카세르가 내린 명령의 의미를 깨달았다.

"아부가…… 방랑족을 공격하지 않는군요."

그녀는 꼼짝하지 않는 어린 청년을 바라보았다. 그를 구속하던 자들이 전부 나갔는데도 청년은 무릎을 꿇고 고개를 푹 숙이고 있었다. 앙상히 뼈가 드러나는 상반신에 가득한 문신이 기괴하게 느껴졌다.

"혹시 아부가 방랑족을 못 보는 건가요?"

"그렇지는 않아. 다만, 아부가 방랑족을 인간으로 인식하지 않는 것 같아."

아부의 반응으로 다른 라크들이 방랑족을 보면 어떻게 반응하는지 짐작할 수 있었다.

"전하. 알고…… 계셨어요?"

많은 내용을 생략한 질문이었지만, 카세르는 알아듣고 고개를 끄덕였다.

"언제부터……."

"성도궁에 있는 비밀 서고와 비슷한 것이 왕실에도 있어. 그렇게 거창한 건 아니고 왕으로서 알아야 하는 지식을 대대로 전해."

"누가 또 이 사실을 알아요?"

"다른 왕국에서도 알겠지. 그 외에 누가 더 알 수도 있고."

"그렇다면 왜……."

"공론화하면 큰 혼란이 일어나. 라크를 피할 수 있는 방법을 알아내려고 모두 혈안이 될 거야. 생계를 내팽개치고 뛰어드는 자들이 생길 테고."

"하지만 사람 목숨이 걸렸잖아요. 왜 노력하지 않아요?"

"나도 처음에 알았을 때는 당신처럼 생각했어."

카세르는 마치 인형처럼 움직임이 없는 방랑족을 응시했다.

"그런데 방랑족을 처음 잡았을 때 이유를 알게 되었지. 저들은 절대 그 방법을 공유하지 않아."

유진은 그의 시선을 따라가서 방랑족을 쳐다봤다. 아까 그가 말했던 '소용없다'라는 말뜻이 와닿았다. 확실히 저 방랑족의 반응은 보편적이지 않았다. 살려 달라고 매달리지도, 자신을 지키려고 변명하지도 않았다. 마치 죽음을 기다리는 것 같았다.

"과거에 무수한 시도가 있었겠군요. 하지만 실패했고요."

"음."

카세르는 고개를 끄덕였다.

"어차피 알아낼 수 없을 테니까 백성들이 방랑족에 대해 알아봤자 혼란만 생겨."

그는 싸늘한 음성으로 덧붙였다.

"얼마나 대단한 비밀인지는 모르겠지만, 많은 사람을 구할 수 있는 선택을 거부한 자들이지."

그는 유진을 보며 말했다.

"당신의 고서 수집은 심오한 취미였군. 저자의 문신을 보고 바로 추측해 내다니."

유진은 겸연쩍게 웃었다. 자신이 술식에 무척 관심을 기울이는 이유를 그에게 말한 적이 없었다. 그녀 자신조차도 뭘 찾기 위해 조사하는지 모르기 때문이었다.

"과거에는 실패했더라도 이번에 전하께서 시도해 볼 생각은 없어요? 혹시 모르잖아요."

"상제께서 죄인으로 지목한 자들이야. 상제 성하의 뜻을 거스르면서까지 군이 그럴 필요성은 못 느껴."

"그 점이 이해가 가지 않아요. 왜 상제께서는 저들을 핍박하시는 거죠? 세상의 질서는 어지럽힌다니, 그런 추상적인 표현으로 사람 목숨을 그렇게…… 전하는 이상하다고 생각하지 않으세요?"

"글쎄."

열변을 토하는 그녀에게 카세르는 동조하지 않았다.

"상제 성하의 말씀은 언제나 추상적이야. 신의 뜻이란 그런 거 아닌가?"

유진은 말문이 막히는 표정으로 입술을 깨물며 혼잣말처럼 투덜거렸다.

"제가 그래서 뭐든 신을 가져다가 핑계로 붙이는 성직자를 안 좋아해요."

카세르가 놀란 눈으로 유진을 보며 헛웃음을 흘렸다.

"아니카가 하는 말치고는 놀랍도록 불경한데."

유진은 그에게 살짝 눈을 흘긴 후 방랑족을 바라보았다. 두 사람이 나누는 대화를 모두 듣고 있을 텐데도 청년은 여전히 반응이 없었다.

"입을 열지 않는다면서, 왜 재갈을 물렸나요?"

"방랑족의 손과 입을 자유롭게 두지 말 것. 상제께서 공문을 보내 당부하신 말씀이지."

"왜요?"

"입으로는 저주를 내뱉고 손으로는 저 기이한 문양을 그려서 사람의 기를 빨아들인다고 해. 방랑족의 저주를 받으면 죽어서도 영원히 영혼이 떠돈다지."

유진은 그의 설명을 다른 뜻으로 해석했다. 자신이 저주 같은 것을 믿지 않는 세상에서 살다 와서 그런지 모르겠지만, 상제의 당부는 방랑족의 입과 손을 통제하려는 술수 같았다.

그녀는 두 손이 등 뒤로 묶인 불편한 자세의 청년을 보며 중얼거렸다.

"……그런데도 재갈을 풀어도 괜찮아요?"

"당신이 있으니까 괜찮아."

"네?"

"당신은 라크를 나무로 만들 정도로 강력한 아니카잖아. 당신이야말로 신의 뜻 그 자체지. 어떤 저주가 신을 범접할 수 있겠어."

두 사람이 서로를 바라보느라 방랑족의 몸이 흠칫하는 반응을 보지 못했다.

유진은 고개를 돌려 방랑족에게 말했다.

"내가 궁금한 것은 네 몸에 새긴 술식이다. 네가 라크를 피하는 방법을 알려 주지 않아도 된다. 네 몸이 그린 술식 외에 알고 있는 술식이 있느냐? 아주 간단한 거라도 좋다."

"……."

"나는 주술사라는 자들이 술식을 안다는 정보를 접했다. 그리고 마라의 교단에서도 술식을 사용하지. 네가 쓰는 술식은 그것들과 무슨 관계가 있나? 전혀 다른 것인가?"

침묵하는 자를 상대로 계속 말을 걸다가 유진은 작은 한숨을 내쉬며 입을 다물었다. 허공에 대고 혼잣말하는 것 같은 기분이 들었다.

답답하고 실망스러웠다. 의혹이 한두 개가 아닌데 답을 아는 자는 고집스럽게 비밀을 끌어안고 죽을 테니까. 하지만 저 청년이 안쓰럽기도 했다.

저 방랑족의 나이는 어렸다. 오롯이 자신의 의지로 비밀을 지키려고 한다기보다는 교육과 세뇌로 강요받았을 가능성이 컸다. 마치 어린이 자살 폭탄 테러처럼.

"전하. 어려운 부탁이라는 건 알지만, 저자를 풀어 주시면 안 되나요?"

카세르는 아무 말이 없다가 곤혹스러운 낯으로 그녀를 불렀다.

"유진."

유진은 그의 목소리에 담긴 거부의 뜻을 읽었으나 좀 더 그를 설득하고 싶었다.

"딱히 무슨 짓을 저지른 것도 아니고. 지금 재갈을 풀었는데도 저주하고 있지 않아요. 전하는 방랑족이 어떤 묻는 말에도 대답하지 않는 사실을 아시지요. 방랑족을 잡다가 추궁을 시도해 보셨다는 거잖아요. 전하께서는 방랑족이 저주로 사람에게 해를 끼친다고 믿으세요? 방랑족을 경계하라는 상제 성하의 말씀에 의문을 가진 적은 없으세요?"

유진은 자신이 발언이 아주 위험하다는 사실을 알았다. 모든 사람이 신실한 교인은 아니지만, 사상의 밑바탕에 마하가 자리 잡고 있다. 그리고 상제는 곧 신이었다.

그가 정색하며 화를 낼 거라고 생각했다. 그런데 그는 그저 한숨만 내쉬었다.

"전사들뿐이면 입단속이 가능하지만, 이미 방랑족을 본 자들이 너무 많아."

"그러면 여기서 처형하지 말고 수도로 데려가서……."

"그 후에는? 저자를 수도로 데려가면 성도로 보내야 해. 차라리 여기서 처형하는 편이 저자를 돕는 길이야. 수도로 압송되는 방랑족 중 살아서 성도에 도착하는 자가 거의 없어. 대부분이 호송 중에 학대를 받아 죽지."

유진의 미간이 일그러졌다. 더 반발심이 생겼다. 하지만 저 청년을 살릴 방법이 떠오르지 않았다.

"왜 저자를 살리고 싶지?"

유진은 선뜻 대답하지 못했다. 특별한 이유는 없었다. 그저 보편적인 인류애적인 동정심이었다.

"……어리니까요. 저는 어른이 되기 전에는 누구나 특별한 보호를 받아야 한다고 생각해요. 단지 위험하다는 가능성만으로 아이까지 처형하는 방식은 잔인……."

유진은 말을 하다가 흠칫 놀라 입을 다물었다. 거칠게 숨을 끌어올리는 이상한 소리가 들렸다. 소리의 출처는 몇 걸음 떨어진 거리에서 무릎 꿇고 있는 방랑족이었다.

카세르가 당장이라도 움직일 수 있도록 상체를 앞으로 숙이고 의자에서 몸을 빼냈다. 그때 내내 바닥에 고꾸라질 것처럼 고개를 숙이고 있던 방랑족이 천천히 얼굴을 들었다.

감정을 모르는 것처럼 무표정하던 얼굴이 우는 듯 웃는 듯 주름을 잔뜩 만들며 두 눈에서 흘러내리는 눈물이 깡마른 볼을 흠뻑 적셨다.

카세르도, 유진도 놀라서 말없이 방랑족을 바라보기만 했다. 잠시의 침묵을 깨고 방랑족이 입을 열었다.

"아드리트."

"……하."

카세르가 기가 막힌다는 듯 탄식했다. 놀라우면서도 이게 무슨 상황인지 이해가 안 되었다. 비명 외에는 처음 듣는 방랑족의 목소리가 믿기지 않아서 잘못 들었나 싶었다.

"아드리트. 이름입니다."

청년은 또렷한 발음으로 재차 대답했다.

유진은 굳은 표정의 카세르의 눈치를 슬쩍 살피면서 아드리트에게 말했다.

"마음을 바꾸었나? 내 질문에 대답할 생각이 있느냐?"

"예."

"그럼……."

"잠깐."

카세르가 제지했다. 그는 유진에게 말했다.

"이 자와 독대하는 시간이 너무 길어. 그리고 여긴 방음도 형편없지."

"그럼 어떻게 해요?"

"……일단은 전사한테 다시 데려가서 감시하라고 하고 방법을 찾아봐야지."

"전사를 부르기 전에 한 가지만, 물어볼게요."

얼굴이 안 보이도록 푹 고개를 숙였던 아까와 다르게, 얼굴이 보일 정도로 고개를 든 아드리트는 시선만 아래로 내리고 있었다. 유진은 다시 무표정으로 돌아간 아드리트를 보니 아까 그의 얼굴에 드러났던 격한 감정이 떠올라 기분이 이상했다.

"왜 우리에게 접근했지?"

"물을 뜨러 왔습니다. 활동기에 이곳에서 머물다가 잠시 몸을 피해 있었습니다."

"네 말은, 활동기 동안 내내 이곳에서 지냈다는 뜻이냐?"

"예."

"이번 활동기에만?"

"몇 년 되었습니다."

둘의 대화에 끼어들지는 않고 있지만, 아드리트를 노려보는 카세르의 표정이 점점 험악해졌다. 그는 왕국의 역사가 담긴 신성한 땅에 불길함을 상징하는 자가 터 잡고 지냈다는 사실이 불쾌했다.

유진은 아드리트의 대답이 이해되지 않아서 추가로 질문했다.

"성지가 좁은 땅도 아니고 호수 건너편 쪽으로 돌아갔으면 잡히지 않았을 텐데?"

"아무도 없을 줄 알았습니다."

유진은 대강의 상황을 추측했다.

'행차단이 오는 모습을 보고 성지를 떠난 것이 아니라 그전에 이미 몸을 피했구나.'

아드리트가 최근 몇 년 동안 성지에서 지냈다면 건기가 시작된 후 곧 왕이 방문한다는 사실을 알았을 것이다. 예년 이맘때면 왕이 성지에서 제를 올리고 돌아간 후겠지만, 이번에는 대규모 일행이 함께 움직이는 데다가 모래 폭풍으로 길도 바뀌어서 늦게 도착했다.

아드리트는 성지에 아무도 없다고 생각하고 왔다가 예민한 전사의 눈에 발각되어 잡힌 듯했다.

"너희는 한곳에 머무르지 않는다고 들었다."

"예."

"그럼 넌 너희들의 규칙을 어긴 것이냐?"

"아닙니다. 대피소를 발견하면 활동기에는 머물러도 됩니다."

"대피소라니?"

"이 근처는 라크가 접근하지 않습니다. 저희는 이런 곳을 대피소라고 부릅니다."

"성지에서는 라크가 나타나지 않는다고? 활동기에도?"

"예."

유진이 알고 있었냐는 시선으로 카세르를 바라보았다. 그는 생소한 정보라는 표정을 지었다. 아드리트의 말이 사실이라고 해도 그동안 성지에는 건기의 시작 직후에만 왕이 방문했으므로 알 수 없었을 것이다.

그는 아드리트에게 첫 질문을 던졌다.

"왜 대피소라고 부르지?"

"대피소는 강력한 라크의 영역을 저희가 부르는 별칭입니다. 자신의 영역 안에서 움직이지 않는 라크가 존재합니다. 그러면 그보다 약한 라크는 접근하지 않습니다."

카세르는 놀란 음성으로 중얼거렸다.

"환수……."

자신만의 영역을 만들어 그 영역을 거의 벗어나지 않는 라크. 환수의 특징이었다. 왕자가 일종의 통과 의례로써 환수를 사냥할 때 그런 환수의 특징을 이용했다.

왕국에서는 왕의 후계자가 태어난 즉시 환수를 찾기 위한 조사대를 구성했다. 10년 이상의 꾸준한 조사를 통해 환수가 있을 만한 장소를 몇 군데 추린다. 그리고 왕자의 나이가 열세 살이 넘으면 받은 정보를 토대로 환수 사냥을 시작했다.

왕자는 환수를 잡으러 왕성을 떠난 후 길어도 1년 안에는 돌아왔다. 오랜 시간에 걸친 사전 조사가 아니면 그 시간 내에 환수를 찾아서 사로잡기는 불가능했다.

질문이 끝없이 길어질 것 같아서 이 정도로 끝내고 카세르는 스벤을 불렀다.

"데려가 감시하라. 내가 따로 지시를 내릴 때까지 이자의 신변에 문제가 생겨서는 안 될 것이다."

"예, 전하."

스벤이 아드리트를 데리고 나간 잠시 후, 천막 바깥에서 목소리가 들렸다.

"전하. 출발 준비를 마쳤습니다."

카세르가 아까 아드리트를 데려오라고 하면서 방랑족의 심문 후에 곧바로 출발할 테니 준비하라는 지시도 내렸다. 그때는 왕비가 단순한 호기심 때문에 방랑족을 구경하려는 줄 알았다.

지금 출발하지 않으면 일정이 꼬인다. 하지만 불안 요소를 남겨 두고 떠날 수가 없었다.

다행히 지금까지는 성지를 방문하는 동안 별일이 없었지만, 어떤 계기로 인해 환수가 인간을 적으로 인식하기 시작하면 크게 사고가 터질 것이다.

"기다려라."

"예, 전하."

카세르는 난감한 기분으로 유진을 돌아보았다. 아드리트가 말한 내용을 곰곰이 되짚어 생각하던 유진이 그와 눈이 마주치자 말했다.

"거짓말은 아닐 거예요."

"내 생각도 그래."

"언제부터 성지가 환수의 영역이 되었을까요?"

"모르겠어. 활동기에 여기에 와 봐야 하는 건가……."

라크의 기운을 감지하는 왕과 아니카의 능력이 건기에는 소용이 없었다.

라크들이 잠드는 건기에는 환수도 자신의 기운을 감추었다. 다른 라크로부터 자신의 영역을 지키려는 환수가 기력을 소모하면서까지 굳이 제 기운을 드러낼 필요가 없기 때문이다.

유진은 아부를 바라보았다. 건기가 시작되면서 아부한테 느껴지던 라크 특유의 이질적인 기운이 사라졌다. 붉은 뿔과 붉은 눈만 아니면 보통의 짐승 같았다. 왕의 환수가 되었어도 영역을 지키며 본능적으로 기운을 조절하던 과거의 습성이 남아 있는 듯했다.

아부를 빤히 보던 유진이 갑자기 뭔가가 생각난 표정으로 중얼거렸다.

"전하. 라크는 몸의 크기로 우위를 견주잖아요."

"그렇지."

"아까 그자가 강력한 라크라고 했어요. 강한 라크는 덩치가 크지요. 이 근처에 거대한 생명체가 눈에 띄지 않게 몸을 숨길만 한 장소가 있나요?"

잠시의 침묵 후 두 사람이 서로를 마주 보며 동시에 말했다.

"호수."

"호수."

*   *   *

피데스는 며칠 동안 하시 왕국의 수도를 돌아다니며 정보를 수집했다. 그가 필요로 하는 것은 전문적인 정보가 아니었다. 그는 술집에 앉아 사람들이 떠드는 소리에 귀를 기울이거나, 이야기꾼을 사서 풍문을 들었다.

여섯 왕국의 백성들이 항상 화젯거리로 삼는 두 가지 주제가 있었다. 성도 사람들의 생활 — 성도에서는 뭘 먹고 무엇이 유행하는지 등 — 과 자기네 왕실 관련 소식이었다.

근거 없는 뜬소문과 진짜를 가려내기는 어렵지만, 사람들이 가장 자주 언급하는 소문은 사실인지 아닌지를 떠나서 기억해 둘 만한 가치가 있었다.

그런데 한 가지 주제에 폭발적인 관심이 쏠리면 소소한 다른 주제는 다 묻히기 마련이었다. 피데스가 며칠 동안 보고 들은 것들이 그러했다. 어디를 가든, 모두가 같은 이야기만 했다.

오늘도 라크 나무 주변에는 엄청난 인파가 몰렸다. 사람들 사이에 끼인 채 피데스는 나무를 응시했다. 그는 라크 나무에 관해 들은 첫날에 다녀갔고 수도를 떠나기 전에 한 번 더 보러 왔다.

'라크가 나무로 변했다고?'

피데스는 떠도는 소문이 워낙 과장되어 있어서 어디까지가 사실인지 알 수 없었다. 아니카 왕비가 '나무가 되어라!' 하고 외쳤더니 라크가 나무가 되었다는 소문을 들었을 때는 헛웃음이 나왔다.

그런데 저 나무가 원래는 씨앗 혹은 라크였다는 것은 사실일 것이다. 왕실의 명성을 드높이기 위한 장치라기에는 거짓말의 규모가 너무 컸다.

'라크가 아니라 씨앗이 나무가 되었다고 해도 저만한 나무가 하루아침에 자라나다니.'

어느 등급의 라미타 능력으로 가능한 일인지 가늠할 수가 없었다. 피데스가 본 라크 나무는 성도 광장의 고목뿐이었다. 비록 비교할 대조군은 없지만 범상치 않다고 느꼈다.

그런데 이런 기적을 일으킨 사람이 아니카 진이라니. 그는 이해할 수 없었다.

'아니카 진의 라미타가 이 정도였나?'

아니카의 라미타 등급은 비밀이지만, 그 비밀은 철저하게 지켜지지 않았다. 아니카들끼리 어림짐작하는 서로의 등급 정보는 이런저런 경로를 통해 빠져나갔다. 그래서 아니카의 라미타 등급은 알 만한 사람은 다 아는 비밀이었다.

아니카 개개인의 자각몽까지 구체적으로 알려지지는 않았다. 그래도 누구보다 누구의 라미타가 더 강하다, 정도로 대충 줄을 세울 수 있을 만큼은 되었다.

'아니카 진의 라미타 등급에 관한 소문은 둘로 나뉘었지.'

아니카 진의 라미타 등급에 관해서는 의견이 분분했다. 누군가는 형편없이 약할 거라고 했고 누군가는 플로라만큼 강할 거라고 했다.

다수 의견은 약하다는 쪽으로 기울었다. 아니카 진이 평소에 자신의 라미타 등급을 드러낼 만한 언행을 한 적이 없었다. 과시를 좋아하는 진의 성격에 비추어 짐작하건대 자랑할 거리가 없으니까 못 하는 거라고 사람들은 말했다.

'라크 나무가 사실이면…… 약하다는 소문이 잘못된 거겠군.'

더는 수집할 정보가 없다고 판단하고 피데스는 성도로 출발했다. 그는 약 반나절 동안 말을 타고 전속력으로 달리다가 생각이 바뀌었다.

밤낮을 쉬지 않고 최대 속도로 달려간다 해도 성도에 도착하려면 열흘 이상 걸렸다. 그는 라크 나무 정보가 급한 소식이라고 판단했다.

그는 중간에 방향을 바꾸어 전서새 관리소에 들렀다. 간략하게 핵심 내용만 정리하여 새를 통해 성도로 급보를 날렸다.

그가 보낸 급보는 며칠 안으로 상제께 도착할 것이다.

                    *   *   *

　국왕 부부는 출발 준비가 다 된 이 시점에 뜬금없이 호숫가에 다녀오
겠다며 환수만 데리고 길을 따라 들어갔다. 아무도 뭐라고 하지는 못했
지만, 다들 속으로는 황당해할 거라고 유진은 생각했다.

　호숫가에 접근하기 수월한 길은 한 곳뿐이었다. 호수 둔치까지 돌을
판판하게 깎아서 바닥에 깔아 길을 만들었다. 평소에 관리하는 사람이
전혀 없는데도 두툼한 바닥 돌은 무성하게 자라는 수풀들 사이에서 그
럭저럭 길의 형태를 유지했다.

　그들은 곧 물가에 이르렀다. 얕은 곳에서 물을 뜨면 흙탕물이 되므로
깨끗한 물을 얻기 위해서 선착장처럼 나무 구조물을 만들어 물 위에 띄
웠다. 그리고 물을 긷는 도르래 장치를 연결해 두었다.

　두 사람은 구조물의 가장자리까지 걸어갔다. 아부는 주변을 두리번거
리며 두 사람 뒤를 따라갔다.

　"호수가 있기는 하지만, 사막 한복판이잖아요. 왜 왕국은 이곳에 터
잡았던 건가요?"

　"옛날에는 이 호수가 훨씬 넓었다고 해. 주변도 이 정도로 사막은 아
니었고."

　"사막화가 진행된 거군요."

　유진은 호수를 내려다보았다. 구조물에서 보는 호수는 밑바닥이 보이
지 않을 정도로 깊었다.

　"이 안에 환수가 있을까요?"

　"글쎄."

　"전하."

　유진이 카세르를 보며 손을 내밀었다.

"주세요. 해 볼게요."

"아무래도 활동기에 내가 다시 오는 방법이 더 나을 것 같은데."

"몇 개월은 기다려야 하잖아요."

"기다리면 되지."

"저는 너무 궁금하단 말이에요."

"어떤 환수가 나올 줄 알고. 왜 이렇게 무모해?"

"사람에게 적대적이었다면 이미 예전에 행차단은 공격을 받았겠지요. 어서요."

유진이 펼친 손을 흔들었다.

두 사람이 호수에 오기 전에 유진은 라미타를 이용해 환수를 자극해서 불러낼 방법을 생각해 냈고 그 즉시 카세르를 설득했다.

다만, 그녀는 씨앗이나 라크 등의 매개가 없이는 라미타를 어떤 식으로 발현하는지 알지 못했다.

마침 카세르에게 환수의 먹이용으로 가져온 씨앗이 조금 있었다. 유진은 꼬마의 먹이로 가져온 노란 씨앗을 달라고 지금 손을 내미는 것이었다.

카세르는 내키지 않는 표정으로 주머니를 꺼냈다. 그녀가 라크의 공격을 받지 않는 아니카이기 때문에 그는 유진의 의견에 따라 주었다. 그가 주머니에서 얇은 천으로 감싼 씨앗을 꺼내 유진의 손바닥에 올렸다.

유진은 천을 벗기려다가 그냥 씨앗을 두 손으로 감싸 쥐고 눈을 감았다. 씨앗에 기운을 주입한다는 느낌으로 집중했다. 그녀는 손바닥 안쪽에서 뜨끈한 기운이 느껴지자 놀라서 손을 펼쳤다.

씨앗을 싹틔우는 것은 처음이라서 유진은 눈에 힘을 주고 관찰했다. 손바닥 위의 작은 씨앗이 꿈틀거리다가 얇은 천 사이를 비집고 긴 싹이 쑥 솟아올랐다. 작은 싹이 쑥쑥 위로 올라가더니 순식간에 그녀의 눈높이를 넘어갔다. 줄기의 높이를 따라 점점 그녀의 고개가 뒤로 넘어갔다.

"아부!"

카세르가 아부를 부르는 동시에 유진이 온몸에 소름이 돋는 듯한 기이한 감각을 느끼며 호수를 쳐다봤다. 그리고 그녀의 허리를 팔로 감아 끌어당기는 그의 품에 갇혔다.

카세르는 그녀를 안고 뒤로 물러섰다. 그는 프라즈를 최대한 끌어올렸다. 그의 동공은 푸르게 빛나며 세로로 길어지고 그의 몸 주변에 아지랑이처럼 새파란 뱀의 형상이 모습을 드러냈다. 아부는 두 사람의 앞으로 뛰어나와 호수를 향해 털을 곤두세우며 이를 드러냈다.

잔잔하던 호수의 수면이 크게 일렁이기 시작했다. 흔들리면 수면의 움직임이 커지며 파도를 만들었다. 회오리 모양으로 물살이 빨려 들어가더니 요란한 물소리와 함께 거대한 것이 수면 위로 쑥 올라왔다.

물에 젖어 반들반들한 머리에 두 개의 붉은 뿔이 솟아 있었다. 사람 머리통 크기의 거대한 붉은 눈이 두 사람과 한 마리 짐승을 훑어보듯이 스윽 움직였다.

수면 위로 솟은 거대한 등딱지의 갈라진 틈새에는 푸른 이끼가 잔뜩 끼었고 심지어 작은 나무가 뿌리를 박고 자라고 있었다. 마치 살아 있는 바위 같았다.

유진은 마른침을 꿀꺽 삼켰다. 이렇게 어마어마한 크기의 거북이는 처음 보았다. 거북이가 위협적인 동물이라고 생각한 적이 없었는데 워낙 압도적으로 크니까 저절로 몸이 움츠러들었다.

카세르는 거북이 환수가 공격성을 드러내지 않았지만, 마음을 놓지 않았다. 그는 아차 싶으면 당장 둔치로 몸을 날릴 수 있도록 살짝 무릎을 굽혀 바닥을 박차고 뛰어오를 준비를 했다.

그들은 기묘한 침묵 속에서 잠시 대치했다. 아부가 으르렁대는 소리만 들렸다. 거북이가 붉은 눈을 느릿하게 끔벅이더니 서서히 다시 물 안으로 들어갔다.

유진은 거북의 등딱지가 호수 수면 아래로 찰랑찰랑하게 잠기자 다급히 외쳤다.

"기다려! 가지 마!"

유진의 부름에 응하듯 거북의 몸은 물속에 잠긴 채 머리만 수면 위로 드러낸 상태로 움직임을 멈추었다. 유진은 막상 거북이가 '왜?'라고 묻는 것처럼 빤히 자신을 바라보자 당황했다.

"네가…… 이 성지의, 그러니까 이 근처가 네 영역이니?"

유진은 아부가 말귀를 알아듣고 나름대로 의사를 표현하듯 거북이 환수 역시 그런 식으로 대답할 거라고 생각했다. 그런데 예상치 못한 일이 벌어졌다.

─날 소멸시키러 왔나? 소멸이 아닌 죽음이라도 난 아직 바라지 않는다.

중성적인 느낌의 청아한 음성이 울렸다. 유진이 놀란 숨을 들이켰다. 카세르의 눈빛도 흔들리며 그녀를 끌어안은 팔에 힘이 들어갔다.

"마, 말을 해? 인간의 언어를 할 줄 알아?"

─인간의 언어가 아니다. 내 의지를 전달하는 것이지.

"전하."

유진은 머릿속이 마구 엉켜서 고작 그의 이름을 부를 뿐이었다. 카세르는 그녀의 짧은 한 마디 속에 담긴 혼란스러움과 의문을 짐작하며 대답했다.

"나도 몰라. 이런 경우는 본 적도 들은 적도 없어."

그녀는 적잖이 충격받았다. 비록 자신이 쓴 소설이 이 세상과 전부 일치하지는 않는다고 해도 이쪽 세계에 관한 지식, 특히 환수 정보는 풍부한 편이라고 생각했다. 그런데 유진의 소설 속에서 말하는 환수는 등장한 적이 없었다.

유진은 무수히 떠오르는 질문은 일단 미루고 거북이 환수를 붙잡아 두기 위해 달랬다.

"널 해치려는 게 아니야. 놀라게 했다면 미안해."

— 날 위협하려는 게 아니라면 프라즈는 치워 주는 게 어때?

유진은 마치 사람이 말하듯 자연스러운 표현을 구사하는 환수의 능력에 놀랐다. 그녀는 프라즈를 가라앉히라는 말 대신에 손으로 그의 팔을 톡톡 두드리며 그를 불렀다.

"전하."

카세르는 인상을 찌푸리고 대형 거북이 환수를 노려보았다. 저 괴물이 꿍꿍이가 있어서 수작을 부리는 것일지도 모른다는 의심이 들었다. 그의 불안한 의혹을 반영하듯 푸른 뱀이 긴 몸을 쭉 뻗으며 거북이를 향해 크게 입을 벌리고 사납게 으르렁댔다.

거북이는 붉은 눈을 느릿하게 끔벅이면서 슬그머니 뒤로 헤엄쳐 물러났다. 마치 언제든 내뺄 수 있도록 적당히 거리를 벌리는 것 같았다. 덩치 큰 겁쟁이 같은 모습에 유진이 풋, 웃음을 터뜨렸다.

"전하. 괜찮아요. 괜찮을 것 같아요."

유진이 웃으며 자신의 허리를 끌고 안고 있는 그의 팔로 시선을 내렸다. 그의 몸을 에워싸며 구현된 푸른 뱀은 도드라진 비늘이 보일 정도로 선명했다.

'원래 이랬었나?'

뱀의 형태는 사왕의 프라즈를 상징했다. 그래서 다른 왕의 프라즈는 뱀의 형태가 아니며 사왕처럼 생생한 형상을 만들지도 못했다.

그런데 사왕의 프라즈가 만드는 뱀 역시 멀리서 보면 진짜 같아도 가까이에서 보면 티가 났다. 반투명하므로 사물이 비추어 보이기 때문이다.

그런데 지금 유진이 보는 프라즈는 진짜 뱀 같았다. 그의 팔 위를 감은 뱀의 몸 너머로 그의 피부가 보이지 않았다.

유진은 대부분 사람이 그러하듯 뱀을 질색했지만, 프라즈가 무형의 기운이라는 사실을 아니까 뱀이라고 인식한 적이 없었다. 그런데 지금은 지나치게 진짜 같았다.

손으로 만지면 뱀의 차가운 비늘이 느껴질 것 같아서 그녀는 확인하려는 의도가 느껴지지 않도록 자연스럽게 뱀의 몸통 아래에 있는 그의 팔을 만졌다. 무엇도 손에 걸리지 않고 그의 피부가 만져졌다.

그녀는 안심하는 미소를 지으며 그의 팔을 재차 가볍게 두드렸다.

"전하."

푸른 뱀의 형태가 서서히 흐려지더니 그의 팔 속으로 스며들어 사라졌다. 유진은 묘한 기분으로 그 현상을 바라보았다. 자신이 저런 거대한 환수도 두려워하는 강력한 맹수의 조련사가 된 것 같았다.

라크는 아니카를 해치지 않는다는 사실을 알면서도 자신을 지키듯 꽉 안고 있는 그가 아주 든든했다. 언제까지나 자신의 옆에 이 남자가 있었으면 좋겠다는 생각이 짧게 스쳐 지나갔다.

그녀는 거북이에게 말했다.

"너처럼 말할 수 있는…… 언어가 아니라고 했지. 어쨌든 이런 식으로 대화가 가능한 환수가 더 있어?"

─모른다. 아직 나보다 큰 녀석과 마주친 적이 없다.

"혹시 모든 환수가 우리와 대화가 가능한 데도 하지 않는 거니?"

─그렇지는 않다. 오래전에는 나도 할 수 없었지.

"넌 언제부터 말할 수 있었어? 어떤 계기로?"

─나는 아주 오랫동안 존재했다. 그리고 어느 날, 자연스레 할 수 있게 되었다.

유진은 거북이의 대답을 '나이를 많이 먹었더니 말을 터득하더라'라고 해석했다. 환수는 기본적으로 학습을 통한 배움과 발전이 가능하므로 그럴듯했다.

거북이의 덩치를 보건대 이 환수는 무척 오랫동안 살았을 것이다. 문득 그녀는 자신이 태어나 자란 세상의 전래동화를 생각했다. 옛이야기 속에 수백 년 이상의 나이를 먹고 사람 흉내를 내는 짐승이 종종 등장하곤 했다.

그녀는 아부를 바라보았다. 아까보다는 진정했지만, 여전히 털을 곤두세우며 이를 드러내고 있었다. 자신보다 몇 배는 큰 환수 앞에서도 용맹한 아부가 기특했다. 이 영리한 녀석이 나이를 더 먹은 후 언젠가 말을 할 수 있게 되어도 놀랍지 않았다.

"넌 언제부터 여기를 영역으로 삼았지?"

카세르가 질문했다.

—이 근처에 살던 인간들이 떠난 후부터다.

이 성터를 버리고 도읍을 옮겼을 무렵이라면 수백 년 전이었다. 오랜 세월 동안 왕국의 신성한 땅이 괴물의 둥지로 이용되었다니, 카세르는 기가 막혔다.

유진은 이러지도 저러지도 못할 그의 복잡한 심경을 이해했다.

'환수는 제 영역에 집착이 강하니까 순순히 떠날 리가 없어.'

방법은 사냥뿐이었다. 그런데 호수의 수심이 거북이 환수에게 일방적으로 유리할 테니까 무척 어려운 사냥이 되리라. 그렇다고 여기서 죽치고 환수 사냥에 집중하기에는 왕은 그 밖에도 할 일이 아주 많았다.

'그냥 영역으로 인정해 줘야겠지. 대신 문제는 일으키지 말라고 경고만 하고…… 아!'

갑자기 좋은 생각이 났다.

"우리에게 이 땅은 아주 특별한 의미가 있어. 네가 여기서 지내는 걸 묵인할 테니까 도와줄래? 네 도움이 필요해."

유진은 거북이에게 말하면서 카세르를 쳐다봤다. 환수와 협상하도록 허락해 달라는 의미였다. 눈이 마주친 카세르가 짧게 고개를 끄덕였다. 그녀가 환수를 무슨 일에 이용하려는지 궁금했다.

국왕 부부가 호숫가 산책을 마치고 돌아왔을 때는 시간이 정오를 훌쩍 넘었다. 카세르는 오늘 출발하기에는 늦었으니까 하룻밤을 더 이곳에서 보내고 내일 해가 뜨자마자 출발하도록 준비하라고 지시했다.

그리고 전사에게 아드리트를 끌고 오라고 한 후에 모두가 지켜보는 자리에서 말했다.

"방랑족의 처분을 결정하겠다. 모처럼 형식을 갖추어 성지에 제를 올리러 왔건만 피를 보는 일은 상서롭지 못하다. 그런데 왕비께서 아까 호수를 둘러보더니 성지의 성스러운 호수가 방랑족의 불길함을 씻어 낼 거라고 하였다. 스벤."

"예, 전하."

"방랑족의 처분을 일임한다. 수장형으로 처형하라. 방랑족의 피가 호수의 물을 더럽히는 일은 없어야 할 것이다."

"명심해서 분부대로 거행하겠습니다."

"처형에 증인으로 참관할 자는 자유롭게 가도 좋다."

왕명을 내린 후 국왕 부부는 천막으로 들어갔다.

스벤의 주관하에 전사들이 처형을 위한 준비물을 챙겼다. 방랑족을 끌고 호숫가로 가는 전사들의 뒤로 궁인과 관리 일부가 참관하러 따라갔다.

유진은 천막 바깥의 사정에 귀를 기울였다. 약간의 소란스러운 소리가 들리고 곧 조용해지자 그녀는 작은 한숨을 내쉬었다.

"계획대로 잘 되겠지요?"

"잘 될 거야."

"저 방랑족이 제가 말하는 대로 따라 줄까요? 제게 거짓말한 거라면요? 제가 사람을 잘못 본 것일 수도 있어요. 그대로 도망쳐 버리면 어떡하죠?"

"당신 잘못이 아니야. 방랑족 하나를 풀어 보내 주었다고 해서 큰 문제가 있는 것도 아니고."

유진은 카세르를 물끄러미 바라보다가 그를 와락 끌어안았다. 두 팔로 그의 허리를 안고 그의 품에 고개를 묻으며 말했다.

"제 부탁을 들어줘서 고마워요."

카세르는 미소 지으며 그녀의 등을 감싸 안았다.

"당신에게 위험 부담이 큰일이라는 거 알아요. 상제께 반하는 일이잖아요."

"……."

카세르가 방랑족에게 품은 반감의 유형은 다른 사람과 달랐다. 상제가 말하는 방랑족의 불길함 때문에 그들을 혐오하기보다는 많은 사람의 목숨을 구할 방법을 자기들끼리만 공유한다는 점에 환멸을 느꼈다. 그래서 상제의 명을 거역함으로써 느끼는 불안함은 거의 없었다.

「상제 성하의 말씀에 의문을 가진 적은 없으세요?」

아까 그녀가 했던 물음에 그는 지금 속으로 대답했다.

'의문이야 항상 있지.'

그러나 그는 자신의 의문을 절대 드러내서는 안 되었다. 그는 왕국의 주인이며 신의 대리인인 상제의 절대적인 영향력 아래에서 살아가고 있기 때문이다.

불현듯 선왕의 유언이 떠올랐다.

선왕께서 돌아가시기 직전, 선왕은 자신의 임종을 지키는 카세르를 침대로 가까이 부르더니 카세르만 들을 수 있을 정도로 속삭이듯 말했다.

「아들아, 마하를 믿지 마라.」

그 말씀 후 곧 의식을 잃고 다시는 의식을 찾지 못한 채 며칠 후 승하하였으므로 유언이나 다름없었다. 신만 의지하지 말고 열심히 살라는 충고인지, 이면에 다른 뜻이 더 있는지는 알 수 없었다.

하지만 선왕은 생전에 워낙 돌발적인 언행을 곧잘 하던 분이라 카세르는 선왕의 유언에 그다지 의미를 두지 않았다.

그런데 자신도 모르는 사이에 영향을 받은 것 같았다. 이유를 알 수 없이 그저 상제와 마음의 거리를 두고 싶었다.

'거창한 명분이 없는 그저 감정적인 이유일지도 모르지.'

그는 쓴웃음을 지었다. 의미를 두지 않으려 해도 선왕의 유언은 자꾸 생각났다. 정확히는 유언의 내용 자체보다 딱 한 단어가.

「아들아.」

그가 태어나서 처음이자 마지막으로 들은 호칭이었다. 자신이 누군가의 아들이었다는 사실을 그날 처음 느꼈다. 그 짧은 호칭에 집착하는 자신이 어린애 같다는 생각을 하곤 했다.

왕국의 오랜 역사를 상징하는 성지에 왔기 때문일까. 카세르는 문득 감상적인 생각이 들었다. 자신이 안고 있는 이 여자를, 세상을 떠난 선왕께 보여드리고 싶었다.

전사들은 아드리트의 머리에 가죽 주머니를 씌웠다. 아무리 몸부림쳐도 끊을 수 없도록 팔과 다리를 꼼꼼하게 묶었다. 그뿐만 아니라 커다란 돌을 주머니에 담은 후 그 주머니를 묶은 줄을 아드리트의 발목에 연결해 묶었다.

아무리 신묘한 재주가 있어도 빠져나올 수 없을 것이다. 무거운 돌은 아드리트의 몸을 호수 바닥까지 가라앉도록 끌어내릴 것이며 목숨을 끊어질 때까지는 십여 분도 채 걸리지 않을 것이다.

자신의 처형이 준비되는 중에도 아드리트는 저항하지 않았다. 저항해 봤자 전사들의 손아귀를 벗어날 가능성은 없다. 얻어맞으면 아프니까 편히 죽고 싶었다.

누군가는 아픈 게 대수냐, 죽음 앞에서 발버둥 쳐 봐야 하지 않겠냐 말하겠지만, 아드리트가 철들 무렵부터 일족한테 배운 것은 '죽음에 대처하는 마음가짐'이었다.

그는 '수장형에 처한다'라는 사왕의 결정을 들었을 때도 크게 실망하지 않았다. 칼에 베이는 것보다 익사가 덜 괴로울까, 라는 생각만 들었다.

어차피 기대하지 않았다. 차라리 어서 죽기를 바라는 마음도 있었다. 방랑족이라 불리는 그들 일족에게 삶은 형벌이었다.

그러나 절대 자살할 수 없는 것도 일족이 속죄하는 방식이었다. 일부러 잡혀서 타인의 손을 빌려 자살해서도 안 되었다.

끈질기게 살아남아 끝없이 세상을 떠돌아야 한다. 일족이 저지른 죄를 씻을 수 있을 때까지.

일족이 세상에 지은 죄는 모래밭에 물그릇을 엎은 것과 같았다. 쏟은 물을 어찌 주워 담을 수 있겠는가. 그러니까 그들은 형기가 정해져 있지 않은, 영원한 감옥에 갇힌 죄인들이었다.

"집행해라."

목소리를 들으며 아드리트는 눈을 감았다. 몸이 붙들려 위로 들렸다. 그때 그의 귓가에 누군가 바짝 입술을 대고 속삭이는 것처럼 목소리가 울렸다.

—호수 반대편으로 데려다주겠다.

아드리트가 눈을 떴다. 머리에 자루를 뒤집어써서 눈앞은 깜깜했다. 몸이 공중으로 붕 떠오르는 것과 동시에 아드리트는 크게 숨을 들이켰다.

호수로 던져진 아드리트는 요란한 물소리와 함께 물보라를 일으키며 물속으로 가라앉았다. 발목과 연결한 돌이 무게추가 되어 그의 몸을 깊이 바닥으로 끌어당겼다.

차가운 물에 수압이 더해져서 온몸을 감쌌다. 앞이라도 보이면 좀 나으련만. 아무것도 보이지 않으니 덜컥 겁이 났다.

모두 포기하고 담담하게 죽음을 받아들였던 아까의 각오가 살 수 있을지도 모른다는 가느다란 희망 앞에 형편없이 무너졌다. 아드리트는 살고 싶은 자신의 솔직한 욕망을 깨달았다.

살고 싶다.

물 아래로 하강하던 몸이 갑자기 휙 방향이 꺾였다. 몸이 물살을 가르며 어디론가 끌려갔다. 정체 모를 무엇인가가 그를 빠른 속도로 끌고 가고 있었다.

조금씩 뱉어 내는 숨이 뽀글뽀글 방울이 되어 재갈이 물린 그의 입술 사이로 빠져나왔다. 아까 마셨던 들숨을 완전히 내뱉은 후에는 있는 힘을 다하여 견뎠다. 그러나 곧 숨이 턱까지 차오르고 가슴이 터질 것 같았다.

더는 버틸 수가 없었다. 차가운 물이 왈칵 코와 입으로 밀려 들어왔다. 의식이 흐려지는 순간 물소리와 함께 몸이 물 밖으로 나왔다. 내던져진 그의 몸이 바닥에 나뒹굴었다.

몸이 부딪치는 통증 따위는 별것 아니었다.

살았다!

아드리트는 요란하게 기침하며 물을 토해 내고 허겁지겁 공기를 들이켰다.

"헉…… 헉……."

아드리트는 축 늘어져 숨을 헐떡였다. 살았다는 생각이 들자 눈이 후끈했다.

그러나 감상에 빠져 있을 때가 아니었다. 그는 있는 힘껏 몸을 뒤흔들었다. 아무리 애를 써도 꽁꽁 묶인 줄은 꼼짝도 하지 않았다. 손까지 뒤로 묶여서 아무것도 할 수 없었다. 물 밖으로는 나왔지만, 이대로 이 자리에서 굶어 죽을 위기에 처했다.

— 이런 것까지 해 주라는 말은 없었는데.

투덜거리는 듯한 음성이 들린 후에 등 뒤의 손에 차갑고 미끈한 것이 닿자 아드리트는 흠칫했다. 손목을 묶은 줄이 당겨져서 더 꽉 조였다.

'줄을 끊어 주는 건가?'

아드리트는 최대한 움직이지 않았다. 잠시 후 손목의 쥔 힘이 느슨해지면서 완전히 사라졌다. 그는 손이 자유로워지자 상체를 묶은 끈을 마저 풀고 머리를 덮은 주머니와 입의 재갈을 벗었다.

그는 감사 인사부터 하려고 은인에게 고개를 돌렸다. 몸이 물에 반쯤 잠긴 붉은 눈의 거북이와 눈이 마주치는 순간, 아드리트는 그대로 굳었다.

그의 표정이 절망으로 물들었다. 그와 그의 일족이 비참하게 살아야 하는 원죄가 바로 눈앞에 있었다.

'라크한테 목숨을 구명 받다니.'

―채집꾼의 첫 번째 거점으로 오라고 했다. 일몰이 시작된 후부터 해가 완전히 질 때까지 기다린다고 하더군.

"⋯⋯."

―인간. 알아들은 거냐?

초점이 흐린 눈으로 멍한 표정의 아드리트를 보며 거북이는 말했다.

―어쨌든, 난 말을 전했다.

"왜!"
고개를 돌리던 거북이는 다시 아드리트를 쳐다봤다.
"왜 나를 구했지?"

―너를 구한 게 아니다. 죽음이 도와 달라고 부탁하더군. 별로 어려운 일은 아니니까.

아드리트가 눈살을 찌푸리며 생각에 잠겼다가 말했다.
"아니카께서? 그분이 뭐라고 하셨는데?"

―물에 빠지는 인간이 있을 테니까 다른 인간 눈에 띄지 않게 먼 곳으로 데려가서 꺼내 달라고 했다.

거북이가 흥미로워하는 눈빛으로 말했다.

─ 넌 재밌는 인간이구나. 놀라지 않는군.

"……너 같은 존재에 관해 어른들한테 들은 적이 있다. 직접 보는 건 처음이지만. 그런데 넌……."

아드리트는 묘한 표정으로 거북이를 바라보았다. 지능을 지닌 라크가 오랫동안 살아남아 제 생각을 구체적으로 표현할 수 있게 된다고 해도 방식은 제한적이었다. 인간과 자유롭게 대화를 나눌 정도로 능숙해지려면 인간한테 배워야 한다.

인간의 곁에 머무르며 인간이 하는 것들을 보고 듣고 배울 수 있는 환수.

"넌…… 왕의 환수였었구나."

거북이의 붉은 눈이 번뜩였다.

─ 비밀을 알아냈으니 살려 둘 수 없지.

거대한 거북이가 덩치가 무색하게 날렵한 움직임으로 순식간에 물 밖으로 나와 아드리트의 앞으로 다가왔다. 눈앞에서 쩍 벌어지는 환수의 입을 보며 아드리트는 눈을 꽉 감았다. 발이 묶인 상태라 도망칠 수가 없었다.

이렇게 죽는구나, 생각했는데 아무 일도 벌어지지 않았다.

─ 크하하하!

머릿속에서 울리는 웃음소리를 듣고 아드리트는 슬며시 눈을 떴다. 벌린 입을 움직이면서 사람이 웃는 모습을 흉내 내는 거북의 모습은 기괴했다. 아드리트는 황당하다는 표정으로 거북이를 응시했다.

"지금…… 뭐 하는 거지?"

거북이가 입을 다물었다. 심드렁한 음성이 아드리트의 귓가에 울렸다.

—재미없는 인간이군.

아드리트는 미간을 찌푸렸다. 지금 저 괴물이 장난을 친 건가?

한때 왕의 환수였더라도 어쨌든 라크다. 라크는 괴물에 불과했다. 특별해 보이는 왕의 환수도 왕의 프라즈에 굴복하여 사역마처럼 부려질 뿐이라고 배웠다.

그런데 생각과 전혀 다른 라크의 모습이 혼란스러웠다.

"아까…… 뭐라고 했지? 아니카께서 내게 뭐라고 하셨다고?"

—멍청한 인간아. 한 번만 더 말할 테니 잘 들어라. 채집꾼의 첫 번째 거점으로 와라. 일몰이 시작된 후부터 해가 질 때까지 기다리겠다.

아드리트는 속으로 되뇌어 확실히 기억해 두었다.

"왜 나를 구했지?"

—널 구한 게 아니라니까.

"넌 자유의 몸이잖아. 왕의 환수였을 때처럼 명령을 들을 필요가 없어.”

　－역시 멍청하군. 명령과 부탁을 구별 못 하나.

“명령에 따른 게 아니라면 이유가 있겠지. 그분 부탁으로 날 구한 이유.”
　물끄러미 아드리트를 바라보던 거북이 몸을 돌려 물가로 걸어 들어갔다. 거북의 몸이 서서히 물에 잠겼다. 완전히 물에 들어가기 직전, 아드리트의 머릿속에 맑은 음성이 울렸다.

　－그 녀석 이름이 아부더군. 그리운 이름이라서 옛날 생각이 났다. 인간아. 가서 죽음과 소멸을 만나면 내 말을 전해라. 나중에 다시 여기 오면 난 아마 그때 여기 없을 거라고.

“네 영역을 떠나겠다고?”

　－인간은 너무 **빨리** 죽어. 두 번 다시 겪고 싶지 않구나.

　거북의 몸이 완전히 물속에 잠겼다. 아드리트는 이대로 헤어지기가 아쉬워서 소리쳤다.
“고, 고마워! 네 영역에서 그동안 잘 지냈다.”

　－얼쩡대던 인간이 너였냐.

　잠시 기다렸으나 더는 목소리가 들리지 않았다.

아드리트는 벗과 헤어진 것처럼 마음이 허전했다. 일족이 아닌 존재와 이 정도로 길게 대화를 나눈 적이 없었다. 비록 일족의 철천지원수나 다름없는 괴물이라고 해도.

그는 방금 거북이 환수가 한 말을 떠올렸다. '아부'라는 이름을 어디서 들었나 했더니 사왕이 흑표범 환수를 그 이름으로 불렀던 기억이 났다. 그 이름에 얽힌 사정이 있는 건가?

"인간은 너무 빨리 죽는다고……?"

마치 인간의 죽음으로 인한 이별을 슬퍼하는 것처럼 들렸다. 그래서 인간과의 인연을 꺼리는 것 같았다.

'이상해…….'

라크가 정말로 이 세상의 질서를 망가뜨린 괴물인가. 그저 파괴 본능만 지닌 괴물이 영악스럽게 인간을 흉내 낼 뿐인가. 저 괴물에게 영성이 존재하여 과거를 추억할 수 있고 그리움이라는 감정도 느낀다는 생각이 드는, 자신이 이상한 걸까.

그는 한참을 호숫가에 선 채로, 잔잔히 흔들리는 수면을 바라보았다.

아드리트는 호숫가에서 하루를 더 머물며 왕의 행차단이 완전히 떠나기를 기다렸다. 서두르다가 전사에게 걸리면 이번에는 틀림없이 죽을 테니까 신중히 움직였다.

내심 거북이 환수를 한 번 더 봤으면 싶었지만, 환수는 나타나지 않았다.

그가 성지에서 출발하여 사막을 횡단해 멀찍이 하시 왕국 국경을 상징하는 성벽이 보이는 데에 이르기까지 꼬박 일주일이 걸렸다.

성벽으로부터 일정한 간격을 두고 사막의 군데군데 천막이 세워져 있었다. 건기에 사막으로 씨앗을 채집하러 나오는 채집꾼들을 위한 거점이었다. 거점에서 채집꾼들은 식사하고 휴식을 취하며 비상시에는 응급 조치도 받았다.

천막마다 긴 장대를 세우고 장대 끝에 숫자를 표기한 깃발을 매달아 거점을 구별했다. 아드리트는 모래 언덕에 엎드려 첫 번째 거점의 위치를 가늠했다.

오후의 그림자가 길어지기 시작하자 채집꾼들이 하나둘씩 거점으로 모였다. 거점을 떠나 성벽 안으로 들어가는 사람 수도 늘어났다. 날이 저물어 사위가 어둑해질 무렵에 아드리트는 모래 언덕을 내려왔다.

그는 첫 번째 거점으로 다가갔다. 그가 장대 아래에 서 있는 사내를 발견했을 때 이미 사내는 아드리트가 있는 방향을 보고 있었다.

'전사구나.'

전사는 보통 사람과 비교할 수 없이 감각이 발달했다. 얼마 전 전사에게 잡혀서 호된 꼴을 당한 경험이 떠올라 저절로 몸이 긴장했다.

'왔군.'

스벤은 성지 행차단이 귀환한 그 날 저녁부터 매일, 왕명을 받아 한 사람을 기다리고 있었다. 그는 체구가 작은 청년이 가까이 다가오는 모습을 바라보았다. 자신이 매일 여기서 누구를 기다리는지는 왕께 들어서 알고 있었다.

'정말 살아 있었군.'

스벤은 아드리트의 생존에 의문을 품지 않았다. 불길하고 하찮은 방랑족이 자신의 재주로 호수 밑바닥에서 살아 나온 것이 아니라 왕께서, 혹은 왕비께서 신묘한 능력으로 살렸을 거라고 생각했다.

"입고 따라와라."

아드리트는 스벤이 던지는 로브를 위에 걸쳐 입었다. 오래 기다려 주지 않고 등을 돌려 성큼성큼 앞서가는 전사의 뒤를 서둘러 따라갔다.

날이 완전히 어두워져서 이미 돌문은 닫혔다. 스벤이 성벽에 서서 위를 향해 신호를 보냈다. 잠시 후 성벽 위에서 긴 사다리 줄이 내려왔다. 두 사람은 사다리를 타고 성벽을 올라갔다.

스벤과 동행한 자가 누구냐고 묻는 사람은 없었다. 두 사람은 별 어려움 없이 성벽을 넘고 왕성 안까지 들어갔다.

*　　*　　*

사내가 문을 두드렸다.

"어르신."

"들어와라."

사내가 안으로 들어가서 책상 앞에 앉아 있는 호드리고에게 다가갔다. 좁지 않은 책상에 빈틈이 없을 정도로 책과 문서가 널브러져 있었다. 분주하게 이것저것 들추어 보고 있던 호드리고가 고개를 들었다.

사내가 죄스러운 표정으로 고개를 숙였다.

"말씀하신 물품들을 점검해 보니 부족한 것들이 있습니다. 다른 것은 며칠 안으로 보충이 가능하지만, 푸른꽃당귀는 물건이 물건인지라……."

"웃돈을 주어도 거래하는 자가 없나?"

"거래가 거의 이루어지지 않는 물건이라서 수지가 맞지 않아 취급하지 않는다고 합니다."

호드리고가 끙, 불편한 한숨을 내쉬며 말했다.

"어쩔 수 없지. 직접 사람을 보내서 가져오는 수밖에. 발 바쁘고 쓸 만한 심부름꾼을 알아봐라. 먼 거리를 오가야 하니까 경험이 있으면 더욱 좋고."

"예, 어르신."

사내가 나간 후 호드리고는 다시 보던 서류로 시선을 내렸다가 울컥 짜증이 치밀어 올랐다. 손에 잡히는 나무 필통을 냅다 집어 던졌다. 물건이 바닥에 떨어지며 부딪혀 나는 요란한 소리를 들으니 후련하기는커녕 더 속이 부대꼈다.

며칠 전, 제를 올리러 사막으로 나갔던 행차단이 돌아온 후 궁인이 비보를 들고 몰리의 집에 방문했다. 사막 여정 중에 불의의 사고로 몰리가 죽었다고 했다. 장례도 사막에서 치러서 몰리가 쓰던 물건과 옷가지만 유품이랍시고 가져왔다.

몰리가 사막에서 돌아오면 불러서 이것저것 시킬 일을 생각하던 호드리고는 갑작스러운 날벼락에 정신이 혼미해질 지경이었다.

'타니야를 셋이나 죽이다니! 성녀는 무슨! 끔찍한 마녀가 아닌가!'

이걸로 끝이 아니라 네 번째 타니야를 준비해야 한다는 사실에 더 이가 부득부득 갈렸다. 아니카가 마라께서 이 땅에 강림하는 중요한 매개라는 사실을 대제사장에게 들은 터라 왕비 곁에 붙일 연락책은 반드시 필요했다.

타니야란 교단 내에서 은밀히 전해 내려오는 특별한 의식을 통해 육성하는, 교단을 위해서 기꺼이 순교할 수 있는 용사들을 일컬었다.

그런데 타니야를 준비하는 과정이 만만치 않았다. 믿음이 깊은 신도를 선별하는 일도 만만치 않고 의식에 사용되는 물품 중에는 희귀한 것들도 많았다.

푸른꽃당귀가 그중 하나인데 추운 지역에서 자라는 독초로 산출지가 플레크 왕국이었다. 성도를 중심으로 최북단이 하시 왕국이고 최남단이 플레크 왕국이다. 마하에서 두 왕국 사이의 거리가 가장 멀었다.

심부름꾼이 플레크 왕국에 가서 푸른꽃당귀를 가지고 돌아오면 아마 건기가 거의 다 끝날 무렵일 것이다. 그때쯤에는 중요한 의식도 준비 중인데 왕비와 제대로 된 연락을 나눌 수단이 없게 되었다. 대제사장에게 변명할 생각을 하면 벌써 머리가 지끈거렸다.

한참을 씨근덕대다가 호드리고는 한숨을 푹 내쉬고 의자에 등을 기댔다. 나이가 들었는지 화내는 것도 기력이 달렸다.

그는 다시 책상으로 시선을 내렸다. 눈으로 대강 널려진 문서들을 훑다가 아까 읽었던 오래된 기록을 틈바구니에서 끄집어냈다.

「일부 성급한 종들이 어리석은 짓을 저지른 전적이 있기 때문이다.」

호드리고는 지난번 대제사장이 전령을 보내왔을 때 들었던 말이 마음에 걸렸다. '어리석은 짓'이라고 표현한 사건으로 짐작 가는 일이 있어서 관련된 내용을 조사하는 중이었다.

마라의 교단은 여러 개의 지부로 나뉘어 있다. 그런데 세력이 강하여 여럿으로 권력을 분산한 형태가 아니었다. 오히려 구심점이 없어서 지부의 제사장을 중심으로 각각 움직였다.

지부를 구성하는 방식도 주먹구구식이었다. 어딘가에서 마라를 숭상하는 누군가가 주변 사람을 끌어들여 남모르게 포교하다가 그런 모임이 상당한 규모를 갖추면 지부로 인정받는 식이었다. 그러면 지부의 우두머리는 대제사장으로부터 성력을 받아 제사장이 되었다.

호드리고는 제대로 체계가 없는 교단의 모습이 불만스러웠다. 대제사장은 마라의 권능을 드러내며 필요할 때 지시를 내리는 외에 교단을 통솔하는 일 자체에는 관여하지 않았다. 그러니 누군가는 구심점이 되어 ─악신 마하의 상제처럼─ 교단의 힘을 모아야 했다.

호드리고는 자신이 그 역할을 해낼 수 있다고 생각했다. 대다수 교도가 그의 영향력을 인정할 것이다. 그리고 호드리고가 현재 이 위치까지 올 수 있었던 배경에는 이십 년도 더 된 오래전에 일어난 사건이 있었다.

약 이십여 년 전. 호드리고가 작은 지부 제사장의 수족에 불과했던 시절, 교단의 지부 중 가장 크고 중심이 되는 곳이 있었다.

그 지부의 제사장은 마치 지금의 호드리고와 같은 지위를 누렸다. 속한 지부뿐만이 아니라 다른 지부에도 강한 목소리를 냈고 대제사장의 성총을 받았다.

그 지부가 아직 건재했다면 호드리고는 기회를 얻지 못했을 것이다. 그 지부의 제사장 혹은 그 제사장의 후계자가 여전히 교단을 장악했을 테니까.

그런데 그 지부는 하루아침에 무너졌다. 지부의 지도자들이 저지른 잘못으로 대제사장이 크게 노여워하며 성력을 거두고 파문 조치했다. 일반 교도 일부는 다른 지부로 들어가고 일부는 흩어졌다.

그들이 무슨 짓을 저질렀는지는 교단 내에서 제대로 아는 사람이 없었다. 대제사장이 '용서할 수 없는 죄악을 저지른 죄인들을 처벌했다'라고 각 지부의 제사장들에게 전달했을 뿐이었다.

지금 호드리고가 그러하듯 제사장들은 대제사장 앞에서 제대로 고개조차 들지 못했다. 당연히 어찌 된 사정이냐고 물을 수 있는 자도 없었다.

'그 사건에 아니카가 관련되었단 말인가?'

대체 그때 그 지부의 제사장은 무슨 짓을 저지른 것일까. 개인적인 호기심 외에 그자와 같은 잘못을 저지르지 않기 위해서라도 알아내야 할 필요성을 느꼈다.

'아니카와 관련된 사건이라면 성도에서 난리가 났겠지. 그 당시에 소동이 벌어졌다면 기억하는 자가 있을 거야.'

호드리고는 조만간 성도에 사람을 보내어 조사해야겠다고 생각했다.

＊　　＊　　＊

보좌관이 책상에 정리된 명단을 올렸다.

"오전에 사람을 보내서 내일 일정을 다시 확인했습니다."

유진이 명단을 집어 들었다. 여섯 명의 이름이 적혀 있었다.

"수고했네. 내일 차질 없도록 준비하게."

"예, 왕비님."

유진은 내일 귀부인들을 초대해서 가볍게 담소를 나누며 차를 마시는 자리를 마련했다. 본격적으로 사교 활동을 하기 전에 분위기를 파악할 겸 제례를 다녀온 이후의 첫 공식 일정이었다.

원래는 어제 열었어야 하는 자리인데 성지를 오가는 기간이 계획보다 길어져서 일정이 줄줄이 뒤로 밀렸다.

내일 만날 귀부인들은 사교계의 유명인사는 아니었다. 그들은 아직 성도에서 돌아오지 않았다. 건기가 시작된 후 대략 20일에서 한 달은 되어야 대부분이 돌아와서 왕국 귀족들의 본격적인 사교 활동이 시작된다.

내일 유진이 만나려는 사람은 고위 관리의 부인들이었다. 남편이 고위직에 있다 보니까 그들은 다른 귀부인들처럼 활동기에 성도에 갈 수 없었다.

자연스레 성도의 최신 유행을 따라갈 수 없게 되어 사교계에서 주변으로 밀려났다. 그래서 왕국 내 귀부인 중에서는 자신의 남편이 관리가 되는 것을 달갑지 않아 하는 사람이 꽤 많다고 들었다.

그들이 내심 품고 있을 불만을 다독이는 것은 왕비의 역할이었다. 그리고 진이 왕비였던 시절에는 한 번도 하지 않았던 일을 유진은 자신의 첫 일정으로 잡았다.

보좌관이 물러간 후 유진은 새삼 오늘 날짜를 떠올리며 한탄했다.

'시간 참 잘 가네.'

건기가 시작된 지 열흘이 지났다. 제례를 다녀왔더니 어느새 시간이 이렇게 되었다.

총 닷새를 예정했던 제례 행차단이 돌문 앞에 다다랐을 때는 예정보다 이틀 반이 더 지난 후였다. 백성들의 열렬한 환대를 받으며 왕성으로 들어갈 때까지는 수도의 심상치 않은 분위기를 몰랐다.

나중에 듣기로는 비상령이 내리기 직전이었단다. 귀환이 하루만 더 늦어졌어도 전사들이 행차단을 마중하러 출발했을 거라고 했다.

「무탈하게 돌아오시어 다행입니다, 왕비님. 전하께서 계시니 큰일은 없을 거라고 생각했습니다만, 오가는 여정이 고되어 왕비님께서 힘들어하셨을까 봐 염려되었습니다.」

마리안이 '편찮으신 데는 없으신지요?'라고 반복해서 물으며 말했다. 그 후로 유진은 그때의 마리안 표정이 떠오르면 괜히 히죽히죽 웃음이 나왔다.

걱정하며 기다려 주는 사람이 있다는 것, 돌아올 집이 있다는 것. 그게 이런 느낌이었구나, 알게 되었다. 처음 느끼는 안온한 따뜻함이 좋으면서도 왠지 부끄러웠다.

"왕비님."

바깥에서 시녀 목소리가 들렸다. 유진은 실없이 웃고 있을 자신의 표정을 재빠르게 관리하고 대답했다. 시녀가 들어와서 고했다.

"시종이 와 있습니다. 전하께서 왕비님을 모셔 오라고 하셨다고 합니다."

"무슨 일인지 말씀은 없으셨고?"

"예, 왕비님."

유진은 자리에서 일어났다. 집무실 밖에서 기다리고 있는 시종과 함께 가면서 그녀는 좋지 않은 소식이 있을까 봐 걱정됐다. 아까 함께 저녁 식사할 때만 해도 그는 별말이 없었다. 몇 시간 후면 침실에서 볼 테니까 급하지 않은 일에 지금 부를 리가 없었다.

시종은 왕의 개인 응접실로 유진을 안내했다. 유진은 시종이 바깥문을 열고 고개만 숙이며 서 있는 모습을 흘끔 보면서 안으로 들어갔다. 보통은 안내한 궁인이 함께 들어갔다.

그녀는 눈앞으로 성큼 다가오는 흑표범을 보고 놀랐다가 반갑게 웃었다.

"아부!"

대형견 크기의 아부는 서 있는 머리 높이가 유진의 허리 정도였다. 유진이 두 손으로 아부의 머리통을 쓰다듬었다.

"아부, 아부. 여기서 뭐 하고 있었어? 주인님이 불러서 온 거야?"

마치 오랫동안 헤어졌다가 만난 것처럼 호들갑스럽게 반가움의 세레머니를 마친 후 고개를 들었다. 그녀는 당연히 카세르 혼자 있는 줄 알았는데 한 사람이 더 있어서 움찔했다. 소파에 앉은 카세르의 맞은편 자리에 엉거주춤하게 서 있는 남자가 유진이 바라보니까 급히 고개를 숙였다.

'누가 함께 있으면 있다고 말을 해 주지.'

손님이 있는 줄은 몰랐다. 유진은 내심 그를 원망하며 아부한테 손을 떼고 얼른 자세를 바로 세웠다. 자신의 혀짧은 소리를 다 들었을 거라고 생각하니까 얼굴이 화끈거렸다.

그녀가 소파로 걸어가서 낯선 손님과의 거리가 좁혀지자 남자가 그 자리에서 넙죽 엎드렸다.

"비천한 죄인이 인사 올립니다. 목숨을 구명해 주신 은혜는 절대 잊지 않겠습니다."

어리둥절한 표정으로 남자를 내려다보던 유진의 눈이 점점 커졌다.

"넌……. 아드리트?"

"예."

깔끔한 차림새로 갈아입은 모습이 낯설어서 금방 알아보지 못했다. 유진의 얼굴에 점점 웃음이 떠올랐다. 그녀의 마음에 반가움과 안도감, 고마움이 교차했다.

만약 아드리트가 끝내 찾아오지 않았으면 나중에 언젠가 다른 방랑족을 만났을 때 똑같은 호의를 베풀기는 어려웠을 것이다.

계속 엎드려서 질문에 답하겠다는 아드리트를 반강제로 소파에 앉게 한 후 본격적인 이야기를 시작했다. 유진이 첫 질문을 던졌다.

"활동기에는 환수의 영역에서 지낸다고 했지? 그런데 너희는 라크를 피할 수 있지 않아? 왜 굳이 환수의 영역을 대피소로 삼은 거니?"

"라크를 피하는 술식은 무한한 효과가 없습니다. 라크와 마주칠 때마다 작용하는 힘이 조금씩 닳습니다. 가능한 한 술식의 효과를 쓰지 않아야 오래 지속됩니다."

아드리트의 입에서 정확하게 유진이 듣고 싶은 단어가 나왔다.

"술식……. 역시 그 문신은 술식이었구나."

유진은 호흡을 가다듬으며 흥분을 가라앉혔다. 며칠 동안 아드리트에게 묻고 싶은 것들을 머릿속으로 정리했는데도 마구잡이로 두서없는 질문을 쏟아 낼 것 같았다.

그녀는 그동안 떠오르는 수많은 의문을 어디에도 물어볼 데가 없어서 답답했다. 답변해 줄 누군가를 영영 찾지 못할지도 모른다는 생각이 들어 두렵기도 했다. 그래서 아드리트와 이렇게 마주 앉아 대화할 수 있게 되어 벅차오르는 기분이 들 정도로 기뻤다.

"네게 묻고 싶은 게 많아. 내 질문에 모두 답해 줄 수 있어?"

"제가 알고 있는 것은 모두 말씀드리겠습니다."

"말하면 안 되는 너희의 규칙을 어기는 건 아니니?"

유진은 폐쇄적인 단체의 규칙은 일반적인 법보다 훨씬 엄하고 잔인한 경우가 많다고 생각했다. 아드리트에게 불리한 상황을 강요하는 것일까 봐 걱정됐다.

"만약 말해서 네게 큰 해가 간다거나. 그런 내용이라면…… 말하지 않아도 돼."

모르면 답답하지만, 당장 자신에게 큰 위기가 오는 것은 아니었다. 물론 자신이 죽느냐 사느냐 하는 문제였다면 타인의 사정은 알 바 아니었을 것이다. 자기 자신의 무사함을 담보로 한 알량한 휴머니즘일지라도 누군가의 위험을 담보하면서 지식을 얻고 싶지는 않았다.

고개를 숙인 아드리트의 눈빛이 흔들렸다.

'이분이라면 괜찮지 않을까?'

오히려 아드리트는 지금 유진의 말을 듣고 자신이 무슨 말을 하더라도 왕비께서 사실 그대로 받아들일 것 같다는 믿음이 생겼다.

카세르가 묘한 시선으로 유진을 바라보았다. 그는 또다시 위화감을 느꼈다.

그녀가 아드리트를 만나기를 얼마나 손꼽아 기다렸는지 알고 있었다. 성지를 떠나오는 여정 동안 그녀는 여러 번 방랑족을 언급했다. 그래서 약간 삐딱한 마음에 물었다.

「그자가 그렇게 걱정돼?」

「……사실, 걱정이라기보다는 그자에게 묻고 싶은 게 정말 많아요. 제가 도와줬으니까 묻는 말에 잘 대답해 주지 않을까요?」

그녀가 민망해하며 얼굴을 붉히고 웃는 표정이 너무 예뻐서 입을 맞췄다. 그러다 사막에서 보낸 마지막 밤에 완전히 빗장이 풀리는 바람에 그다음 날 온종일 앵돌아진 그녀를 달래느라 마음고생 했다.

그녀가 그토록 바라던 만남이 이루어졌는데 자신의 욕심보다 하찮은 방랑족을 배려하는 그녀의 마음씨가 예쁘면서도 이상했다.

이 사람이 정말, 3년 전에 자신과 결혼한 그 여자가 맞는 건가?

카세르가 아니카 진을 만났던 그 연회에서 그가 우연히 목격한 장면이 있었다. 연회장으로 입장하기 전, 인적 없는 복도에서 아니카가 다른 여자의 뺨을 후려치는 장면이었다.

얻어맞은 여자가 크게 몸을 휘청일 정도로 강하게 힘이 들어간 타격이었다. 때린 아니카는 대단한 미인에 화려한 연회복을 입었고 맞은 여자는 하녀 복장이라서 하녀가 뭔가 큰 잘못을 했군, 생각했다.

그때는 몰랐다. 그 화려한 미인이 아니카 진이라는 사실과 그 여자가 자신의 아내가 될 거라는 사실을.

나중에는 그날 그 하녀가 아마 그다지 큰 잘못을 저지르지 않았을 것 같다고 생각했다. 그와 결혼한 아니카 진은 타인의 작은 잘못에도 관대함을 베풀지 않는 사람이었다.

'기억을 잃었다고 사람의 근본적인 성품도 바뀌나?'

더구나 그녀는 기억 일부분을 되찾았다. 그런데 과거의 모습은 전혀 보이지 않았다.

"말하면 안 된다는 계율은 없습니다."

아드리트가 대답했다. 카세르는 일단 자신의 의혹을 뒤로 미루어 두었다.

"그 술식에 관해서도?"

"예."

아드리트가 선뜻 대답하자 유진은 놀랐다. 죽음 앞에서도 입을 다물 정도로 무거운 비밀이라고 생각했다.

"그럼 왜 말하지 않는 거야? 너희 목소리를 들었다는 사람조차 없던데."

"저희 이야기를 듣고자 하는 사람은 전부가 이 술식을 얻으려는 의도입니다. 저희가 이 술식을 다른 사람은 쓸 수 없다고 말해도 믿지 않습니다. 자백을 강요당하며 고문 끝에 죽은 일족이 많아지자 언젠가부터 일족 내 분위기가 아예 말하지 않는 쪽으로 바뀌었습니다."

비극적인 이유였다. 그리고 유진은 인간의 욕심이 방랑족을 낭떠러지로 떠밀 거라는 점에 동의했다.

"왜 그 술식을 아무나 쓸 수 없는 거야?"

아드리트는 자신의 몸에 새겨진 술식에 관해 설명했다.

정확히는 그의 몸에 새겨진 문신 자체가 술식이 아니라 술식을 통해 그의 몸에 주술을 문신으로 새긴 것이었다.

이 주술이 효과를 발휘하기 위해서는 가장 중요한 전제조건이 필요했다. 혈통이었다.

아주 오래전, 최초로 이 주술을 몸에 뒤집어쓴 자들의 피를 이은 후손들만이 주술의 효과가 이어받을 수 있었다. 방랑족은 오랫동안 족내혼을 유지하였으므로 방랑족이 아닌 사람에게 방랑족의 혈통이 섞였을 가능성이 거의 없었다.

만약 가능하다고 해도 이 주술은 온몸에 흉한 문신의 형태로 나타난다는 단점이 있었다. 따라서 미의식을 중요시하는 귀족들이 이용할 가능성이 적었다. 차라리 그들은 성도로 피난하는 방법을 택할 것이다.

아드리트는 마지막으로 이 주술의 치명적인 문제점을 말했다.

"이 주술을 새기기 위한 술식을 발동하기 위해서는 한 사람의 목숨이 매개로 필요합니다."

"……목숨? 한 사람이 죽어야 그 술식을 발동할 수 있다는 뜻이야?"

"예."

잠자코 두 사람이 나누는 대화를 듣던 카세르가 미간을 찌푸렸다. 아드리트가 하는 말이 진실이라고 가정할 때 침묵하면서 죽음을 택하는 저들의 방식이 최상의 방법이라는 사실을 인정할 수밖에 없었다.

'혈통에 작용'한다는 조건은 흘려듣고 '한 사람의 목숨'에만 꽂혀서 애꿎은 목숨을 희생시켜 실험하려는 미친놈이 반드시 등장했을 테니까.

"그럼 누가……."

유진은 차마 누구의 죽음으로 너는 지금 살아 있냐는 말을 할 수가 없었다.

아드리트는 담담한 말투로 말을 이었다.

"보통은 일족 내 노인이 매개를 자처합니다."

살날이 얼마 남지 않았다고 판단하는 노인들이 기꺼이 일족의 미래를 위해 자신을 희생했다. 그런데 떠돌아다니는 일족이 적절한 시기에 서로를 돕지 못하는 경우가 발생하기도 했다.

다른 일족을 만나지 못한 상태에서 활동기에 출산할 경우가 그러했다.

"제가 그렇게 태어났습니다. 어머니는 조산하셨고 쌍둥이를 낳으셨습니다. 활동기였던 터라 언제 라크가 나타날지 모르는 상황이었습니다.

어머니는 자식 둘 중 하나를 선택해야 했습니다."

유진은 무거운 시선으로 아드리트를 바라보다가 한숨을 내쉬었다. 한 손으로 자신의 가슴께를 눌렀다. 마음이 너무 아팠다. 대체 무엇이 저들을 극한의 상황으로 몰아넣는 것일까.

"그럼 그 주술은…… 정확히 어떤 효과를 발휘하지? 전하 말씀으로는 아부가 너를 사람으로 인식하지 않는다던데."

"라크는 인간이라고 감지하면 공격합니다. 그 주술은 라크의 공격성을 자극하지 않는 효과입니다."

"모든 라크에게 효과가 있어?"

"그렇다고 생각했습니다."

아드리트는 거북이 환수를 떠올렸다.

「얼쩡대던 인간이 너였냐.」

그 환수는 활동기에 자신의 영역 내에서 생활하는 아드리트를 확실하게 인식하고 있었다.

"아주 강력한 라크에게는 효과가 없는 듯합니다. 성지의 그 환수는 저를 감지했습니다."

유진의 표정이 화색을 띠었다.

"역시 그 거북이 정도면 엄청나게 강한 환수였구나. 어찌나 영리한지 사람하고 대화하는 기분이었어. 난 그 거북이가 앞으로도 문제를 일으키지 않을 거라고 생각하는데 전하께서는 걱정하시더라고. 전하. 아직도 걱정되세요?"

"……환수도 라크야. 기본적으로 라크를 어떻게 믿어."

유진이 카세르에게 눈을 흘겼다.

"너무해요. 아부도 듣는데 어떻게 그런 말씀을."

"아부는 내 환수니까 제외지."

"어쨌든 다음 건기 때 길게 일정을 빼서 성지에 다녀오자는 약속, 잊지 마세요."

유진은 아예 길게 시간을 잡고 거북이 환수와 이야기를 나눠 볼 시간을 계획했다. 지난번에는 일정을 더 지체할 수 없어서 돌아와야 했다.

"정 걱정되시면 대화로 풀자고요. 그 거북이가 말이 안 통하는 아이가 아니잖아요."

"저……. 왕비님."

아드리트가 조심스레 끼어들었다.

"그 환수가…… 두 분께 전해 드리라는 말이 있었습니다."

"어머나. 무슨 말을?"

아드리트는 들뜬 유진의 목소리에 죄스러움을 느끼며 자신이 들었던 말을 그대로 읊었다. 그리고 그 거북이가 과거에 왕의 환수였을 거라는 자신의 짐작도 덧붙였다.

유진과 카세르가 동시에 서로를 마주 보았다가 엎드려 누워 있는 아부에게로 시선이 돌아갔다.

유진은 카세르에게 묻고 싶은 질문을 일단은 삼켰다. 아부가 듣지 않은 곳에서 말해야 할 것 같았다.

"죽음과 소멸이 나와 전하를 칭하는 표현이야?"

"예."

"누가 죽음이야?"

"왕비님께서 죽음, 왕께서 소멸입니다."

"대체 왜 그렇게 기분 나쁜 표현으로 부르지?"

"그건 두 분의……."

아드리트는 말하다가 입을 다물었다. 자리에서 벌떡 일어나 바닥에 엎드렸다.

"지금부터 드리는 말씀을 들으시고 두 분께서 노여워하실 겁니다. 저희 일족이 떠돌아다니기 시작한 이유와 관련이 있고 두 분의 가치관에 혼란을 드릴 수도 있습니다."

카세르가 말했다.

"세상에 때로는 모르는 편이 이로운 지식이 있지. 그런 종류의 것이라고 생각하나?"

"……예."

카세르는 말없이 아드리트를 내려다보았다. 유진은 숨죽여 그의 눈치를 살폈다. 이곳에서 태어나서 자라지 않은 그녀는 어떤 충격적인 이야기라도 수용할 자신이 있었다. 하지만 그는 이 세계 최상층의 기득권이었다. 가장 보수적인 계층이다.

카세르는 갈등했다. 알고 나면 모르던 때로 돌아갈 수 없다. 아드리트가 말할 내용이 무엇이든 이 세계의 보편적인 진실을 뒤엎을 거라는 예감이 들었다. 아드리트가 말하는 게 전부 사실이라고 단정할 수도 없는데 들어야 할까.

고뇌하느니 비겁해지고 싶었다. 안 그래도 신경 쓸 일이 잔뜩이다.

그는 시선을 돌려 자신을 바라보는 유진과 눈이 마주쳤다. 슬쩍 시선을 아래로 내리는 그녀를 보니까 왕으로서 냉철함보다 사내로서의 치기가 앞섰다. 자신의 여자 앞에서 비겁해지고 싶지가 않았다.

이거 참 큰일이라고, 그는 내심 중얼거렸다. 자신에게 가장 중요한 것은 이 왕국과 백성들이었는데. 그 두 가지와 저 여자 중에서 하나를 택하라면 대답을 못 하겠다.

그는 작은 한숨을 쉬며 말했다.

"······듣겠다."

*　　*　　*

아드리트는 일족의 기원부터 설명을 시작했다. 아득히 먼 옛날, 현재의 방랑족이라고 불리는 그들은 주술사라고 불렸다. 그들은 주술을 이용하여 기적 같은 현상을 일으키거나 미래를 읽었다.

그들의 혈통은 술식을 이용한 주술의 효과를 더욱 증폭시키는 특별한 재능이 있었다. 그들은 혈통으로 물려받는 재능을 지키고자 자기들끼리의 혼인으로 특권을 더욱 공고히 했다.

아드리트는 이 부분을 설명하는 일이 가장 곤혹스러웠다. 그들 일족이 한때 이 세상을 지배했고 현재의 왕족 같은 특권 계층이었다는 사실을 현재의 왕족이 들으면 불쾌한 정도를 넘어 능멸이라고 받아들일 수 있기 때문이었다.

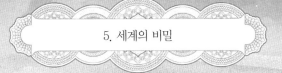

5. 세계의 비밀

"잠깐, 계속 듣기 전에 궁금한 게 있어."

유진이 말했다. 두 사람의 반응에 촉각을 곤두세우고 있던 아드리트는 긴장했다.

"하문하십시오."

"네가 알고 있는 그런 지식은 방랑족이라면 누구나 알고 있니? 아니면 선택받은 사람만 습득하는데 네가 선택받은 소수라든가."

"제가 말씀드리는 내용 전부는 열여덟 살이 되면 익히는 내용입니다. 일족의 지식은 차별 없이 공유합니다. 다만, 등급을 나누어 나이가 들어야 더 깊은 내용을 습득할 수 있습니다. 저는 아직 어려서 아는 게 많지 않습니다."

"……네가…… 몇 살이야?"

"열아홉 살입니다."

유진은 내심 놀랐다. 앳되어 보여서 열네댓 살 정도인 줄 알았다. 그래서 이런 어린애가 혼자 떠돌아다니다니, 그것이 방랑족의 규칙이라면 잔인하다고 생각했다.

'아무래도 성장기에 제대로 영양분을 섭취하지 못한 모양이네.'

발육이 더디어서 어려 보인다고 생각하니까 아드리트가 딱했다.

그런데 아드리트가 빈민가 평민과 비교해서 유난히 더디 자란 편이 아니었다.

이 세계에 온 후에 유진의 주변에는 체격 좋은 사람들만 있었다. 왕과 전사들은 제외한다고 쳐도 늘 보는 궁인들은 전사와 비교해서 작을 뿐, 유진의 눈높이에서 평균 정도로 짐작되는 수준이었다. 그녀는 평민은 빈부 격차에 따른 체격 편차가 크다는 사실을 몰랐다.

그래서 유진이 아드리트를 '어리니까 보호해야 한다'라고 말했을 때 그녀가 모르는 오해가 발생했다. 그때 카세르는 유진이 생각하는 '어리다'는 기준이 뭘까, 잠깐 고민했었다.

"그럼 네가 말하는 내용이 너희 일족 내에서 중요한 정보는 아니겠구나."

아드리트가 한층 가라앉은 목소리로 답했다.

"일반적이지만, 가장 중요합니다. 한때 높은 곳에 있었던 일족이 현재 바닥까지 떨어진 이유이기 때문입니다."

"그렇다면."

카세르가 입을 열었다. 잠시 긴장이 풀렸던 아드리트의 어깨가 움찔했다.

"일반적인 내용이고 비밀도 아니라면서 너희가 침묵을 지키고 죽음을 택하는 이유가 무엇이냐?"

"일족이 공유하는 정보는 일족이 지은 죄를 후대에 내려가도 잊지 않기 위함이지 널리 알리기 위해서가 아닙니다. 저희의 입을 열게 하려는 사람은 모두가 라크를 피하는 주술만을 탐했습니다. 저 역시 말해도 죽고 말하지 않아도 죽는다면 말하지 않는 편을 택하겠습니다."

유진은 아드리트의 대답에서 융통성 없는 고집스러움을 읽었다. 아직 어린 청년조차 저럴진대 방랑족이 얼마나 폐쇄적일지 짐작이 갔다.

'하지만 저들을 탓할 수 있을까?'

방랑족은 멸시의 대상이자 도망자들이었다. 자기 자신을 지키기 위해서는 세상에 마음을 벽을 세울 수밖에 없을 것이다.

'아드리트가 지금보다 더 나이가 많았다면 지금 이 자리는 불가능했을지도 몰라.'

그나마 아드리트는 아직 머리가 굳지 않은 나이라서 쉽게 심경의 변화를 일으킨 듯했다.

카세르는 유진이 방랑족을 딱하게 여기는 만큼 저들을 동정하지 않았다. 그런데 저들이 그럴 수밖에 없는 사정을 어느 정도는 이해하자 그들에 대한 반감이 줄어들었다.

아드리트를 바라보는 카세르의 눈빛이 다소 누그러졌다.

"하던 이야기를 계속해라."

"예."

아드리트는 둘의 반응이 무던하자 내심 안심하면서도 의아했다. 어른들은 일족의 비사를 이야기해 주며 어디 가서 말했다가는 미친놈 취급받는 편이 오히려 양호할 거라고 했다.

아마 아드리트가 세상을 좀 더 경험하면 지금 자신의 눈앞에 있는 두 사람이 얼마나 특별한지 알게 될 것이다. 상제를 믿지 않는 아니카와 신앙심이 없는 왕. 아마 이 마하에서 이 두 사람이 유일할 테니까.

"고대의 주술은 점점 발달하고 정교해졌습니다. 주술로 날씨마저도 조정할 수 있을 정도에 이르렀다고 합니다."

신의 영역이라고 생각했던 부분까지 주술의 힘으로 이루어내자 고대 일족은 자신들의 능력에 점점 도취했다. 원래 주술은 인간 삶의 편의를 돕기 위해서 시작했다. 그런데 그들은 지식을 독점한 채 갈수록 현실과 동떨어진 절대적인 힘을 추구했다.

특히 그들이 파고든 분야는 인간으로서 불가능한 영역이었다. 즉, 신의 힘을 탐했다.

고대 일족은 뜻이 맞는 자들끼리 모였다. 관심을 두는 연구 주제에 따라 크게 세 개의 학파로 나뉘었다. 세 학파는 각각 죽은 생명을 되살리는 법, 새로운 생명을 창조하는 법, 미래를 읽는 법을 연구했다.

곧 신의 힘을 얻을 수 있으리라고 호기롭게 시작했으나 좀처럼 진척이 없었다. 그리고 시간이 흐르면서 세 학파는 서로를 견제하는 권력 집단으로 변했다. 나머지 둘을 배제하고 자신이 속한 학파의 이익을 위해서라면 비열한 짓도 서슴지 않는 지경에 이르렀다.

세 집단은 서로를 적대시하며 같은 학파가 아니면 사귀지 않고 혼인 관계도 거부했다. 세월이 흐르면서 주술사들은 사상은 물론이고 핏줄까지도 셋으로 나뉘게 되었다.

자신이 속한 학파가 승기를 잡으려면 학파가 형성된 근본적인 이유인 그들이 연구하는 주술이 성공해야 했다. 잠시 느슨해졌던 주술 연구에 다시 사활을 걸면서 생명창조학파에서 새로운 접근법을 시도했다.

"그들은 무에서 유를 창조하는 생명 창조는 애초에 불가능하니 이 세계가 아닌 다른 세계의 생명을 불러오는 것도 생명의 창조에 속한다고 주장했습니다. 그리고 그들은……."

아드리트는 목이 말라붙는 것 같아서 숨을 삼켰다. 자신의 먼 조상이 저지른 끔찍한 짓을 상기할 때마다 암흑의 무저갱으로 끝없이 추락하는 기분이 들었다.

"주술은 성공했습니다. 다른 세계와 연결하는 문을…… 열었습니다. 그 문을 통해 이 세상에 셀 수 없는 괴물을 불러들이고 말았습니다. 누군가 그 괴물을 죄와 악을 상징하는 고대어, 라크라고 부른 것이 그들을 칭하는 호칭이 되었습니다."

라크의 기원.

생각지 못한 이야기를 들은 카세르와 유진의 눈빛이 흔들렸다. 헛소리로 치부하기에는 아드리트의 이야기는 아주 구체적이었고 굳이 그런 거짓말을 지어낼 이유도 없었다.

"저는…… 괴물을 불러낸 자들의 후손입니다."

아드리트는 소파에 앉은 자세에서 깊이 고개를 숙였다. 자신의 조상이 저지른 죄가 무척 죄스럽다는 듯이.

'다른 세계와 연결하는 문……?'

유진은 아드리트의 조상이 무슨 잘못을 저질렀는지보다는 고대 일족이 성공했다는 그 주술 자체에 관심이 갔다. 아드리트가 그 구절을 말할 때부터 심장이 두근거리고 오싹 소름이 돋았다.

'그것…… 그 시커먼 구멍.'

자신이 이 세계에 떨어지기 직전에 봤고 스스로 뛰어들었던 정체 모를 그 구멍이 생각났다. 그것의 정체가 아드리트가 말하는 문이 아니었을까. 그렇다면 그 문을 연 사람이 누군가.

'진…… 진이 술식을 통해 실행하려던 주술이 그거였나?'

왜 진은 그 주술을 통해 문을 열었을까. 자신의 눈앞에 그 통로가 열린 것은 우연이었을까. 우연이 아니라면 진이 부르려 했던 사람이 자신인가?

의문이 끝없이 꼬리를 물고 이어졌다. 작은 수수께끼를 풀었더니 더 큰 수수께끼에 가로막혔다.

"그렇다면 너희는 라크의 정체를 알고 있나?"

끝없이 제 생각 속으로 침잠하던 유진은 카세르의 목소리를 듣고 흠칫했다. 그녀는 주먹을 지그지 말아 쥐며 아드리트를 바라보는 눈에 힘을 주었다. 부디 자신의 의문에 답해 줄 만한 지식이 아드리트에게 있기를 바랐다.

"본디 이 세상에 속한 것이 아니었다는 외에는 알지 못합니다. 최초의 괴물은 특별한 형체가 없었다고 합니다. 이 세상의 생명체를 흉내 내면서 비로소 모습을 갖추었습니다."

아드리트는 라크를 불러낸 후 시작된 인류의 암흑기에 관한 설명을 이었다.

최초의 라크는 이 세계를 지배하는 생명체를 인간이라고 각인했다. 자신들이 이 세계를 장악하기 위해서 기존의 지배자들을 말살하고자 했다.

라크는 닥치는 대로 인간을 학살했다. 괴물에 속수무책으로 죽어 가는 인간의 시체가 산을 이루었다.

셋으로 나뉘었던 주술사들은 위기 앞에서 손을 잡았다. 그들은 자신의 어리석음을 후회하며 라크의 공격으로부터 사람들을 구하기 위해 모든 힘을 쏟았다.

주술사들은 본래 소수의 지배계층으로서 다른 인간들과 유리되어 있었다. 그들이 셋으로 나뉘어 현학적인 연구에만 파고드는 동안 주술은 특권 계층의 놀잇감으로 전락하여 현실에서 점점 모습을 감추었다. 그리고 수많은 사람은 주술사한테서 등을 돌렸다.

그런데 주술사들이 자신의 목숨도 아끼지 않는 모습을 보고 사람들은 그들의 희생에 감화되었다. 라크에 대항하여 인간들은 드디어 온전히 하나로 뭉쳤다.

"그러나 괴물의 무력 앞에서 인간의 힘은 역부족이었습니다. 지금도 보통 사람은 자신의 체격의 반도 안 되는 라크조차 잡기 어렵습니다."

카세르가 동감의 뜻으로 고개를 끄덕였다. 인간의 무력은 짐승과 비교해도 형편없다. 인간을 선제공격하는 일이 좀처럼 없는 보통 짐승과 다르게 작정하고 공격성을 드러내는 라크는 훨씬 위협적이었다.

"그런데 신의 기적이 일어났습니다. 라크를 말살하는 힘을 지닌 인간이 태어나기 시작했습니다. 그리고 그들 중에서도 더욱 강력한 힘을 지니고 외모도 남다른 인간이 태어났습니다."

카세르의 눈썹이 꿈틀했다.

왕의 심기를 조심스럽게 살피며 아드리트가 말했다.

"강력한 힘을 지닌 인간은…… 마치 라크와 유사한, 형체가 모호한 괴물을 부릴 수 있었습니다."

"……."

왕과 프라즈.

카세르는 묘한 기분이 들었다. 왕실 대대로 전해져 오는 비사에도 적히지 않은 내용을 하잘것없는 방랑족의 입을 통해 들을 줄은 몰랐다.

그는 성장기에 자신의 존재에 의문을 품은 적이 있었다. 대부분 사람과 외모가 다르고 인간이라고 할 수 없는 강력한 힘을 지닌 왕이란 대체 무엇인가.

누구도 그의 질문에 답을 주지 못했다. 자신의 고뇌에 유일하게 동조할 선왕조차도.

그는 아드리트가 알려 주는 진실이 그런대로 마음에 들었다. 왕의 근원이 인간이라는 말이니까.

'흐음. 바이러스에 대항하는 항체 같은 건가?'

유진은 아드리트의 이야기가 흥미진진했다. 그가 말하는 왕의 등장을 자신의 현대적인 지식으로 치환하여 해석했다.

이 세계를 하나의 생명체로 정의한다면 라크는 생명체의 몸속으로 난입한 해로운 세균이라고 할 수 있다. 라크로 인해 본래 이 세계에 속한 생명이 소멸할 위험에 처하자 세계가 스스로 방어하기 시작한 것이다.

'다큐멘터리에서 봤던 기억이 나. 천적에 대항하기 위해 천적의 모습을 본떠 진화하기도 한다지.'

유진은 왕의 프라즈가 라크를 닮았다는 점을 진화적 측면에서 이해했다.

"왕의 등장은…… 인간들에게 다행스러운 기적이었지만, 주술사들에게는 반드시 좋지만은 않았습니다."

유진이 그 당시 상황을 추측하며 말했다.

"라크와 싸우는 능력은 주술사보다 왕이 훨씬 강력했겠지."

"예. 그리고 라크를 불러낸 원흉이 주술사라는 사실도 사람들이 알게 되었습니다."

인간들은 진실을 알고 분노했다. 주술사들을 용서할 수 없다는 의견과 그동안 몸을 아끼지 않고 라크와 싸웠던 공을 참작하자는 의견이 대립했다.

그런데 누구도 진심으로 주술사 편에 서려 하지 않았다. 이미 주술사들은 폐쇄적인 집단이 되어 다른 사람들과 진심으로 섞이지 못했다. 왕이라는 강력한 아군을 얻은 인간들에게 주술사의 능력이 더는 아쉽지도 않았다.

"그런데 신께서는…… 죄를 저지른 주술사들을 저버리지 않으셨습니다. 죄인들에게 기적을 베푸시어 미래를 열어 주셨습니다. 주술사의 피를 이은 특별한 아이들이 태어났습니다. 그들은 왕처럼 남다른 외모를 지녔습니다."

"그들의 남다른 외모는 검은 머리카락에 검은 눈이었겠지? 모두 여아만 태어났을 테고."

유진이 확인차 던지는 질문에 아드리트가 대답했다.

"예."

유진이 생각에 잠겼다. 그녀가 침묵하는 잠깐 사이에 아드리트는 잔뜩 긴장했다. 이 세상에서 가장 고귀한 분이 비천한 죄인과 같은 뿌리라는 자신의 발언은 지나치게 파격적이었다.

"그럼…… 너는 내 먼 친척뻘인가?"

"예?"

계속 시선을 아래로 내리고 있었던 아드리트가 놀라 되물으며 고개를 들었다. 그가 자신이 들은 말이 믿기지 않아서 멍하게 유진을 바라보았다. 그리고 카세르가 터트린 웃음소리가 응접실을 가득 채웠다.

"전하."

유진은 카세르의 웃음이 좀처럼 잦아들지 않자 경고를 담아 그를 불렀다. 카세르는 괜한 헛기침으로 웃음을 삼키려 노력했지만, 잔웃음이 남아 어깨가 들썩였다. 즐거워하는 웃음소리와 어울리지 않게 유진을 바라보는 그의 눈빛은 뜨거웠다.

유진은 그가 침대 위 침실에서나 보일 법한 시선으로 자신을 바라보자 당황했다. 짐짓 부루퉁한 표정으로 그에게 핀잔을 주었다.

"제가 뜬금없는 소리 좀 했다고 그렇게 대놓고 비웃기예요?"

"비웃는 게 아니라."

카세르는 키득거리느라 잠시 멈추었다가 말했다.

"당신이 예상 못 한 엉뚱한 말을 갑자기 하니까 재미있어서."

그는 유진의 편견 없는 발언이 신기해서 기분이 유쾌했다. 기억의 잃기 전의 그녀가 아니카로서 자긍심이 대단하긴 했지만, 그녀만 유별난 건 아니었다. 다른 아니카들도 오만하기는 마찬가지였다.

아드리트는 아니카의 고귀한 혈통을 모욕했다. 아마 거의 모든 아니카가 길길이 날뛸 것이다. 이 자리를 박차고 일어나 나가 버리는 반응이 가장 점잖을 것이다.

그는 유진을 보며 씨익 웃었다.

"절대 비웃은 거 아니야. 난 엉뚱한 소리를 하는 당신이 좋아."

유진은 얼른 못 들은 척 시선을 아드리트에게 돌렸다. 이 남자가 갈수록 주책이라고 속으로 투덜거렸다. 문득 성지에서 돌아오는 여정 중 마지막 밤이 떠올라 얼굴이 화끈거렸다. 이튿날 아침에 주변 사람 보기가 어찌나 민망하던지.

"아드리트."

"예, 예. 왕비님."

아드리트가 화들짝 놀라 다시 시선을 내렸다. 전에도 느꼈지만, 두 분의 관계가 격의 없이 가까워 보인다고 생각했다.

'높으신 분들은 부부 사이도 격식과 예의를 따져서 딱딱할 줄 알았는데.'

두 분의 모습이 자신이 봤던 일족 내 연인의 모습과 다르지 않아서 신기했다.

"네 말대로면 아니카는 고대 주술사의 혈통을 이어받았어. 그럼 한 뿌리라고 할 수 있는 너와 네 일족은 왜 지금 같은 처지가 된 것이지?"

아드리트는 아니카한테 '한 뿌리'라는 말을 들을 거라고는 상상도 한 적이 없었다. 그는 얼떨떨한 기분으로 대답했다.

"한 뿌리라는 표현은 과도하다고 생각합니다. 그 당시 이미 주술사는 세 일족으로 완전히 나뉜 상태였습니다. 그리고 아니카는 오직 죽음과 부활을 연구한 일족 내에서만 태어났습니다."

"그래서?"

"아니카의 탄생으로 주술사 일족은 용서받고 사람들에게 받아들여졌습니다. 왜냐하면 아니카만이……."

아드리트가 머뭇거렸다. 유진이 그가 선뜻 하지 못하는 말을 대신 말했다.

"아니카만이 왕의 아이를 낳을 수 있으니까."

유진은 상상력을 발휘하여 그 당시 상황을 그려 보았다.

특별한 초능력을 지닌 왕은 인간들에게 강력한 영향력을 발휘하며 점점 그들 위에 군림하며 권력을 쥐었을 것이다. 그리고 종족 번식은 생명체의 본능이다. 왕은 다른 인간들한테 등 돌리는 한이 있더라도 제 자식을 낳아 줄 아니카를 절대 포기할 수 없었을 것이다.

물론 왕의 자손을 얻는 일은 인간들에게도 중요했다. 라크의 위협으로부터 그들을 보호해 줄 왕이 절대적으로 필요하니까. 주술사 일족을 용서하고 받아들이자는 점에서 왕과 인간들의 이해가 일치하였으리라.

'절묘하네.'

아드리트의 말이 전부 진실이라면 왕과 아니카는 이 세계가 스스로 만들어 낸 용사들이었다.

유진은 종교를 가진 적이 없고 신의 존재에 회의적이었다. 그런데 이러한 세계의 의지야말로 시계의 톱니바퀴처럼 맞물려 돌아가는 거대한 질서이며 신의 힘이라고 정의해도 될 것 같았다.

"그런데 말씀드렸다시피 주술사 일족은 셋이었습니다. 셋 중에서 하나만이, 아니카가 태어나는 일족만이 용서받았습니다. 라크로 인해 모든 나라가 멸망한 상황에서 새로 세워지는 나라에 그 일족만 구성원이 될 수 있었습니다."

아드리트는 용서받지 못한 나머지 주술사 일족들이 어떤 미래를 선택했는지도 설명했다.

비록 세 일족 중 하나만 신의 선택을 받았지만, 다른 두 일족도 간접적인 도움은 받았다. 인간들은 나머지 두 일족을 받아 주지 않았을 뿐, 떠나는 그들을 처벌하려고 뒤쫓지 않았다.

세상 밖으로 밀려난 두 일족은 각각 다른 방식으로 일족의 운명을 결정했다.

원죄의 당사자인 아드리트의 조상들은 자신들이 저지른 죄를 참회하며 어디에도 정착하지 못하는 형벌을 자처했다.

미래를 읽는 일족들은 방조 역시 죄라고 인정하며 영원히 숨어 살면서 주술의 힘을 봉인하기로 결정했다. 다만, 주술사로서의 정체성을 잃어버리지 않도록 모든 지식을 간직하고 후대에 물려주는 역할을 담당했다.

그리고 죽음과 부활의 일족은 인간들과 동화되었다. 세월이 흐르며 서서히 잊었다. 본래 자신들이 누구였는지.

아드리트의 이야기가 끝난 후 조용해졌다. 유진과 카세르는 자신이 들은 내용을 곱씹으며 생각을 정리했다.

카세르는 이야기를 듣는 내내 묘하게 거슬리던 부분이 무엇인지 깨달았다.

"이해 가지 않는 점이 있다."

카세르의 물음에 아드리트가 대답했다.

"하문하십시오."

"네 이야기 속에 단 한 번도 마하는 등장하지 않는군."

유진이 탄식했다. 아드리트는 '신'이라는 단어를 몇 번 언급했으나 그가 말하는 신이 현재 이 세상을 지배하는 유일신, 마하를 뜻한다기보다는 '절대자'를 칭하는 은유적인 표현 같았다.

유진이 질문했다.

"옛날에는 혹시 신을 마하가 아니라 다른 호칭으로 불렀던 거야?"

"저는 마하가 아득히 오래전부터 이 세상을 칭하는 표현이라고 배웠습니다."

"신이 아니라?"

아드리트는 두 사람의 눈치를 살피다가 자신 없는 목소리로 대답했다.

"……예."

"그럼 언제부터 마하가 신을 상징하게 되었지?"

"저도 모르겠습니다. 아직 제가 익힌 지식이 아닙니다."

"마라는?"

"그것도 배우지 않았습니다."

"그럼 내가 죽음이고 전하께서는 소멸이라는 것, 그건 무슨 뜻이야?"

"왕의 힘은 라크를 소멸시킵니다. 그런데 아니카는 라크를 죽음에 이르게 합니다."

"무슨 차이야?"

아드리트가 면목 없다는 표정으로 대답했다.

"배우지 않아서…… 모르겠습니다."

유진은 잔뜩 부풀어 오른 기대감이 점점 사그라드는 것이 느껴졌다. 그녀가 진짜 궁금한 건 방랑족의 기원이나 왕과 아니카의 탄생이 아니었다.

"네 몸에 새긴 그 주술. 주술을 발동하기 위한 세 가지 조건이 술식, 매개, 그릇이 맞아?"

"예, 맞습니다."

"네가 아는 주술을 내게 가르쳐 줄 수 있어? 사소한 거라도 괜찮아."

"아······."

당황한 아드리트의 눈동자가 도르륵 굴렀다. 그는 깊이 고개를 숙였다.

"송구합니다. 아는 주술이 없습니다."

"뭐?"

유진은 믿었던 자에게 뒤통수를 얻어맞은 듯한 충격으로 따져 물었다.

"왜? 왜 몰라? 주술사의 후손이라며. 네 몸에 새긴 것도 주술이라면서."

"저희 일족이 배우고 익힐 수 있는 주술은 라크를 피하는 방법뿐입니다. 일족이 후대에 전하는 지식은 역사와 조상이 저지른 죄입니다. 그리고 저는 아직 라크를 피하는 주술을 배우지 못했습니다."

이럴 수가. 유진은 우르르하고 뭔가가 무너지는 환청을 들었다.

낙담한 기색이 역력한 유진을 안쓰럽게 보던 카세르가 말했다.

"너희 일족 말고 다른 일족이 지식을 간직한다고 했지. 주술에 관한 지식도 그들이 알고 있나?"

유진의 눈빛에 다시 생기가 돌았다. 그러나 아드리트의 모습을 보고 그녀는 다시 희망을 접었다. 아드리트는 여전히 시선을 들지 못한 채 대답했다.

"그렇다고 알고 있습니다. 그런데 그들과 연락하는 방법을 저는 모릅니다."

유진의 표정이 침울해졌다. 아드리트는 안절부절못하며 말했다.

"송구합니다. 제가 정말 알고 있으면 모두 말씀드렸을 겁니다."

"……그래. 네가 숨긴다고 생각하지는 않아. 혹시 술식을 봐도 모르겠니?"

"어떤 술식인지 제가 봐야 말씀드릴 수 있습니다."

"그럼 지금 서재로……."

"유진."

유진은 벌떡 일어난 자세로 카세르를 돌아보았다.

"네?"

"내일 해. 오늘은 많이 늦었어."

유진은 발코니 창문으로 시선을 돌렸다. 어느새 바깥 하늘은 새카맣게 어두워져 있었다. 시간이 이렇게 되었는 줄 몰랐다.

"너도 피곤할 텐데 너무 오래 붙들고 있었구나."

"저는 괜찮습니다."

"아니야. 가서 쉬어. 마음 편히 쉬어도 돼."

잠시 후, 부름을 받은 시종이 응접실 안으로 들어왔다. 유진은 시종에게 개인적인 손님이니 불편함이 없도록 신경 쓰라고 지시했다. 아드리트는 바닥에 넙죽 엎드려서 두 사람에게 절을 올린 후 시종을 따라 나갔다.

"아부."

내내 얌전하게 엎드려 있던 아부가 유진의 부름에 쪼르르 다가왔다. 그녀는 쓰다듬는 자신의 손에 아부가 머리를 비비자 작은 웃음을 터뜨렸다.

"너도 수고했어."

"아부."

카세르가 발코니 창을 열고 아부를 불렀다. 그만 가 보라는 소리를 알아들은 아부가 유진의 손을 핥은 후 돌아섰다. 그녀는 발코니 밖으로 나가는 아부의 뒷모습을 보다가 창을 닫은 후 자신에게 다가오는 카세르를 향해 미소 지으며 두 손을 뻗었다.

피식 웃더니 성큼성큼 자신에게 다가온 남자를 끌어안았다.

"고마워요."

상제가 불길한 존재라고 천명한 방랑족을 왕성 안까지 들인 그의 결정이 절대 쉽지는 않았을 것이다.

아드리트를 만나서 긴 이야기를 나누고, 비록 기대에서는 못 미쳤지만 중요한 단서를 얻은 것도 모두 그가 협조해 준 덕분이었다.

진이 국보를 훔치고 시녀들을 속여서 사막으로 데리고 나가서 무슨 짓을 했는지 조금 가닥이 잡혔다.

'진은 주술을 발동한 거야. 그리고 아무래도 그 주술 때문에 내가 여기 온 것 같아.'

유진은 그 주술의 정확한 목적을 어서 알아내고 싶었다. 그녀는 새로운 욕심이 생겼다. 처음 이 세상에 왔을 때 진의 몸을 제 것인 듯 훌륭히 적응해 살겠다던 마음이 다른 방향으로 바뀌었다.

이래서 사람의 욕심은 끝이 없다고 하는가 보다. 이제 진의 껍데기만 갖고 사는 걸로는 만족할 수 없었다.

진이 아닌, 유진으로서 지금 자신을 안아 주는 이 남자 앞에 서고 싶었다. 티끌만 한 가책 없이 그의 눈을 볼 수 있기를 바랐다.

*   *   *

눈을 감고 나른한 숨을 내쉬던 유진이 눈을 번쩍 떴다. 아드리트에게 묻고 싶은 질문이 떠올랐다. 아까는 왜 생각나지 않았을까 의아할 만큼 중요했다.

왜 그들의 일족은 지금처럼 쫓기게 된 것일까. 아까 아드리트가 말한 내용은 지금 방랑족의 처지와 맞지 않았다.

"적어 놔야겠다."

유진은 속으로 생각한 줄 알았지만, 자신도 모르게 소리 내어 중얼거렸다. 그녀는 갑자기 발목이 콱 깨물리자 놀란 비명을 질렀다. 동시에 음산하게 으르렁대는 목소리가 그녀의 귓가에 울렸다.

"자꾸 이러기야? 집중 안 해?"

한차례 정사로 뜨거워졌던 공기가 조금 식어 갈 때쯤이었다. 유진은 침대를 대각선으로 가르는 애매한 위치에 늘어져 누운 채 그녀의 발등에서 종아리로 타고 오르는 그의 입맞춤을 받는 중이었다.

유진은 아무래도 자신이 큰 자극에 익숙해졌나 보다, 생각했다. 그렇지 않고서야 아무리 부드러운 애무라고 해도 딴생각에 빠지다니. 더구나 아까도 딴소리했다가 경고를 들은 터라 아차 싶었다.

유진은 순식간에 자신의 몸을 타고 올라와 바로 위에서 자신을 누르는 그를 보며 눈동자가 흔들렸다. 그의 표정이 아무래도 심상치 않았다. 심사가 뒤틀린 눈빛은 마치 위험 신호 같았다.

유진이 헤헤 웃었다. 그러나 그의 굳은 미간은 풀리지 않았다.

"하기 싫어? 나만 원해서 지금 억지로 맞춰 주는 거야?"

"아니에요. 그럴 리가 있나요."

유진은 완전히 골이 난 남자의 모습이 당황스러웠다. 사실 카세르가 내색하지 않아서 유진이 몰랐을 뿐, 그의 불만은 차곡차곡 쌓이고 있었다.

성지에서 돌아오는 내내, 돌아온 후에도 듣는 얘기가 방랑족, 거북이 환수에 관한 내용이었다. 비록 기억을 잃기 전에 집착했던 취미라지만 고서 수집에 그녀가 무척 골몰했다는 사실을 알기 때문에 술식에 쏟는 그녀의 관심도 그 취미와 연결된 거라고 이해했다.

그는 노력했다. 유진이 하는 이야기는 모두 귀 기울여 들었다. 하지만 사실은 그녀와 다른 이야기를 하고 싶었다. 오롯이 두 사람에 관한 이야기를, 더 사소하고 개인적인 대화를 원했다.

방랑족이나 정체 모를 환수 따위가 둘만의 시간에 자꾸 끼어드는 게 못마땅했다.

참고 참다가 결국 터지고 말았다. 그는 자신이 감정적으로 구는 게 유치하다고 자각하면서도 뒤집히는 속이 진정되지 않았다.

"화내지 말아요. 응?"

"화내는 게 아니야. 나는⋯⋯."

카세르는 말을 잇지 못했다. 계기가 되었는지 깊이 묻어 둔 감정들이 불쑥 떠올랐다. 하지만 그 감정을 정의하는 단어가 명료하게 잡히지 않았다. 억울함? 아니, 그것과는 달랐다. 서운함⋯⋯ 그래, 서운함이었다.

안달복달하는 사람은 자신 혼자인 것 같았다. 그리고 혼란스러웠다. 눈으로 보면서도 보고 싶고 만지는 중에도 만지고 싶은 자신의 이 감정이 정확히 무엇인지 알 수 없었다.

이미 그녀는 자신의 아내였다. 세상 사람 전부가 인정하는 자신의 여자였다. 그런데 자꾸 뭔가가 부족한 기분이 들었다. 시작이 거짓이었기 때문일까. 하지만 이미 그녀에게 새로 시작하자고 말했는데 어디서 또 뭘 바로잡아야 할지 모르겠다.

"언제 말해 줄 거야?"

느닷없이 허를 찔린 유진은 표정 관리에 실패했다.

카세르는 갑자기 떠오른 말을 툭 뱉어 놓고 크게 동공이 확장되는 그녀의 눈을 보며 자신이 느꼈던 답답함의 정체를 깨달았다. 뭔지 모르겠지만, 그녀는 중요한 무언가를 자신에게 숨기고 있었다.

그는 그녀가 만드는 비밀이 두 사람 사이를 가로막는 벽이 될까 봐 두려웠다. 자신이 종종 느낀 감정의 정체는 서운함이 아니라 어쩌면 두려움일지도 모르겠다.

"뭘…… 요?"

"뭐든."

맞부딪치는 시선을 유진이 먼저 피했다. 그는 꼭 감은 그녀의 속눈썹이 파르르 떨리는 모습을 응시했다. 아랫배가 저릿하게 당겼다.

저 속눈썹에 눈물이 맺히도록 성난 자신의 분신을 그녀의 속살 안에 쑤셔 박고 싶은 충동이 치미는 자신의 머릿속이 이상한 것 같았다. 본능만 남은 미친놈이 된 기분이다.

사람의 입은 억지로 열 수 없다. 다그쳐 봤자 상대방이 거짓말하면 그만이었다. 사람의 마음도 마찬가지일 것이다. 하지만 이 여자의 몸뿐이라면 온전히 가질 수 있지 않을까. 그의 감정이 흉폭해지기 직전에 유진이 눈을 떴다.

유진은 목이 메서 목울대가 움직이도록 크게 숨을 삼켰다. 태워 버린 상제의 편지, 이 결혼의 목적, 진짜 진 아니카가 아닌 자신의 정체까지. 말하지 못한 것이 한둘이 아니었다.

그가 몰랐던 게 아니라 모르는 척해 주었다는 사실을 알자 두려우면서도 발가벗겨져 광장에 내던져진 것 같았다.

"조금만…… 기다려 줘요."

그 순간, 카세르는 날카롭게 곤두서던 감정이 빠르게 무디어지는 것을 느꼈다. 그가 생각한 최악의 대답, 무슨 소리냐며 시치미 떼지 않는 것만으로도 부글거리던 속이 가라앉았다.

그래서 그는 또다시 깨달았다. 이 여자를 향해 흐르는 자신의 감정이 되돌리기엔 이미 늦었다고.

유진이 그를 향해 두 팔을 뻗었다. 살짝 상체를 숙이는 그의 목을 감았다. 그가 상체를 들자 그를 안은 유진의 몸도 자연스레 떠올랐다.

아예 앉은 자세가 된 그의 허벅지에 그녀는 걸터앉았다. 두 사람은 서로를 더 꽉 끌어안았다.

"약속해요. 꼭…… 전부 말할게요."

"……응."

유진이 그를 안은 팔에 힘을 풀고 뒤로 고개를 젖혔다. 고맙고 미안했다. 무작정 기다려 달라는 말에도 그저 고개를 끄덕이는 이 남자의 순진함이 걱정스러웠다. 착한 남자를 농락하는 나쁜 여자가 된 것 같았다.

그녀는 재빠르게 그의 입술에 짧게 키스했다. 경험상 그와 눈을 맞추며 배시시 웃는 모습에 그가 약하다는 사실을 알고 있었다. 약삭빠르다고 내심 생각하면서 유진은 그를 향해 한껏 예쁘고 무구하게 웃었다.

"이제 정말 집중할게요."

"내키지 않으면 됐어."

말투는 좀 딱딱했지만, 이미 그의 표정이나 눈빛이 확연히 풀렸다. 유진은 왕이라는 사람이 왜 이렇게 감정 변화가 적나라할까, 걱정되는 한편으로 그의 얼굴에 마구 키스를 퍼붓고 싶은 감정이 치솟았다.

"아니에요. 제가 싫은데 참아 주는 그런 사람 아니라고요. 진작에 걸어찼을걸요."

그녀의 말에 픽 웃은 카세르의 눈빛에서 짓궂은 감정이 새어 나왔다.

"지금 다시 시작하면 오늘 밤 잘 생각은 포기해야 할 텐데?"

유진은 고개를 끄덕였다가 흠칫하고 다시 재빠르게 고개를 흔들었다. 경험상 절대 농담이 아니었다.

"대답했으면 무르는 건 안 되지."

나직이 속삭이며 곧바로 겹쳐오는 그의 입술에 호흡을 빼앗기며 유진은 눈을 감았다. 긴 밤이 될 거라는 암담한 예감이 들었다.

이른 오후, 왕비의 초대장을 받은 귀부인들의 마차가 왕성으로 들어왔다. 재상 베루스와 대장군 레스터를 포함하여 행정 각부 수장의 부인들 여섯 명이 왕비의 초대장을 받았다.

약속한 시각보다 서두른 귀부인들의 마차가 공교롭게도 거의 비슷하게 도착했다. 마차에서 내리는 귀부인들이 낯익은 서로에게 반가운 인사를 건넸다.

다들 내로라하는 가문의 여식들인데 남편이 관리이다 보니까 활동기동안 성도로 가지 못하고 수도에서 꼼짝할 수밖에 없었다. 비슷한 처지끼리 평소에 자주 만나서 친분을 다졌다.

대장군 레스터의 부인, 달린은 가장 늦게 도착한 마차에서 막 내리는 귀부인에게 다가갔다. 생글생글 웃으며 친근한 인사를 건넸다.

"오스카 백작. 아니면 릭센 부인? 오늘은 어느 쪽이에요?"

재상 베루스의 부인, 샬럿은 부친께 받은 백작 위를 갖고 있었다. 샬럿이 미소 지으며 답했다.

"오늘은 릭센 부인 쪽일 듯싶네요. 다들 남편 때문에 오늘 이 자리에 온 것 아니었어요?"

귀부인들이 묘한 웃음을 지으며 고개를 끄덕였다. 다들 초대장을 받았을 때는 이게 무슨 일인가 싶었다. 이 구성원만으로 왕성에서 모인 것은 처음이었다.

왕비가 건기에 한두 번 정도 사람들을 불러 근황을 나누는 자리가 처음은 아니었다. 하지만 초대를 받는 사람 모두가 성도에 다녀오는 사교계의 유명인사였다. 관리의 부인들을 따로 챙긴 적이 없었다.

"재상님께 따로 들은 말씀은 없으신지요?"

누군가의 질문에 샬럿이 고개를 저었다.

"특별한 말씀은 없으셨어요. 그러니 별일 아닐 겁니다."

샬럿은 오늘 아침, 남편과의 대화 내용을 떠올렸다.

「오늘 오후에 왕성에 다녀올 거예요. 왕비님께서 부르셨다고 말한 거,
기억하지요?」

「기억합니다. 다녀오세요.」

「그것뿐이에요? 해 줄 조언은 없어요?」

「다녀와서 왕비님과 무슨 말씀을 나눴는지 알려 주세요. 궁금하군요.」

샬럿은 조심할 일이 있으면 꼼꼼한 자신의 남편이 틀림없이 충고했을
거라고 생각했다.

다른 다섯 명과 다르게 샬럿은 사교계의 이름값 덕분에 몇 번 왕비가
주최한 티파티에 참석했다. 왕비께서 부르니 어쩔 수 없이 갔지만, 참 재
미는 없었다. 말을 아끼며 자리만 지키고 있었더니 작년부터는 초대받
지 못했다.

그녀는 왕국에서 손꼽히는 부유한 명문가 출신이었다. 부친의 유일한
자식으로서 장차 가문의 모든 것을 물려받을 예정이었고 모친은 성도의
명문가 출신이었다. 그래서 결혼 후 한 번도 성도에 방문한 적이 없는데
도 사교계에 영향력이 상당했다.

그리고 샬럿은 어머니가 성도에서 지내고 있어서 아니카 진이 어떤
사람인지 얼핏 들었다. 아니카 진과 관련한 몇 가지 소문을 듣고 '가까이
하고 싶지 않은 사람이네.'라고 생각했다.

원래 왕비에게 개인적인 흥미는 없었는데 최근 왕비가 갑자기 존재감
을 드러냈다. 라크 나무 사건은 말할 것도 없고 전혀 외부 활동을 하지
않던 왕비가 성지에도 다녀왔다.

때마침 궁금하던 차에 샬럿은 초대장을 받자마자 곧바로 승낙의 답장을 보냈다.

자신들을 마중하러 나온 사람을 보고 귀부인들은 가볍게 나누던 대화를 멈추었다. 마리안이 그들에게 다가와 고개를 숙였다. 귀부인들도 함께 고개를 숙여 인사했다.

"남작을 다시 왕성에서 뵐 줄은 몰랐네요."

샬럿이 건네는 의미심장한 인사말에 다른 여인들은 재빠르게 두 사람의 눈치를 살폈다. 왕비께서 지난 3년 동안 자발적으로 물러나 칩거한 마리안을 눈엣가시로 여겼다는 소문은 은근히 퍼져 있었다.

그런데 마리안이 왕성으로 거처를 옮기자 이런저런 억측이 떠돌았다. 성도에서 귀족들이 돌아오는 대로 이번 건기의 최고의 화젯거리로 부상할 뻔했다. 이제는 라크 나무에 순서가 밀리겠지만.

마리안은 푸근한 미소를 지으며 응대했다.

"왕비님께서 부족한 저를 찾아 주시니 황송할 따름입니다. 안으로 드시지요. 왕비님께서 기다리십니다."

샬럿이 가볍게 웃으며 걸음을 옮겼다. 어차피 한두 마디 말을 나눠서 속내를 읽을 수 있는 상대가 아니었다.

한발 앞서가는 마리안의 뒤로 귀부인들이 따라 들어갔다. 군데군데 놓인 가구의 형태, 커튼의 색이나 묶인 모양 등에 샬럿의 시선이 오래 머물렀다.

'오랜만에 와서 그런가…… 분위기가 다르네. 남작이 손댄 건가?'

마리안이 오랫동안 왕성 살림을 맡아 하는 동안 왕실에서 열리는 공식 연회는 아무래도 마리안의 취향이 반영되었다. 그때 참석한 적 있는 샬럿은 상당한 차이를 느꼈다.

마리안이 응접실 앞에 멈추어서 문을 두드렸다. 잠시 후 안에서 시녀가 문을 열었다.

"손님들을 안으로 들이라고 하십니다."

마리안이 귀부인들을 돌아보며 말했다.

"안으로 드시지요."

귀부인들이 시선을 교환했다. 모임 주최자의 신분이 높을 경우 손님들은 안내를 받아 앉은 후 주최자를 기다리는 것이 보통이었다. 설마 왕비께서 먼저 기다릴 줄은 생각지 못한 터라 다들 어색한 표정으로 들어갔다.

일곱 명이 충분히 둘러앉을 수 있는 크기의 원탁형 테이블에 앉은 채 유진은 들어오는 사람들을 바라보았다. 자신과 눈이 마주치자 흠칫 놀라며 얼른 고개를 숙이는 귀부인들의 얼굴을 빠르게 눈으로 익혔다. 초상화로 본 얼굴들이라서 금방 알아보았다.

다른 사람은 기억에 없지만, 유독 한 명을 봤을 때는 짧게 진의 기억이 떠올랐다.

「왕비님께 인사 올립니다.」

「그대가 재상의 부인이로군. 백작이기도 하다지? 그대는 어머니를 많이 닮았군요.」

「어머니께 말씀 전해 들었습니다.」

「여식이 혼인 후에는 성도에 오지 않는다며 그대의 어머니가 섭섭해 하더군요. 그대가 전에 성도에 왔을 때 우리가 만났다면 좋을 인연이 될 수도 있었을 텐데, 아쉽네요.」

유진이 보는 기억의 장면이 전환됐다. 장소가 바뀌고 주변에 다른 사람이 없었다. 따로 불러내어 두 사람만 만나는 자리라고 짐작되는 곳에서 진이 말했다.

「내가 그대에게 부탁할 일이 있어요.」
「제가 할 수 있는 일이라면 모든 노력을 다해 도와드리겠습니다. 왕비
님.」
「고맙군요.」

짧은 장면의 기억 속에서 유진은 여러 번 놀랐다. 워낙 진이 안하무인
으로 구는 장면만 봐서 그런지 진에게 분노조절장애가 있다고 착각할
뻔했다. 진 역시 친해지고 싶은 사람에게는 예의를 갖출 줄 아는 상식적
인 인간이었다.

강압적인 명령투나 속 보이는 비음 섞인 목소리가 아닌, 그저 친절하
고 사근사근한 말투였다. 더구나 '부탁'이라는 단어 선별도 놀라웠다.

「그대의 외조부모님께서 성도에서 워낙 명성이 높지요. 내가 사람을 찾
고 있는데 그대 외가의 도움이 필요해요.」

유진은 기억 속에 등장하며 지금 자신의 눈앞에 있는 서늘한 인상의
미인을 흥미롭게 바라보았다. 경직된 다른 귀부인들과 다르게 담담하고
차분한 표정이었다.

재상의 부인, 오스카 백작은 유진이 가장 만나고 싶었던 사람 중 한
명이었다. 좀처럼 타인을 평가하지 않는 마리안의 평이 후했다. 입이 무
겁고 중심을 잘 잡는 사람이라고 했다.

'마리안은 몰랐나 보네.'

진이 오스카 백작을 따로 만나고 사적인 부탁도 하는 등 교류가 있었

다는 사실을 마리안이 알았으면 알려 주었을 것이다. 진은 조용히 오스카 백작을 불러 만났으며 기억에서 봤던 그런 만남이 계속 이어지지는 않은 듯했다.

유진은 마리안이 설명해 준 오스카 백작에 관한 정보 중에서 사적인 부분에 관심이 갔다. 정략혼이 일반적인 이곳 풍습과 다르게 재상 부부는 요란한 스캔들을 일으키며 연애결혼을 했다고 들었다. 더구나 오스카 백작이 연상이라고 하니까 깐깐한 인상의 재상을 떠올리면 상상이 안 되었다.

여섯 명의 귀부인들은 테이블 곁에 서서 유진을 향해 고개를 숙였다.

"왕비님께 인사 올립니다."

"어서들 와요. 갑작스러운 초대였는데 흔쾌히 시간을 내주어서 고마워요."

'오스카 백작을 따로 만날 자리를 자연스레 만들어 봐야겠어.'

백작을 만나서 대화를 나누다 보면 진이 무슨 부탁을 했는지 알 수 있을 만한 기억이 떠오를 것이다.

하지만 오늘 이 자리에서 내색할 생각은 없었다. 오늘은 어디까지나 관리의 부인들과 친교를 다지고 그들이 공직자의 아내로 살면서 경험하는 고충을 위로하기 위한 자리였다. 공적인 자리이니 사적인 용무는 뒤로 미루었다.

유진은 아드리트를 서재가 아닌, 집무실로 불렀다. 왕비가 시녀조차도 데리고 들어가지 않을 정도로 애지중지하는 서재에 갑자기 낯선 자를 데리고 들어가면 의아해하며 유심히 보는 자들이 있을 것이다. 아드리트의 처지를 생각해서 가능한 한눈에 띄지 않는 편이 좋겠다고 생각했다.

그녀는 서재의 많은 고서 중 딱 한 권, 얼마 전에 호드리고를 만나서 직접 받은 책만 가져왔다. 그 책에 그려진 술식이 가장 많았고 다른 고서와 비교해 보니 거의 유사하게 겹치는 내용이 많았다.

아드리트는 유진의 맞은편 자리에 앉아 소파테이블에 펼쳐 놓은 고서를 살폈다. 페이지를 넘기는 그의 표정은 진지했다.

'글을 아는구나.'

유진은 가끔 자신이 태어난 세상과 이 세상을 비슷한 높이에 두고 생각하는 실수를 저질렀다. 그래서 아드리트에게 '글자를 읽을 수 있느냐.'라고 물을 생각을 못 하고 무작정 책부터 건넸다.

이 세계에서 글자는 모든 사람의 기본 소양이 아니었다. 오늘 벌어 오늘 사는 평민 중 상당수가 글을 몰랐다. 그런데 비천한 취급받는 방랑족 청년이 어려운 단어가 섞인 고서를 수월하게 읽고 있다.

'배움이 깊어.'

아드리트가 말하는 어휘 수준이나 사용하는 말투는 배운 티가 갔다. 누구든 그와 대화한 후에는 아드리트가 귀족이라고 해도 고개를 끄덕일 것이다.

'하긴, 주술사들은 그 시대 최고의 학자들이었으니까. 처지가 곤궁해졌어도 후손에게 전하는 가르침의 수준이 높겠지.'

한참 책을 앞뒤로 넘기며 뒤적이던 아드리트가 고개를 갸웃하며 말했다.

"이 책에 실린 술식은 좀…… 이상합니다."

"어떤 점이?"

아드리트는 책을 뒤집어서 한 페이지 가득한 그려진 술식을 유진이 잘 볼 수 있도록 펼쳤다.

"저는 주술에 관해 잘 모릅니다. 그런데 저희가 어려서부터 배우는 일족의 그림문자는 술식을 그리는 데에 사용됩니다."

그는 책 내용의 여러 군데를 손가락으로 짚으며 말했다.

"이 문장과 이 문장, 그리고 이 문장과 이 문장. 서로 의미가 전혀 다르고 섞일 수가 없습니다. 예를 들어 이 문장을 요리에 들어가는 향신료 같은 역할이라고 한다면 이 문장은 집을 지을 때 쓰는 도구입니다."

유진은 고개를 끄덕였다. 눈으로 보면서는 무슨 차이인지 전혀 모르겠지만, 아드리트의 비유는 이해가 갔다.

"그러면 어떻게 되는 거지?"

"이 술식으로는 절대 주술이 성공할 수 없습니다."

"엉망이라는 뜻이구나. 그 책의 모든 술식이 그래?"

호드리고가 준 책 속에는 다른 형태의 술식이 아홉 개가 있었다. 서재에 있던 다른 책에 많아 봤자 세 개 정도였던 것과 비교해서 확실히 수가 많았다.

아드리트는 두 개의 술식만 골라냈다.

"제 부족한 소견으로 이 두 개는 이상한 점을 모르겠습니다."

'아홉 개 중 겨우 두 개?'

유진은 호드리고가 아주 귀한 물건인 것처럼 준 선물이 실속 없는 쪽정이였다고 투덜거리며 두 군데 페이지 끄트머리를 접어서 표시해 두었다.

'그럼 잘려 나간 페이지에는 모두 진짜 술식이 있었던 걸까?'

서재에 있는 고서 중 페이지 일부가 사라진 책은 몇 권뿐이었다. 유진이 술식의 존재를 알게 된 후에 서재의 모든 고서를 대충 훑어보니까 찢어 내지 않고 내용이 온전한 책 중에 이상한 문양이 등장하는 책이 더러 있었다. 그래서 진이 왜 어떤 책은 잘라 내고 어떤 책은 그냥 두었는지 헷갈렸다.

'진에게 진짜와 가짜를 구별하는 능력이 있었다는 건데…… 어떻게 진이 주술을 알았을까.'

"이 술식이 어떤 효과인지는 모르고?"

"정확히는 모르겠습니다. 그런데 강한 주술은 아닙니다. 술식의 형태가 단순합니다."

유진은 대체 이 주술에 관해 누구한테 물어봐야 하는지 막막했다.

'마리안은 별말이 없고…….'

마리안에게 이런 고서를 학술적으로 연구하는 자들을 찾아보라고 말한 지 꽤 되었는데 감감무소식이었다. 마리안이 깜빡했거나 소홀히 처리할 리가 없으므로 아무래도 마리안의 능력으로는 도통 찾지 못하는 듯했다.

"아드리트. 이 술식이 그 고대 일족이 사용했던 주술이 틀림없어?"

"예……."

아드리트가 대답하면서 구석에 서 있는 시녀들을 흘끔거렸다.

"저들은 신경 쓰지 않아도 돼. 우리가 하는 말을 듣지 못하니까."

왕 혹은 왕비가 궁인이 아닌 누군가와 단둘이 만나는 일은 예상치 못한 피곤한 사건으로 번질 가능성이 있었다. 독대는 항상 조심해야 했다. 유진은 진이 호드리고와 만날 때조차 절대 단둘이 아니었다는 사실을 명심했다.

그런데 아무리 수족 같은 시중인들이라도 엄연히 눈과 귀가 있다. 그들이 말을 옮기지 않는다고 장담할 수 없었다. 그래서 비밀스러운 이야기를 나눌 때 세워 두기 위해서 궁인으로 들인 자들이 있었다. 그들은 병혹은 사고로 인해 듣지 못했다.

"원래 소리를 듣지 못해. 그러니 부담 없이 얘기해도 괜찮아."

"아…… 예."

아드리트는 마음이 가벼워진 표정으로 말했다.

"고대로부터 전해지는 주술이 틀림없습니다."

"넌 주술이 봉인되었다고 했잖아. 그런데 왜 이런 술식이 흔하게 돌아다니지? 이런 고서는 마음만 먹으면 구할 수 있어."

"주술은 고대에 일반적으로 널리 퍼진 지식이었습니다. 주술의 효과를 더 극대화하는 능력을 타고난 주술사들이 갈수록 독점하기는 했으나 이미 퍼져 있는 주술을 사람들이 사용하지 못하도록 강제한 것은 아닙니다. 봉인된 주술은 이것과 종류가 다릅니다. 주술사들이 독점하던 지식에 연구를 거듭해 강력한 효과를 발휘하게 된 것들입니다."

"라크를 피하는 주술 같은?"

"예."

"그럼 왜 하필 주술이 마라 교단의 사상에 항상 등장하는 상징이 된 걸까? 마라에 관해서는 얼마나 알고 있어?"

"잘은 모릅니다. 라크가 이 세상에 나타난 후, 사람들은 생과 사의 갈림길에서 고통을 겪게 되었습니다. 그래서 신에게 의지하는 마음이 커지고 신을 만들어서 숭상하는 종교가 무수히 나타났다가 사라지기를 반복했다고 배웠습니다. 마라가 그중 제법 세력이 크다고는 들었습니다."

유진의 눈이 놀라서 커졌다. 아드리트는 마치 마하도 '그런 종교' 중 하나라는 식으로 말했다.

'와. 되게 위험한 말을 아무렇지도 않게 하네.'

시선을 내리고 있는 아드리트는 유진의 표정 변화를 볼 수 없기에 그는 무덤덤한 말투로 계속 말을 이었다.

"제 생각에는 아마…… 주술의 신비한 힘이 시각적으로 사람들을 현혹하기에 종교에 이용당하는 게 아닐까 합니다. 이 책의 술식이 대부분 엉망이라는 건 주술을 제대로 아는 자가 거의 없다는 뜻이라고 생각합니다. 그리고 그려 놓은 술식의 형태가 과장되어 있습니다."

"네 생각으로는 이 책의 술식으로 발동하는 주술은 사소한데 심오한 의미가 있는 것처럼 술식을 그럴듯하고 거창하게 그려 놓았다는 거지?"

"예."

문득 유진은 예전에 만났던 이야기꾼이 한 말이 떠올랐다.

> 「제 외조모가 주술사의 피를 타고났습지요. 그래서 술식이라고, 분명히 술식이라고 했었습니다.」

"주술사…… 아드리트. 넌 주술사라고 불리는 자들이 있다는 사실을 알고 있니?"

"예?"

아드리트의 눈이 휘둥그레졌다. 일족 외의 사람과는 길게 말을 나눠 본 적이 없는 아드리트가 아는 지식은 전부 일족 어른들께 배운 것뿐이었다.

"그들은 술식을 안다고 해. 일부는 미래를 점친다고도 하지. 나도 아직 만나 보지 않아서 모르겠지만, 네가 고대의 주술사들이 주술을 통해 미래를 보기도 했다고 말했지."

아드리트는 심각한 표정으로 생각에 잠겼다가 꾸벅 고개를 숙였다.

"송구합니다. 왕비님께서 말씀하시는 그자들이 누군지는…… 잘 모르겠습니다."

유진과 아드리트는 속으로만 비슷한 생각을 했다. 어쩌면 그 '주술사'라는 자들이 스스로 은거를 택한 고대의 미래를 읽는 주술사 일족과 어떤 식으로든 관련이 있지 않을까.

문을 두드리는 소리가 들렸다. 잠시 후 들어온 시녀가 소파로 다가와 꾸벅 고개를 숙인 후 말했다.

"왕비님. 오후 알현을 허락받은 자들이 왕비님께서 납시기를 기다리고 있습니다."

"그래, 알았다."

시녀가 물러간 후 유진이 말했다.

"아드리트. 내가 다른 할 일이 있어서 그만 일어나야겠구나."

"예, 왕비님."

"성에서 머물면서 나를 도와줄 수 있겠니? 네가 봤으면 하는 다른 책들이 더 많아."

아드리트의 표정이 흔들렸다가 두 손을 모아 쥐고 깊이 고개를 숙였다. 유진이 실망스러운 한숨을 내쉬며 말했다.

"안 되겠어?"

"송구합니다. 제게 과분한 은혜를 베풀어 주셨는데…… 일족의 계율에 따라 활동기에 대피소가 아니면 같은 장소에서 사흘 밤을 보낼 수 없습니다."

"……사막으로 나가겠다고?"

"예."

"계율을 어기면 어떻게 되는데? 일족에서 널 처벌하려고 잡으러 와?"

"저희는 계율을 어기지 않는 삶을 마무리할 때 비로소 마지막 여행을 끝낼 수 있게 됩니다."

"마지막 여행? 너희 일족만을 위한 낙원에 정착한다는 뜻이니?"

"낙원……."

유진이 말한 단어를 입 안으로 되뇌는 아드리트의 입꼬리가 서서히 올라갔다. 겉보기에는 그저 보기 좋을 정도로만 미소 짓는 정도였지만, 인형 같던 아드리트가 처음 드러낸 감정 표현이었다.

유진은 아드리트와 대화하는 내내 그의 표정이 몹시 경직되어 있다고 느꼈다. 뭐랄까. 생기가 느껴지지 않았다. 그래서 현재 그의 내면이 보이는 표정보다 훨씬 격렬할 거라고 짐작했다.

"그 말씀도 틀리지 않습니다. 저희의 고통스러운 삶을 끝내는 종착점이야말로 낙원이지요."

유진이 아드리트의 말을 곰곰이 생각해 보다가 미간을 찌푸렸다.

"설마…… 죽음을 말하는 거야?"

"그런 단어로 표현하기도 합니다."

유진은 말문이 막혔다. 스무 살도 채 되지 않은 젊은이가 죽음을 낙원이라고 말하다니. 그 정도로 삶이 고통스러운 저들이 가엽고 마음이 이상했다.

"어떤 의미인지 설명해 줄래? 특별한 뜻이 있을 것 같은데."

"저희 일족은 이 세계에 너무 큰 죄를 지었기 때문에 신벌을 받았다고 생각합니다. 그래서 저희가 이렇듯 기약 없이 참회하는 삶을 살고 있습니다. 한 번의 삶으로 끝나지 않습니다. 사는 동안 계율에 충실히 따르지 않았다면 죽은 후 일족의 후손으로 다시 태어납니다. 그래서 저희는 이 삶을 끝이 보이지 않는 고된 여행이라고 말합니다. 일족의 소망은 이 여행을 끝내는 겁니다. 이번 삶이 마지막 여행이 되기를 바라는 것이지요. 그래서 장례를 치를 때 마지막 여행이었기를 바란다는 말로서 조의를 표합니다. 여행이 끝나야 진정한 안식을 맞이하는 죽음입니다."

유진은 아드리트가 말하는 내용이 전혀 생소하지는 않았다. 그녀가 들은 적 있는 '윤회' 혹은 '환생' 같은 개념과 비슷한 느낌이었다.

"마지막 여행……."

차라리 일족 내의 심판관이 잡으러 온다는 대답이 더 나을 뻔했다. 그러면 절대 잡히지 않도록 숨겨 준다고 꾈 수 있을 테니까.

그러나 그들의 계율은 형벌로 강제하는 것보다 훨씬 지독했다.

'낙원으로 가는 길을 포기하라고······ 어떻게 말할 수 있겠어.'

유진은 작은 한숨을 내쉬며 아드리트를 붙잡고 싶은 미련을 깨끗이 버렸다. 그녀는 소파에서 일어났다. 알현실에서 기다리는 사람이 있으니 더는 지체할 수가 없었다.

"사흘 밤은 보낼 수 없다고 했으니까 이틀째인 오늘 밤까지는 여기서 보내도 되지?"

"예. 내일 새벽에 일찍 떠나려고 합니다. 허락해 주시옵소서."

"새벽에?"

당황스러워하던 유진은 곧 고개를 끄덕이며 중얼거렸다.

"······하긴. 나도 사막을 다녀와서 알지만, 아침 일찍부터 움직이지 않으면 멀리 가기가 어렵지. 내 허락이 무슨 필요야. 오고 가는 건 손님의 마음인걸. 제대로 된 작별 인사는 이따가 하자."

아드리트가 흔들리는 눈빛으로 고개를 숙였다.

"예, 왕비님."

유진은 아드리트를 지나쳐서 몇 걸음 걷다가 멈칫하더니 다시 돌아섰다.

"환수 말이야. 환수는 다양한 짐승의 모습으로 변할 수 있고 나이를 많이 먹으면 사람과 대화도 가능하잖아. 그럼 그보다 더 발전하는 단계도 있을까? 예를 들면······ 환수가 사람의 모습으로 둔갑한다든가."

"그건 불가능합니다."

아드리트가 단호하게 대답했다. 대답을 크게 기대하지 않았던 터라 유진이 놀란 표정으로 되물었다.

"왜 불가능해?"

"저도 같은 의문을 품은 적이 있었습니다. 그래서 일족의 지혜로운 어르신께 여쭈었습니다. 어르신께서는 불가능하다고 하셨습니다."

아드리트는 기억을 더듬어서 어르신께 들었던 내용을 그대로 말했다.

「라크는 우리가 연 문을 통해 들어왔다. 주술의 제한을 받게 되지. 선조
께서 술식을 통해 다른 생명을 불러낼 때 '인간이 아닌 것'을 주술의 조건
으로 삼았다. 주술 발동의 원리는 아침에 해가 뜨고 밤에 해가 지는 것처
럼 절대 규칙이란다. 아무리 괴물이라고 해도 신 앞에서는 피조물에 불과
한 것들인데 어찌 세상의 질서를 거스를 수 있겠느냐.」

유진은 고개를 끄덕였다. 갑자기 떠오른 의문 때문에 소름이 쭉 돋았
는데 다행이었다. 엄청난 힘을 지닌 괴물이 지능을 지닌 데다가 사람 흉
내까지 낼 수 있다면, 그리고 교활함까지 갖추었다면 무슨 일이 일어날
까. 상상하기조차 끔찍했다.

아침 해가 떠오르기 직전의 돌문 앞에는 벌써 꽤 많은 사람이 문이 열
리기를 기다리고 있었다. 정확한 시각에 병사가 개문을 외치며 문을 열
기 시작했다.

아드리트는 사람들 틈에 섞여 거대한 돌문이 올라가는 웅장한 광경을
응시했다. 그는 이 정도로 가까운 거리에서 돌문이 열리는 모습을 처음
보았다.

문이 열리자마자 우르르 쏟아져 나가는 사람들과 보조를 맞추어 아드
리트는 성벽을 통과했다. 항상 사람을 피해 주변을 살피는 버릇이 들어
그런지 두리번거리지 않고 똑바로 앞만 바라보며 걷는 게 힘들었다. 당
장이라도 누군가가 '여기 방랑족이 있다!'라고 외치며 뒷덜미를 잡아챌
것 같았다.

아드리트는 끝이 보이지 않는 사막 어딘가를 바라보며 속도를 늦추지 않고 걸었다. 태양은 새벽의 어둑한 기운을 순식간에 몰아내고 그의 머리 위로 뜨거운 열기를 쏟아부었다.

곁눈질하면 듬성듬성 눈에 띄던 사람이 전혀 보이지 않게 되었을 때 아드리트는 걸음을 멈추었다. 제자리에서 완전히 한 바퀴를 돌아도 넓은 사막에 오직 그 혼자뿐이었다.

그는 손을 들어서 자신의 가슴을 문질렀다. 이상하게 가슴 안쪽이 텅 빈 느낌이 들었다. 모래뿐인 사막을 홀로 걷는 일이 하루 이틀이 아니건만 갑자기 혼자 내던져진 것 같았다.

그는 길 잃은 아이처럼 계속 좌우를 둘러보았다. 그의 시선이 경사가 높은 모래 언덕 쪽으로 멈추더니 걸음을 옮겼다. 언덕의 정상에 오른 후 돌아보니까 저 멀리 높게 솟은 왕성의 첨탑이 아스라이 보였다.

그는 멍하니 그 광경을 보다가 묵직하게 어깨를 누르는 배낭을 벗었다. 아드리트가 왕성을 나오기 직전에 왕비님께서 챙겨 주라고 하셨다며 시녀가 건네준 배낭이었다.

그는 배낭의 입구를 조인 끈을 풀었다. 안에 든 물건들을 하나씩 꺼냈다. 대부분이 먹을 것이었다. 말린 과일, 육포, 말려서 구운 곡물 등. 얇은 모포와 비상약도 들었다. 아드리트는 뜨거워지는 눈시울을 손등으로 문질렀다.

그는 다시 배낭에 물품을 모두 챙겨 넣고 성탑을 향해 바닥에 엎드려 절을 올렸다. 그가 태어나서 처음으로 일족이 아닌 사람한테 받은 호의는 눈물이 나도록 따뜻하고 다정했다.

그는 일족의 규칙에 따라 열다섯 살의 생일이 지난 후 떠돌기 시작했다. 매년 비슷한 시기에 정해진 장소를 찾아가서 일족의 어른을 뵙고 가르침을 받을 때 외에는 항상 혼자였다.

첫해부터 대피소를 발견하여 활동기를 편하게 보내는 것만으로도 운이 좋다고 생각했다. 그런데 사실은 두렵고 외로웠던 것 같다. 전사에게 잡혀 죽음을 담담히 각오했을 때 '저자를 풀어 주시면 안 되나요?'라는 귀인의 한마디에 무너지고 말았다.

「아드리트.」

아드리트는 무릎 꿇고 앉은 채 저 멀리 보이는 왕국을 응시하며 끊임없이 귓가에 맴도는 그분의 음성을 떠올렸다.

「내 말을 오해하지 말고 들어주었으면 해. 조상이 저지른 잘못을 후손들이 잊지 않고 참회하는 네 일족을 폄하하려는 뜻은 아니야. 오히려 난 위대하다고 생각해. 그런데 말이지. 이미 그건 아득히 먼 옛날이잖아. 그만큼 자기 자신을 힘든 처지로 몰아넣고 용서를 빌었다면 이제는 벗어나도 되지 않을까?」

오늘 새벽같이 떠날 거라서 어제저녁에 미리 마지막 인사를 드리러 왕비님을 뵈었다. 조심하고 건강하라는 덕담 이후에 이어진 그분의 조언을 듣는 동안 온몸이 마비된 것처럼 꼼짝할 수가 없었다.

「무릎 꿇고 비는 것만이 유일한 방법은 아니야. 잘못을 잊지 않고 반성하면서도 올바른 방식으로 일족의 미래를 모색할 수 있지. 아드리트. 너는 젊어. 네 일족의 미래를 너 같은 젊은이가 새로 만들어야 해. 언젠가 태어날 네 아이가, 네 후손은 더 행복해져야 하지 않겠어?」

눈을 감은 아드리트의 몸이 부르르 떨렸다. 누구도 그에게 그런 말을 해 준 적이 없었다.

일족 내에서 배운 것만이 그가 보고 들은 전부였다. 조상이 얼마나 끔찍한 죄를 지었는지 귀에 못이 박이도록 들었다. 후손으로서 죄스러운 마음으로 용서를 빌어야 한다고 세뇌처럼 들은 가르침을 의심하지 않았다. 그냥 당연한 것이었다.

아드리트가 천천히 눈을 떴다. 그의 눈동자에 결연한 빛이 감돌았다.

'그래. 나는 괜찮아. 하지만 내 후손도 이렇게 살게 할 수는 없어.'

아드리트는 배낭을 어깨에 들추어 메면서 일어났다. 지금 당장 해야 할 일을 떠올렸다.

그는 유진과의 대화를 통해 자신이 대답할 수 있는 게 거의 없다는 사실을 깨달았다. 왜 배웠던 역사 속 이야기와 다르게 일족이 불길한 존재로 낙인찍혀서 항상 죽음의 위협에 쫓기는지, 정확한 이유조차도 몰랐다.

일족의 규칙에 따라 배우려면 기다려야 한다. 일정한 나이가 되면 정해진 지식을 배우게 되어 있었다. 그러나 그는 더 이상 기다릴 수 없었다. 그런 식으로는 다 늙어서야 모두 알게 될 것이다. 기력이 달리는 나이가 된 후에 뭘 시작할 수 있겠는가.

방랑족이라고 불리는 그들에게도 정착지는 있었다. 아이를 낳아 기르고 일정한 나이가 될 때까지 보호해 줄 안전한 은신처가 필요하기 때문이었다. 그곳의 위치는 일족이라면 누구나 알고 있지만, 누구도 절대 입 밖으로 꺼내지 않는 최고 등급의 비밀이었다.

그는 열다섯 살 생일에 떠나온 후 아직 다시 들른 적이 없는 그곳으로 방향을 잡았다. 일족의 계율을 충실히 지키다가 죽는 인생만 바라보던 그에게 뚜렷한 삶의 목표가 생겼다.

　　　　　*　　　*　　　*

　베루스는 중요한 보고를 모두 마치고 마지막에 마라 교단에 관해 정리한 내용을 보고했다. 그동안 왕명을 충실히 이행하여 마라 교단을 향한 은밀한 작업과 감시를 동시에 진행했다.

　왕국에서 교단을 정식 인정할 거라는 소문이 은근히 퍼져서 방심하는 자들이 늘어났다. 덕분에 교도의 명단을 확보하는 일은 순조롭게 진행 중이었다.

　"전하. 마라 교단 내의 계급 질서는 최상층에 제사장이 있다는 사실을 재확인했습니다. 그보다 높은 다른 계급이 존재한다는 흔적은 찾지 못했습니다."

　"……그런가."

　베루스는 미적지근한 왕의 반응이 신경 쓰였다.

　"다시 한번 철저하게 조사하겠습니다."

　"아니다. 지금의 방식을 바꿀 필요는 없다."

　마라 교단 내에서 중요한 정보 대부분을 오직 제사장만 독점했다. 수십 년에 걸친 오랜 조사를 통해 알아낸 사실이었다. 그래서 일반 교도를 대상으로 취득하는 정보에는 한계가 있었다.

　현재 마라의 교도들 사이에서 성녀라는 단어가 입에 오르내리지 않는다는 것만으로도 카세르가 바라는 조사 목적을 달성했다.

　"그자, 정보상 감시는 어떻게 되어 가고 있지?"

　"기사가 수도를 떠난 후 그자가 수도로 돌아오고 나서는 눈에 띄는 행동은 없습니다."

　카세르는 원래 호드리고를 조만간 잡아들여서 처벌하려 했다. 그런데 유진을 통해 들은, 그자가 말한 '의식'이 뭔지 알아내야 할 것 같았다. 그러려면 이번 건기에는 이대로 감시만 늦추지 않고 지켜봐야 했다.

"그 정보상의 정체는 짐작하고 있겠지?"

카세르는 베루스에게 정보상 케이지의 감시를 명하면서 그자가 마라 교단의 제사장이라고는 말하지 않았다.

그자를 감시하기 시작한 명분은 사교도라서 아니라 왕비를 기만했기 때문이었다. 베루스가 그자를 더 집요하게 감시하다가 자칫 그자의 경계를 살까 봐 조심하려는 뜻도 있었다.

하지만 베루스라면 머지않아 정보상 케이지의 정체를 눈치챌 거라고 생각했다.

"예, 전하."

"언제부터?"

"감시망에 있던 교단 내 영향력 있는 교도들이 그자와 조심히 접촉하기에 짐작했습니다. 그리고 그자가 수도를 떠났을 때 확신했습니다."

카세르는 고개를 끄덕였다. 제례를 올리러 성지로 가는 길에서 베루스의 보고서를 읽을 때 '역시 알아차렸군.' 하고 생각했다. 정보상 케이지가 갑자기 수도를 떠나자 베루스는 곧바로 교단 내부 정보를 취득하여 기사 피데스가 수도로 되돌아온 사실을 알아냈기 때문이었다.

"그자가 수상한 짓을 꾸민다는 정보를 입수했다. 그리고 일을 꾸미는 주체가 그자가 아니라 그자의 위에서 지시를 내리는 누군가가 있다는 의혹도 있지."

"조사를 명하셨던, 대제사장 혹은 성녀라는 자를 말씀하십니까?"

"음. 자네는 흔적을 찾지 못했다고 했지만, 의혹이 있으니 무시할 수가 없어. 그렇다고 광신도를 잡아들여 봤자 제대로 된 자백을 받을 수 있을 것 같지 않으니까 무슨 짓을 꾸미는지 현장을 덮칠 생각이다. 일을 벌이는 시기는 대략 이번 건기가 끝나고 활동기와의 경계 무렵으로 예상한다. 그때까지 감시를 늦추지 말도록. 적당히 방심하도록 유도하되 도리어 의심을 사지 않도록 조심하라."

"예. 명심하여 거행하겠습니다."

"그만 물러가 보라."

카세르는 베루스가 가져온 보고서 중 하나를 펼치며 시선을 내렸다. 베루스는 즉시 대답하지 않고 머뭇거렸다.

"전하."

"뭐가 더 남았나?"

"일전에 왕비님께서 그자, 정보상 케이지에 관한 조사를 명하셨습니다. 왕비님을 뵙고 그간 알아낸 내용을 보고드리려 합니다. 기밀로 해야 하는 정보가 있는지 여쭙습니다."

"그자가 왕비에게 저지른 죄가 있으니 그자에 관한 정보는 내가 충분히 왕비와 공유하고 있다. 자네가 따로 왕비를 만나 보고할 필요는 없어."

평소라면 해야 할 일을 줄여 준 왕의 말씀이 달가웠을 것이다. 그러나 오늘은 아니었다. 베루스는 오늘 입궁하기 전에 특명을 받았다.

엊그제 왕비님의 초대를 받고 왕성에 갔던 그의 아내는 잔뜩 흥분한 표정으로 귀갓길에 그의 집무실에 들이닥쳤다.

「어떻게 된 거예요? 이게 무슨 일이냐고요?」
「왕성에서 무슨 일이 있었습니까?」

베루스는 혹시 불쾌한 사건이라도 있었나 싶어서 걱정스레 물었다. 그런데 샬럿은 묘하게 상기된 표정으로 목소리를 높였다.

「제가 물을 말이에요. 최근에 왕비님을 언제 뵈었어요?」

「……이십 일 전쯤?」

「확실하게 말해요. 인사만 드렸다는 거예요?」

「왕비님께서 보자고 부르셔서 뵈러 갔습니다.」

「그때 눈치채지 못했어요? 왕비님이 이상하시다는 걸요.」

「무슨 말입니까?」

「사람이 바뀐 것처럼 달라졌다고요!」

베루스는 약 한 달 전에 왕비님을 뵈었을 때 잠시 기묘한 위화감을 느끼기는 했으나 대수롭지 않게 넘겼다. 자신의 생각에 아내가 이 정도로 과격한 반응을 보일 정도는 아니었다.

애초에 그는 왕비와 긴 대화를 나눈 적도 없었다. 자신의 아내 역시 마찬가지인 줄 알았다. 그가 아무런 대답을 하지 못하자 샬럿은 그를 한심하다는 눈으로 쳐다봤다.

「이렇게 눈치가 없어서야 무슨 나랏일을 해요?」

「부인께서 왕비님과 그토록 교류가 많았는지 몰랐습니다.」

「교류는 무슨. 최근 일 년 동안은 뵌 적도 없어요. 근데 딱 보면 느낄 수 있지 않아요? 표정이나 말투나. 눈빛 자체도 완전히 다르던데.」

베루스는 모르겠다고 대답했다가 아내한테 눈썰미가 없다며 잔뜩 타박을 들었다.

「궁인들이 왕비님이라고 바꿔 부른다는 말은 들어서 알고 있었지만, 직

접 뵙고 왕비님이라고 부르니까 기분이 이상했어요. 당신도 알다시피 전에
는 꼭 아니카라고 부르게 하셨지요. 그 호칭으로 인해서 발생한 사건들은
당신도 알잖아요?」

「예, 압니다.」

「왕비님께서 웨이즈 남작을 대하는 태도도 아주 다정다감하시더라고
요. 지금 와서 하는 말이지만, 꽤 오래전에 우연히 왕비님이 웨이즈 남작에
게 말씀하는 모습을 본 적이 있는데…… 아무튼, 어떤 사람에 대한 태도가
바뀌는 건 이유가 있단 말이에요. 뭘까요. 새삼스레 왕비님이 웨이즈 남작
과 관계를 개선할 이유가 없을 텐데요. 아예 뒤로 물러난 사람을 굳이 불
러들이면서까지.」

베루스는 혼잣말을 길게 중얼거리는 아내를 보며 불길한 예감이 들었
다. 그의 아내, 샬럿 오스카 백작에 관한 세간의 평에 따르면 그녀는 좀
처럼 감정을 드러내는 일이 없는 차분한 성품으로 매사에 초연한 편이었
다.

그러나 세상 사람들은 모르며 그녀의 가족만이 아는 진실은 조금 달
랐다. 샬럿은 대부분 일에 심드렁하다가도 본인이 꽂히는 일에는 집요
했다.

그런 샬럿의 집요함에 제대로 걸린 당사자가 베루스였다. 성년이 되
자마자 다섯 살 연상의 샬럿에게 뒷덜미가 잡혀서 어느새 정신을 차려
보니까 결혼식장에 서 있었다.

「왕비님을 뵈려면 어떤 방법이 좋을까요? 알현 말고 좀 더 자연스러운
방식으로…… 아, 당신이 나서 봐요.」

「뭘 어떻게요?」

「뭐든요. 핑계를 대서 자리를 만들어 봐요. 부부 동반으로 식사한다거
나, 그런 것도 좋죠」

「……뭔 동반이요?」

베루스는 왕에 대한 충성심과는 별개로 왕이 어려웠다. 그냥 필요할
때마다 뵙고 지시를 받거나 보고를 올리는 방식이 편했다.

자신의 아버지와 식사하는 동안에도 할 말이 생각나지 않는데 그 긴
식사 시간 동안 왕과 마주 앉아서 대체 뭔 사담을 나눈단 말인가.

그런데 세상 사람들은 모르는 진실이 또 하나 있었다. 철혈의 재상이
라고 불리는 베루스 릭센은 공처가였다. 결혼하기 전부터 주도권을 빼
앗겨서 그런지 결혼 후에도 부부 관계에 반전은 일어나지 않았다.

왕과는 다른 의미로 샬럿은 베루스에게 절대적 명령권자였다. 베루스
는 오늘 귀가 후 아내에게 성과를 보여 줘야 했다.

그는 머리를 굴렸다. 왕께 다짜고짜 부부 동반 식사 제안을 꺼낼 수는
없어서 일단 왕비를 뵙고 자연스레 엊그제 모임과 아내 이야기를 꺼내려
했다. 그러나 그의 계획은 초반부터 어그러질 위기에 처했다.

'차라리 아무 말도 하지 말걸.'

왕께서 갈 필요가 없다고 하시는데 왕비님을 뵈러 가면 대놓고 어긋
나는 짓이었다.

"전하. 다급히 아뢸 일이 있습니다."

바깥에서 시종장의 목소리가 들렸다. 왕의 허락을 받고 들어온 시종
장이 곧바로 왕의 앞으로 다가가 책상에 둥근 작은 통을 올렸다.

"전서새를 통해 성도에서 온 상상급의 급보입니다."

긴장한 기색이 역력한 시종장의 표정이 딱딱했다. 지금껏 성도에서
이만한 등급의 서신이 온 적이 없었다.

카세르는 즉시 통을 열어 안에 돌돌 말려 있는 작은 서신을 펼쳤다. 짧은 내용을 빠르게 눈으로 훑은 그의 미간에 주름이 잡혔다. 시선을 들어 시종장에게 명을 내리려다가 베루스를 발견하고 말했다.

"경은 가 보게."

"예, 전하."

베루스는 무슨 일인지 궁금했지만, 두 말없이 물러 나왔다. 자신이 알 만한 일이면 알게 될 거라고 속 편하게 생각했다. 성도와 관련한 일은 자신의 소관이 아니었다. 샬럿에게 변명할 충분한 이유가 생겼다는 사실만으로 그는 가벼운 마음으로 복도를 걸어갔다.

잠시 후 왕의 명을 받은 시종장이 왕비께 달려갔다. 시종장과 함께 온 유진이 왕의 집무실로 들어간 후 궁인들은 모조리 안에서 나왔다.

두 사람만 남은 자리에서 카세르는 상제가 보낸 급보를 유진에게 보여 주었다.

"저한테…… 성도로 오라는 거군요. 당신은 한 달 이상을 예상했잖아요."

"그랬지. 당신을 만나고 간 기사가 성도에 도착하고 상제의 명을 받아 다시 기사가 여기로 오기까지 최단기간이 그 정도니까. 아무래도 기사 피데스가 성도에 서신 먼저 보낸 모양이야."

"……그리고 상제께서는 서신을 받자마자 이 전보를 보내셨고요."

―마하의 뜻을 대신하여 전합니다.

급보의 가장 첫 줄에 쓰인 구절이었다. 상제를 이 세계의 유일한 황제라고 가정할 때 '마하의 뜻'은 황명과 비슷했다. 상제와 척질 생각이 아니라면 거역할 수 없었다.

상제는 진 아니카를 마중할 기사단을 즉시 출발시킬 것이니 하루라도 빨리 성도에 도착할 수 있도록 서두르라고 했다. 많은 내용을 담을 수 없어서 본론만 간략하게 적는 전보의 특징 때문인지 상제의 서신은 강한 명령처럼 느껴졌다.

"상제께서 급보로 사람을 부르는 일이 종종 있어요?"

"드물게 있기는 하겠지만, 아니카를 이런 식으로 부르지는 않아. 최소한 열 명 이상의 기사단을 파견해서 여정 동안 아니카를 호위하지."

"예외적이라는 거군요. 라크 나무가 그렇게 큰 사건이었나요? 이 정도로 예민하게 반응할 일은 아닌 것 같은데……."

카세르가 구시렁거리는 그녀를 보며 어이가 없다는 듯 웃었다.

"큰 사건이고말고. 당신만 별거 아니라고 생각해."

카세르는 성지에서 그녀가 호수 속 환수를 부른다며 씨앗을 싹 틔운 일은 생각하면 지금도 헛웃음이 나왔다. 어떤 아니카도 그녀처럼 가볍게 라미타를 쓰지 않을 것이다.

그 씨앗에서 싹이 난 작은 나무를 처리한 방식도 가벼웠다. 유진은 근처를 대충 둘러보다가 쪼그려 앉아 얕게 흙을 파고 나무를 심었다. 그러고는 흙 묻은 손을 탁탁 털고 일어나서 미련 없이 가는데 오히려 카세르가 몇 번이나 뒤돌아보았다.

아니카가 싹 틔운 나무는 신의 힘이 담긴 성물이었다. 아마 전 재산과 맞바꾸자고 해도 감히 신성력을 재물과 바꿀 수 있다는 사실에 황송해하며 앞다투어 몰려들 자들이 끝이 보이지 않을 것이다.

그는 유진이 예측조차 어려운 라미타를 보유한 아니카라고 짐작했다. '그래. 그렇지.'라고 머릿속으로는 아는데 잘 실감이 나지 않았다. 그녀 자신도 크게 자각이 없는 듯했다.

그녀 옆에 있다 보니까 자신도 무던해졌다. 주변이 황금으로 뒤덮여 있으니 황금이 그저 누런 돌에 불과해 보이는 효과라고나 할까.

며칠 전에도 침실을 가득 채운 물의 환영을 봤다. 이제는 크게 충격을 받지 않는 자신이 더 놀라웠다.

"이런 급보를 받는다고 해서 나름대로 사정이 있는데 즉시 출발할 수는 없잖아요."

"길게 늦장을 부려 봤자 이틀 내에는 출발해야 해."

"이틀이요?"

유진이 못마땅한 표정으로 입술을 툭 내밀었다.

"무슨 문제 있어?"

"그냥…… 짜증이 나서요. 지난 활동기 내내 열심히 짜 놓은 건기의 일정이 다 소용없게 되었단 말이에요. 아, 정말이지. 어련히 내가 나중에 갈 텐데 사람을 이렇게 귀찮게 한담."

카세르는 찡그린 표정으로 혼잣말을 투덜거리는 그녀를 홀린 듯 바라보았다. 혼자 잠시 무슨 생각에 잠기는지 조용해졌다가 그를 바라보며 활짝 웃는 표정까지…… 그는 한시도 유진에게서 눈을 떼지 못했다.

"전하."

카세르는 자신의 품에 폭 안겨 오는 그녀를 내려다보며 무작정 고개를 끄덕였다.

"성도에 갈 때 몇 명 더 데려가는 건 어때요?"

"누구?"

"남편이 관리라서 성도에 꽤 오랫동안 가지 못한 귀부인들이요. 얼마 전에 불러서 만난 여섯 명이 딱 좋을 거 같아요. 그들이 성도에 가면 안된다는 법이 있지도 않은데 스스로 자제하고 있으니까요. 이런 때 보상이 있으면 격려가 될 거예요."

"좋은 생각이군. 당신 뜻대로 해."

"조금 미안하네요. 우리는 같이 가는데 다른 집 가족은 생이별하게 만들어서요. 우리가 성도에 다녀오면 최소한 두 달은 걸릴 테니까요."

유진은 궁금했다. 며칠 전에 만났던 귀부인들에게 그들의 남편만 이곳에 남겨 두고 성도에 함께 가자고 하면 과연 섭섭해할까, 오히려 즐거워할까. 짓궂은 호기심을 느끼며 웃다가 자신을 빤히 바라보는 카세르와 눈이 마주쳤다.

유진은 그가 말없이 보기만 하자 눈을 살짝 더 크게 뜨며 '왜요?'라고 표정으로 물었다. 카세르가 가볍게 웃으며 고개를 흔들었다.

"그러지 말고 하고 싶은 말씀 있으면 하세요."

"뭘?"

"가끔 지금처럼 의미심장한 눈빛으로 절 보신다고요."

유진은 자신이 그를 비난한다고 느껴지지는 않도록 가볍게 핀잔을 주었다.

"내가?"

"전 말하지 않는 사람의 속마음을 읽는 재주는 없어요. 그러니까 마음에 담아 두지 말고 말씀하세요."

카세르는 농담을 들은 사람처럼 웃으며 말했다.

"그런 거 없어."

유진은 미심쩍은 눈으로 카세르를 보았다. 어떨 때는 쉽게 그의 기분을 알 것 같다가도 어떨 때는 도통 속을 모르겠다. 가끔은 그와 서로의 생각을 주고받는 게 아니라 일방적으로 그가 자신에게 맞춰 준다는 기분이 들었다.

'그래도 얼마 전과 비교하면 대단한 변화이긴 하지.'

그는 전보다 확연히 말수가 늘었다. 부드러운 표정이나 태도에서 '이 사람은 내게 특별한 감정이 있구나.'라고 분명히 느껴졌다.

그런데 가끔은 헷갈렸다. 왜 이 사람은 아무것도 묻지 않고 뭐든 괜찮다고 하는 걸까. 진심이라고 믿고 싶다가도 후계자를 낳아 줄 아니카를 붙들려는 친절일지 모른다는 속 좁은 의심이 들었다.

상대의 마음을 느껴지는 그대로 받아들이지 못하는 자신이 한심해서 유진은 우울해졌다. 근본적인 잘못은 그의 앞에서 솔직해지지 못하는 자신에게 있는데 애먼 사람에게 책임을 넘기려 한다.

조급해하다가 헛발질하지 말자고 자신을 다독이면서도 자꾸 마음이 급했다. 어쩌면 두려움이었다. 묵묵히 옆에 서 있던 이 사람이 지쳐서 떠날까 봐 겁이 났다.

유진은 그에게 드러낼 수 없는 복잡한 마음을 감추고 바쁜 척 말했다.

"이틀 안으로 떠나려면 준비할 게 많아요. 가 볼게요. 귀부인들에게 연락해야겠어요."

유진이 나간 후 카세르는 곧바로 들어오는 시종장을 손짓으로 도로 내보냈다. 그는 상제가 보낸 전보를 다시 펼쳤다. 몇 줄에 불과한 내용을 무의미하게 입 안으로 되뇌자 마음이 무겁게 가라앉았다.

상제께서 유진을 부르면 함께 가야겠다는 자신의 결심을 그녀에게 말한 적이 없었다. 그런데 그녀는 그와 당연히 같이 간다고 생각하니까 기분이 이상했다.

그는 조금 전 그녀의 말과 행동을 떠올렸다. 성도에 갔다가 다시 왕국으로 돌아온다는 사실을 전제하여 '다녀오면'이라는 표현을 썼다든가, 상제의 부름을 '귀찮게 한다'라고 성가서한다든가. 그런 그녀의 태도가 그의 불안을 허무하게 흩뜨렸다.

그는 나직한 한숨을 내쉬며 머리를 쓸어 넘겼다. 그녀의 말 한마디와 표정 하나에 오락가락하는 자신의 감정 상태가 갈수록 심해지는 것 같아서 걱정됐다.

이런 것이 정상이냐고, 물어볼 데가 없었다.

그는 왕으로서 항상 평정심을 잃지 말아야 한다고 배웠다. 왕이기 전에 남편으로서의 바람직한 모습을 알지 못했다. 그의 부모는 한 번도 가족이었던 적이 없었으니까.

"가족……."

금단의 단어를 말하듯 그는 조심스레 중얼거렸다.

아까 그녀가 '다른 집 가족'이라고 말할 때 느꼈던 기이한 두근거림이 다시 시작되었다.

가져 본 적 없고 그래서 없어도 괜찮다고 오기를 부렸지만, 사실은 동경했던 소년의 마음이 나이가 들어 사라진 게 아니라 그저 묻어 두었을 뿐이었다는 것을 깨달았다.

한 가지 사실만은 분명했다. 아마 자신은 성도로 떠나는 아내를 모르는 척 내버려 둔 선왕처럼은 못 할 것이다. 유진이 아무리 떠나기를 원해도 보낼 수 없을 것 같다. 이제 겨우 손에 넣은 가족을 포기할 수 없었다.

* * *

피데스가 성도로 귀환했다. 그는 곧바로 상제께 경과를 보고하러 기도실로 갔다. 그는 기도실 문을 열고 들어가자마자 자신을 바라보는 방향으로 서 있는 상제의 앞으로 다가가 무릎을 굽혔다.

"기사 피데스. 성하의 명을 받아 하시 왕국에 다녀왔습니다."

─그대의 수고를 치하합니다. 기대 이상으로 잘 해주었습니다. 서신을 통해 빠르게 소식을 전한 것은 훌륭한 판단이었습니다.

"과찬이십니다."

─막 임무를 마치고 돌아온 그대에게 충분한 휴식을 보상으로 내릴 수 없어서 미안합니다. 그대에게 새로운 임무를 맡기려 합니다.

"하명하시옵소서. 마하의 뜻을 받드는 것은 크나큰 기쁨입니다."

─그대의 서신을 받는 즉시 아니카 진을 성도로 부르는 급보를 발송하였으며 아니카 진을 마중하기 위한 기사단도 출발했습니다. 그대가 마중하는 기사단을 뒤따라가서 합류했으면 합니다. 그대가 반겨 주면 오랜만에 돌아오는 아니카 진의 마음에 위로가 될 겁니다.

아니카 진이 자신에게 남다른 마음을 품었다는 사실을 피데스 역시 알고 있었다. 아름답고 고귀한 어린 아니카가 항상 자신을 들뜬 눈빛으로 바라보는데 모를 수가 없었다.

다행인지 불행인지 두 사람은 계속 어긋났다. 피데스가 유혹에 약할 나이에는 아니카 진이 어린 소녀라서 그는 흔들리지 않도록 스스로 꾸짖었다. 소녀가 여인이 될 무렵의 피데스는 개인적인 불행을 겪으며 평생 독신으로 살면서 신께 자신의 평생을 바치기로 '영혼의 맹세'를 했다.

그가 '영혼의 맹세'를 한 다음 날에 아니카 진이 찾아왔다. 슬픔과 원망이 뒤섞인 복잡한 눈빛으로 한참을 말없이 쳐다보기만 하고 돌아갔다. 피데스는 그날 그녀의 눈빛을 잊을 수가 없었다.

그래서 얼마 전 하시 왕국에서 만난 그녀의 사뭇 다른 분위기가 더욱 낯설었다. 결혼했기 때문일까, 3년의 공백이 그토록 큰 것일까. 자신을 바라보는 아니카 진의 눈빛에서 의례적인 인사 이상의 감정은 느끼지 못했다.

　그는 이제 자신이 아니카 진에게 별다른 의미가 아닐 거라고 생각했지만, 내색 없이 상제의 지시에 대답했다.

　"예, 성하. 즉시 출발하겠습니다."

　―그리고 그대가 보낸 서신에는 라크 나무 외에 다른 내용이 없더군요. 내 편지를 아니카 진에게 틀림없이 주었습니까?

　"예, 성하. 아니카 진이 서신을 읽은 후 '찾지 못했다'라고 전해 드리라고 하였습니다."

　눈을 감고 있는 상제가 미세하게 눈썹을 찌푸렸다.

　―그뿐입니까?

　"예, 성하."

　―……알겠습니다.

　깊이 고개를 숙인 후 돌아서려던 피데스가 멈칫하더니 말했다.

　"성하. 감히 의문이 드는 점이 있어서 여쭙겠습니다. 어리석은 자에게 지혜를 보태 주시옵소서."

　―얼마든지요.

　"씨앗이 아닌……. 라크가 나무로 변할 수 있습니까?"

—물론입니다. 세간에 널리 알려진 저 광장의 나무도 사실은 씨앗이 아니라 라크였습니다.

"예? 하오면 어찌⋯⋯."

—그 사실이 알려지면 활동기에 왕국에서는 아니카를 서로 데려가려 할 겁니다. 라크와 싸우는 전쟁터의 선봉장에 세우겠지요. 아니카는 그런 하잘것없는 싸움에 희생되어서는 안 되는 고귀한 이들입니다. 그리고 모든 아니카에게 그런 능력은 없습니다. 강대한 라미타를 지녔던 아니카 록시가 일으킨 기적이었고 아마 현존하는 아니카 중에서는 아니카 플로라만이 가능하겠군요. 그리고 이제는 아니카 진도 가능한 능력입니다.

피데스는 상제의 말을 다시 되새기다가 놀라운 사실을 깨달았다. 아니카 플로라의 라미타가 전설이나 다름없는 아니카 록시에 비견될 만하며 아니카 진의 라미타도 그들과 비교해서 못지않다는 뜻이었다.

—그러니 급히 아니카 진을 불러들이는 겁니다. 그대도 짐작할 테니까 말하겠습니다. 아니카 진의 라미타는 미약합니다. 아니카 진의 라미타가 변화했다면 유례가 없는 현상이기에 심상치 않은 변고입니다. 그러니 피데스. 그대는 반드시 아니카 진을 무사히 성도로 데려오세요.

"예, 성하. 명심하여 따르겠습니다."
피데스가 물러간 후 상제는 기도실로 내려오는 계단 입구를 지키는 기사를 불렀다. 상제가 목소리를 전달하는 공간적 거리가 무한하지는 않지만, 이 성도궁 안 정도라면 어디에 있든 음성이 닿았다.

곧 기도실 문을 열고 기사가 들어왔다.

"부르셨사옵니까. 성하."

—당분간 기도실을 봉문합니다. 누구도 만나지 않을 것이며 내가 문을 열 때까지 누구도 기도를 방해해서는 안 됩니다.

상제는 때때로 하루 혹은 이틀 내내 기도실 밖으로 나오지 않았다. 종종 있던 일이라서 기사는 대답하고 물러갔다. 기사들이 기도실 문과 이어지는 유일한 계단 앞을 엄중하게 지킬 것이다.

상제는 온전히 혼자가 된 후 눈을 떴다. 선명한 붉은 눈동자가 사이하게 빛났다. 성스러운 기운이 아니라 광폭하고 사나운 기세가 풍겼다.

'찾지 못했다?'

상제는 피데스가 전달한 아니카 진의 대답을 중얼거렸다.

'그럴 리가.'

「성하, 저는 반드시 제 라미타를 되찾을 거예요. 그러니까 제가 원하는 걸 얻을 수 있도록 도와주세요.」

아니카 진은 잃어버린 자신의 라미타를 되찾겠다며 그러기 위해서 왕국의 보물을 얻어야 하므로 사왕과의 결혼을 허락해 달라고 했다. 진이 원하는 것은 상제 역시 원하는 것이기에 10년 만에 태어난 귀한 아니카 중 한 명인 그녀를 그 먼 사막 왕국으로 보냈다.

상제는 도박하는 심정으로 진의 뜻대로 해 주었다. 진은 라미타를 잃었기 때문에 자신이 이름뿐인 아니카일 뿐이라며 괴로워했다. 바라던 것을 찾지 못했다면 아니카 진이 라크를 나무로 변화시킬 수가 없다.

'사왕이 보낸 서신도 석연치 않고.'

피데스가 보낸 서신과 비슷한 시기에 사왕의 서신 역시 도착했다. 원칙대로면 사왕은 라크 나무 사건이 발생한 즉시 가장 빠른 수단을 이용하여 성도에 소식을 전했어야 했다.

어쨌든 알리기는 했으니까 트집 잡기는 애매하지만, 아마 다른 왕국의 왕이라면 틀림없이 빠릿빠릿하게 조치했을 터이니 영 마음에 차지 않았다.

'손아귀에 잡히는 맛은 없지만, 사막 아래를 지키고 있으니 나름의 쓸모는 있지.'

사막 저 먼 곳에 웅크리고 있는 마라의 감시 역으로 사왕이 제격이었다.

'마라.'

상제는 흡사 짐승이 으르렁거리는 듯 표정을 일그러뜨렸다. 명백한 자신의 실수이며 계산 착오였다.

'그놈이 이 정도로 교활하게 숨죽여 힘을 키우고 성가신 존재가 될 줄이야.'

애초에 진이 라미타를 잃은 것도 마라 때문이었다. 정확히는 마라를 추종하는 것들이 저지른 짓이지만, 마라의 존재 때문에 벌어진 결과이니 마찬가지였다.

'아니카 진. 왜 거짓말을 했지? 왕비 노릇을 해 보니까 적성에 맞던가? 계속 왕국에서 지내려고?'

그렇게는 안 되지. 상제는 삐딱하게 중얼거렸다.

'아니카 진을 만나기 전에 그자를 만나서 확인해야겠군.'

상제의 얼굴 피부가 점점 흐릿하게 색이 죽었다. 혈색이 사라진 피부 색은 더욱 옅어지더니 풍경이 비추어 보일 정도로 반투명해졌다. 그는 이제 거의 흐릿해진 자신의 두 손을 보며 쯧, 혀를 찼다.

'아무것도 느끼지 못하는 이까짓 몸을 유지하기 위해 엄청난 생명력 을 쏟아부어야 한다니.'

잠시 후 상제의 몸은 완전히 투명해지면서 사라졌다. 상제가 입었던 고풍스러운 사제복만 그대로 풀썩 바닥에 주저앉았다.

*　　*　　*

성도 외곽의 후미진 곳으로 한참 들어가면 안을 들여다볼 수 없을 만 큼 높이 세운 외벽이 나왔다.

군데군데 금이 가고 떨어져 나간 돌벽은 예스러운 느낌을 풍기고 담 장 위에 빼곡하게 꽂은 녹슨 창살이 섬뜩한 느낌을 자아냈다. 벽을 따라 돌면서 담으로 둘러싼 안쪽의 규모를 가늠하면 대략 성도 거리의 한 구 역을 차지할 만큼 넓었다.

원래는 공공용지였다가 사유지로 바뀌었는데 현재 주인이 누구인지 는 소문만 무성했다. 위치가 워낙 접근성이 좋지 않으므로 새 용도를 찾 지 못해 소유주가 곤란해한다더라, 누군가 떠든 말이 사실처럼 굳어졌 다.

오래전부터 이곳에 유령이 출몰한다는 소문이 나돌면서 점차 꺼림칙 한 장소가 되어 사람들은 접근을 꺼렸다.

불길한 건물을 철거해 달라는 청원이 가끔 올라가지만, 소유주가 따 로 있는 데다가 굳이 찾아가지 않으면 존재조차 모를 외딴곳에 있어서 인지 늘 흐지부지되었다.

성도 사람들의 관심에서 멀어진 곳이지만, 이 근방 사람들 대부분이 높은 벽으로 둘러싸인 안쪽에 무엇이 있는지 알았다. 원래는 감옥이었지만, 그 기능으로 쓰지 않은 지 오래되었다.

그런데 담 너머 감옥의 형태가 어떤지 정확히 아는 사람은 없었다. 다 쓰러져 가는 폐건물과 무성하게 돋은 잡초가 키를 넘을 거라는 예상과 다르게 안으로 들어가면 보이는 풍경은 상상외였다.

우선 문으로 들어가면 중앙의 건물까지 눈에 걸리는 것 없이 탁 트였다. 바닥 전부를 흙이 보이지 않도록 돌을 깔았기 때문이었다. 그래서 야트막한 잡풀들만 드문드문 돌 틈바귀를 비집고 올라왔다.

그뿐만 아니라 돌판 위에 작은 자갈을 잔뜩 깔아서 밟을 때마다 요란한 소리가 났다. 원래 감옥으로 사용하던 곳이라 탈주하는 죄인을 막기 위한 장치들이었다.

하지만 소문대로라면 이곳은 이미 감옥의 용도를 다했다. 그런데도 여전히 옛 형태를 그대로 유지하고 있었다. 소유주가 관심이 없어서 방치했다고 하기에는 구석구석 고르게 자갈이 깔렸다. 틀림없이 사람 손을 타서 관리된 모습이었다.

넓찍한 터의 중앙에 자리 잡은 옛 감옥은 고작 1층 높이의 야트막한 건물이었다. 그러나 이 건물은 겉보기와 달랐다. 땅 위로 드러난 부분보다 땅속으로 감추어진 부분이 더 많았다. 이곳은 지하 감옥이었다.

육중한 철문을 열고 들어가면 바깥과 연결되는 유일한 출입구 앞에 두 명의 경비가 지키고 서 있었다. 인형처럼 꼿꼿하게 서 있던 경비 중 한 명이 뭔가를 느끼고 고개를 돌렸다. 또 다른 한 명은 즉각 반응하여 반사적으로 석궁을 겨누었다.

그들 앞에 모습을 드러낸 자는 몹시 기괴했다. 사람의 형태를 갖추고는 있으나 도저히 사람이라고 정의할 수 없었다. 전체적으로 희끄무레하여 모습을 투과해 뒤의 배경이 보였다. 무릎 아래쪽은 아예 형체가 없이 둥둥 떠 있었다.

풍문에 등장하는 유령 같은 모습을 보면서도 경비들은 놀라지 않았다. 오히려 경계를 풀고 곧바로 고개를 숙였다.

붉은 눈동자가 경비들을 응시했다. 선명하지는 않지만, 금발이 햇볕을 받아 빛났다.

"별일은 없겠지?"

거칠게 긁히는 쇳소리가 났다. 마치 억지로 쥐어짜는 것 같았다. 더구나 금발 사내의 입술은 조금도 움직이지 않았다.

"예, 주인님."

상제는 붉은 눈동자를 가늘게 좁혀 경비들을 유심히 보았다. 그러나 별다른 이상을 발견하지 못하자 몸을 돌렸다.

'슬슬 주술을 다시 걸 시기가 다가오는군.'

주술을 통해 최면을 걸어 만드는 노예 '타니야'는 배신을 모르는 충실한 일꾼이었다. 어떤 명령이라도 절대적으로 복종했다. 심지어 자기 자신의 목숨을 위협하는 지시라도.

다만, 최면의 효과는 영원하지 않았다. 자꾸 저항하려는 무의식적인 의지가 서서히 최면을 깨뜨렸다. 그래서 정기적으로 다시 주술을 걸어야 했다.

상제는 지하로 내려가는 유일한 입구로 들어갔다. 새카만 암흑 속으로 그는 주저 없이 미끄러져 내려갔다. 빛 한 점이 없는데도 나선형의 좁고 가파른 계단 위에서 안정적으로 움직였다. 빛과 어둠은 그에게 아무런 의미가 없었다.

그는 지하의 가장 아래층에 도착했다. 굳게 닫힌 철문을 반투명한 몸이 그대로 통과했다. 긴 복도를 따라 안쪽으로 더 깊이 들어갔다. 복도중간을 가로막는 창살을 통과한 후 다시 등장하는 철문 안쪽의 방으로 들어갔다.

다른 곳과 다르게 방 안은 암흑처럼 어둡지 않았다. 그런데 방 어디에도 등은 없었다. 빛은 기하학적 문양을 그리며 바닥에서 뿜어 나오고 있었다. 고작 벽과 바닥을 구별할 정도에 불과한 은은한 빛이었다.

빛을 발하는 문양의 한가운데 앉아 기도를 올리는 사람의 그림자가 벽에 너울거렸다.

"그 기도는 답을 들을 수 있는 건가?"

쉼 없이 입술을 달싹이던 노부인이 기도를 멈추고 고개를 들었다. 그녀는 깊게 주름이 잡힌 눈꺼풀을 힘겹게 올렸다. 피로한 안색의 노부인이 무감한 눈빛으로 상제를 응시했다.

"답을 들었다면 네가 그 꼴로 여기 있지는 않겠지. 네 신은 언제 대답을 주나? 네게 죽음도 주지 못하는 너의 그 위대한 신께서는?"

"……."

엘버는 이죽거리는 말에 대답하지 않았다. 반응해 봤자 더 조롱거리가 될 뿐이었다.

근 몇 년간 부적 시비가 늘었다. 엘버는 좋은 징조라고 받아들였다. 그만큼 상대가 초조해한다는 증거이며 뜻하는 대로 되지 않고 어긋난다는 뜻이었다.

"주술은?"

"아직 준비되지 않았다."

"네가 필요하다고 한 것들은 모조리 구해서 갖다 줬다. 도대체 언제까지 시간을 끄려는 거냐!"

"시간을 끄는 게 아니다. 미래를 읽는 주술은 그저 술식의 힘으로 작용하는 다른 주술과 다르다고 여러 번 말했다. 신께서 문을 열고 보여 주서야 한다.”

“신! 도대체 너의 신은 어디 있다는 거지?”

“……신은 어디에도 계시지 않고 어디에도 계신다.”

“그딴 선문답을 또 듣자는 게 아니야!”

귀에 거슬리는 사나운 탁음이 쩌렁쩌렁하게 울렸다. 엘버를 노려보던 붉은 눈동자가 요사하게 번뜩였다.

“착각하지 마라. 너만이 유일한 대안은 아니야. 네 일족을 모조리 끌고 와서 여기 처박아 놔야 협조할 건가?”

내내 평정심을 유지하던 엘버의 표정이 일그러졌다.

“그들을 건드리지 않겠다고 약속하지 않았나!”

상제의 입술이 삐뚜름하게 올라갔다.

“약속이 아니라 거래지. 그리고 거래란 주는 게 있으면 오는 게 있어야 하는 법이다.”

“나는 내 능력이 닿은 데까지 너를 도왔다. 지난 수백 년 동안 내가 읽은 미래의 덕을 보았으면서 인제 와서 딴소리하겠다는 거냐?”

상제는 가늘게 뜬 눈으로 격앙된 엘버의 반응을 살피며 코웃음 쳤다.

“생각해 보면 최근에 네가 읽은 미래란 별 게 아니란 말이야. 너는 십년 만에 태어날 두 명의 아니카를 예언했지만, 그 미래를 알든 모르든 기다리면 어차피 태어났겠지. 그리고 네가 읽었다는 미래 때문에 마라의 족속들을 모조리 박멸하고 싶었어도 조용히 넘어갔다. 그런데 이제 네가 다른 꿍꿍이가 있어서 내게 거짓말을 한 것일지도 모른다는 생각이 든단 말이지. 마라, 그놈의 힘을 키워서 나와 맞붙게 하려는 계획이라거나.”

“……나는 내 일족의 운명을 걸고 얕은 수작을 부리지 않는다. 딴 속셈이 있었다면 네게 일족의 보물을 넘기지도 않았겠지.”

상제는 그것까지 부정할 정도로 억지를 부리지는 않았다. 엘버가 넘긴 고대 주술을 이용해 어리석은 인간들을 현혹하는 기적을 보여 주면서 그들 위에서 신 노릇을 할 수 있었다. 지금도 주술의 도움을 톡톡히 받으며 요긴하게 쓰는 중이었다.

"그리고 마라는 네가 자초한 결과다. 네 실수를 내게 전가하지 마라."

상제는 못 들은 척 말을 이었다.

"아니면 네 능력이 이제 바닥이 난 건가? 아무래도 쓸 만한 네 후계자감을 찾아봐야 할지도 모르겠군."

엘버가 이를 악무를 표정으로 울컥했다가 체념처럼 눈을 감았다.

"일족 중에서 그 누구를 이 자리에 데려다 놔도 네가 만족할 만큼 쓸 만해지려면 최소한 수십 년은 걸리겠지. 그만큼 느긋하게 기다릴 거라면 좋을 대로 해라. 나도 이제는 지쳤다."

상제는 말없이 엘버를 쏘아보았다. 경험상 인간은 막다른 골목에 몰렸을 때 한계 이상의 능력을 발휘하되 어느 선을 넘으면 오히려 포기해 버렸다.

너무 궁지에 몰았다가 엘버가 일족이고 뭐고 모르겠다면서 나가떨어지면 곤란했다. 지금 더 아쉬운 쪽은 자신이었다.

"조금 더 기다려 주지. 하지만 내 인내심이 곧 바닥난다는 사실을 명심해야 할 거다."

살벌한 경고를 남기고 상제의 모습이 점점 더 흐릿해졌다. 완전히 사라지기 전에 상제가 깜빡했다는 듯 말했다.

"효과 주기가 거의 다 되었으니 경비를 내려 보내겠다. 최면의 술을 시행해라."

엘버는 머뭇거리다가 말했다.

"다른 자를 새로 들이는 게 어떤가? 이 이상은 위험하다."

반복적인 주술의 최면은 인간의 정신력을 망가뜨려서 끝내 폐인으로 만들었다.

"왜 그래야 하지?"

상제에게 그들은 쓰고 버리는 도구에 불과했다. 폐인이 되거나 말거나 알 바 아니었다.

"어려운 일은 아니지 않은가."

"성가신 수고가 들어가지."

"귀한 목숨을 고작 수고 따위와 비교하는가."

상제가 흥미로워하는 눈빛으로 엘버를 보며 비죽 웃었다. 지켜본 세월이 적지 않은데도 여전히 이해할 수 없는 인간이었다. 제 처지가 이 꼴인데 일족과 무관한 타인까지 걱정하다니.

"웃기는군. 그 최면술 자체가 너희 것이 아니냐. 너희 인간이 인간을 노예로 부리려고 만든 주술이야."

상제는 아무 대답을 하지 못하는 엘버를 비웃으며 홀연히 사라졌다.

혼자 남은 엘버는 한참을 넋 놓고 앉아 있다가 북받친 울음을 토해 냈다. 시원하게 비명을 내지르지도 못했다. 주먹으로 제 가슴을 내리치며 마치 포식자에게 목덜미를 물린 먹잇감처럼 꺽꺽거렸다.

'아아. 이 죄를 어쩐단 말이냐.'

시간을 되돌릴 수만 있다면 저 괴물을 만나기 직전으로 돌아가고 싶었다. 자신의 영혼이 영원히 여행을 끝내지 못하고 떠돌아다니는 대가를 치러야 한대도 기쁘게 받아들일 것이다.

어렸던 그 날의 자신은 참으로 어리석었다. 오직 일족의 안위만을 생각했으며 그 외에는 눈 감고 외면했다. 뛰어난 재능을 타고나서 어려운 주술을 척척 성공시켰던 소녀는 오만하고 이기적이었다.

숨어 살아야 하는 일족의 처지를 비관했고 터무니없이 세상을 원망했다. 그런 반발심으로 저 괴물이 완벽해지도록 도왔다. 그 당시에는 일족을 지키는 길이라고 여겼다. 그것이 미래를 읽는 일족의 피를 이어받은 자로서 바라본 최선의 미래라고 정당화했다. 결국, 제 목을 조르는 결과로 이어질 줄도 모르고.

일족의 뿌리는 괴물을 불러들였고 후손은 그 괴물이 이 세상을 지배하도록 도왔다. 죄책감은 세월이 흐를수록 무거워지며 엘버를 짓눌렀다.

공교롭게도 엘버가 읽은 미래가 그녀를 버티게 하는 힘이었다. 주술을 통해 읽는 미래는 불확실했다. 그저 다양한 가능성 중 몇 가지를 무작위로 보여 줄 뿐이었다. 그런데 그 가능성 중에서 엘버는 희망을 발견했다.

이 깊은 감옥 속에서 엘버가 할 수 있는 일이라고는 고작 미래를 읽는 주술을 발동할 때 괴물의 눈을 속이며 주술의 파동을 최대한 증폭시키는 것뿐이었다.

재능 있는 후손 중 누군가가 그 파동을 감지한다는 희박한 확률, 그리고 엘버가 실현되기를 바라는 바로 그 미래를 한 조각이라도 엿보는 더 희박한 확률, 그래서 그 미래가 실현될 수 있도록 움직인다는 불가능한 기적을 바라며 엘버는 기도했다.

성도로 출발하는 날짜는 왕이 상제의 급보를 받은 날을 포함하여 다음 이튿날까지 총 사흘 동안 준비를 마친 후 그 이튿날로 확정했다. 국왕 부부가 함께 떠나서 왕성이 한동안 주인 없이 비게 되므로 그보다 더 시간을 줄일 수 없었다.

준비 시간이 몹시 빠듯하여 왕성 전체가 분주하게 움직였다. 궁인들은 짐을 꾸렸고 관리들은 윗전의 결재가 필요한 급하고 중요한 업무를 정리했으며 왕과 왕비는 오랫동안 미루어질 공무 일정을 조정했다.

유진은 보좌관이 올린 서류를 확인한 후 다시 건넸다.

"내가 없어도 이 사안은 진행하게."

"예, 왕비님."

샌디가 대답했다. 세 명의 보좌관 중 한 명은 남고 두 명만 함께 가기로 했다. 성지에 동행했던 샌디가 개인 사정 때문에 오랫동안 집을 떠나 멀리 갈 수 없다는 이유를 들어 자청해 남았다.

"알현 일정이 기약 없이 뒤로 밀리게 된 것이 가장 큰 문제군. 후에 내가 돌아오면 앞 순서에 이름 올린 이들부터 우선 배려해 시간을 잡도록 하게."

"예, 왕비님."

아직 본격적으로 정무를 시작하지 않은 유진은 그나마 수습이 어렵지 않았다. 출발을 앞둔 전날의 오후가 되자 대충 정리가 되었다.

하지만 왕의 사정은 달랐다. 지난 이틀 동안 왕은 밤낮없이 일하느라 바빴다. 밤에 침실에 들어오기는커녕 유진은 그의 얼굴조차 못 봤다. 식사도 대충한다는 말을 들으니 유진은 그가 안쓰러우면서 남의 사정은 아랑곳하지 않는 상제의 처사에 은근히 부아가 났다.

'보통 사람도 여행을 떠나려면 얼마나 준비할 게 많은데. 한 나라의 왕을 이런 식으로 부르다니, 얼마나 경우 없는 짓이냐고.'

그런데 유진이 착각하는 부분이 있었다. 사실, 상제가 부른 사람은 아니카인 유진뿐이었다. 유진과 함께 가기 위해 카세르가 폭주하는 말처럼 달리고 있다고는 생각지 못했다.

유진이 떠나기 전에 시간이 남았으니 서재에 들를까 생각하던 중에 시녀가 들어와서 고했다.

"왕비님. 오스카 백작이 보낸 심부름꾼이 와 있습니다. 전언을 가져왔습니다."

유진은 샬럿이 보낸 서신을 펼쳤다. 성도로 가는 여정에 관해 확인하고자 뵙기를 청한다는 내용이었다.

유진은 이틀 전에 여섯 명의 귀부인들에게 함께 성도로 가자고 권유했다. 아이가 고열이 올라서 곁을 떠날 수 없다는 한 명을 제외한, 다섯 명이 가겠다는 답을 보냈다.

왕성으로 사람을 불러서 만나는 절차는 꽤 번거로운 터라 심부름꾼을 통해서만 귀부인들과 말을 주고받았다. 지난번 모임 이후에는 그들 중 누구와도 만난 적이 없었다.

윗사람에게 당일의 만남을 요청하는 것은 일반적인 예의에 어긋났지만, 유진은 사정이 사정이니만큼 이해했다.

"백작의 심부름꾼에게 가서 허락한다고 전해라."

"예, 왕비님."

유진은 잠시 후 다시 시녀를 불러서 지시했다.

"오스카 백작이 오면 테라스로 안내하라."

"예, 왕비님."

유진은 곧바로 일어나 집무실에서 나왔다. 모처럼 느긋하게 차 한 잔이 마시고 싶었다. 샬럿과 대화를 나눌 장소로도 딱딱한 집무실보다는 긴장이 풀릴 만한 편한 곳이 나을 듯했다. 백작을 파악하는 데에 도움이 될 것이다.

얼마 전 자리를 마련해서 만났을 때는 백작이 어떤 사람인지 알 기회가 없었다. 혹시나 해서 카세르에게 재상의 부인에 관해 들은 이야기가 있냐고 물어봤다가 흥미로운 정보를 얻었다.

「집안끼리 친해서 그 두 사람이 어릴 때부터 교류가 빈번했다는 말은 들었지.」

「그럼 혹시 집안에서 정한 정혼자였나요?」

「그렇지는 않을 거야. 두 사람의 예상치 못한 결혼 발표로 그 당시에 양가가 무척이나 시끄러웠다는군.」

들자마자 유진은 딱 떠오르는 구도가 있었다. 어릴 때부터 알고 지낸 누나 동생 사이! 연하가 들이댔을까, 연상이 잡아챘을까. 유진이 따로따로 만났던 두 사람은 전형적인 귀족이었다. 정략혼을 했을 것 같은 느낌의 두 사람이 양가 모르게 연애결혼이라니. 그녀는 혼자 상상의 나래를 펼치며 키득거렸다.

중정으로 이어지는 1층의 테라스는 유진이 연결 다리 위 다음으로 좋아하는 곳이었다. 다리 위는 햇볕이 뜨거워서 걷기에는 이용이 어려웠다. 다리 위 풍경만큼 장관은 아니지만 시원하고 벽이 없이 트인 테라스의 분위기가 마음에 들었다.

시녀가 내온 차를 마시며 샬럿이 오기를 기다리다가 유진은 기척을 느끼고 시선을 돌렸다. 샬럿이 아니라 카세르가 그녀를 향해 다가왔다. 갑자기 왕이 등장해서 유진이 놀란 사이 그는 순식간에 그녀의 눈앞까지 왔다.

"찾았어."

카세르가 들고 온 노트를 펼쳐 테이블에 펼쳤다. 그리고 오래되어 누렇게 바랜 페이지 어딘가를 손끝으로 가리켰다.

"여기."

유진은 그가 가리키는 단어를 보았다. 흘려 쓴 글씨체에 잉크가 번져서 유심히 본 후에 읽을 수 있었다.

"아부……?"

"사서에게 고문서들을 뒤져 보라고 지시했었거든. 아까 찾은 게 있다며 이걸 가져왔어. 이건 선왕, 정확히는 왕국의 세 번째 왕이셨던 분의 메모첩이야. 사적인 문서지."

"일기장 같은 거예요?"

"비슷해."

잠시 어리둥절했던 유진은 '아부'라는 선왕의 필체가 의미하는 뜻을 점점 깨달았다. 그녀는 놀라서 커진 눈으로 그를 올려다보았다.

"그럼 그 거북이 환수 주인이셨던 분이⋯⋯?"

"틀림없어. 그분의 생전에 성지에서 이곳으로 천도했지."

"아⋯⋯ 그럼 그 환수가 성지를 영역으로 삼은 건 우연이 아니었군요. 추억의 장소였던 거예요."

아드리트한테 환수가 전했다는 말을 들은 후 두 사람은 '왕이 죽은 후 왕의 환수는?'라는 주제로 대화를 나누었다. 그런데 카세르는 전혀 아는 게 없었고 아예 관심을 둔 적이 없었다. 심지어 선왕의 환수가 어찌 되었는지도 몰랐다.

「국상이 끝난 후 선왕의 환수가 보이지 않는 사실을 알았지.」

카세르가 그 당시의 기억을 더듬으며 말했을 때 유진은 도무지 이해가 가지 않아 물었다.

「전하는 경황이 없어서 그럴 수 있다고 쳐요. 아버지께서 돌아가신 거니까요. 다른 누구도 챙기지 않았다는 거예요?」

「환수의 위치가 모호한 면이 있어. 왕이 부리지만, 공식적으로 왕이나 왕실을 상징하는 건 아니야. 왕이 제어하지 않으면 위험한 라크에 불과해.」

「그럼 더더욱 주시해야지요. 주인이 없는 환수는 고삐 풀린 사나운 말이잖아요.」

「문제가 발생한 선례가 있다면 아마 그랬겠지. 그런데 왕이 죽으면 환수는 종적을 감출 뿐이고 주인이 아니고서는 어차피 찾지도 못해.」

유진이 그 거북이 환수의 주인이 누구였는지 알고 싶다고 하자 카세르는 조사해 보겠다고 대답하면서 덧붙여 말했다.

「기대는 하지 마. 환수의 이름을 기록에 남기는 일이 거의 없어.」

유진은 주인이 죽은 후 주인을 잊지 못하고 주인과 추억이 가득한 옛 도읍지로 갔을 환수의 여정을 짚어 보았다. 왠지 먹먹한 기분이 들었다.

그녀는 메모첩에 적힌 '아부'라는 단어와 연결된 화살표 표기를 눈으로 따라갔다. 화살표 끝에 '말썽꾼'이라고 쓰여 있었다. 그녀는 풋 웃음을 터뜨렸다.

"선왕께서 환수 때문에 골치 아프셨나 봐요. 무의식중에 적으신 모양이네요."

"지금의 아부처럼 말이지. 이 이름이 불길한 건가."

"아부가 뭘 어쨌다고요. 그 애처럼 얌전하고 착한 환수도 없어요."

"그놈은 당신 앞에서 가면을 쓰고 있어."

환수를 모함하는 그의 표정과 목소리가 진지해서 유진은 헛웃음을 터뜨렸다.

유진은 조금 흥분한 것 같은 그의 얼굴을 빤히 바라보았다. 그 거북이 환수의 주인을 알아내서 기쁜 것 같지는 않았다. 원래 선왕의 환수들에게 관심이 없던 남자가 새삼스럽게?

'뭔가를…… 기대하는 것 같은데. 아!'

유진은 생긋 웃으며 말했다.

"조사하겠다는 약속 잊지 않고 이렇게 알려 줘서 고마워요. 진짜 궁금했거든요."

유진은 자신의 말에 그가 만족해하는 모습을 가만히 바라보았다. 그녀는 터져 나오는 웃음을 꾹 참기 위해 입술을 물었다.

이 남자는 거북이 환수의 이름을 발견하자마자 얼른 자신에게 알려 주고 싶어서 바쁜 일을 내팽개치고 달려왔다. 그리고 칭찬을 바라는 표정으로 자신을 바라보고 있었다.

'뭐야, 이 남자. 왜 이렇게 귀여운 거야.'

유진은 이 사람이 위엄 있는 일국의 왕이라는 사실을 자신에게 주입했다. 아니면 속으로 생각한 부적합한 묘사를 입 밖으로 중얼거릴 것 같았다.

웃음을 참느라 유진의 볼이 붉게 상기되어 살짝 부풀어 올랐다. 그녀를 바라보는 카세르의 눈이 가늘어졌다. 이해할 수 없는 일이라고, 그는 생각했다. 사람이 모습을 바꾸는 환수가 아닌데 왜 자신의 아내는 갈수록 아름다워지는 것일까.

그는 손을 뻗어 유진의 턱 아래를 쥐었다. 살짝 위로 들리는 그녀의 얼굴로 고개를 숙이고 입을 맞추었다. 충동적으로 입술만 맞닿는 가벼운 키스 후 눈이 마주쳤다. 놀라 커진 그녀의 눈빛에 담긴 수줍은 웃음을 발견하자 자제력이 날아갔다. 그는 재차 키스했다. 그녀의 입술을 머금어 빨아들이고 열리는 입술 틈 사이로 파고들었다.

두 사람의 입술이 깊게 맞물렸다. 유진의 목이 더 뒤로 꺾이며 불안해지는 그녀의 자세를 지탱하듯 그의 손이 그녀의 목덜미부터 뒤통수 아래쪽을 감쌌다.

유진은 내리뜬 좁은 시야 사이로 그의 반듯한 콧대가 기울어진 모습을 보았다. 며칠 얼굴도 못 본 남편과 나누는 농밀한 입맞춤에 그녀의 심장이 요란하게 뛰었다. 그녀의 입 안쪽으로 매끄럽게 파고들어 구석구석 더듬는 혀의 움직임은 마치 그녀의 모든 것을 삼켜 버릴 것처럼 자극적이었다.

"응……."

유진의 목에서 희미한 비음이 흘러나왔다. 휘감긴 혀가 강한 흡입력으로 빨리는 짜릿한 감각으로 손끝이 간지러웠다. 자신도 모르게 테이블에 올려 둔 손가락이 움찔거렸다.

그녀는 머릿속이 몽롱해지는 와중에도 그의 목을 끌어안지 않으려고 필사적이었다. 다행히 이곳이 어디라는 사실을 잊을 정도로 이성을 아직은 잃지 않았다. 적극적으로 호응했다가는 장소 따위는 아랑곳하지 않게 될 거라는 위기감이 들었다.

유진이 이 이상은 위험하다고 생각할 때쯤 그가 입술을 떼고 물러났다. 그녀의 젖은 입술을 부드럽게 핥으며 속삭였다.

"오늘은 밤에 갈 거야."

"……네."

유진의 목덜미를 붙든 힘이 사라졌다. 그녀는 돌아서는 그의 뒷모습을 차마 보지 못하고 괜히 시선을 내려 다 식어 버린 찻잔만 바라보았다. 화끈거리는 얼굴을 손등으로 문지르다가 이어서 들리는 목소리에 화들짝 놀랐다.

"오스카 백작. 그대가 어쩐 일이지? 재상을 통해 확인해야 하는 일인가?"

"인사 올립니다, 전하. 왕비님께 긴히 여쭐 일이 있어서 뵙기를 청하였습니다. 사사로운 용무이니 심려하실 일은 아니옵니다."

"내일 출발할 준비는 잘 되어 가는가?"

"예, 전하. 두 분께 짐이 되지 않고자 여러 번 점검하고 있습니다."

유진은 몇 걸음 떨어진 곳에서 말을 나누는 두 사람을 보고 속으로 비명을 질렀다. 언제부터 와 있었을까. 분명히 봤을 것이다. 조금 전까지 오스카 백작을 기다리고 있었으면서 그새 완전히 잊었다.

잠시 후 다가와 고개를 숙이는 샬럿을 보며 유진은 애써 표정을 관리했다. 하지만 민망함으로 뒤통수가 뜨끈했다.

"왕비님께 인사 올립니다. 갑작스러운 알현을 승낙해 주셔서 감사합니다."

"앉아요."

유진은 헛기침처럼 목을 가다듬으며 말했다.

"사람을 불러 놓고…… 민망한 모습을 보였네요."

"부부께서 다정하신데 누가 뭐라 하겠습니까. 괘념치 마시옵소서."

유진은 시녀를 불러서 얼른 이 화제에서 빠져나왔다. 유진이 시녀에게 굳이 차와 간식을 내오라고 구체적인 지시를 내리는 동안 샬럿이 흘끔 시선을 들었다. 왕비가 당황해서 허둥지둥하는 기색이 느껴졌다.

일부러 보란 듯이 부부 사이를 과시하는 공연은 사교계에서 흔했다. 자랑하기 위해서 혹은 파경 소문을 잠재우기 위한 눈가림용이었다.

연극을 간파하는 건 샬럿에게 아주 쉬웠다. 그런데 조금 전 목격한 광경은 절대 연극이 아니었다. 샬럿은 그런 장면을 보면 '보라고 하는 연극이니 봐 줘야지'라고 생각하며 빤히 구경하는 편인데 이번에는 저절로 낯부끄러워서 고개를 돌렸다. 무도회장의 정원에서 정사를 벌이는 장면을 목격해도 픽 웃고 지나가던 그녀가 그저 입맞춤에 모처럼 가슴이 두근거렸다.

'소문만 들었을 때는 설마 했는데.'

수도 내에 돌아다니는 어지간한 소문은 샬럿의 귀에 들려왔다. 샬럿과 친해지고 싶어서 재상 저에 뻔질나게 드나드는 귀부인들이 적지 않은 덕분이었다. 개중에는 없는 소문도 만들 기세로 입이 가벼운 이들이 더러 있었다.

샬럿이 국왕 부부 관계가 전과 다르다는 말을 들은 지는 꽤 되었다.

대략 한 달 반 전이었다. 그때 처음으로 얼핏 지나가듯 들었고 당연 뜬소문인 줄 알았다.

그런데 비슷한 소문이 꾸준히 들려오길래 '뭔가 달라지기는 했나 보다'라고 막연히 생각했다. 하지만 당장 소문의 진위를 알아보러 직접 움직일 만큼의 흥미는 아니었다.

샬럿은 본인의 관심 범주 이외의 사람에게는 퍽 냉정한 구석이 있었다. 결과적으로 손해를 감수해야 하더라도 자신을 불편하게 하는 사람과는 안 보는 편을 택했다.

샬럿이 조금만 살랑거리며 비위를 맞추어 주었다면 왕비와 좋은 관계를 유지했을 것이다. 아마 왕비의 유일한 지인이자 측근이 되었을 가능성이 컸다. 왕비는 샬럿을, 정확히는 성도의 유력 가문을 외가로 둔 샬럿의 배경을 마음에 들어 했다.

하지만 샬럿은 다른 사람의 권력으로 으스대는 일에 관심 없었다. 권력이 좋았으면 베루스와 결혼하지도 않았을 것이다. 지금이야 남편이 재상으로서 막강한 권력을 쥐고 있지만, 결혼할 당시에 베루스는 가문의 후계자도 아니고 물려받을 재산이 많은 것도 아니었다.

샬럿의 기준에 왕비는 '이해득실과 상관없이 친해지고 싶지 않은 사람'이었고 샬럿이 적당히 거리를 두자 왕비의 표정과 말투는 금방 쌀쌀맞게 변했다.

가끔은 불러 주던 모임에도 아예 1년 전부터는 초대받지 못했다. 뒤에서 수군거리거나 말거나 샬럿은 전혀 개의치 않았다.

그런데 라크 나무 때문에 생긴 호기심은 얼마 전 초대받은 모임에서 왕비를 만난 이후 높은 흥미로 변했다.

샬럿은 지금껏 자신만의 기준으로 평가한 어떤 사람에 관한 판단이 부정적인 쪽에서 긍정적인 방향으로 바뀐 적이 없었다. 그런데 며칠 전에 왕비를 뵈었을 때는 과거에 불편하게 느꼈던 모습이 전혀 없어서 놀랐다. 마치 다른 사람 같았다.

아마 예전이라면 성도로 같이 가자는 제안을 거절했을 것이다. 그러나 이번에는 가까이에서 왕비를 지켜볼 기회라고 생각해서 흔쾌히 대답했다.

그리고 조금 전, 시녀의 안내를 받아 테라스에 도착했을 때 목격한 광경으로 국왕 부부에 관한 소문이 진짜라는 사실도 확인했다.

샬럿은 국왕 부부가 서로를 마주 보며 말을 나누다가 키스로 이어지는 순간을 봤다. 두 사람이 서로를 바라보는 눈빛에 담긴 찰나의 감정은 절대 거짓일 수가 없었다.

'이런 중대한 소식에 깜깜하다니.'

샬럿은 은근히 허술한 구석이 많은 베루스를 떠올리며 혀를 찼다.

유진은 민망한 기분을 가라앉히느라, 샬럿은 이런저런 생각을 하느라 두 사람은 계속 말없이 앉아 있었다. 시녀가 차와 간식을 차려 놓고 물러간 후에 유진이 찻잔을 들며 권했다.

"들어요."

"예, 왕비님."

"아들이 여섯 살이라고 했지요. 함께 가나요?"

"먼 여행을 함께 가기에는 아직 어린 나이입니다."

"이렇게 오래 떨어져 있는 건 처음이겠지요? 아이가 서운해하겠어요."

샬럿은 잘 다녀오시라고 말하던 의젓한 어린 아들을 생각하며 미소 지었다. 애 아버지가 오히려 제 아들보다 못했다. 그녀의 남편은 그렇게 오랫동안 자신만 혼자 두고 정말 갈 거냐면서 며칠 내내 징징거렸다.

"내가 무리한 제안을 한 것은 아닌지 모르겠네요. 긴 여행인데 준비할 시간도 빠듯하고."

"아닙니다, 왕비님. 저 혼자 움직이는데 무슨 준비가 많이 필요하겠습니까. 안전이 가장 큰 문제인데 그 걱정을 덜었으니 이번만큼 마음 편한 여행은 없을 겁니다. 뵌 지 오래된 부모님께 인사드릴 생각으로 무척 기분이 들뜹니다."

"그렇다니 다행이에요. 무슨 일로 날 보자고 했나요?"

"성도까지의 경로 정보를 여쭙고자 뵙기를 청했습니다. 보내 주신 경로를 확인해 보았더니 좀 더 편안하게 이동할 수 있는 새로운 길이 반영되지 않았습니다."

"그래요? 알아봐야겠군요."

"빠르게 확인하실 수 있도록 제가 정리해서 가져왔습니다."

유진은 샬럿이 건네주는 얇은 노트를 펼쳤다. 정갈한 필체로 지도 일부분만 옮겨 그려서 간략히 써 둔 설명은 지리를 잘 모르는 유진이 봐도 알아보기 쉬웠다. 과연 부부는 닮는가 보다, 내심 감탄했다.

몇 번의 문답으로 대략 내용을 파악한 후 유진은 노트를 챙겼다.

"큰 도움이 되겠어요."

"공연히 나서서 번거롭게 해 드리는 건 아닌지 모르겠습니다."

"도움이 될 만한 의견인데 번거롭기요."

유진은 때마침 좋은 기회라는 생각으로 자연스럽게 대화의 방향을 틀었다.

"전에도 나를 도와준 적이 있었지요."

샬럿이 의아해하는 표정으로 시선을 들었다.

"내가 그대를 따로 만나서 부탁한 일을 말하는 거예요."

"도움을 드렸다고 내세울 일은 아닙니다. 왕비님의 말씀을 외가에 전해 드렸을 뿐인 것을요."

샬럿의 대답이 기억을 자극하는 키워드로 작용했는지 진의 기억이 떠올랐다. 복장만 달라진 과거의 샬럿이 눈앞에 앉아 있었다.

> 「내 편지를 그대 외조부에게 전해 주었으면 해요.」
> 「제 외가의 도움으로 찾고자 하는 사람이 있다고 하셨는데 그 내용입니
> 까?」
> 「비슷해요. 어디까지나 사적인 부탁입니다. 음…… 비밀로 할 생각은 아
> 니니 말하지요. 그대의 외조부께 특별한 취미가 있다고 들었어요. 내게도
> 비슷한 취미가 있습니다.」

유진은 샬럿의 외조부 취미가 고서 수집과 관련한 것이라고 짐작했
다. 진이 도움을 받고 싶을 정도라면 그 방면에 조예가 깊은 분일 것이
다.

'그럼 왕국으로 오기 전에 더 편하게 도움을 요청할 수 있었잖아. 진이
백작의 어머니를 언급했던 걸 봐서는 아예 모르는 사이도 아닌 것 같은
데 왜 군이 오스카 백작을 통하는 번거로운 과정을 거친 거지?'

기억이 아니라 현실의 샬럿이 말했다.

"그런데 저는 그 후의 일은 알지 못합니다. 와콤 백작은 입이 무거운
사람이니 그 점은 염려하지 않으셔도 됩니다."

귀에 익은 이름을 듣는 것과 동시에 새로운 장면이 보였다.

> 「그대의 외조부에게 전하는 편지는 한두 번으로 끝나지 않을지도 몰라
> 요. 그대를 심부름꾼으로 부릴 수는 없지요. 내가 편하게 부를 수 있고 서
> 신을 맡길 만큼 믿음직하며 그대의 외조부와 친분이 있는 사람을 소개해
> 주겠어요?」
> 「예, 왕비님. 신중히 찾아보고 말씀드리겠습니다.」

'아…… 와콤 백작은 오스카 백작이 소개해 준 자였구나.'

고서 판매상 와콤 백작은 유진이 꼭 한번은 만나야겠다고 벼르던 사람이었다. 그런데 와콤 백작에 관해 알려 준 마리안은 샬럿과의 연관성을 말하지 않았다.

'마리안이 알면서 숨겼을 리는 없지. 몰랐던 거야.'

유진은 샬럿이 믿음직한 사람이라는 생각이 들었다. 왕비의 사사로운 부탁을 받아 도움까지 주었다는 사실을 자랑삼아 어디에도 떠들지 않은 모양이었다.

"오해는 말아요. 그대에게 뭔가를 캐물을 생각으로 옛이야기를 꺼낸 것은 아니에요. 그저 문득 생각이 났을 뿐이지요. 그리고 내가 그대에게 충분한 감사 인사를 전한 것 같지 않아서요. 그동안 많은 도움이 되었어요. 고마워요."

샬럿이 묘한 표정으로 유진을 보다가 고개를 숙였다.

"과찬이십니다."

역시 이상하다고, 샬럿은 중얼거렸다. 굳이 옛일을 거론해 고맙다는 말을 하는 왕비는 오래전에 샬럿이 파악한 왕비답지 않았다. 길게 말을 나누었더니 미세한 차이점이 더 눈에 띄었다. 말투, 표정, 눈빛. 전부가 달랐다. 전혀 다른 사람 같았다.

"표기한 부분을 다시 검토해서 가져오라."

"예, 전하."

보좌관이 한 아름의 문서를 끌어안고 돌아섰다. 축 늘어뜨린 어깨, 느릿한 걸음걸이, 피로가 가득 담긴 눈동자, 누가 봐도 보좌관의 행색은 위태로웠다. 툭 치면 쓰러져 잠들 것만 같았다.

시종장은 제 앞으로 지나쳐 가는 보좌관을 눈으로 좇으며 입 안으로 혀를 찼다. 며칠 동안 쉴 틈 없이 왕께서 떠넘기는 업무에 허덕이는 자들이 한둘이 아니었다.

3년 전 딱 한 번 외에는 왕이 한 달 이상 왕성을 비운 적이 없었다. 더구나 3년 전에는 성도로 떠나기 전에 준비할 시간을 넉넉히 가졌으니 이러한 갑작스러운 외유는 처음이었다. 비상이 걸릴 만했다.

그런데 충성스러운 시종장은 핼쑥한 보좌관보다 피곤한 기색이 전혀 없는 왕이 더 걱정스러웠다. 평소에는 늘 있는 듯 없는 듯 잔심부름꾼 노릇만 자처하던 시종장이 조심스레 왕 앞으로 나아가 고했다.

"전하. 과로하고 계십니다. 내일 먼 길을 떠나셔야 하는데 탈이 나실까 봐 염려되옵니다. 잠시라도 쉬시옵소서."

"시간은 없는데 일이 산더미구나. 곤하면 내가 알아서 쉬겠다."

"하오나 전하. 지금 꼬박 이틀 동안 한숨도 주무시지 않으셨습니다."

바쁘게 움직이던 펜이 멈칫했다. 카세르가 고개를 들어 시종장을 보며 물었다.

"이틀?"

"예, 전하."

시종장은 말없이 생각에 잠긴 왕의 눈치를 살피며 말했다.

"다들 잠시 물러나 있으라 할까요?"

잠이 부족할 때 왕은 의자에 기대서 잠깐 낮잠을 자곤 했다. 편히 침대에 누워 자는 휴식에 비할 바는 아니겠지만, 그런 쪽잠이라도 도움이 될 거라고 시종장은 생각했다.

"······그리하라."

모두 물러간 후 혼자 남은 카세르는 자신의 몸 상태를 점검했다. 지나치게 일에 몰두하여 피곤함을 잊은 것일까. 그는 '아니다'라는 결론을 내렸다. 정신적인 각성 상태라고 해도 이만큼 오랫동안, 이 정도로 맑은 정신을 유지할 수가 없다.

왕은 본래 타고나기를 보통 사람보다 지구력과 체력이 좋았다. 그러나 무적은 아니었다. 다른 사람보다 많이 활동해도 피곤을 덜 느끼고 회복이 빠를 뿐이었다. 하루 정도는 거뜬히 밤을 새우지만, 이틀을 넘어가면 짬짬이 눈을 붙여 잠을 보충해야 버틸 수 있었다.

그런데 카세르가 느끼는 지금 자신의 몸 상태는 전과 달랐다. 이틀 동안 한숨도 안 잤는데도 푹 자고 일어난 오전처럼 몸이 가뿐하고 머릿속이 맑았다. 생각해 보니까 최근에 피곤하다고 느낀 적이 없었다.

그는 자신의 두 손을 내려다보다가 주먹을 쥐었다. 그의 푸른 눈동자에 뭉치는 기운이 동공에 겹쳐져 안광이 세로로 길어졌다.

그가 바라보는 오른쪽 팔에 희미한 비늘의 잔상이 떠오르기 시작했다. 팔꿈치 어름에서 그의 팔을 휘감아 타고 오르듯이 솟아난 푸른 뱀의 형상이 점점 뚜렷하게 형체를 갖추었다.

꼬리부터 점점 선명해지며 프라즈는 온전한 뱀의 형태를 갖춘 후에 고개를 바짝 쳐들고 카세르를 바라보았다. 마치 왜 불렀냐고 묻는 것처럼 눈을 마주치며 긴 혀를 움직였다.

카세르가 미간을 찌푸리며 프라즈와 대치했다. 프라즈와 기세 싸움을 하려는 의도가 아니라 그는 자신의 팔을 휘감은 푸른 뱀을 관찰 중이었다.

'언제부터…… 이랬지?'

프라즈는 무형의 기운이다. 프라즈의 형상은 왕이 지닌 프라즈의 고유성을 상징하는 장치에 불과했다. 사왕의 프라즈가 뱀의 모습이라고 해서 생물인 뱀과 무슨 관련이 있는 것은 아니다.

사왕의 프라즈가 왕 중에서 가장 뚜렷한 형태를 갖춘 편인데도 현실감은 떨어졌다. 가까이에서 보면 반투명하여 배경이 비치고 윤곽선이 흐릿하여 주변의 공기와 뒤섞여 허상이라는 티가 났다.

그런데 지금 그의 눈앞에 나타난 프라즈는 예전과 달랐다. 무게만 느껴지지 않을 뿐, 진짜 뱀이 자신의 팔에 감겼다고 착각할 만큼 도드라진 비늘이 생생했다. 음영이 진 뚜렷한 색채의 몸뚱이가 팔의 피부를 완전히 가려서 보이지 않았다.

카세르는 프라즈의 기운을 더 끌어내기 위해 집중했다. 그의 팔과 거의 비슷한 두께였던 뱀의 몸통이 순식간에 두 배로 부풀었다.

'조금 더.'

거의 사람 몸 크기 정도 두께로 커진 푸른 뱀은 그의 팔이 좁다는 듯 그의 몸 전체를 휘감았다.

'들어가.'

그의 몸속으로 빨려 들어가듯 뱀의 형상이 그의 피부로 스며들어 사라졌다. 그야말로 숨 한 번 내쉴 정도의 짧은 순간이었다. 푸른 비늘의 흔적이 말끔히 사라진 자신의 팔을 바라보며 카세르는 헛웃음을 흘렸다.

그다지 심력을 쏟지도 않았다. 그런데 쉽다. 아무리 건기라지만, 이 정도로 프라즈를 다루기 쉬운 적이 없었다. 프라즈가 미약하여 제대로 형체조차 갖추지 못했던 왕자 시절에도 이것보다는 애먹었다.

'프라즈가 변한다고?'

카세르는 자신에게 일어난 현상을 이해할 수 없었다. 타고난 프라즈가 변화할 가능성에 관해 전혀 들은 바가 없었다.

그런데 전과 달라진 건 확실했다. 자신의 몸에서 느껴지는 이 활력은 아무래도 프라즈 덕분인 것 같았다.

'왜?'

변화했다년 이유가 있을 것이다. 그는 최근에 뭐가 달라졌는지 되짚어 보았다.

'얼마 전 다녀온 성지는 늘 다녀오던 곳이니까 새로울 게 없고. 지난 활동기에 예년보다 강한 라크가 빈번하게 출몰해서? 하지만 프라즈는 사용할수록 강해지는 능력이 아니야.'

그는 지난 활동기 이전으로 기억을 거슬러 올라가려다가 멈칫했다. 그녀가 만든 물의 환상에서 프라즈가 꼬리를 흔들며 헤엄치던 광경이 불현듯 머릿속에 떠올랐다.

'……유진.'

그러고 보니 프라즈가 그녀에게 호의적으로 반응한다고 느낀 적이 몇 번 있었다. 다만 프라즈가 생물처럼 감정을 느낀다는 가정 자체가 성립할 수 없기에 깊이 파고들지 않았다.

'아니카와 한 공간에서 지내면 프라즈가 영향을 받는 걸까?'

그렇다면 결혼한 3년 전에 변화했어야 한다.

그는 곰곰이 생각하다가 새로운 가설을 세웠다. 단지 그녀가 옆에 있는 것만으로는 안 되고 두 사람의 기운이 직접 부딪쳐야 한다면?

결혼은 3년 전이지만, 두 사람이 초야를 보낸 지 석 달도 되지 않았다. 공교롭게도 프라즈의 변화 시기가 그때와 일치했다.

'아니야.'

카세르는 고개를 흔들었다. 논리적으로 앞뒤가 맞지 않았다. 아니카의 라미타와 왕의 프라즈는 충돌한다고 알려져 있다. 그래서 왕과 결혼한 아니카는 왕국에 적응하지 못하고 다들 성도로 돌아가는 것이 아니었나?

그는 벌떡 일어났다가 다시 앉았다. 왕가의 고서를 뒤져 단서를 찾아보려 했으나 당장은 새로운 일을 시작할 시간이 없었다.

'성도에 다녀온 후에 조사해 봐야겠군.'

그는 다시 서류를 펼쳤다. 지금 그에게 낮잠이나 휴식은 전혀 필요하지 않았다.

시종이 다녀간 지 한참 되었는데 바깥에서는 아무 소리도 들려오지 않았다. 유진은 그를 기다리는 시간이 길어질수록 괜히 초조했다.

「오늘은 밤에 갈 거야.」

그의 나직한 목소리를 떠올리면 심장이 불규칙적으로 뛰었다. 함께 있을 때 그의 시선이 늘 자신을 좇는다는 사실을 알고 있었다. 잠시도 떨어질 수 없다는 듯이 굴던 남자는 자신이 해야 할 일이 생기면 눈 한 번 돌리지 않고 집중했다.

일에 빠진 남자가 근사하다는 생각이 들면서도 그의 집중력을 흔들고 싶기도 했다. 이러다가 그에게 온종일 나만 보라는 유치한 고집을 부릴 것 같았다. 연애를 시작하면 인격이 바뀐 사람처럼 구는 지인을 한심하게 봤는데 지금은 그 지인이 어느 정도 이해가 됐다.

'사랑…… 인가? 이런 불안한 감정이?'

그저 좋아한다는 묘사만으로는 자신의 마음을 표현하기에 부족했다. 그 남자를 생각하면 기쁘고 벅차오르다가 막연히 두렵기도 했다.

'나에 대한 그 사람의 마음은 어느 정도일까?'

유진은 화장대 거울 속에 비치는 자신을 바라보았다. 아침저녁으로 시녀들 시중을 받을 때마다 거울을 볼 때는 그저 매무새를 확인하는 데에 그쳤다. 꽤 오랜만에 집중해서 거울을 바라보았다.

그녀는 기이한 당혹감을 느끼며 미간을 찡그렸다. 낯선 세계에 뚝 떨어서 새 몸을 얻은 지 고작 석 달도 채 되지 않았는데 원래 자신의 모습이 잘 기억나지 않았다.

종종거리며 살던 이십 대 후반의 '유진'이라는 여자는 평범했다. 평균적인 기준보다는 더 예뻤장했던 것 같다. 입에 발린 소리겠지만, 미인이시네요, 같은 소리도 제법 들었다.

유진은 거울에 비친 지금의 모습에서 원래의 생김새를 떠올려 보려고 애썼다. 검은 머리카락에 검은 눈동자라는 특징은 똑같아서일까. 생각날 듯 말 듯, 자꾸 이미지가 흐트러졌다.

그녀는 몇 번 시도하다가 포기했다. 앞으로 여기서 이 모습으로 살 텐데 버린 과거를 기억해서 뭘 하겠는가.

'내가 적응력이 빠른 건가, 이 외모가 내 마음에 들어서 그런 건가.'

거울 속 그녀는 객관적으로 봐도 참 미인이었다. 무표정할 때는 서늘해 보이고 살짝 눈매를 접으며 웃으면 요염했다.

유진의 시선이 화장대에 올려 둔 자신의 손으로 옮겨 갔다. 가늘고 긴 손가락을 착 붙여서 펼치니까 가지런히 모인 손가락 끝이 예쁘게 좁아졌다. 이 손가락처럼 몸 전체의 뼈대가 가늘어서 체구가 특히 작은 편이 아닌데도 가냘픈 느낌을 자아냈다.

손끝에서 팔을 따라 움직이는 그녀의 시선이 자신의 가슴께로 멈추었다. 위에서 내려다보니까 얇은 잠옷 안쪽으로 비추어 보이는 풍만한 가슴이 깊은 가슴골을 만들어 그림자가 졌다.

물끄러미 제 가슴을 내려다보던 유진은 두 개의 둔덕이 맞닿은 안쪽에 거뭇한 흔적을 발견했다.

'이런 데 점이 있었나?'

그녀는 명치 부근까지만 열리는 잠옷의 앞섶 단추를 풀고 흔적이 잘 보이도록 손끝으로 살짝 가슴 위쪽을 눌러 당겼다. 유심히 보던 그녀가 작게 탄식했다. 점이 아니라 며칠 전의 정사에서 그가 남긴 순혼이었다.

처음에는 붉었을 자국은 며칠 사이에 푸르스름하게 변했다. 유진은 그가 자신의 가슴에 입술을 붙여 흡입하던 순간의 따끔한 짜릿함을 떠올렸다. 얼굴이 달아오르며 자못 민망해졌다. 남편이 오기를 기다리며 홀로 앉아 망상에 빠지는 자신이 참 꼴사나웠다.

그녀는 달뜬 얼굴로 작은 한숨을 내쉬며 단추를 다시 채우기 위해 두 손으로 벌어진 앞섶을 쥐었다.

똑똑.

유진은 나쁜 짓을 하다가 들킨 사람처럼 소스라치게 놀라 고개를 들었다. 시녀 목소리는 들리지 않았고 문이 열리는 기척도 느끼지 못했는데 도대체 어느새…….

그녀는 한 손으로 문을 두드리는 자세를 취하며 서 있는 카세르와 눈이 마주쳤다. 가슴이 덜컹하면서 얼굴에 불이 붙은 것처럼 뜨겁게 화끈거렸다.

그녀는 그의 강렬한 시선을 받아넘기지 못하고 시선을 내렸다. 가늘게 떨리는 손으로 앞섶을 꼭 쥐었다. 계속 그를 기다렸으면서 지금은 이 순간을 벗어나고 싶은, 모순적인 기분에 휩싸여 도망치듯 몸을 틀었다.

그러나 빠르게 다가온 그에게 덥석 붙들렸다. 건장한 팔이 그녀의 허리부터 휘감아 강한 힘으로 당겼다. 짧은 비명을 지른 그녀의 몸이 그의 손아귀에 잡혀 무력하게 다시 돌아갔다. 성급하게 유진의 입술을 삼킨 남자가 그녀의 입 안으로 혀를 밀어 넣고 깊이 휘저었다.

그녀의 혀를 감아올리는 뜨거운 혀가 미끄러지듯 마찰하며 그녀의 혀를 빨아들였다. 유진은 마치 자신이 전부 그에게 삼켜진 것처럼 머릿속이 아득해졌다. 흐느낌처럼 흘러나오는 신음마저 그에게 모조리 잡아먹혔다.

혀뿌리가 딩기도록 강하게 빨아들이던 그가 쪽쪽 소리가 나도록 그녀의 입술에 입을 맞추고 그녀의 턱과 볼을 깨물었다. 잔뜩 흥분한 그에게 전염되어 유진의 기분이 한껏 고조되었다. 그저 키스만 했을 뿐인데 성감이 올라 온몸이 따끔거렸다.

"뭐 하고 있었지?"

탁하게 갈라지는 목소리가 그녀의 귓가에 음험하게 속삭였다. 그는 가볍게 숨을 헐떡이는 유진의 가슴을 잠옷 위로 움켜쥐었다. 강하게 힘을 주어 뭉개지는 젖가슴이 손가락 사이로 비집고 나왔다. 잠옷에 가려져 형태만 드러나는 모습이 더 시각적인 자극을 주었다.

"무슨 생각을 하고 있었어? 내가 당신 온몸을 샅샅이 핥아 주던 기억을 떠올리며 만지고 있었나?"

"흑…… 아니, 아!"

그가 이를 세워서 그녀의 가슴을 콱 깨물었다. 깜짝 놀라 흠칫하는 그녀의 몸이 휘청 흔들렸다.

그는 한 손으로 그녀의 엉덩이 아래를 받쳐 들어 화장대 위에 앉혔다. 안정적인 지지대에 그녀를 고정시킨 후 두 손으로 그녀의 갈비뼈 아래에서 몸통을 감싸 쥐었다. 팽팽하게 당겨지는 잠옷에 자극받아 곤두선 가슴 끝이 얇은 천 위로 도드라졌다.

그는 갈증 나는 표정으로 바라보다가 다디단 과일을 베어 물듯이 한 입 가득히 가슴을 쭉 빨아 삼켰다. 그녀의 여린 피부에 직접 닿을 수 없도록 가로막는 얇은 천이 방해되었지만, 아랑곳하지 않았다.

차라리 이게 나았다. 머릿속이 어찔어찔할 정도로 흥분해서 혀에 닿는 까슬한 천이 열기를 가라앉혀 주었으면 했다. 아니면 절제를 모르고 그녀의 온몸 가득히 울혈이 남도록 물고 빨 것 같았다.

"아! 읏……"

유진의 한쪽 손은 허리 뒤를 디뎌 불안하게 기울어지는 몸을 지탱하고 한쪽 손은 그의 머리카락을 그러쥐었다. 막 씻고 왔는지 손가락 사이로 스치는 머리카락이 촉촉했다.

그의 타액으로 젖은 잠옷이 단단하게 솟은 유두에 찰싹 달라붙었다. 예민한 돌기가 강하게 흡입하는 그의 입술 안으로 빨려 들어갈 때마다 저릿한 감각이 등허리를 타고 올라갔다. 오싹한 쾌감에 턱이 위로 들렸다. 손에 부딪힌 물건이 화장대 아래로 떨어지는 소리가 아득히 멀게 들렸다.

"훗, 으응……."

거칠게 열린 앞섶을 잡아당기는 힘에 목둘레가 불균형하게 기울어지며 그녀의 한쪽 어깨가 드러났다. 그 틈새로 빠져나온 한쪽 가슴이 출렁 흔들렸다. 공기에 직접 맞닿는 차가운 느낌에 선뜩함을 느낀 것은 잠시, 뜨거운 살덩이가 그녀의 가슴 끝을 감싸며 난폭하게 빨아 삼켰다.

"흐윽!"

가슴이 빨리는데 왜 다리 안쪽의 은밀한 입구가 움찔거리는 걸까. 본능적으로 오므리는 그녀의 다리 사이로 그의 손이 파고들었다. 남자의 악력을 이기지 못한 다리가 무력하게 벌어졌다.

허벅지 안쪽을 벌린 그의 손이 속옷으로 감싼 음부를 가볍게 훑으며 쓸어 올렸다. 옆으로 비집고 들어간 손가락이 젖은 입구를 문질렀다. 미끈한 애액을 흘리는 질구를 비집고 그가 긴 손가락을 끝까지 밀어 넣었다. 빠르게 빠져나간 손가락이 다시 안쪽을 문지르며 깊이 박혔다.

"웃!"

유진의 몸이 흠칫했다. 그녀의 가슴을 빨아들이는 입술이 유두를 깨물었다. 속옷이 벗겨져 허벅지에 걸렸다. 그 안으로 들어가서 자리 잡은 그의 손바닥이 그녀의 사타구니를 쥐었다. 질구에 손가락 한 마디만 얄게 찔러 넣었다가 긴 손가락 전부를 깊이 밀어 넣고 손가락 끝을 구부려 안쪽을 긁으며 빠져나왔다.

손가락을 삼킨 질구의 틈새에서 흘러내리는 애액이 음부를 흠뻑 적시고 그의 손과 팔을 따라 흘러내렸다. 찌걱거리는 젖은 마찰음이 누구 것인지 모를 거친 호흡 소리와 뒤섞였다.

쑥 박힌 손가락이 빠져나갔다가 다시 깊이 파고들었다. 반복적인 손가락의 움직임은 성기의 왕복 운동처럼 음핵을 자극했다.

"으읏. 홋……."

유진은 신음하며 숨을 헐떡였다. 유두를 혀끝으로 파고들듯이 문지르던 그가 그녀의 가슴살이 홀쭉해지도록 한입 가득히 강한 힘으로 젖가슴을 빨아 삼켰다.

속도를 더하며 그녀의 질구 안으로 추삽질하는 손가락의 움직임은 다소 거칠었다. 몰아붙이는 애무에 유진은 간헐적인 비음을 흘리며 점점 몸이 뒤로 기울어졌다. 허리 뒤로 버티는 팔이 후들거렸다.

호응하는 그녀의 허리가 그의 손이 움직이는 방향을 따라 조금씩 흔들렸다. 아랫배가 간질거리는 쾌감이 조금씩 뭉쳐서 크기를 더해갔다. 끈끈한 애액으로 축축한 음부가 후끈하게 달아올랐다.

몇 번만 더 강하게 문지르면 절정에 도달할 수 있을 것 같았다. 그런데 교묘하게 언저리만 만지면서 애를 태우던 그의 손이 갑자기 쑥 뽑아내듯 빠져나갔다.

"아……."

아쉬움과 상실감으로 유진이 작게 탄식했다. 양 볼이 탐스럽게 익은 과일처럼 붉어진 그녀의 눈빛은 몽롱하게 풀려서 그를 응시했다.

"하아……."

견딜 수 없다는 듯이 한숨을 내뱉은 카세르가 곧바로 고개를 위로 들어 그녀의 입술을 삼켰다. 흡착하듯 들러붙은 입술이 그녀의 입술과 안쪽의 어린 살을 빨아들였다. 격렬하게 뒤얽히는 혀가 서로를 휘감았다.

그녀의 허리를 감싼 팔이 그녀를 꽉 안았다. 유진은 화장대에 걸터앉은 자신의 몸이 위로 떠오르자 반사적으로 그를 끌어안으려 했다. 그러나 그녀의 손은 허무하게 헛손질했다. 들린 몸은 곧바로 뒤집혔다.

타액으로 젖은 가슴이 차가운 화장대에 납작 눌렸다. 그녀는 발끝이 바닥에 닿고서야 지금 자신이 상체만 화장대에 엎드린 자세라는 사실을 깨달았다. 치맛자락이 허리 위까지 말려 올라가고 허벅지에 불안하게 걸려 있던 속옷은 무릎까지 끌려 내려갔다.

유진은 한쪽 손등에 이마를 대고 숨을 몰아쉬었다. 자신의 등을 누르는 악력을 느꼈다. 그가 곧 등에서 손을 떼었는데도 꼼짝할 수가 없었다.

그가 자신의 양쪽 엉덩이를 움켜쥐고 벌리는 감각이 수치스러웠다. 하지만 사내를 아는 그녀의 몸은 다가올 충격을 잔뜩 기대했다. 절로 아랫배가 저릿하게 조여들면서 질구가 움찔거렸다.

"으응……."

그녀는 곧바로 엉덩이에 닿는 뜨거운 느낌에 희미한 신음을 흘렸다.

그는 그녀의 젖은 입구에 바짝 귀두를 붙여 문질렀다. 두툼한 귀두가 질벽을 잔뜩 벌리면서 느릿하게 파고들기 시작했다.

평소라면 더 시간을 들여서 그녀의 몸을 열었겠지만, 손가락을 감싸던 따끈한 속살이 예민한 선단을 쫀쫀하게 감싸는 느낌을 그는 잘 알고 있었다. 그의 인내심은 완전히 바닥났다. 그는 성급히 허리를 움직여 퍽, 들이박았다. 그의 허벅지가 그녀의 둔부를 때리며 단번에 뿌리 끝까지 삽입했다.

"흑!"

유진의 몸이 크게 펄떡였다. 아래를 꽉 채우는 압박감이 턱 밑까지 치밀어 올랐다. 단번에 빠져나간 그가 다시 강한 힘으로 쳐올렸다. 눈앞에 번쩍 불꽃이 튀었다.

"흐읏!"

카세르는 그녀의 붉은 속살 안쪽으로 사라졌다가 빠져나오는 제 물건을 열이 오른 눈으로 내려다보았다.

오물거리는 입구가 마치 빨아들이듯 살덩이를 삼키면 내벽의 근육이 꽉 깨무는 것처럼 그를 조였다. 오물거리는 질벽의 움직임이 환상적이었다. 등을 따라 오싹한 쾌감이 타고 올라가 저절로 숨소리가 거칠어졌다.

그녀의 토실한 엉덩이골 사이로 빠져나오는 모습도 절경이었다. 힘줄이 불거진 검붉은 성기가 미끈거리는 애액으로 번들거렸다. 탐스럽게 흔들리는 엉덩이에서 이어지는 가느다란 허리가 그가 치대는 힘에 낭창거렸다. 이 가냘픈 몸을 사정없이 흔들고 싶은 충동이 치밀었다.

"흐으…… 응!"

흐느낌 섞인 신음이 교성으로 변하도록 그는 묵직하게 추어올렸다. 깊이 박아 넣어 안쪽을 꽉 찌른 후 내벽을 문지르며 빠져나왔다. 그녀의 보드랍고 하얀 엉덩이가 얻어맞은 것처럼 붉게 물들었다.

"아! 아앗!"

그가 쿵쿵 박아 넣을 때마다 유진의 몸이 어지럽도록 흔들렸다. 아득하게 어디론가 떨어지는 것 같았다. 그녀는 버티기 위해 화장대 위에 손톱을 세웠다.

하지만 장인의 손길로 마감된 가구는 그녀의 손에 걸리는 게 없었다. 쭉 미끄러지는 손과 부딪히며 물건들이 우르르 쓰러지고 일부는 바닥으로 굴러떨어졌다.

퍽 박힐 때 공중에 떠오른 그녀의 다리가 깊이 결합한 그가 쑥 빠져나갈 때 아슬아슬하게 발끝이 닿았다. 무릎에 힘이 들어가지 않아서 불안하게 휘청거리는 다리는 그가 양손으로 꽉 쥔 덕분에 단단히 고정되었다.

"아아……."

절정은 갑자기 덮치는 파도처럼 밀려왔다. 그녀의 두 손이 주먹을 쥐고 고개가 뒤로 꺾였다. 그녀의 온몸이 팽팽하게 긴장하면서 그의 것을 물고 있는 질벽도 바짝 좁혀졌다.

카세르는 인상을 쓰며 이를 지그시 물었다. 잡아 비트는 것처럼 조이는 질벽의 경련을 초인적으로 견뎠다. 꿀렁거리는 내벽의 흔들림이 조금 느슨해졌을 때 그는 느릿하게 안쪽을 문질렀다.

"아! 흑……."

진저리치는 그녀의 등을 한 손으로 누르고 그는 형형한 눈빛으로 깊이 박은 채 잘게 허리를 흔들었다. 목덜미에서 시작된 오싹한 감각이 압도적인 쾌감으로 변해 밀려왔다. 그는 그녀의 안쪽 깊은 속에 파정하며 부르르 몸을 떨었다.

그는 허리를 움직여 늘어진 그녀의 몸에서 천천히 빠져나왔다. 틀어막은 마개를 뽑아낸 것처럼 맞물린 작은 구멍이 뻐끔거렸다. 질구가 뱉어 내는 탁한 체액이 그녀의 허벅지를 타고 흘러내렸다. 그 광경을 응시하는 그의 눈동자에 괴괴한 빛이 감돌았다. 야만적인 정복욕이 그를 들끓게 했다.

유진은 화장대에 축 늘어진 채 가쁘게 숨을 내쉬었다. 늘어난 잠옷 앞섶 사이로 삐져나온 젖가슴 한쪽이 땀에 젖어 화장대 상판에 달라붙었다. 덕분에 상체만 엎드린 불편한 자세인데도 힘주어 자세를 유지할 필요가 없었다.

숨을 고를 시간은 길지 않았다. 무릎에 걸려 달랑거리는 속옷이 완전히 발밑으로 벗겨졌다. 그 후 히리 이래에 팔을 감아 당기는 힘에 끌려갔다. 가벼운 인형 다루듯 하는 그의 손아귀에 잠옷이 위로 벗겨지고 얼굴이 잡혀 돌아갔다.

그녀는 다가오는 그의 얼굴을 보고 천천히 눈을 깜빡였다. 곧바로 입술이 겹쳐져 깊이 맞물렸다. 그녀의 입술을 핥고 안쪽을 문지르는 부드러운 키스였다.

카세르는 두 사람의 격렬한 움직임에 저만치 밀려난 화장대 의자 위에 앉았다. 그리고 자신의 손길에 이리저리 휘청이는 그녀를 끌어당겼다. 두 손으로 그녀의 허리를 붙잡고 허벅지에 앉혔다.

유진은 뒤늦게 그새 바짝 기립한 그의 성기를 발견했다. 볼 때마다 놀라는 압도적인 위용에 질린 표정을 짓고 몸을 뒤틀었다.

"아, 잠깐……."

그러나 그는 유진의 어설픈 저항에 개의치 않았다. 골반을 잡아 입구에 맞춘 후 그대로 내려 앉혔다.

"흐윽!"

방금 그가 쏟은 정액으로 흥건하게 젖은 입구가 거대한 살기둥을 무리 없이 삼켰다. 유진이 비명을 지르며 그의 팔을 붙들었다. 몸의 무게가 더해져서 단번에 깊이 쑥 박혔다. 그 충격으로 머릿속이 아찔해졌다. 가늘게 몸을 떠는 그녀를 달래듯 그가 유진의 가슴골에 입술을 붙였다.

그가 유진의 골반을 붙들고 위로 들어 올렸다. 못처럼 박혔던 성기가 쑥 빠져나갔다가 그가 잡아당기는 힘으로 주저앉으니 다시 깊은 곳까지 찔렸다.

"아!"

그가 엉덩이를 잡고 찍어 올리는 대로 유진의 몸이 아래위로 흔들렸다. 사타구니가 맞붙을 때마다 철벅철벅 젖은 소음이 났다. 출렁거리는 가슴을 탐욕스럽게 바라보던 그가 덥석 가슴을 물고 쭉 빨아들였다.

"아! 응! 좀 천천…… 하읏!"

유진은 사정없이 흔들리는 시야가 어지러워 눈을 감았다. 안쪽이 깊이 찔릴 때마다 고통 같은 쾌감이 그녀를 후려쳤다. 가슴 끝이 아리도록 강하게 빨아들이는 입술이 집요하게 들러붙었다. 그녀는 두 팔을 뻗어 그의 머리를 끌어안았다. 지금 자신을 우악스럽게 먹어치우는 이 남자 밖에는 붙들 데가 없었다.

* * *

하시 왕국의 영토를 원 모양에 대입하면 북서쪽의 바깥선 부분은 열사의 사막과 맞닿은 국경이었다. 그 사막과의 경계를 세우는 성벽 안쪽이 바로 왕성이 자리 잡은 왕국의 수도였다.

보통 일국의 수도는 균형을 위해 중심에 위치하는 경우가 많지만, 하시 왕국의 수도는 드물게도 거의 북쪽 끝에 있는 셈이었다.

왕성이 왕국에서 가장 위험한 땅 가까이에 있다는 것은 왕국의 통치 이념을 반영했다. 왕국의 백성들을 지키고자 왕이 선봉장을 자처한다는 뜻이었다. 그래서 수도는 왕국에서 가장 안전하면서도 위험한 땅이었다.

하시 왕국의 수도에서 성도까지 가는 데에 대략 보름에서 이십 일이 걸렸다. 이번 여정은 귀부인들이 탄 마차가 줄줄이 함께 가는 터라 속도를 내기 어려우니 이십 일 이상 걸릴 거라고 예측했다.

왕비와 다섯 명의 귀부인, 수행원들을 태운 마차가 총 열다섯 대, 짐마차가 다섯 대였다. 환수에 올라탄 왕이 선두를 이끌며 수십 명의 전사가 엄중한 호위 대열을 구축하며 일사불란하게 움직이는 모습이 장관이었다. 수도 백성들이 거리로 쏟아져 나와 함성을 지르며 국왕 부부를 배웅했다.

유진은 여행 첫날부터 지루하고 힘들었다. 귀부인들은 각자 자신의 마차에 홀로 올라탔다. 유진 역시 마차에 혼자 탔다.

'말동무가 없으니까 재미없어.'

차창 밖 풍경이 흥미로웠던 것도 잠시뿐이었다. 곧 비슷비슷한 광경은 거기가 거기 같았다. 그리고 간밤에 늦게 잠든 터라 노곤한 피로감으로 몸이 찌뿌둥했다.

오후부터는 꾸벅꾸벅 졸다가 해 질 녘에 마차가 멈추었을 때는 바깥에서 문을 두드리며 부르는 소리도 듣지 못하고 잠들었다.

시녀가 마차 밖에서 안절부절못하며 다시 한 번 불렀다.

"왕비님. 마차 문을 열겠습니다."

한참을 기다렸으나 안에서 차벽을 두드리는 소리가 들리지 않았다. 윗전께서 대답하지 않으시는데 벌컥 열고 들어갈 수는 없었다.

"무슨 일이냐?"

카세르가 멀찍이 보고 있다가 다가왔다. 시녀가 왕께 고개를 숙이며 대답했다.

"왕비님께서 아무런 말씀이 없으십니다."

카세르가 곧바로 마차 문을 열었다. 마차 벽에 머리를 기대고 눈감은 유진을 보자마자 그의 표정이 굳었다. 다급히 안으로 들어가 그녀가 그저 자고 있을 뿐이라는 사실을 확인한 후에야 그의 눈빛이 풀렸다.

"유진."

그는 작은 목소리로 불렀다. 깨우려는 의도가 아니라 마치 깨울까 봐 조심하는 사람 같았다. 그는 반응 없이 곤히 자는 그녀를 사랑스럽게 바라보았다.

'어디 아픈 건 아니겠지? 이따 의관을 불러 진찰을 받아 보게 해야겠군.'

카세르는 유진을 조심스럽게 안아 들고 마차에서 내렸다.

다섯 명의 귀부인들은 이미 마차에서 내려 어정쩡하게 서 있었다. 왕비를 기다리느라 먼저 숙소에 들어가지 못하고 마차에 다시 들어가기도 애매해서 이러지도 저러지도 못했다.

서서 기다리는 시간이 길어질수록 그들 표정이 점점 굳었다. 귀부인들 대부분은 이번 여행이 썩 내키지 않았다. 오랜만에 성도를 방문한다는 기대감과는 별개로 왕비의 의도를 파악하느라 머리에 쥐가 날 것 같았다.

"넬슨 부인은 괜찮을까요?"

귀부인 중 누군가가 아이를 보살피느라 이번 여정에서 빠진 사람을 거론했다.

"그맘때 아이가 열이 오르는 일은 흔한데 말이지요. 함께 왔으면 좋았을 텐데요."

"그러게요. 넬슨 부인이 아이를 워낙 끔찍이 챙기는 건 알 만한 사람은 다 알지만. 괜히 눈 밖에 날까 봐 염려되네요."

넬슨 부인이 아이를 핑계 삼아 이번 성도행을 거절했기 때문에 왕비에게 밉보일지 모른다는 말이었다. 넬슨 부인을 염려하는 척, 왕비가 기선을 제압하려고 자신들을 이렇게 세워 두는 것이 아니겠냐는 의심을 돌려 말하는 것이기도 했다.

숙덕이던 세 명의 귀부인들은 말없이 서 있는 샬럿과 달린을 흘끔거렸다. 관리의 아내들은 아무래도 남편의 서열에 따라 그들 사이에서 낼 수 있는 목소리 크기가 달랐다. 재상과 대장군의 부인은 단연코 서열 꼭대기에 있었다.

그러나 샬럿과 달린이 말을 보태지 않으니 다른 세 명도 곧 입을 다물었다.

잠시 후 왕이 왕비의 마차에 들어가더니 왕비를 안아 들고 나왔다. 귀부인들의 눈에 휘둥그레졌다. 왕께서 시녀에게 뭐라고 말을 건넨 후 품 안의 아내를 내려다보는 눈빛이 참으로 다정했다. 왕비를 안고 멀어져 가는 왕의 뒷모습을 한참 눈으로 좇다가 누군가가 중얼거렸다.

"어머나."

그 한 마디는 모든 이들의 마음을 대변했다.

*　　*　　*

유진은 아침 식사 중에 '이 길고 지루한 여행을 견딜 방법'에 관해 고민했다. 보름이 훌쩍 넘을 마차 여행이 생각만 해도 까마득했다.

그녀는 자신의 맞은편에 앉아 식사 중인 카세르를 흘끔 봤다가 시선을 내렸다.

'심심하니까 같이 마차에 타고 가자고 할 수는 없으니……'

노인이나 환자, 혹은 짐마차에 올라탄 일꾼이 아니면 먼 여행길에서 남자가 마차를 타는 일은 거의 없다고 들었다. 신분이 높을수록 잘 지켜지는 관습적 규칙이었다. 유진은 그를 괜한 일로 사람들 입에 오르내리게 만들고 싶지 않았다.

그렇다고 시녀를 데리고 타자니 대화 상대로 적절하지 않았다. 말을 주고받는 재미가 없을 것이다.

'그 사람들에게 같이 타고 가자고 해 볼까?'

유진은 다섯 명의 귀부인들을 떠올렸다. 그런데 어떤 식으로 말해야 할지가 고민됐다. 시녀를 보내서 말을 전하면 왕비로서 명령한다고 오해할 것 같았다.

'지루한 나를 즐겁게 해 다오'라고 요구하려는 게 아니라 기왕 함께 가는 길이니까 서로를 알아 가며 즐겁게 여행하기를 바랄 뿐이었다. 그래서 고민 끝에 카세르에게 조언을 구했다.

카세르는 잠깐 생각한 후 말했다.

"오스카 백작을 불러서 얘기해. 그럼 백작이 알아서 다른 귀부인들에게 말하겠지."

"백작이 어떤 사람인지 잘 아시나 봐요?"

"딱히. 공식적인 자리에서 인사만 몇 번 받았어."

"그럼 규칙인가요?"

"글쎄. 그런 규칙도 있나?"

"그럼 왜 백작에게 말하라고 하시는데요?"

"보통 내가 나서기가 애매할 때 재상에게 맡기면 알아서 하거든."

유진은 지극히 단순한 사고방식에서 비롯된 그의 대답이 어이가 없었다. 하지만 다른 방법이 없으니 샬럿을 불렀다. 그리고 결과적으로 그의 조언은 아주 적절했음을 알게 되었다.

오전에 다시 출발하여 정오에 점심 식사와 휴식을 위해 멈추었을 때 샬럿이 다른 귀부인들과 논의하여 결론을 내린 대답을 가져왔다.

유진은 샬럿이 건네주는 문서를 받았다. 날짜, 시간, 사람 이름이 나열된 표를 읽는 유진에게 샬럿이 설명했다.

"저희의 마차는 여럿이 타고 가기엔 비좁습니다. 하지만 왕비님 마차는 셋이 함께 타고 가도 아주 넉넉하지요. 오후를 둘로 나누어 순번을 정하여 저희 중 두 명이 왕비님과 함께 마차를 타고 가면 되지 않을까 합니다."

유진은 자신도 모르게 '오…….' 하고 중얼거리며 고개를 끄덕였다.

"좋아요. 아주 좋은 생각이에요."

유진은 점점 더 샬럿이 마음에 들었다. 자신의 앞에서 과도하게 예의를 차리지 않아서 상대하기가 편안했다. 고깝게 보면 도도하고 건방져 보인다고 꼬아서 생각할 수도 있겠지만, 유진은 샬럿의 담백한 태도가 좋았다.

그날 오후부터 유진의 마차에 손님이 들었다. 아침에는 모두가 각자의 마차에서 혼자 느긋한 시간을 보내고 오후에는 귀부인들이 순번을 정해 두 명씩 짝을 지었다.

닷새가 지나갔다. 늘 똑같은 하루가 반복됐다. 아침 식사 후에 출발하여 정오와 오후, 하루 두 번 멈추어 휴식했다. 저녁에는 미리 계획한 숙소에 도착했다. 일행이 머무는 숙소는 공관 혹은 지역 유지의 별장 등이었다.

지루하고 평온한 여정이었다. 치안이 수도만은 못하더라도 왕국령은 무법 지대가 아니므로 전사들이 겹겹이 호위하는 마차 일행에 접근하는 불한당은 없었다.

"아악!"

열린 차창으로 날아 들어온 벌레 한 마리가 대장군 레스터의 아내, 달린의 치마 위로 떨어졌다. 달린이 두 눈을 부릅뜨더니 비명을 지르며 두 손을 꽉 주먹 쥐고 고개를 마구 흔들었다.

"치워, 치워 줘요!"

유진이 얼른 달린의 옷에 붙은 잠자리를 잡아떼어 내 창밖으로 던지고 창문을 닫았다.

"괜찮아요?"

달린은 허옇게 질린 안색으로 대답했다.

"예, 감사합니다. 왕비님."

'공포증이 있나 보네.'

엄살이라기에는 달린의 눈에 눈물이 그렁그렁했다. 유진은 훌쩍거리는 달린과 그 옆에서 손을 잡고 위로해 주는 샬럿을 바라보았다. 오늘 늦은 오후는 저 두 사람이 유진의 마차에 타는 순번이었다.

그동안 유진은 다섯 명의 귀부인들 모두와 번갈아 가며 함께 마차를 타고 이동했다. 꼬박 몇 시간을 마차 안에서 꼼짝하지 못하고 함께 가면 자연스레 대화를 트게 되었다. 덕분에 상대방이 어떤 사람인지 대강 파악할 기회가 되었다.

당연한 이야기겠지만, 사람마다 성격이 달랐고 성격에 따라 유진을 대하는 태도도 달랐다.

여전히 유진을 몹시 어려워하여 말하기를 조심스러워하는 사람이 있는가 하면 제법 편안한 태도로 바뀌어 유진과 일상의 대화를 주고받는 사람도 있었다. 지금 유진의 눈앞에 있는 두 사람은 후자에 속했다.

유진은 귀부인 중에서 달린이나 샬럿이 마차에 올라타면 반가웠다. 두 사람의 남편이 왕의 신임을 받는 권력자라는 이유로 그들을 편애할 의도는 없으나 함께 있어서 편안한 사람에게 마음이 가는 건 어쩔 수 없었다. 그래서 오늘 두 사람이 함께 올라탔을 때는 활짝 웃으며 그들을 맞이했다.

"부끄러운 모습을 보였습니다, 왕비님. 어릴 때 제 오라비한테 무척 짓궂은 장난을 여러 번 당했는데 나이가 들어도 도통 그때 느꼈던 공포가 사라지지 않습니다."

"저런. 어릴 때 입은 마음의 상처는 낫기 어렵지요. 그럴 수 있어요. 부인의 오라버니는 참 고약하네요."

침울한 표정의 달린이 금방 헤헤 웃었다. 유진도 마주 보며 미소 지었다. 그러자 얼굴을 발갛게 붉히며 수줍게 시선을 내리는 달린을 보며 유진은 웃음을 터뜨렸다.

'귀여운 사람이야. 속마음이 잘 보이는데 어수룩한 느낌은 아니고.'

표정 변화가 많지 않은 샬럿이 달린과 이야기를 나눌 때면 확연히 누그러졌다. 그래서 처음에는 두 사람이 절친한 친구인 줄 알았다. 그런데 보면 볼수록 친구라기보다는 샬럿이 달린을 동생처럼 귀여워하는 모습에 가까웠다. 유진 역시 점점 샬럿의 마음을 알 것 같았다.

"그대의 오라버니는 잘못을 인정하고 사과했나요?"

달린이 지긋지긋하다는 듯 한숨을 내쉬었다.

"사람은 변하지 않습니다. 왕비님. 제 오라비는 평생 그 모양으로 살다가 죽을 거예요."

과격한 말을 뱉어 놓고 달린이 스스로 놀라 말했다.

"송구합니다."

유진은 쿡쿡 웃었다. 저쪽 세상이든 이 세상이든 애증의 남매 사이는 불변이라는 점이 재미있었다.

"맞아요. 사람은 변하지 않지요."

옆에서 샬럿이 맞장구쳤다.

"그런데 지금껏 그렇다고 생각했지만, 왕비님을 뵈면 꼭 그렇지⋯⋯."

달린이 흠칫 놀라며 입을 다물었다.

"송구합니다. 왕비님. 제가 경솔한 말을 했습니다. 무례를 용서하시옵소서."

분위기가 순식간에 어색해졌다. 유진은 가볍게 미소 지으며 말했다.

"내가 변했어요?"

달린은 유진의 표정에서 언짢은 기색을 발견하지 못하자 조심스럽게 대답했다.

"⋯⋯예. 전보다 편안해 보이십니다."

유진은 이번에는 샬럿에게 물었다.

"그대도 그렇게 생각하나요?"

샬럿이 난처한 표정으로 주저하다가 대답했다.

"예, 왕비님."

"얼마나 달라졌다고 생각해요? 솔직한 감상을 말해 봐요. 듣고 싶어요."

"다른 분 같다고 생각했습니다."

가벼운 마음으로 물었던 유진이 놀라 크게 눈을 떴다.

"다른 사람 같다는 게 무슨 뜻이에요? 비유적인 표현인가요?"

"왕비님께 일란성 쌍둥이 자매가 있을 가능성을 의심할 정도입니다. 물론 왕비님께서는 아니카이니까 그럴 일은 없겠습니다만."

유진의 표정에서 웃음기가 사라졌다. 웃고 넘어갈 일이 아니었다. 지금 눈앞에 있는 두 사람은 진과 그다지 친분이 깊지 않은 사람들이었다. 지난 3년 동안 만난 횟수가 손에 꼽을 정도라고 들었다.

'내가 성도에 가면 진을 알고 있는 사람들이 사방에 천지야.'

저 두 사람이 차이점을 느낄 정도인데 성도에 있는 지인들은 그녀가 이상하다고 금방 알아차릴 것이다.

지금껏 유진에게 샬럿처럼 대놓고 말한 사람이 없었다. 궁인들은 까마득한 윗전의 변화를 두고 이러쿵저러쿵 떠들 수 없을 것이다. 마리안은 유진이 모르는 진의 기억을 열심히 가르치는 일에만 집중했다. 왕은 한술 더 떠서 '상관없다'라고 말하며 전혀 아랑곳하지 않았다.

어차피 지금 자신의 모습을 진의 옛 지인들에게도 각인시켜야 할 테지만, 딱 한 명 마음에 걸리는 상대가 있었다.

상제.

유진은 상제가 꺼림칙했다. 정확한 상제의 정체를 알 수 없는 데다가

진이 사왕과 결혼을 계획한 배경에 상제가 있다고 의심하고 있다.

상제한테 묻고 싶은 게 많았다. 상제의 마음에 불신이 생기면 솔직한 대답을 듣지 못할 것이다.

그래서 다른 사람은 몰라도 상제는 변화를 알아차리지 못했으면 했다. 과거의 진과 전혀 다른 사람으로 변했다는 느낌을 풍기기보다는 3년의 결혼 생활을 겪으며 철이 들었다는 정도로만 평가받기를 바랐다.

유진이 심각한 표정으로 생각에 잠긴 동안 덩달아 샬럿과 달린도 숨죽이고 유진의 눈치를 살폈다.

"두 사람에게 할 말이 있어요."

유진은 두 사람을 조력자로 끌어들이기로 결심했다. 아직 두 사람의 됨됨이를 온전히 파악하지는 못했으나 남편의 지위가 있으니 가볍게 입을 놀리지는 않을 거라고 믿었다.

"대외적으로는 비밀이지만, 사실 나는 얼마 전에 큰 사고를 당했어요. 그리고 그 일로 기억 상당 부분을 잃었지요. 그런데 단지 기억만 잃은 게 아니에요. 그 사고 이후에 주변에서는 내가 달라졌다고 말해요."

두 사람은 뒤늦은 깨달음을 얻는 표정으로 고개를 끄덕였다.

"백작. 그대는 예전의 나와 지금의 나. 차이점을 구체적으로 꼬집어서 지적할 수 있어요?"

샬럿이 신중하게 생각한 후 대답했다.

"예, 왕비님."

샬럿은 한 번이라도 본 사람은 절대 잊지 않는 재주가 있었다. 그만큼 어떤 사람의 특징을 정확히 포착하여 기억했다. 샬럿의 재능은 사교계 활동에 유리했지만, 오히려 독이 되었다. 사람을 알기 쉬우니 사람에 대한 흥미를 금방 잃었다.

"그럼 그대의 도움이 필요해요. 내가 어떤 식으로 말하고 행동해야 예전의 모습인지 가르쳐 줘요."

"예, 왕비님."

유진의 시선이 자신에게 향하자 달린이 비장한 표정으로 씩씩하게 대답했다.

"저는 오스카 백작만큼은 도움을 드리지는 못하겠지만 모든 노력을 다하겠습니다!"

잠시 달린을 바라보던 유진이 웃음을 터뜨렸다. 이어서 샬럿이 웃고 곧 마차 안에 세 사람의 웃음소리로 가득 찼다.

이날 오후부터는 왕비의 마차에 샬럿과 달린, 두 사람만 올라탔다. 유진은 두 사람의 도움을 받아 완벽한 진의 흉내를 내기 위한 연극 연습에 몰두했다.

열흘 만에 일행은 아노티 산맥의 초입에 이르렀다. 아노티 산맥은 하시 왕국과 슬란 왕국을 가로지르는 사실상의 국경이었다. 한참 전부터 길게 뻗은 산줄기의 형태가 보이기 시작했고 가까이 다가갈수록 거대한 자연이 압도적인 자태를 드러냈다.

카세르는 머릿속으로 앞으로의 일정을 대강 짚었다. 이 속도로는 산맥을 넘으려면 약 사나흘이 걸릴 테고 그 후 성도에 도착하기까지 엿새 이상을 예상했다.

'대략 이십 일이면 도착하려나…… 예측 범위 내로군.'

선두에서 아부를 타고 달리던 카세르는 저 멀리 작은 형태로만 보이는 사람들을 발견했다. 또 다른 여행자들일 수 있었다. 산맥을 넘는 수많은 길 중에서 이쪽 길이 경사의 변화가 완만하고 길이 넓었다. 약간 돌아가야 하지만, 편안한 마차 여행을 위해서는 선택의 여지가 없었다.

하지만 가까이 갈수록 범상한 무리가 아니라는 느낌이 들어 그는 눈을 가늘게 좁히고 정체를 파악하는 데에 집중했다. 머지않아 그는 수상한 자들이 누구인지 알아차렸다.

그는 자신의 옆에서 달리는 스벤에게 신호를 보냈다. 신호를 받은 스벤이 짧게 고개를 숙인 후 고삐를 당겼다. 속도를 늦추는 스벤의 모습이 빠르게 카세르의 시야에서 사라졌다.

곧 전사들의 대열이 변했다. 일부는 마차 행렬을 에워싸듯이 멀리 퍼지고 일부는 왕비의 마차 곁에 바짝 붙었다.

카세르는 속도를 늦추지 않고 달렸다. 달갑지 않은 마중이 떨떠름해서 그렇지, 위험한 자들은 아니었다. 은색으로 번쩍이는 갑주에 붉은 망토. 평상시에도 저런 화려한 차림새를 하고 다니는 무인은 상제의 기사들뿐이니까.

도착하는 자들과 기다리던 자들 사이의 거리는 급격히 좁혀졌다. 카세르는 한 손을 들어 속도를 늦추라는 신호를 뒤쪽에 보내며 아부의 고삐를 잡아당겼다. 아부가 완전히 멈추어 섰을 때 뒤를 따르던 마차와 말들도 모두 멈추었다.

카세르는 말 위에 앉은 채 자신에게 다가오는 피데스를 바라보았다. 피데스가 대화를 나눌 수 있을 만한 거리에서 멈추어 고개를 숙였다.

"인사 올립니다. 전하."

"경을 다시 여기서 볼 줄은 몰랐군."

"성하께서 아니카 진을 성도까지 모셔 오라고 저희를 보내셨습니다."

카세르는 멀리 서 있는 나머지 기사들을 보았다. 기사의 수가 열 명이 넘었다. 참 보기 드문 광경이라고, 카세르는 냉소적으로 중얼거렸다. 기사는 보통 단독 행동으로 임무를 수행했다. 저만한 숫자의 기사들이 조를 이루어 함께 움직이는 일은 거의 없었다.

"성하께서 걱정이 과하시오. 내가 왕비를 멀리 보내면서 어련히 알아서 챙기지 않겠소?"

"부디 오해는 마시옵소서. 아시다시피 성하께서 워낙 아니카를 귀하게 여기십니다. 여기서부터는 저희가 아니카 진을 모시겠습니다."

카세르의 미간이 순간적으로 굳었다가 펴지며 피식 소리 내어 웃었다.

"경이 뭔가 착각을 하고 있군. 난 왕비를 배웅하려고 여기까지 함께 온 게 아니오. 나도 성도로 가는 일이지."

"예?"

피데스가 고개를 들었다가 다시 시선을 내렸다.

"확실히 말해 두지만, 왕비는 내가 직접 성도까지 호위할 거요. 그 역할을 누구에게도 넘길 생각이 없소. 다만, 여기까지 마중 나온 그대들의 노고를 생각해서 합류를 막지는 않겠소."

"……황공하옵니다."

"경이 현재 기사들을 대표하는가?"

"예. 분부하실 일이 있으면 제게 말씀하시면 됩니다."

"스벤."

스벤이 곧바로 말에서 뛰어내려 왕의 곁으로 왔다.

"예, 전하."

"기사 피데스를 왕비께 안내하라. 피데스 경이 대표로서 왕비께 인사할 것이다."

카세르는 스벤과 함께 가는 피데스의 모습을 눈으로 따라가다가 아예 상체를 반쯤 뒤로 틀어 집요하게 응시했다. 눈치 빠른 베루스가 왕을 봤다면 당장 피데스의 뒷조사를 시작할 것이다. 감정 표현에 인색한 카세르가 드물게 불편한 자신의 속마음을 감추지 않았다. 그의 눈빛에 삐딱한 유감이 가득했다.

카세르는 이유를 알 수 없이 피데스가 거슬렸다. 상제가 늘 곁에 둔다는 피데스에게 유진에게 전한다는 서신을 들려 보냈을 때부터 뭔가가 예민하게 그의 신경을 건드렸다.

'지금쯤 성도에 있어야지. 여기는 왜 와?'

상제가 수고로운 임무를 완수한 기사 피데스에게 휴식이 아니라 재차 임무를 맡겼다는 뜻이었다. 굳이 피데스를 다시 보낸 상제의 의도가 의심스러웠다. 납득할 만한 이유는 도통 떠오르지 않고 그냥 넘어가자니 입에 모래를 머금은 것처럼 까끌까끌했다.

카세르는 자신에게 다가오는 인기척을 느끼고 고개를 돌렸다. 낯선 전사가 다가와 고개를 숙였다. 상제의 기사들 근처에 자기들끼리 모여 있던 전사 중 한 명이었다. 하시 왕국 전사들과 구별되는 그들만의 복색을 통해 슬란 왕국에 소속된 자들임은 진즉 알아보았다.

"사왕 전하. 존안을 뵙고 인사 올리게 되어 영광입니다. 슬란의 그림자, 티렌입니다."

"슬란의 왕께서 보내셨는가?"

"예, 전하. 성심을 다하여 귀빈을 모셔 오라고 엄히 당부하셨습니다."

하시 왕국에서 성도까지 가려면 슬란 왕국을 가로질러야 한다. 보통의 여행자라면 왕국 간 체결한 조약에 따라 통행증을 발급받아 지나가면 되겠으나 왕은 그런 식으로 할 수 없었다. 형식적으로 요청과 승낙의 외교 문서가 오가는 절차가 필요했다.

이번에는 외교 사절이 오갈 만큼의 시간이 부족하여 슬란 왕국으로 사절만 보내 놓고 곧바로 출발했다. 상제가 부른다는 명분이 있기에 문제 될 여지는 없었다.

"그대들은 어쩌다가 기사들과 함께 왔는가? 그저 길이 겹친 것인가?"

"사왕 전하의 명을 받은 사절이 도착했을 무렵, 상제 성하의 기사들도 비슷한 시기에 도왕 전하께 알현을 청했습니다. 기사들이 아노티 산맥을 넘어 마중하러 간다고 하니 도왕 전하께서 저희에게 기사들과 동행하여 귀빈을 맞이하라고 하셨습니다. 허락하신다면 왕성으로 모시겠습니다."

왕성에 들르면 초대에 대한 답례 차 최소 하룻밤은 머물고 가야 할 테니까 그만큼 일정이 지체될 것이다. 그는 성도에서 유진을 기다리고 있을 상제를 떠올렸다. 속이 약간 꼬였던 참이라 은근한 어깃장을 놓고 싶었다. 그래서 기꺼이 초대를 받아들였다.

"이처럼 환대해 주시니 감사한 일이로군. 그럼 길 안내를 부탁하지."

"예, 전하."

산을 넘는 일정은 평지를 달릴 때와 달랐다. 중간중간에 쉬는 휴식은 최대한 짧게 줄여서 시간을 아끼고 날이 저물기 전에 멈추어 밤을 보낼 준비를 시작했다.

워낙 많은 여행자가 오가는 산길이라서 일정 거리마다 널찍하게 터를 닦은 공터가 있었다. 그런데 합류한 기사들과 슬란 왕국의 전사들까지 합하여 일행의 숫자가 확 늘어나는 바람에 그들이 모두 머물 천막을 칠 공간은 부족했다.

국왕 부부와 귀부인들을 위한 천막을 우선 설치한 후 남는 자리에 수행원들이 머물 천막을 치고 나머지 인원은 마차에서 자거나 적당히 노숙할 수밖에 없었다.

천막 설치를 마쳤다는 일꾼을 보고를 받고 시종이 왕의 천막을 점검하러 들어갔다. 시종은 책상 하나만 달랑 놓여 있는 내부를 둘러보며 일꾼을 나무랐다.

"이게 다 된 거냐? 침대는 왜 없어?"

"침대는 옆 천막에 두었습니다. 여기는 집무실입니다."

"집무실이라니? 집무실 따로, 침실 따로. 내가 집을 지으랬냐? 두 분의 천막 두 개만 설치하라고 했지?"

"예. 두 개만 설치했습니다."

"그럼 왕비님 천막은?"

"옆에 설치한 천막이 왕비님의 천막이고 두 분의 침전입니다."

시종은 이해 못 할 소리를 하는 일꾼에게 인상을 쓰려다가 일꾼의 얼굴을 유심히 보며 말했다.

"너, 얼마 전에 성지에 다녀올 때도 동행했었지?"

"예."

성지를 다녀오는 동안 국왕 부부의 천막은 오늘 일꾼이 분류한 용도대로 쓰였다. 왕의 천막은 집무실이었고 왕비의 천막은 국왕 부부의 침실이었다. 일꾼은 그때의 경험으로 알아서 천막을 쳤다. 시종도 이 천막에서 왕께서 주무시지 않을 거라고 생각하기에 일꾼을 나무랄 수가 없었다.

시종은 잠시 고민하다가 일꾼을 데리고 옆의 천막으로 들어갔다. 침대가 놓인 왕비의 천막 상태를 확인 후 일꾼에게 '그래, 됐다.'라고 말하며 가 보라고 손짓했다.

유진은 저녁 식사를 마치고 천막에 들어와 잠잘 준비를 마친 후 그를 기다렸다. 그녀는 지난 며칠 동안 특훈의 중간 결과를 오늘 시험해 보기로 마음먹었다.

그녀의 테스트 상대가 될 사람은 카세르였다. 정확히는 그가 두 번째 시험 대상이었다. 첫 번째는 아까 인사를 나누던 피테스였는데 피테스에게 '어때?'라고 물어볼 수는 없는 노릇이라서 자신이 진의 흉내를 잘 냈는지 확인할 방법이 없었다.

하지만 카세르의 반응은 기대됐다. 유진은 키득키득 웃으며 얼굴 근육을 이리저리 움직여 충분히 준비 운동을 했다.

"왕비. 들어가겠소."

바깥에서 그의 목소리가 들리자 유진은 천막의 출입구가 열리는 방향을 등지고 앉았다. 그가 안으로 들어오는 기척이 들린 잠시 후 유진은 천천히 뒤를 돌아보았다.

눈이 마주친 그를 향해 눈꼬리를 접으며 사르르 웃었다. 감정을 담지 않으면서 한껏 교태로움을 드러낸다는 점이 핵심이었다.

"전하. 오늘 하루도 노고가 많으셨습니다."

적당한 비음을 섞어 은근히 끈적이는 느낌으로, 발음을 꼭꼭 눌러 사근사근하게 말했다.

잠시 천막 안에 침묵이 감돌았다. 유진은 표정 없이 그대로 서 있는 그의 반응이 실망스러웠다. '아직 연습이 부족한가'라고 생각하며 그를 바라보도록 완전히 몸을 돌리는 순간, 그가 흠칫하며 물러서는 모습을 보았다.

'지금 뒷걸음질 친 거야?'

유진은 놀라서 눈을 깜빡거리며 그의 발치를 보던 시선을 위로 올렸다. 여전히 그의 얼굴에 표정이 없었다.

"전하?"

유진은 '해치지 않아요'라고 달래는 심정으로 친근한 미소를 지었다.

"전하. 저예요."

"……유진?"

"네. 저 맞아요."

"방금……."

"비슷했어요? 흉내 내 본 건데…….."

"무슨 흉내……?"

"오스카 백작의 도움을 받아서 과거의 제 말투와 표정을 연습하고 있었거든요."

카세르가 죽다가 살아난 사람처럼 한숨을 내쉬며 두 손으로 제 머리를 쓸어 넘겼다. 그는 '옛날의 왕비가 어떤 사람이었는지 신기할 정도로 기억이 안 나는군'. 하고 생각한 적이 있었다. 자신이 속 편한 착각을 했다는 사실을 깨달았다.

잊은 게 아니라 뒤로 밀려났을 뿐이었다. 방금 그녀의 얼굴 위로 옛 모습이 겹쳐져 보이자 생생하게 옛 기억이 다시 불쑥 떠올랐다. 털끝이 쭈뼛 서고 등 뒤에 식은땀이 나면서 심장이 덜컥 내려앉았다. 지금껏 살면서 이 정도로 놀랐던 일이 과연 있었던가 싶었다.

그를 빤히 보던 유진이 침대에서 일어나서 그의 앞으로 바짝 다가갔다. 유진과 눈을 마주친 카세르가 유심히 그녀를 관찰하더니 안도의 숨을 내쉬고 이내 울컥하는 표정으로 말했다.

"그런 걸 왜 연습해?"

"과거의 저는 싫어요?"

"당연…… 아니. 그게 아니라."

"뭐예요. 왜 말이 달라요. 과거의 저라도 다 포용하겠다고 하셨잖아요."

"……."

카세르가 뚱하게 입을 다물었다. 유진의 꼭 다문 입술이 씰룩거렸다. 그녀는 결국 참지 못하고 웃음을 터뜨렸다.

라크 군단과도 맞서 싸우는 남자가 방금 진심으로 겁을 먹었다. 그의 무표정은 너무 놀란 나머지 사색이 된 표정이었다는 사실을 깨닫자 아내의 옛 모습에 기겁하는 그가 안쓰러우면서도 웃겨서 폭소가 터졌다.

"웃어?"

약이 바짝 오른 카세르가 깔깔거리는 유진을 휙 들쳐 안아 들었다. 짧은 비명이 그녀의 웃음소리에 섞였다. 침대 위로 눕혀진 그녀를 카세르가 위에서 온몸으로 짓눌렀다.

그는 좀처럼 웃음을 그치지 못하는 그녀의 턱과 볼, 콧잔등을 가리지 않고 깨물거나 입을 맞추며 분한 자신의 마음을 쏟아 냈다.

유진은 키득거리며 요리조리 얼굴을 돌려 피하다가 그가 더 집요하게 달려들자 두 손으로 그의 얼굴을 감싸 쥐었다.

"그렇게 비슷했어요?"

"대체 왜 그런 연습을 해?"

"과거의 절 아는 사람에게는 과거의 모습으로 대해야 방심할 테니까요."

"누구의 방심이 필요해서?"

카세르는 질문을 던지자마자 이내 답을 알아차리고 미간을 찌푸렸다.

"유진. 당신 무슨……."

유진이 손으로 그의 입술을 막았다.

"지금은 말할 수 없지만, 상제 성하와 담판을 지을 일이 있어요. 지난번에 약속한 대로 언젠가 당신에게 꼭 전부 말할게요. 지금은 제가 알아서 할 테니까 당신은 그냥 모르는 척해 줘요. 혹시 성하께서 당신을 불러서 제 얘길 물어도 기억을 잃은 사고가 있었다, 이런 말은 하지 말고요."

말없이 유진을 내려다보던 카세르가 짧게 고개를 끄덕였다. 그는 유진이 자신의 입술을 덮은 손을 떼자 그 손을 잡아 손바닥에 입을 맞추었다.

"대신에 당신도 약속해. 무모한 일은 하지 않기로. 혼자 감당할 수 없는 일이 생기면 고민하지 말고 나와 상의해."

"……네."

유진은 세상에서 믿을 사람은 자신뿐이라고 스스로 다그치며 살아왔다. 가족한테도 느낀 적 없었던 절대적인 믿음, 무슨 일이 생겨도 반드시 자신의 편에 서 줄 거라는 믿음을 만난 지 고작 몇 개월인 사람한테서 느낄 줄은 몰랐다. 가슴 시린 달콤함에 눈물이 날 것 같아서 그녀는 그를 보며 환하게 웃었다.

*　　　*　　　*

아드리트는 오랫동안 사막을 헤맸다. 끝없이 오르내린 모래 언덕이 몇 개인지 세다가 잊었다. 때때로 불어오는 모래 폭풍을 피하느라 하루를 꼬박 움직이지 못하는 일도 빈번했다. 사방 어디를 둘러봐도 똑같은 풍경이 펼쳐지는 사막 한복판에서 용케 길을 잃지 않고 일족의 은신처를 향해 올바른 방향으로 걷고 또 걸었다.

그에게는 남다른 특별한 재주가 있었다. 바로 본능적으로 사방위를 감지하는 능력이었다. 그래서 그는 절대 길을 잃는 법이 없었다.

세상을 떠돌아다녀야 하는 천형을 짊어진 일족에게 아드리트의 재능은 특별했다. 일족의 지도자가 되기 위해서는 반드시 갖추어야 하는 능력이었다.

아드리트가 유진에게 말하지 못한 정보가 몇 가지 있었다. 일족의 은신처와 자신의 신분이었다.

아드리트는 일족의 차기 후계자가 되기 위한 교육을 받는 후보 중 한 명이며 그중에서도 손꼽히는 인재였다. 일족 대부분이 아드리트가 차기 족장이 될 거라고 생각했다.

'아……'

아드리트는 모래 언덕 위에서 저 멀리 보이는 바위산을 발견하고 한

숨을 내쉬었다. 드디어 고향에 도착했다.

'고향……'

정착할 수 없는 일족의 유일한 정착지, 저곳을 고향이라고 부르지 못할 이유가 있겠는가. 그의 마음에 복잡한 감정이 휘몰아쳤다.

뚜렷한 목적지가 눈에 보이자 지쳤던 몸에 힘이 들어갔다. 그는 다시 기운을 끌어모아 언덕을 내려갔다. 비록 눈에 보여도 아직 한참을 더 가야 했다. 거의 한나절을 꼬박 걸어서 드디어 바위산 앞에 도착했다.

모래 폭풍으로 깎이고 깎여서 만들어진 기괴한 형태의 바위산이었다. 흙 한 줌 없이 메마른 바위산은 우중충한 회색이었다. 어디를 둘러봐도 생명이 살아갈 만한 땅이 아니었다.

아드리트는 바위산 주변을 빙 둘러 돌다가 한 곳에 주저앉더니 손으로 모래를 파헤쳤다. 바람에 실려 쌓인 모래로 막혔던 틈새가 금세 드러났다. 그 틈은 사람 한 명은 충분히 드나들 수 있을 정도로 넓었다.

그는 틈으로 가방 먼저 집어넣은 후 머리부터 디밀고 넣어 안으로 들어갔다. 안쪽으로 동굴이 이어졌다. 부싯돌로 횃불을 만들어 들고 동굴을 따라 한참 들어갔다.

동굴의 막다른 길에 물이 가득 찰랑거리는 샘이 있었다. 눈으로 보이는 규모는 고작 커다란 우물 정도 너비밖에 되지 않았으나 이곳은 입구일 뿐이었다. 샘의 깊이는 바닥을 모를 정도로 깊고 안쪽으로 거대한 지하 호수와 연결되어 있었다.

아드리트는 근처의 돌바닥을 뒤집었다. 손을 더듬어 둥글고 납작한 것을 찾아낸 그는 안도의 숨을 내쉬었다. 이건 하나뿐이라서 일족의 누군가가 이것을 가지고 지하 호수로 들어갔다면 다시 누가 나올 때까지 여기서 기다릴 수밖에 없었다.

'이게 뭘까?'

새삼 의문이 생겼다. 이것을 입에 물고 물에 들어가면 물속에서도 호흡이 가능했다. 이 기물의 도움 없이는 절대 지하 호수를 넘어 일족의 은신처로 갈 수 없었다.

아드리트는 기물을 횃불에 이리저리 비추어 보다가 손으로 더듬어 만졌다. 납작하고 단단했으며 가장자리는 얇았다.

'비늘 같기도 하고.'

그는 횃불을 바닥에 짓이겨 불을 껐다. 왕비님이 주신 가죽 가방은 이곳에 그대로 두고, 나올 때 가져갈 생각이었다. 소중한 가방을 물속에 담가서 망가뜨리고 싶지 않았다. 기물을 입에 물고 크게 숨을 들이마신 후 곧바로 샘 안으로 뛰어들었다.

지하 호수는 암흑처럼 어둡지 않았다. 어두운 호수 속에서 살아가는 작은 물고기들이 스스로 몸에서 빛을 뿜어냈다. 아드리트는 손에 육포를 쥐어 유인한 물고기들을 등불 삼아 끝이 보이지 않는 지하 호수 속을 유영했다.

그는 계속 헤엄치다가 문득 시선을 아래로 내렸다. 새카만 심수 아래로 아무것도 보이지 않아 섬뜩했다. 이 호수의 깊이는 누구도 알지 못했다. 아무리 기물을 입에 물어도 수압 때문에 헤엄쳐 내려갈 수 있는 깊이는 한계가 있었다.

아득히 깊은 지하 호수의 밑바닥에 뭔가가 있었다. 마치 바위처럼 꼼짝하지 않던 그것이 위에서 지나가는 아드리트의 움직임에 반응하듯 미미하게 꿈틀거렸다.

어둠 속에서 천천히 벌어지는 틈새로 붉은빛이 새어 나왔다. 덮개처럼 활짝 열리면서 완전히 드러난 붉은빛은 둥글었고 중심에 자리 잡은 더 붉은 기운이 세로로 길게 좁아졌다. 다시 천천히 맞물리는 덮개 사이로 곧 붉은빛이 완전히 사라졌다.

                    *   *   *

　산맥을 넘는 일행의 숫자는 갈수록 늘었다. 때마침 비슷한 시기에 산을 넘던 여행자들이 전사와 기사들로 무장한 일행을 발견하자 슬그머니 뒤따라 붙었다.

　변수가 많은 험지의 여행은 가능한 한 큰 무리와 함께 이동하는 편이 안전했다. 그래서 작은 상단이나 개인 여행자들은 대형 상단이 움직이는 날짜를 미리 알아 두었다가 일부러 맞추어서 함께 움직이곤 했다.

　그런데 아무리 큰 상단이라도 전사를 호위로 부리지는 못했다. 더구나 일행 중에 왕이 있다면 갑작스러운 거대 산짐승의 공격이나 비적의 약탈에서 완벽하게 안전하다는 의미였다.

　넓고 튼튼한 우산의 끄트머리에 슬쩍 고개를 디밀어 비를 피하려는 자들 대부분이 작은 상단이나 두세 명으로 구성된 여행자들이었다. 그런데 일부 특이한 자들도 합류했다. 그들은 고급스러운 마차를 몰고 시중을 드는 일꾼을 따로 부렸다. 딱 봐도 부유한 귀족들이었다.

　그들은 활동기에 성도에서 머물고 건기가 되어 하시 왕국에 돌아가던 귀족들이었다. 성도로 가는 국왕 부부 일행과 마주친 후 그들은 기꺼이 지금까지 지나온 길로 다시 방향을 틀었다.

　그런 귀족의 마차가 어느덧 다섯 대로 늘어났다. 그들은 잠시 쉴 때마다 모여서 수군거렸다.

　"오다가 라크 나무에 관해 얼핏 듣긴 했거든요. 헛소문인 줄 알았죠."

　"그러게 말입니다. 그런데 기사들이 저렇게 엄중하게 호위하며 모셔 가다니요. 세상에. 헛소문이 아니었어요."

　"성도 사교계가 한바탕 뒤집히겠지요?"

다들 성도에서 뭔가 재미있는 일이 벌어질 거라는 기대감으로 시시덕거렸다. 소동의 중심에 왕국의 왕비이신 아니카가 있을 것이니, 늘 성도 사교계의 변방으로 밀려나 있던 하시 왕국의 귀족들로서는 몹시 흥분되었다.

꼬리를 주렁주렁 붙인 일행은 나흘에 걸쳐 아노티 산맥을 넘었다. 산맥을 내려오는 즉시 슬란의 전사 중 일부가 귀빈의 도착을 자국의 왕께 알리기 위해 한발 앞서 떠났다.

일행이 약 이틀 정도를 더 달려서 슬란 왕국의 수도 가까이 이르렀을 때, 이미 성벽 바깥에는 국빈을 마중하러 나와 있었다. 외교 관리들과 의장대, 갖가지 복색을 화려하게 차려입은 거창한 환영식 행렬이 그들을 기다리고 있었다.

유진은 지금껏 타고 온 마차에서 내려서 카세르와 함께 슬란에서 준비한 마차에 올라탔다. 환영식 절차에 따라 왕성까지 행차할 마차는 한눈에 봐도 평범하지 않았다.

여덟 마리의 백마가 끄는 마차는 차체가 흰색이었다. 내부의 벽과 바닥도 전부 흰색이었고 향수를 들이부은 것처럼 향이 진동했다. 내부를 둘러보며 코를 킁킁대는 그녀에게 카세르가 말했다.

"이 자재는 슬란의 특산물이지. 나무 속을 깎아 내 햇빛을 받으면 선명한 흰색으로 변하면서 특이한 향이 나."

"천연향이라서 그런가…… 이렇게 향기가 강한데 거북하지가 않아서 신기해요."

상당히 인상적인 마차라서 전에 탄 적이 있으면 진의 기억이 떠올랐을 것이다. 그런데 전혀 생각나는 게 없었다.

"전에 성도를 떠나 왕국으로 갈 때는 이 마차를 타지 않았었나요?"

"그때는 서둘러 가느라 가장 빠른 길로 슬란 왕국을 가로질렀어. 걷기가 얼마 남지 않았을 무렵이었거든. 슬란의 왕성에 들를 시간이 없었지."

카세르는 3년 전, 어쩐지 아득히 오래된 것 같은 그 무렵의 기억을 떠올렸다. 그녀의 계약 결혼 제안을 받아들여 상제 앞에서 의식을 치른 후 그녀를 데리고 왕국으로 가는 내내 몹시 심란했다.

그는 왕국으로 돌아와 거창한 국혼을 치른 후에도 한참 동안 실감이 나지 않았다. 지금 눈앞에 앉아 있는 그녀를 보면 '내 아내'라고 생각이 들면서 가슴 안쪽으로 온기가 번졌다. 3년 전 그때는 이런 기분을 느낄 날이 올 거라고는 상상도 못 했다.

"그럼 그때 도왕 전하와 인사할 기회도 없었겠네요. 마지막으로 언제 뵈었어요?"

"나야 모르지. 도왕께서는 종종 성도에 가시니까 당신이 성도에 있을 때 뵌 적이 있지 않을까?"

"저 말고요. 전하요."

"나? 음…… 언제더라. 왕이 된 후에는 없고. 왕자였을 때 사절 신분으로 슬란에 방문한 적이 있지. 팔 년 정도 됐던가."

"오래되었군요."

마차가 출발하는 바람에 두 사람은 대화를 멈추었다. 마차가 성벽을 통과해 수도로 들어서자 요란한 함성이 들려왔다. 유진은 커튼을 살짝 열어 차창 밖을 내다보았다. 길을 통제하는 병사들과 잔뜩 몰려나온 사람들이 보였다.

'슬란의 왕……'

유진의 심장이 두근거렸다. 소설 속 인물과의 새로운 만남이 무척 오랜만이었다. 사왕처럼 슬란의 왕도 소설에 묘사한 인물과 다른 성격일지 모른다. 그래도 마치 모험 소설의 다음 챕터를 펼치는 기분이 들어 무척 기대되었다.

환영 행차단이 활짝 열린 성문을 지나 왕성으로 들어갔다. 오직 귀빈을 태운 마차와 마차를 호위하는 전사들만 내성으로 들어가는 문을 통과했다. 곧 마차가 멈추었고 바깥에서 문을 열었다. 카세르가 먼저 내린 후 유진의 손을 잡아 내리도록 도와주었다.

유진은 마차에서 내리자마자 보이는 꽤 많은 마중 인원을 보고 놀랐다. 자신이 지금 하시 왕국의 대표라고 생각하자 실수할까 봐 긴장됐다.

'저 사람이…….'

가장 앞에 서 있는 중년 남자는 어디서든 자신을 소개할 필요가 없을 것이다. 남다른 색의 머리카락과 눈동자가 신분을 증명했다. 옅은 잿빛 머리카락의 중년인이 부드럽게 미소 지으며 다가왔다.

"어서 오십시오. 사왕. 그리고 아니카. 환영합니다."

"환대에 감사합니다. 도왕."

유진은 의례적인 미소를 지은 채 도왕을 곁눈질하며 내심 감탄했다.

대략 사십 대 중후반 정도로 보이는 도왕은 눈에 확 들어오는 미중년이었다. 한 걸음 뒤에 도왕을 빼닮은 잿빛 머리카락의 잘생긴 청년이 서 있었다. 그리고 슬란의 왕자 옆에는…….

'……아니카 젬마.'

슬란의 왕자비이며 유진이 처음으로 만나는 아니카였다. 젬마의 새카만 머리카락을 보는 유진의 눈빛이 흔들렸다. 순간 잠깐 눈이 마주쳤으나 젬마가 자연스레 시선을 내렸다. 얼핏 스치며 본 그녀의 눈빛에 담긴 감정이 호의인지 유감인지는 아직 알 수 없었다.

슬란의 국왕 부자와 아니카 젬마까지 세 사람을 보면서 떠오르는 기억은 없었다. 과거에 진이 저들과 만난 적이 없거나 만났어도 깊은 인상을 남길 만한 사건은 없는 듯했다.

"오랜 여행에 지쳤겠습니다. 귀빈을 환영하는 성대한 자리를 마련해 두었으나 그건 이따 느긋이 즐기도록 하지요. 우선은 좀 쉬십시오.”

“사려 깊은 배려에 감사드립니다.”

유진과 카세르는 궁인의 안내를 받아 성으로 들어갔다. 그러나 쉴 시간은 없었다. 짐을 풀자마자 카세르는 정식으로 인사말을 하기 위해 도왕을 만나러 갔다.

응접실에 두 명의 왕이 마주 앉았다. 몹시 보기 드문 광경이었다. 왕이 타국의 왕성을 방문하는 일은 거의 없었다.

사왕을 제외한 다섯 왕국의 왕은 자주 성도를 방문하므로 종종 마주치곤 했다. 서로를 적대할 이유가 없으므로 때로는 왕들끼리 술자리를 갖거나 함께 식사하기도 했다. 그러나 성도의 주인은 상제이고 왕은 그저 손님이었다. 성도에서 나누는 친분은 왕대 왕이 아니라 사적인 의미에 가까웠다.

“오랜만입니다. 사왕.”

“예. 철모르는 나이에 뵈었지요. 당시에 과분한 대접을 받았습니다. 항상 감사하게 생각하고 있습니다.”

의례적인 인사가 아니라 카세르는 진심이었다. 외교 사절 신분으로서 슬란에 방문했을 때 융숭한 대접을 받았다. 오늘처럼 도왕이 직접 마중을 나왔고 성대한 연회를 열어 환영했다. 또한, 성년도 되지 않은 어린 왕자를 외교 사절의 대표로서 존중하여 대우해 주었다.

사절 임무를 마치고 귀국한 후 선왕을 뵈었을 때 카세르는 자신도 모르게 사적인 감상을 말했다.

「도왕께서는 덕이 높은 분이셨습니다.」

말하자마자 아차 싶었다. 객관적인 보고를 드리는 자리에서는 적절치 않은 발언이었다. 고작 왕자가 타국의 왕을 품평하는 태도 또한 경솔했다. 야단을 들을 줄 알았으나 선왕은 나무라지 않고 툭 던지듯 말했다.

「도왕은 됨됨이가 바른 사람이지.」

선왕은 사람에 관해 나쁜 말이건 좋은 말이건 평가하지 않는 편이었다. 그래서 카세르는 당시 선왕의 한마디가 깊은 인상에 남았다. 이번 초대에 응한 것도 상제에 대한 반발심이 약간 작용하기는 했으나 기본적으로는 도왕에게 좋은 인상이 남아 있기 때문이었다.

도왕이 허허롭게 웃으며 말했다.

"지나친 겸양입니다. 철모르는 나이에 일국 사절 대표의 역할을 그렇게 완벽히 소화할 수는 없지요. 왕자가 사왕을 반만 닮아도 아비로서 바랄 게 없겠습니다."

"과분한 말씀입니다."

"이번 초대도 거절당할까 봐 마음 졸였습니다. 전령을 보낼 때 이번에도 사왕을 모셔 오지 못하면 각오하라고 단단히 엄포를 놓았답니다. 하지만 그렇다고 지난번 빚이 사라지는 건 아닙니다."

도왕, 리차드가 3년 전, 아내를 얻어 귀국하는 사왕에게 왕성에 들르라고 초대했다가 정중한 거절을 받은 일을 끄집어내 말했다. 진심으로 유감이 있어서가 아니라 농담이라는 사실을 아는 카세르가 가볍게 웃으며 말을 받았다.

"얼마 전 내가 보낸 초대를 도왕께서 거절하였으니 주고받은 게 아닙니까?"

카세르는 활동기가 끝날 무렵에 슬란의 왕자비 부부를 공식으로 초청하고자 사절을 보냈는데 사정이 있어서 곤란하다는 거절의 답을 받았다.

"그게 그렇게 됩니까?"

리차드가 웃음을 터뜨렸다.

"부디 오해는 마십시오. 모처럼의 초대를 받을 수 없는 이유가 있었습니다. 내가 개인적으로 결정한 일이 아니에요."

"오해하지 않습니다. 도왕께서 사감으로 나랏일을 처리할 리는 없다고 생각합니다."

리차드의 눈이 살짝 커졌다가 흐뭇하게 웃었다. 오래전, 잔뜩 경직된 태도로 예, 아니오만 답하던 왕자가 생각나면서 새삼 세월의 무상함을 느꼈다.

그 후 얼마간 대화가 오갔다. 지난 활동기에 큰 피해는 없었는지 등, 그다지 중요한 내용은 아니었다. 잠시 대화가 끊겼을 때 카세르는 구석에 서 있는 시종들을 흘끔 보며 말했다.

"잠시 주변을 물려 줄 수 있겠습니까?"

리차드의 눈빛에 당혹스러움이 떠올랐다. 카세르는 자신이 무리한 요구를 한다는 사실을 알기에 아까 도왕과 만났을 때부터 고민했다.

하지만 그의 의문에 답해 줄 수 있는 사람이 있다면 오직 '왕'뿐이었다. 질문할 수 있는 대상이 이 세상에 다섯 명뿐인데 그중 가장 신뢰할 만한 사람이 지금 눈앞에 있는 도왕이었다.

"갑작스럽고 무례한 요청이라는 것은 알고 있습니다. 왕의 프라즈에 관해 의견을 구할 일이 있습니다."

카세르를 말없이 바라보던 리차드가 고개를 끄덕였다.

"그런 문제라면 듣는 귀를 둘 수는 없지요."

왕의 손짓에 시종들이 모두 물러갔다. 이제 응접실에 두 명의 왕만 남았다.

"알겠지만, 긴 이야기는 할 수 없습니다. 시왕."

왕끼리의 독대는 몹시 예민한 외교 문제로 변질할 수 있었다.

"예. 오래 걸리지 않습니다."

"말씀하세요. 무슨 일입니까?"

"왕위에 오르면 프라즈가 온전히 자리 잡고 안정화된다고 배웠습니다. 실제로 내가 직접 경험하기도 했습니다. 혹시 내가 틀리게 알고 있다면 말씀해 주십시오."

"아닙니다. 맞아요. 나 또한 겪은 일이지요."

"그런데 혹시 도왕께서는 그 후에 프라즈의 변화를 겪은 적이 있습니까?"

"프라즈의 변화······?"

리차드가 턱을 만지작거리며 '으음······.' 하고 중얼거렸다.

"구체적으로 어떤 변화요?"

"좀 더 내 몸에 활력을 더해 준다는 느낌입니다."

카세르는 자세한 설명은 생략하고 말을 아꼈다. 아직 자신에게 일어난 변화가 어느 정도인지 완벽히 파악하지 못했다.

"짐작되는 계기가 있습니까?"

"그······."

카세르는 말문이 막혔다. 막상 어떻게 설명해야 할지 떠오르지 않았다. 아내와 동침한 이후 달라졌다는 노골적인 표현을 쓸 수는 없었다.

"결혼······ 이후에 말입니다."

"결혼이요?"

리차드는 어리둥절한 표정으로 되물었다. 곤란한 표정으로 더는 설명하지 못하는 카세르를 보면서 리차드의 눈꼬리에 주름이 잡혔다. 껄껄 웃음을 터뜨리는 리차드 앞에서 카세르는 시선을 떨어뜨렸다.

"결혼 생활의 재미가 아주 좋은가 봅니다. 사왕. 내 옆구리에 매서운 찬바람을 몰아 주는군요."

카세르는 아차 싶었다. 도왕은 오래전에 사별했다. 카세르가 어릴 때의 일이라 자세한 사정은 모르지만, 당시에 무려 한 달이나 국장을 치를 정도로 도왕이 무척 애통해했다고 얼핏 들었다.

예전에는 흔한 가십으로 생각했으나 지금은 그때 도왕의 어떤 심정이었는지 감정을 이입할 수 있었다. 유진이 자신의 곁에서 영원히 사라진다는 가정만으로도 눈앞이 아득했다. 그는 본의 아니게 도왕의 오래된 상처를 건드린 자신의 경솔함을 자책했다.

당황하는 카세르를 보며 리차드가 손을 내저었다.

"농입니다. 그게 언제 일인데요. 그런데 사왕. 원래 신혼에는 젖 먹던 힘까지 끌어 올라오는 법입니다. 그때 활기가 넘치지 않으면 큰일 나지요. 그런데 국혼 후 삼 년이니 신혼이라고 하기에는 애매한가……."

결혼은 3년 전이지만, 진짜 결혼 생활을 시작한 지는 고작 석 달 남짓이니까 아직 신혼이 맞았다. 그러나 그런 사정을 구구절절 설명할 수 없어서 카세르는 잠자코 있었다.

"그런데 단지 기분 탓 정도로 넘어갈 문제가 아니니까 사왕께서 내게 의견을 구하는 것이겠지요. 유의미한 변화를 느꼈나 봅니다."

"그렇습니다."

리차드는 골똘히 생각에 잠겼다가 말했다.

"오래전 일이라서 천천히 생각을 해 봐야겠습니다."

"급하게 답을 얻으려는 건 아닙니다. 언제든 생각나는 일이 있으면 알려 주십시오."

"그러겠습니다."

카세르는 이 정도로 대화를 마무리하고 일어났다. 저녁 연회 전까지

만날 사람이 많았다. 파견된 외교 관리들이나 잠시 슬란 왕국에 머무르는 하시 왕국의 상인들 등 왕을 알현할 기회를 놓치지 않으려고 기다리는 자들이 상당할 것이다.

카세르를 배웅하고 돌아서는 리차드의 표정이 기묘했다. 그는 고개를 돌려 사왕이 나간 후 굳게 닫힌 문을 응시했다. 그는 눈을 가늘게 좁히며 중얼거렸다.

"변화…… 그게 역시 나만 겪은 우연이 아니었나?"

카세르가 도왕을 만나는 동안 유진 역시 인사말을 전하기 위해 왕자비와 만났다. 왕비 자리가 비어 있으니 현재 슬란의 왕실에서 가장 신분이 높은 여인은 왕자비였다.

두 사람은 소파에 마주 앉은 채 말이 없었다. 시녀가 차를 내려놓고 물러간 후 유진은 식은땀이 나는 기분으로 찻잔을 들었다.

예전에 자신이 슬란의 왕자비를 해코지했을지도 모른다고 카세르에게 말한 적이 있었다. 다행히 떠오르는 기억이 없는 것으로 봐서는 최악은 아닌 듯했다.

유진이 먼저 입을 열었다.

"지난해에 슬란으로 오셨다지요."

"예. 아니카 진께서는 삼 년이 되셨던가요."

유진은 일단 대답하는 젬마의 말투가 날카롭지 않아서 안도했다.

"어느새 그렇게 되었네요."

젬마가 피식 웃었다. 어딘가 자조적인 웃음이었다. 유진과 눈이 마주치자 젬마가 당황하며 말했다.

"오해는 마세요. 기분 나쁘게 해 드릴 의도는 아니었어요."

"오해하지 않아요. 내가 기분 나빠질 이유가 뭐가 있겠어요."

젬마가 묘한 표정으로 유진을 보다가 시선을 내렸다. 쥐고 있는 찻잔을 만지작거리며 말했다.

"그저…… 신기해서요. 이렇게 아니카 진과 마주 앉아 있다니요."

"그래요? 나는 이 자리가 처음이 아닌 것 같은데 내 기억이 잘못되었나요?"

유진은 젬마가 말하는 의도를 파악하려고 넘겨짚어 말했다. 아니카끼리만 모이는 만남의 자리가 있으니까 서로 초면일 리가 없었다.

"아니카 진의 곁에 아무나 앉을 수 있겠어요?"

유진이 미간을 살짝 찌푸렸다. 젬마가 자신을 비하하는 느낌이었다. 신분적 우월감이 대단한 진의 성격으로 추측해 보건대 젬마의 출신 신분이 변변치 않은 모양이었다.

'진이 해코지를 안 한 게 아니라 괴롭힐 가치를 느끼지 못한 거야. 아예 무시했나 보네.'

성도 시민들은 원칙적으로 모두 상제 아래에서 평등했다. 하지만 법적인 차별이 없어도 사회적 신분은 나뉘었다. 성도에는 이른바 '명문가'가 존재했다. 왕국의 귀족과 비슷하게 명문가 출신이 성도의 상위 계층을 차지하며 부와 권력을 독점했다.

진의 출신 가문은 신분제 사회에 대입하면 왕족급이었다.

"지난해에 이곳으로 올 때 아니카 진이 하시 왕국에 있다는 사실이 위안이 되었어요. 재밌네요. 아니카 진이 왕과 결혼할 줄 누가 알았겠어요. 그러니까 아니카 진이나, 나나 왕의 아이를 낳아야 한다는 처지는 마찬가지잖아요?"

젬마가 비꼬아 말하는 뉘앙스는 충분히 알아들었다. 유진은 이 상황에서 진이 어떻게 반응할지 생각해 봤다. 절대 그냥 웃으며 넘어가지 않을 것이다.

유진은 진의 옛 지인들 앞에서 진의 가면을 아주 천천히 벗을 생각이었다. 그래서 예측되는 진의 반응대로 행동했다. 들고 있던 찻잔을 요란한 소리가 나도록 내려놓았다. 흠칫하는 젬마에게 싸늘하게 말했다.

"예의로 대해 주었더니 더는 못 봐주겠군요. 이게 슬란에서 손님을 대하는 방식인가요?"

유진은 그 자리에서 일어났다.

"아니카 진!"

차갑게 돌아선 유진이 다급히 부르는 소리를 듣고 고개를 돌렸다. 젬마의 표정이 하얗게 질려 있었다. 금방이라도 울음을 터뜨릴 것 같았다.

유진은 내심 허를 찼다. 딱 봐도 소심하고 내성적인 성격 같은데 왜 상대할 깜냥도 안 되면서 도발을 할까. 원래의 진이 이 자리에 있었으면 젬마의 뺨을 치는 난동을 부렸을지도 모른다. 진이라면 그러고도 남았다.

"부디 용서하세요. 요즘 자꾸 기분이 오락가락해서 실수했어요."

젬마가 두 손으로 자신의 아랫배를 감싸며 말했다. 그 모습을 빤히 보다가 유진은 '아⋯⋯.' 하고 탄식했다. 슬란의 왕자 부부를 초청한 카세르의 초대장이 왜 거절의 답으로 되돌아왔는지 비로소 이유를 알았다.

"⋯⋯임신했어요?"

"네⋯⋯."

아직 젬마의 배는 눈에 띄게 나오지 않았다. 젬마의 저 배 안에 슬란 왕자의 아이가, 장차 왕의 될 아이가 자라고 있다고 생각하니까 유진은 기분이 몹시 이상했다.

유진은 다시 소파에 앉았다. 젬마의 무례한 시비에 약간 짜증이 났을 뿐, 진심으로 화난 것은 아니었다.

아까 봤던 젬마의 첫인상은 전체적으로 어두웠다. 그래서 유진은 젬마가 자신을 달가워하지 않거나 원래 표정이 어두운 사람이거나, 둘 중 하나일 거라고 생각했다. 그런데 아무래도 약간의 우울증을 앓는 듯했다. 임부의 불안정한 심리를 어느 정도는 이해했다.

'그럴 만도 해. 이제 겨우 스물한 살인데 아직 어리잖아. 가족과 멀리 떨어져서 이 먼 곳까지 와서 임신했으니 이런저런 생각이 많겠지.'

그녀는 젬마의 배를 한참 쳐다보다가 뒤늦게 자신이 실수를 깨닫고 얼른 시선을 돌렸다.

"축하해요."

"……아. 감사합니다."

젬마는 얼떨떨한 표정으로 대답했다. 자신의 임신 소식에 갑자기 유순하게 반응하는 유진의 태도가 의아했다. 젬마는 다시 찻잔을 드는 유진의 눈치를 살폈다.

"조심해야 하는 시기라서 초대를 거절했군요."

"네."

"난 또. 내가 불편해서 거절한 줄 알았어요."

"네? 아니에요."

"나중에 한번 꼭 오세요. 언제나 환영이에요."

유진이 미소 지으며 말했다. 주눅이 들어 있던 젬마의 표정이 점점 밝아졌다.

젬마는 유진이 유감을 털어 내고 진심으로 호의를 보여 준다고 느끼자 안도했다. 아까는 편안해 보이는 유진의 표정을 보자 울컥했다. 비슷한 고통을 겪는 처지라고 생각했건만 자신만 낯선 왕국 생활이 우울한가 싶어서 심술이 났다.

임신 탓으로 돌렸으나 거짓 핑계는 아니었다. 임신하면서 감정 변화의 폭이 커졌다. 평소라면 속내를 드러내는 실수는 하지 않았을 것이다.

"사실은 가고 싶었어요. 그런데 도왕 전하께서 허락하지 않으셔서요."

"아이를 가진 며느리 건강이 염려되어 그러신 거겠지요."

유진은 '그렇겠지요.'라고 대답하는 젬마의 말투가 심드렁하다고 느꼈다.

'시아버지와 사이가 안 좋은가?'

두 사람 사이에 문제가 있다면 도왕의 잘못은 아닐 것 같았다. 온화한 인상의 도왕이 겉과 속이 다른 사람이라고 해도 그런 일면을 아들과 결혼한 귀한 아니카에게 드러내지는 않을 것이다. 더구나 젬마는 왕의 혈통을 임신 중이었다.

남의 가족 일이니 끼어들 수는 없지만, 유진은 좀 더 젬마를 캐 보고 싶었다. 왕국으로 온 다른 아니카는 무슨 생각을 하고 어떤 생활을 하는지 궁금했다. 아니카에 관한 정보 수집에도 도움이 될 것이다.

'속을 터놓고 말할 분위기부터 만들어야겠지.'

유진은 근처에 대기해 있는 시녀들을 흘끔 본 후에 말했다.

"아니카 젬마. 그대는 나보다 늦게 성도를 떠났으니까 내가 왕국으로 온 이후의 성도 소식을 알지요?"

"네. 하지만 특별한 사건이라고 할 만한 일은 없었어요. 저도 왕국에 온 이후에는 성도 소식에 깜깜해서요."

"그래도 작년까지는 성도에 있었잖아요. 거창한 소식을 바라는 게 아니에요. 아니카의 모임에서 벌어진 일이나 대화 같은 거요. 그건 우리 같은 아니카가 아니면 절대 알 수 없는 소식이니까요."

공감대를 형성하려는 유진의 시도는 대성공이었다. 유진이 예상한 것보다 젬마는 더 반갑게 호응했다. 당장 시녀들을 모조리 내보낸 후 둘만의 자리를 만들었다.

처음에는 고심해서 할 말을 고르던 젬마는 유진이 적절한 추임새를 넣으며 유도하자 모조리 털어놓을 기세로 떠들었다.

유진은 애초에 나설 생각이 없었다. 대화를 나누는 척 슬그머니 뒤로 빠져서 오직 청자가 되기를 자처했다. 그래서 젬마가 일방적으로 떠드는 분위기에 오히려 만족했다.

"분명히 내 얘기도 했을 거예요. 아니카 캐시는 꼭 앞에서와 뒤에서 하는 말이 다르거든요. 그래서……."

어느덧 젬마가 떠드는 이야기는 타인의 뒷담화에 이르렀다. 얄미운 누군가를 떠올리며 울분을 드러내다가 문득 아차 싶었다. 젬마는 말끝을 흐리며 민망해하는 표정으로 말했다.

"오랜만에 성도 이야기를 하다 보니까 흥분했나 봐요. 너무 두서없이 떠들었네요."

유진은 미소 지으며 말했다.

"나도 오랜만에 이런 이야기를 나눌 수 있는 사람을 만나서 즐거워요."

유진은 진심이었다. 긴 수다를 좋아하는 편은 아니지만, 젬마의 수다는 정보의 보고였다. 젬마의 이야기에 여러 번 등장하는 몇몇 아니카의 이름과 성격은 확실히 기억에 남았고 아니카의 모임이 어떤 분위기인지 대강 파악한 것이 가장 큰 수확이었다.

'어려서 그런가. 순진해서 귀엽네.'

젬마는 이리저리 재며 머리를 굴리지 않았다. 노회한 귀부인이었다면 겉도는 대화만 나누었을 것이다.

유진은 젬마가 적극적으로 노력하고 있으리라고는 짐작하지 못했다. 젬마는 아니카 진과 친분을 다질 이번 기회를 놓치지 않으려고 나름대로 최선을 다하는 중이었다.

젬마는 진을 선망했다. 진의 외모, 신분, 어디서나 당당한 성격도 부러웠다. 그런데 평범하고 가난한 집에서 태어난 자신은 절대 진 아니카처럼 될 수 없었다.

그러나 진의 친구인 덕분에 상류 계층 사람들과 자연스럽게 어울리는 플로라처럼은 될 수 있을 것이다. 플로라의 강한 라미타보다는 그녀가 누리는 특권이 더 부러웠다.

"그런데 내가 성도를 떠난 후에 나에 관해서는 뭐라고 하던가요?"

유진은 당황한 표정으로 입을 다무는 젬마에게 다정하게 말했다.

"아니카 캐시 같은, 앞에서 하는 말과 뒤에서 하는 말이 다른 사람이 많아요. 내가 성도에서 지낼 때는 조심하던 사람도 내가 떠난 이후에는 참지 못했을 거예요. 그렇죠?"

젬마가 고개를 끄덕였다. 그 문제만큼은 거리낄 게 없었다. 소심한 젬마는 자신과 까마득한 격차에 있는 사람에 대한 뒷말은 아예 할 생각도 못 했다. 아니카 진이 사왕과 결혼하여 떠난 후 이러쿵저러쿵하는 말들을 옆에서 듣기만 했지 말을 보태지는 않았다.

"누가 그랬는지는 묻지 않을 테니까 무슨 말을 했는지만 알려 줘요. 내가 오랜만에 성도에 가잖아요. 사람들이 날 어떻게 생각하는지 알면 큰 도움이 될 거예요. 도와주면 잊지 않을게요."

'잊지 않는다'라는 한마디에 젬마는 언젠가 펼쳐질 화려한 성도 생활을 상상하며 기대감으로 가슴이 뛰었다. 그녀는 주저하면서 입을 열었다.

"이해할 수 없다는 말이 가장 많았어요. 아니카 진이 무슨 이유로 왕과 결혼하는지 모르겠다고…… 음…… 그리고……."

젬마가 유진의 눈치를 살폈다.

"괜찮아요. 전부 말해요."

"소문이 사실이 아니겠냐고…… 아니카 진의 라미타가 거의 없다는……."

말없이 듣는 유진의 표정이 평온해서 젬마의 표정에서도 부담이 사라졌다. 라크 나무 소문을 들었을 때만 해도 설마 했는데 '역시 헛소문인가?'라는 생각이 들었다. 정말 아니카 진의 라미타가 형편없다면 이렇게 태연하게 반응하지 않을 테니까.

"아시다시피 강한 라미타를 지닌 아니카는 왕과 결혼할 수 없으니까요. 그래서 성하께서 아니카 진을 포기했다고 말한 사람도 있었어요."

유진은 아까 젬마가 '왕의 아이를 낳아야 하는 처지'라고 했던 말을 떠올렸다. 그때 젬마의 말속에 담긴 자조적인 느낌을 방금 한 말과 연결할 수 있었다.

'왕과의 결혼을 꺼리는 건가? 왜?'

성도를 떠나서 멀리 가야 한다는 이유만으로는 이해할 수 없었다. 이 세상에 오직 여섯 명뿐인 왕의 아내가 되고 자식이 장차 왕위에 오른다는 것은 큰 명예가 아닌가?

'강한 라미타를 지니면 왕과 결혼을 못 해? 누가 정한 법이지? 상제가? 왕들도 아는 사실인가?'

"아니카 젬마의 생각은 어때요? 그대는 장차 왕이 될 사람과 결혼해서 성도를 떠났으니까요. 아이까지 가졌지요."

"……모르겠어요."

젬마는 잠시 말이 없다가 씁쓸하게 중얼거렸다.

"그런데 아니카 진은 성하의 부르심을 받아 성도로 가는 길이지요. 그러니까 성하께서 아니카 진을 포기하신 건 아닐 거예요. 저와는 다르게요."

"성하께서는 모든 아니카를 귀하게 생각하세요."

"하지만 저는 덜 아픈 손가락이에요. 저는 별 볼 일 없는 집안에서 태어났고 타고난 라미타도 약하고요. 그러니까 성하께서 절 택하셨겠지요."

"아니카 젬마. 성하께서 그대에게 슬란의 왕자와 결혼하라고 하셨어요?"

"성하의 뜻이 아니라면 제가 여기를 왜 왔겠어요."

젬마가 새삼스러운 질문이라는 표정으로 대답했다.

유진은 왕과 아니카의 결혼에 관해서 아니카와 상제만 공유하는 정보가 있는 것 같다는 생각이 들었다.

'이 부분은 확실히 알아 둬야 해.'

"나는 아니에요. 나는 사왕과 결혼하겠다고 내가 고집을 부렸어요."

젬마는 처음 듣는 비사에 눈이 휘둥그레졌다.

"괜찮으세요?"

"뭐가요?"

"저는 왕자와 결혼해서 그래도 덜하지만…… 거북하잖아요. 제 남편이 왕이 되기 전에 임신해서 얼마나 다행이라고 생각했는데요."

유진은 언젠가 카세르가 비슷한 말을 했던 기억이 났다. 그때는 별생각 없이 넘어갔다.

"거북하다는 게 어떤 느낌이에요?"

"말로 설명하기는 어려운데…… 소름이 오싹 돋는? 예민한 아니카는 근처에 다가가기만 해도 느낀다는데 전 그 정도까지는 아니에요."

젬마는 망설이다가 말했다.

"동침…… 할 때 가장 힘들어요. 서로의 기운이 충돌해서 어쩔 수 없다고 성하께서 말씀하셨지만요. 그런데 아니카 진은 정말 아무렇지도 않으세요?"

"난 괜찮아요. 아니카 젬마가 말하는 거북함이 뭔지 모르겠어요."

젬마는 내색은 하지 않고 '정말 아니카 진은 라미타가 거의 없는 건가?'라고 생각했다. 라미타가 거의 없어서 왕의 기운과 충돌하지 않을 수도 있을 것이다. 하지만 그러면 라크 나무 소문은 대체 뭔지, 알쏭달쏭했다. 그런데 가장 궁금한 건 따로 있었다.

"왜…… 왕과 결혼하겠다고 하셨어요?"

"잘생긴 남자가 좋아서요."

유진은 생긋 웃으며 대답했다. 그리고 황당함을 감추려고 애써 웃는 젬마에게 말했다.

"그런데 아니카 젬마. 내가 고집을 부려서 한 결혼이라서 성하께서 꽤 씸하셨나 봐요. 결혼 허락을 받을 때 아무런 말씀을 안 해 주셨거든요. 성하께서 그대에게는 무슨 조언을 해 주셨는지 내게 말해 줄 수 있어요?"

*　　*　　*

아직 해가 떠오르려면 한참 남은 시각, 깊은 새벽에 카세르는 잠에서 깼다. 그대로 눈을 감은 채 자신을 깨운 소음에 귀를 기울였다. 문 바깥에서 그를 부르는 시종의 목소리가 다시 들렸다.

이 시간에, 곤히 잠든 사람을 깨울 의도라고 믿기지 않는 작은 속삭임이었다. 하지만 예민한 감각을 지닌 왕을 깨우기에는 부족함이 없었다.

함부로 침실 문을 열지 않은 시종의 판단은 현명했다. 여정 내내 카세르는 유진의 안전을 위해 주변을 경계하느라 약간 긴장한 상태였다. 덩달아 프라즈도 경계 상태라 아마 시종이 침실 문을 열었다면 침입자를 감지한 프라즈가 본능적으로 공격했을 것이다.

카세르는 유진을 얽어매듯 끌어안고 있던 한쪽 팔에서 힘을 뺐다. 그는 그녀를 깨우지 않도록 조심하며 팔을 빼냈다. 베개로 옮겨 눕히는 동안 그녀는 숨소리도 흐트러지지 않을 정도로 아주 깊이 잠들어 있었다.

'아침에 떠나야 하는데 괜찮으려나.'

어제 환영 연회는 자정이 훌쩍 넘어서 끝났다. 유진은 와인도 몇 잔 마신 터라 피곤할 것이다.

원래는 적당히 인사치레로 얼굴만 내보이고 쉬려 했는데 그녀가 워낙 즐거워해서 그만 가자고 할 수가 없었다. 어제 연회장에서 안 그런 척 흥분을 감추지 못하던 유진의 표정을 떠올리니까 웃음이 나왔다.

그는 한 손으로 이마를 덮은 그녀의 머리카락을 쓸어 넘겼다. 볼록한 이마에 살짝 입을 맞춘 후 몸을 일으켜 침대에서 내려왔다.

문을 열자 계속 왕을 부르던 시종이 얼른 고개를 숙였다.

"무슨 일이냐."

"전하. 도왕께서 전령을 보내셨습니다. 긴히 전할 말씀이 있으니 해가 뜨기 전에 주변의 눈을 피해 만나자고 하십니다. 옛 기억이 떠올랐다고 하면 아실 거라고 하셨습니다."

카세르의 눈빛이 흔들렸다.

"……그래. 지금 가겠다."

카세르는 서둘러 옷을 차려입은 후 기다리고 있는 도왕의 전령을 따라 어두운 복도로 나갔다.

슬란 왕성을 방문한 귀빈들은 하룻밤만 머물고 이튿날 아침 일찍 떠났다. 손님을 배웅하러 나온 젬마는 떠나가는 마차를 바라보았다.

임신 후 아침잠이 부쩍 늘어서 평소라면 한창 단잠에 빠져 있을 시각이었다. 더구나 어젯밤 연회에 참석하느라 늦게 잠들었다. 그런데 피곤해도 기분은 가뿐했다.

마치 한바탕 꿈을 꾼 것 같았다. 악몽이 아니라 유쾌한 꿈이었다. 즐거웠던 어젯밤 연회를 떠올리면 아직도 흥분이 가라앉지 않았다. 왕자비가 된 후 크고 작은 연회에 여러 번 참석했으나 어제처럼 즐거웠던 적이 없었다.

젬마는 아니카로 태어났음에도 자신이 특별하다고 느낄 기회가 거의 없었다. 아니카들끼리 만나는 모임에 나가면 가장 뒤떨어졌다. 자신은 아름답지도, 집안이 좋지도, 라미타 등급이 높지도 않았다. 심지어 왕의 혈통을 낳을 아니카로 선택되어 성도를 떠나면서 비참한 마음이 더 커졌다.

그동안 그녀는 자신이 항상 주변 인물이라고 생각했다. 그런데 어제 처음으로 자신이 주인공이 되었다고 느꼈다.

'아니카 진⋯⋯.'

젬마는 혼란스러웠다. 원래 저런 사람이었나. 아니카들의 모임에서 봤을 때와 어딘가 달랐다.

진은 젬마가 생각하는, 자신과 가장 반대쪽에 있는 사람이었다. 존재만으로도 찬란하게 빛나서 딴 세상 사람 같았다.

어제 연회는 손님을 환영하기 위한 자리였고 당연히 진이 주인공으로서 연회장을 휩쓸고 다닐 줄 알았다. 그런데 진은 뒤로 물러나려는 젬마의 곁을 떠나지 않았다.

진이 젬마를 통해서만 소개를 받으니 두 사람 주변에 사람들이 몰려들었다. 진은 왕국 귀족들과 인사를 나눌 때 조금 대화가 길어진다 싶으면 젬마를 대화에 끌어들여 소외되지 않도록 챙겼다. 어제 두 명의 아니카는 꽤 각별한 사이처럼 보였으리라.

어제 자신을 바라보는 귀족들 눈빛이 전과 달라진 것 같았다. 기분이 우쭐해졌고 나중에는 주변 시선을 의식하지 않고 크게 웃기도 했다.

'어쩌면 전부 내 자격지심일 수도 있지.'

슬란의 귀족 그 누구도 자신을 무시하지 않았을지도 모른다. 사교 관습이나 궁중 예절에 익숙하지 않은 자신을 귀족들이 비웃고 헐뜯을 거라고 생각해서 홀로 괴로워했으나 실제로 겪은 적은 생각해 보니 따로 없었다.

젬마는 한 번도 주인공이 되어 보지 못해서 주인공이 되는 방법을 몰랐다. 그런데 어제의 경험으로 깨달았다. 그저 자신감만 가지면 될 뿐이었다. 마음가짐의 문제였다.

"부인. 그만 들어갑시다."

젬마는 고개를 돌려 자신의 남편을 바라보았다.

"잠이 부족하지요? 무리하다가 탈이 날까 봐 염려되는군요. 어서 들어가서 쉬어요."

슬란의 왕족임을 상징하는 그의 잿빛 머리카락과 눈동자를 보고 있으니 어제 아니카 진이 했던 말이 귓가에 울렸다.

「이 세상에 오직 여섯 명뿐인 특별한 존재 중 한 명이 내 남편인 거에요. 정말 특별하지 않아요?」

그 말을 하는 진의 표정은 진심 같았다.

「내가 낳은 아이는 장차 왕이 되겠지요. 그 아이의 아이도 왕이 될 테고요. 내 핏줄이 대대로 왕가에 이어져요. 역사에 남는 거라고요.」

신기했다. 그런 생각은 해 본 적이 없었다.

같은 말을 자신과 비슷한 처지의 다른 아니카가 했다면 자기 위안으로만 들렸을 것이다. 그런데 아니카 진이 말하니까 그럴듯했다. 그녀는 마음만 먹으면 어떤 남자라도 가질 수 있을 텐데도 왕을 택했다. 사왕은 그녀가 택한 남자였다.

「눈을 씻고 찾아봐요. 이 세상 어디에도 왕보다 객관적인 조건이 괜찮은 남자는 없어요. 성도에는 도무지 내 눈에 차는 남자가 없던걸요.」

'그건 그래.'
젬마는 중얼거렸다. 왕국의 귀족들과 비교만 해도 알 수 있었다.

어제 연회장에서 귀족 남자들과 함께 서 있는 자신의 남편은 단번에 눈에 띄었다. 거북하다는 느낌에만 집중하느라, 혹은 외적인 조건으로 사람을 판단하면 고상하지 못하다고 생각해서 의미 두지 않았던 부분이 새삼 눈에 들어왔다.

"왜 그래요?"
젬마가 빤히 바라보자 왕자는 멋쩍은 표정으로 제 얼굴을 만졌다.

남편의 순한 표정을 보니 젬마는 묘한 죄책감이 들었다. 비록 애정에 기반한 결혼을 아니었으나 남편은 자신에게 늘 잘해 주려고 했다. 시큰둥하게 쌀쌀맞은 태도만 고집한 자신이 일방적으로 그에게 벽을 쳤다.

아이만 낳으면 이제 해방이라고, 어서 성도로 돌아갈 날만 손꼽던 마음이 좀 바뀌었다. 원래 가진 것이 없었던 터라 마음먹기에 따라서 포기하기도 쉬웠다.

장차 왕이 될 아이를 키우면서 여기 적응해 사는 것도 괜찮을 것 같았다. 성도로 돌아가 봤자 자신은 아니카 중 한 명에 불과하지만, 왕국의 왕비는 오직 한 명뿐이니까.

"바쁘세요?"

"예? 아, 아니요. 괜찮습니다."

"가볍게 읽기 좋은 책 몇 권을 골라 주시겠어요? 태교에 도움 될 괜찮은 내용이면 더 좋아요."

젬마는 남편의 대답도 듣지 않고 돌아서서 걸어갔다. 괜히 부끄러워 얼굴이 화끈거렸다.

아내의 뒷모습을 멀뚱히 보던 왕자가 슬그머니 웃으며 얼른 뒤를 따라갔다.

유진은 어제 젬마한테 들은 이야기를 처음부터 끝까지 되새겼다. 어제는 차분하게 생각할 시간이 없었다. 다행히 성도까지 가려면 아직 며칠의 마차 여행이 남았으니 정리할 시간은 충분했다.

슬란의 왕성에 들르기를 정말 잘했다. 아니카 젬마를 만난 덕분에 예상도 못 한 고급 정보를 얻었다.

'왕비는 일 년 중 반 이상을 성도에서 지낸다고?'

젬마는 아이를 낳으면 당연히 성도로 가야 한다는 듯 말했다.

「처음에는 왔다 갔다 해야겠지요. 그런데 언젠가는, 이 아이가 왕이 될 때쯤? 그때쯤에는 성도에서만 지낼 거예요.」

물론 왕 역시 성도에 자주 오갔다. 건기에는 내내 성도에서 지내는 왕도 있었다. 왕국을 떠나지 않는 사왕이 특이한 경우였다.

어쨌든 어떤 왕이라고 해도 활동기가 되면 반드시 왕국으로 돌아간다. 하지만 젬마의 말에 따르면 왕비는 아예 왕국을 떠나 있다시피 했다.

'마리안이 그런 말은 해 주지 않았는데.'

굳이 그런 사정을 설명하고 싶지 않았을 것이다. 묻지 않으니 모른 척

한 마리안의 심경을 이해했다.

유진은 성도에서 지낸다는 카세르의 어머니를 떠올렸다.

'하시 왕국은 왕비 자리가 오래 비었다고 했으니까 그분은 아들이 왕이 되기도 전에 발길을 끊은 거겠지. 뭔가 뒷사정이 있겠지만, 어느 왕국이든 언젠가는 왕비가 왕국을 떠난다는 거네.'

궁금증을 모두 해소할 만큼 젬마에게 캐묻지 못해서 아쉬웠다. 젬마가 누구에게 어떤 말을 전하고 그 말이 상제의 귀에 들어갈지도 모르니까 수상한 느낌을 주지 않으려고 조심했다.

유진이 가장 이해할 수 없는 점은 두 가지였다.

첫 번째 의문은 기운의 충돌.

'거부감이라고?'

젬마의 말대로라면 모든 아니카는 왕에게 거부감을 느꼈다. 그래서 라미타가 강한 아니카는 왕과 결혼하지 못했다. 능력이 강할수록 반발력이 심하기 때문이었다.

그러나 유진은 젬마가 말하는 거부감이 뭔지 전혀 알 수 없었다.

'그 사람은 강력한 프라즈를 지녔어. 나도 라미타가 강한데 왜 우리는 충돌하지 않지? 내가 원래 이 몸의 주인이 아니라서 그런가?'

그리고 왕의 프라즈와 아니카의 라미타가 충돌한다는 논리는 예전에 아드리트가 해 준 이야기와 완전히 배치되었다.

'아니카만 왕의 아이를 낳을 수 있어. 그런데 서로의 기운이 충돌한다고? 아이를 낳으려면 동침해야 하는데? 앞뒤가 안 맞잖아.'

그런데 젬마가 실제로 느낀다고 하니까 헷갈렸다. '소름이 끼친다'라는 묘사가 구체적이라서 착각 같지 않았다.

두 번째 의문은 왕과의 결혼을 희생이라고 생각하는 젬마의 인식.

젬마는 자신이 '엄마'가 된다는 데에 의미를 두지 않고 '왕의 혈통'을 낳아 준다고 생각했다. 그리고 일방적인 자기희생이라고 여겼다.

「이 아이를 낳으면 저는 망가질 거예요.」

젬마는 자신의 배를 손으로 감싸며 말했다.

「……망가져요? 그야 출산이 힘든 일이기는 하지만.」
「말 그대로 망가져요. 라미타와 충돌하는 프라즈를 열 달 내내 배 속에
품는 거예요. 망가질 수밖에요. 아이를 낳은 후에는 이런저런 후유증으로
고생한다고 들었어요.」

유진은 '원래 여자는 아이를 낳은 후 온갖 후유증에 시달린다.'라고 생
각했으나 젬마가 말하는 후유증의 정도를 알 수 없어서 아무 말도 하지
못했다.

「성하께서 아이만 낳으면 성도로 돌아와도 된다고 하셨어요. 고통스러
우면서 거룩한 임무를 다했으니 충분한 보상이 주어질 거라고도 하셨지
요.」

상제의 말은 이상하고 또 교묘했다.
'돌아와도 된다는 말이 반드시 돌아오라는 표현으로 들리는 내가 예
민한 걸까?'
출산을 일컬어 고통스럽고 거룩한 임무라는 표현이 참 애매했다. 아
예 틀린 말이라고는 할 수 없으나 개운하지 않았다. 결혼과 출산에서 아
니카 개인의 행복을 배제해 버렸다. 단지 해방되고 싶은 고된 임무로 각

인시켰다.

'그러고 보니 아니카는 왕과 결혼하지 않고서는 성도 밖으로 나갈 수도 없지.'

결혼시켜 내보낸 아니카도 끝내 돌아오게 만든다. 상제는 아니카가 자신의 영향력 바깥으로 나가는 것을 허용하지 않는 것 같았다.

'상제…… 알면 알수록 교활하다는 느낌이야. 아니카가 상제의 배려를 받는 게 아니라 오히려 상제가 아니카에게 집착하는 것 같아.'

절대 방심해서는 안 되겠다. 유진은 단단히 마음먹었다.

'젬마는 몸이 괜찮을까? 어제 내가 연회장에서 계속 끌고 다녀서 힘들었을 거야. 임신 초기에는 조심해야 한다던데.'

유진은 어제 처음 참석한 사교 파티가 긴장되어 젬마를 방패 삼아 계속 곁에 붙어 있었다. 환하게 웃는 표정의 젬마가 억지로 즐거워하는 것 같지는 않았지만, 속마음은 어땠는지 모를 일이다.

'사람 자체는 나빠 보이지 않았어. 성격도 무난한 것 같고.'

다시 하시 왕국으로 돌아가는 길에 슬란의 왕성에 들러서 성도 소식을 전해 주고 갈까. 그때쯤이면 젬마의 배가 눈에 띌 정도로 불렀을지도 모른다.

'아이……'

유진은 얼마 전에 월경이 끝났다. 이번 월경이 시작될 때 느꼈던 감정은 예전과 달랐다.

전에는 '이번 달에도 무사히 지나갔구나!'라고 생각하며 안도했다. 그런데 이번에는 미묘한 서운함을 느껴서 스스로 당황했다.

머뭇거리던 그녀의 손이 조심스럽게 자신의 배를 만졌다. 이 안에서 자신과 그의 아이가 자란다고 상상해 보니까 심장이 두근거렸다.

엄마가 될 준비가 완벽하다고는 자신할 수 없었다. 하지만 지금 마음

같아서는 아이가 찾아오면 기쁘게 받아들일 수 있었다. 그를 꼭 닮은 푸른 머리에 푸른 눈동자의 어린 사내아이 모습을 그려 보다가 유진은 행복한 기분에 미소를 지었다.

그녀는 달라진 자신의 마음가짐을 깨달았다. 살아남기 위해서가 아니다. 이 땅에서 아이를 낳고 기르며 이 세상의 진정한 일원으로 살고 싶었다.

＊　　＊　　＊

성도 중심부에서 멀어져 바깥쪽으로 나가면 무척 오래전에 조성된 거리로 이어졌다. 좋게 말해서 역사와 전통을 간직한 거리이고 솔직히 말하자면 관심에서 벗어나 정체된 곳이었다.

이곳에 사는 사람들 대부분은 배우지 못하고 가난한 자들이었다. 그리고 이곳에서 태어난 사람은 이 근방을 벗어나지 못하고 대부분 여기서 살다가 죽었다.

이 거리에 갑자기 외부인이 찾아와 기웃거렸다. 거주민들은 낯선 방문객을 잔뜩 경계했다.

"예전에 이 근처에 사셨던 이모님을 찾으러 왔습니다. 도와주십시오."

남자가 넉살 좋게 넙죽 인사를 하며 소소한 선물을 돌리자 사람들은 금세 경계를 풀었다. 정보 삯을 준다고 하니까 오히려 너도나도 아는 것들을 쏟아 내기에 바빴다.

남자는 이 동네에서 평생을 살았다는 노인을 붙들고 이것저것 묻다가 호들갑스럽게 노인을 칭찬했다.

"어르신. 정말 대단하십니다. 기억력이 좋으시군요."

"내가 어릴 때는 신동 소리 들었던 사람이야."

"그럼 오래된 일도 다 기억하시겠네요?"

"그럼. 뭐든 물어봐. 내가 모르는 일이 없어."

"그럼 한 이십 년 전쯤에 아니카가 관련되어 성도가 뒤집힐 만큼의 큰 사건이 벌어진 적이 있습니까?"

7. 진과 유진

　노인은 '아니카'라는 단어에 움찔하며 입을 다물었다. 성도 시민이라면 절대 건드려서는 안 될 금기가 상제였다. 신의 뜻을 받드는 상제를 상대로 비판도, 비난도 할 수 없었다. 그리고 아니카 역시 신의 뜻과 닿은 존재였다.

　"그건 왜 묻나?"

　"어르신. 제 이모님이 그 시기에 이 근방에 사셨다고 말씀드리지 않았습니까. 그런데 제가 그때 성도에 아니카와 관련한 소란스러운 일이 있었다는 말을 얼핏 들었지요. 이모님을 찾는 단서가 될까 싶어서요."

　남자는 교묘한 말솜씨로 노인을 설득하여 노인의 경계심을 허물었다. 적당한 재물까지 찔러 넣어주자 노인은 못 이긴 척 입을 열었다.

　"어디 보자. 이십 년? 으음…… 그때쯤이면 아무래도 그 일이지. 아니카 두 명이 태어난 것."

"어르신. 그보다는 몇 년 뒤입니다."

"몇 년 뒤……."

노인은 골똘히 생각하다가 '그거 말하는 건가?'라고 중얼거렸다.

"무슨 일이 있었습니까? 아주 난리가 났었다고 하던데요."

"음. 성도가 발칵 뒤집혔지. 웬 미친놈인지, 놈들인지, 그 두 명의 아니카를 유괴했거든."

"예? 둘 다를요?"

"둘 다였는지, 하나였는지, 그것도 잘 모르겠구먼. 아무튼, 그때 기사들이 성도를 전부 쥐 잡듯 뒤지고 보통 난리가 아니었어. 이 동네도 탈탈 털렸어."

"그래서 아니카는 무사히 돌아왔습니까?"

"돌아왔으니까 지금 살아 있겠지. 그 두 명의 아니카 중 누가 죽었다는 말을 이후에 못 들었으니까."

노인이 아는 것은 많지 않았다. 그런데 단서를 얻었으니 남자는 어떤 식으로 그때 그 일을 조사할 것인지 대충 감을 잡았다.

남자는 호드리고한테 임무를 받은 심부름꾼이었다. 그는 수상해 보이지 않도록 조심스럽게 은밀히 이곳저곳을 뒤지고 다니기 시작했다.

성도 시민들은 상제 아래에서 모두가 법적으로 평등하므로 귀족, 평민 같은 계급을 상징하는 칭호는 없었다.

그러나 현실적으로 엄연히 계급이 존재했다. 부유하거나, 사회적 영향력이 강한 직업군에 종사하는 자들은 그들끼리 어울리는 사교 문화를 만들었다+. 그리고 이 특권 계층 중 일부만이 명문가 출신이었다.

성도의 명문가란 유구한 역사를 지녔으며 가문의 이름 자체만으로 그들의 우월적 지위를 나타내는 특별한 가문을 일컬었다.

이를테면 디티오 가문 출신 중에 역사적으로 뛰어난 업적을 남긴 학자들이 많았다. 그 자손들도 뛰어난 두뇌를 물려받아 학계에서 두각을 드러냈다. 그래서 성도 사람들은 '디티오'를 '머리가 좋은'이라는 형용사로 사용하곤 했다.

그리고 모든 명문가는 공통점이 있었다. 가문의 직계 자손 중 높은 확률로 아니카가 태어났다.

그러한 이유로 성도 시민 중에서는 오직 명문가만 진정한 상류층이라고 생각하는 자들이 많았다.

아르스 가문은 성도 최고의 명문가였다. 아르스 가문 출신은 예술적 재능이 뛰어났다. 한 시대를 풍미한 위대한 예술가나 문학가를 다수 배출했다.

아르스 가문이 쌓은 탁월한 예술적 업적은 성도 시민들의 자랑거리였다. 가문이 쌓은 부를 다시 세상에 환원하는 전통이 있어서 성도 사람들의 사랑과 존경을 동시에 받았다.

게다가 23년 전, 아르스 가문에서 아니카가 태어난 후 아르스의 이름은 더 명성을 떨쳤다.

무려 10년 동안 아니카가 태어나지 않아 사람들의 우려와 관심이 해를 거듭할수록 고조되던 시기였다. 유례없이 두 명의 아니카가 같은 해 같은 날 태어났다.

극적으로 대비되는 두 사람의 조건도 화제였다. 한 명은 평범한 집에서 태어났고 한 명은 최고 명문가 가주의 딸로 태어났다.

그때만 해도 사람들은 플로라를 동정했다. 혼자 태어났으면 모두의 관심을 한 몸에 받았을 텐데 같은 날 태어난 아니카 진이 모든 최상의 조건을 갖추었으니 자라면서 사사건건 비교 대상이 될 거라고 사람들은 떠들었다.

두 명의 아니카가 성장하는 동안 언제나 사람들은 두 명의 아니카를 비교했다. 특히 두 사람의 라미타에 관심이 많았다. 그리고 그들이 성년이 될 무렵 모두의 예상과 다른 결과가 나왔다.

역대 최고의 라미타를 지녔던 아니카 록시의 능력을 뛰어넘을지도 모르는 아니카 플로라. 사람들은 모두 그녀에게만 열광했다.

왕과 결혼하여 성도를 떠난 아니카 진을 궁금해하는 사람은 근래 거의 없었다. 사람들은 두 아니카의 라미타 등급 우위는 완전히 결정되었다고 생각했다.

그런데 요 며칠 아니카 진에 관한 기묘한 소문이 불쑥 올라와 퍼져 나갔다.

아르스 가문의 후계자, 에녹은 가라앉은 기분으로 귀가했다. 이상한 소문을 들었는데 그 소문의 당사자가 자신의 누이동생이었다. 꽤 파다하게 퍼진 소문을 뒤늦게 들었을 뿐만 아니라 소문의 진위도 알지 못한다는 사실이 언짢았다.

'라크 나무?'

정말 진이 한 일일까. 진의 라미타가 그 정도였나?

그는 진이 라미타를 타고나지 못했다는 소문을 여러 번 들었다. 진실은 모른다. 한 번도 누이동생에게 물어본 적은 없었다.

그런데 내심 뭔가 잘못된 것 같다고는 생각했다. 보통 열 살 정도면 아니카는 자각몽을 꾼다는데 진은 열네 살이 되어서야 첫 자각몽을 꾸고 상제를 뵈러 갔다.

하지만 상관없었다. 진의 라미타 등급이 무엇이든 진은 자신의 동생이니까. 문제는 말 많은 사람들이었다. 그는 남의 일이라고 함부로 말하는 자들을 경멸했다.

한 해에 두 명의 아니카가 태어난 것은 하늘의 실수라며 아니카 플로라만 진짜라고 지껄이는 자의 턱을 주먹으로 날려 버린 적도 있었다.

에녹은 옷을 갈아입던 중에 곁에서 시중을 드는 하인의 보고를 듣고 미간을 찌푸렸다.

"기사가 다녀갔다고?"

"예, 도련님."

그는 아까 들은 소문이 떠올랐다. 왠지 그 소문과 오늘 기사의 방문이 관련 있을 것 같았다. 진이 왕국으로 떠난 이후 기사의 방문이 뜸해졌으니 기사의 갑작스러운 방문은 아무래도 심상치 않았다.

에녹은 곧바로 부친의 서재로 가서 문을 두드렸다.

"아버지."

"들어와라."

에녹은 책상에 앉아 있는 아버지 얼굴을 보자마자 물었다.

"아버지. 기사가 다녀갔다고 들었습니다."

아르스 가주의 남편이자 삼 남매의 아버지이며 이탄 상회의 주인, 패트릭이 아들이 찾아온 용건을 이미 짐작했다는 표정으로 말했다.

"진이 온다는구나."

"……갑자기 왜요?"

"성하께서 부르셨다고 한다."

"언제 온답니까?"

"며칠 안으로 도착할 것 같다."

에녹은 기가 막힌다는 표정으로 빈정거렸다.

"참 빨리도 알려 주는군요."

그는 어딘가 착잡해 보이는 부친의 표정을 살피며 물었다.

"혹시…… 진한테 연락받으셨습니까?"

패트릭이 고개를 저었다.

에녹은 실망을 감추며 화제를 돌렸다.

"오늘 이상한 소문을 들었습니다. 그 소문 때문에 성하께서 진을 부르신 것 같습니다."

"내 생각도 그렇다."

"소문을 알고 계셨군요. 언제 아셨어요?"

"며칠 됐다."

"왜 말씀하지 않으셨어요?"

"말해서 뭘 하니. 그 소문이 진짜인지 아닌지도 모르는데."

부자는 무거운 표정으로 침묵했다.

3년 전, 진의 갑작스러운 결혼은 가족들에게 상처를 남겼다. 진은 중요한 일을 결정하면서 오직 상제와 상의하고 가족에게는 일방적으로 통보했다. 에녹은 딸의 말이라면 그저 허허 웃던 아버지가 그렇게 화를 내는 모습은 처음 봤다.

에녹은 지금도 여전히 진이 왜 그랬는지 이해할 수 없었다. 집안의 분위기는 자유로웠다. 모든 문제를 허심탄회한 대화로 풀어내는 가풍이 있었다. 진이 사랑하는 사람과 결혼하겠다고 허락을 구했으면 기꺼이 축복했을 것이다.

그런데 진은 겨우 몇 번 만난 사왕과 결혼하겠다면서 이유도 설명하지 않고 가족과의 앙금도 풀지 않은 채 성도를 떠났다. 남겨진 가족들의 충격이 컸다. 아버지가 화해를 청하려고 왕국으로 보낸 편지가 그대로 반송되어 왔을 때 에녹은 배신감마저 느꼈다. 그 후 진은 상제를 통해서만 가끔 소식을 전했다.

「그 아이는 내 딸이기 전에…… 아니카 진이로구나.」

에녹은 쓴웃음을 지으며 말하던 아버지의 표정을 떠올리면 마음이 아팠다.

패트릭이 씁쓸하게 중얼거렸다.

"내 잘못이다. 그 아이에게 부족했던 아버지였던 게지."

"아버지는 최선을 다하셨습니다. 오히려 지나치게 관대하셨지요."

"그게 문제가 아니었을까? 따끔한 야단을 치면서 사랑도 주는 관계가 정상이지. 내가 너와 아서를 대하듯 말이다. 네 어머니 몫까지 내가 줘야 한다고 생각해서 그저 오냐오냐하기만 했어."

"어머니는……."

에녹이 한숨을 푹 내쉬며 울컥하는 표정으로 말했다.

"대체 어머니는 왜 그렇게 진을 미워하시는 거예요?"

"……네 어머니는 그때 그 사건으로 다쳤어. 마음이 아픈 사람이야."

"아버지. 전 어머니가 환자라고 느낀 적이 없어요. 유괴당한 피해자는 진이에요. 어린애가 그런 일을 겪었으니 얼마나 가여운 일입니까. 아이를 잃을 뻔해서 충격받은 모성이 엉뚱하게 왜 아이를 공격해요? 전 어머니가 그렇게 심약한 사람이란 게 믿기지 않아요. 폭력과 폭언만이 학대가 아닙니다. 어머니의 무관심도 엄연한 학대예요."

"그건……."

패트릭이 무심코 말하려다가 입을 다물었다. 에녹이 유심히 아버지 표정을 살피며 말했다.

"뭐가 있군요?"

"……."

"아버지. 말씀해 주세요."

패트릭이 몹시 심란한 표정으로 입을 열었다.

"내가 지금부터 말하는 건 너만 아는 사실로 하자."

에녹이 굳은 표정으로 대답했다.

"예. 그러겠습니다."

"다나…… 네 어머니는 진이 우리 딸이 아니라고 생각해. 아이가 바뀌었다고 하더구나."

"예?"

아버지가 무슨 엄청난 비밀을 털어놓을까, 잔뜩 긴장했던 에녹은 황당하다는 듯 되물었다.

"진이 태어났을 무렵의 일은 너도 기억할 거다. 그 사건 전까지는 네어머니가 진을 얼마나 예뻐했는지 몰라."

에녹은 고개를 끄덕였다. 에녹이 7살 때 여동생이 태어나서 어렴풋이 기억했다. 여동생을 처음 만난 날에 진을 안고 있던 어머니는 푸석한 얼굴로 행복하게 웃고 있었다.

"유괴되었다가 돌아온 진을 외면하는 네 어머니를 도저히 이해할 수 없었어. 내가 참다못해서 다그치니까 네 어머니가 그렇게 말하더구나."

"아버지……. 도무지 말이 안 된다는 건 아시죠?"

에녹이 헛웃음을 터뜨렸다.

"정말 백번 양보해서 그 사건 때 아이기 뒤바뀔 수도 있다고 해요. 하지만 진은 아니카예요. 진과 똑같이 생긴 아니카가 한 명 더 있을 가능성이요? 아예 없어요. 설마 플로라와 바뀌었다는 말씀이세요?"

패트릭은 복잡한 표정으로 대답이 없었다. 에녹은 아버지를 바라보다가 돌아섰다.

"진이 온다는 소식은 어머니께 제가 말씀드리겠습니다."

"에녹."

"염려 마세요. 방금 들은 이야기는 못 들은 것으로 하겠습니다."

에녹이 나간 후 홀로 남은 패트릭은 무거운 한숨을 내쉬었다. 황당한 농담 취급하는 아들처럼 자신도 웃어넘길 수 있었으면 차라리 마음이 편했을 것이다.

「여보, 저 애는 내 딸이 아니에요. 아이가 바뀌었어요.」
「다나, 대체 무슨 소리를 하는 거요?」
「내 딸이 아니에요. 나는 알 수 있어요. 아아, 진, 가여운 우리 딸은 어디로 간 걸까요.」

패트릭은 아내가 어떤 미친 소리를 해도 무시할 수 없었다.
다나의 어머니는 무엔 가문 사람이었다. 무엔 가문 사람은 통찰력이라고 해야 할까, 예지력이라고 해야 할까. 말로는 설명하기 어려운 신비한 능력이 있었다. 무엔 가문 사람들은 스스로 드러내지 않으려 해서 그 능력에 관해 아는 사람은 거의 없었다.
패트릭은 생전의 장모님이 불쑥 던지는 한마디에 깜짝깜짝 놀라곤 했다. 그가 상회를 운영하는 동안 장모님의 조언은 큰 도움이 되었다.
아내 역시 무엔 가문의 핏줄을 이어받아서 사람 보는 눈이 남달랐다. 다나가 '그 사람, 사기꾼 같은데요.'라는 한마디에 혹시 해서 뒷조사를 했다가 큰 화를 면한 적도 있었다.
패트릭은 아내를 온전히 믿지도, 그렇다고 진을 진심으로 사랑해 주지도 못한 자신의 어중간한 처신이 가장 한심했다. 두 모녀 사이에서 자신이 어떻게 해야 하는지 아직도 답을 알아내지 못했다.

＊　　＊　　＊

플로라는 식당으로 들어가려다가 안에서 들려오는 말다툼 소리에 걸음을 멈추었다.

"플로라 눈에 띄지 말고 방에 처박혀 있으라는 거잖아요."

거칠게 빈정대는 목소리는 둘째 오라비의 것이었다.

"네 몸에서 술 냄새가 진동해서 숨을 못 쉴 지경이니까 그렇지! 곧 플로라가 내려올 테니 자리를 피해 주라는 데 뭔 말이 많아."

어머니의 목소리가 받아쳤다.

"그 말이 그 말이죠. 플로라만 어머니 자식이에요? 난 주워 온 객식구냐고!"

"이 녀석이! 목소리 낮추지 못해?"

"말 나온 김에 합시다. 대체 어머니한테 우린 뭐예요? 플로라만 끼고 돌면 그 애가 감동할 것 같아요? 착각하지 마요, 어머니. 플로라는 아니카라고요. 어머니 배를 빌려 태어난 상제의 딸이에요. 걔가 우리를 진짜 가족으로 생각하는 줄 알아요?"

"네가 그런 말 할 주제는 돼? 플로라 덕으로 이만큼 먹고살면 동생에게 감사하다고 절을 해도 모자랄 판에."

"허. 이제야 우리 어머니 본심이 나오시네. 못난 자식은 자식도 아니라 이거네."

"이놈아. 나도 말 나온 김에 하자. 어제 또 가게 문 안 열었다며? 그저 빈둥거리고 놀 궁리만 하고! 허구한 날 밤새 술 퍼먹고 새벽에 기어들어오는데 곱게 봐 주려야 봐 줄 수가 있겠니?"

플로라는 작은 한숨을 내쉬며 돌아섰다. 두 사람의 말다툼은 길어질 것 같았다. 지금 들어가면 두 사람은 바로 입을 다물고 자신의 눈치를 살필 것이다. 예상되는 저들의 반응도 지겨웠다.

플로라는 오라비가 내지른 말을 떠올리며 냉소적으로 중얼거렸다.

'알긴 아네.'

정확히 언제부터였는지는 모른다. 부모 형제와 자신 사이에는 벽이 있었다. 플로라를 어려워하며 떠받드는 부모와 면전에서는 눈치를 보지만 뒤에선 투덜거리는 오라비들. 서로에게 좁힐 수 없는 거리를 느끼는 가족은 진짜 가족이 아니었다.

플로라가 집 밖으로 나오자 경비를 서고 있던 병사들이 인사했다.

"아니카 플로라. 외출하십니까? 마차를 불러 드릴까요?"

"네. 그래 주시면 감사해요."

"예, 잠시만 기다려 주십시오."

귀한 아니카를 보호하기 위해서 온종일 병사들이 집 주변을 지키고 외출할 때는 항상 호위가 따라붙었다.

나이가 지긋한 아니카의 말에 따르면 옛날에는 이 정도로 철저하지 않았다고 했다. 20년 전 발생한 아니카 유괴 사건 이후로 상제의 특명에 따라 아니카는 빈틈없는 경호를 받게 되었다.

마차를 기다리는 동안 플로라는 고개를 돌려 방금 나온 집을 올려다보았다.

2층짜리 독채였다. 플로라가 기억하는 아주 어릴 때부터 여기 살았다. 그런데 플로라가 태어난 집은 이곳에서 한참 바깥으로 나간 변두리에 있었다.

호기심으로 예전에 한 번 가 봤다가 예상했던 것보다 훨씬 낡고 허름한 집을 보고 충격받았다. 플로라가 태어나지 않았다면 가족들은 이런 집에서 살 엄두도 낼 수 없었을 것이다.

아니카는 태어나서 죽을 때까지 부족함 없는 지원을 받는다. 가족에게도 보상이 있었다.

플로라의 부모는 이 집에서 거주할 수 있는 권리와 평생 일하지 않아도 생계를 걱정하지 않아도 될 만큼의 연금을 받았다. 부모 중 한 사람이라도 살아 있는 동안 누릴 수 있는 특권이었다.

2층의 반은 온전히 플로라가 쓰고 식당 등 공동 공간을 제외한 나머지 공간은 부모님과 큰 오라버니 부부, 두 명의 조카, 둘째 오라버니, 상주하는 고용인 두 명이 사용했다.

아주 널찍하지는 않으나 열 명이 넘는 사람들이 생활하기에 부족하지도 않았다. 큰 규모는 아니지만, 정원도 갖추었다. 성도의 중심가에 이만한 규모의 집은 상당한 고가였다.

그러나 플로라의 눈에는 턱없이 부족했다. 그녀가 알고 지내는 사람들 대부분은 대저택에 사는 거부들이었다.

플로라는 이 집에서 나오고 싶었다. 이런 집은 창피해서 도저히 지인들을 초대할 수 없다. 품위 없는 가족들과 부대끼며 사는 것도 지긋지긋했다.

그런데 자신에게는 이보다 못한 수준의 집도 구할 능력이 없었다. 아니카가 다달이 받는 지원은 풍족한 용돈 수준이라서 의상실에서 옷 몇 벌 사면 끝이었다.

목돈을 한 번에 쥘 기회는 딱 한 번 있었다. 결혼하면 상제가 축하금을 준다고 들었다. 그렇다고 그 돈을 받기 위해 아무 남자와 결혼할 수는 없었다. 그녀가 바라는 남자의 기준은 아주 높았다.

다른 방법이 있기는 했다.

'성하께 간곡히 청하면 집을 구해 주시겠지만…….'

플로라는 상제가 그 정도는 자신을 귀하게 여긴다고 생각했다. 그런데 아무 명분 없이 집에서 나오면 뒷말이 많을 것이다. 분명히 가족 간 불화가 있다고 떠들겠지. 그런 일로 공연히 구설에 오르내리고 싶지 않았다.

자신은 아니카 록시와 비견될 만큼 강한 라미타를 지녔고 역사에 이름이 남을 것이다. 영웅을 끌어내릴 기회만 노리는 시기심 많은 무리의 먹잇감은 되지 않을 것이다.

"아니카 님. 어디로 모실까요?"

플로라의 앞에 마차가 멈추어 서더니 그녀의 앞에 서둘러 뛰어내린 마부가 물었다.

플로라는 무작정 나온 터라 목적지를 정하지 않았다. 그런데 길 건너에서 꽃바구니를 들고 지나가는 여자가 무심코 눈에 띄어 말했다.

"……꽃을 사려고요."

"예. 화훼상가로 모시겠습니다."

플로라는 차창 밖으로 지나가는 풍경을 응시했다. 광장 중앙의 나무를 지나치며 그녀는 얼마 전 들은 소문이 떠올라 미간을 찌푸렸다.

'라크 나무? 말도 안 돼.'

헛소문이다. 그런 이상한 소문이 도는 이유를 모르겠다. 한동안 잊고 지낸 진이 다시 존재감을 드러내서 명치가 꽉 막히는 기분이었다.

'진이 라크를 나무로 만들어? 가능할 리가 없지. 진은 라미타가 없단 말이야.'

누구에게도 말하지 않고 그녀 혼자만 아는 사실이었다.

열두 살 때라고 기억한다. 이미 플로라는 일곱 살에 자각몽을 꾼 후 상제를 뵈었는데 진은 그때까지도 자각몽을 꾸지 않은 상태였다.

자각몽을 꾸지 못하면 아니카 모임에 참석할 자격이 없었다. 플로라는 자신보다 모든 조건이 우월한 친구가 아니카 모임에 가는 자신을 부러운 눈으로 볼 때마다 속으로 우쭐했다.

어느 날 진이 물었다.

「플로라. 자각몽이란 어떤 거야?」

자각몽에 관해서는 누구에게도 말해서는 안 된다는 핑계로 대답을 피했으나 진은 집요했다.

플로라는 끝까지 거절하지 못했다. 말해 주지 않았다가 진과 절교하게 될까 봐 걱정됐다. 그때 플로라는 화려한 상류층 생활에 흠뻑 취해 있었고 진의 친구로서 누리는 그 생활을 잃고 싶지 않았다. 어쩔 수 없이 설명해 주긴 했지만 비굴한 자기 자신에게 화가 났다. 그래서 아주 조금 거짓말을 하고 말았다.

「물에 손을 담그면 아주 차가워. 얼음물처럼.」

말하자마자 후회했다. 진이 자각몽을 꾸면 자신의 거짓말을 금방 알 텐데 나중에 자신을 비난할 것이다. 그런데 거짓말했다고 사실대로 고백할 수도 없었다. 속으로만 끙끙대다가 시간이 지날수록 더 말할 수 없었다.

그리고 열네 살, 진이 무척 상기된 표정으로 플로라에게 말했다.

「플로라. 나도 드디어 자각몽을 꿨어. 이따가 성하를 뵈러 갈 거야. 네 말대로, 정말 물이 차갑더라.」

플로라는 진의 말이 무슨 뜻인지 한참을 고민했다. 물이 차갑다니, 그럴 리가. 자각몽 속의 물은 실재하기만 할 뿐 만질 수 없다. 혹시 예전에 자신이 했던 거짓말을 비꼬는 말이었을까.

그런데 그 후 진이 처음 참석한 아니카 모임에서 투명 씨앗 만지는 것을 거부하는 것을 보고 확실히 알았다. 진은 자각몽을 꾸지 않았다. 감히 거짓말로 자각몽을 꾸미고 상제를 뵈었다.

라미타가 없는 아니카라니.

플로라는 그날 집에 돌아와 혼자 방에서 한참을 깔깔거리며 웃었다. 자신을 은근히 깔보고 제 위에 아무도 없다는 듯이 오만하게 굴던, 완벽한 조건을 가진 친구가 가장 중요한 걸 갖지 못했다는 사실이 그렇게 통쾌할 수가 없었다.

플로라는 자신이 알아낸 사실을 누구에게도 말하지 않았다. 돌이킬 수 없는 거짓말을 한 진이 스스로 무너지는 꼴을 지켜보고 싶었다. 말 잘 듣는 애완동물처럼 진에게 끌려다니는 동안 속으로는 진을 비웃으며 위안으로 삼았다.

'근거 없는 소문이니 곧 가라앉겠지.'

플로라는 라크 나무 소문이 헛소문이라고 확신했다.

화훼상점들이 모인 거리에서 마차가 멈추었다. 마부가 바깥에서 문을 두드리며 말했다.

"아니카 님. 도착했습니다."

플로라는 마차에서 내리자마자 자신에게 향하는 뭇시선을 느꼈다. 그녀는 의연한 표정으로 주변을 의식하지 않으려 하며 가장 먼저 눈에 띈 꽃집으로 들어갔다. 호위로 따라온 병사가 플로라와 함께 움직였다.

"이것 한 다발, 이것도 한 다발이오."

"예, 아니카 님."

플로라는 기왕 왔으니 꽃을 잔뜩 구매했다. 마침 오늘 신선한 꽃이 종류별로 들어와서 고르는 재미가 있었다. 구매한 꽃을 마차 뒤 칸이 넘치도록 싣고 그녀는 다시 마차에 올라탔다.

"아니카 님. 댁으로 모실까요?"

"……."

집으로 들어가기 싫었다. 충동적으로 꽃을 산 것도 뒤늦게 후회되었다. 집에 가져가면 어머니가 '내 딸이 날 위해 이런 선물을 사 왔다.'라고 호들갑스럽게 기뻐하는 척하고 뒤로는 돈 낭비라며 구시렁거릴 모습을 상상하니까 속이 뒤틀렸다.

자신이 꽃을 선물해도 부담 없이 받을 만한 사람이 누가 있을까.

"……아르스."

"예? 아르스 대저택으로 모실까요?"

"아…… 네. 거기로 가요."

얼마 후 마차는 아르스 저택 앞에 도착했다. 플로라는 숨이 막힌다는 표정으로 저택의 거대한 정문을 바라보았다. 한때는 이 집을 제집처럼 드나들었다. 이 집이 진짜 자신의 집이기를 무척이나 바랐다.

솔직히 말하자면 그녀는 진이 가진 것들이 부러웠다. 이 저택, 진의 부모님, 진의 두 오라버니, 모든 게 완벽했다. 자신의 라미타와 그것들을 바꾸자고 하면 기꺼이 바꿀 수 있을 만큼 탐이 났다.

저택을 드나드는 동안 진의 가족들에게도 싹싹하게 잘했다. 가족이나 다름없이 녹아들었다고 생각했다. 진이 없어도 가끔은 자신을 불러서 안부를 챙겨 줄 줄 알았다. 그런데 자신은 그저 진의 친구였을 뿐이었나 보다.

누가 불러 주지 않으면 여기 올 핑계가 없었다. 무척 오랜만의 방문이었다.

"아가씨…… 플로라 아가씨?"

멍하게 정문을 바라보고 서 있던 플로라가 고개를 돌렸다. 눈이 마주친 아르스 저택의 집사가 더 가까이 다가와 반갑게 인사를 건넸다.

"오랜만에 뵙습니다. 아가씨. 그동안 건강하셨습니까?"

"집사 아저씨. 오랜만이에요. 정말 반갑네요."

"안으로 들어가시지요. 어느 분을 뵈러 오셨습니까?"

"아, 아니에요. 꽃이 예뻐서 많이 샀거든요. 좀 드리고 싶어서요."

"아, 그럼 주인님을 뵈러 오셨군요. 마침 오늘 아침부터 내내 온실에서 작업하고 계십니다."

"가주님께 방해가 되지 않을까요?"

"방해라니요. 주인님도 오랜만에 아가씨를 보시면 기뻐하실 겁니다."

플로라는 몇 번 사양하다가 집사의 적극적인 권유를 못 이긴 척 받아들였다. 집사는 그녀를 온실로 데려갔다. 잠시 플로라를 바깥에 세워 두고 안으로 들어간 집사가 나와서 말했다.

"들어오시랍니다."

"네. ……고마워요. 집사 아저씨."

"별말씀을요."

집사는 온실로 들어가는 플로라의 뒷모습을 보며 흐뭇하게 웃었다. 언제 봐도 참하고 예의를 아는 숙녀분이었다. 저분에 비하면…….

검은색 머리카락과 눈동자만 빼고는 닮은 점이 전혀 없는 또 한 명의 아니카이자 이 집의 주인 아가씨를 떠올리며 집사의 입매가 딱딱하게 굳었다. 그는 고개를 절레절레 흔들었다. 두 아가씨가 친구라는 점은 여전히 수수께끼였다.

플로라는 안쪽 테이블에 앉아 있는 중년 귀부인을 발견하고 걸음을 늦추었다. 한 손으로 긴 꽃대를 들고 다른 한 손으로 끝을 자르는 귀부인의 자태가 우아했다. 딱히 꾸밈이 있는 동작도 아닌데 자연스러운 몸짓에 기품이 배어 있었다.

귀부인이 플로라를 향해 고개를 돌렸다.

"어서 와요. 아니카 플로라."

아니카 진의 수십 년 후의 모습을 한 여인이 플로라를 보며 미소 지었다. 머리카락을 검게 물들이면 그 둘을 분간하기도 어려울 것 같았다. 플로라가 재빠르게 시선을 아래로 내리며 인사했다.

"인사 올립니다. 가주님. 그간 평안하셨습니까."

"언제나 같아요. 소일거리로 시간을 보내고 있지요. 잘 지냈나요?"

"예. 그동안 격조했습니다. 자주 찾아뵙고 인사드렸어야 했는데."

"어쩔 수 없지요."

플로라는 말문이 막혔다. 가주께서 '자주 좀 오지 그랬어요.'라고 인사말을 건네면 '이제부터는 그러겠다.'라고 대답하며 그 핑계로 종종 찾아오자고 생각했다. 그런데 모호한 답변이 돌아오니 자신의 의도대로 대화를 이끌어 갈 수가 없었다.

뭐가 어쩔 수 없다는 걸까. 발길을 끊은 자신의 사정을 이해한다는 걸까, 진이 결혼해 하시 왕국으로 가 버렸으니까 친구인 자신이 오지 않는 건 당연하다는 걸까.

"선물은 고맙게 받을게요."

"약소합니다. 부담 없이 받아 주셨으면 좋겠어요."

플로라는 다나가 자신을 보며 미소 짓자 가슴이 두근거렸다. 진을 따라 수많은 사교 파티를 다니는 동안 아르스의 가주님만큼 기품 있고 아름다운 귀부인은 보지 못했다. 성도에는 존재하지 않는, 진짜 귀족이나 왕족 같은 느낌이었다.

가주님을 처음 뵌 날 플로라는 넋 놓고 보다가 진에게 말했다.

「넌 정말 네 어머니를 많이 닮았구나.」

「그래?」

진은 무척 기쁘게 웃었다. 그리고 그때부터 가끔 플로라를 데리고 가주님을 뵈러 갔다. 플로라는 진이 자신에게 과시한다는 느낌을 받았지만, 가주님을 뵙는 게 좋아서 모르는 척했다. 속으로는 '첫눈에는 닮았다고 생각했지만, 보면 볼수록 전혀 안 닮았어.'라고 중얼거리며.

그런데 진은 제 어머니 앞에서 말 한마디 못하고 괜히 눈앞에서 알짱거리다가 돌아서 나왔다. 그럴 때마다 진은 어머니의 관심을 바라는 어린아이 같았다. 플로라는 그저 어머니를 꽤 어려워하는가 보다, 생각했다.

사실 진뿐만이 아니라 진의 오라버니들도 제 어머니 앞에서는 쩔쩔맸다. 아르스의 가주께서 언성을 높이는 모습을 한 번도 본 적 없는데도 모두 그분을 어려워했다.

다나는 플로라가 선망하는 모습 그 자체였다. 아름다웠고 사람을 압도하는 권위가 있었다. 사교 모임에 거의 모습을 드러내지 않아서 그런지 신비로운 이미지도 있었다. 플로라가 만나 본 사람들 대부분이 아르스의 가주님을 동경했다.

"부모님은 건강하시지요? 가족들은 다 잘 지내고요?"

"예. 다들 건강히 잘 지내고 있습니다. 얼마 전에는 조카가 태어났습니다."

"좋은 소식이로군요. 성별은요?"

"여자아이입니다. 그래서 어머니가 실망하셨어요."

"남자아이를 바라셨나요?"

"아니요. 특별한 아이가…… 태어날 줄 아셨나 봐요."

플로라는 조카가 태어나기 전까지는 온 집안이 기대감으로 들썩이다가 조카가 태어난 후 무겁게 가라앉은 분위기를 떠올리면 실소가 나왔다. 또 아니카가 태어나기를 바라는 부모님의 뻔뻔함과 염치없음이 부끄러웠다.

"나는……."

다나가 잠시 말이 없다가 기쁨과 슬픔이 교차하는 미묘한 표정으로 말했다.

"그 아이를 가졌을 때 평범한 아이로 태어나기를 간절히 기도했어요. 내가 욕심이 많은 어머니라서 온전히 나만의 딸이기를 원했지요. 처음엔 서운했는데 그런 감정은 잠깐이었어요. 심장이 아플 정도로 사랑스러운 아이였으니까요."

플로라는 아니카 딸을 트로피처럼 생각하는 자신의 어머니와 비교되어서 충격받았다. 아니카의 출산을 영광이 아니라 서운함으로 받아들이는 사람도 있구나. 진이 부러운 동시에 의아했다.

그동안 저분이 무척 차가운 성품을 지녔다고 생각했다. 딸을 향해 따뜻한 말을 건네는 모습을 보지 못했다. 항상 진을 '아니카 진'이라고 불렀다.

'딸을 사랑하는 마음을 겉으로 잘 표현하지 못하시는 걸까?'

"진이 멀리 가서 서운하시겠어요."

다나는 말없이 미소만 지었다.

플로라는 계속 입 안에서 맴돌던 말을 불쑥 내뱉고 말았다.

"저를 딸처럼 생각해 주셨으면 좋겠어요."

다나가 웃으며 말했다.

"마음만 고맙게 받지요."

플로라는 얼굴이 확 달아올랐다. 속마음이 읽힌 기분이 들어서 민망했다. 당황하는 표정을 드러내지 않으려고 안간힘을 쓰고 있는데 다행히 하녀가 들어와서 시선이 분산되자 안도의 숨을 내쉬었다.

하녀가 다나의 곁으로 다가가 고개를 숙였다.

"주인님. 큰 도련님이 오셨습니다."

플로라가 순간적으로 눈을 여러 번 깜빡였다.

"손님이 와 있으니 나중에 오라고 해라."

"저는 괜찮습니다. 가주님."

플로라가 얼른 말했다. 이런 기회를 핑계로 에녹과 인사하고 싶었다. 에녹 역시 사교 모임에 잘 참석하는 편이 아니라서 진이 성도를 떠난 후에는 만날 기회가 없었다.

"들어오라고 해."

"예, 주인님."

잠시 후 에녹이 성큼성큼 안으로 걸어 들어왔다. 그는 어머니의 섬세한 미모를 물려받아 수려한 외모를 지녔다. 아버지한테 물려받은 키와 체격은 기사 못지않아서 자칫 연약해 보일 수 있는 외모에 오히려 남자다운 느낌을 더해 주었다.

눈이 부시다는 듯 에녹이 가까이 오는 모습을 바라보던 플로라는 에녹의 시선이 자신으로 향하자 즉시 고개를 숙였다. 눈이 마주쳤다가는 제 마음이 들킬 것 같았다.

플로라와 진은 둘 다 집안의 막내딸이었고 위로 두 명의 오빠가 있었다. 심지어 두 오빠와의 나이 차이도 비슷했다. 하지만 비슷한 점은 그것뿐이었다.

플로라의 큰 오빠는 여동생에게 관심이 없었고 둘째 오빠는 동생에게 쏠리는 관심을 질투하며 몰래 괴롭혔다. 그러나 진의 두 오빠는 달랐다. 특히 일곱 살 위의 에녹은 여동생 말이라면 뭐든 들어주는 다정하고 믿음직한 오라버니였다.

　소년이 청년으로 자라는 동안 플로라도 소녀에서 숙녀로 자랐다. 그녀가 남녀의 차이를 모르는 아주 어릴 때부터 항상 보던 남자는 장차 성도 최고의 신랑감으로 회자되었다. 그녀의 마음속에 그 남자가 자리 잡는 것은 어쩌면 당연한 일이었다.

　그리고 플로라의 마음을 항상 같이 다니는 진이 가장 먼저 눈치챘다.

　「너, 에녹 오라버니 좋아하지? 네까짓 게 가당키나 해? 주제도 모르고」

　진은 플로라의 순정을 사정없이 짓밟았다. 죽고 싶을 만큼 비참했으나 반박할 수 없었다. 에녹에 비해 자신은 모든 조건이 형편없었다.

　어떤 고난과 역경 속에서도 뜨겁게 불타오르는 사랑이었다면 그 뜨거운 불 속으로 기꺼이 몸을 던졌겠지만, 에녹은 플로라를 그저 여동생으로만 생각했다.

　그래도 플로라는 포기하지 않았다. 성년 생일이 지나면 에녹에게 자신의 마음을 고백하려 했다. 그러나 그녀가 성년이 되기도 전에 에녹이 결혼하면서 그녀의 짝사랑은 허무한 종말을 맞이했다.

　플로라는 꾸벅 고개를 숙였다.

　"오랜만에 뵈어요. 그동안 잘 지내셨어요?"

　"……그래. 플로라. 오랜만이다."

　에녹의 눈에 미묘한 죄책감이 떠올랐다. 그는 쌍둥이처럼 항상 어울려 다니는 두 아이 모두를 여동생이라고 생각하며 아끼고 챙겼다. 그런데 진이 그런 식으로 떠나 버린 후 마음이 복잡해서 플로라를 신경 쓰지 못했다. 플로라 역시 자매처럼 지낸 진이 가 버린 후 마음이 헛헛했을 텐데.

"에녹."

에녹이 즉시 시선을 돌리며 대답했다.

"예, 어머니."

"호칭을 똑바로 해야지. 아니카 플로라는 더는 어린아이가 아니야. 성년이 된 지가 몇 년인데 말을 함부로 하느냐."

다나가 엄하게 질책했다. 에녹의 눈빛이 흔들렸다가 머쓱한 표정으로 플로라에게 말했다.

"무례를 용서하십시오. 아니카 플로라. 옛 생각에서 벗어나지 못하고 실수했습니다."

"……아닙니다. 괜찮습니다."

플로라는 '그냥 플로라라고 불러 주세요.'라는 말은 속으로만 삼켰다. 아르스의 가주께서 원래 예의를 엄격히 따지는 분이라는 것은 알지만, 곁을 내주지 않는 저분의 냉랭한 성품이 오늘따라 더 서운했다.

"무슨 일이니, 에녹. 내가 좀 바쁘다."

다나가 하녀가 건네주는 꽃병에 줄기를 자른 꽃을 꽂으며 말했다.

에녹은 기가 막혔다. 어머니는 그가 성년이 되자마자 모든 가업을 아들에게 떠넘기고 뒤로 물러났다. 온종일 이리 뛰고 저리 뛰는 사람은 자신이었다. 어머니는 여유롭게 차를 마시고 책을 읽으며 취미 생활을 즐겼다.

그는 '대체 뭐가 바쁘신데요?'라고 따지고 싶었으나 꾹 참았다.

"아까 기사가 다녀갔습니다."

에녹은 플로라가 들어도 상관없다고 생각하며 말했다.

"진이 오는 중이라고 합니다. 사나흘 안으로는 도착할 예정이라는군요."

꽃잎을 어루만지는 다나의 손이 순간 멈칫했을 뿐, 표정은 변화가 없었다.

"그렇구나."

역시나. 어머니의 무심한 반응은 예상과 다르지 않았다. 더 인간적인 반응을 기대했던 그는 실망했다. 진이 3년이나 멀리 떠났던 동안 어머니 심경에 조금이라도 변화가 있기를 바랐건만.

"어머니."

그는 다나를 불러 놓고 말을 잇지 못했다. 이제부터 할 이야기는 가족의 일이므로 플로라 앞에서는 할 수 없었다.

플로라는 자신을 흘끔 보는 에녹의 시선에 담긴 뜻을 알아차렸다. 그녀는 눈치 빠르게 나섰다.

"두 분께서는 편히 말씀 나누세요. 저는 이만 돌아가 보겠습니다."

"플로…… 아니카 플로라. 진이 온 후에 자리를 마련하겠습니다. 오랜만에 집에 돌아오는 진을 따뜻하게 반겨 줘요."

"예, 그럼요. 저도 하루빨리 진을 만나고 싶네요."

다나에게도 인사한 후 웃으며 돌아서는 플로라의 표정이 딱딱하게 굳었다.

'기사가 다녀가? 진이 온다고?'

상제의 부름으로 진이 온다는 뜻이었다.

'성하께서 왜?'

상제가 헛소문에 휘둘릴 리가 없었다. 그렇다면 라크 나무 소문이 허무맹랑한 괴소문은 아니라는 결론이 나왔다. 그러나 플로라는 인정할 수 없었다.

'소문 때문만이 아니겠지. 틀림없이 다른 일이 관련됐어.'

라미타는 변하지 않는다. 그리고 플로라는 진에게 라미타가 없다고 확신했다.

진은 단 한 번도 라미타에 관해 말한 적이 없었다. 플로라가 아는 진의 성격상 자신이 가진 것을 자랑하지 않을 리가 없었다. 그래서 진이 왕과 결혼해서 성도를 떠났다고 생각했다. 거짓말이 들통나기 전에 도망친 거다.

플로라가 나간 후 다나의 곁에 붙어 있던 하녀도 분위기가 심상치 않다고 느꼈는지 알아서 자리를 피해 물러갔다. 이제 온실에는 모자만 남았다.

다나는 테이블에 쌓인 꽃을 들어 가위로 꽃대를 자르기 시작했다. 에녹은 태연하게 작업을 계속하는 다나를 바라보며 작은 한숨을 내쉬었다.

그는 어릴 때 자신의 어머니가 세상에서 가장 아름답다고 생각했다. 한 아이의 아버지가 된 지금도 그 생각에는 변함이 없었다.

'진이 어머니 딸이 아니라니. 말도 안 돼.'

진은 어머니를 보고 그린 듯이 빼닮았다. 모녀가 나란히 함께 있는 모습을 보면 누구도 모녀의 관계를 부정하지 못할 것이다.

"어머니."

"아직 귀가 먹지는 않았구나."

"진이 온다는 사실을 알고 계셨습니까?"

"아니."

"그래서 플로라를 만나신 줄 알았습니다."

"찾아온 사람을 쫓아낼 수는 없으니까."

"혹시…… 종종 플로라를 불러서 만나셨습니까?"

"내가 왜?"

"……플로라를 마음에 들어 하신다고 생각했습니다."

다나가 피식 웃었다.

"너는 저 애가 마음에 들고?"

"싫어할 이유가…… 제 말은 다른 감정이 있다는 뜻이 아닙니다. 진의 친구가 되어 줘서 고맙지요."

에녹은 '그 유별난 애의 친구니까요.'라는 말은 생략했다. 그가 아무리 귀엽게 봐 주려 해도 그의 여동생은 조금, 아니, 조금보다는 더 많이 성격이 안 좋았다.

"친구의 뜻이 내가 아는 의미와 다른가 보다."

"예?"

"아들아. 너는 아직 멀었다. 사람 보는 눈을 더 길러야겠구나."

'플로라가 왜?'

에녹은 아무리 생각해도 어머니 말씀에 담긴 뜻을 파악할 수 없었다.

'그냥 어머니는…… 아니카가 싫으신 걸까?'

무슨 뜻이냐고 여쭈어도 명확한 답변은 해 주지 않으실 것이다. 어머니는 늘 이런 식이었다. 혼자 해결하지 못하는 업무로 고민하다가 어머니께 조언을 구하면 한 번에 쉬운 답을 주신 적이 없었다.

겨우 답을 구해서 어머니께 보여 드리면 어머니는 그보다 훨씬 쉽고도 완벽한 답을 내놓아서 자신을 좌절에 빠뜨렸다. 때로는 어머니가 넘을 수 없는 벽처럼 느껴졌다.

소소한 불만은 있으나 사실 투정에 가까웠다. 그는 어머니를 사랑하는 이상으로 존경했다. 단 한 가지 문제만 제외하고는.

"어머니. 부탁드립니다. 진이 오면 다정히 대해 주세요. 오랜만에 돌아오는 겁니다. 얼마나 오래 성도에 머물지, 다시 가면 또 언제 올지도 알 수 없어요."

"……."

"나중에 후회하실 일은 하지 마세요."

"건방진 녀석."

모자의 시선이 맞부딪쳤다. 에녹이 먼저 시선을 내렸다. 다나는 아들을 잠시 노려보다가 한 걸음 물러서는 심정으로 대답했다.

"……무슨 말을 하는지 알아들었다."

에녹은 꾸벅 고개를 숙인 후 돌아서서 나왔다. 지나치게 몰아붙이면 오히려 역효과일 것이다. 설득으로 해결될 문제라면 진즉 아버지가 나섰을 테니까.

에녹이 나간 후 다나는 가위를 던지듯 테이블에 내려놓고 무거운 한숨을 내쉬었다.

'나도 이제는 나이를 먹었구나.'

지치는 기분이 들었다.

모든 비극은 그날 벌어졌다. 20년 전, 진이 납치되었던 그 날.

고통스러운 불면의 밤을 보내며 안달복달하다가 유괴된 지 사흘 만에 딸이 무사히 돌아왔다는 소식을 들었을 때 그녀는 기쁨의 눈물을 흘렸다.

그러나 행복은 잠깐이었다. 아이를 안고 눈을 마주치자마자 소스라치게 놀라며 밀쳐 냈다. 어린 딸은 겉모습만 같고 속은 이질적으로 바뀌어 있었다.

「저 애는 내 딸이 아니에요. 아이가 바뀌었어요.」

다나는 자신을 미친 사람처럼 바라보는 남편에게 그 말밖에 할 수 없었다. 오직 그녀만 느끼는 감각이므로 다른 사람을 설득할 논리적인 근거는 없었다.

'아아…… 어머니. 왜 제게 이런 능력을 물려주셨어요.'

다나의 외가, 무엔 가문의 혈족은 대대로 특별한 능력을 지녔다. '감'이라는 능력이 보통 인간보다 훨씬 두드러지게 발달해서 세상의 흐름을 읽고 미래를 내다볼 수 있었다. 그런데 그 능력을 함부로 드러내서는 안 된다는 엄격한 규칙이 있었다.

무엔 가문은 비밀이 많았다. 비밀은 오직 가문의 후계자들에게만 전해졌다. 후계자가 아닌 자손은 결혼하여 가문을 떠나면 가문과의 인연도 끊어야 했다.

다나의 어머니는 가문의 후계자가 될 뻔했다. 유력한 후보였는데 결혼하여 가문을 나왔다는 말을 듣고 다나가 어머니께 물었다.

「어머니, 왜 후계자 자리를 포기하셨어요?」
「내 아이들에게 속박받는 미래를 물려주고 싶지 않았단다. 내 결정을 후회하지는 않지만…… 부모님의 임종을 지키지 못한 것은 마음이 아프구나.」

다나가 보기에 자신의 어머니는 신비한 사람이었다. 그리고 어머니의 능력 중 일부를 다나가 물려받았다.

다나는 사람이 뿜어내는 기운 혹은 파장을 읽을 수 있었다. 사람마다 고유한 기운을 지니고 있었으며 그 사람이 쌓은 선업과 악업에 따라 느낌이 달랐다.

그 사건 후, 어머니께 받은 귀중한 유산은 고통이 되었다. 죽었는지, 살았는지도 모를 딸을 생각하면 속이 문드러졌다. 너무 괴로워서 차라리 아무것도 몰랐더라면 좋았을 거라는 생각도 했다.

그런데 이제는 혼란스러웠다. 딸이 자신의 품에서 자란 시간은 고작 3년이었다. '그것'은 딸의 몸을 차지하고 딸의 이름으로 20년을 살았다.

자신의 진짜 딸은 누구인가.

하지만 여전히 눈을 감으면 아른거렸다. 눈부시도록 빛나던 딸의 찬란한 기운을 잊을 수가 없었다. 눈을 감은 다나의 속눈썹이 눈물로 젖었다.

*　　*　　*

성도에 도착하기 하루 전 저녁.

일행의 마차는 숙소에 도착했다. 슬란의 왕실에서 소유한 저택으로 슬란의 왕이 성도를 오갈 때 머무는 곳이었다.

날이 완전히 어두워진 후 피데스가 카세르를 찾아와 말했다.

"전하. 저는 한발 먼저 출발하여 성하께 도착 소식을 전하겠습니다."

"그러시오."

카세르는 시종을 불렀다.

"왕비께 인사드리도록 피데스 경을 안내하라."

"예, 전하."

"아닙니다. 전하."

피데스가 끼어들어 대답했다.

"어차피 성도에서 뵐 터이니 인사말은 전하께서 대신 전해 주십시오. 저는 이대로 출발하겠습니다."

"경의 뜻이 그렇다면 인사는 내가 전해 주리다."

피데스는 왕의 앞에서 물러 나와 자신이 먼저 떠난다는 소식을 기사 한 명에게만 전한 뒤 마구간으로 갔다. 말을 끌고 뜰을 가로지르다가 뒤를 돌아보았다.

어둠에 잠긴 저택의 창문 여기저기에서 불빛이 새어 나왔다. 저택 안 어디엔가 있을 아니카 진을 생각하니까 기분이 복잡했다.

예전에는 자신을 눈으로 끊임없이 좇던 아니카 진을 부담스럽다고 생각했다. 이제는 그녀의 시선 끝에 있는 남자는 자신이 아니었다. 이번 여정 동안 그녀가 자신에게 더는 관심이 없다는 사실을 확실히 알았다. 홀가분해야 하는데 마음이 싱숭생숭했다.

그녀와 사왕. 그들 부부 사이는 다정해 보였다. 그들이 서로를 바라보는 눈빛에 따뜻한 애정이 가득했다.

피데스는 조금 아까, 떠난다고 하니까 반가운 기색을 드러내던 사왕의 눈빛을 떠올리며 쓴웃음을 지었다.

'사왕 쪽은 애정이라는 단어만으로 표현하기에는 부족하겠군.'

그녀를 바라보는 사왕의 눈빛에서는 집요한 집착이 느껴졌다. 그리고 그 눈빛이 자신에게 향할 때는 예민하게 날을 세웠다.

아무래도 미운털이 박힌 것 같았다. 아니카 진을 계속 쳐다보다가 사왕과 몇 번 눈이 마주쳐서 그런가.

결단코 다른 마음은 없었다. 예전보다 표정이나 눈빛이 따뜻해진 아니카 진이 전보다 훨씬 아름다워 보여서 시선을 빼앗겼을 뿐이었다.

피데스가 짐작하는 대로 카세르는 피데스가 일행에서 떨어져 나간다고 하니까 앓던 이가 빠진 것처럼 시원했다. 어차피 성도에 가면 또 마주치겠지만, 당분간이라도 안 보는 게 어딘가.

'무례한 놈 같으니라고.'

카세르는 속으로 투덜거렸다. 피데스가 유진을 불온한 눈빛으로 보는 모습을 여러 번 목격했다. 남의 아내를 왜 수상쩍은 그따위 눈으로 보느냐 말이다. 그나마 유진이 그자를 전혀 의식하지 않길래 참고 넘어갈 수 있었다.

'내일 늦은 오후면 도착할 것 같군.'

내일 성도에 도착한다고 생각하니까 마음이 무거웠다. 슬란의 왕성을 떠난 날부터 그날 새벽에 도왕과 나눈 대화가 계속 머릿속에서 떠돌아다녔다.

충분한 대화를 나누기에는 시간이 부족하여 주로 도왕이 하는 말을 듣기만 했다. 도왕의 이야기 중에는 두고두고 생각할 거리가 많았다. 믿기지 않는 놀라운 정보도 있었다.

「왕과 아니카는 후계자를 얻기 위한 관계에 불과합니다. 부부로 맺어지지만, 진실한 부부는 아닙니다.」

카세르 역시 그렇게 알고 있었다. 그가 결혼하기 위해 성도로 갈 때 아내를 얻기 위해서라기보다는 후계자를 얻으려는 목적이었다.

「내 부모 역시 일반적인 왕과 아니카였습니다. 그런데 나는 내 부모와는 다른 부부 관계를 만들어 보자고 생각했습니다. 그런 생각을 한 계기까지 설명하기엔 시간이 없으니 생략하지요. 나는 결혼 후 왕비와 좋은 관계를 만들어 가기 위해 최선을 다해 노력했어요.」

그 말을 들었을 때 카세르는 뜨끔했다. 노력하려고 생각조차 하지 않았던 과거의 자신이 부끄러웠다.

불과 몇 개월 전까지만 해도 자신과 그녀는 도왕이 말하는 '일반적인 왕과 아니카'였다. 동침조차도 하지 않았다. 기억 상실이라는 변수가 작용했다지만, 어쨌든 유진이 먼저 태도를 바꾼 덕분에 변화가 시작되었다.

「나는 왕비가 마음을 열어 줄 때까지 동침하지 않았습니다. 후계자를 얻기 위해 조급해하지도 않았어요. 쉽지는 않았답니다. 왕비는 소극적인 성격에 내가 근처에만 가도 거부감을 느끼는 예민한 아니카였지요. 나만 보면 공포에 질리는 아내를 보는 기분은 썩 유쾌하지 않더군요.」

도왕이 무려 3년이나 포기하지 않고 노력했다는 말을 들으며 카세르는 감탄했다.

「아내가 내 진심을 알아주면서 우리 부부 사이는 변하기 시작했습니다. 사실상 가장 큰 변화는 왕비에게 일어났어요. 왕비는 나에 대한 거부감이 점점 옅어지는 것 같다고 말했습니다. 그리고 언젠가부터는 아예 느끼지 못하더군요. 놀라운 일 아닙니까? 내가 근처만 가도 구토감을 느낀다는 사람이었는데 말이에요.」

도왕은 그러한 경험을 전제로 아니카가 느끼는 거부감은 상대방을 경계하는 자기방어의 일종일지도 모른다는 가설을 세웠다. 특별한 능력을 지녀서 보통 사람보다 훨씬 예민한 방식으로 드러나는 것은 아닐까. 기존에 알던 대로 기운의 충돌이라면 아내의 변화를 설명할 수 없었다.

카세르는 생각 중에 무심코 창밖 너머의 새카만 하늘을 보고 시간을 확인했다. 그만 자러 가려고 책상 앞에서 일어났다. 침실로 향하는 복도를 걸어가며 그는 잠시 중단했던 생각을 다시 이어 했다.

「난 아내한테 들은 이야기를 통해 이상한 점을 발견했습니다. 상제께서 교묘한 말장난으로 왕과 아니카 사이를 이간질한다는 정황을요.」

카세르는 '이간질'이라는 직접적인 표현을 듣고 몹시 놀랐다. 그것도 절제한 표현일 테니까 도왕이 상제에게 품은 반감이 적지 않다는 방증이었다.

> 「아내는 왕과 동침하는 횟수가 많을수록 왕의 프라즈 때문에 아니카의 라미타가 손상되며 건강도 해친다고 알고 있었습니다. 그런데 나도 그런 비슷한 말을 들은 적이 있습니다. 아니카의 라미타와 프라즈가 충돌하면 내상을 입는다지요.」

카세르도 그렇게 알고 있었다. 그리고 도왕의 말을 들으며 몇 개월 전의 일이 떠올랐다.

유진이 활동기가 시작되는 순간에 괴로워할 때 그녀를 도와주려고 내상을 각오하고 그녀의 몸 안에 프라즈를 주입했다. 그때 내상은커녕 프라즈가 마치 그녀에게 호응하듯 움직여서 의아하게 생각했다.

> 「사왕. 나는 사왕께서 말하는 프라즈의 변화가 무엇인지 압니다. 나도 겪었습니다. 내상을 입는 게 아니라 그 반대였어요. 사왕의 말을 듣고 내 착각이 아니었음을 분명히 알게 되었습니다.」
>
> 「……그렇다면 왜 다른 왕들은 모르는 걸까요? 난 선왕께 들은 바가 없습니다.」
>
> 「나는 아니카가 주도하는 영향력이라고 생각합니다. 아니카만이 왕의 아이를 낳을 수 있지요. 그런데 육체적 능력은 왕이 압도적으로 강합니다. 그래서 왕이 아니카를 억압적으로 탈취하지 못하게 하려는 신의 안배가 아닐까요?」

도왕은 자신이 말해 놓고도 허무맹랑하다는 듯 웃었지만, 카세르는 웃을 수 없었다. 일전에 아드리트한테 들었던 말이 떠오른 까닭이었다.

「내 아내는 자살했습니다. 사왕.」

내내 차분한 어조로 말하던 도왕의 표정이 울 것처럼 일그러졌다.

「상제를 뵈러 성도를 다녀온 후에 욕조에서 익사했어요. 성도에 다녀온 후 아내는 어딘가 이상했어요. 평소보다 넋이 나간 듯 보였지요. 아내를 그 렇게 보낸 후 얼마나 자책했는지 모릅니다. 그리고 아내는 그 당시 임신 중 이었습니다. 그 사실을 안 내 주변인은 아내가 죄책감으로 자살했다고 믿 는 눈치더군요. 하지만 난 아내를 믿습니다. 내 아이였습니다. 날 배신했을 리가 없어요.」

아니카는 왕의 후계자가 될 아이를 오직 한 명만 낳을 수 있다는 사실 은 보편적인 상식이었다. 그런데 왕이 아닌 보통 사람의 아이는 임신할 수 있다. 실제로 왕의 후계자를 낳은 아니카가 이혼 후에 일반인과 결혼 하여 아이를 낳은 사례가 종종 있었다.

도왕의 말이 사실이라면 지금까지 알려진 사실은 거짓이 된다. 그리 고 왜 아니카가 왕의 두 번째 아이를 낳은 기록이 없는지 조사해야 할 것 이다.

「묻어 두었던 기억을 다시 꺼내려니 힘들군요.」

도왕은 고통스러우면서 후련하다는 표정으로 말했다.

「나는 누구에게도 이런 이야기를 한 적이 없습니다. 사왕께서 처음 들
으시는 겁니다.」

「……왜 말씀하셨습니까?」

카세르는 도왕이 거짓말한다고 의심하지는 않았으나 의아했다. 카세르가 원한 정보는 단순했다. 도왕이 프라즈의 변화를 경험했다면 그저 그 사실만 공유해 주기만 바랐을 뿐이었다. 이만한 정보를 줄 만큼 도왕과 자신 사이에 특별한 유대감은 없었다.

도왕의 이야기 속에는 상제를 향한 도왕의 반감이 여과 없이 드러났다. 도왕의 속내가 상제의 귀로 들어가면 아주 곤란할 것이다. 아니카가 오직 성도에서만 태어나는 이상, 상제가 결혼을 허락하지 않으면 왕가의 존립이 위협받는다.

「어제 연회에서요. 사왕께서 아니카이신 왕비와 무척 돈독해 보이더군
요. 두 분 모습을 보고 있자니 문득 옛 생각이 났습니다.」

리차드는 오래전, 아내와의 좋은 기억을 떠올리는 듯 아련한 눈빛으로 허공을 응시했다. 도왕이 한참 침묵하는 동안 카세르는 그의 추억을 방해하지 않으려고 기다렸다.

예전의 카세르라면 촉박한 시간 안에 가능한 한 많은 정보를 얻는 효율성을 최우선으로 했을 것이다. 그런데 그는 최근 사람의 마음이 비논리적이고 비효율적이라는 사실을 배웠다. 도왕의 고통을 어느 정도 동감할 수 있었다.

「라크 나무에 관한 소문을 들었습니다. 어디까지가 사실입니까?」

「왕비의 라미타가 라크를 나무로 변화시킨 것은 사실입니다.」

「……어찌 된 사정인지 모르겠지만, 전에 없던 대사건이로군요. 상제의 입장에서 말입니다. 지금까지 그만한 라미타를 지닌 아니카가 왕과 결혼한 예가 없으니까요.」

도왕은 카세르를 형형한 눈빛으로 바라보며 강하게 말했다.

「상제를 믿지 마세요.」

카세르는 그 말을 듣는 순간, 선왕의 유언이 겹쳐 들렸다.

「아들아. 마하를 믿지 마라.」

선왕께서는 뭔가를 아셨던 걸까, 아셨다면 왜 아무런 말씀을 남기지 않으신 걸까.

「상제는 그대의 아내를 빼앗아 갈지도 모릅니다.」

「이미 결혼은 성립했습니다.」

「방법이야 찾아보면 얼마든지 있지요. 그리고 상제에게는 절대적인 명분이 있지 않습니까. 신의 뜻이라는.」

「……」

카세르는 어떤 최악의 상황도 실현 가능하다는 사실을 깨달았다. 아노티 산맥을 넘기 전이었으면 되돌아가는 방법을 고려했겠으나 여기까지 온 이상은 적진의 한복판으로 갈 수밖에 없었다.

그는 답답한 마음에 도왕에게 조언을 구했다. 그 순간만큼은 카세르는 동등한 왕 대 왕이 아니라 지혜로운 어른에게 의견을 구하는 젊은이가 되었다.

「성도에서 돌발 상황이 발생하면 어떻게 대처하면 좋겠습니까?」

도왕은 뜻밖의 질문이라는 표정으로 카세르를 바라보더니 말했다.

「내가 해 줄 수 있는 말은 하나뿐입니다.」

생각하는 사이에 침실에 도착했다. 그는 문을 열고 들어가서 침대에 엎드려 누운 자세로 책장을 넘기고 있는 유진을 발견했다. 그녀는 문을 열고 들어오는 그를 살짝 곁눈질만 하고는 다시 책으로 시선을 내렸다.

그녀는 다른 집중하는 일에 정신을 빼앗기면 종종 저랬다. 왕을 대하는 태도가 참 격의 없었다.

언제부턴가 두 사람 사이에 예법에 따른 예의를 지키는 경계가 모호해졌다. 방금 카세르도 시녀를 통해 알리는 중간 절차 없이 그냥 문을 벌컥 열고 들어왔다.

카세르는 어릴 때부터 엄격한 예법을 배우고 익혔다. 그런데 별것 아닌 이런 소소한 일탈이 왠지 즐거웠다. 항상 예의범절을 입에 달고 사는 마리안이 질색할 표정을 떠올리면 희열마저 느꼈다. 자기 자신도 몰랐던 감추어진 악동 기질이 살아나는 기분이었다.

그가 침대 위로 올라가 그녀의 옆으로 다가가 앉으니까 유진은 여전히 책에서 시선을 떼지 않으며 말했다.

"테이블 위에 놓여 있었어요. 아이들이 보는 책인데 전래 동화인가 봐요. 읽다 보니 재밌네요."

카세르는 흘끔 책을 내려다보았다. 한 페이지의 반은 그림이고 문장은 몇 줄 되지 않았다. 그녀 말대로 아이들이 보는 그림책이었다.

그는 곧 흥미를 잃었다. 그림책 따위는 알 바 아니었다. 그의 관심 대상은 남편은 안중에 없고 독서에 빠진 자신의 아내뿐이었다.

어떻게 하면 유진의 관심을 돌릴까 고민하면서 한쪽 손으로 그녀의 발목을 감싸 쥐었다. 그녀의 발목에서 종아리의 굴곡을 따라 느릿하게 쓸어 올라갔다.

유진이 방해하지 말라는 듯 몸을 살짝 흔들었다. 그러나 카세르는 아랑곳하지 않고 그녀의 오금 아래를 손가락 끝으로 누르듯 문질렀다. 이어서 허벅지 아래를 손바닥으로 완전히 감싸 더듬으며 엉덩이와 허벅지의 경계에 이르렀다.

"거의 다 봤어요. 잠깐만요."

유진은 좀 더 강하게 몸을 흔들었다. 그러나 그녀의 몸에 찰싹 달라붙은 그의 손바닥이 끈질기게 지분거렸다. 기어이 그녀의 엉덩이를 움켜잡고 어깨를 덮은 머리카락을 들추며 드러난 목덜미에 입을 맞추었다.

그녀는 몇 장 남지 않은 책을 끝까지 반드시 읽으리라 생각하며 무시하려 했다. 그런데 목덜미에 자꾸 입술이 닿았다가 떨어지는 간질간질한 느낌이 야릇한 감각을 불러일으켰다. 애무하듯 둔부를 만지는 손길이 가세하여 그녀의 집중력을 뒤흔들었다. 단순하고 짧은 문장조차 제대로 눈에 들어오지 않았다.

유진은 '아, 쫌!' 하고 속으로 중얼거리며 고개를 휙 옆으로 돌렸다. 그러나 눈이 마주치자마자 바로 도둑 키스처럼 재빠르게 입술을 부딪쳤다가 물러나는 남자 때문에 그녀의 전투력은 허무하게 무너지고 말았다.

'하아……'

그녀는 오묘한 기분으로 한숨을 내쉬었다. 이건 반칙이었다. 이 남자는 완벽할 정도로 잘생겼고 지나치게 매력적이었다. 그의 푸른 눈동자가 온기와 열기를 가득 담아 바라보면 누구라도 거부할 수 없을 것이다.

유진은 패배를 인정하는 심정으로 책에서 손을 떼고 옆으로 돌아누웠다. 침대에 뒤통수가 닿자마자 기다렸다는 듯이 그가 온몸으로 그녀를 위에서 덮쳐 눌렀다.

"으응……"

그녀는 나른한 숨을 내쉬었다. 익숙한 남자의 무게가 기분 좋았다.

곧바로 뜨겁고 축축한 입술이 그녀의 입술을 감쌌다. 농밀하게 파고든 혀가 그녀의 입 안을 훑었다. 흐르는 타액을 그가 삼키면서 혀끝으로 안쪽의 여린 살을 문질렀다.

그의 손이 허벅지까지 올라간 그녀의 잠옷을 허리께까지 밀어 올렸다. 그녀의 두 다리 사이로 파고들어 바짝 맞대는 그의 하복부는 돌처럼 단단했다.

그와 혀를 얽는 와중에 유진은 음부 안쪽에 밀착하여 꾹꾹 누르는 그의 적나라한 허리 움직임 때문에 얼굴에 열이 올랐다. 독서를 방해받았다는 성가신 감정은 이미 저만치 날아갔다.

그는 평소에 나무랄 데 없는 신사였다. 말끔한 표정으로 성욕조차 거의 없는 듯 담백하게 굴면서 몸만은 언제나 본능에 충실했다.

낮에 그와 식사 혹은 산책하다가 포옹하거나 가벼운 키스를 할 때가 종종 있었다. 그때마다 유진은 아랫배를 찌르는 단단한 촉감을 느끼거나 그의 하복부가 불룩 솟은 모습을 직접 목격한 게 한두 번이 아니었다. 나중에는 '설마 이 남자는 내 얼굴만 보면 서나?'라는 생각마저 들었다.

시도 때도 없이 덤벼들었으면 징그러웠을 것 같다. 그런데 때와 장소를 가릴 줄 아는 남자가 항상 자신에게 흥분하면서 참는다는 사실이 묘하게 그녀를 만족시켰다.

한편으로는 궁금했다. 그의 인내심은 자신이 신호를 보내면 무너질까, 아니면 여전히 굳건할까. 언젠가 꼭 시험해 봐야겠다. 유진은 그를 골린 후 당황하는 그의 표정을 기대했다.

"훗……."

자극을 느낀 그녀의 손가락이 움찔했다. 잠시의 딴생각은 곧 휘발되어 날아갔다. 질척하게 뒤섞이는 혀가 그녀의 안쪽을 구석구석 탐하며 노골적인 욕망을 드러냈다.

그가 유진의 혀를 빨아들이면서 입술을 떼고 뒤늦게 혀를 놓아주었다. 유진은 흐릿하게 풀린 시선으로 그를 응시했다.

카세르는 한 손으로 그녀의 얼굴을 감싸 쥐었다. 흠뻑 젖은 그녀의 입술을 엄지손가락으로 문질렀다. 초조한 기분이 들어 목이 탔다. 자신의 아래에 흐트러져 누워 있는 여자가 사랑스러워서 그는 덜컥 겁이 났다.

그는 어제, 도왕의 고통을 이해한다고 생각한 자신의 오만함을 반성했다. 감히 도왕의 마음을 짐작할 수 없었다. 아내를 잃은 후 인고의 세월을 보낸 도왕처럼 살 자신이 없었다.

그는 혼잣말처럼 중얼거렸다.

"내가 오판을 했어. 그날도 아직 늦은 게 아니었는데."

막상 내일 성도에 들어가려니까 숨이 막혔다. 슬란의 왕성에 들른 그날, 이미 돌아가기엔 늦었다고 생각했는데 지금 생각해 보니까 그때만 해도 늦지 않았다.

"지금이라도 갈까? 내가 당신을 안고 달려가면 누구도 따라잡지 못할 거야."

"……어디를 가요?"

"왕성에. 우리 집."

유진은 여러 번 눈을 깜빡이며 그의 말을 이해하려고 애썼다. 그녀의 눈동자에 점차 또렷한 초점이 잡혔다. 그의 말이 어제 나눈 대화의 연장선이라는 것을 뒤늦게 이해했다.

두 사람은 어제 밤늦도록 꽤 긴 대화를 나누었다. 유진이 젬마를 통해 들은 이야기와 카세르가 도왕에게서 들은 정보를 서로 공유했다.

어제는 전혀 심각한 분위기가 아니었고 오히려 일상의 대화를 나누듯 가벼웠다. 더구나 오늘 온종일 별말이 없길래 어제 나눈 대화는 어제로 끝난 줄 알았다.

유진은 그와 눈을 마주친 채 한참을 보았다. 그의 눈빛 깊은 곳에 자리 잡은 불안감을 읽고 그녀의 눈이 놀라움으로 커졌다.

유진이 손을 뻗어 그의 볼을 감쌌다.

"가면요? 뒷일은요?"

"……."

"도망쳐서 해결될 일이 아니잖아요."

"……맞아. 내 생각이 짧았어. 방금 한 말은 잊어버려."

도왕의 말대로 상제에게는 '신의 뜻'이라는 절대적 무기가 있었다. 충분한 명분 없이 상제와 척을 지면 세상이 그들의 적이 될지도 모른다. 자신은 고립되어도 상관없지만, 그런 괴로운 상황에 그녀까지 끌어들일 수는 없었다.

"전하. 염려하지 마세요. 저는 슬란의 전 왕비처럼 되지 않을 거예요."

카세르의 눈빛이 흔들렸다. 어제 그녀에게는 말하지 못한, 리차드의 조언이 떠올랐다.

「내 아내를 죽음으로 몰아넣은 사람은 결국은 납니다. 나는 내 부모와는 다른 형태의 부부 관계를 만드는 데에만 의미를 두었습니다. 왕이기 전에 남자로서, 아니카이기 전에 한 여자인 그 사람에게 충분한 믿음을 주지 못했어요. 그러니 임신 사실을 알고 내게는 숨긴 채 불안한 나머지 상제를 만나러 간 거겠지요. 그대는 나와 같은 실수는 하지 않기를 바랍니다.」

도왕은 모든 대화가 끝난 후 그만 자리를 파하자는 말을 하면서 한마디 덧붙였다.

「사왕. 명심하세요. 가장 중요한 건 진심입니다. 진심이 굳건하면 어떤 사특한 간계도 파고들지 못합니다. 의리도, 우정도, 사랑도 결국 근본은 같습니다.」

진심을 전한다는 것은 쉬운 듯하면서도 어려웠다. 말하기 전에 '이건 거짓말이야.'라고 하는 법은 없으니까. 세상 사람 모두가 진심을 가장했다.

카세르는 자신의 진심이 그녀에게 전해지기를 바라는 간절한 마음으로 말했다.

"유진."

"네."

"나는 당신을 믿어."

"네?"

"무슨 일이 있어도 그것만 기억해. 난 당신을 믿어. 당신이 어떤 실수를 해도 괜찮아. 그러니까 혼자서 고민하지 마."

유진의 눈빛이 크게 일렁거렸다. 그녀는 뜨거워지는 눈을 천천히 감았다가 뗬다.

"저는……."

유진은 목이 메서 잠시 말을 끊었다.

"성도에 가면 어쩌면 기억날지도 몰라요. 당신에게 아주 큰 잘못을 했을지도 몰라요. 당신과 결혼할 무렵에…… 엄청난 거짓말을 했을 수도 있어요."

"그건 당신이 한 일이 아니니까 괜찮아."

유진은 순간 흠칫했다.

"……무슨 뜻이에요?"

"내 말을 오해는 하지 마. 과거의 당신을 부정하려는 건 아니니까. 기억을 잃기 전 당신은 전혀 다른 사람이라고 생각하자는 거야. 그러니까 그 전의 일은 아무래도 상관없어."

카세르는 자신의 목을 끌어안는 그녀를 품으로 당겨 힘주어 안았다. 이 손에서 이 사람을 놓치는 일은 절대 없을 거라고, 그는 다짐처럼 중얼거렸다.

* * *

달리던 마차가 점점 속도를 늦추었다. 결국, 마차가 멈추어 서자 대화도 멈추었다. 잠시 후 바깥에서 시녀가 마차를 두드렸다. 시녀는 문을 살짝 열고 안쪽에 고했다.

"왕비님. 성도로 들어가는 길이 혼잡하여 길을 내는 동안 잠시 멈추었습니다. 오래 기다리시지는 않을 것입니다."

"그래. 알았다."

마차 문이 닫히자 달린이 말했다.

"오가는 사람이 많은가 봅니다. 전에 제가 왔을 때는 멈추지 않고 그냥 들어갔는데요."

샬럿이 말을 받았다.

"원래 몹시 혼잡해서 대부분은 기다려야 해요. 꽤 오랫동안 기다릴 때도 있어요."

"그래요? 성도에 마지막으로 와 본 지가 오래되어서……."

"저도 꽤 오랜만이에요. 마지막으로 오 년 전에 왔던가……."

높아진 목소리의 달린 표정은 잔뜩 상기되었다. 달린만큼 얼굴에 확연히 드러나지는 않아도 샬럿 또한 들떠 보였다. 곧 성도로 들어간다는 기대감으로 두 사람 안색이 환했다.

유진은 미소 지으며 말없이 그들의 대화를 듣기만 했다. 오는 내내 상제와 만나는 가상의 상황을 수없이 머릿속으로 그리며 대비하는 동안 정해진 걱정의 양을 다 써 버린 것 같았다. 막상 도착하니까 담담했다.

그런데 지금껏 생각도 하지 못했던 문제가 불현듯 떠올라 당황스러웠다.

'진의 가족은 어떤 사람들일까.'

유진은 소설 내용을 떠올려 보았다. 이 세계가 소설과 다르다는 사실은 알지만, 일치하는 정보가 꽤 많아서 기본 참고 자료로 종종 활용했다.

소설 속에서 진의 가족은 진의 캐릭터를 설명하는 장치에 불과했다. '부유한 명문가의 막내딸로 태어나 사랑받았다.'라는 묘사로 진의 과거를 설명하면서 그럼에도 불구하고 진은 악인이 되었으니 환경의 탓이 아니라 전적으로 본인의 탓이라는 뜻을 내포했다.

그 외에 진의 가족은 소설 내용 중에 등장한 적이 없었다.

'생각해 보면 앞뒤가 안 맞아.'

그토록 사랑하는 막내딸을 위해 진의 가족들은 왜 아무런 역할을 맡지 않았을까. 심지어 진이 최후를 맞이하는 순간조차도 나타나지 않았다.

'결론은 내가 빈틈이 많은 글을 썼다는 거지, 뭐.'

그런데 이 세상의 진은 아무래도 가족과 사이가 원만하지 않은 것 같았다.

지난 3년 동안 진이 가족과 연락을 주고받은 정황이 없었다. 진이 샬럿의 외가를 통해 사람을 소개받은 것도 이상했다. 성도에 있는 가족에게 도와 달라는 방법이 훨씬 쉬운 길일 텐데도 굳이 돌아가는 길을 택했다.

'사이가 안 좋은 건 나와 비슷하네.'

유진은 처음으로 진에게 동질감을 느꼈다. 5인 가족이라는 점도 비슷했다. 얼마 전 기사 피데스한테 얻은 정보에 따르면 진에게는 손위 오빠가 둘이 있었다.

'가족……'

유진은 꽤 오랜만에 자신의 가족을 떠올렸다. 애증이라는 표현도 과했다. 어느 순간부터 유진은 가족을 생각하면 벗어날 수 없는 찐득한 늪을 연상하곤 했다.

유진의 가족은 일반적인 도덕적 기준에서 한참 뒤떨어지는 사람들이었다.

부모님은 사기와 도박 전과가 있고 두 오빠 역시 폭행, 강도, 사기 혐의로 끝없이 경찰서를 드나들었다. 정당한 노동으로 돈을 벌 생각은 없고 그나마 남을 갈취해 얻은 돈도 무의미하게 탕진했다. 그래서 집은 언제나 가난했다.

어릴 때는 대부분 아이가 그러하듯 유진 역시 자신의 부모와 가족이 최고인 줄 알았다. 그런데 지금 생각해 보면 그때도 가족을 향한 자신의 일방적인 짝사랑이었다.

그 짝사랑은 아주 질겼다. 유진은 실망하고 또 실망하면서도 미련스레 희망을 놓지 못했다. 가족이 달라질 수 있을 거라고 믿었다. 자신이 변화시키겠다고 헛된 꿈을 꾸었다.

유진은 열심히 노력했다. 가족을 사랑하려고 노력했고 바르게 살려고 노력했다.

입에 욕설을 달고 사는 오빠들과 다르게 부모님께는 항상 공손하게 존대했다. 학창 시절 성적은 전교 석차를 놓치지 않을 정도였고 모범적으로 생활했다. 생계 걱정에서 벗어나면 가족들 마음에도 여유가 생길 거라는 믿음으로 어릴 때부터 취업 전선에 뛰어들었다.

그러나 유진의 노력은 결실을 본 적이 없었다. 유진은 제대로 이름으로 불린 적조차 없었다. '야.'라는 호칭이 그나마 제일 양호했다. 가족들은 입만 열면 욕, 남의 뒷담, 신세 한탄, 남을 등칠 궁리뿐이었다.

유진이 버는 돈은 빈 독에 물을 붓는 것처럼 이런저런 이유로 야금야금 빼앗겼다. 그것으로도 부족해서 유진에게 거액의 도박 빚까지 덮어씌웠다.

그녀는 어느 순간 이해했다. 포기했다는 표현이 더 적절할 것이다. 사람은 바뀌지 않는다. 천성이 악한 사람은 존재한다. 모두 유진이 자신의 가족을 상대로 얻은 깨달음이었다.

운명의 그 날, 눈앞에 나타난 시커먼 구멍 속으로 뛰어들기 직전의 유진은 한계까지 몰린 상태였다. 하루아침에 낯선 세계에 떨어졌으나 무려 29년 동안이나 살았던 세상에 대한 미련은 없었다. 그 증거로 유진은 이곳에 적응해 사는 동안 옛날 생각을 전혀 하지 않았다.

'좋은 사람들이…… 아니었으면 좋겠다.'

마음이 심란했다. 그들의 딸인 척 뻔뻔하게 굴어도 전혀 가책을 받지 않을 만큼 진의 가족이 좋은 사람들이 아니었으면 좋겠다.

'진의 가족들에 대해서 좀 더 알아봐야겠어.'

유진은 진의 가족들을 아예 만나지 않고 하시 왕국으로 돌아가는 선택도 고려했다. 괜히 만났다가 그들이 딸의 변화를 알아차려서 돌발 상황이 발생할지도 모른다. 아무리 사이가 좋지 않아도 20년 동안 성장기를 지켜본 가족이라면 충분히 가능성이 있었다.

마차가 다시 움직이기 시작했다. 얼마간 달리다가 유진은 슬쩍 커튼을 열었다. 때마침 차창 밖으로 멀찍이 보이는 풍경에 달린이 '어머!' 하고 탄성을 질렀다.

유진도 놀라 크게 눈을 떴다. 장엄함이 느껴지는 거대한 고목의 정체는 보자마자 알 수 있었다. 성도 광장의 상징, 전설의 나무.

그리고 나무를 보면서 떠오르는 진의 기억을 읽었다.

「나는 아니카예요. 내가 진 아니카란 말이에요. 전부 다 내 것이에요.」

울먹이듯 낮게 잠긴 목소리는 앳되었다. 어릴 때의 기억 같았다.

「나무님. 소원을 들어준다면서요? 내 소원도 들어줘요. 꼭 들어줘서야 해요. 나를 진짜 진 아니카로 만들어 주세요. 제발요. 나무님이 가진 그 힘을 내게 나눠 주세요. 아주 조금이라도 괜찮아요.」

'성도 광장의 고목에 소원을 빌면 들어준다는 소문이 있나 보네.'

고목의 상징성을 생각하면 그럴 만했다. 그런데 진이 빌었던 소원의 내용은 이해할 수 없었다.

'진짜 진 아니카? 무슨 말이지?'

베키는 대략 사십 대 초반 나이의 아니카였다. 그녀는 어젯밤 본 자각몽 때문에 새벽부터 안절부절못하며 해가 뜨자마자 성도궁으로 달려와 상제께 알현을 청했다. 상제를 뵌 후 그녀는 불안이 가득한 표정으로 자신의 자각몽이 변했다고 말했다.

그녀는 열 살에 첫 자각몽에서 우물을 보았다. 그녀의 라미타 등급은 뛰어나지도 약하지도 않은 딱 평균 수준이었다.

"성하. 제게 일어난 변화가 무슨 뜻입니까?"

─아니카 베키. 진정하고 다시 그대의 자각몽 변화를 설명해 보세요.

"예. 성하. 저는 어젯밤에 제 우물을 보았습니다. 그런데 우물을 넘칠 듯이 찰랑거리던 물이 보이지 않았습니다. 제가 우물 안을 들여다보니까 저 아래쪽으로 수면이 내려가 있었습니다. 마치 가뭄이 들어 우물이 마른 것처럼요!"

처음에는 차분했던 설명이 점점 격앙되었고 이내 베키는 소리치듯 말했다.

"성하. 라미타는 변하지 않는다고 알고 있었습니다. 자각몽의 변화는 라미타의 변화가 아닙니까? 혹시 신께서 저를 저버리시는 걸까요?"

─아니카 베키. 이미 그대는 자각몽의 변화를 경험했습니다. 기억하지 못합니까?

"예?"

—그대가 열 살에 처음 자각몽을 꾸고 나를 찾아왔을 때를 기억해 보세요.

기억을 더듬던 베키의 표정이 점점 미묘하게 변했다.

—그대가 첫 자각몽에서 봤던 우물의 수면 높이가 어제 본 자각몽과 비교하면 차이가 있습니까?

"네, 차이가…… 아니, 비슷…… 잘 모르겠습니다. 성하."

—그렇다면 좀 더 최근의 일을 말해 봅시다. 약 이십 년 전, 최근이라고 말할 수는 없겠군요. 그때 그대가 나를 찾아와 자각몽이 변화했다고 말했던 건 기억합니까?

"……예, 성하. 기억합니다."

—그대는 분명히 그때, 우물을 들여다봐야 보였던 수면이 우물을 넘칠 듯이 높아졌다고 말했습니다. 그 또한 기억합니까?

"예. 성하. 기억합니다."
이제 베키의 표정과 목소리는 차분하게 가라앉았다.

—아니카 베키. 자각몽의 변화는 라미타의 변화가 아닙니다. 다른 아니카들도 모두 경험하며 나는 이러한 경우를 여러 번 보았으니 염려

할 필요 없습니다. 마음을 편히 하세요. 신께서는 결코 그대를 저버리지 않습니다.

"공연한 일로 소란을 일으켰습니다. 번잡스럽게 해 드려서 송구합니다. 성하."

베키가 평상심을 되찾고 돌아간 후 이제는 상제의 표정에서 여유가 사라졌다. 상제는 베키에게 거짓말을 했다. 그는 오랜 세월 아니카를 지켜보고 그들의 이야기를 들었지만, 자각몽이 변화한 적은 없었다. 딱 한 번, 20년 전을 제외하면.

약 20년 전, 모든 아니카가 자각몽의 변화를 겪었다. 아니카마다 자각몽을 꾸는 주기가 다르므로 정확한 시점은 알 수 없었다. 대략 20년 전을 기준으로 1년 전후로만 짐작했다.

특이하게도 아니카들이 경험한 변화가 모두 비슷했다. 우물이든, 연못이든, 샘물이든, 각자의 자각몽에서 봤던 물의 양이 늘었다고 했다.

상제는 한동안 주의 깊게 아니카들을 주시했으나 자각몽의 변화가 뭘 의미하는지 알아내지 못했다. 투명 씨앗을 통해 아니카들의 라미타를 측정해 보았더니 등급에 변화는 없었다.

그런데 진이 '잃어버린 라미타를 찾고 싶다'라면서 도움이 필요하다고 찾아온 그 날, 상제는 문득 진이 라미타를 잃어버린 것과 다른 아니카들의 자각몽 변화가 관련이 있을지도 모른다는 생각이 들었다. 공교롭게도 유괴 사건이 발생한 시기와 아니카들의 자각몽이 변한 시기가 일치했다.

그리고 근 한두 달 사이에 아니카들이 부쩍 찾아와 알현을 청했다. 그들이 찾아온 용건은 모두 같았다. 20년 만에 다시 아니카들의 자각몽이 변했다.

20년 전에 자각몽 속 물의 양이 늘어났던 아니카들은 다시 줄었다. 원래대로 돌아간 것이다.

20년 전 이후에 태어난 아니카들은 첫 자각몽에서 봤던 수량보다 줄었다. 즉, 그들의 첫 자각몽은 원래 그들의 것이 아니었던 셈이었다.

'진이 라미타를 되찾았기 때문인가? 대체 진의 라미타가 어느 정도이기에 다른 아니카들의 자각몽에 영향을 준단 말인가.'

플로라가 아니라 진인가?

상제는 자신의 마지막 여행을 끝내 줄 아니카를 무척 오랫동안 기다렸다. 갑자기 인내심이 바닥난 것처럼 견딜 수 없이 초조해졌다.

'플로라의 자각몽에도 변화가 있다면……'

얼마 전에 플로라를 불러서 물었을 때 플로라는 예전과 다르지 않다고 말했다. 다음 자각몽을 꾼 후에 불러서 확인하면 알 수 있을 것이다.

상제가 굳게 닫힌 알현실 문으로 고개를 돌렸다. 잠시 후 문이 열리며 기사가 안으로 들어왔다.

"성하."

기사가 고개를 숙이며 말했다.

"아니카 진이 곧 성도에 도착한다는 소식입니다."

상제의 입가에 찰나의 희열 같은 웃음이 스쳐 지나갔다.

─**아니카 진이 성도에 오는 즉시 만나겠습니다. 기도실로 안내하세요.**

"예, 성하."

얼마 후, 한 대의 마차가 성도궁 안으로 들어왔다. 마차에 탄 사람은 유진 혼자뿐이었다.

마차가 멈추고 바깥에서 문이 열린 후에도 유진은 잠시 그대로 앉아 있었다. 그녀는 아까 함께 성도궁으로 가겠다는 카세르를 만류했다.

「상제가 부른 사람은 저뿐이에요.」

「내 방문을 금한다는 말 또한 없었지. 나는 다른 용무가 있어서 알현을 청하러 당신과 동행하는 거야.」

「전하. 전 괜찮아요. 혼자 갈게요.」

「하지만……」

「상제를 자극하지 않는 편이 좋다고 생각해요. 긴 여행이 피곤하다는 이유를 대서 오늘은 인사만 하러 왔다고 하려고요. 오늘 당장 상제가 뭘 어쩌지는 않을 거예요.」

「……그럼 성도궁 밖에서 기다릴게.」

「그러지 말아요. 주변에 데면데면한 사이로 보이도록 행동하기로 했잖 아요. 이따 저택으로 갈 테니까 먼저 가세요.」

물가에 어린애를 내어놓고 돌아서는 사람처럼 불안해 어쩔 줄 몰라 하던 그를 떠올리자 유진은 설핏 웃음이 나왔다. 덕분에 긴장이 풀리고 마음이 한결 가벼워졌다.

'그래. 당장 위험한 일은 없을 거야. 내가 성도에 왔으니 상제는 자신 의 영향권 안에 있다고 생각할 테니까.'

유진은 마차에서 내려왔다. 바깥에서 기다리고 있던 피데스가 고개를 숙여 인사했다. 슬란의 전대 왕비 죽음에 얽힌 뒷얘기를 듣고 나니까 찜 찜하게 생각했던 ― 왜 하필 진의 첫사랑인 피데스가 상제의 서신을 들고 왕국을 방문했을까 ― 그와 같은 일들이 그저 우연이 아니라고 확신하 게 되었다. 끈질기게 피데스를 아니카 진에게 붙이는 상제의 의도가 유치해서 우스웠다.

성도궁의 배경과 어우러지는 피데스를 보자마자 새로운 기억이 떠올랐다. 낯선 기사와 대화를 나누는 장면이었다.

> *「대기실에서 기다리라고요?』*
> *「성하께서는 알현 중이시니 기다리셔야 합니다.』*
> *「기다리지 못하겠다는 말이 아니에요. 기도실에서 기다리겠어요.』*
> *「아니카 진. 기도실은 신성한 공간입니다. 성하께서 계시지 않는 기도실*
> *에 손님을 모실 수는 없습……』*

어느새 가까이 다가온 피데스가 낯선 기사의 말을 자르고 끼어들어 말했다.

> *「안으로 모시겠습니다. 아니카 진.』*
> *「모든 기사가 성하의 뜻을 제대로 이해하는 건 아니로군요.』*

진이 코웃음 치며 싸늘하게 말을 던지고 휙 돌아서는 바람에 기사가 어떤 표정을 지었는지는 보지 못했지만, 안 봐도 뻔했다.

짧은 기억만으로 평소 진이 어떤 식으로 행동했는지 짐작이 갔다. 안하무인이고 공공연하게 상대방에게 무안을 주는 언행을 서슴지 않았을 것이다.

'나도 저래야 하나?'

샬럿의 도움을 받아 열심히 진의 흉내 내기를 연습했더니, 막판에는 '완벽합니다'라는 평도 받았다. 그런데 말투나 표정이 아닌, 성격까지 흉내 낼 자신은 없었다.

"오랜만에 성도궁에서 경을 보니까 느낌이 다르군요. 옛 생각이 나네요. 성하께서는 기도실에 계신가요?"

"예. 기도실로 모시겠습니다. 아니카 진."

두 사람은 말없이 복도를 걸었다. 웅장하면서 신성한 느낌의 새하얀 대리석 복도를 걸어가며 유진은 부분부분 짧게 기시감을 느꼈다. 진이 상당히 자주 이 복도를 지나간 모양이었다.

유진은 슬쩍 피데스를 곁눈질했다.

'나와 사왕에 관해서 뭐라고 보고했을까?'

유진이 성도에서는 사이가 좋지 않은 척하자는 계획을 제안했을 때 카세르는 몹시 못마땅해했다. 그는 성도까지 동행한 기사들을 거론하며 반박했다.

「당신의 계획은 그다지 실효성이 없어. 우리와 동행한 기사들이 보고 들은 건 어쩌라고?」

「조심해서 나쁠 건 없잖아요. 그러니까 이제부터 남들 눈이 있을 때는 우리 서로 눈도 마주치지 말아요.」

「······난 그 계획 마음에 안 들어.」

유진이 '알았죠?'라고 다그치니까 카세르는 혼잣말로 구시렁거리면서도 '알았어.'라고 대답했다. 그의 뚱한 표정을 생각하자 자신도 모르게 입술 끝이 올라가서 억지로 끌어 내렸다. 벌써 그가 보고 싶으니 큰일이다.

"이제 와 하는 말이지만, 왕국에서 경을 봤을 때 놀랐어요. 성하께서 경을 보내실 줄은 몰랐거든요. 혹시 내가 경을 냉대했다고 생각했다면 오해는 마세요. 최근 여러 가지로 마음이 복잡해서 그랬어요."

대놓고 물을 수 없으니 유진은 슬쩍 피데스를 찔러보았다.

"저는 그저 지시를 따를 뿐입니다. 혹시 불편하시다면 다음부터는 다른 기사가 아니카 진을 모시도록 성하께 말씀 올리겠습니다."

'앗. 상제에게 별말 안 한 거 같은데?'

유진은 차분히 대답했다.

"그러실 필요까지는 없어요. 어떤 기사도 기꺼이 그 일을 맡지 않을 것 같네요."

"……아니카 진. 혹시 누가 무례하게 굴었습니까?"

"모든 기사가 피데스 경처럼 성하의 뜻을 제대로 이해하는 건 아니니까요."

유진은 도도하게 말했다. 침묵하는 피데스의 반응에서 유진은 자신이 '진 아니카'다운 말을 했다고 직감했다.

복도에서 이어지는 계단을 내려가고 다시 복도를 걷다가 계단을 내려가는 과정을 몇 번 반복했다. 그리고 기사들이 지키고 서 있는 계단 앞에서 피데스가 멈추어 섰다.

'저 아래가 기도실이구나.'

피데스는 고개를 숙여서 더는 함께 가지 않겠다는 의사를 표현했다. 유진은 묵례 후 계단을 내려갔다.

계단은 두 사람 정도만 오갈 수 있을 정도로 폭이 좁았다. 계단 가운데에 서서 양쪽 팔을 쭉 벌리면 두 손이 벽에 닿을 것 같았다. 그리 가파른 높이의 층계가 아닌데도 사방이 막혀서 그런지 마치 굴속으로 들어가는 기분이 들었다.

'기도실을 왜 지하에 파 놨담? 보통 볕이 잘 들거나 하늘과 가까운 높은 곳으로 하지 않나?'

생각해 보니까 오는 중에도 꽤 계단을 내려왔다. 중간중간 한낮처럼 등을 잔뜩 밝힌 복도를 거쳐서 오느라 의식하지 못했는데 적어도 지하 사오 층 깊이는 될 것 같았다.

층계의 끝에 다다른 유진은 굳게 닫힌 거대한 문을 바라보았다. 천천히 문이 열리기 시작했다. 유진은 숨을 멈추고 저절로 문이 활짝 열리는 광경을 응시했다.

유진은 등을 세우고 어깨를 펴며 '나는 진이야.'라고 되뇌면서 표정을 만들었다. 마음을 다잡고 완전히 열린 문으로 그녀는 천천히 걸어 들어갔다.

중앙의 단상에 금사로 수 놓은 백의를 입은 상제가 문이 열리는 방향에서 등지고 서 있었다. 바닥에 끌릴 정도로 긴 금발이 인상적이었다.

'금발?'

순간 진의 기억이 보였다. 진의 앞에 서 있는 자는 후드를 깊이 눌러써서 얼굴이 보이지 않았다. 그런데 후드 바깥으로 길게 늘어뜨린 머리카락은 금발이었다.

「당신이 마라의 대제사장인가요?」
「그렇습니다. 아니카.」

듣기 괴로울 정도로 거칠게 긁히는 탁음이었다.

「뵙게 되어 기쁩니다. 아니카. 오늘의 이 만남은 서로에게 도움이 될 겁니다.」
「……그건 두고 봐야겠지요. 나는 마라 교단 내 서열은 몰라요. 당신에게 어느 정도의 결정권이 있나요?」
「전부. 내가 모든 것을 결정합니다. 마하의 상제가 그러하듯 말입니다.」

「무엄하군요! 감히 상제 성하와 비교하려 들다니.」

대제사장이 큭큭 웃음을 터뜨렸다. 그리고 두 손으로 후드를 잡아 머리 뒤로 넘겼다. 호드리고를 통해 말로만 듣던 대제사장의 얼굴이 드러나는 순간, 유진은 숨을 꿀꺽 삼켰다.

'젊어⋯⋯.'

대제사장은 젊고 아름다웠다. 신성함마저 느껴지는 아름다운 외모보다 더 충격적인 것은 그의 붉은 눈이었다.

대제사장이 뭐라고 말하려는 순간에 유진은 짧게 눈을 깜빡이며 기억속에서 빠져나왔다. 이대로 포기하기에는 무척 아쉬운 기억이지만, 지금은 딴 데 정신을 빼앗길 때가 아니었다.

그녀는 상제의 등을 바라보던 시선을 내리며 말했다.

"마하의 축복이 영원하시기를. 아니카 진이 인사 올립니다."

─오랜만입니다. 아니카 진. 그대를 다시 만나 무척 기쁘군요.

유진의 머릿속에서 목소리가 울렸다. 그녀의 손이 미세하게 움찔했다.

"⋯⋯예, 성하. 저도 성하를 뵙고 인사 올리게 되어 기쁩니다."

유진은 벅차오르는 표정으로 시선을 들었다. 그녀는 눈을 감고 있는 상제를 바라보며 생글생글 웃었다. 그러나 그녀는 속으로 비명을 지르고 있었다. 상제의 생김새는 기억 속에서 본 대제사장과 똑 닮았다⋯⋯.

'둘이 무슨 관계지? 설마 동일인인가? ⋯⋯아니야. 성도에서 하시 왕국까지의 거리가 얼만데.'

―그대가 바라는 것은 찾았습니까?

유진은 같은 질문을 이미 피데스를 통해 들었다. 그리고 상제를 직접 만난 후 예측한 상제의 질문 중 하나였다. 시험지를 펼쳤더니 1번에 예상 문제가 나온 듯한 기분을 느끼며 유진은 대답했다.

"찾지 못했습니다. 성하. 반만 찾았다는 표현이 적절할 듯합니다. 그래서 성하께서 피데스 경을 통해서 하신 질문에 그렇게 답할 수밖에 없었습니다."

―반만 찾았다? 무슨 뜻인지 설명해 주겠습니까?

"얻은 만큼 잃은 것이 있기 때문입니다."

―라미타를 되찾지 못했다는 겁니까?

유진의 귓가에 진의 목소리가 들렸다.

「성하. 저를 도와주세요. 제가 잃어버린 라미타를 되찾을 수 있도록 도와줄 분은 성하뿐이에요.」

'라미타를 잃어버려?'

굉장히 중요한 단서를 주는 한마디였다. 그런데 방금은 운이 좋아서 진의 기억을 엿봤지만, 경험에 따르면 기억을 재생하기 위해서는 핵심 키워드가 있어야 한다. 적당한 임기응변으로 상제와 대화하여 그런 키워드를 유도하는 데에는 한계가 있었다.

유진은 성도까지 오는 동안 '진의 기억'을 끄집어내어 진과 상제가 무슨 일을 꾸몄는지를 알아낼 방법을 고민했다. 아랫사람과 대화할 때는 비교적 쉬웠다. 대충 넘겨짚어 몇 마디 하면 다들 알아서 주절주절 떠들었다.

그러나 상제를 상대로는 그런 효과를 기대할 수 없을 것이다. 그래서 유진은 진실과 거짓, 적절한 숨김을 전부 섞기로 했다.

"성하. 저는 지난 건기가 끝날 무렵에 측근 시녀들을 데리고 사막으로 나갔습니다. 어떤 목적을 위해서요."

─그대가 하는 말은 아주 모호합니다. 아니카 진.

"예, 성하. 제가 잃은 것이 그것입니다. 제가 무엇을 하고자 사막으로 나갔는지를 기억하지 못합니다. 제 기억 일부가 손상되었습니다."

상제가 미간을 살짝 찡그렸다. 상제가 침묵하는 동안 유진은 조마조마한 심정으로 반응을 기다렸다. 만약 상제에게 사람의 마음을 간파하는 특별한 능력이라도 있다면 자신의 거짓말을 모두 꿰뚫어 볼 테니까.

─그대가 겪은 고통이 참으로 안타깝습니다. 사막에 나갔다가 돌아온 이후의 변화는 기억 손실뿐입니까?

"성하. 제게는 아주 큰 문제입니다. 저는 무엇도 잃어버리고 싶지 않습니다."

─인간의 기억이란 원래 불확실합니다. 잃어버린 것보다는 얻은 것에 집중해야지요.

"하오나 성하."

─아니카 진. 내가 그대를 성도까지 부른 이유는 중요한 사실을 확인하기 위해서입니다. 그대는 라미타를 찾았습니까?

유진은 상제가 사람의 속마음을 읽는 재주는 없다고 결론을 내렸다.

'상제가 평범한 인간은 확실히 아니야. 보통의 인간이 머릿속으로 말을 전달할 수는 없겠지. 그렇다고 내가 소설에서 설정한 상제 같지도 않아. 천사라면 인간의 기준으로 선하지는 않더라도 최소한 중립이어야 하잖아.'

그런데 그동안 유진이 보고 들은 일들로 파악한 상제는 교활하고 음습하며 아니카를 손아귀에 쥐고 통제하려는 욕망까지 있었다. 신의 뜻을 받드는 천사로서 완전히 자격 미달이었다.

유진이 적절한 대답을 고민하느라 답이 늦어지는 사이에 상제는 그녀의 침묵을 다르게 오해했다. 상제는 아니카 진이 충분한 위로를 받지 못하자 심기가 상해서 입을 다물었다고 생각하여 내심 짜증이 났다.

'유난한 성격은 여전하군.'

대부분의 사람은 상제 앞에서는 본성을 감추고 선인인 척했다. 상제가 누군가의 별난 성격을 안다는 것은 그만큼 악명이 자자하다는 뜻이었다.

10년 만에 태어난 귀한 아니카라고 특별하게 대우한 것이 과했나? 그러나 아니카 플로라는 전혀 딴판인 걸 봐서는 그저 타고난 성격인 듯했다.

—아니카 진. 다시 묻겠습니다. 그대는 라미타를 찾았습니까?

상제의 목소리가 더 딱딱하게 끊어졌다. 누가 들어도 마지막 경고 같
았다.
"예, 성하."
유진이 대답했다. 어차피 라크 나무에 관해 숨길 수 없다고 판단했다.
그녀의 대답에 상제의 얼굴 근육이 경련하듯 꿈틀거렸다.

—아니카 진. 그대는 왜 그러한 사실을 즉시 내게 알리지 않았습니
까?

"저는…… 성도에 오고 싶지 않았습니다."

—내가 그대를 부를까 봐 말하지 않았다는 겁니까?

"송구합니다. 성하. 저는 모든 일을 완벽히 마무리한 후에 성도로 돌
아가려 했어요."
유진은 가능한 한 두리뭉실한 대답을 골랐다. 말을 많이 할수록 아는
게 없는 자신이 불리했다.
"저는 삼 년 전에 성도를 떠날 때 무척 괴로웠습니다. 모두 포기하고
싶다고 몇 번을 생각했는지 모릅니다. 그래서 언젠가 다시 성도로 돌아
가면 다시는 그곳을 떠나지 않겠다고 결심했어요."

—그토록 힘들었다면 왜 소식을 전하지 않았습니까? 그대가 도움을
청했다면 나는 기꺼이 그대를 도왔을 겁니다.

"이미 성하께서 많은 도움을 주신 터라 면목이 없었습니다. 스스로 시작한 일에 책임지고 싶었습니다."

상제가 잠시 아무 말이 없는 동안 유진은 잔뜩 긴장했다.

─삼 년의 세월이 그대에게 무척 길었군요. 그대가 전보다 단단해진 것 같습니다.

상제가 인간에게 품은 감정은 복잡했다. 하등하고 우둔한 생명체를 보듯 환멸을 느끼다가도 때로는 신기하고 가끔은 흥미로우며 여전히 놀라곤 했다. 지금 상제가 느끼는 감정은 흥미로움이었다.

아니카 진은 성질이 고약한 고집쟁이 아이 같았다. 상제인 자신의 앞에서도 말과 표정을 꾸며 자신에게 유리한 변명만 골라 하고 앙큼한 거짓말을 천연덕스럽게 했다. 어릴 때부터 그랬고 성년이 되어서도 그대로였다.

그런데 오늘 보는 진은 삼 년 전과 사뭇 다른 인상을 풍겼다. 마치 훌쩍 어른이 된 것 같았다.

상제는 아주 오랫동안 많은 인간을 지켜보면서 인간은 타고난 성정의 차이가 있다는 사실을 알게 되었다.

선한 인간이 있고 악한 인간이 있었다. 자신의 한계를 넘는 인간이 있고 좁은 틀 안에서 벗어나지 못하는 인간이 있었다.

상제가 판단한 아니카 진은 무척 도량이 좁은 인간이었다. 남부럽지 않은 가문에서 태어난 진의 배경을 생각하면 의아할 정도였다. 진은 타인에 대한 시기심이 강하고 자기 자신에 대한 연민이 크며 타인에게 쉽게 악의를 드러냈다.

겉으로는 좋은 사람인 척하려는 대부분 사람과 다르게 거리낌 없이 패악을 부리는 점도 특이했다. 마치 밑바닥에서 살던 인간이 갑자기 권력을 쥔 후에 마구 휘두르면서 주변을 괴롭혀 자신의 특권을 상기하고 즐기는 자처럼 굴었다.

상제는 진의 타고난 조건이 워낙 풍족하여 진이 변할 가능성은 작다고 생각했다. 그래서 그녀의 달라진 모습이 놀라웠다.

유진은 머릿속에서 들려오는 상제의 음성이 다소 누그러졌다고 느끼자 더 긴장했다.

'실패했어.'

연극이 벌써 실패했다. 짧은 몇 마디의 대화만으로 상제는 자신의 변화를 알아차렸다. 아무리 말투와 표정을 흉내 내도 어릴 때부터 지켜본 자의 눈을 속일 수는 없는 듯했다.

다행히 아직 상제가 경계하는 것 같지는 않았다. 상제가 느끼는 차이점이 이해의 범위를 넘어서 의심의 정도에 이르는 것은 유진이 생각하는 최악의 전개였다.

'괜찮아. 영혼이 바뀌었다고 누가 상상할 수 있겠어. 내가 말하지 않는 한, 절대 몰라. 그게 내 무기야.'

유진은 당황하지 않고 되레 담담하게 말했다.

"왕국에서의 생활은 제 상상과 무척 달랐습니다. 성하."

유진은 작은 한숨을 내쉬며 다사다난한 일을 겪은 사람처럼 대답했다. 그녀는 과하게 자신을 변명하지 않았다. 말수를 줄이는 편이 자신에게 더 유리하다고 판단했다.

─이제 그대는 아무런 걱정할 필요가 없습니다. 성도에 온 이상 누구도 그대를 강제하지 못합니다.

유진의 귀에는 그 말이 '넌 이제 성도 바깥으로 나갈 수 없다'라고 들렸다.

'싫어.'

활동기가 돌아오기 전에 왕은 반드시 자신의 왕국으로 돌아가야 한다. 이동 시간을 고려해서 카세르가 성도에서 머물 수 있는 기간은 최대한 길게 잡아도 앞으로 두 달 반 남짓이었다.

유진은 그와 생이별할 생각이 전혀 없었다. 그와 함께 돌아가지 않으면 그가 다음 건기에 성도에 올 때까지 꼬박 두 달 이상은 이곳에서 혼자 지내야 할 것이다.

생각만 해도 눈앞이 깜깜했다. 진이 이십 년 동안 살았던 성도는 유진에게 낯선 도시일 뿐이었다.

유진이 이 세계에서 눈을 뜬 후 모든 것을 하시 왕국에서 배웠다. 그녀를 무조건 믿는다고 말해 준 유일한 남자는 하시 왕국의 왕이다. 유진에게 왕국은 자신의 집이고 카세르는 자신의 가족이었다.

"저도 다시 돌아온 성도를 또 떠나고 싶지 않습니다. 하오나 성하. 제게 아직 해결하지 못한 문제가 남았습니다."

─기억에 손상을 입었다고 했습니까?

"예, 성하."

─그리고 그대는 라미타를 되찾았지요.

"예, 성하."

─그대가 얻은 것에 대한 대가일 수 있습니다.

상제는 유진이 대답이 없자 작은 한숨을 내쉬었다.

─아니카 진. 누누이 말했지만, 자신의 주변을 모두 통제하려는 그대의 욕심은 언제나 과합니다.

머릿속에 상제의 음성을 울리자마자 유진은 날카롭게 곤두선 진의 목소리를 들었다.

「성하. 저는 아니카예요. 성하께서는 항상 아니카가 귀하다고 하셨잖아요. 저를 모욕하는 건 성하를 모욕하는 것 아닌가요?」

상당히 되바라진 말투였다. 유진은 이 세상의 유일한 황제나 다름없는 상제 앞에서도 버릇없이 구는 진의 방자함에 감탄했다.

그동안 본 기억에 따르면 진은 마치 서열 동물 같았다. 상대하는 사람이 누구냐에 따라 태도가 획획 바뀌었다. 뻗을 자리가 있으니까 다리를 펴는 거다.

슬란의 왕성에서 만났던 젬마는 상제를 무척 어려워해서 화제로 올리는 것만으로도 조심스러워했다. 젬마와 진의 극과 극으로 다른 태도로 짐작하건대 상제가 모든 아니카를 동등하게 대한다는 말은 거짓말일 것이다.

아니면 상제가 유난히 진에게는 너그러웠거나.

'좀 더 말을 편하게 하는 게 진다운 모습이겠어.'

"성하. 저는 아니카예요."

유진은 툴툴거리는 말투로 대답했다.

―그럼 내가 도움을 주면 어떻습니까? 그대가 무슨 목적으로 사막에 나갔는지 알려 주지요.

유진은 큰 시름을 덜었다는 표정으로 활짝 웃었다.

"성하께서 아신다니, 제가 독단적으로 이상한 짓을 한 건 아니었군요."

―이상한 짓? 그런 생각을 한 이유가 있습니까?

"성하. 사실은…… 사왕이 국보가 사라졌다면서 저를 의심하고 있습니다. 그런데 저는 어찌 된 영문인지를 몰라서 기억나지 않는다는 핑계로 둘러댔어요."

―그것도 잊었습니까? 기억 손상의 정도가 생각보다는 심각한 것 같군요.

유진은 모르는 척 무구한 표정이었지만, 속은 타들어 갔다. 진이 국보를 훔쳐 낼 목적으로 사왕과 결혼한 것까지 상제가 알고 있는 거라면 결혼 자체가 진과 상제가 공모한 사기극이었다.

'어떻게 그럴 수가.'

유진은 짐작했으면서도 막상 확인하니 순간 정신이 아뜩해졌다. 상제가 공범이 되어 사왕을 기만했다니.

화가 나는 동시에 숨이 턱 막혔다. 카세르에게 도대체 뭐라고 말해야
할까. 그가 자신이 농락당한 사실을 알아도, 처음부터 아예 아이를 낳을
생각 자체가 없었다고 해도 그가 과연 이해해 줄까?

　**ㅡ장소를 옮기지요. 그대를 계속 세워 둔 채로 시작하기에는 긴 이
야기가 될 것 같군요.**

　유진은 대답의 뜻으로 고개를 숙였다.
　'길어지면 그 사람이 걱정할 텐데.'
　안절부절못하고 있을 카세르를 생각하니까 눈시울이 뜨거워졌다. 그
녀는 빠르게 눈을 깜빡거려서 후끈해지는 눈의 열기를 식혔다. 진과 상
제가 원망스럽고 자신이 한 짓이 아닌데도 그 남자에게 미안해서 코끝이
찡하게 아렸다.
　'나중에. 그건 나중에 생각하자.'
　유진은 감정이 격해지지 않으려고 마음을 다스렸다. 지금은 냉정한
머리가 필요했다.
　앞장서는 상제의 뒤를 따라 기도실을 나가며 그녀는 잠시 얻은 이 시
간을 최대한 활용해야겠다고 생각했다. 그래서 아까부터 머릿속에 계속
맴돌았으나 상제와의 대화에 집중하기 위해 뒤로 미루었던 의문점을 정
리했다.
　'뭔가 예상했던 것과 달라.'
　그동안 유진은 진이 왕국의 국보를 훔쳐서 사막으로 나간 일과 상제
가 자신을 부른 일은 별개라고 생각했다. 상제는 그저 라크 나무의 진위
를 확인하기 위해서 자신을 부른 줄 알았다.
　'성도로 오라'라는 상제의 급보를 받았을 때 성도까지 가야 하는 여정

을 성가시다고만 생각했을 뿐, 상제의 부름 자체에는 의문을 갖지 않았다.

어쨌거나 그녀는 상제가 진심으로 아니카를 아낀다고 믿었다. 상제가 진과 모의하여 어떤 일을 꾸몄건, 그 일이 부도덕하다고 해도 전부 아니카를 위하는 상제의 마음이 작용했을 거라고 막연히 생각했다.

그런데 슬란 왕국에 들러서 알게 된 사실이 근본적인 믿음 자체를 뒤흔들었다.

상제는 아니카를 귀하게 여겨서가 아니라 목적을 위해 아니카를 이용하고 있다는 느낌을 받았다. '부모의 마음으로 아니카를 귀애하는 상제'라는 기본 전제가 흔들리니까 모든 것이 불확실해졌다.

그럼 도대체 상제는 무슨 목적을 위해서 아니카를 이용할까?

아무리 생각해도 알 수가 없었다. 이 세상에 막대한 영향력을 발휘하는 상제에게 부족한 것이 뭐가 있어서?

더구나 상제가 집착하는 아니카는 이미 그 통제 아래 있었다. 거의 모든 아니카가 기꺼이 상제의 울타리 안으로 들어갔다.

그런데 아까 상제가 '라미타를 찾았냐'라고 묻는 순간, 유진은 미묘한 충격을 받았다. 어긋나던 톱니바퀴가 딱 맞물리는 희열을 느꼈달까.

'라미타…… 상제가 원하는 게 라미타인가? 피데스를 통해 찾았냐고 물어본 게 국보 씨앗이 아니라 라미타를 뜻한 거였나?'

한편으로 유진은 얼떨떨했다. 상제는 그녀 앞에서 아주 직설적으로 속내를 드러냈다. 세월과 경험의 연륜이 느껴지지 않는 실수를 저질렀다.

그래서 아리송했다. 상제의 태도가 상대방의 오해를 유도하려는 함정인지, 상제가 조급한 마음에 진심을 드러낸 것인지 헛갈렸다.

확률은 반반. 유진은 자신의 능력을 과신하지 않았다. 두 가지 가능성을 전부 염두에 두고 상제의 의심을 사지 않으면서 순간순간 머리를 굴리며 대화를 이끌 자신이 없었다.

그녀는 과감히 배팅했다. 상제의 목적이 아니카의 라미타라는 결론부터 내리고 이유를 거꾸로 추리해 보기로 했다.

'정리해 보자. 진이 술식을 이용한 주술을 펼치기 위해 사막으로 나갔어. 주술의 목적은 라미타를 되찾는 것. 그 목적을 위해 진은 사왕과 결혼했고 상제가 협조했어. 왜냐하면 상제도 진이 라미타를 되찾기를 원했으니까.'

유진은 뭔가 가닥이 잡힐 듯하다가 다시 혼란스러웠다.

'라미타를 잃었다는 게 도대체 무슨 의미지? 타고난 능력을 어떻게 잃어버릴 수가 있어? 그럼 나는 어떻게 라미타를……'

유진은 엄습하듯 밀려오는 이상한 예감 때문에 갑자기 오싹했다.

'진의 목적이 라미타를 얻는 거라면…… 원하는 걸 얻기는 했잖아.'

다만, 진은 라미타를 얻은 대가로 자신의 영혼도 잃어버렸다. 이게 무엇을 의미하는 것일까.

*　　*　　*

"승패는 결정되었습니다. 그만 승복하시지요. 어르신."

방랑족의 족장, 무르는 자신을 밀어내고 족장의 자리에 오르겠다고 선언한 아드리트를 응시했다. 세상의 위협에서 똘똘 뭉쳐 살아남아야 했던 방랑족은 언제나 하나였다. 그런데 방랑족 역사상 처음으로 반란이 일어났다. 아니, 성공했으니 혁명이라고 해야 하는 건가?

모든 일은 얼마 전 아드리트가 돌아온 그 날부터 시작되었다.

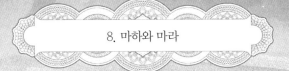

8. 마하와 마라

아드리트의 등장은 갑작스러웠다. 일정한 나이가 되어 정착지를 떠난 일족은 규칙으로 정한 예외적인 경우에만 다시 정착지로 돌아올 수 있었다. 그런데 아드리트는 어떤 경우에도 해당하지 않았다.

아드리트는 족장을 만나자마자 일족의 숨겨진 역사를 모두 알고 싶다고 요청했다. 족장 무르는 들은 척도 하지 않고 오히려 엄하게 야단쳤다.

「이 무슨 경솔한 행동이냐. 네가 장차 일족을 이끄는 굳건한 기둥이 될 거라고 기대하고 있었거늘. 먼 길을 왔으니 당장 내쫓지는 않겠다. 내일 아침에 해가 뜨는 대로 떠나거라.」

이튿날, 무르는 당연히 아드리트가 떠났을 거라고 생각했다. 굳이 확인할 생각도 하지 않았다. 그런데 며칠 후 기함할 일이 벌어졌다. 아드리트가 정기적으로 열리는 원로 회의 중에 난입하여 원로들이 모두 모인 자리에서 말했다.

「이대로는 일족의 미래는 없습니다. 우리도 이제는 미래를 이야기할 때가 되었습니다. 언제까지 죄인으로 살아야 합니까?」

아드리트는 일정한 나이가 되어야만 일족의 지식을 단계별로 익힐 수 있는 규칙의 폐지를 요구했다. 중요한 기밀을 일족의 일부만 독점해서는 일족이 발전할 수 없으며 언제까지나 답보 상태에 있을 거라는 발언으로 완고한 원로들의 분노를 일으켰다.

무르는 사람을 시켜 아드리트를 회의장 밖으로 끌어내라고 한 후에 잔뜩 성을 내는 원로들을 진정시켰다. 그는 아드리트를 내심 자신의 후계로 점찍어 두었기에 일을 크게 만들고 싶지 않았다. 따끔한 벌을 내려야 한다는 원로들을 달래서 간신히 무마했다.

그리고 나중에 아드리트를 불러 윽박지르는 대신 적당히 다독였다.

「이 녀석아. 세상일에는 순서가 있다.」

「어르신. 우리 일족은 지금 제자리에서 꼼짝하지 못하고 있습니다. 첫 걸음을 내딛기 위해서는 우리가 우리에 대해 아는 것부터 시작해야 합니다.」

「네가 무슨 말을 하는지는 알겠다. 하지만 이런 식으로는 안 돼. 정 네 의견을 피력하고 싶으면 절차대로 해라.」

족장은 일족의 절대적인 결정권자가 아니었다. 대부분 사안은 원로들과 회의를 통해 결정하고 아래로부터의 의견도 적극적으로 수렴했다. 따라서 일족은 누구나 자신의 의견을 안건으로 제출할 수 있었다.

「어느 세월에요? 그 절차대로 다 따르려면 최종 연례회의에서 의제로 다루어질 때까지 몇 년은 걸릴 겁니다.」

「일족의 규칙이니 응당 따라야지.」

「어르신. 다급한데 언제 걸어 올라갑니까? 계단을 건너뛰는 융통성이 필요합니다.」

「어허. 대체 무슨 일이냐. 항상 진중하던 네가 왜 이렇게 경망스러워졌어.」

「어르신께서 진정 일족을 생각하신다면 타성에 젖어 안일하게 생각하지 마십시오.」

「이놈이! 그럼 네놈이 족장을 하든가! 내일, 아니 당장 떠나라! 괜한 분란 일으키지 말고!」

자신의 말을 듣고 고개를 숙인 채 돌아서서 나가는 아드리트의 뒷모습에 혀를 찰 때만 해도 장차 무슨 일이 일어날지 예측하지 못했다.

그때는 건방진 소리를 하는 아드리트가 괘씸한 한편으로 의견을 굽히지 않는 모습이 대견했다. 족장의 자리를 물려받을 녀석이니 이만한 뚝심은 있어야지, 고개를 끄덕였다.

무르는 첫날의 실수를 다시 저질렀다. 이튿날, 아드리트의 모습이 보이지 않길래 이번에는 정말 떠난 거라고 믿고 확인하지 않았다.

열흘 정도 지났을까. 뭔가 이상하다고 눈치챘을 때는 이미 일족의 젊은이들이 아드리트를 중심으로 세력을 만든 후였다.

정착지에 머무르는 일족의 나이대는 중간층이 없이 양극단으로 나뉘었다. 노인 아니면 어린 젊은이들이었다.

평생을 떠돌며 죗값을 치르는 방랑족은 노년에 들어서야 비로소 정착지로 돌아와 여생을 보낼 수 있었다. 그리고 아직 바깥으로 나가지 않은 성장기의 아이들, 어린아이들을 키우는 젊은 부모, 결혼하기 위해 배우자감을 찾으러 온 결혼적령기의 젊은이들이 정착지에 한시적으로 머물렀다.

방랑족은 일족 내에서 모두가 동등한 권리를 지니되 세월의 연륜을 존경하는 문화가 있었다. 그래서 족장과 원로들이 모든 일을 결정해도 젊은이들은 그저 어른들을 믿고 따랐다.

그러나 젊은이들이 뭉치면 노인들은 절대 대항할 수 없다. 물리적인 힘으로는 상대가 되지 않았다.

'내가 아둔한 실수를 하였어.'

눈을 감고 이 사태에 이르기까지의 과정을 되짚어 새김질하던 무르가 무거운 마음으로 눈을 떴다. 무르는 자신과 시선을 맞부딪치는 아드리트의 눈빛을 보며 탄식했다.

'허허. 내 탓만은 아닌 듯싶구나.'

과정이 달라지거나 시기가 늦추어질 수 있을지 모르나 언젠가는 오늘 같은 날을 맞이했을 것이다.

아드리트의 눈에 흔들리지 않은 신념이 있었다. 저런 눈빛은 꺾일지 언정 굽히지는 않는다.

무르는 아드리트를 잠시 바라보다가 자신 주변을 포위하듯 둘러싼 일족의 젊은이들을 둘러보았다. 눈이 마주치자 순간 움찔하는 녀석은 있었지만, 누구도 눈을 피하지는 않았다. 한순간의 기분에 휩쓸려 우르르 몰려온 마음이 아님을 알겠다.

"너희들 모두 아드리트와 같은 생각이냐."

서로 시선을 교환하던 젊은이 중 한 명이 나서서 말했다.

"어르신. 저희는 언제까지 이렇게 살아야 합니까? 저는 괜찮습니다. 그런데 이제 막 걸음마를 시작한 제 아들에게는 더 나은 미래를 보여 주고 싶습니다. 아드리트가 그 길을 열어 줄 거라고 믿습니다."

무르는 한숨을 내쉬며 잠시 아무 말이 없었다. 무르의 얼굴에 떠오른 회한의 감정을 읽은 사람들은 무르의 마음이 정리되기를 기다렸다.

다들 순조로운 권력 이양이 이루어지기를 바랐다. 서로의 뜻이 다를 뿐이지 원한이 있어서가 아니므로 일족의 어른을 핍박하고 싶은 사람은 아무도 없었다.

"원로 어르신들은?"

무르의 물음에 아드리트가 대답했다.

"회관에 모셔 두었습니다. 잠시 거동을 제한했을 뿐입니다."

"다들 역정 꽤나 내고 계시겠구나."

무르가 의자에서 일어나며 말했다.

"가자."

무르는 우르르 따라오는 젊은이들을 돌아보며 말했다.

"다들 기다려라. 아드리트. 너만 함께 가자."

누군가가 곧바로 반박했다.

"하지만……."

"어허! 지금 왈패들끼리 뒷골목 싸움하는 줄 아느냐! 최소한의 필요한 과정도 거치지 않고 무슨 큰일을 도모하려고 해!"

무르가 매섭게 호통쳤다. 기세에 밀린 젊은이들이 우물쭈물하며 서로의 눈치만 살폈다. 아드리트가 그들에게 말했다.

"괜찮습니다. 믿고 기다려 주세요. 우리가 모두 합심하여 뜻이 확고한 이상 아무 일도 없을 겁니다."

그리고 무르에게 말했다.

"가시지요. 어르신."

무르는 걸음을 떼다가 흘끔 뒤를 돌아보고 아무도 뒤따르지 않는 모습을 확인했다. 흔들리지 않는 그들의 표정에서 아드리트에 대한 믿음이 느껴졌다. 커험, 괜한 헛기침을 하며 놀라는 자신의 속마음을 감추었다.

'이 녀석이 이런 재주가 있었나? 왜 이렇게 변했지? 몇 년 사이에 무슨 일이 있었길래.'

무르가 아드리트를 자신의 후계자로 내정하면서 걸리는 점이 딱 한 가지 있었다. 나서기를 꺼리는 아드리트의 성격이었다. 아드리트는 영민하고 진중하며 의지도 강한데 젊은이다운 충동적인 혈기가 없었다. 운명에 순응하려는 성품은 장점이자 단점이었다.

무르는 아드리트가 사람들을 선동하여 이런 엄청난 일에 앞장섰다는 사실이 믿기지 않았다.

"아드리트."

"예, 어르신."

"네가 정녕 모든 진실을 알고 감당할 수 있겠느냐?"

무르의 말속에 담긴 심상찮은 기운을 알아차린 아드리트가 움찔했다. 그의 침묵은 길지 않았다.

"각오가 서지 않았다면 시작도 하지 않았습니다."

"네가 족장이 되면 정말 일족의 모든 지식을 모두에게 공개할 셈이냐?"

"그렇게 하겠다고 모두와 약속했습니다."

무르는 그저 말없이 한숨만 내쉬었다. 앞일이 걱정스러웠다. 사람마다 그릇이 다르다. 똑같은 진실을 마주했을 때 자신의 그릇에 담을 수 있는 사람이 있고 넘치는 사람이 있다. 일족 내부에 큰 혼란이 일어날 것이다.

'어리긴 어리구나.'

무르는 아드리트가 아직 세상의 때가 묻지 않아 그저 긍정적으로만 바라보고 있다고 생각했다.

그들이 회관에 이르렀을 때 안쪽에서 벌어지는 소란이 꽤 크게 들렸다.

"이놈들이! 당장 놓지 못해!"

"못 가십니다."

"이놈이! 놔, 이놈!"

"아이고, 어르신. 아픕니다!"

"흥분하지 마시고 진정하세요, 어르신."

뒤엉켜서 옥신각신하던 자들이 회관 문이 열리자마자 멈칫했다. 원로들 상당수는 안쪽에 모여 앉아 숙덕이다가 고개를 돌렸다. 평소 성격이 괄괄하기로 유명한 원로들 몇 명만 회관 한복판에 서 있고 젊은이들이 온몸으로 붙들고 있는 모양새였다.

힘으로 제압하려 했다면 노인 한 명에 몇 명이 달라붙을 필요가 없었다. 게다가 기세 좋게 날뛰던 원로들은 차림새만 약간 흐트러졌을 뿐이고 막아서는 젊은이 중에는 눈두덩이에 시퍼렇게 멍이 올라오는 자가 있었다.

무르는 쓴웃음을 지었다. 험악한 상황일까 봐 내심 걱정했는데 오히려 눈앞의 광경은 우스꽝스럽기까지 했다. 어른을 존중하는 젊은이들의 마음가짐 자체가 달라지지 않았다고 생각하니까 서운함과 노여움이 섞인 복잡한 감정이 물에 풀어진 소금처럼 흩어졌다.

"족장!"

"족장. 왔구려. 대체 이게 무슨 일이오?"

"젊은것들이 위아래도 모르고 말이야."

무르는 와글와글 떠드는 원로들의 소란이 잠시 가라앉기를 기다렸다가 말했다.

"어르신들. 제가 이제 힘에 부치는 것 같습니다. 이 자리를 물려주고 뒤로 물러나려 합니다."

"뭐요?"

"족장. 대체 무슨 소리요?"

"이보시오, 족장."

"우리는 이제 저물어가는 해가 아닙니까. 미래는 미래를 살 아이들에게 맡기는 게 맞습니다. 어르신들. 이미 대세가 바뀌었습니다. 아이들이 우리 일족의 미래를 새로 만들어 보겠다고 합니다. 어른이 되어서 아이들 앞길을 막지는 말아야지요."

아우성치던 원로들이 하나둘 입을 다물었다. 그들은 복잡한 표정으로 족장을 바라보았다. 격동하는 눈빛으로 한숨을 내쉬기도 했다.

무르가 제 옆에 서 있는 아드리트의 어깨를 툭 두드리며 말했다.

"어르신. 이 녀석을 데리고 그곳에 가겠습니다."

"……뜻대로 하시구려."

"족장이 결정을 내렸다면 우리야 따라야지."

원로 중 몇 명은 긍정적인 의사를 표현했고 일부는 침묵했으며 나머지는 마지못하다는 듯이 헛기침했다. 그런데 뚜렷한 반발심을 드러내는 사람은 없었다.

"따라오너라."

아드리트는 성큼성큼 걸어가는 무르의 뒷모습과 원로들의 모습을 번 같아 바라보았다. 그는 어리둥절한 표정으로 이미 저만치 멀어진 무르의 뒤를 얼른 따라갔다. 지루한 싸움을 각오했던 터라 이렇게 쉽게 원로들이 물러설 줄은 몰랐다.

앞서 걷는 무르의 가슴에 바람이 불었다. 이제 시대의 뒤켠으로 물러나야 한다는 섭섭함과 걱정, 기대감이 뒤섞인 바람이었다.

일족의 조상께서는 어쩌면 후손이 용기 있는 한 걸음을 내딛는, 이런 날이 오기를 기다리셨을 것이다. 자신도 젊어서는 한 때 꿈꾸었으나 차마 내딛지 못했던 그 걸음을.

*　　*　　*

상제와 유진은 기도실을 나와서 알현실로 자리를 옮겼다. 원형의 대리석 테이블을 중심으로 권위를 상징하는 금장 의자에 상제가 앉고 맞은편의 나무 의자에 유진이 앉았다. 잠시 후 사제가 유진의 앞에만 찻잔을 내려놓고 물러갔다.

사제가 당연하다는 듯이 한 잔의 차만 가져온 것을 봐서는 원래 상제는 차를 마시지 않는 듯했다.

'혼자만 마시려니 신경 쓰이네.'

유진은 멋쩍은 기분으로 찻잔을 들었다. 얼마나 긴장을 했는지 찻잔에 가득한 찻물을 보니까 갑자기 목 안이 바짝 마르는 것처럼 갈증이 났다.

그녀는 찻잔을 들으며 무심히 소매를 보았다가 '히익!' 놀란 숨을 들이켰다. 부푼 소매 안쪽에 붙어 있는 손가락 두 마디 크기의 다람쥐가 유진과 눈이 마주치자 코를 벌름거렸다.

'꼬마!'

네가 왜 여기 있어!

─ 아니카 진. 차에 무슨 문제라도 있습니까?

유진은 얼른 한 손으로 소매에 매달린 꼬마를 움켜쥐었다.

식은땀이 나면서 등 뒤로 소름이 돋았다. 아무 일 없는 척 넘어가기에는 이미 자신이 과도하게 놀란 반응을 보였다. 거짓말로 잠시 상황을 모면했다가 들통나면 더 수상해 보일 것이다.

그렇다고 솔직히 말하자니 왕의 환수가 주인이 아닌 다른 사람을 따르는 현상은 아주 특이하므로 분명히 상제가 남다른 흥미를 보일 것이다. 실제로 아부는 예전에 진을 소 닭 보듯 했다고 들었다.

유진은 이 이상 더 상제의 관심을 끌고 싶지 않았다. 지금도 충분히 상제에게 발목 잡힐 분위기였다. 카세르와 함께 왕국으로 돌아갈 가능성이 더욱 희박해질 것이다. 하지만 그럴듯한 변명은 떠오르지 않고 시간을 오래 끌면 안 된다는 초조함에 마음이 급해졌다. 그녀는 '에라, 모르겠다'라는 심정으로 말했다.

"송구합니다. 성하."

유진은 면구스럽게, 그러나 좀 뻔뻔함도 느껴지도록 웃으며 말했다.

"제가 기르던 애완 다람쥐가 제 옷소매 아래 붙어 따라온 것을 이제 발견했지 뭐예요."

─ ……애완 다람쥐?

유진은 두 손을 테이블 위로 올렸다. 그녀는 꼬마의 뿔이 보이지 않도록 왼손으로 머리를 감싸 쥐고 드러난 몸통과 꼬리를 오른손가락으로 쓰다듬었다.

"성도를 떠나있는 동안 요 녀석을 기르며 위안을 얻었어요. 제가 워낙 귀여워해서 잠시도 곁에서 떨어뜨리지 않았는데 오기 전 아까 시녀에게 맡길 때 빠져나와 절 따라왔나 봅니다. 이 말썽꾸러기 같으니."

그녀는 애완동물에 푹 빠진 모습을 과장되게 연기하다가 점점 진심이 되었다. 평소 한 뼘 크기의 꼬마가 고작 손가락만 하게 작아진 모습이 귀여워서 저절로 웃음이 나왔다. 새장의 틈새를 빠져나오기 위해서 몸의 크기를 줄여야 했을 것이다. 이 꼴이 되어 소매 아래에 찰싹 달라붙어 숨어 있었을 모습이 절로 상상됐다.

"성하. 이 아이가 사고를 일으키지 않도록 잘 붙들고 있을게요. 제가 데리고 있어도 된다고 허락해 주세요."

─중요한 이야기를 나누는 중입니다. 아니카 진.

"엄숙한 자리라는 것은 알지만, 낯선 사람을 무척 무서워하거든요. 평소에는 정말 얌전하고 착해요."

유진은 떼쓰는 아이처럼 고집을 부렸다. 환수라는 사실을 숨기려면 절대 다른 사람에게 꼬마를 넘기면 안 된다. 과연 상제가 어느 정도까지 진에게 관대할지도 궁금했다.

상제는 내심 어이가 없었다. 성도궁은 모두가 떠받드는 신성한 공간이었다. 상제와의 알현을 앞둔 자들은 며칠 전부터 목욕재계하며 몸과 마음을 정갈히 했다. 그런데 애완동물을 데리고 알현실에 들어오다니. 이런 일은 무척 오랜 세월을 살아온 상제조차 처음 겪었다.

기가 막히지만, 노엽지는 않았다. 그동안 상제는 진이 자신의 본성을 누르지 않도록 은근히 부추겨 왔다.

상제는 아니카 진이 열네 살이 되어서야 자각몽을 꾸었다고 찾아온 그 날, 진이 특별한 인간이라는 사실을 알아차렸다.

> 「아주 물이 맑은 연못을 보았습니다. 성하. 그 속에 제 두 손을 담갔더니 물이 얼음처럼 차가웠어요.」

자각몽을 떠올리는 듯 황홀한 표정으로 진은, 고작 열네 살이었던 여자아이는 신의 대리자 앞에서 깜찍하게 거짓말했다. 상제는 어린 아니카의 뻔뻔함과 교활함이 흥미로웠다.

그때만 해도 상제는 진의 거짓말이 무슨 의미인지 알지 못했다. 라미타가 없는 아니카라니. 상상도 못 했다. 진이 투명 씨앗을 만지기를 거부하여 라미타를 측정할 방법도 없으니 그저 진이 자신의 라미타를 숨긴다고만 생각했다.

상제는 진의 신뢰를 얻고자 했다. 보는 눈이 있는 곳에서는 모든 아니카를 공평하게 대하는 척했다. 그런데 진과 둘만 있을 때는 오냐오냐하는 어른이 되어 진의 말과 행동을 모두 너그럽게 받아 주었다.

진은 그걸 눈치채고 조금씩 선을 넘는 영악스러움을 드러냈다. 처음 상제를 만나러 왔을 때 바짝 얼어 있던 진은 갈수록 어리광이 늘고 말투도 편해지더니 언젠가부터는 상제를 어려워하지 않았다. 상제와의 긴밀한 유대감을 남에게 드러내지 않는 눈치도 있었다.

진은 상제가 자신의 든든한 지지자라고 생각했을 것이다. 그러니 라미타가 없는 아니카인데도 주눅 들지 않고 제 위에 아무도 없다는 듯이 성도를 설치고 다녔던 거다.

진이 라미타를 되찾고 싶다고 찾아왔을 때 상제는 드디어 오래된 의문을 풀었다. 아니카 진이 거짓말로 주변 모두를 속여 왔다는 사실이 어이없으면서도 재미있었다.

상제는 진과 플로라, 두 아니카 중 한 명만 강대한 라미타를 지녔다면 그 사람이 진이기를 바랐다. 진은 욕망에 충실한 인간이었고 그런 유형의 인간은 입맛대로 구슬리기가 쉬웠다.

인간은 강압적으로 누르면 누를수록 튀어 오르는 이상한 기질을 지녔다. 인간이 자신의 의지대로 움직인다고 착각하도록 유도하여 그 믿음에 취하게 하는 방법이 가장 뒤탈이 없었다.

상제는 그저 쯧, 혀를 차며 말했다.

─소란이 일어나면 즉시 사제를 불러 조치할 겁니다.

"예, 성하! 감사합니다."

상제는 유진이 둥글게 감싸 쥔 자신의 손에 대고 '착하지, 얌전히 있자.'라고 말하는 모습을 보며 픽 웃었다.

'조금 변했나 했더니만 여전하군.'

어쩌면 왕국에서 지내는 동안 진의 천둥벌거숭이 같은 성품은 더 견고해졌을지도 모른다. 성도에서 아니카로서 받는 특별 대우와 엄격한 신분 제도가 존재하는 왕국에서 왕비라는 절대적 명령권자로서 누리는 권리는 격이 다를 테니까.

─하던 이야기를 계속하지요. 사왕이 그대에게 뭐라고 했습니까?

유진은 꼬마를 쥔 손을 테이블 아래로 내리면서 말했다.

"아까는 정황 설명이 부족했으니 다시 말씀드리겠습니다. 제가 눈을 떴을 때는 사막이었어요. 곧 저를 찾으러 온 전사들을 만나 왕성으로 돌아왔고요. 그런데 제가 왜 사막으로 나왔는지 기억이 나지 않았습니다. 그리고 사왕은 사막으로 나갔던 저를 수상하게 생각하며 국보가 사라진 것과 연관하여 의심하는 눈치였습니다."

상제는 생각에 잠기는 표정으로 잠시 말이 없었다. 유진은 테이블 아래쪽으로 슬쩍 시선을 내렸다. 손바닥에 닿는 꼬마의 털 때문에 자꾸 신경이 쓰였다.

'꼬마가 왜 나를 따라왔지? 혹시 그 사람이 시켰나? 아니야. 그런 경솔한 일을 할 사람은 아닌데. 꼬마가 없어진 사실을 그도 알고 있을까?'

─그대가 사막으로 나간 이유는 짐작하건대 장소가 필요했기 때문일 겁니다.

잠시 꼬마에게 정신을 빼앗겼던 유진은 얼른 시선을 들었다.
"장소요?"

─누구에게도 방해받지 않을 장소 말입니다. 그리고 사왕이 말하는 국보는 그대가 찾고 있던 매개이겠지요.

갑자기 어마어마한 단서가 확 들어오는 바람에 유진은 순간 마른침을 삼켰다. 상제가 그 씨앗의 존재는 물론이고 진이 그것을 찾고 있었다는 사실까지 이미 알고 있었다고 인정했다.

'그런데 상제는 진이 왜 사막으로 나갔는지 정확한 이유는 모르는 것 같아.'

진은 왕국에서 지낸 3년 동안 아예 성도와 연락을 끊은 듯했다. 가족들과도 소식을 주고받지 않았을 정도니까.

'상제와 공모했으면서 왜 알리지 않았을까…… 조심하기 위해서? 아니면 상제에게 말할 수 없는 이유가 있었다거나…….'

유진은 아까 기억에서 봤던 대제사장을 떠올렸다.

'진이 그자와 접촉한 것과 관련이 있나?'

대제사장은 사교의 교주나 다름없는 인물이었다. 그자와의 교류는 상제의 뜻을 거스르는 짓이었다. 더구나 진은 마라 교단의 성녀 칭호까지 받았다. 그야말로 상제에 대한 배신이었다.

'매개라니. 그 단어를 상제한테 들을 줄이야.'

예전에 유진이 이름깨나 있는 이야기꾼을 불러 물었을 때 그자는 뭔지 모른다며 고개를 갸웃했다. 그런데 방금 상제는 주술을 발동하기 위한 요소를 대수롭지 않게 말했다.

언젠가 마리안이 주술사를 일컬어 '사기꾼'이라고 말한 적이 있었다. 세간의 인식이 주술을 하찮은 잡기로 생각한다는 의미였다.

즉, 주술은 보편적인 상식이 아니며 고결한 신의 대리인이 알 만한 가치 있는 지식도 아니었다.

'상제는 혹시 아드리트가 말한, 주술을 아는 고대 일족과 관련이 있나?'

─그런데 아니카 진. 정말로 기억이 나지 않습니까?

유진은 가슴이 덜컥 내려앉았다. 그녀는 모든 노력을 자연스러운 표정을 만드는 데에 집중했으나 자꾸 입꼬리가 경직되었다.

"제가 성하께 거짓말한다는 말씀인가요?"

─매개만 찾은 후 내게 연락했으면 장소는 내가 마련했을 겁니다.

그대는 왜 나와 약속한 대로 하지 않았습니까?

유진은 갑자기 떠오르는 진의 목소리를 연달아 들었다.

「성하. 제가 그 매개를 찾으러 가야겠습니다.」
「아니에요. 성하께서 그걸 사왕에게 가져오라고 하시면 증인이 남고 기록이 남잖아요. 제가 한때 라미타가 없었던 아니카라는 사실을 누구도 알지 못했으면 해요. 저는 이 일을 아무도 모르게 진행하고 싶어요. 누가 알면 정말 죽고 싶을 거예요.」
「허락해 주세요. 성하.」
「네. 말씀대로 할게요. 매개만 찾으면 되니까요.」

유진은 새로운 사실을 알았다. 사왕과의 결혼을 적극적으로 추진한 쪽은 진이었다. 상제는 아마 사왕한테 그 씨앗을 받아 내는 방법을 찾아보려 한 듯했다.
'하긴, 그편이 훨씬 간단하지.'
유진이 처음 보물고에 카세르와 함께 들어간 날, 그는 말했다.

「상징적인 가치만 지닌 국보니까 수습할 수 있어.」

카세르는 잃어버린 국보를 대수롭지 않게 생각했다. 물론 그가 자신을 배려하느라 그런 척했겠지만, 엄청난 귀물이라면 조금은 더 곤란해했을 것이다. 상제가 그 씨앗을 대가로 거래를 제안하면 상제와 원만한 관계를 위해서 그는 아마 쓸 만한 대가를 받고 응했을 것 같다.
그런데 진은 고집을 부려서 사왕과 결혼했으며 상제와 약속도 어기고 국보를 훔쳐 사막으로 나갔다. 대체 왜? 해결의 실마리가 잡힐 듯하다가 또 미로를 헤매는 기분이었다.

그래도 한 가지는 확실히 알게 됐다. 진은 라미타가 없었으며 라미타를 얻기 위한 주술을 발동하려고 모든 일을 꾸몄다.

"성하. 성하 말씀을 듣다 보니까 기억이 조금씩 나기 시작합니다."

─ 다행이군요. 어떤 기억입니까?

"그 매개는 왕국의 국보였습니다. 굉장히 접근하기 어려운 장소에 엄중히 보관되어 있었고 저는 그 매개를 얻을 기회만 엿보았습니다. 하지만 번번이 실패했어요."

유진은 진실과 거짓을 섞어 말했다. 그 씨앗은 엄중히 보관 중이었으나 진은 접근하기 쉬웠다. 보물고를 제 방처럼 드나들었으니 언제든 마음만 먹으면 씨앗을 훔칠 수 있었으리라. 그런데 왜 3년이나 기다렸는지 모르겠다. 유진은 자신이 풀어야 할 수수께끼 항목을 수정했다.

"그 매개를 드디어 손에 넣은 날, 저는 마음이 급해졌습니다. 한시라도 빨리 라미타를 되찾고 싶었어요."

유진은 긴장을 감추려고 자신도 모르게 손에 힘을 주며 말하다가 손바닥 안쪽에서 꿈틀거리는 움직임 때문에 흠칫 놀랐다. 내내 얌전히 있던 꼬마가 갑자기 주변이 좁아져 놀란 모양이었다.

그녀는 미안한 마음에 얼른 손에 힘을 풀고 테이블 아래로 시선을 내렸다. 꼬마를 쥔 손이 잘 보이도록 아랫배 가까이 붙였더니 다람쥐의 작은 머리가 손가락 틈 사이로 쏙 빠져나왔다.

그녀는 튀어나오는 웃음을 참고 미소 지었다. 뒤늦게 실수를 깨닫고 얼른 고개를 들었다.

─아니카 진. 계속 집중을 못 하는군요.

"송구합니다. 성하. 이제부터는 완전히 집중할게요."

눈을 부릅뜨는 그녀의 표정이 더 어이가 없어서 상제는 실소를 흘렸다.

─다음에 나머지 이야기를 합시다. 오늘은 방해꾼이 있으니 말입니다.

"아……. 성하. 아직 드릴 말씀이 남았는데……. 다시는 딴짓하지 않겠습니다."

유진은 속으로는 '와! 언제 빠져나가나 막막했더니만 이게 웬일이야.'라고 환성을 질렀으나 지금 상제가 자신의 속을 떠보는 중일지도 모르므로 덥석 받아들이지 않았다.

─먼 길을 오느라 지쳤을 테니 오늘은 그대에게 휴식이 필요합니다. 앞으로 시간은 많으니까요.

상제가 자신의 조바심을 누르며 자신에게 하는 말이기도 했다. 지금은 아니카 진을 몰아세우는 것보다 관용을 보이는 편이 나았다. 지난 세월 동안 그랬던 것처럼.

알현실 문이 열리고 피데스가 들어왔다. 피데스는 그 자리에 서서 상제를 향해 꾸벅 고개를 숙인 후 더는 안으로 들어오지 않았다.

—아니카 진. 피데스가 그대를 배웅할 겁니다.

"예, 성하."
유진은 '또 피데스?'라고 속으로만 생각하며 상제에게 고개를 숙였다.
"오늘 끝마치지 못한 이야기를 드리러 곧 다시 찾아뵙겠습니다. 마하의 축복이 영원하시기를."

—그대에게도 마하의 축복이 영원하기를. 그리고 축하합니다. 아니카 진.

"……감사합니다."

—곧 자세한 이야기를 듣게 되기를 기대하겠습니다. 그때는 방해꾼이 없었으면 하는군요.

"예, 성하. 명심하겠습니다."
유진이 일어나서 돌아서는데 상제의 목소리가 들렸다.

—아니카 진.

"예?"

—다시 보는 날, 우리가 나눈 약속에 관해서도 이야기하지요. 그대가 내게 줄 것과 내가 그대에게 줄 것에 관해서.

유진은 영문 모르는 소리지만, 알겠다고 대답할 수밖에 없었다. 그녀가 다시 피데스를 보며 걸어가는 순간, 진의 목소리를 들었다.

「제게 기사 피데스를 주세요. 성하.」
「그 사람을 갖고 싶어요.」
「기사 피데스만 주시면 제 평생을 신께 바치겠어요.」

유진은 기묘한 기분으로 피데스의 앞을 지나쳐 갔다. 피데스가 과연 진과 상제의 거래를 알고 있을까? 피데스 역시 사왕처럼 까맣게 모를 것이다.

'참 삐뚤어졌네.'

유진은 진을 향해 혀를 찼다. 가장 중요한 당사자의 의사에 상관없이 제3의 권력자 힘을 이용해 사람을 소유하려는 진의 이기적인 욕망이 한심했다.

마차에 올라탄 후 마차가 움직이기 시작한 후에도 유진은 긴장을 놓을 수 없었다. 갑자기 마차가 멈추어 서고 다시 상제가 부른다고 할까 봐 마음이 조마조마했다.

'아. 비밀 서고에 들렀다가 올걸.'

뒤늦게 생각이 났다. 아까 성도궁에 들어오기 직전까지만 해도 꼭 가 봐야겠다고 마음먹었는데. 기왕 성도궁에 온 김에 성도궁을 이곳저곳 둘러보면서 진의 기억 조각을 찾아보고 그 유명한 비밀 서고도 가려고 했다.

욕심만 잔뜩 부렸나 보다. 지금은 그저 비밀 서고고 뭐고 얼른 이 성도궁에서 빠져나가고 싶었다. 오늘 쓸 수 있는 에너지를 모두 소모한 기분이었다.

'아직 성도궁인가?'

마차가 출발하고 시간이 얼마나 지났는지, 어느 정도 거리나 움직였는지 감이 안 왔다. 체내 시계가 고장이 났는지 방금 출발한 것 같으면서도 한참 간 것 같기도 했다.

그녀는 커튼을 슬쩍 들추어 바깥을 살폈다. 때마침 마차가 성도궁의 정문을 막 통과하고 있었다. 유진은 마차가 완전히 성도궁을 빠져나간 후에 커튼을 내렸다. 꼿꼿이 세우고 있던 등을 비로소 편하게 뒤로 기댔다.

그녀는 눈을 감고 한숨을 내쉬었다. 보고 들은 일과 그녀의 생각이 뒤섞여 머릿속이 뒤죽박죽이었다. 이대로 아무 생각도 하고 싶지 않았지만, 그녀는 힘겹게 다시 집중하여 수많은 의문점 중 하나를 붙들었다.

'대제사장은…… 상제를 왜 그렇게 닮았지?'

상제는 마하의 대리자. 대제사장은 마라의 대리자. 둘 다 신의 대리자라는 공통점이 있으며 인간이 아니었다. 따라서 겉모습은 크게 의미가 없을 수도 있다. 지구에서 유진이 봤던 종교적 상상화에 등장하는 천사는 다 비슷하게 생겼으니까.

다만, 마하는 선신이고 마라는 악신이라는 이 시대의 절대적인 진리를 아드리트는 부정했다. 아드리트의 말에 따르면 마하와 마라는 고대에 존재하지 않았다. 세월의 흐름에 따라 '신'을 상징하는 칭호가 변했거나, 마하와 마라가 신이 아니거나, 둘 중 하나일 것이다.

'신…….'

상제가 정말 신의 대리인인가?

유진은 상제를 만나기 전에 아주 특별한 느낌을 기대했다. 그런데 속을 알 수 없는 자를 상대하며 머리를 굴리느라 기가 빨리는 기분이 드는 것과 별개로 보통 인간과 다른 신성함 같은 건 전혀 느껴지지 않았다.

도무지 사람 같지 않은 상제의 아름다운 외모는 이곳 사람들에게 무척 자극적일지도 모르겠다. 하지만 유진은 그다지 감동하지 않았다.

그녀는 상상력이 극대화된 세상에서 살았다. 사진이나 영상물을 보면 고도화된 그래픽 기술의 도움을 받은 완벽하게 아름답고 인간이 아닌 존재가 빈번히 등장했다.

'오히려…… 그 남자 기운이 더 드센 거 같은데.'

유진은 카세르를 떠올렸다. 그의 온몸을 감싼 뱀 형상의 프라즈와 몇 층 높이의 건물을 한 번에 뛰어오르는 모습 등이 훨씬 더 강렬했다.

그녀는 눈을 뜨고 자신의 왼쪽 손을 들어 올렸다. 소매 아래에 몸을 찰싹 붙이고 있던 작은 다람쥐가 비죽 고개를 들었다. 유진이 꼬마 앞으로 오른손을 가져다 대니 꼬마가 얼른 그녀의 손등 위로 뛰어올랐다.

"이 말썽꾸러기."

유진이 꼬마의 콧등을 손가락으로 톡톡 두드리며 웃었다.

"그래도 네 덕분에 살았어."

아까는 갑자기 나타난 꼬마 때문에 적잖이 당황했다. 그런데 꼬마 덕분에 상제가 진에게 과할 정도로 관대하다는 사실을 알게 됐고 일찍 빠져나올 수도 있었다.

칭찬이 기쁘다는 듯이 꼬마가 그녀의 손등 위에서 빙그르르 몸을 돌렸다. 꼬마를 보며 웃던 유진은 문득 의아했다.

'왜 상제는 꼬마가 환수라는 사실을 알아차리지 못했을까.'

환수는 라크다. 상제가 신의 대리인이라면 이 세상의 침입자인 라크의 존재를 기민하게 파악해야 하지 않을까. 코앞에 있는 라크도 알아보지 못하다니.

'상제는 혹시 고대 일족이 아닐까? 미래를 읽는 그 고대 일족은 주술 관련 지식을 독점하고 있다고 했지. 그들이 주술을 이용해 사이비 교주

노릇을 하는 걸까? 그렇다면 대제사장도 그런 비슷한 거겠지. 아니면 둘이 서로 짜고 세상 사람들을 속이는…… 이건 너무 나갔나.'

마차가 서서히 속도를 줄이더니 멈추어 섰다. 잠시 후 마차가 다시 출발할 때 유진이 커튼을 열었다가 활짝 열린 거대한 철문을 막 통과하는 장면을 보았다.

'아…… 도착했구나.'

성도에는 여섯 왕국의 왕실이 각각 소유한 저택이 있다. 고급 저택은 자기들끼리 모여 있기 마련인데 왕실의 여섯 저택은 성도궁을 중심으로 띄엄띄엄 떨어져 있었다.

'집에 왔어.'

저 안에서 그가 자신을 기다리고 있다는 생각만으로 갑자기 모든 걱정이 사라지고 마음이 편안해졌다. 새삼스레 자신이 얼마나 그에게 의지하고 있는지 깨달았다.

상제의 주례 하에 결혼식을 올리고 상제가 내어 준 별채에서 가짜 초야를 보낸 후 즉시 성도를 떠나는 바람에 진은 이 저택에 온 적이 없다고 들었다. 진의 기억이 전혀 없는 새집이라고 생각하니까 유진은 도착하기 전부터 마음에 들었다.

곧 마차가 멈추었다. 유진은 마차 문이 열리기 전에 꼬마를 소매 안쪽으로 숨겼다. 잠시 후, 마차 문이 열렸다. 그녀는 바깥에 바로 피데스가 서 있을 거라고 생각했다.

갑자기 누군가의 상체가 마차 안으로 들어왔다. 유진은 막 자리에서 일어나다가 흠칫 놀랐다. 푸른 눈동자와 눈을 마주치면서 그녀의 얼어붙은 표정이 금세 부드럽게 풀렸다.

유진은 치솟는 감정을 꾹 참고 카세르가 내민 손에 손을 얹었다. 손끝을 쥐는 그의 손에 힘이 들어가자 어쩐지 울컥했다.

땅에 발을 디디며 유진은 정면으로 보이는 거대한 저택을 응시했다. 계단을 올라가서 안으로 들어가는 구조였으며 통일된 복장의 고용인들이 계단 층마다 길을 만들듯이 줄을 맞추어 서 있었다.

왕성의 규모에는 비할 데가 아니지만, 오히려 더 현실적으로 느껴졌다. 새삼스럽게 정말 높은 사람이 된 기분이 들었다.

"들어갑시다. 왕비."

"네."

유진은 걷다 말고 고개를 돌렸다. 저만치 떨어져서 서 있는 피데스를 발견하고 말했다.

"피데스 경. 바래다줘서 고마워요."

"별말씀을요. 해야 할 일을 했을 뿐입니다."

"함께 들어가요. 여기까지 함께 오셨는데 차 한 잔은 대접해야지요. 경이 첫 손님이 되겠네요."

유진은 옆에서 카세르가 낮게 헛기침을 하자 그를 돌아보았다. 카세르가 유진의 손을 슬며시 잡아끌면서 말했다.

"왕비. 오래 집을 비워 뒀던 터라 아직 손님을 맞을 준비가 제대로 되어 있지 않소."

피데스가 얼른 대답했다.

"아니카…… 왕비님. 초대는 감사하오나 돌아가 할 일이 있습니다. 다음에 기회가 되면 초대해 주십시오."

"아…… 그렇다면 어쩔 수 없군요."

"다음에 뵙겠습니다. 전하."

"수고가 많았소."

피데스가 꾸벅 고개를 숙인 후 돌아섰다. 유진은 피데스가 말에 오르는 모습을 보지 못하고 카세르가 재촉하는 대로 이끌려 걸어갔다.

고용인들이 만든 길을 지나가며 유진은 카세르를 곁눈질했다. 아무리 유진이 이쪽 세상의 예절에 숙달하지 못했어도 방금 카세르의 태도가 바람직하지 않다는 정도는 알았다.

사람 한 명에게 차를 내주는 정도에 무슨 손님맞이 준비가 필요하다고. 대놓고 '차 대접은 못 하겠으니까 가라.'라고 말하는 것이나 다름없었다.

'피데스가 싫은가?'

카세르는 사람에 대한 호불호를 내색하지 않을 줄 알았는데 뜻밖이었다.

'하긴, 기사는 상제의 수족이니까. 경계하는 편이 좋겠지.'

유진은 단순하게 생각했다.

"전하. 긴히 드릴 말씀이 있어요."

"방해받지 않을 곳으로 갑시다."

두 사람은 저택 안쪽에 있는 응접실로 들어갔다. 카세르는 따라 들어오는 고용인에게 '부를 때까지 들어오지 마라.'라는 지시를 내려 모두 내보냈다.

"괜찮아? 별일 없었어?"

"꼬마가 따라왔어요."

둘만 남게 되자 두 사람이 동시에 말했다. 유진은 소매 아래에서 꼬마를 잡아 그의 눈앞에 보여 주었다.

"혹시 당신이 꼬마에게 시켰어요?"

카세르가 고개를 흔들었다.

"정말, 모르셨어요?"

"내가 왜 그런 짓을 하겠어. 혹시 이 녀석 때문에 문제가 생겼어?"

"그렇지는 않았는데…… 언제 따라온 걸까요?"

카세르가 잠시 생각한 후 말했다.

"당신이 성도궁으로 출발하기 전에 나와 마지막으로 대화했을 때 곁에 꼬마의 새장이 있었지."

"그럼 그때 빠져나왔나 보네요. 꼬마가 없어진 걸 모르셨어요?"

"몰랐어."

"당신은 주인이 되어서 너무 무관심해요."

카세르는 유진의 비난이 억울했다. 환수의 행방 따위를 살필 정신이 아니었다. 그녀를 성도궁으로 보내 놓고 피가 마르는 심정이었다. 잠시도 앉지 못하고 계속 방 안을 서성거리다가 그녀의 마차가 들어온다는 말을 듣고 한달음에 뛰어 내려갔다.

그는 괜한 타박을 듣게 만든 괘씸한 다람쥐를 노려보았다. 그런데 갑자기 스치는 생각에 탄성을 질렀다.

"꼬마는 당신이 걱정됐나 봐. 아까 우리가 나눈 대화가 심각해 보였을 테지."

"꼬마가 절 지켜 주려고 따라온 거라고요?"

"이 녀석은 날 부를 수 있으니까."

카세르는 몹시 쓸 만한 일꾼을 발견한 표정으로 만족스럽게 고개를 끄덕였다.

"좋아. 꼬마. 필요할 때는 종종 네가 수고해야겠다."

"아……."

유진은 작은 다람쥐를 응시했다. 이 자그마한 녀석에게 보호를 받았다는 감격에 벅차오르고 언제든 달려와 줄 든든한 남편이 믿음직스러웠다. 이 좋은 사람을 속인 진이 밉고 카세르에게는 한없이 미안했다. 복합적인 감정은 느닷없이 그녀의 눈물샘을 건드렸다. 점점 눈앞이 흐려지더니 주변이 부옇게 보였다.

"유진."

유진이 눈을 깜빡였다. 툭, 눈물이 아래로 떨어졌다. 놀라서 어쩔 줄 모르는 표정의 그를 보니까 다시 눈앞에 그렁그렁 눈물이 맺혔다. 두 손으로 눈물을 닦아 내도 고장 난 것처럼 멈추지 않고 계속 흘렀다.

"괜찮아. 유진."

카세르가 눈을 비비는 유진의 두 손을 잡아서 떼어 낸 후 그녀의 등과 허리를 두 팔로 감아 품으로 당겨 안았다. 그녀의 머리에 입을 맞추며 귓가에 속삭였다.

"이제 괜찮아."

유진은 흐느끼다가 그의 품에 고개를 묻고 울음을 터뜨렸다. 한 번도 마음껏 울어 본 적이 없었다. 누군가의 품에서 다정한 위로를 받아 본 적도 없었다. 자신의 등을 부드럽게 쓸면서 두드리는 손길을 느끼며 유진은 모든 서러움을 토해 내듯 한참을 울었다.

*　　*　　*

아드리트는 무르의 뒤를 무작정 따라가다가 이대로 쭉 가면 지하 호수 입구로 내려가는 길이라는 사실을 알아차렸다.

그런데 거의 호수 가까이 다다르자 무르는 모두가 아는 길이 아닌 엉뚱한 쪽으로 방향을 틀었다.

'이쪽에 뭐가 있나?'

이 근방을 탐색하는 일은 아이들의 즐거운 놀이었다. 정착지의 아이들은 모두, 아드리트 역시 어려서는 이곳을 놀이터로 삼았다. 따로 이어지는 길이 있다면 발견했을 것이다.

하지만 이 방향으로 조금만 가면 바위벽으로 막혔다. 소원을 비는 돌탑만 몇 개 있을 뿐이었다. 거창한 의미를 지닌 유적은 아니고 소원이 빌며 하나둘 쌓은 돌이 만든 사람 키 높이의 탑이었다.

아드리트가 기억하는 대로 얼마 가지 않아서 막다른 곳에 이르렀다. 돌탑도 여전히 있었다. 무르는 주변을 휘휘 둘러보더니 이곳저곳에 놓인 돌멩이의 위치를 옮겼다. 돌탑의 돌을 빼내거나 올려두기도 했다.

무르의 기이한 행동을 지켜보던 아드리트는 곧 경악하며 눈을 부릅떴다. 벽이라고 생각했던 바위가 움직이기 시작했다. 바위는 완전히 뒤로 물러나 시커먼 내부의 공간을 드러냈다.

"어르신……."

"따라오너라."

아드리트가 잠시 넋 놓은 사이에 무르는 순식간에 어두운 안쪽으로 들어가 모습이 사라졌다. 아드리트는 서둘러 따라 들어가며 말했다.

"어르신. 여기는 바깥과 이어지는 또 다른 출입구입니까?"

"아니야. 밖으로 나가려면 호수를 통과하는 길뿐이다."

"그럼 여기는……."

무르가 멈추어서는 바람에 바로 뒤에서 따라가던 아드리트가 무르의 등에 부딪히며 멈추었다.

"이 앞으로는 계단이다. 발밑 조심하면서 따라와."

두 사람은 계단을 밟으며 아래로 내려갔다. 아드리트는 수많은 의문이 머릿속에 맴도는데도 넘어지지 않기 위해 집중하느라 말을 할 여유가 없었다. 꽤 한참을 내려간 후에야 이상한 점을 알아차렸다.

어둠이 눈에 익어서 주변을 식별할 수 있었던 게 아니라 계단의 형태가 뚜렷이 보일 정도로 주변이 밝은 덕분이었다. 계단의 틈새에서 희끄무레하게 빛이 새어 나오고 있었다.

"어르신. 이 빛은 뭡니까?"

"주술의 힘이다."

무르는 아무것도 숨길 생각이 없다는 듯 망설임 없이 대답했다.

"주술…… 주술이요?"

아드리트는 일족에게 남은 주술은 오직 몸에 새기는 라크를 피하는 술식뿐이라고 배웠다. 무르는 아드리트가 배운 지식이 거짓이라고 말하고 있었다.

무르는 마지막 계단 끝에서 멈추어 섰다. 그는 몸을 숙여 바닥을 더듬어 굴러다니던 작은 돌을 집어 들었다.

"잘 봐라."

무르가 안쪽의 어두운 공간을 향해 돌을 집어 던졌다. 돌이 떨어져 굴러가는 소리가 난 후 바닥에서 빛이 뿜어져 나왔다. 기하학적인 문양을 그리는 빛의 모양이 어둠 속이라서 더 선명하게 잘 보였다.

일족의 몸에 새기는 술식을 크게 확대했을 뿐 틀림없는 술식의 형태였다.

"주술……."

아드리트가 아연한 표정으로 중얼거렸다.

"저 주술은 사물을 다른 장소로 이동시킨다. 술식 위에 뭔가가 닿으면 발동하지. 그곳으로 간 이후에는 더는 돌이킬 수 없다. 아드리트. 다시 한번 충분히 생각해라. 네가 저 안으로 들어가면 네 몸에 새로운 주술이 걸릴 거다. 그 주술은 너를 감시한다. 그리고 삿된 이교의 주요 인물이라는 표식이 되지."

삿된 이교. 아드리트는 얼마 전 왕비님께 들었던 이야기가 떠올랐다.

"말씀하시는 삿된 이교는…… 마라입니까?"

"……바깥에서 보고 들은 일이 꽤 많구나."

"표식이라는 건 어떤 식으로 드러나는 겁니까?"

"마하의 기사들이 널 알아볼 수 있게 된다. 그런데 너도 그들이 근처에 오면 알 수 있다."

마하와 마라. 아드리트는 자신이 알게 될 진실이 두렵기는커녕 오히려 기대되었다.

'도와드릴 수 있어.'

왕비님이 실망하시는 표정을 보며 얼마나 죄스러웠던가. 그분의 질문에 막힘없이 대답할 수 있는 지식을 얻게 될 것이다.

"한 가지만 여쭙겠습니다. 우리 일족은 고대의 주술을 버렸다고 배웠습니다. 제가 배운 일족의 역사는 거짓이었습니까?"

"거짓이 아니다."

"가겠습니다. 여기까지 와서 망설일 이유가 없습니다."

무르가 작은 한숨을 내쉬었다. 흔들리지 않는 아드리트가 대견하기도 했다.

두 사람이 술식 위에 올라선 후 바닥에서 문양대로 빛이 뿜어 나오며 주술이 발동했다. 곧 두 사람의 모습은 그대로 사라졌다.

*　　　*　　　*

에녹은 진이 성도에 도착하자마자 바로 만나러 가려 했다. 이대로 누이동생과 소원한 상태로 지내서는 안 된다고 생각했다.

씁쓸한 일이지만, 아무래도 진이 먼저 가족들을 만나러 올 것 같지 않았다. 상제가 기사를 통해 알려 준 후에도 진으로부터 따로 연락이 전혀 없었다.

그래서 성도로 들어오는 네 군데 성문과 하시 왕가의 저택 근처에 사람을 보내 번을 서게 했다.

"너희 중 누구든 진이 오는 모습을 보는 대로 즉시 내게 알려라. 밤늦게라도 도착할 수 있으니까 잠시도 눈을 떼지 말고."

"예, 도련님."

그런데 진이 성도에 도착한 그 날 아침, 예상하지 못한 소란이 발생했다.

아침에 일어난 패트릭은 언제나처럼 옆에서 잠든 아내를 깨우지 않으려고 조용히 일어나 침실을 나갔다. 그런데 간단한 아침 식사를 마칠 때까지도 아내가 일어나지 않으니 이상해서 다시 침실로 들어갔다.

"다나. 여보."

그는 문가에 서서 부른 후 잠시 기다려도 대답이 없자 침대로 다가갔다. 그리고 온몸에 열이 올라서 끙끙 앓고 있는 아내를 발견했다.

"여보!"

패트릭의 다급한 목소리를 들은 하녀가 놀라 뛰어 들어갔다. 하녀는 '의사를 불러라!'라는 패트릭의 지시에 다시 뛰어나갔다.

이후 저택이 발칵 뒤집혔다. 가주께서 평소에 잔병 없이 건강하셨던 터라 저택의 분위기가 술렁거렸다.

빠르게 달려온 주치의는 진찰을 마친 후 성급하게 질문을 쏟아붓는 패트릭에게 말했다.

"회주님. 따로 드릴 말씀이 있습니다."

에녹은 주치의와 아버지가 대화를 나누는 동안 초조하게 기다렸다. 대체 무슨 큰일이기에 주치의가 독대를 청한 것일까. 그는 제발 불길한 소식이 아니기를 간절히 바랐다.

그는 주치의가 부친의 서재에서 나왔다는 말을 듣자마자 곧바로 달려갔다. 마침 복도에서 주치의, 노프 경과 마주쳤다.

"무슨 일입니까? 어머니는 괜찮으신 겁니까?"

주치의는 사색이 된 에녹을 보며 빙그레 웃었다.

"가주님께서는 괜찮으시니까 너무 걱정하지 마시게."

에녹은 어리둥절한 표정으로 멀어지는 주치의를 응시했다. 그는 주치의를 불러 캐물으려다가 차라리 아버지께 자세한 이야기를 듣자고 생각하며 서재로 들어갔다. 눈이 마주친 부친의 표정이 그다지 어둡지는 않아서 안도의 숨을 내쉬었다.

"아버지. 어머니는 괜찮으십니까?"

"네 어머니가 과하게 신경을 쓰느라 일종의 울화 같은 것이 생긴 거라고 하더구나. 심각한 정도는 아니라고 했다."

"예? 울화라니…… 위험한 증상이 아닙니까?"

"괜찮을 거다. 네 어머니가 신경 쓸 일이 많으면 종종 열이 나곤 했거든. 네게 일을 넘기고 뒤로 물러난 후에는 한동안 그러지 않아서 내가 미처 생각을 못 했어."

"……전혀 몰랐습니다."

"한숨 자면 괜찮아진다. 이번처럼 의사를 부른 적이 거의 없어."

"그럼 노프 경은 왜 아버지만 따로 뵌 겁니까?"

"혹시 집안에 무슨 일이 있느냐고 조심스레 묻더구나. 내가……."

패트릭은 말을 잠시 끊었다가 불편한 표정으로 말했다.

"네 어머니가 고뇌할 만한 무슨 잘못을 했는지 묻는 눈치던데, 허 참. 그 사람. 날 뭐로 보고."

에녹은 주치의가 아버지의 외도를 의심했다는 뜻을 알아들었다. 펄쩍 뛰었을 아버지의 모습이 눈앞에 그려졌다. 주치의의 오해가 터무니없어서 실소가 나왔다.

'그렇게 오래 우리 집안 주치의로 일했으면서 아직도 우리 아버지를 모르시는군.'

아버지가 여자 문제라니. 상상도 가지 않았다. 어머니가 어쩌다 기침 한 번 하면 아버지는 대신 앓아누웠다.

그리고 만약 아버지가 그런 잘못을 했다면 어머니는 속으로 끙끙거릴 분이 아니었다. 즉시 아버지를 집 밖으로 내쫓아 버릴 것이다.

"대체 네 어머니에게 무슨 소릴 한 거야?"

"예?"

"며칠 전에 말이다. 네 어머니가 탈이 날 정도로 신경 쓸 정도면 그 일 밖에 더 있냐?"

패트릭이 버럭 역정을 내자 에녹이 당황하여 눈만 끔벅거렸다. 난데 없이 튄 불똥에 얻어맞은 그는 볼멘소리로 대답했다.

"별다른 말씀 드리지 않았습니다. 진이 오면 좀 다정히 맞이해 주십사 부탁드린 것밖에는……."

"버릇없이 군 게 아니라? 네 어머니가 지금 물러나 있다지만, 네 녀석 이 아직 가주가 아니야, 이놈아."

"아버지. 정말 억울합니다. 제가 어머니께 함부로 했다면 어머니께서 그냥 넘기실 분입니까?"

패트릭은 미심쩍은 눈으로 아들을 노려보다가 나가라고 손짓했다. 서 재를 나오는 에녹은 영 기분이 개운하지 않았다.

'진을 만나는 게 어머니께 그토록 괴로운 일인가?'

그동안 에녹은 어머니가 일방적으로 진에게 냉담했다고 생각했다. 그 런데 오늘 아무도 모르게 혼자서 고통스러워했을 어머니의 심정을 조금 엿본 기분이었다. 그래서 진을 외면하며 힘들어하는 어머니의 복잡한 심 리를 더욱 이해할 수 없었다.

「네 어머니는 진이 우리 딸이 아니라고 생각해. 아이가 바뀌었다고 하더구나.」

그는 아버지 말씀을 떠올리며 미간을 찌푸렸다. 잠시 생각에 잠겼다
가 고개를 흔들었다. 진은 틀림없이 어머니의 딸이다. 어머니를 그대로
닮은 진을 수십 년 만에 길에서 마주쳐도 알아볼 수 있을 것이다.

그날 오후, 진이 도착했다는 소식을 받았다. 에녹은 성문을 통과하는
하시 왕국의 마차를 보자마자 달려온 하인한테 보고받은 후 잇달아 다
른 하인한테 진이 성도궁으로 들어갔다는 보고도 받았다.

'어쩐다⋯⋯.'

금방 괜찮아질 거라는 아버지 말씀과 다르게 어머니는 계속 침실에서
꼼짝하지 않았다. 아까 뵈었던 어머니 안색이 창백해서 무척 걱정됐다.

에녹은 한참 고민한 후 진을 만나러 가려 했던 계획을 잠시 미루었다.

'오늘은 어머니 마음을 어지럽히지 않는 편이 좋겠어.'

한편으로는 진이 연락해 오기를 은근히 기다렸으나 끝내 진은 아무런
연락이 없었다.

이튿날, 에녹은 부모님이 아침 식사를 함께하신 후 담소를 나누고 계
신다는 말을 듣고 테라스로 갔다. 테라스에 들어선 그는 패트릭과 곧바
로 눈이 마주쳤다. 그는 오지 말라는 듯 눈을 부라리는 아버지를 못 본
척하며 부모님께 다가갔다.

"어머니. 좀 어떠십니까?"

"괜찮아. 별일 아닌데 괜한 걱정을 끼쳤구나."

"오늘 중으로 아서가 돌아올 것 같습니다."

동생 아서는 건기가 시작된 얼마 후에 상단의 부책임자로서 임무를
맡아 상행을 위해 성도를 떠났다. 진이 온다는 소식을 듣고 에녹이 즉시
동생에게 돌아오라는 급보를 보냈다. 다행히 성도에서 그리 먼 곳에 있

지 않아서 며칠 안으로 돌아갈 수 있을 거라는 답을 받았다.

"모처럼 가족이 다 모여서 저녁 식사를 함께하는 건 어떠신지요? 진이…… 어제 도착했다고 합니다."

에녹은 나설 사람이 자신밖에 없다는 사명감을 느꼈다. 아버지는 어머니만 살피느라 진은 뒷전이었다. 아버지가 아무리 진에게 사랑을 주었다 해도 언제나 아버지의 우선순위는 어머니였다.

그는 금슬 좋은 부모님 사이를 서운하게 생각한 적은 없었다. 그런데 욕심이 많은 누이동생은 어머니의 무관심과 아버지한테도 항상 두 번째였던 사랑만으로는 부족했을지도 모른다는 생각이 들었다. 그래서 가족과 상의 없이 결혼하고 연락도 끊은 게 아닐까.

누이동생이 영영 가족과 인연을 끊으면 모두에게 상처로 남을 것이다. 이대로 와해하는 가족을 방관할 수는 없었다.

다나는 잠시 말이 없다가 대답했다.

"……그래. 그러자."

"진을 부르겠습니다."

"알아서 하렴."

"예, 어머니."

돌아서는 에녹은 등 뒤로 들려오는 부모님의 대화 소리를 들었다.

"다나. 마음을 편히 해요. 당신은 겉으로만 강단이 있지 은근히 마음은 여려서 내가 늘 걱정이 된다니까. 어디, 아직 열이 나는지 봅시다."

에녹은 차마 내색은 못 하고 속으로만 코웃음을 쳤다.

'마음이 여려? 어머니가?'

아무래도 아버지는 어머니를 볼 때만 눈에 남과 다르게 세상을 보는 막이 씌는 것 같았다.

아르스 가문은 원래 명성만 높은 명문가였다. 워낙 가문의 역사가 오래되어 가난하지만 않았을 뿐, 지금처럼 풍족하지는 않았다. 그저 남들에게 구차한 소리 하지 않고 적당히 품위 유지할 정도에 불과했다.

그런데 선대 가주께서 상단 운용에 재능이 있어 기반을 다져 놓았다. 그것만으로도 아르스 가문을 거부의 반열에 올려놓았다.

뒤를 이은 지금의 가주인 에녹의 어머니 다나가 본격적으로 뛰어들어 엄청난 규모로 불렸다. 이제 아르스 가문은 성도에서 몇 손가락 안에 꼽히는 부를 거머쥐었다.

에녹은 가업을 물려받아 대강 일을 파악하기 시작하면서부터 비로소 적자생존의 뜻을 가슴으로 깨우쳤다. 이득을 독차지하기 위한 상인의 싸움은 피가 튀는 전쟁 이상으로 살벌했다. 절대 약한 사람이 견딜 수 있는 세계가 아니었다.

'아버지는 정말 뭘 모르신다니까. 어머니와 싸우면 아버지가 져요.'

에녹이 보기에는 어머니보다 아버지가 더 마음이 약했다. 아르스 가문 소유의 상회와 패트릭의 상회가 서로 취급하는 분야가 달라서 지금껏 충돌할 일이 없었다. 하지만 만약 겹치는 지점이 있었다면?

'……그런데 싸우기 전에 아버지가 물러나실지도 모르겠군.'

에녹은 곧바로 외출 준비를 하려 했다. 그런데 보좌관이 급보를 가져왔다. 그가 직접 현장에 나가서 처리해야 하는 사고가 발생했다는 내용이었다.

"자네가 먼저 가서 수습하고 있게. 곧 갈 테니까."

"예, 부회주님."

보좌관 먼저 보내 놓고 에녹은 머리를 쥐어뜯으며 고민했다. 진을 만나서 서운함이 남았으면 풀어 주고 대화해 보려던 계획이 어그러졌다. 사고를 수습하러 이리저리 뛰어다니다 보면 해 질 녘에야 끝날 것 같았다.

내일로 미뤄야 하나? 하지만 이틀이나 모른 척했다고 진이 오해하면 진과 가족 사이의 골이 더 깊어질 것이다.

때마침 집사가 들어와서 보고했다.

"도련님. 작은 도련님이 귀가하셨습니다."

에녹은 임무를 맡길 만한 적임자가 나타나자 반색했다.

"아서에게 부모님께 인사드린 후에 내가 즉시 보잔다고 전해 줘."

"예, 도련님."

＊　　＊　　＊

유진은 아침에 느지막이 일어나 늦은 아침을 먹고 저택 구경을 시작했다.

느긋이 걷는 그녀의 뒤에서 하녀와 스벤이 따라갔다. 유진이 집 안에서 다닐 뿐인데 굳이 호위는 필요 없다고 했으나 카세르는 단호한 어조로 말했다.

「여긴 왕성이 아니야. 외부인의 침입이 쉽고 사각지대가 많아. 혼자 다니지 마.」

유진의 어깨에는 꼬마가 올라타 있었다. 유진은 카세르가 꼬마에게 무슨 지시를 내렸는지는 듣지 못했다. 다만, 발발거리며 다니기 좋아하는 꼬마가 그녀의 어깨를 사수하듯 딱 붙어서 움직이지 않았다. 아주 귀엽고도 강력한 호위였다.

유진은 복도를 거닐며 벽과 기둥, 천장까지 사방을 둘러보았다. 지어진 지 족히 100년이 넘은 저택이라고 들었다. 그런데 예스러운 느낌은 있으나 눈에 거슬릴 만큼 낡아 보이지는 않았다.

'멀쩡해 보이는데.'

눈에 보이는 것과 다르게 꽤 수리가 필요한 곳이 많다고 한다. 그 문제 때문에 카세르가 그녀의 저택 구경에 동행하지 못했다.

이 저택은 주인 없이 오랜 세월 방치되었다. 선대 사왕은 거의 성도에 오지 않았으며 3년 전에 카세르가 결혼을 위해 성도에 왔을 때만 잠깐 머물렀을 뿐이었다.

오랫동안 고용인 손에 맡겨진 저택은 거의 버려 둔 것이나 마찬가지였다. 사명감을 지니고 저택을 관리하는 책임자가 없었다. 손 볼 데가 쌓이고 쌓여서 이제는 위험한 수준에 이르렀다.

그래서 카세르가 수리가 필요하다는 곳의 상태를 직접 확인하고 책임자를 정해서 권한을 일임하는 중이었다.

'아무리 관리를 잘해도 사람이 살지 않아서 그럴 거야. 빈집은 빨리 망가진다고 하니까. 그런데…… 왜 빈 집이었을까.'

선대 왕비는? 카세르의 어머니는 여기서 지내지 않은 건가?

성도에 그의 어머니가 있다는 말만 들었지, 자세한 속사정은 모른다. 물어봐도 될까? 그가 말해 줄까? 말해 주지 않으면 속상할 것 같다. 그런데 과연 자신에게 질문할 자격이 있는지도 의문이었다.

어제 그를 끌어안고 한바탕 울음을 터뜨린 후, 그는 지금껏 아무것도 묻지 않았다. 말없이 기다려 주어서 고맙고 또 미안했다.

그에게 이 사기 결혼에 관해 어떻게 말을 꺼내야 할지 모르겠다. 시작할 용기가 나지 않았다. 유진은 건성으로 주변을 보면서 어느새 딴생각에 빠져들었다.

'라미타를 되찾는다…… 그게 정확히 무슨 뜻일까. 진은 왜 라미타가 없었지? 원래 라미타가 있었는데 잃어버렸다는 건가? 잃어버린 거면 계

기가 될 만한 사건이 있을 텐데⋯⋯.'

민감한 문제이니 아무에게나 함부로 물을 수 없었다. 카세르에게 조
사를 부탁하기도 조심스러웠다. 들쑤시고 다니다가 상제가 알게 되면
괜히 수상해 보일 것이다.

뒤탈이 없으면서도 진에 관해 가장 잘 아는 사람이 있기는 했다.

진의 가족.

'만나 봐야 하는 건가⋯⋯.'

상제를 만난 후 단서를 얻은 이상으로 새로운 의문이 더 많이 생겼다.
버거운 짐을 떠안아 마음이 무거워졌다.

유진은 눈에 띄는 화려한 문양이 새겨진 문을 열고 안으로 들어갔다.
기대 없이 무심히 들어간 터라 뜻밖의 내부 분위기에 깜짝 놀랐다.

천장이 높은 널찍한 방은 마치 작은 정원처럼 꾸며져 있었다. 바닥과
층계 형태의 단상에 푸르른 화분과 화사한 꽃을 담은 꽃병이 빼곡했다.
벽은 타고 오르는 넝쿨 장식은 멋스러웠다.

"여기는 최근에 꾸민 곳이니?"

저택 주인이 온다는 소식을 듣고 만들었나 싶어서 하녀에게 물었다.

"아닙니다. 원래 정원의 방입니다."

"누가 보라고?"

"예?"

"누구를 위해서 이렇게 꾸몄느냐는 말이야. 이 방 가득히 이 정도로
꽃과 식물을 사려면 적지 않은 비용이 들어가지 않겠어?"

"전부 건조 식물입니다. 따로 관리는 필요하지 않고 한 달에 한 번만
교체해 주면 됩니다. 그리고 전부 아르스 가문에서 보내 주십니다."

"아르⋯⋯."

거기서 왜 이런 걸 보내 주냐고 물으려다가 유진은 뒤늦게 기억이 났

다. 아르스. 진이 태어난 가문이었다.

그녀는 가장 가까이 있는 키가 큰 화분으로 다가갔다. 윤기가 흐르는 녹색의 이파리를 조심스럽게 만져 보았다.

지구에서 봤던 드라이플라워는 특유의 버석한 느낌이 있었는데 이건 말린 식물이라기보다는 오히려 조화 같았다.

'이 제작 기술은 이쪽 세계가 더 우수한 것 같아.'

특별한 기술이 들어간 값비싼 상품일 것이다. 아마 생화보다 비쌀지도.

"아르스 가문에서 보내 주신다고? 매달?"

"예."

"언제부터?"

"제가 여기서 일한 지 두 해가 넘었는데 그때부터 배달 오는 것을 봤습니다."

'사이가…… 나쁜 게 아니었네.'

아마 삼 년 전에 진이 결혼해서 떠날 무렵부터 꽃을 보냈던 것 같다. 언제고 진이 성도에 와서 이 저택에 머무르면 볼 수 있도록.

매달 이 방을 가득 꾸밀 만큼의 꽃을 보내는 사람의 애정이 느껴졌다.

'부럽다, 진. 좋겠다, 넌…….'

사랑해 주는 가족이 있다는 느낌은 어떤 걸까. 세상에 두려울 일이 없을 것이다. 한 남자가 자신의 편이 되어 준다는 믿음만으로도 든든한데.

그녀는 깊은 죄책감으로 우울해졌다. 자신은 그들의 딸이며 누이동생인 진의 자리를 빼앗아 지금 이 자리에 섰다. 도대체 어떤 표정으로 진의 가족들을 만나야 하는지 암담했다.

"왕비님."

멍하게 화분을 응시하던 유진이 고개를 뒤로 돌렸다. 성도까지 오는 여정 중에 동행했던 낯익은 시종이 어느새 가까이 와 있었다. 시종이 고개를 숙이며 말했다.

"왕비님. 전하께서 모셔 오라고 하셨습니다. 손님이 오셨습니다."

"날 찾아온 손님이냐?"

"예, 왕비님. 아르스 가문에서 오셨습니다."

유진의 눈빛이 잘게 흔들렸다.

마차가 멈추어 섰다. 유진은 아까 마차가 출발할 때의 후회를 다시 했다. 오는 게 아니었다. 진의 가족을 아직은 만날 때가 아니다. 좀 더 준비가 필요했다.

그녀의 후회는 더 시간을 거슬러 올라갔다. 진의 둘째 오빠인 아서가 '다들 너를 보고 싶어 하시니까 오늘 집에 와라. 저녁을 함께 먹자.'라는 말에 '지금 가겠다'라고 덥석 대답해 버리고 말았다.

그녀 자신도 왜 그랬는지 정확한 이유를 알 수 없는 충동적인 결정이었다. 아서의 얼굴을 보면서 떠오른 진의 기억 때문일까.

「오라버니는 내가 싫죠? 플로라가 차라리 동생이었으면, 그렇게 생각하지요?」

샐쭉한 표정이 연상되는 목소리로 진이 말했다. 기억에서 보이는 아서는 아직 소년의 태를 벗지 못한 나이였다. 소년은 애어른 같은 차분한 표정으로 말했다.

「네가 내 동생이야, 진. 그러니까 무슨 일이 있어도 언제나 난 네 편이야.」

오빠가 여동생을 상대로, 소설 속에나 등장할 것 같은 대사를 할 수 있다니, 감동적이고 충격적이었다. 유진을 부를 때 비하나 경멸의 욕설을 섞던 그녀의 오빠들과 완전히 딴판이었다.

아서를 만나고 나니까 진의 다른 가족들이 궁금해서 견딜 수가 없었다. 그런데 막상 아르스 가문의 저택에 도착하니까 막막했다. 덜컥 일을 저질러 놓고 그녀는 뒤늦게 후회 중이었다.

유진은 맞은편 자리에서 일어나는 카세르를 붙잡았다.

"잠깐만요."

카세르는 겁먹은 표정의 그녀를 바라보았다. 유진이 그를 붙잡고 아무 말도 하지 않았다. 잠시 기다린 그가 유진의 손을 잡고 다른 손으로 그녀의 손등을 두드렸다.

"괜찮아. 당신 가족이잖아."

'가족이 아니니까 문제라고요.'

유진은 속으로만 중얼거리며 그의 손을 더 꽉 잡았다.

"혹시 제가 실수하면 도와줘야 해요?"

"알았다니까."

카세르는 왜 그녀가 기억을 잃은 사실을 가족에게 숨기려 하는지, 왜 이렇게 긴장하는지 알 수 없었다. 그녀가 어떤 큰 실수를 해도 아르스 가문의 사람들이 문제 삼지 않을 것이다.

삼 년 전에 결혼식을 올리기 직전에 그녀의 아버지를 만난 적이 있었다. 그날 긴 대화를 나누지는 않았지만, '내 딸을 잘 부탁합니다.'라는 짧은 한마디에는 진심이 가득했다. 그녀가 아버지의 사랑을 받는 딸이라고 느꼈다.

      *   *   *

마차에서 내린 아서는 마중 나온 가족이 아무도 없어서 당황했다. 그는 다가오는 집사에게 물었다.

"아버지는?"

"주인님은 출타 중이십니다."

"언제 돌아오신다는 말씀은 없었어?"

"날이 어두워지기 전에는 들어오실 거라고 하셨습니다."

"이런……."

낭패였다. 형님은 급히 일이 생겨서 자신에게 진을 만나러 다녀오라고 했으니까 그렇다 치고 아버지는 계실 줄 알았다.

그런데 진과 함께 집에 돌아온 이 상황은 아서도 예측하지 못했다. 그는 어디까지나 '저녁에 가족들과 식사를 함께하자.'라는 말을 진에게 전하러 갔을 뿐이었다.

그는 진을 만나기 전에 어색할까 봐 걱정됐다. 형님처럼 '사랑하는 내 동생아', '네가 정말로 보고 싶었다' 같은 낯간지러운 인사말을 천연덕스럽게 건네는 재주가 없었다. 무척 따르는 형님이 아니라 자신이 가서 진이 실망할 것 같았다.

오랜만에 만난 진의 반응은 미묘했다. 반가워하지도 실망하지도 않았다. 그래서 진이 당장 함께 가겠다고 했을 때는 놀랐다.

아마 다른 가족들 역시 진이 초대에 응한다고 해도 저녁 무렵에나 올 거라고 생각했을 것이다.

"어머니는?"

"온실에 계십니다."

아서는 '어머니께는 우리 도착 소식을 알렸나'라고 물으려다가 그만두었다. 누군가 가서 말하기는 했을 것이다. 하지만 어머니가 진을 보러 나오실 일은 없겠지. 진이 결혼한다면서 짐을 챙겨 집을 떠날 때도 반응하지 않던 분이었다.

아서는 에녹이 '어머니가 진에게 왜 그러시는지 모르겠다'라며 하소연처럼 하는 말을 몇 번 들었다. 아서도 어머니를 이해할 수 없었지만, 진과 거리를 두고 싶은 심정은 약간 알 것 같았다.

누이동생과 일곱 살의 나이 차이가 나는 에녹과 다르게 진보다 두 살 위인 아서는 성장기에 대부분 시간을 함께 보냈다.

아서는 말수가 적고 감정을 잘 드러내는 편이 아니었다. 어릴 때 진이 저지른 잘못을 아서가 몇 번 뒤집어쓴 적이 있었지만, 변명하지 않고 벌을 받았다.

아서가 고자질하지 않을 거라고 믿은 진은 비교적 아서 앞에서는 솔직한 모습을 보여 주었다. 자연스레 진의 말과 행동을 관찰할 기회가 많았다. 어쩌면 아서는 가식이 없는 진의 모습을 본 유일한 사람일 것이다.

아서는 진을 생각하면 심란했다. 누이동생은 어릴 때부터 섬뜩한 일면을 드러냈다. 기르던 새가 손등을 쪼았다고 패대기쳐서 죽이고는 애꿎은 하녀에게 새를 죽였다는 죄를 뒤집어씌워 쫓아냈을 때 진의 나이는 고작 여섯 살이었다.

나이가 들면서 좋은 사람인 척하는 교활함이 더해졌다. 자각몽을 꾼후에는 그마저도 하지 않고 만만한 사람을 공공연하게 멸시했다. 부모님께서는 고용인도 절대 함부로 대하지 않는 분인데 대체 누이동생은 누구를 닮아 그러는지 알 수 없었다.

가까운 혈육이 '성품이 악한 사람'이라고 객관적으로 판단되면 어떻게 대처해야 할까.

어머니는 진의 훈육에 아예 관심이 없었고 아버지는 무조건적인 애정만 쏟았으며 형님은 여동생의 말이라면 다 들어주었다.

그런 가족의 틈에서 아서가 할 수 있는 일이 없었다. 누이동생에 관해 이러쿵저러쿵 일러바치고 싶지 않았다.

진을 미워하는 건 아니다. 다만, 진이 언젠가 돌이킬 수 없는 잘못을 저지를 것 같다는 불길한 예감이 들었다.

가족으로서 누이동생이 잘못을 저지르기 전에 막아야 한다는 책임감을 느꼈다. 그래서 그는 조용히 진의 일거수일투족에 관심을 두었다.

진이 결혼하고 떠난 후 사실, 그의 마음은 한결 가벼워졌다. 타인의 행적을 은밀하게 관찰하는 일은 그의 성격에 맞지 않아서 몹시 피곤했다.

그는 마차 문이 열리는 소리를 듣고 고개를 돌렸다. 마차 밖으로 진과 사왕이 모습을 드러냈다.

마중 나온 고용인 중 누군가가 흘린 감탄 소리가 들렸다. 그림처럼 잘 어울리는 한 쌍이었다. 흑발과 청발, 선명한 머리카락 색깔 때문일까. 마치 저 두 사람만 다른 세상에 속한 것 같았다.

간이 계단을 밟아 내려오는 진의 손을 붙들어 도와주는 사왕, 마차에서 내려온 후에도 계속 붙잡고 있는 두 사람의 손, 사왕을 보며 진이 무어라 말하니까 대답하는 사왕의 부드러운 표정.

아서의 시선이 그 과정을 따라갔다.

'흠.'

그는 금슬 좋은 부모님을 곁에서 보고 자랐다. 덕분에 사교 모임에서 마주친 어떤 커플이 정말 서로에게 애정이 있는지, 그러는 척 연극을 하는지 대충 알아차렸다. 아까 왕가의 저택에서도 느꼈지만, 저 두 사람 사이에 맴도는 따뜻한 분위기는 진짜 같았다.

'잘 지냈던 모양이구나.'

누이동생이 거북한 마음과는 별개로 진이 불행해지기를 바라지는 않았다.

'좀 변한 것도 같고.'

3년의 결혼 생활이 진에게 인생의 전환점이 된 것일까.

아서는 두 사람에게 다가갔다.

"진."

"네. ……오라버니."

유진은 아직 입에 붙지 않는 호칭이 어색했다.

"아버지도 형님도 급한 일이 생겨 외출하셨다는구나. 네가 올 줄 아셨으면 두 분 다 틀림없이 널 기다리셨을 거야."

"괜찮아요. 기다리면 되지요."

"아…… 그래."

아서는 날카로운 반응을 예상했던 터라 진의 선선한 태도가 뜻밖이었다. 진은 '기다림' 같은, 자신이 우선시 되지 못하는 상황을 견디지 못했다. 확실히 변한 것 같았다.

"어머니는 계신다니까 인사드리러 가겠니?"

아서가 어제 아침의 소란을 알았다면 이런 제안을 하지 않고 형이나 아버지가 돌아오기를 기다렸을 것이다. 귀가하자마자 형이 시키는 대로 진을 만나러 가느라 집안 사정을 몰랐다.

"네……."

어머니를 만나기 싫다고 할 수는 없는 노릇이다. 유진은 도움을 청하듯 흘끔 카세르를 올려다보았다. 카세르가 대답처럼 아직 잡고 있었던 유진의 손을 더 꽉 잡았다.

"나도 이 사람과 함께 가주님을 뵙고 싶습니다. 아직 제대로 인사드린 적이 없군요."

아서는 진과 사왕이 눈으로 짧게 신호를 주고받았다고 느꼈다. 그는 묘한 표정으로 두 사람을 번갈아 보며 대답했다.

"그렇게 하십시오. 어머니께서도 그동안 궁금해하셨을 겁니다."

아서는 두 사람을 온실로 안내했다. 온실로 가는 도중에 아서는 슬쩍 그들을 곁눈질했다. 보호자 곁에서 떨어지지 않는 아이처럼 사왕의 곁에 바짝 붙어 걷는 진의 모습이 신기했다.

한편으론 여전히 어머니를 어려워하는구나 싶어서 안쓰러웠다. 진은 선뜻 어머니 곁에 다가가지 못하면서도 항상 어머니 관심을 끌고 싶어 했다.

어머니의 사랑. 모든 것을 가진 진의 유일한 결핍일 것이다.

온실 앞에 도착해서 함께 온 집사가 먼저 안으로 들어갔다. 곧 집사가 나와서 고개를 숙였다.

"안으로 들어오시랍니다."

아서는 고개를 끄덕이며 생각했다.

'사왕과 함께 오기를 잘했군.'

사위 앞에서는 그래도 딸을 좀 더 살갑게 맞이해 주시겠지.

세 사람은 안으로 들어갔다. 온실의 입구에는 사람이 드나들 수 있을 만큼의 공간만 남기고 키가 높은 화분을 잔뜩 두었다. 세 사람이 나란히 걷기에는 좁으므로 아서가 앞서 걷고 그 뒤를 두 사람이 따라갔다.

앞장섰던 아서가 완전히 안으로 들어가 옆으로 비켜선 후에 유진은 테이블 앞에 서 있는 가녀린 체구의 중년인을 발견했다. 귀부인은 입구 방향에서는 측면이 보이는 방향으로 서서 꽃대를 모아 꽃병에 꽂는 중이었다.

'아…….'

옆모습만으로도 귀부인의 얼굴은 낯이 익었다. 진을 닮은 생김새가

눈에 들어와 박혔다. 아서를 만났을 때보다 진의 가족을 만났다는 실감
이 났다. 기분이 이상했다.

귀부인의 얼굴 위로 진의 기억이 겹쳤다. 진이 아무 말 없이 어머니를
바라보기만 하는 기억이었다. 집요한 시선이 왠지 간절하게 느껴졌다.
그리고 기억 속에서 귀부인은 절대 진을 쳐다보지 않았다.

"어머니."

아서의 부름에 그제야 다나는 고개를 들었다. 그녀는 아들을 쳐다본
후 하기 싫은 일을 억지로 하는 사람처럼 느릿하게 시선을 움직였다.

'와.'

유진은 고작 고개를 돌리는 귀부인의 몸짓이 무척 우아하다고 생각했
다. 몸에 밴 기품이 저런 것인가 싶었다. 눈이 마주쳤을 때 감탄이 절로
나왔다. 틀림없는 진의 어머니였다. 아무리 자식은 부모를 닮는다지만,
이 정도로 닮은 모녀는 드물 것이다.

유진을 바라보는 다나의 눈이 커졌다. 무심하게 가라앉아 있던 눈동
자가 점점 크게 흔들렸다. 그녀는 믿을 수 없다는 듯 고개를 내저었다.

"너……."

유진이 움찔 놀라 얼른 시선을 아래로 내렸다. 버릇없게 너무 빤히 쳐
다본 것 같았다. 그리고 어머니란 누구보다도 딸의 변화를 예민하게 알
아차릴 테니까 조심해야 했다.

'예외도 있기는 하지만.'

유진은 자신의 엄마를 떠올리며 쓸쓸하게 중얼거렸다.

다나의 표정에서 핏기가 사라졌다. 멍하게 유진을 바라보는 그녀의
입술이 가늘게 떨렸다. 절망의 끝에서 겨우 희망을 발견한 사람처럼 절
박하게 말했다.

"진…… 어디 보자. 날 보렴."

유진이 머뭇거리는 잠깐을 기다리지 못하고 다나가 날카롭게 소리쳤다.

"날 봐, 아가!"

온실에 있던 모두가 놀랐다. 어머니의 모습이 심상치 않다고 느낀 아서가 그녀에게 다가갔다.

허둥지둥하는 다나의 팔에 부딪혀 꽃병이 넘어졌다. 꽃병이 굴러가며 테이블 위의 다른 꽃병도 넘어뜨리고 몇 개는 아래로 떨어져 파삭 깨지는 소리가 났다.

주변이 순식간에 난장판이 되었는데도 다나는 오직 유진에게서 눈을 떼지 않았다. 서둘러 유진에게 다가가려는 다나의 다리가 테이블에 걸려 몸이 휘청했다.

"어머니!"

아서가 재빠르게 어머니를 부축했다. 다나는 오히려 도와준 아들이 성가시다는 듯 몸을 비틀었다. 그런데 급한 마음만큼 몸이 따라 주지 않았다. 다리에 힘이 풀려서 제대로 서 있을 수가 없었다. 아서는 쓰러질 것 같은 다나를 단단히 붙들었다.

"어머니. 괜찮으세요? 왜 이러시는 거예요?"

다나는 놀란 눈으로 자신을 바라보는 유진만 보며 손을 뻗었다.

"아아. 진. 진이구나. 내 딸이야."

다나는 딸의 온몸에서 뿜어 나오는 저 찬연한 기운을 잊을 수 없었다. 고작 3년이지만, 딸을 기억하기 위한 시간은 3년이면 넘치고도 남았다. 그 3년 동안 진을 잠시도 품에서 떼어 놓지 않았다.

뼈대가 단단한 사내아이 둘을 키우다가 말랑말랑하게 팔 안에 착 감기는 딸아이가 어찌나 사랑스럽던지. 바라보기만 해도 포만감이 들고 만지면서도 아까워서 어쩔 줄을 몰랐다. 어떤 날은 손녀를 안아 보지 못하고 돌아가신 어머니를 생각하며 눈물짓기도 했다. 어머니께서는 분명히 손녀딸의 눈부신 기운을 알아보셨을 것이다.

딱 하루였다. 감기 기운이 있어서 혹시 딸에게 옮길까 봐 잠시 유모에게 맡겼는데 그날이 딸을 보는 마지막 날이 될 줄은 몰랐다. 사라진 후 사흘 만에 돌아온 아이는 진짜가 아니었으니까.

"진. 아가. 이리 와. 엄마한테 와."

다나의 두 눈에서 눈물이 흘러내렸다. 꿈을 꾸고 있는 것 같았다. 이 모든 게 꿈일까 봐 두려웠다. 그녀는 아들에게 몸을 기댄 덕분에 간신히 주저앉지만은 않은 자세로 유진을 향해 애타게 손을 뻗었다.

유진은 과격한 다나의 반응이 당혹스러웠다. 3년 만에 만나는 딸을 반가워하는 것치고는 과했다. 방금까지 고아한 태도로 꽂꽂이를 하던 귀부인의 감정 변화 폭이 너무 컸다.

그런데 자신을 간절하게 바라보는 눈빛을 외면할 수가 없었다. 지나치게 흥분한 진의 어머니를 일단 진정시켜야 할 것 같았다. 유진이 주저하면서 다가가 다나의 손을 잡았다.

"진. 내 딸."

다나는 다시는 놓치지 않겠다는 듯이 강한 악력으로 진의 손을 꽉 붙잡았다.

"이리 와. 안아 보자. 엄마라고 불러 봐, 응?"

흐느끼며 말하는 아름다운 중년 귀부인의 모습이 무척 가련했다. 유진은 어려운 일도 아니고 이 정도로 간절하신데 원하는 대로 해 드리려고 했다. 하지만 입술만 달싹이다가 끝내 '어머니'라는 짧은 단어를 말하지 못하고 입을 다물었다.

이분이 사랑하는 딸은 자신이 아닌데. 진이 이제 없는데. 자신은 가짜인데.

무거운 죄책감이 유진을 짓눌렀다. '어머니'라는 호칭으로 부르는 순간, 갚을 수 없는 죄를 짓는 기분이 들 것만 같았다. 도저히 이분을 기만할 수가 없었다. 눈시울이 뜨거워져서 빠르게 눈을 깜빡이며 시선을 돌렸다.

진의 손은 여전히 다나에게 잡혀 있었다. 차마 강하게 뿌리치지 못하는 진의 태도를 눈치챈 아서가 다나의 팔을 잡아 흔들었다. 잡은 힘이 느슨해진 틈에 얼른 유진은 손을 빼내고 뒤로 물러났다. 그녀는 자신의 어깨를 감싸 안는 카세르에게 고개를 묻으며 몸을 기댔다.

"진!"

다나가 절망적인 눈빛으로 손을 뻗으며 소리쳤다. 이제 겨우 만난 딸이 자신을 외면하자 가슴 안쪽을 난도질당하는 것 같았다. 그녀는 격해진 감정을 이기지 못했다.

"어머니!"

아서가 늘어지는 어머니를 끌어안고 소리쳤다. 아들의 목소리가 아득히 멀리서 들린다는 생각을 끝으로 다나는 완전히 의식을 잃었다.

따뜻한 물수건이 이마를 부드럽게 닦아 냈다. 다나가 흠칫 놀라며 눈을 번쩍 떴다. 그녀가 갑자기 정신을 차리자 덩달아 놀란 패트릭의 손이 움찔했다.

다나는 멍하게 패트릭을 바라보았다. 자신의 안색을 걱정스레 살피는 남편의 표정을 보니까 서러움이 밀려왔다.

"꿈을 꿨어요. 여보."

다나의 눈에 순식간에 가득 눈물이 차올랐다. 눈을 감으니 뜨거운 눈물이 눈꼬리를 타고 관자놀이를 적시며 흘러내렸다.

"무슨 꿈?"

"진…… 우리 딸을 만났어요."

패트리는 울먹이는 다나를 묘한 표정으로 보며 말했다.

"다나. 당신이 꿈과 현실을 혼동하는 게 아니라면…… 아까 진을 만나고 또 꿈도 꾸었다는 거요?"

흐느낌을 멈추고 다나가 눈을 떴다. 조금 전보다 훨씬 또렷해진 눈빛으로 패트릭을 쳐다봤다. 벌떡 몸을 일으키려는 그녀를 패트릭이 붙잡았다.

"천천히, 천천히."

다나는 남편의 도움으로 느릿하게 일어나 앉는 와중에도 두 손으로는 그의 옷자락을 마구 잡아당겼다.

"진, 진을 봐야 해요. 그 아이는 어딨어요?"

"진정해요, 여보."

"어딨냐고요. 진. 내 딸. 내 딸을 봐야겠어요. 당장 불러와요. 어서요!"

"알았어요. 흥분은 좀 가라앉힙시다. 당신이 이러면 진이 놀라지 않겠소?"

"아……."

패트릭의 팔을 움켜쥔 다나의 손이 힘없이 툭 아래로 떨어졌다. 자신을 낯설어하던 진의 표정이 생각났다. 마지못해 잡아 주던 손을 얼른 빼내어 아예 고개조차 돌려 버리던 딸을 떠올리니까 가슴 안쪽이 아프게 따끔거렸다.

그녀는 울컥 치밀어 오르는 감정을 가라앉혔다.

'그래. 내가 성급했어.'

아까 자신은 누가 봐도 제정신이 아닌 사람처럼 보였을 것이다.

"내가 얼마나 이러고 있었어요?"

"두 시간쯤?"

"진은…… 돌아갔어요?"

"가기는. 밖에 있지. 눈앞에서 쓰러진 당신을 두고 어딜 가겠어요. 그런 매정한 딸은 우리 자식이 아니지."

"그런 말 말아요!"

다나가 날카롭게 소리쳤다.

"진은 틀림없는 우리 딸이에요."

농담처럼 말했다가 다나가 정색하며 면박을 주자 패트릭은 머쓱한 표정을 지었다. 딸을 없는 사람 취급하던 아내가 갑자기 왜 이러는지 모르겠다.

패트릭은 심성이 삐뚤어진 딸을 생각하면 한숨이 나왔다. 한편으로는 애잔한 마음도 들었다. 허물이 클수록 부모가 든든한 울타리가 되어 줘야 한다고 생각했다. 그래서 진에게 지나치게 냉랭하게 구는 아내에게 가끔은 분통이 터질 때가 있었다.

그런데 언젠가 아내가 어두운 밤, 복도에서 굳게 닫힌 진의 침실 문을 하염없이 바라보며 서 있는 모습을 본 적이 있었다. 차마 말을 걸 수도 없이 외로워 보였다.

그 후에는 딸의 뒷모습을 물끄러미 바라보는 그녀의 표정을 우연히 목격했다. 그때는 금방이라도 울음을 터뜨릴 것처럼 슬프고 고통스러워 보였다.

그는 아내의 고통을 온전히 이해할 수 없었다. 다만, 그녀도 어쩔 수 없다는 것을 어렴풋이 알았다. 자신까지 가세해서 이미 고통받는 그녀를 괴롭히고 싶지 않았다. 아내가 딸을 대하는 태도는 간섭하지 말자고 생각했다. 그 대신 자신이 아내 몫까지 딸을 사랑해 주려고 애썼다.

그는 갑자기 태도가 바뀐 아내에게 묻고 싶은 게 많았다. 3년 만에 딸을 만났더니 새삼 그리움이 샘솟아 이러지는 않을 것이다.

하지만 지금은 그녀가 자신에게 시간을 내주지 않을 것 같았다. 아내가 눈을 뜨자마자 찾는 사람이 딸이라니. 이런 날이 올 줄은 몰랐다.

"진을 데려올게요."

"잠깐만요."

다나는 일어나는 패트릭을 불러 세우고는 하녀에게 손짓했다.

"거울을 다오."

다나는 하녀가 가져온 손거울로 얼굴을 비추며 머리를 만지고 옷매무새를 다듬었다. 패트릭은 아내의 분주한 모습을 보며 실소를 터뜨렸다. 아내와 딸, 두 사람 사이를 가로막는 견고한 벽이 드디어 무너지는 것일까 기대가 되는 한편으로 살짝 심술이 났다.

"여보. 당신이 날 위해 거울을 본 때가 마지막으로 언제요?"

패트릭이 은근한 목소리로 말했다. 다나의 눈이 동그랗게 커지고 하녀가 웃음을 참듯 고개를 숙였다.

다나는 천연덕스러운 표정의 남편에게 눈을 흘겼다.

"주책맞은 소리 말고 얼른 진을 데려와요."

"그리하지요. 누구 명이신데."

패트릭이 웃으며 돌아섰다. 그의 뒷모습을 보면서 다나가 뭉클한 마음이 들어 미소 지었다. 한결같은 남편이 의지가 되어 주지 않으면 자신이 오늘까지 버티지 못했을 것이다.

남편이 나간 후 다나는 몇 번 크게 숨을 몰아쉬며 심호흡했다. 심장이 마구 뛰었다. 선친께 가주직을 물려받을 때도 이 정도로 긴장하지는 않았던 것 같다.

'그 아이에게 무슨 일이 있었던 걸까.'

보지 못한 3년 사이에 다시 아이가 바뀌었다. 분명히 계기가 될 사건이 있었을 것이다. 하지만 그 아이 신변에 변고가 발생했다는 연락은 받은 적 없었다.

 문이 열리는 작은 소리가 천둥보다 크게 들렸다. 다나는 숨을 멈춘 채 열리는 문으로 들어오는 남편과 딸을 바라보았다. 겨우 진정시킨 마음이 딸을 보자마자 풍랑을 만난 파도처럼 휘몰아쳤다.

 '이러지 말아야지.'

 다나는 눈물이 핑 돌아서 빠르게 눈을 깜빡였다. 아까 같은 추태를 부려서 또 저 아이를 놀라게 하면 안 된다고 자신을 타일렀다.

 '아아…….'

 하지만 딸을 보니까 마음이 벅차올랐다. 청량하고 눈부신 기운이 아이의 주변을 감싸고 있었다. 원래 아니카는 보통 사람보다 기운이 남달랐다. 그런데 딸의 기운은 다른 아니카들과 비슷한 듯하면서도 달랐다.

 아주 오래전부터 혈통으로 대물림하여 다나의 어머니가 받았고 다나도 받았던 특별한 기운이 딸의 몸속에도 흐르고 있었다. 하지만 무엇보다 다나는 어미의 본능으로 자식을 알아보았다.

 유진은 침대에 차분히 앉아 있는 다나의 안색을 살피며 안도의 숨을 내쉬었다.

 '괜찮아 보이시네. 다행이다.'

 아까는 갑자기 혼절해서 큰일이 나는 줄 알았다. 다나가 깨어나기를 기다리는 동안 유진의 마음속은 아수라장이었다. 아무도 유진을 비난하지 않지만, 전부 자신의 탓인 것만 같았다.

 '인사만 드리고 돌아가자.'

 더는 여기 있기가 괴로웠다. 다나의 눈빛이 애틋해서 더 힘들었다. 왕국으로 돌아가기 전까지 가족들과 만남은 가능한 한 피해야겠다. 진의 가족들을 상제와 같은 선에 놓고 생각한 자신이 크게 실수했다. 그들의 딸인 척할 정도의 뻔뻔함은 자신의 능력 밖이었다.

'그런데 정말…… 아름다운 분이시구나.'

진을 닮은 중년 귀부인은 싱그러운 젊음은 없으나 특유의 분위기 때문에 존재감이 남달랐다. 모녀가 함께 서 있으면 왠지 사람들의 시선이 딸보다는 어머니 쪽으로 갈 것 같았다.

나이가 들면 지나온 삶이 겉모습에 나타난다고 하지 않던가. 고고하면서 기품이 있고 큰 체구가 아닌데 왜소해 보이지 않았다. 저런 모습으로 늙고 싶다는 생각이 들었다.

"진."

다나가 부드럽게 미소 지으며 유진에게 손을 뻗었다.

"이리 와서 앉으렴."

「제가 진이에요.」

진의 기억이 떠올랐다. 진이 바라보는 진의 어머니는 지금보다 훨씬 젊었다. 그녀는 아까 봤던 기억처럼 여전히 진을 보지 않고 있었다.

「제가 진이라고요. 제가 진인데 왜 아니라고 하세요. 왜!」

「……」

「어, 어머니.」

「누가!」

진의 어머니가 고개를 휙 돌리며 버럭 소리쳤다.

「누가 네 어머니야.」

진을 노려보는 눈빛은 시리도록 차가웠다.

'어?'

유진은 방금 본 기억이 혼란스러웠다.

'출생의 비밀이 있나?'

하지만 모녀는 굉장히 닮았다.

기억을 보는 잠깐 사이에 유진은 다나의 손짓에 이끌리듯 다리가 저절로 움직였다. 침대 가까이 다가간 유진에게 다나가 다시 한 번 '앉아.'라고 말하자 거역하지 못하고 침대 옆 의자에 앉았다.

다나가 애달픈 눈빛으로 딸의 모습을 전체적으로 눈에 담은 후 패트릭에게 말했다.

"여보. 자리를 피해 주겠어요?"

"방해하지 않으리다."

"부탁해요. 진과 단둘이 할 말이 있어요."

"당신에게 무슨 일이 생기면 어떻게 해요."

"아까 같은 일은 없을 거예요. 염려 마세요."

"진."

유진의 패트릭의 부름에 놀라 대답했다.

"네?"

"네 어머니가 또 정신을 놓으면 당황하지 말고 바로 소리쳐라. 문 바깥에서 지키고 서 있으라고 할 테니까."

"네. ……아버지."

유진은 목을 쥐어짜는 느낌으로 겨우 호칭을 불렀다. 패트릭은 딸이 긴장한 모습을 제 어머니 앞이라서 그러려니, 대수롭지 않게 생각했다.

그가 유진과 조금이라도 긴 대화를 나눴으면 위화감을 느꼈을 것이다. 그런데 다나가 쓰러졌다는 소식에 헐레벌떡 달려와 오직 아내의 상태만 살피느라 딸과 해후의 정을 나눌 틈이 없었다.

"멀쩡한 사람 환자 취급하지 말고 얼른 나가요."

다나는 남편뿐만이 아니라 고용인들까지 모조리 내보냈다. 이제 침실에는 모녀만 남았다.

두 사람은 잠시 어색하게 앉아 있었다. 물론 어색함을 느끼는 사람은 유진뿐이었다. 다나는 보기만 해도 행복하다는 눈빛으로 유진을 바라보았고 유진은 다나의 시선이 자신의 온몸을 따갑게 찌르는 것 같다고 생각하며 시선을 내렸다.

"진. 애야. 우리 참 오랜만이구나. 그렇지?"

"네……."

유진은 등에서 식은땀이 났다. 패트릭이 인사만 잠깐 하고 나오자고 해서 침실에 들어올 때만 해도 이런 상황은 예상하지 못했다. 자신의 모든 거짓말이 간파될 것 같은 위기감이 들었다.

성도까지 오는 동안 내내 샬럿과 연습한 내용이 전혀 기억나지 않았다. 진이 어떤 식으로 말했더라, 어떤 표정을 지었더라. 머릿속이 깜깜했다.

"옛날 생각이 나네. 좀 길어질 이야기인데 들어주겠니?"

"네."

다나가 눈을 감았다가 허공을 응시했다. 그리고 다시 진을 바라보았다. 자신을 불편해하는 딸의 모습이 마음 아팠다.

"그게 벌써 이십 년 전이구나. 네가 세 살 때의 일이야."

다나는 담담한 음성으로 그날의 비극을 이야기했다. 납치되어 행방이 사라진 어린 딸과 눈물로 지새운 사흘 밤낮에 관해서.

다나가 20년 전을 이야기할 때 유진도 자신의 20년 전을 떠올렸다.

'진도 큰일 날 뻔했구나. 나처럼.'

시간의 단위와 흐름이 같다고 전제하면 진은 세 살 때, 유진은 아홉 살 때의 일이었다. 그런데 두 사람이 겪은 사건의 유형은 전혀 달랐다. 유진은 유괴당한 게 아니라 그냥 사고였다.

유진이 아홉 살 때 살던 달동네 단칸방 집은 지은 지 오래된 데다가 수리한 적이 없어서 바닥이나 벽에 쩍쩍 금이 가 있었다. 그 동네에서 일산화탄소 중독 사건은 심심치 않게 발생했다.

그해 겨울에 결국 사고가 났다. 구들장 틈새로 연탄가스가 새어 나와서 온 가족이 정신을 잃고 병원으로 실려 갔다. 특히 유진은 증상이 심해서 죽을 뻔했다. 사흘이나 의식이 없었다고 하니까.

"사흘 만에 넌 돌아왔어. 그런데 난 너를 안자마자 알았지. 내 딸이 아니라는 것을."

유진은 그저 어른이 해 주는 옛이야기를 듣는 기분으로 앉아 있었다. 갑작스러운 말에 놀라서 시선을 들었다.

「누가 네 어머니야.」

진의 어머니는 기억 속에서 봤던 차가운 눈빛을 한 사람과 전혀 다른 인물 같았다. 자신을 한없이 사랑스럽다는 눈빛으로 바라보니까 설명할 수 없는 예감이 들어 오싹했다.

"네 외가의 핏줄에는 특별한 힘이 있어."

다나가 사람의 기운을 식별하는 자신의 독특한 능력에 관해 설명했다.

"내 딸의 몸에 내 딸이 아닌 것이 들어와 있었어. 하지만 난 그것을 쫓아내는 방법도, 내 딸을 되찾는 방법도 알지 못했지. 그냥 난 볼 수밖에 없었단다. 이십 년 동안이나 거짓된 그것이 내 딸의 몸을 차지해서 내 딸인 척……."

다나는 감정이 격앙되어 말을 멈추었다. 숨을 고르는 다나를 유진이 멍하게 바라보았다. 지금 무슨 말을 하는지 이해가 되지 않았다. 누가 딸이고, 누가 딸이 아니고.

"진. 아가."

다나의 눈에 눈물이 맺혔다. 유진은 다나에게 손이 덥석 붙잡히는 순간 움찔했다. 눈물짓는 다나의 표정을 보니까 이상하게 마음이 저릿했다.

"아까 널 보자마자 알았어. 아아. 내 딸이 돌아왔구나. 드디어 내 품에 돌아왔구나."

다나의 눈에서 글썽이던 눈물이 볼을 타고 흘러내렸다. 그 모습을 바라보며 유진은 '우는 모습마저도 아름다운 분이구나.'라고 생각했다. 그녀는 지금 무척 뛰어난 배우의 연극을 감상하는 기분이었다. 그만큼 현실감이 들지 않았다.

기쁨과 감격이 어우러진 다나의 눈빛과 표정은 진짜 같았다. 죽은 줄 알았던 자식의 생환을 알게 되었을 때 부모가 느끼는 환희 그 자체였다. 더구나 다나가 풀어놓은 이야기는 유진이 상상도 하지 못한 완벽한 스토리였다.

유진은 동화 '왕자와 거지'처럼 가짜가 진짜의 자리를 차지하고 진짜인 척하는 이야기를 꽤 많이 읽거나 봤다. 언제 들킬지 모르는 아슬아슬함과 가짜가 느끼는 자괴감은 작품의 묘미였다.

그리고 그런 스토리의 엔딩에는 공통점이 있었다. 절대 가짜는 진짜가 되지 못했다. 가짜가 욕심을 부리면 비극으로 끝나고 가짜가 자신의 본분을 잊지 않으면 제자리로 돌아가면서 끝난다.

하지만 가짜가 사실은 진짜였다니.

유진은 자신이 그런 기적에 당첨된 장본인이라는 사실을 믿을 수 없었다. 다나의 이야기는 그럴듯해서 오히려 의심이 갔다. 마치 잘 짜인 시나리오를 보는 것 같았다.

짧은 순간 유진의 머릿속에 오만가지 생각이 스쳤다. 자신이 진이 아닌 걸 눈치챈 걸까, 언제 알았을까, 누가 또 알고 있을까, 상제의 뒷 공작이 개입된 거라면? 진의 어머니를 내세워 자신을 떠보는 건 아닐까.

유진은 얼어붙은 표정으로 다나를 응시했다.

'자연스럽게 웃어. 수상하게 굴지 마.'

속으로 자신에게 다그쳐도 얼굴 전체에 단단한 석고를 바른 것처럼 근육이 말을 듣지 않았다.

냉철하게 상황을 파악하자고 생각하는 와중에 간사하게도 마음이 자꾸 흔들렸다. 믿을 수 없지만, 믿고 싶었다. 진이 가진 모든 게 원래 자신의 것이라니, 얼마나 황홀한가.

유진은 강하게 마음을 다잡았다. 기대가 클수록 무너졌을 때의 절망은 훨씬 더 크다. 그녀가 살아오며 수없이 겪은 일이었다. 아무것도 바라지 않고 그저 오늘만 무사히 보내기만 원하면 그럭저럭 견딜 만했다.

이 낯선 세계에 하루아침에 떨어진 이후에도 마찬가지였다. 유진은 오늘만 일단 버티자는 생각으로 하루하루를 보냈다. 그녀의 마음 깊은 곳에 자리 잡은, 죄책감 혹은 불안감이라고 정의할 무거운 감정이 잠시도 사라진 적이 없었다.

"생각나는 거 없니?"

유진은 고개만 좌우로 흔들었다. 지금은 짧은 대답도 하기 두려웠다. 목이 꽉 잠겨서 목소리가 흉하게 갈라져 나올 것 같았다.

자신의 손을 꽉 붙든 다나의 손을 내려다보았다. 핏줄이 비쳐 보일 정도로 새하얀 손이 고왔다. 맞닿은 촉감은 보들보들했다. 평생 험한 일을 해 본 적 없는 것 같은 여린 손의 주인이 자신의 어머니라고 말하고 있었다.

"하긴, 세 살 때의 일이니…… 기억하기 어렵겠구나."

'세 살…….'

기억력이 특출난 천재가 아니고서야 그때를 기억하는 사람은 없을 것이다. 그런데 유진은 아예 어린 시절의 기억이 없었다.

그녀는 연탄가스 중독으로 죽을 뻔했던 이후 아홉 살 이전의 모든 기억을 까맣게 잊은 듯, 아무것도 기억하지 못했다. 사고 직후 반년 이상의 기억도 혼탁한 물속을 보는 것처럼 가물가물했다.

유진의 오빠들은 종종 유진을 어릴 때 일로 놀리곤 했다.

「저 계집애, 그때 가스 마시고 병신 되는 줄 알았잖아. 너도 기억나지?」

「어, 기억나고말고. 말 한마디 못하고 어버버버. 글자도 못 읽었으니까.」

「저거, 지 혼자 잘난 줄 알고 똑똑한 척 다해도 아홉 살에 겨우 한글 뗀 거라니까.」

두 오빠는 유진의 아팠던 옛일을 우스갯거리로 삼아 낄낄댔다. 사춘기 때는 오빠들의 놀림이 서러워서 울었으나 그러면 놀림이 더 심해진다는 사실을 알고부터는 아예 반응하지 않게 되었다.

오빠들이 했던 이야기들을 종합해 보면 가스 중독 사고로 며칠 만에 깨어난 유진은 바보가 되어 있었다. 사람들의 말을 이해하지 못했고 의미를 알 수 없는 이상한 말을 중얼거렸으며 글자도 읽지 못했다. 심지어 가족의 얼굴도 알아보지 못했다고 한다.

이야기만 들어도 그 사고 당시 유진의 상태는 심각했다. 하지만 유진의 부모는 딸을 치료하기 위해 쏟을 시간도, 돈도 없었다. 유진을 구원한 사람은 가족이 아니라 그녀의 초등학교 담임 선생님이었다.

유진이 평생의 은인으로 생각하는 그 선생님은 그 당시 갓 임용되어 젊고 열의가 있었다. 첫 담임을 맡은 제자들에게 무척 관심을 기울였다. 그래서 유진의 무단결석이 계속되자 집에 찾아왔고 유진의 상태와 가족의 무관심에 충격받은 것 같았다.

그 후 선생님은 유진이 혼자 등하교를 할 수 있을 때까지 아침마다 집으로 데리러 오고 수업이 끝나면 데려다주었다. 글자와 공부도 가르쳐 주었다.

그런데 사실, 유진은 선생님이 처음 집에 찾아온 날도 기억나지 않았다. 유진이 기억하는 가장 어릴 때 기억은 교실에 앉아 수업을 듣던 어느 날이었다.

칠판에 쓰인 글자를 더듬더듬 읽고 노트에 받아 적으며 뿌듯했다. 대단한 발견을 한 사람처럼 환희에 가득 찼다. 그날을 떠올리면 마치 알에서 깨어난 새끼 새가 처음 눈을 뜰 때의 기분을 알 것 같았다.

유진은 바보가 된 것이 아니라 회복이 더디었을 뿐이라고, 선생님은 끊임없이 말해 주었다. 그녀는 하루가 다르게 달라졌다. 사고가 있었던 그해를 넘기기 전에 읽고 쓰고 말하는 데에 아무런 문제가 없게 되었다.

유진이 정상으로 되돌아오자 자식이 장애가 되면 탈 수 있는 국가보조금이나 수당 등을 알아보던 부모님이 아쉬워했다는 사실을 어른이 된 후에 우연히 대화를 엿들어 알게 되었다.

아마 그 일이 가족한테 마음의 거리를 두기 시작한 결정적 계기가 되었던 것 같다.

유진은 오랜만에 옛 기억을 떠올리다가 언젠가 오빠들이 했던 말이 생각났다.

오빠들은 유진이 그 사고 전후로 사람이 달라졌다고 말했다.

「근데 죽다 살아나면서 애가 좀 바뀌었어.」

「맞아. 그전에는 계집애가 발랑 까진 데다가 못돼처먹었는데 말이지.
야, 내 이마에 이거 흉터 보이지? 이거 네가 그런 거야.」

"참…… 예쁘게 컸구나."

유진은 흠칫 놀라 시선을 들었다. 자신도 모르게 넋 놓고 생각에 빠져
있었다.

다나는 감격스러우면서도 속상했다. 이렇게 예쁘게 다 자라는 동안,
그 과정을 제대로 눈에 담지 못해서 서운했다. 남들이 들으면 한집에서
살았으면서 무슨 소리냐고 하겠지만, 다나는 제대로 딸을 본 적이 없었
다.

딸의 온몸을 감싼 탁하고 어두운 기운을 보면 속이 타들어 갔다. 그래
서 차라리 보지 않으려 했다.

간혹 진과 눈이 마주칠 때마다 가련한 척 짓는 표정이 가증스러웠다.
그러나 겉모습만은 틀림없이 자신의 딸이므로 순간순간 견고한 마음의
장벽이 무너지곤 했다.

다나의 고통과 원망은 어디에도 향할 곳이 없었다. 그래서 아들에게
일찌감치 가업을 물려주고 물러났다. 아무 생각 없이 쉬면 그나마 살 것
같았다.

"엄마한테 하고 싶은 말은 없니?"

다나는 조급히 몰아붙여서는 안 된다고 생각했다. 딸이 느끼는 혼란
스러움이 그대로 표정에 드러났다. 잠시 혼자서 숨을 고를 시간이 필요
해 보였다. 그런데 지금 쥔 손을 도저히 놓을 수가 없었다. 이 손을 잡기
까지 굉장히 오래 걸렸다. 다시는 잡지 못할 줄 알았다.

"죄송…… 죄송해요."

유진이 더듬더듬 겨우 말했다.

"무엇이?"

"기억이…… 안 나요. 기억을 못 합니다. 제가 얼마 전에 사고가 있어서……."

"사고라니?"

다나가 화들짝 놀라 되물었다.

"어디 다친 데는 없고? 아픈 데는?"

다나는 몹시 걱정스러운 눈빛으로 유진을 아래위로 살펴보았다. 손등을 쓸어내리는 손길이 무척 다정하여 유진은 다시 말문이 막혔다. 상제에게 꾸며 말했던 내용과 앞뒤가 맞도록 말을 맞추려 했다. 간신히 생각해내서 적당히 구성한 몇 줄의 대사가 입 안에서만 맴돌았다.

"죄송해요."

유진은 고장 난 인형처럼 중얼거렸다.

"네가 죄송할 일이 뭐가 있어. 기억이야 앞으로 만들면 되지. 네가 이렇게 내 앞에 있는 것만으로도 이 엄마는 바라는 게 아무것도 없어."

다나의 목소리는 겁먹은 아이를 달래듯 부드러웠다. 자식을 향해 조건 없는 사랑이 넘치는 어머니의 눈빛에 어떤 가식도 없었다. 기억을 잃은 사고쯤은 대수롭지 않다고 말하며 라미타를 되찾았느냐고 집요하게 캐묻던 상제의 태도와 완전히 대비되었다.

유진은 탐색하는 시선으로 다나를 바라보았다. 기분 좋은 눈빛이 아닐 텐데도 다나는 완전히 무장 해제한 표정으로 부드럽게 웃었다.

유진은 이분이 자신을 해치지 않을 거라는 확신이 들었다. 그 순간, 온몸을 옥죄던 긴장이 확 풀어졌다. 굳어 있던 두뇌가 회전하기 시작했다.

마구 떠오르는 생각들로 머릿속이 어지러워서 그녀는 눈을 감았다. 막다른 골목의 담벼락에 나타난 구멍, 사막에서 눈을 뜬 날의 풍경, 자각몽의 수평선, 자신이 했던 생각, 순간순간 엿본 진의 기억들이 빠르게 스쳐 지나갔다.

「나는 이쪽 세상에 너무 빨리 적응하는 것 같아. 이게 보통일까?」
「라미타는 영혼의 힘일까요, 육체의 힘일까요?」
「당연히 영혼의 힘이지.」
「나를 진짜 진 아니카로 만들어 주세요. 제발요.」
「성하. 저는 반드시 제 라미타를 되찾을 거예요.」
「누가 네 어머니야.」
「내 딸의 몸에 내 딸이 아닌 것이 들어와 있었어.」

흩어져 있던 조각들이 모이고 맞추어져 하나의 그림을 구성했다. 아직 듬성듬성 빈자리가 많고 제자리를 찾지 못한 조각도 있지만, 대강의 형태를 알아볼 수 있을 정도는 되었다.

깨달음은 큰 충격이 되어 그녀를 강타했다.

자신은 가짜가 아니었다! 이 세계가 원래 자신이 살아가야 했던 세상이었다.

"진. 아가."

유진의 속눈썹이 파르르 떨렸다. 그녀를 부르는 음성이 그녀를 따뜻하게 감싸 안는 것 같았다.

유진은 아홉 살 이전의 기억이 없다. 그런데 딱 하나. 자신을 부르던 눈물이 나도록 따뜻한 목소리를 기억했다.

「진, 아가.」

　유진은 그 목소리가 엄마라고 생각했다. 아주 어릴 적 언젠가 엄마가 자신을 안고 사랑스럽게 바라보며 부드럽게 속삭였을 것이다. 상상만으로도 행복해지는 그림 같은 장면이었다.

　자신도 부모의 사랑을 받는 아이였다는 것. 어쩌면 그 믿음이 유진을 살아가게 하는 힘이었다.

　삶이 고되어 엄마의 잠시 마음이 팍팍해졌을 뿐이니까 언젠가 엄마가 다시 자신을 '진, 아가.'라고 불러 줄 거라고 믿었다. 그날이 오면 엄마를 끌어안고 어리광을 부리고 싶었다.

　그래서 유진의 미련은 질겼다. 실망하고 또 실망하면서도 가족 곁을 떠나지 못했다.

　'아아…… 그랬구나.'

　유진은 눈을 떴다. 자신을 바라보는 다나의 푸근한 눈빛을 보며 확실히 깨달았다.

　자신의 기억 속에 남은 그 목소리의 주인은 이분이었다.

　"엄……."

　유진은 단어 하나를 전부 말하지도 못하고 목이 멨다. 코끝이 시큰하면서 눈시울이 후끈거렸다.

　"엄마……."

　서러움이 밀려왔다. 기쁘면서도 억울했다. 부모의 사랑이 가장 필요했던 나이에 왜 자신은 외로워야 했을까.

　감정이 북받치며 왈칵 눈물이 쏟아졌다. 눈물이 앞을 가리자 손등으로 닦아 냈다. 다나의 표정을 잠시도 놓치지 않고 또렷하게 보고 싶었다. 이게 꿈이 아니라는 확신이 필요했다.

"응, 그래."

다나가 두 손으로 유진의 한 손을 더 꽉 잡았다. 그녀의 눈에서도 하염없이 눈물이 흘렀다.

"엄마."

"응. 엄마 여기 있어."

"내가…… 내가 얼마나 힘…… 들었는데. 왜, 흑. 왜 나 찾으러 안 왔어요."

흐느낌이 섞여 발음이 뭉개져 나오는데도 다나는 알아듣고 대답했다.

"미안해. 엄마가 잘못했어. 우리 딸, 많이 힘들었니? 이리 와. 엄마가 좀 안아 보자, 응?"

유진이 의자에서 일어나 자신을 향해 두 팔을 벌리는 다나의 품으로 안겼다. 부드럽고 따뜻한 몸에서 그리운 향기가 났다. 엄마 냄새였다.

"엄마…… 엄마…….."

다나는 아이처럼 엉엉 우는 유진의 등을 손으로 쓸어내리고 머리카락을 쓰다듬었다.

"그 자그마한 내 딸이…… 세상에, 이렇게나 커서. 엄마가 미안해. 엄마가 미안해."

다나의 목소리에 울음이 섞였다. 그녀는 유진의 머리와 얼굴에 입을 맞추고 꽉 끌어안았다가 다시 딸의 얼굴을 확인했다. 울다가 웃고 웃다가 울었다. 모녀는 서로를 안고 체온을 나누며 자기 자신을, 그리고 서로를 위로했다.

다나가 정신을 잃은 후 저택은 난리가 났다. 아서의 지시에 따라 부재중인 패트릭과 에녹에게 급보를 전하러 심부름꾼이 달려갔다. 아서가 다나를 침실에 데려다가 눕히고 얼마 안 되어 주치의가 달려왔다.

어수선한 분위기 속에서 유진과 카세르는 할 수 있는 일이 없었다. 다나가 깨어나는 모습을 보지 않고 돌아갈 수는 없는 노릇이니 응접실 소파에 앉아 그저 기다렸다.

패트릭과 에녹은 금방 귀가했다. 패트릭은 딸과 사위의 인사는 받는 둥 마는 둥 하며 곧바로 아내의 침실로 갔고 에녹 역시 누이동생과의 해후보다는 아서에게 당시의 정황을 캐묻는 데에 정신이 팔렸다.

술렁이던 분위기가 대충 진정된 후 에녹이 유진에게 제대로 인사를 건넸다. 에녹은 여러 번 대화를 시도했으나 유진이 짤막한 대답으로 일관하자 머쓱해져서 입을 다물었다. 눈앞에서 어머니가 혼절했으니 놀라서 그러려니, 이해했다. 유진과 카세르, 에녹과 아서가 소파에 모여 앉은 응접실에 어색한 공기가 내려앉았다.

두 시간쯤 후, 패트릭이 와서 다나가 깨어난 소식을 전하며 '네 어머니가 너를 찾는구나.'라면서 유진을 데리고 나갔다. 다시 돌아온 패트릭은 혼자였다.

"그 사람은 어디 있습니까?"

내내 묵묵히 앉아 있던 카세르가 던진 첫 질문이었다.

"모녀끼리 나눌 이야기가 있다고 합니다. 무슨 중요한 비밀 이야기를 하려는지 나도 쫓겨났어요."

"그 사람 혼자서…… 가주님과 함께 있다는 말씀입니까?"

"문밖에 사람을 세워 두었으니까 별일은 없을 겁니다."

에녹은 아버지와 사왕의 대화를 들으며 기분이 묘했다. 사왕이 단순히 아내의 행방이 궁금해서 묻는다기보다는 마치 위험한 곳에 ─ 진이 태어나 자란 이 집이 위험하다는 생각 자체가 사리에 맞지 않지만 ─ 진을 홀로 두어 깊이 우려하는 듯 보였다.

'내가 과민한 건가?'

그런데 에녹은 두 시간 동안 누이동생 부부와 마주 앉아 있는 동안 흥미로운 장면을 몇 번 목격했다.

사왕이 괜찮냐고 묻는 것처럼 진의 손을 잡으면 진이 고개를 돌려 사왕을 보며 흐릿하게 미소 지었다. 눈여겨보지 않으면 모를 짧은 순간이라서 오히려 두 사람만 나누는 특별한 유대감이 느껴졌다.

애정에 기반한 결혼이 아니라 자신이 모르는 복잡한 뒷사정이 얽혀 있다고 생각했던 터라 뜻밖이었다.

에녹은 안 보는 척 사왕을 관찰했다. 평소에 무슨 생각을 하는지 모르겠는 동생 아서보다도 더 표정이 없는 남자였다.

미리 사왕의 기분을 단정 짓고 봐서 그런지 모르겠지만, 시간이 흐를수록 사왕이 초조해한다고 느꼈다.

에녹의 짐작은 정확했다. 카세르는 유진이 걱정되어 당장 그녀가 괜찮은지 확인하러 가고 싶었다. 혹시 자신이 실수하면 도와 달라며 신신당부했던 그녀가 지금 곤란에 처했으면 어쩌나, 오직 그 생각만 들었다.

그녀가 태어나 자란 집이지만, 유진은 아르스의 저택으로 오는 동안 바짝 긴장해 있었다. 아무래도 이곳이 그녀에게 편안한 장소는 아닌 듯했다.

아까 유진을 보며 격앙된 반응을 드러내다가 끝내 혼절한 그녀의 어머니도 심상치 않았다. 남에게 말 못 할 집안 사정이 있나 싶었다.

'꼬마를 데려올 걸 그랬나.'

삼십 분가량 지났을까. 카세르가 말했다.

"가주님의 말씀이 길어지는군요."

"오랜만에 모녀가 만나 할 말이 많은가 봅니다."

패트릭이 대수롭지 않게 대답했다. 짤막한 대화 후 다시 침묵이었다. 패트릭은 자신의 실수를 깨달았다.

'어려운 손님을 모셔 놓고 결례를 했군.'

성도는 왕국의 신분 제도를 적용하지 않는다지만, 남다른 능력과 외모를 지닌 아니카처럼 왕 역시 존재 자체가 특별했다.

왕국을 상대로 장사하려는 상인들에게는 최고의 귀빈이며 성도 사교계의 어떤 콧대 높은 모임에도 왕을 위한 빈자리는 항상 마련되어 있었다. 왕의 참석 여부가 차원이 다른 격을 만들어 주었다.

패트릭은 괜한 헛기침을 하며 분위기를 환기했다. 무난한 화젯거리로 대화를 시작했다.

"경황이 없어서 손님 대접이 소홀했습니다. 우리 집이 평소에도 이렇게 어수선하지는 않습니다."

"가주님의 건강보다 중요한 일이 뭐가 있겠습니까. 아내의 부모님께 인사를 드리러 온 자리이니 편히 대해 주십시오."

"딸이 결혼하여 부모 품을 떠난 지 어느덧 삼 년이나 되었습니다. 이 나이가 되니 참 세월이 무상하군요. 막내딸이라서 그저 귀여워하며 키웠습니다. 그 아이가 눈에 차지 않는 점이 있더라도 너그럽게 이해해 주셨으면 합니다."

"지나침 겸양이십니다. 그 사람은 왕비로서 완벽한 몫을 해 주고 있습니다. 누구도 그 사람만큼 잘하지는 못할 겁니다."

"아…… 그래요? 다행…… 입니다."

패트릭이 얼떨떨한 표정으로 대답했다. 그의 표정이 부드럽게 풀어졌다. 자식 칭찬을 듣고 기분 나쁠 부모는 없다. 인사치레라고 해도 기분이 좋았다. 마음 밑바닥에 조금 남아 있던 서운함이 다 풀어졌다.

"워낙 거리가 멀어서 그동안 제대로 연락을 주고받지 못했습니다. 진이 왕국에서 잘 지내고 있습니까?"

"그 사람 덕분에 제가 잘 지내고 있습니다. 귀하게 기른 따님을 제 사람으로 보내 주셔서 감사드립니다."

"……예."

패트릭이 오묘한 표정을 지었다. 인사치레치고는 사왕의 대답은 진지했다. 결혼 전에 잠깐 만났을 때 받은 인상으로는 마음에 없는 소리를 능청스럽게 꾸며댈 사람 같지는 않았다.

'그날보다 말투나 태도도 부드러운 것 같고…….'

결혼 전에 만났을 때, 사왕이 무례하지는 않았으나 딱 형식적인 예의만 차렸다. 사람이 참 빈틈없어 보였다. 자신에게도 남들에게도 엄격할 것 같아서 주변의 귀여움만 받던 제멋대로인 딸이 과연 남편과 잘 지낼 수 있을지 걱정됐다. 괜한 걱정이었나 보다.

"가주님의 말씀이 무척 길어지십니다. 의식을 찾으시자마자 길게 말씀하시면 건강에 이롭지 않을 것 같습니다."

카세르가 다시 한 번 말했다. 이쯤 되니 패트릭도 눈치챘다. 사왕이 진짜로 걱정하는 사람은 다나가 아닐 것이다.

내색하지 않으면서 은근히 안절부절못하는 그 모습을 보니까 처음으로 사왕이 딸과 결혼한 '사위'로 느껴졌다.

패트릭 역시 아내가 딸과 대화하다가 또 흥분할까 봐 걱정되었다. 그는 고개를 끄덕이며 일어났다.

"내가 가 봐야겠습니다."

그때 유진이 응접실로 들어왔다. 갑작스러운 그녀의 등장에 잠시 모두가 멈칫했다. 유진이 패트릭을 보며 말했다.

"어머니께서 중요한 말씀이 있다고 하세요. ……아버지."

유진은 아직 입에 붙지 않는 호칭을 자그맣게 뒤에 덧붙였다. 아까 패트릭을 처음 봤을 때와 지금, 기분이 달랐다. 아까는 죄스러워서 똑바로 눈을 마주 보기도 힘들었다면 지금은 뭉클한 감정이 치솟았다.

'내 아버지.'

알코올에 찌들어 흐리멍덩한 눈빛에 최소한의 교양도 도덕도 찾아볼 수 없었던 그 남자가 아니라 이분이 자신의 아버지였다.

"음? 그래. 지금 당장?"

"예."

유진은 아내의 부름에 서둘러 나가는 패트릭의 등을 바라보다가 오빠들에게 시선을 돌렸다.

"오라버니들도요."

"우리도?"

"네. 어머니께서 아버지와 오라버니들 모두 들어야 한다고 하셨어요."

"그래. 알았다."

유진은 두 오라버니의 뒷모습도 응시했다. 저들이 자신의 진짜 가족들이었다. 어머니 말씀이 끝나고 나면 아까 어머니와 끌어안고 재회의 기쁨을 나눈 것처럼 아버지와 오빠들과도 제대로 인사하고 싶었다. 자신의 뿌리를 되찾은 벅찬 감정은 뭐라 설명할 수가 없었다.

그녀는 이제 카세르에게 고개를 돌렸다. 유진은 그와 눈이 마주치자 배시시 웃었다.

'그래도 당신을 잊을 수가 없었어요.'

어머니와 이야기가 길어지는 도중에 문득 자신을 기다리고 있을 카세르가 생각났다. 그는 온종일 곁에서 말없이 든든한 의지가 되어 주었다. 그가 자신을 걱정하는 모습을 떠올리니까 어머니와 대화하는 중에도 자꾸 집중력이 흐트러졌다.

이십 년 만에 만난 어머니보다 남편이라니. 혹자는 자식 키워 봤자 소용없다고 말할지도 모르겠다. 그런데 유진은 자신의 상황이 되니까 변명하고 싶었다.

어머니는 어머니고 남편은 남편이었다. 두 사람 모두 그녀의 소중한 가족이었다. 어머니는 그녀를 키워 준 둥지라면 남편은 둥지를 떠난 그녀가 자리 잡은 새로운 둥지였다.

유진이 카세르에게 다가갔다. 카세르는 손이 닿을 만큼 가까이 다가온 유진의 손을 잡아 끌어당겼다. 자신의 품으로 넘어지는 그녀를 안고 한 손으로 그녀의 얼굴을 감싸 쥐었다.

"울었어?"

한참 울고 난 것처럼 그녀의 눈가가 붉었다. 카세르는 조금 전 그녀를 보자마자 신경 쓰였다.

"응. 조금요."

"왜? 괜찮아?"

"어머니와 이런저런 이야기를 하다가요. 어머니와 딸은 가끔 그럴 때가 있어요. 슬퍼서 운 게 아니에요."

유진이 자신의 얼굴을 그러쥔 그의 손등을 잡고 눈매를 곱게 접으며 미소 지었다.

"부탁이 있어요."

카세르가 눈을 가늘게 좁혔다. 무슨 부탁이기에 이렇게 예쁘게 웃을까. 그런데 그는 그녀가 어떤 무리한 청을 하더라도 거절하지 못할 거라는 사실을 알고 있었다.

"……뭔데?"

"어머니와 아직 다 끝내지 못한 이야기가 남았어요. 하룻밤은 꼬박 새워야 할 것 같아서요. 오늘 여기서 자고 갈래요."

"나 혼자 돌아가라고?"

"내일 데리러 와요."

"……"

"하루만요. 응?"

유진은 한숨을 내쉬는 그의 볼을 쓸었다.

"언젠가 당신에게 모두 말하겠다고 했잖아요. 내일은 말할 수 있을 것 같아요."

카세르의 눈동자에 반짝, 빛이 스쳐 지나갔다.

"그러니까 하루만 더 기다려 줘요."

"내일은 반드시 당신을 데려갈 거야."

"네."

"내일은 또 하루만 더, 이런 소리 하면 안 돼."

"음…… 그건 내일이 되어 봐야……."

유진은 굳은 표정으로 입을 다무는 카세르를 보며 웃음을 터뜨렸다.

"알았어요. 하루만. 약속할게요."

그녀는 남편이 사랑스러워서 충동적인 기분으로 그의 볼에 입을 맞추었다. 카세르는 헤헤 웃는 그녀의 목덜미를 잡아 끌어당기며 말했다.

"보상이 너무 약하잖아."

곧바로 그의 입술이 그녀의 입술을 삼켰다. 유진이 당황하여 멈칫하는 사이에 깊이 맞물리는 입술 사이로 미끈한 혀가 파고 들어갔다. 단번에 깊이 들어가서 그녀의 입 안쪽을 훑고 혀를 얽어매 휘감아 올렸다.

버티듯 그의 어깨를 잡은 유진의 손에서 힘이 빠졌다. 반쯤 내리뜬 눈을 완전히 감았다. 머릿속이 멍할 정도로 달콤했다.

"크흠."

유진이 깜짝 놀라 눈을 번쩍 떴다. 얼른 그의 가슴을 손으로 밀어내며 고개를 돌렸다. 에녹이 옆으로 돌아선 자세로 서 있었다.

"어머니께서…… 길어질 이야기니까 우선 식사부터 하자고 하시는구나. 점심때가 한참 지났는데 아직 아무도 먹지 못했으니까."

"아, 네, 네."

유진이 얼른 자세를 바로 하고 일어나면서 카세르를 흘겨보았다. 얼굴이 화끈거렸다. 그는 틀림없이 사람이 들어오는 기척을 알아차렸을 것이다. 비난하는 뜻으로 소파에서 일어나는 그의 가슴을 팔꿈치 끝으로 쿡 찔렀다.

카세르는 모르는 척 아무 일도 없었다는 표정으로 에녹에게 말했다.

"지금 자리를 옮깁니까?"

"……예. 이쪽으로 오십시오."

카세르는 자신이 유진의 남편이라는 사실을 그녀의 가족들에게 확실히 알려 주고 싶었다. 지금껏 그녀를 이름으로 부르는 사람은 자신 혼자뿐이었는데 다들 그녀를 친근하게 불러대니까 괜히 서운했다.

앞장서는 에녹의 뒤를 따라가면서 슬쩍 그녀의 어깨를 팔로 감싸 안았다. 그녀가 의아한 듯 쳐다보는 시선이 느껴졌지만, 카세르는 꿋꿋이 앞만 보았다.

*　　*　　*

플로라가 참석한 다과회에서 사람들은 모두 같은 주제로 대화를 나누었다.

"아니카 진이 왔다면서요?"

"어제 왔다던데요."

"그 라크 나무 소문이 진짜일까요?"

"그걸 확인하러 성하께서도 아니카 진을 곧바로 불러 만나신 게 아닐까요?"

"그런데 성하께서 무슨 말씀을 하셨는지 알 방법은 없으니……."

"출처를 알 수 없는 이상한 말만 나돌고 확실하게 아는 사람은 못 봤어요. 그렇다고 진위 확인을 하러 그 먼 하시 왕국까지 갈 수는 없잖아요."

"하시 왕국 귀족들은 뭐 아는 거 없대요?"

"그 사람들도 활동기에 내내 여기 있었는데 뭘 알겠어요. 왕국으로 돌아간 귀족들이 다시 성도에 오려면 아마 더 기다려야 할 거예요."

그리고 말을 하면서 계속 플로라를 흘끔거렸다. 무언의 압박을 이기지 못하고 플로라가 입을 열었다.

"아직 아니카 진을 만나지 못했어요. 먼 길을 오느라 고단할 텐데 가십을 확인하러 바로 들이닥치는 건 예의가 아니지요."

'가십이 아닌 거 같은데'라고 누가 중얼거린 말은 사람들의 목소리에 뒤섞여 사라졌다.

"장본인에게 묻는 것이 가장 확실하지요. 아니카 진이 조만간 어느 모임이든 참석하지 않겠어요?"

"오랜만에 성도에 돌아왔으니 당연히 그러겠지요. 어느 모임일지는 모르겠지만, 그날 사람들이 미어터지겠어요."

여기저기서 맞장구치며 웃음이 터졌다.

"듣기로는 아니카 진이 하시 왕국에서는 거의 사교 활동을 하지 않았대요. 난 아니카 진이 틀림없이 하시 왕국 사교계를 휘어잡을 줄 알았는데 말이죠."

"음…… 이런 시시한 곳은 도저히 눈에 차지 않아. 이런 거 아닐까요?"

"하긴, 어디든 성도와 비교할 수는 없지요. 하늘과 땅 차이일 거예요. 더구나 아니카 진은 아르스 가문 사람인걸요. 항상 최고만 보고 들었을 테니까요."

여기저기서 한마디씩 던지는 말을 파악하면 은근히 아니카 진에 대한 근황을 모르는 사람이 없었다. 진이 결혼하여 성도를 떠난 후 관심이 식었다고는 해도 대놓고 화젯거리로 삼는 횟수가 줄었을 뿐 관심사에서 아예 제외된 적은 없었다.

바로 진이 아르스 가주의 딸이기 때문이다. 누구나 인연을 맺기를 바라는 핵심 인맥으로 첫손에 꼽는 대상이 바로 아르스 가문 사람들이었다.

명예 혹은 부, 둘 중 하나를 가진 자들은 많지만, 아르스 가문처럼 둘 모두를 가진 이는 아주 드물었다. 그래서 가문의 구성원들 모두가 항상 주목받는 대상이었다.

"모처럼 아니카 진이 성도에 왔는데 아르스 저택에서 연회를 열지 않을까요?"

"아닐걸요. 가주님께서 오래전부터 건강이 좋지 않으시다니까요. 내가 알기로는 아니카 진이 태어난 후 첫 생일 말고는 저택에서 연회를 연 적이 한 번도 없어요."

"맞아요."

사람들은 대놓고 떠들기는 조심스러운 말은 다들 속으로만 중얼거렸다.

'아니카 진을 출산한 후에 급격히 건강이 나빠졌다는 소문이 사실일까?'

'아니카 진의 성년 생일 파티에도 아르스의 가주께서는 참석하지 않으셨지.'

'가업도 일찍이 에녹 경에게 넘기셨으니…… 건강 소문은 사실일지도.'

'아르스 가주께서 두 아들만 편애하고 아니카 진에게는 냉담하더라는 말도 있던데.'

누군가 플로라에게 말했다.

"아니카 플로라만큼 아르스 저택으로 초대를 많이 받은 사람은 없을 거예요."

"부러워라. 아니카 진은 아니카 플로라 외에는 아무도 초대하지 않았으니까요."

플로라는 말없이 미소만으로 대답했다. 뿌듯해하는 것도 별일 아니라는 식으로 치부하는 것도 현명한 반응이 아니었다. 둘 다 뒷말이 나올 수 있으므로 그저 무난하게 넘기는 게 가장 좋았다.

다과회가 끝난 후 마차를 타고 돌아가는 플로라의 마음이 헛헛했다. 아르스의 저택에 가장 많은 초대를 받았다고 아무리 주변에서 우러러봤자 어차피 자신 역시 손님일 뿐이었다. 그 대저택의 주인은 진이니까.

왜 진일까. 왜 그런 애가 그 모든 걸 가진 걸까.

플로라는 진을 볼 때마다 항상 '나라면 저러지 않을 텐데.'라고 생각했다.

자신이 진이라면 주변 사람들의 인망을 얻고 부모님께 자랑스러운 딸이 되기 위해 최선을 다했을 것이다. 평생 본성을 감추고 가면을 쓰고 살아야 한다고 해도 자신 있었다.

멀리 내다보지 못하고 현재의 권력에 심취해 멋대로 휘두르는 어리석은 진을 이해할 수 없었다. 성격이 못된 건 그럴 수도 있다. 플로라가 만난 사교계 사람 중 착한 사람은 못 봤다. 그런데 진처럼 멍청한 사람 또한 본 적 없었다.

차창 밖을 바라보던 플로라가 마차 벽을 다급히 두드렸다. 마차가 곧 길가에 멈추자마자 플로라는 직접 마차 문을 열고 내려왔다. 그리고 눈앞에 바로 보이는 꽃집으로 들어갔다. 그녀는 다양한 종류의 꽃을 이것저것 한 아름 산 후에 마차에 타면서 마부에게 말했다.

"아르스 저택으로 가요."

"예, 아니카 님."

*   *   *

아르스 저택의 가족 식당이 모처럼 북적거렸다. 패트릭은 아내와 두 아들, 딸 부부까지 모두 모여 앉은 모습을 둘러보니 흐뭇하여 식사하기도 전에 배가 불렀다.

'큰아이도 함께했으면 완벽했을 텐데.'

패트릭은 에녹의 부인, 레네를 떠올리며 아쉬웠다.

큰아들 부부는 혼인한 후 오랫동안 애만 태우다가 늦게 아이를 얻었다. 아들 부부가 초조해했다는 사실을 패트릭은 전혀 몰랐다. 때가 되면 생기려니, 편하게 생각하며 압박을 준 적이 없었다.

그런데 에녹이 성년이 되자마자 가업을 대부분 물려받아서 실질적인 가주나 마찬가지이니 어서 후계자를 얻어야 한다는 부담을 느낀 모양이었다. 아이가 태어난 후 레네가 통곡하다시피 울었다는 말을 듣고 패트릭은 뒤늦게 사정을 알았다.

그래서 패트릭은 다나와 의논하여 레네를 아이와 함께 친정으로 보냈다. 마음 편히 푹 쉬다가 오고 싶을 때 돌아오라고 했다. 몇 개월째 에녹은 하루는 본가로 하루는 아내의 친가로 귀가하여 두 집 생활을 하는 중이었다.

'진이 돌아가기 전에 연락해서 자리 한 번 마련해야겠군.'

평소보다 늦은 점심 식사를 마치고도 여전히 아무도 식당을 떠나지 않았다. 이어서 나오는 차와 후식이 모두의 앞에 놓였다.

에녹은 찻잔을 들고 어머니를 봤다가 진을 보았다. 표정만으로는 도통 모르겠다. 두 사람 다 좀 더 편안해 보이는 것 같기도 했다.

진이 성도를 떠나기 전에 가족이 모두 모인 식사는 일 년에 몇 번 안 되었다. 누군가의 생일 같은, 특별한 날뿐이었다. 그나마 식사가 끝나면 어머니가 먼저 일어나 자리를 떠났다. 이렇게 함께 앉아 차를 마신 적이 없었다.

갑작스러운 변화가 놀라우면서도 얼떨떨했다. 도대체 어머니는 진과 무슨 대화를 나눈 것일까. 아까는 어머니께 칭찬도 들었다.

> 「네가 적극적으로 나서지 않았으면 진을 만나지 않았겠지. 에녹. 고맙구나.」

에녹은 어머니께서 하려던 중요한 이야기가 도대체 무엇인지, 식사 때문에 잠시 미루어진 그 내용이 궁금해서 얼른 이 시간이 지나기를 내심 바랐다.

'흠…… 허우대는 제법 멀쩡하군…….'

모두들 어리둥절해 하는 분위기였지만, 다나는 겨우 되찾은 딸을 홀랑 낚아채 간 얄미운 사위를 곱지 않은 눈초리로 바라보았다. 아까 온실에서는 딸밖에 눈에 안 들어와서 사왕이 그 자리에 있었는지조차 기억이 가물가물했다.

3년 전에는 진이 결혼하거나 말거나, 차라리 눈에서 안 보이는 편이 나을 것 같아서 참견하지 않았다. 그때 다나는 다시는 딸을 만날 수 없을 거라고 체념한 상태였다.

그런데 이제 다시 만났건만 이미 딸은 결혼하여 조만간 다시 성도를 떠나 멀리 가야 했다. 하필 왕과 결혼해서! 진이 왕의 후계자를 낳은 후 성도에 오려면 앞으로 한참을 기다려야 할 것이다.

그녀는 처음에는 안 보는 척하다가 점점 교양이고 뭐고 대놓고 사왕을 흘끔거렸다. 패트릭이 당황하여 다나의 손을 슬그머니 잡아 눈치를 줄 정도였다.

시간이 지날수록 다나의 눈에서 점점 힘이 빠졌다. 꽂히는 시선을 모르는 척하는지, 정말 모르는지, 사왕은 계속 제 아내에게서 눈을 떼지 않았다. 아주 자연스럽게 저절로 아내에게 눈이 간다는 듯한 그 모습이 소싯적 자신의 남편을 보는 것 같았다.

'사랑받고 있구나.'

다나는 안도했다. 아직 딸에게 자세한 이야기를 모두 듣지는 못했으나 유년 시절이 힘들었던 것 같았다. 결혼 생활마저도 불행했으면 무척 속상했을 것이다.

'아니지. 삼 년 전에 결혼했을 때는 내 딸이 아니었잖아.'

잠시 누그러진 다나의 눈빛에 다시 날이 섰다.

'이 결혼은 안 돼. 아직 애도 없겠다, 이혼을……'

다나가 독한 계획을 구체적으로 떠올릴 찰나에 집사가 안으로 들어왔다. 그는 다나의 곁으로 다가가 고했다.

"가주님. 아니카 플로라가 오셨습니다."

다나의 시선이 곧바로 에녹에게 향했다. 에녹이 마시던 찻잔을 황급히 내려놓고 대답했다.

"제가 안 불렀습니다. 어머니."

다나가 미간을 찌푸리며 집사를 나무랐다.

"집사. 가족끼리 모인 자리에 불청객이 끼어들지 않도록 알아서 대처해야 하지 않겠나?"

얼마 전까지 아니카 플로라는 이 저택의 최고 귀빈이었다. 플로라는 반드시 진과 동행해서만이 아니라 혼자서도 진을 만나러 종종 찾아왔고 진이 사람을 보내서 플로라를 불러오기도 했다.

더구나 매년 진의 생일날 모든 가족이 모이는 저녁 식사에는 진이 꼭 플로라를 초대해서 함께 식사했다.

그런 사연을 구구절절 설명하며 가주님 지시의 부당함을 거론할 만큼 집사는 어리석지 않았다. 그는 머릿속으로 아니카 플로라의 손님 등급을 아래로 내렸다.

"제가 실수하였습니다. 가주님."

집사가 꾸벅 고개를 숙이며 돌아서려는데 유진이 말했다.

"어머니."

다나가 순식간에 부드럽게 풀어진 표정으로 대답했다.

"응?"

"찾아온 손님인데 바로 되돌려 보낼 수는 없잖아요. 그리고 이미 집사가 기다리라고 세워 뒀을 텐데 다시 나가서 돌아가라고 하면 쫓아낸다는 기분이 들 거예요."

"괜찮겠니? 기억이 안 난다면서."

"다 생각해 둔 방법이 있어요."

패트릭과 그의 두 아들은 영문을 모르겠다는 표정으로 진과 다나를 번갈아 보았다. 순한 표정으로 생글거리는 진의 표정이 낯설고 꿀을 바른 것처럼 부드러운 다나의 목소리는 적응이 안 되었다. 기억이 안 난다는 말은 또 뭔지, 세 남자의 눈에 의문이 잔뜩 떠올랐다.

부자들이 서로 시선을 교환했다. '무슨 소리야?', '알아?', '몰라요.' 같은 대화가 눈으로만 오갔다.

"아니카 플로라를 데리고 들어오게."

"예, 가주님."

집사가 플로라를 데리러 간 동안 유진은 기대감으로 가슴이 두근거렸다.

'플로라다. 주인공 플로라!'

이 세계가 소설 속 세상이 아님을 알게 되었고 자신이 썼던 소설의 정체에 관해서는 다시 생각해 봐야 할 문제이지만, 어쨌든 그 소설은 유진이 힘들 때 도피처가 되어 주었던 상상의 세계였다. 강력한 능력을 지닌 플로라가 라크 군대에 맞서던 모습을 써 내려가며 유진은 황홀한 기분으로 그 장면을 상상했다.

'플로라의 라미타는 어느 정도일까? 나보다 더 대단하겠지?'

잠시 후 집사가 데리고 들어오는, 품 안에 꽃다발을 가득 안은 흑발의 여인을 보며 유진은 감탄했다.

'와. 예쁘다.'

진과 전혀 다른 유형의 미인이었다. 두 사람을 동물과 비유하자면 고양이상과 강아지상이다. 그리고 진은 앙칼진 고양이라면 플로라는 순한 강아지였다. 누구든 플로라의 첫인상만으로도 호감을 느낄 것이다.

그리고 곧바로 떠오르는 진의 기억을 보며 유진은 당황했다.

「플로라. 넌 참 대단해. 그런 부모님과 오라버니들 사이에서…… 참 바르게 잘 자란 것 같아.」
「아무렴 내가 너만큼 바르게 자랐겠니?」

순수한 칭찬이라고는 말할 수 없는 칭찬과…….

「아…… 되게 방 작다. 이런 데서 어떻게 살아?」
「그러게. 안 죽고 살고 있네.」

사람 속을 뒤집는 동정.

흥미로운 것은 진의 말에 플로라도 지지 않고 말대꾸했다는 점이었다.

어쨌든 날을 품은 두 사람의 대화를 보건대 도저히 좋은 관계일 수가 없었다.

유진은 낙담했다. 진이 했던 못된 짓거리를 기억으로 봤을 때 예전에는 혀만 끌끌 찼다면 이제는 화가 치밀었다.

남의 몸에 들어와서 남의 인간관계를 다 이렇게 엉망진창으로 만들어 놓다니! 어디서부터 어떻게 손을 대야 하는지 엄두가 나지 않았다.

"어서 와요. 아니카 플로라."

다나가 인사를 건넸다. 플로라는 순간 당황했던 표정을 지우고 꾸벅 고개를 숙였다.

"인사드립니다. 가주님, 회주님."

플로라는 가족이 모두 모여 있을 거라고는 생각하지 못했다. 당연히 진은 없을 줄 알았다. 진이 집으로 가기 전에 틀림없이 먼저 자신을 찾아와 자신을 데려갈 거라고 생각했기 때문이었다.

진은 가주님을 뵙고 싶을 때는 항상 플로라를 데려갔다.

"찾아뵙기 전에 미리 여쭈었어야 했는데…… 지나가다 꽃이 예뻐서 가주님께 드리고 싶었습니다."

"고맙게 받을게요."

집사가 플로라의 손에서 꽃다발을 받아 물러갔다. 플로라는 꽃이 다나의 손에 직접 닿지 않고 집사가 치우는 모습을 아쉽게 보다가 고개를 돌렸다. 자신을 바라보는 진과 눈이 마주치자 입술을 끌어올려 미소 지었다.

"진. 오랜만이야."

유진도 웃었다. 열심히 연습한 연극 실력을 다시 발휘할 때가 되었다. 플로라와의 관계가 호의적인 친구 관계가 아닐 거라고 짐작하는 이상, 플로라의 앞에서는 '진'이어야 했다. 플로라가 보고 듣는 모든 것들이 상제에게 흘러 들어간다고 봐야 한다.

"오랜만이야. 내가 없는 동안에 나 대신에 우리 부모님을 찾아뵙고 내 역할을 대신해 준 모양이네."

유진은 잠시 말을 끊었다가 한 음절마다 힘을 주어 말했다.

"참 고맙게도."

〈다음 권에서 계속〉